양주화방록 3

The Records of Excursion on Boat in Yang zhou

지은이 **이두**(李斗) 자(字)는 북유(北有)이고 호(號)는 애당(艾塘)이며, 청나라 때 강소(江蘇) 의징(儀徵) 사람으로, 제생(諸生) 출신이다. 희곡과 시, 음악, 수학에 두루 정통했던 그는 『세성기(歲星記)』와 『기산기(奇酸記)』라는 전기(傳奇)작품과 『애당곡록(艾塘曲錄)』을 남겼고, 무엇보다도 17~18세기 중국의 희곡과 공연 예술, 양주의 문화를 두루 기록한 필기집 『양주화방록(揚州畵舫錄)』을 편찬한 것으로 유명하다. 그 외의 시 작품들은 『영보당시집(永報堂詩集)』과 『방풍관시(防風館詩)』에 수록되어 있다.

옮긴이 **홍상훈**(洪尙勳)은 1965년 전남 광양에서 태어나 서울대학교 및 동 대학원에서 중국문학을 공부하고 박사 학위를 취득한 후, 현재 인제대학교 조교수로 있다. 「고대 중국에서 서사 구조 변천의 특성」을 비롯한 20여 편의 논문 외에 지은 책으로는 『전통시기 중국의 서사론』, 『하늘의 나는 수레』, 『한시 읽기의 즐거움』, 『그래서 그들은 서천으로 갔다―서유기 다시 읽기』 등이 있고, 옮긴 책으로는 『서유기』(공역), 『두보율시』(공역), 『사귀의 노래―완역 이하 시집』, 『중국소설비평사략』, 『별과 우주의 문화사』, 『베이징』, 『손오공의 여행』 등이 있다.

옮긴이 **이소영**(李昭始)은 1968년 서울에서 태어나 서울대학교 및 동 대학원에서 중국문학을 공부하고 박사 학위를 취득한 후, 서울대학교 연구교수를 역임하고 현재 서울대학교 등에서 강의하고 있다. 주요 논문으로 「전통시기 중국의 서면어와 글쓰기의 상관성 연구」, 「삼국연의 다시 읽기」 등이 있고, 옮긴 책으로 『만화 맹자』, 『만화 노자』, 『서유기』(공역) 등이 있다.

양주화방록 3

1판 1쇄 발행 2010년 10월 25일
1판 2쇄 발행 2011년 9월 20일

지은이 / 이두
역주자 / 홍상훈 ·이소영
펴낸이 / 박성모
펴낸곳 / 소명출판
등록 / 제13-522호
주소 / 137-878 서울시 서초구 서초동 1621-18 (란빌딩 1층)
대표전화 / (02) 585-7840
팩시밀리 / (02) 585-7848
somyong@korea.com / www.somyong.co.kr

ⓒ 2010, 한국연구재단

값 31,000원

ISBN 978-89-5626-477-6 93820
ISBN 978-89-5626-474-5 (전3권)

양주화방록 3

揚州畫舫錄

이두 지음 | 홍상훈 · 이소영 옮김

소명출판

◆ 일러두기

1. 본 번역은 북경(北京) 중화서국(中華書局)의 "청대사료필기총간(淸代史料筆記叢刊)" 시리즈에 포함 된 『양주화방록(揚州畫舫錄)』(1960년 제1판, 1997년 2쇄)을 저본(底本)으로 했다.

2. 본 번역에서는 본문의 교감(校勘)을 위해 1984년에 광릉고적인쇄사(廣陵古籍刻印社)에서 간행한 번체자(繁體字) 판본과 2001년 산동우의출판사(山東友誼出版社)에서 간행된 저우 춘동(周春東)이 주석을 붙인 간화자(簡化字) 판본을 참조했는데, 주석에서 언급할 때에 전자는 '광릉본', 후자는 '산동본'으로, 그리고 중화서국 원본은 '중화본'으로 줄여 표기했다.

3. 권18 「공단영조록(工段營造錄)」은 기본적으로 칸 둬(闞鐸)의 교주(校注)를 참조로 교감된 '산동본'을 토대로 번역하고, 용어를 풀이한 주석과 그림 등을 덧붙였다.

4. 원문에 자호(字號)로 표기된 인명(人名)은 모두 본명(本名)으로 바꾸어 표기하고, 간략한 약력을 보충하여 주석에 표기했다.

5. 원문에 인용된 시 구절은 중국의 인터넷 사이트 전당시고(全唐詩庫, http://www3.zzu.edu.cn/qts/)의 검색을 통해 원작의 제목과 달라진 글자들을 밝혔고, 원서에 작자가 잘못 표기된 부분도 바로잡아 주석에서 밝혀놓았다.

6. 원본의 주석은 인용문의 원주일 경우 [ ]로 표기하고, 이두(李斗)의 주석은 [이주:]로 표기하여 본문과 글자 크기를 달리해 표기했으며, 역주는 모두 각주로 처리했다.

7. 중국 고대 연호의 서기 연도와 본문에 언급된 인물의 생졸연도는 필요한 경우 ( ) 안에 넣어 본문에 포함시켰다.

8. 전집류나 단행본은 『 』, 단편 문장이나 시 제목, 희곡 작품 안의 한 부분 등은 「 」, 그림 제목은 〈 〉로 표기했다.

  이두李斗의 『양주화방록揚州畫舫錄』은 1764년에서 1795년까지 30년 동안 작자가 몸소 발로 뛰며 수집해놓은 자료를 바탕으로 가장 번성했던 양주의 모습을 총체적으로 조명한 기념비적인 저작이다. 여기에는 당시의 지리적 환경은 물론 각종 역사적 사건과 명승지, 문화, 풍속, 종교, 오락 등을 망라한 풍부한 내용이 백과사전적으로 세밀하게 기록되어 있다. 그렇기 때문에 이 책은 18~19세기의 양주(혹은 그것으로 대표되는 강남 지역)를 연구하는 거의 모든 분야에서 중요한 자료로 활용될 수 있다.

  그러나 그 동안 이 책의 내용에 대해서는 대개 특정 분야의 내용만 부분적으로 이해되어 각종 연구에 인용되었을 뿐, 전체를 아우르는 정밀한 주석과 교감 작업은 이루어지지 않았다. 심지어 최근까지 중국에서 간행된 이른바 주석본이라는 것들도 실제 내용은 대단히 소략하기나, 심지어 여전히 적지 않은 오류를 담고 있다. 냉정히 말하자면 이 주석본들은 판본 교감을 통해 글자를 바로잡고, 간단한 구두句讀를 표시

하고 있지만 여전히 적지 않은 오류를 포함하고 있다. 또한 주석에 담긴 내용들도 너무나 상식적인 내용들(예를 들면 '지정至正 17년 정유丁酉'는 서기 1358년에 해당한다거나, '진인眞人'이 도가道家에서 수련하여 신선이 된 이를 가리킨다는 것과 같은)에 지나지 않고, 정작 원서에서 대부분 자호字號로 표기되어 있는 인명들에 대해서는 거의 설명이 없다.

물론 이 책에 언급된 인물들 가운데 상당수는 양주라는 특정한 지역의 명사名士들이고, 또 그 가운데 상당수는 문인文人이 아니라 사회적으로 낮은 계층에 속하는 기생이나 배우, 상인, 승려나 도사 등의 신분을 지니고 있었기 때문에 그들의 생애를 자세히 알 수 없는 경우가 많다. 그러나 그들 가운데는 본명과 생졸연도, 간략하나마 생애에 대해서도 알려진 인물들이 적지 않기 때문에, 제대로 된 주석본이라면 당연히 그런 점들을 밝혀주어 독자의 이해를 도와야 마땅하다. 그리고 이 책의 원문은 간단하지 않은 전고典故와 난해한 고문古文의 용어와 수사법이 많이 사용되었기 때문에 상세한 해설이 필요한 부분이 적지 않다. 무엇보다도 이 책에는 당시의 과학기술과 천문학, 건축학, 공연예술 등과 관련된 상당히 전문적인 인용문 및 설명이 들어 있는데, 이에 대해서도 상세하고 정확한 주석이 필요하다.

이 책의 역주 작업은 2005년도 한국연구재단의 동서양 고전 명저 번역 연구과제로 채택되어 2년 동안 진행되었다. 우리는 이 책의 역해를 위한 연구 모임을 결성하고 매 달 2,3차례의 강독 모임을 통해 원문의 내용을 세세히 분석하여 가능한 한 최대한 자연스러운 우리말로 옮기고, 해당 내용의 이해를 돕기 위한 주석들을 꼼꼼히 붙였다. 이를 위해서 우리는 기존에 중국에서 나온 주석서뿐만 아니라 인터넷과 CD에 담긴 방대한 전적들을 꼼꼼히 검색하고, 『가경중수양주부지嘉慶重修揚州府志』(阿克當阿 修, 姚文田 等 纂, 廣陵書社, 2006), 『양주도경揚州圖經』(焦循·江藩 撰, 江蘇古籍出版社, 1998), 『양주역사인물사전揚州歷史人物辭典』(王澄 主編, 浙江古籍出版社, 2001)과 같은 비롯한 다양한 참고자료들을 적극 활용했다.

당시 서울대학교 박사과정의 이영섭 선생과 홍주연 선생은 이 연구 모임에 적극 참여하여 일부 본문의 번역을 도와주기도 했다. 그러나 제대로 된 주석본의 도움도 없이 이 책에 담긴 방대한 내용을 거의 날것인 상태에서 번역하고 정밀한 주석을 붙이는 일은 예상보다 훨씬 어려운 일이었고, 특히 역자들의 역량이 미치지 못한 건축학이나 천문학, 전문 공연예술 등의 분야에서 연이어 벽에 부딪쳤다. 심지어 미완성의 상태에서 제출한 중간보고의 내용이 미흡하다는 이유로 연구비 지원이 보류되는 우여곡절을 겪기도 했다. 이 때문에 역주 작업의 초고는 연구를 시작하고 3년이 지난 2008년 말엽에야 간신히 완성되었다. 그러나 우리는 이 책의 번역이 제한된 시간에 맞춰 제출해야 하는 단순한 연구 과제 이상의 의미가 있다고 생각해서, 결과보고서를 제출한 이후에도 1년 가까이 수정과 보완 작업을 진행하여 적지 않은 오류를 추가로 바로잡을 수 있었다.

그럼에도 불구하고 이번에 간행된 번역 가운데는 일부 미흡한 부분이 아직 남아 있는데, 당연히 이러한 결함의 책임은 전적으로 이 번역의 연구책임자인 홍상훈과 공동연구원인 이소영에게 있다. 다만 아직 미흡한 부분이 적지 않은 상태로나마 책의 간행을 서두른 것은 정해진 기한 내에 한국연구재단에 최종 결과물로서 간행된 책을 제출해야 하기 때문이기도 하지만, 이런 정도의 역주 작업만으로도 우리나라의 중국학 연구에 기여할 수 있는 바가 적지 않을 것으로 판단했기 때문이다. 물론 이 번역서가 간행된 뒤에도 우리는 미흡한 부분이나 오류에 대해서는 각 분야 전문가들의 조언을 적극적으로 수렴하여 더욱 완정한 번역본을 만들기 위한 노력을 멈추지 않을 것이다.

揚州畵舫錄 전체 차례

揚州畵舫錄 3

권12

교동록橋東錄

1. '하포훈풍荷浦薰風'은 홍교 동쪽 기슭에 있으며 강원江園[1]이라고도 한다. 건륭 27년(1762)[2]에 황제께서 '정향원淨香園'이라는 이름과 함께 다음과 같은 어제시 2수[3]를 하사하셨다.

포구 가득한 붉은 연꽃 유월이라 향기 한창인데
크고 작은 자비로운 구름 물속에 환히 비치네.

---

1) 봉신원경奉宸苑卿 직위를 빈은 염싱 강춘江春의 별장이다. 강원은 크게 세 구역으로 나뉜다. '하포훈풍'과 '향해자운香海慈雲', '청랑간관青琅玕館'이 그것이다.
2) 광릉본에는 건륭 37년으로 되어 있으나 오류이다.
3) 첫째 시의 제목은 「제정향원題淨香園」이고, 둘째 시의 제목은 「정향원淨香園」이다.

끝없는 공덕의 힘으로 세속을 초월하여

기꺼운 마음으로 정향淨香이란 이름 지었네.

염원을 모은다면 어찌 어지러운 마음 품을 수 있으랴?

마음을 씻고 단정한 몸가짐으로 청정함과 하나 되네.

잠깐 쉬었다가 뱃길 옮겨 떠나면서

그대 집에서 좋은 시구 얻어 구경한 즐거움 갚았다네.

滿浦紅荷六月芳, 慈雲大小水中央.

無邊願力超塵海, 有喜題名曰淨香.

結念底須懷爛縵, 洗心雅足契淸凉.

片時小憩移舟去, 得句高齋興已償.

비 뿌린 뒤 깨끗함은 대숲에 들어온 듯 하고[4]

여름을 앞두고 풍기는 향기는 연꽃을 생각나게 하네.[5]

정해놓은 마음 없으니 발걸음 느려졌지만

덕분에 자연의 정경 마음으로 느낄 수 있었네.

깨끗한 책상은 글 쓸 준비 되어 있고

창에는 활발히 오가는 놀잇배들 담겨있네.

생황 소리 어느 밭두렁에서 흘러오는지?

두목杜牧의 작품집에 넣어도 되겠네.

雨過淨猗竹, 夏前香想蓮.

不期敎步緩, 率得以神傳.

几潔待題硏, 窗含活畫船.

笙歌題那畔, 可入牧之篇.

---

4) '중화본'과 광릉본에서는 시 원문의 '의죽猗竹'을 '의죽依竹'이라고 했으나, '산동본'
과 『평산당도지』 등에는 모두 '의猗'자로 표기되어 있다.

5) 이 구절은 강희제가 당시 감상하던 풍경구가 '향해자운香海慈雲'과 '하포훈풍荷浦薰
風'이었음을 짐작하게 해준다. 아울러 함련頷聯에는 두 구절의 중간에 각기 '정향淨香'
에서 한 글자씩 뽑아 안배해놓았다.

강원의 정문은 홍교 동쪽에 있다. 대숲 사이로 좁은 길이 나 있고, 숲 안쪽에 있는 작은 집을 수정水亭이라 부른다. 수정 밖으로 청화당淸華堂과 청랑간관靑琅玕館이 있고, 그 바깥이 부매서浮梅嶼이다. 대나무 숲이 끝나는 곳에 춘우랑春雨廊과 행화춘우당杏花春雨堂이 있고, 그 뒤쪽이 활터[習射圃]이며, 그 바깥쪽은 녹양만綠楊灣이다. 녹양만 물가에 정자가 있고 '춘계春禊'라는 편액이 걸려 있다. 활터 앞에는 5칸짜리 넓은 청당廳堂이 서 있는데, 황제께서 '이성당怡性堂'이라는 이름을 하사하셨다. 이성당 왼쪽에 작은 건물[子舍]을 지어놓았는데, 서양의 건축법을 모방했다. 그 가운데에 취영롱관翠玲瓏館이 있으며, 거기를 나가면 봉호영蓬壺影이다. 그 아래가 바로 삼권청三捲廳이고, 옆이 강산사망루江山四望樓이다. 누대의 뒷부분이 천광운영루天光雲影樓와 닿아 있고, 누대 뒤로 자등紫藤 넝쿨이 길게 뻗어 있으며, 그 옆에 추휘서옥秋暉書屋과 함허각涵虛閣 등의 아름다운 경관이 있다. 또 춘파교春波橋가 있고, 그 밖으로 내훈당來薰堂과 완향루浣香樓, 해운감海雲龕, 의주정艤舟亭이 있으며, 춘파교 안쪽으로 산호림珊瑚林과 도화관桃花館, 작천정勺泉亭과 의산정依山亭이 있다. 여기에서 조릿대 자란 개울과 사초 핀 길로 들어가면 영취루迎翠樓에 닿게 된다.

2. 강원의 문은 서원西園의 문과 서로 마주보고 있다. 문 안으로는 대숲 사이로 길이 나 있고 물가에 곱자 모양으로 이어진 건물[曲尺洞房]이 서 있는데, '은당춘효銀塘春曉'라는 편액이 붙어 있다. 정원사가 이곳을 찻집으로 만들어 '강원수정江園水亭'이라 불렀고, 그 아래 흰 거위가 많이 있다.

3. 칭화당은 물가에 있는데 기둥 밑에 마름 따위가 자라고 있고, 다음과 같은 대련이 붙어 있다.

마름 잎과 연잎 우거져 서로를 비추고
물가의 나무들 말쑥하니 아름답구나.
菱荷疊映蔚[사영운謝靈運]6)
水木湛淸華[사혼謝混]7)

　청화당 뒤에는 키 큰 대나무[篔簹] 수만 그루가 자라 처마까지 닿아 있다.
거기서 멀리 왼쪽으로 한 줄기 긴 회랑[修廊]이 눈에 들어오는데, 나무들의
형체가 낮게 깔린 하늘을 배경으로 보이고, 누각들은 녹음에 뒤덮여 어둑하
다. 청화당 뒤로 긴 회랑이 구불구불 이어지고 주위에는 키 큰 대숲이
둘러져 있다. 회랑 아래의 문을 대나무 길로 들어가면 그 안 깊숙한 곳에
'청랑간관'이라는 조그만 집이 있는데, 여기에는 이런 대련이 붙어 있다.

---

6) 사영운謝靈運(385~433)은 남조 송나라의 시인이다. 그는 진군陳郡 양하陽夏(지금의 허
난河南 타이캉太康) 사람인데 회계會稽 시녕始寧(지금의 저쟝浙江 상위上虞)에서 태어나
전당錢塘 두가杜家에 맡겨져 컸기 때문에 아명이 객아客兒이고 세간에선 사객謝客이라
불렸다. 또 그는 사현謝玄의 손자로 18세에 진晉에서 강락공康樂公 작위를 세습했기 때
문에 사강락謝康樂이라고도 불린다. 그는 진나라 말기에 낭야琅琊 왕덕문王德文의 대사
마행참군大司馬行參軍을 지냈고 예주豫州 자사 유의劉毅의 기실참군記室參軍, 북부병장령
北府兵將領 유유劉裕의 태위참군太尉參軍 등을 지냈다. 송나라에 들어와 유유가 사족을 억
압하는 정책을 써서 강락후康樂侯로 지위가 강등되어 영가永嘉 태수를 역임하고 임천내
사臨川內史 등의 직책을 맡았다. 433년에 송나라 문제文帝 유의륭劉義隆이 '반역'의 죄명
을 걸어 죽였다. 그는 시와 문장에 모두 뛰어났고 산수를 방랑하며 쓴 산수자연시는
중국시의 경계를 새로 넓혔다는 평가를 받는다. 『수서隋書』 「경적지經籍志」에 『사영운
집謝靈運集』 19권이 있다는 기록이 있으나 없어졌고, 명나라 때 장부張溥가 집록한 『사
강공집謝康公集』 2권과 이헌길李獻吉이 집록한 『사강락집謝康樂集』이 있다. 사영운의 「석
벽정사환호중작石壁精舍還湖中作」 “菱荷迭映蔚, 蒲稗相因依. 披拂趨南逕, 愉悅偃東扉”
에 해당 구절이 들어 있다.
7) 사혼謝混(?~412)은 동진東晉의 문인으로 자가 숙원叔源이고 아명이 익수益壽이며, 양
하陽夏(지금의 허난河南 타이캉太康) 사람이다. 그는 사안謝安의 손자이며 효무제孝武帝
의 딸 진릉공주晉陵公主를 부인으로 맞았다. 관직은 상서좌복야尙書左僕射까지 지냈으
며 유의劉毅와 가깝게 지내다 유의가 패하자 피살되었다. 『남사南史』 「사회전謝晦傳」에
“당시 사혼이 풍채와 재능에서 강남 제일이었다[時謝混風華爲江左第一]”는 기록이 있
다. 중국 산수시의 선구적인 인물로 꼽히는 그에게는 문집 5권이 있었다고 하나 없어
졌고, 현재 시 3수가 전한다. 사혼의 「유서지遊西池」에 “景昃鳴禽集, 水木湛淸華”라는
구절이 있다.

멀리 뽀족한 봉우리 조그맣게 솟아 있고

들판의 대나무는 푸른 하늘까지 닿아있네

遙岑出寸碧[한유韓愈][8]

野竹上靑霄[두보杜甫][9]

여기에는 비정碑亭[10]이 세워져 있고, 다음과 같은 어제시[11]가 쓰여 있다.

옥을 쌓은 듯 반짝이는 대숲 속에 작은 길 나뉘고

가벼운 바람 따라 온갖 자연의 소리 하늘 높이 울리네.

갑자기 담장 너머 떠들썩한 음악소리 들리니

괜히 이 사람 비웃지나 않을는지.[12]

萬玉叢中一徑分, 細飄天籟迥干雲.

忽聽牆外管弦沸, 却恐無端笑此君.

4. 청랑간관의 뒤쪽으로 바로 이어서 다시 작은 회랑 10여 칸을 지어놓았고 '춘우랑春雨廊'이란 편액이 붙어 있다. 회랑이 끝나는 곳에 행화춘우당을 널찍하게 지어놓았고, 거기엔 다음과 같은 대련이 걸려 있다.

밝은 달밤 뱃전에서 어부가 노래하고

---

8) 『전당시』 권791에 수록된 한유韓愈와 맹교孟郊가 함께 쓴 「성남련구城南聯句」에 "遙岑出寸碧, 遠目增雙明"이라는 구절이 있다.

9) 두보에 대해서는 『양수화방록』 권1 「신성북록莘河錄·싱上·48」을 참조할 것. 『전당시』 권224에 두보의 수록된 「배정광문유하장군산림십수陪鄭廣文游何將軍山林十首—산림재위곡서탑피山林在韋曲西塔陂」 첫 번째 수에 "不識南塘路, 今知第五橋. 名園依綠水, 野竹上靑霄"라는 구절이 있다.

10) 비석을 보호하기 위해 세운 건축물을 가리킨다.

11) 이 시는 건륭 45년(1780) 제5차 강남 순시 때에 지은 것으로, 제목은 「청랑간관희성구호靑琅玕館喜成口號」이다.

12) 황제의 행차로 인해 떠들썩한 분위기가 연출되어 청정한 대숲이 자신의 방문을 싫어하지 않을까 걱정스럽다는 의미이다.

주렴 너머 보슬비에 향긋한 살구꽃 피네.

明月夜舟漁父唱[맹빈우孟賓于][13)

隔簾微雨杏花香[한유韓愈][14)

지금 이곳은 폐허가 되어 활터로 바뀌었다.

5. 긴 회랑[修廊] 밖으로 물 가운데 수많은 바위들이 물결 속에 떠 있는데, 이것이 부매서浮梅嶼이다. 운하가 여기에서 두 줄기로 나뉘니 항세준杭世駿의 시구 '홍교 겨우 지나니 길이 또 갈라지네[才過虹橋路又叉]'는 이를 두고 읊은 것이다. 부매서 위엔 비정碑亭이 세워져 있고, 황제께서 내리신 '정향원淨香園'이란 글자가 돌 편액에 새겨져 있고, 어제시에서 뽑은 시 구절로 만든 대련이 붙어 있다.

비 뿌린 뒤 깨끗함은 대숲에 들어온 듯 하고

여름을 앞두고 풍기는 향기는 연꽃을 생각나게 하네.

雨過淨猗竹, 夏前香想蓮.

이 섬은 아름답고 가파른 바위들이 모래와 물 위에 누워 있으니, 그야말로 작은 볼거리이다.

---

13) 맹빈우孟賓于(?~?)는 자가 국의國儀이고 호가 옥봉수玉峰叟이며 연주連州(지금의 광동성에 속함) 사람이다. 왕우칭王禹稱의 『맹수부시집서孟水部詩集序』에 의하면 그는 후진後晉 천복天福 9년(944)에 진사에 급제하고 영릉종사零陵從事를 지냈다. 남당南唐 때 풍성부豊城簿, 감양령淦陽令을 역임하고, 송나라 태종太宗 태평흥국太平興國 연간에 연상連上으로 돌아가 83세에 죽었다. 저작으로 『금별집金鼈集』이 있었다 하나 지금은 남아 있지 않다. 『전당시』 권740에 수록된 맹빈우의 「회련상구거懷連上舊居」에 "閑思連上景難齊, 樹繞仙鄕路繞溪. 明月夜舟漁父唱, 春風平野鷓鴣啼"라는 구절이 있다.

14) 본문의 한유는 한악韓偓을 잘못 기록한 것으로 보인다. 『전당시』 권683에 수록된 한악의 「한식야유기寒食夜有寄」에 "雲薄月昏寒食夜, 隔簾微雨杏花香"이란 구절이 있다.

6. 회랑 아래쪽으로 문을 내서 나루터[水馬頭]를 설치했다. 여기에는 '녹양만綠楊灣'이란 편액이 걸려 있고, 다음과 같은 대련이 있다.

> 버들 색 푸른 돌 연못 앞에 시냇물 굽이돌고
> 복사꽃 만발한 바위 동굴 나무마다 봄이로세.
> 金塘柳色前溪曲[온정균溫庭筠][15]
> 玉洞桃花萬樹春[허혼許渾][16]

　문 밖에는 춘계정春禊亭이 물속에 서 있고, 부매서로 통하는 작은 다리가 있다. 춘계정엔 다음과 같은 대련이 붙어 있다.

> 버드나무는 봄 내내 천하를 푸르게 물들이고
> 연꽃 향기는 바람에 실려 사방에 가득하네.
> 柳占三春色[온정균溫庭筠][17]
> 荷香四座風[유위劉威][18]

7. 녹양만 문 안에는 청사가 세워져 있는데, '이성당怡性堂'이라고 써서 황제가 하사하신 편액과 어제시의 시 구절로 만든 다음과 같은 대련이 있다.

---

15) 온정균溫庭筠에 대해서는 『양주화방록』 권1 「초하록草河錄·상上·47」을 참조할 것. 『전당시』 권576에 수록된 온정균의 「조어가罩魚歌·잡언雜言」에 "楚岸有花花蓋屋, 金塘柳色前溪曲. 悠溶杳若去無窮, 五色澄潭鴨頭綠"이란 구설이 있다.

16) 허혼許渾에 내해시는 『양주화방록』 권6 「성부록城北錄·21」을 참조할 것. 『전당시』 권535에 수록된 허혼의 「증왕산인贈王山人」에 "年長每勞推甲子, 夜寒初共守庚申. 近來聞說燒丹處, 玉洞桃花萬樹春"이란 구절이 있다.

17) 『전당시』 권577에 수록된 「태자서지이수太子西池二首─일작제량체─作齊梁體」의 두 번째 수에 "花紅蘭紫莖, 愁草雨新晴. 柳占三春色, 鶯儇白鳥聲"이란 구질이 있다.

18) 유위劉威(?~?)는 당나라 회창會昌(841~846) 연간에 활동한 사람으로 『전당시』에 27수의 시가 남아 있다. 『전당시』 권562에 수록된 유위의 「조추유호상정早秋游湖上亭」에 "危亭秋尚早, 野思已無窮. 竹葉一尊酒, 荷香四座風"이란 구절이 있다.

청사 건물은 높고 널찍하게 지어졌으며, 화려한 문에는 자물쇠가 달려 있고, 앞은 탁 터져 넓고 뒤는 숲이 우거져 있다. 오른쪽으로 산자락 아래에 무늬가 아름다운 녹나무와 대나무를 다듬어 선루仙樓를 세우고, 나무 평상[木榻]을 놓아두었다. 선루는 향단목으로 주렴[飛簾]을 조각하고, 꽃무늬를 새긴 난간花檻, 기와와 나무를 이용해 계단 같은 것들을 만들어놓았다. 왼쪽으론 산자락 아래에 서양 건축법을 모방하여 앞에는 난간을 설치하고 심옥深屋을 지었는데, 멀리서 보면 수십 수백 줄로 늘어선 것처럼 보이고, 한 바퀴를 빙 돌아가기도 하고, 갑자기 길이 꺾이기도 해서 눈이 어지럽고 발걸음을 떼기가 무섭다. 이곳은 사람들이 종소리에 방향을 바꾸어 갈 수 있도록 해놓았다.

방 안에는 자명종을 설치해놓아 건물 하나를 꺾어 지나갈 때마다 종이 한 번씩 울리는데, 자명종을 움직이는 기계장치가 꺾이는 곳마다 설치되어 있다. 바깥쪽에는 산과 강, 바다와 섬들, 바닷길을 그려놓았다. 맞은편엔 영등影燈19)이 설치하여 유리 거울을 이용해 건물 안에 그려둔 그림이 비치게 해놓았으며, 위쪽에 1자가 넘는 천창天窗을 내서 햇빛과 구름 그림자가 서로 어우러지고 달빛과 햇빛이 비쳐들어 아름답게 반짝거리게 했다. 거기에 또 인력거의 좌석과 짐칸 부분을 옆으로 세워놓은 것처럼 넓고 큰 돌[宣石]을 장식해놓았다.

여기에서 왼쪽으로 빙 돌아 작은 회랑을 지나가면 취영롱관에 닿게 된다. 그곳엔 '소지규월小池規月'과 '왜죽인풍矮竹引風'이 있다. 건물 안에는 꽃 울타리를 엮어놓았고, 공주贛州 탄하灘河의 작은 돌로 마름모가

---

19) 채등彩燈의 일종으로 등 겉면에 인물이나 화훼花卉, 사계절 풍경 등을 그려놓았다. 후대의 주마등走馬燈과 비슷한 종류이다.

죽 이어진 모양[方勝式]으로 바닥을 모두 깔아놓았다. 옆에는 책을 두는 서궤書櫃가 모두 4개 놓여 있고, 옆으로 서궤의 문을 열면 봉호영蓬壺影에 이른다. 여기엔 다음과 같은 대련이 있다.

청록빛 기와 붉은 용마루 성곽을 비추고
연못을 내고 돌을 쌓아 봉래산을 그려냈네.
碧瓦朱甍照城郭[두보杜甫][20]
穿池疊石寫蓬壺[상원단常元旦][21]

이곳은 서재西齋라고도 한다. 본래 당씨唐氏의 서장西莊이 있던 곳이었는데, 후에 이 지역 사람이 사들여 국화를 길렀고 당촌唐村이라 불렀다. 당촌은 옛날 보장호의 둔덕이기도 해서 세간에선 당가호唐家湖라고 불렀다. 강씨가 당촌을 사서 땅을 파다가 넓고 큰 돌 수만 개를 얻었다. 아마도 그것은 매몰되었던 옛 서촌西村의 가산假山에서 나온 것일 터이다. 강씨는 그 돌들을 쌓아 작은 산을 만들고, 그 위에 집을 지어 '수패풍상水佩風裳'이란 편액을 걸었다. 그곳엔 다음과 같은 대련이 붙어 있다.

예쁜 꽃 많이 피어 대숲과 어우러지고
연꽃 자라지 않은 곳 없네.
美花多映竹[두보杜甫][22]
無處不生蓮[두순학杜荀鶴][23]

---

20) 『선당시』 권220에 수록된 두보의 「일왕루기越工樓歌—태종가월왕정위면주자사太宗子越王貞爲綿州刺史, 작대우주성서북作臺于州城西北」에 "孤城西北起高樓, 碧瓦朱甍照城郭"이란 구절이 있다.
21) 상원단常元旦은 당나라 측천무후則天武侯 시대에 활동한 사람인 듯하다.
22) 『전당시』 권225에 수록된 두보의 「봉배정부마위곡이수奉陪鄭駙馬韋曲二首」 제2수에 "美花多映竹, 好鳥不歸山"이란 구절이 있다.
23) 두순학杜荀鶴에 대해서는 『양주화방록』 권7 「성남록城南錄·25」를 참조할 것. 『전당시』 권691에 수록된 두순학의 「송우유오월送友游吳越」에 "有園多種橘, 無水不生蓮"이

이 선석은 석공石工 구호석仇好石이 만들었다. 그는 당시 21살이었는데, 이 돌을 다듬다가 폐병[癆瘵]에 걸려 죽었다.

8. 이성당 뒤편에는 대나무와 측백나무가 숲을 이루고 있다. 거기에서 작은 길을 따라 원문圓門으로 들어가면 그 안에 높은 누대가 구름을 가르며 서 있다. 이 누대를 '강산사망루江山四望樓'라 하는데, 다음과 같은 대련이 붙어 있다.

> 붉은 산 푸른 시내 어우러져 아름답고
> 대숲에 둘러싸인 집과 난초 핀 계단 모두 청정하구나.
> 山紅澗碧紛爛縵[한유韓愈][24]
> 竹軒蘭砌共淸虛[이함용李咸用][25]

9. 함허각은 강산사망루의 왼쪽에 있다. 모두 4칸이고 뒤쪽 창이 녹양만의 작은 회랑과 붙어 있으며, 나들이객이 여기에서 많이들 쉬어간다. 여기엔 다음과 같은 대련이 있다.

> 둥근 못에 흐르는 달빛 쏟아지고
> 꽃 핀 언덕에 봄날 밀물이 넘실대네.
> 圓潭寫流月[손적孫逖][26]

란 구절이 있다.

24) 『전당시』 권338에 수록된 한유의 「산석山石」에 "山紅澗碧紛爛漫, 時見松櫪皆十圍"라는 구절이 있다.

25) 이함용李咸用(?~?)은 내붕來鵬(?~883?)과 동시대 사람으로 시에 뛰어났다. 그는 과거에 급제하지 못하고 황제의 부름에 응해 관직에 추천된 적은 있다. 『피사집披沙集』 6권이 있었다고 전해지며 현재 3권으로 편집되어 남아 있다. 『전당시』 권646에 수록된 이함용의 「제유처사거題劉處士居」에 "壓破嵐光牛畝餘, 竹軒蘭砌共淸虛"라는 구절이 있다.

26) 손적孫逖(?~?)은 당날 때) 하남河南 사람이다. 그는 개원開元 연간에 3번 갑과甲科에 합격하여 좌습유左拾遺, 집현원수찬集賢院修撰, 고공원외랑考功員外郎, 중서사인까지 역임

華岸上春潮[청강淸江]27)

10. 천광운영루天光雲影樓는 강산사망루의 후미에 있다. 두 누대는 곱자 모양으로 이어져 있는데, 아래쪽은 길이 통하지 않지만 위쪽은 길이 통하게 되어 있다. 천광운영루에는 다음과 같은 대련이 붙어 있다.

  처마에 걸린 푸른 산봉우리에 가을 햇살 비추고
  물결 위 무지개 같은 다리에 황혼 빛이 흔들리네.
  檐橫翠嶂秋光近[오융吳融]28)
  波上長虹晚景搖[나업羅鄴]29)

11. 추휘서옥은 천광운영루의 왼쪽 첫 번째 줄, 강산사망루의 뒤편 첫 번째 줄에 있다. 이곳은 침실처럼 만들어져 있어 나들이객이 여기에서 많이 쉬어간다. 여기에는 다음과 같은 대련이 붙어있다.

  했으며 태자첨사太子詹事로 생을 마쳤다. 시호는 문文이다. 문집 20권이 있고 현재 시집 1권이 집록되어 남아 있다. 본문에 손막孫邈으로 된 것은 오기인 듯하다. 『전당시』 권 118에 수록된 손막의 「갈산담葛山潭」에 "圓潭寫流月, 晴明涵萬象"이란 구절이 있다.

27) 청강淸江(?~?)은 회계會稽 사람이며 당나라 정원貞元 연간에 청주淸晝와 나란히 이름을 날려 '회계이청會稽二淸'이라 불렸다. 시집 1권이 있었다. 『전당시』 권812에 수록된 청강의 「송견상인귀항주천축사送堅上人歸杭州天竺寺」에 "雲山霽夜雨, 花岸上春潮"라는 구절이 있다.

28) 오융吳融에 대해서는 『양주화방록』 권7 「성남록城南錄·32」를 참조할 것. 『전당시』 권687에 수록된 오융의 「추일경별서秋日經別墅」에 "檐橫碧嶂秋光近, 樹帶閑潮晚色昏" 이란 구절이 있다.

29) 나업羅鄴(877 진후)은 생졸연대의 자기 불분명하며 여항余杭 사람이다. 대체로 당나라 건부乾符 연간을 전후로 살았던 것으로 보인다. 부친이 염철리鹽鐵吏여서 재산이 수만금에 달했고, 나업 형제 모두 문학으로 명성이 있었는데 특히 나업이 율시律詩에 뛰어났다. 당시 친족 중에 나은羅隱과 나규羅虯가 모두 시에 뛰어나 함께 '삼라三羅'라 불렸다. 그는 함통咸通 연간에 과거에 누차 낙방하고 여러 지역을 떠돌아다니나 죽있다. 광화光化 연간(899전후)에 위장韋莊이 상주하여 진사 학위를 수여하고 보궐 직함을 받았다. 시집 1권이 있다. 『전당시』 권654에 수록된 나업의 「문우인입월막인이시증聞友人入越幕因以詩贈」에 "岸邊叢雪晴香老, 波上長虹晚影遙"란 구절이 있다.

시서詩書는 내 오랜 친구

산수山水는 맑은 소리 지녔네.

詩書敦夙好[도잠陶潛][30]

山水有清音[좌사左思][31]

강원에서 가장 아름다운 경관이 이성당 뒤편인데, 예전에 내가 여기에 관한 유기游記를 한 편 지은 적이 있어 함께 실어 둔다. 유기는 다음과 같다.

건륭 신묘辛卯년(1771) 7월 초하루에 어떤 손님이 엿새 후인 을사일乙巳日에 호수에서 만나자고 청했다. 술 한 동이와 쌀 5말, 세발 달린 당鐺,[32] 등롱 26개, 바둑판 하나, 퉁소 한 자루를 준비하고 노잡이 두 명과 손님들, 뱃사람까지 22명이 한 배를 타고 호수 한가운데로 갔다. 난간에 기대어 앉아 있는 이, 물결을 내려다보는 이, 차 맛을 놓고 겨루는[茗戰] 이가 있는가 하면, 바

---

30) 도잠陶潛(365~427)은 동진東晉의 시인으로 자가 연명淵明이다. 일설에는 이름이 연명이고 자가 원량元亮이라고도 한다. 심양尋陽 시상柴桑(지금의 장시江西 지우장九江 서쪽) 사람이다. 그는 주州의 좨주祭酒와 참군參軍을 거쳐 팽택령彭澤令을 지내다가 5되 쌀 때문에 허리를 굽히고 살 수 없다며 벼슬을 버리고 고향으로 돌아와 은거하였다. 농촌 풍경과 전원생활을 읊은 시가 많으며 「귀원전거歸園田居」, 「음주飲酒」, 「도화원기桃花源記」 등의 대표작이 있다. 『도연명집陶淵明集』이 전한다. 도잠의 「신축세칠월부가환강릉야행도구辛丑歲七月赴假還江陵夜行涂口」에 "詩書敦夙好, 園林無世情"이란 구절이 있다.

31) 좌사左思(?~?)는 자가 태충太沖이고 동진東晉 시대 임치臨淄(지금의 산동山東 쯔보淄博) 사람이다. 그는 얼굴이 못생기고 말을 더듬어 사람들과 잘 어울리지 못했으나 화려하고 웅장한 스케일의 글을 잘 써서 1년에 걸쳐 「제도부齊都賦」를 썼던 것으로 유명하다. 272년에 누이가 후궁으로 선발된 뒤 온 집안이 낙양으로 이사했고, 그도 비서랑秘書郎을 맡게 되었다. 그러다가 원강元康 말년에 벼슬을 사퇴하고 의춘리宜春里에 은거하며 독서에 전념했다. 그는 문집 5권이 있었다고 하나, 현재는 부賦 2편과 시 14수만이 전지고 있다. 그의 「삼도부三都賦」는 그 때문에 낙양 지가紙價가 올랐다는 얘기가 전해지며, 「영사시詠史詩」와 함께 대표작으로 꼽힌다. 좌사의 「초은시招隱詩·일一」에 "非必有絲竹, 山水有清音"이란 구절이 있다.

32) 온기溫器의 일종으로 세 발이 달려 있고 크기가 작다. 술이나 차 등을 따뜻하게 데울 때 쓰며 보통 금속이나 도기, 자기 등으로 만든다.

둑을 두는 이들과 그 옆에서 자세히 들여다보는 이, 수가 좋지 않다며 손짓으로 가리키는 이, 수염을 비비 꼬면서 크게 탄식 하는 이, 옆에서 승패를 놓고 입씨름 하는 이도 있었다. 그렇게 바둑 한 판이 끝나자마자 다시 또 한 판이 시작되어 승패가 바뀌기도 하고, 상대를 바꿔가며 계속 판이 벌어졌다. 맨발로 다니는 이가 있는가 하면 노래하는 이, 거기에 화답하는 이, 주위를 두리번거리며 손짓하는 이, 멀찍이 떨어진 자리에서 눈짓으로 뭐라고 하는 이, 다른 배에 탄 사람들과 말을 주고받는 이들도 있었다. 그렇게 이리저리 왔다 갔다 하면서 잠시도 자리에 가만 앉아 있질 않았다.

이 무렵 배가 녹양만으로 들어가자 배를 잠시 멈추고 쉬면서 음식을 준비했다. 식사가 끝나자 나를 초청한 그 손님은 너무 시끄럽다며 바둑을 그만두게 하고 유람도 더 않기로 하고는 함허각에 앉아 각자 알고 있는 이야기를 했다. 사람들이 조용해지자 재기 넘치는 말도 술술 풀려나와 당·송 시대의 소설이나 지이志異 같은 책들에 담긴 이야기들이 모두 화제에 올랐다. 눈썹이 희끗희끗하고 머리가 벗겨진 노인에서부터 하얀 피부의 젊은이에 이르기까지 이야기는 실제 있는 사람, 실제 있던 사건 그대로였다. 또 신선이나 귀신의 이야기를 빌려 작자의 뜻을 담은 것들도 있어, 사실 여부를 고증할 수는 없었지만 훌륭하고 재미있는 이야기들이 많았다. 어떤 경우는 이야기의 장소를 직접 대면서 그 이야기를 신비하게 꾸며서 "언제 어떤 일이 있었는데 돌아가신 우리 아버님께서 들려주신 이야기이다"라든가 "어느 마을 어느 동네에서 내가 어릴 때 직접 본 것이다"라고 하기도 했다. 신기한 이야기를 수집하고, 떠도는 이야기를 끌어 모아, 자질구레하고 쓸모없는 이야기들까지, 무수한 이야기를 죽 늘어놓았다. 신기한 경험담을 들으면 모두 즐거워하고, 어쩌다 남녀상열지사라도 나오면 다들 포복절도했다. 자잘하게는 짧은 노래와 해학담, 불교 얘기나 무당들의 일화, 귀신 쫓는 나희儺戱나 노래하는 배우들 얘기까지 있어, 실로 귀한 보물을 만지는 듯, 진귀한 책을 읽는 듯, 하루해가 어느새 저물어버렸다.

시간은 벌써 석양이 붉게 물들고 밥 짓는 연기 피어오르는 때가 되어 일행

은 누각 안에서 술을 마시기 시작했다. 술이 세 순배 돌자 시권猜拳[33]을 하기
도 하고, 독작을 하기도 하고, 노래를 부르기도 하고 술을 마시기도 하며, 나
를 청한 그 손님이 하자는 대로 따랐다. 술이 얼큰하게 취하자 길게 이어지
는 통소 소리 속에서 흔들흔들 배를 타고 일렁이는 안개 속으로 들어갔다.[34]
강의 양 기슭에 핀 가을꽃은 시든 꽃들 사이에서 자태를 뽐내고, 어스름한
구름 끊어진 곳에 은하수 물길이 얕게 깔리고 견우성이 함께 빛나고 있었
다.[35] 향기로운 풀은 반딧불을 품어 환하게 사람을 비추고, 구슬픈 매미는
나무를 떠나지 못하고 밤새 여기저기서 울어댔다. 초승달은 힘이 없어 쉬이
물속에 가라앉고, 밤은 고요하고 산은 적막한데 작은 배는 물결 따라 흔들렸
다. 찬란한 등불 속에서 뒤엉킨 마름들이 출렁거리고, 대숲이 부산해지자 새
들이 흩어지며 새벽이 밝아오고 있었다. 사원의 첫 종이 울리자 배 안의 사
람들 모두 헤어지기 아쉬운 얼굴이었다.

　오늘 밤이 어떤 밤인가? 예로부터 칠월 칠석이라 부르던 그 밤이었던 것이
다. 배를 타고 돌아와 천광운영루 아래 함께 누웠다. 칠석 밤이 지나고 팔일
아침이 밝자 다시 함께 천광운영루에 올라갔다. 세수도 하지 않고, 먹지도 않
은 채, 웃거나 말도 하지 않았다. 고개 들어 하늘을 보는 이는 자주 뒷짐을
졌고, 처마 밑을 둘러보는 이는 걸음이 약간씩 흔들렸고, 난간에 기댄 이들은
모두 턱을 괴고 있었으며, 뭔가를 뚫어져라 보던 이는 숨을 크게 골랐고, 하
품을 하며 기지개를 켜는 이는 졸음이 남은 듯 했고, 두 다리를 펴고 털썩 주
저앉은 이는 좌우를 흘깃거렸다. 모두들 속세의 예법을 털어버린 초탈한 모
습이었다.

---

33) 본문에는 무전挴戰이라고 표현되어 있는데 동일한 말이다. 주령酒令의 일종으로 두
　　사람이 동시에 한 손을 내놓으며 각자 두 사람이 편 손가락의 개수가 모두 몇 개인지
　　를 예측하여 말하는 놀이이다. 이 결과에 따라 진 사람이 술을 마신다.
34) 이 문장의 "소성우우簫聲于于" 부분 뒤에 "견우상여牽牛相與" 구절이 이어지는데, 문
　　맥상 적합지 않아 '산동본'의 교감에 따라 뒤 문장으로 옮겨 해석했다.
35) '중화본'에서는 이 부분을 "酒酣耳熱, 簫聲于于, 牽牛相與. 搖艇入烟波中. 兩岸秋花,
　　哀紅自矜. 暮雲斷處, 銀河水淺."이라고 표기했으나, '광릉본'과 '산동본'에 따라 고쳐
　　서 번역했다.

辛卯七月朔, 越六日乙巳, 客有邀余湖上者. 酒一甕, 米五斗, 鐺三足, 燈二
十有六, 掛棋一局, 洞簫一品, 篙二手, 客與舟子二十有二人, 共一舟, 放乎中
流. 有倚檻而坐者, 有俯視流水者, 有茗戰者, 有對弈者, 有從旁而諦視者, 有
憐其技之不工而爲之指畫者, 有捻鬚而浩歎者, 有訟成敗于局外者, 于是一局
甫終, 一局又起, 顚倒得失, 轉相戰鬥. 有脫足者, 有歌者, 和者, 有顧盼指點
者, 有隔座目語者, 有隔舟相呼應者, 縱橫位次, 席不暇暖. 是時舟入綠楊灣,
行且住, 舍而具食. 食訖, 客病其囂, 戒弈, 亦不游, 共坐涵虛閣各言故事. 人心
方靜, 詞鋒頓起, 擧唐宋小說志異諸書, 盡入塵下. 自龐眉禿髮以至白晳年少,
人如其言而言如其事. 又有寓意于神仙鬼怪之說, 至于無可攷證, 耀采繢粉. 或
指其地神其說曰 : '某時某事,　吾先人之所聞也 ; 某鄕某井,　吾童子時所親見
也.' 纂組異聞, 網羅軼事, 猥璅贅餘, 絲紛櫛比, 一經奇見而色飛, 偶爾艶聆而
絶倒. 乃瑣至齟齬曲諧謔, 釋梵巫呪, 儺逐伶倡, 如擎至寶, 如讀異書, 不覺永日
易盡. 是時夕陽晚紅, 烟出景暮, 遂飲閣中. 酒三巡, 或拇戰, 或獨酌, 或歌, 或
飮, 听客之所爲. 酒酣耳熱, 簫聲于于, 搖艇入烟波中. 兩岸秋花, 哀紅自矜. 暮
雲斷處, 銀河水淺, 牽牛相與. 芳草爲螢, 的歷照人 ; 哀蟬戀樹, 咽夜互鳴. 新
月無力, 易于沉水 ; 夜靜山空, 扁舟容與. 燈火燦爛, 菱蔓不定 ; 竹喧鳥散, 曙
色欲明. 寺鐘初動, 舟中人皆有离別可憐之色. 今夕何夕? 蓋古之所謂七夕也.
歸舟共臥于天光雲影樓下. 七夕旣盡, 八日復同登天光雲影樓 ; 不洗盥, 不飮
食, 不笑語 ; 仰首者輒負手, 巡檐者半搖步, 倚欄者皆支頤, 注目者必息氣, 欠
伸者餘睡情, 箕踞者多睥睨, 各有瀟灑出塵之想.

12. 함허가 밖에는 작은 정자가 세워져 있는데, 여기에는 4폭짜리 병풍
을 두르고 '하포훈풍荷浦薰風'이라는 글자를 새겨놓았다. 이 정자를 지나
면 바로 산호림珊瑚林과 도화관桃花館이고, 맞은편 기슭은 내훈당來薰堂
과 해운감海雲龕이며, 춘파교春波橋가 원림 안을 흐르는 좁은 물길[夾河]
위를 가로지르고 있다. 춘파교 서쪽이 '하포훈풍'이고 동쪽이 '향해자운
香海慈雲'이다. 이곳은 앞쪽은 호수이고 뒤쪽은 포구인데, 호수에는 붉은

연꽃을 기르고 말뚝을 박아서 표지로 삼아 연꽃을 둘러쌌고, 포구에는
흰 연꽃을 기르고 흙을 쌓아 둑을 만들어 둘러싸놓았다. 둑 위에 작은
구멍을 내어 포구의 물과 호수의 물이 통하게 해놓았다. 둑 위에는 배
를 매는 기둥[枋楔]을 세우고, 그 좌우로 기둥 4개를 박은 뒤 가운데에
'향해자운'이라는 편액을 넣었는데, 그 글씨는 재상 윤계선尹繼善36)이
쓴 것이다.

13. 내훈당은 춘파교 동쪽에 있는데, 앞쪽은 호수이고 뒤쪽은 포구이며,
왼쪽에는 무성한 숲이고 오른쪽은 산자락이다. 내훈당은 완향루浣香樓
로 이어지며, 다음과 같은 대련이 붙어 있다.

> 안개 걷히자 푸른 부채 위로 맑은 새벽바람 불고
> 햇빛 따스한 금빛 계단에 해 그림자 옮겨가네.
> 烟開翠扇淸風曉[허혼許渾]37)
> 日暖金階晝刻移[양사악羊士諤]38)

완향루에는 다음과 같은 대련이 붙어 있다.

> 고요한 골짜기에 가을 샘물 소리 울려오고
> 깊은 누대는 허공에 놓인 다리로 이어지네.
> 谷靜秋泉響[맹호연孟浩然]39)

---

36) 『양주화방록』 권2 「초하록草下錄・하下・108」을 참조할 것.
37) 『전당시』 권533에 수록된 허혼의 「추만운양역서정련지秋晚雲陽驛西亭蓮池」에 "烟開翠
    扇淸風曉, 水泥紅衣白露秋"라는 구절이 있다.
38) 양사악羊士諤(762?~819)은 당나라 태산泰山(지금의 산둥山東 타이안泰安) 사람이다. 그
    는 785년 진사에 급제하여 선흡순관宣歙巡官, 감찰어사, 지제고知制誥, 자주자사資州刺史
    등을 역임했다. 시집 1권이 있다. 『전당시』 권332에 수록된 양사악의 「춘일조파정대중
    료우春日朝罷呈臺中寮友」에 "雲披彩仗春風度, 日暖香階晝刻移"라는 구절이 있다.
39) 맹호연孟浩然에 대해서는 『양주화방록』 권1 「초하록草河錄・상上・50」을 참조할 것.

樓深複道通[시숙柴宿]40)

14. ‘향해자운’이라고 적힌 기둥[枋楔]은 외하外河 동쪽 기슭에 있다. 기둥 아래 수문이 있어 거기서부터 하포荷浦로 들어가게 되는데, 중간에 횡목橫木을 설치해 물은 통하나 배는 통하지 못하게 되어 있다. 하포에는 원옥圓屋이 지어져 있다. 이 원옥의 정면은 수문을 마주보고 있으며, 왼쪽에 몇 굽이로 꺾인 널다리板橋가 있어 내훈당으로 통한다. 원옥 위에는 이중 처마로 된 지붕[重屋]을 올렸고, 격자창에는 ‘해운감’이란 글자가 새겨져 있다. 원옥에는 관음상이 모셔져 있는데, 관음보살은 연꽃 위에 앉아 있고 전륜장轉輪藏41) 같이 생긴 움직이는 기계장치가 있어서 붉은 바퀴가 돌아가면 관음상이 빠르게 회전한다. 이곳엔 다음과 같은 대련이 붙어 있다.

법석法席은 연잎 위에 얹혀있고
물소리 들리면 아침 공양을 하네.
高座登蓮葉[혜정慧淨]42)
晨齋就水聲[법조法照]43)

『전당시』 권142에 수록된 왕창령의 「동계완월東溪玩月」에 “谷靜秋泉響, 巖深靑靄殘”이라는 구절이 있다. 이 시는 왕유王維의 시라고 하여 왕유 시집에 수록되어 있기도 하다.
40) 시숙柴宿은 당나라 산서성山西省 평양군平陽郡 사람이다. 『전당시』 권779에 수록된 시숙의 「초일조화청궁初日照華淸宮」에 “林潤溫泉入, 樓深復道通”이라는 구절이 있다.
41) 불경을 안치하여 회전힐 수 있게 만든 탑 모양의 목조 건축물로, 아래는 크고 위는 작으며 아래서부터 장좌藏座와 장신藏身, 천궁누각天宮樓閣으로 구분된다. 불상이나 여러 문양들이 그려져 있다. 보통 높이가 10미터 선후이고 대부분 팔가형인데 몇 개의 층으로 나뉘어 있고 좌우로 돌릴 수 있다.
42) 혜정慧淨은 당나라 때 승려로 속성俗姓은 방씨房氏이고 진정眞定 사람이다. 개황開皇, 내업大業 연간에 불도를 진작시켜 명성을 얻은 그는 정관貞觀 초에 기국사紀國寺 주지가 되었고 방현령房玄齡과 법우法友로 지냈다. 고종高宗이 동궁으로 있을 때 다시 청해 보광사普光寺 주지를 지냈다. 시 4수가 전한다. 『전당시』 권808에 수록된 혜정의 「화림법사초춘법집지작和琳法師初春法集之作」에 “高座登蓮葉, 塵尾振霜松”이라는 구절이 있다.
43) 법조法照(747~821)는 당나라 대력大歷, 정원貞元 연간에 활동한 승려이다. 그는 연종

　　해운감에는 천수천안관음보살千手千眼觀音菩薩이 모셔져 있는데, 두 팔은 합장하고 나머지 팔은 연꽃과 화륜火輪, 칼[劍], 방망이[杵], 굴대쇠[鋼], 창[槊]과 타오르는 해와 달과 같은 것들을 받쳐 들고 있으며, 가사를 입고 금과 옥을 박아 넣어서 광채가 찬란하다. 이곳엔 다음과 같은 대련이 붙어 있다.

　　　자줏빛 상서로운 구름 극락정토를 품고
　　　화려한 배는 아름다운 포구로 들어가네.
　　　紫雲盛寶界[정정鄭情]44)
　　　彩舫入花津[권덕여權德興]45)

　　예전에 김조연金兆燕이 '자비로운 구름 한 조각 향긋한 바다에 떠있

蓮宗(정토종淨土宗을 가리킨다)의 제4조第四祖 법사이며 대종代宗의 국사國師를 지냈다. 그는 혜원대사慧遠大師를 존경하여 그의 발자취를 좇아 동오東吳에서 여산廬山까지 가서 서방도량을 열고 명상 수행하던 중에, 혜원대사가 부처 옆에 시립해 있는 모습을 보고 깨달음을 얻었다고 한다. 시 3수가 남아 있다. 『전당시』 권810에 수록된 법조의 「송무저선사귀신라送無著禪師歸新羅」에 "夜宿依雲色, 晨齋就水聲"이란 구절이 있다.

44) 정정鄭情은 정음鄭愔을 잘못 쓴 것인 듯하다. 정음(?~710)은 자가 문정文靖이고 창주滄州 사람이다. 그는 17세에 진사에 급제하고 측천무후 때에 전중시어사殿中侍御史를 지내다가 선주사호宣州司戶로 폄적되었다. 그 후 다시 복권되어 이부시랑까지 지냈다. 이후 강서사마江西司馬를 지낼 때 초왕譙王 중복重福과 친했는데, 초왕이 반란을 일으켜 칭제稱帝하고 정음을 승상으로 삼았으나 실패하여 그도 주살 당했다. 시집 1권이 있다. 『전당시』 권106에 수록된 정음의 「봉화행대천복사奉和幸大薦福寺」에 "紫雲成寶界, 白水作禪流"라는 구절이 있다.

45) 권덕여權德興(759~818)는 자가 재지載之이고 천수天水 약양略陽 사람이다. 그는 20살이 되기 전에 문장으로 명성을 날리다가 덕종德宗의 부름을 받아 태상박사太常博士에 임명되었다. 그 후 좌보궐左補闕 겸 제고制誥, 중서사인, 예부시랑, 삼지공거三知貢擧, 병부시랑, 이부시랑, 예부상서, 동평장사同平章事 등을 역임했다. 태상경太常卿이 된 후 산남서도절도사山南東道節度使로 나갔다가 2년 만에 병으로 죽었다. 사후에 좌복야左僕射로 추존되었고, 시호는 문文이다. 『신당서』 「예문지藝文志」에는 그의 문집 50권, 제집制集 50권, 『동몽집童蒙集』 10권, 『원화격칙元和格敕』 30권이 있다고 했으나, 지금은 『권재지집權載之集』만 남아 있다. 『전당시』 권328에 수록된 권덕여의 「잡언화상주리원외부사춘일희제십수雜言和常州李員外副使春日戲題十首」에 "彩舫入花津, 香車依柳陌"이란 구절이 있다.

네[慈雲一片香海中]'46)라 했던 시구는 이곳 풍경을 두고 읊은 것이다.

15. 의주정艤舟亭은 하포 안에서 배를 대고 잠시 쉴 수 있게 만든 곳이다. 이곳엔 다음과 같은 대련이 붙어 있다.

> 계단은 작은 섬 물가로 이어지고
> 오가는 길 안개 속에 잠겼네.
> 階堰近洲渚[고적高適]47)
> 來往在烟霞[방간方干]48)

16. 함허각의 북쪽은 숲이 울창하여 거문고가 울리는 듯 맑고 깨끗한 소리가 난다. 산 중턱 까지 덮인 떡갈나무 잎사귀의 그림자들이 창문과 난간 사이로 부서져 흔들리고 석양빛이 고요하게 비춘다. 그럴 때면 들판의 풍광이 산으로 그대로 이어지며 고목古木의 색깔도 변해 가는데, 이른 봄에는 푸른 색[靑]이었다가 얼마 안 있어 흰 색으로 바뀌고, 흰색에서 회백색[蒼]으로, 녹색에서 푸른 색[碧]으로 변하고, 푸른색은 황색으로, 황색은 적색으로, 적색은 자주색으로 변하는데, 모든 색이 하나같이 빼어나게 화려하고 다채로워서 그 아름다움을 다 적을 수가 없다. 이곳 방에는 '산호림珊瑚林'이라는 편액이 걸려 있고, 다음과 같은 대련이 있다.

---

46) 향해香海는 원래 불경에서 수미산須彌山 주변의 바다를 지칭하는 말이며, 대개 불문佛門을 가리키는 말로 쓰인다.

47) 고적高適에 대해서는 『양주화방록』 권7 「성남록城南錄 · 28」을 참조할 것. 『전당시』 권212에 수록된 고적의 「동한사설삼동정완월同韓四薛三東亭玩月」에 "階堰近洲渚, 戶牖當郊原"이란 구절이 있다.

48) 방간方干(809~888)은 지기 웅비雄飛이고 동려桐廬(지금의 저장浙江) 사람이다. 그는 대중大中 연간에 진사시험에 응시했으나 급제하지 못했고 경호鏡湖에 은거했다. 성인 규정인규鄭仁規, 이빈李頻, 도상陶詳과 친하게 지냈다. 그가 죽은 뒤 주위 사람이 그의 덕을 기려 '현영선생玄英先生'이란 호칭을 헌사했다. 『전당시』 권649에 수록된 방간의 「첨작산거詹碏山居」에 "無人會幽意, 來往在烟霞"라는 구절이 있다.

아름답고 어여쁜 자태 서로 어울려 돋보이고
산호 숲의 고운 나무 가지들 엇갈려 있네.
艶采芬姿相點綴[권덕여權德與][49]
珊瑚玉樹交枝柯[한유韓愈][50]

산호림 끝에서 오동나무 듬성듬성 자라고 키 큰 버드나무 서 있는 곳에 이르면 곱자 모양으로 앉은 건물이 있는데, 그곳을 '도화지관桃花池館'이라 부른다. 여기에는 다음과 같은 대련이 있다.

천 그루 복숭아나무는 불로장생의 약이요
가을 물 반쯤 잠긴 못가에 산 하나 있네.
千樹桃花萬年藥[원진元稹][51]
半潭秋水一房山[이동李洞][52]

북교의 복사꽃은 이곳이 가장 아름답다. 복사꽃은 뒤쪽 산에 피기 때

---

49) 『전당시』 권327에 수록된 권덕여의 「마수재초서가馬秀才草書歌－대리마정지이大理馬正之二」에 "艶彩芳姿相點綴, 水映荷花風轉蕙"이란 구절이 있다.
50) 『전당시』 권340에 수록된 한유의 「석고가石鼓歌」에 "鸞翔鳳翥衆仙下, 珊瑚碧樹交枝柯"라는 구절이 있다.
51) 원진元稹(779~831)은 자가 미지微之이고 하남河南(지금의 허난성 뤄양洛陽) 사람이다. 그는 793년에 명경과明經科에 급제하여 공부시랑까지 지냈고, 나중에 배도裴度(765~839)를 비방하다가 동주자사同州刺史로 좌천되었다. 이후 절동관찰사浙東觀察使를 거쳐, 무창군절도사武昌軍節度使로 있다가 생을 마쳤다. 그는 당시 백거이와 명성을 나란히 하면서 쉬운 언어로 부조리한 세태를 고발하는 내용을 노래하는 '신악부운동新樂府運動'을 주도했다. 이외에도 기녀妓女들과 주고받은 염정시艶情詩와 먼저 죽어간 벗들과 선배들을 애도한 도망시悼亡詩에서도 특별한 성취를 이루었다고 평가된다. 문집으로 『원씨장경집元氏長慶集』이 있다. 『전당시』 권422에 수록된 원진의 「유완처劉阮妻二首」에 "千樹桃花萬年藥, 不知何事憶人間"이란 구절이 있다.
52) 이동李洞에 대해서는 『양주화방록』 권6 「성북록城北錄·30」을 참조할 것. 『전당시』 권723에 수록된 이동의 「산거희우인견방山居喜友人見訪」에 "看待詩人無別物, 半潭秋水一房山"이란 구절이 있다.

문에 나들이객이 많이 보이지 않는다. 산 계곡에 물이 흐르기 시작하면 물줄기가 보장호로 급하게 흘러드는데, 한 조각 붉은 노을이 물결을 가득 뒤덮을 때 꽃잎들이 마치 돛단배처럼 물길을 가르고 지나면서 호수 위에 복사꽃 흘러가는 장관을 연출한다.

17. 강원의 작천勺泉에 대해서는 물을 품평하는 이들이 아무도 언급하지 않았는데, 그것은 보장호 곳곳에 샘이 있다는 것을 모르기 때문이다. 작천의 물맛은 아주 달고 시원해서 요새 동쪽 성의 수선水船들이 모두 여기에서 물을 길어간다. 작천은 본래 보장호 한가운데 있었는데 강씨가 정자를 세워 그 위에 구멍을 만들었으며, 도르래를 설치하고 아래에는 난간을 둘러놓아 정원사나 나들이객이 물을 긷거나 마실 때 이용할 수 있게 해놓았다. 나중에 그 옆에 흙산을 쌓았는데 오랜 세월이 지나면서 호수에 잠겨버렸고, 정자 안의 못은 말라버렸다.

18. 의산정 북쪽에서부터 10여 길에 걸쳐 담을 쌓고 그 안에 오동나무와 대나무를 심었는데, '등혜죽경藤蹊竹徑'이라는 편액이 붙어 있다. 대체로 여기에 이르면 좁은 운하길이 호수와 만나게 된다. 호수 입구에는 '영취루迎翠樓'가 세워져 있고 다음과 같은 대련이 있다.

황금빛 시내엔 봄물이 흐르고
무지개다리엔 비취 병풍 굽이 둘렀네.
金澗流春水[왕창령王昌齡]53)
虹橋轉翠屏[송지문宋之問]54)

---

53) 왕창령王昌齡에 대해서는 『양주화방록』 권1 「초하록草河錄·상上·49」를 참조할 것. 『전당시』 권140에 수록된 왕창령의 「유별무릉원승留別武陵袁丞」에 "桃花遺古岸, 金澗流春水"라는 구절이 있다.
54) 송지문宋之問에 대해서는 『양주화방록』 권6 「성북록城北錄·14」를 참조할 것. 『전당시』 권53에 수록된 송지문의 「유운문사游雲門寺」에 "雁塔騫金地, 虹橋轉翠屏"이란 구

황원의 금경각錦鏡閣이 바로 이 누대 남쪽에 있다.

19. 방백方伯[55] 강춘江春[56]은 자가 영장潁長이고 호가 학정鶴亭이며, 흡현 사람이다. 그는 처음에 의징의 제생이 되었고 팔고문을 잘 지었으며, 시에 뛰어나 제소남齊召南,[57] 마왈관馬曰琯과 나란히 이름을 날렸다. 예전에 시를 논함에 '남마북사南馬北査'[58]라는 명성이 있었는데, 마왈관이 죽자 강춘이 그 뒤를 이었다. 강춘은 풍채가 좋고 멋진 수염을 길렀으며, 품행이 단정하고 자신을 내세우지 않았다. 그는 고매한 인품을 지녔고, 일을 처리함에 전체 판도를 볼 줄 알았다.

강춘은 남하하가南河下街에 살면서 수월독서루隨月讀書樓를 짓고 팔고문을 선별하여 간행했는데, 이 책을 『수월독서루시문隨月讀書樓時文』이라 한다. 그 맞은편은 추성관秋聲館인데, 여기에선 귀뚜라미를 키웠다. 여기에서 만든 귀뚜라미 기르는 동이[蟋蟀盆]인 침니분沉泥盆은 선화분宣

절이 있다.

55) 방백方伯은 고대에 한 지역의 제후 가운데 우두머리를 일컫는 말이었다가 후대에는 지방관을 범칭하는 용어로 바뀌었다. 명·청 시대에는 포정사에 대한 존칭으로 쓰였다.

56) 강춘江春에 대해서는 『양주화방록』 권1 「초하록草河錄·상上·16」을 참조할 것.

57) 제소남齊召南(1703~1768)은 자가 차풍次風이고 호가 경태瓊台이며 만년의 호는 식원息園이었다. 절강 천태天台 사람이다. 그는 16세에 제생이 되었고 22세에 공생이 되었다. 1729년에 향시에 합격하여 부공副貢이 되었고, 1736년에 박학홍사로 추천되어 서길사를 제수 받은 뒤 예부우시랑까지 지냈다. 문집에 『보륜당시초寶綸堂詩鈔』가 있다.

58) 천진天津의 염상인 사위인査爲仁, 사위의査爲義 형제와 마왈관을 가리킨다. 사위인(1695~1749)은 자가 심곡心谷이고 호가 연파蓮坡, 연파거사蓮坡居士이며, 천진 사람이다. 학자 집안 출신인 그의 부친이 사씨 원림의 별장으로 수서장水西莊을 지었고, 사위인이 여기에 책과 금석문, 골동기물을 두고 유명한 문인 학자들과 교류하였다. 항세준杭世駿과 강항江沆, 여악厲鶚 등의 문인, 경학가들이 그곳에 머물며 시와 문장, 그림, 글씨 등을 많이 남겨 천진의 문화적 전성기를 주도했다. 수서장은 양주 마씨의 영롱산관玲瓏山館, 항주 조씨趙氏의 소산당小山堂과 함께 남북으로 병칭되며 해내외에 명성이 높았다. 사위인 자신도 재주가 뛰어나 여악과 함께 지은 『절묘호사전絶妙好詞箋』이 『사고전서』에 수록되어 있다. 저서에 『자당미정고庶塘未定稿』 9권, 『외집外集』 8권, 『연파시화蓮坡詩話』 3권 등이 있다. 동생 사위의(1700~1763)는 자가 이방履方이고 호가 집당集堂이며, 회남의소통판淮南儀所通判을 지냈다. 그는 난초와 대나무, 화훼 등의 그림을 잘 그렸고 저작으로 『집당시초集堂詩草』가 있다.

和盆과 금창분金戧盆만큼 훌륭하게 여겨졌다. 그는 서녕문徐寧門 밖에 땅을 사서 활쏘기 시합을 했는데, 사람들이 이곳을 강가전도江家箭道라 불렀다. 또 정자와 연못을 증축하고 약초밭과 꽃길을 가꾸어 '수남화서水南花墅'라 불렀다.

건륭 기묘己卯년(1759)에 작약이 필 때 한 가지에 꽃 두 송이가 나란히 피더니, 경진庚辰년(1760)에 필 때에는 그런 가지가 12개나 되었고, 가지마다 모두 형형색색 아름다웠다. 전운사 노견증이 이것을 그림으로 그리고 그것을 노래한 시를 모았으며, 상서를 지낸 전진군錢陳群59)이 편액에 습향헌襲香軒이라는 글자를 썼다. 강춘은 직접 『수남화서음고水南花墅吟稿』를 간행했다.

그는 동향東鄉에 별장을 짓고 '심장深莊'이라 불렀으며 『심장추영深莊秋詠』을 썼다. 그리고 북교에 별장을 지었으니 바로 이 강원이다. 강원에는 황작약을 심었고, 마왈관이 이에 대한 시를 모았다. 건륭 정축丁丑년(1757)에 이곳은 관원官園으로 바뀌었고,60) 황제께서 지금의 이름을 하사하셨다.

강춘은 관음당觀音堂으로 이사했는데, 집이 강산康山61) 바로 옆에 있어서 강산초당康山草堂을 세웠다. 양주 군성에 '내세울 것 없는 3개의 산[三山不出頭]'이라는 속어가 있는데, 그 3개의 산이란 강산康山과 무산巫

---

59) 전진군錢陳群(1686~1774)은 자는 주경主敬, 호는 향수香樹이며 수수秀水 사람이다. 1721년에 진사가 되었다. 글씨에 뛰어났으며 소나무와 돌 그림을 잘 그렸고 시도 잘 지었다. 옹정 건륭 연간에 오랫동안 남서빙南書房에서 일했으며, 경연慶筵의 강관講官을 지냈다. 관직은 형부상서까지 역임했으며 후에 태자소보 직함을 받았다. 그는 병으로 사직하고 낙향한 뒤에도 계속 봉록을 지급받았고, 건륭제와도 수시로 시를 주고받았다. 그는 80세에 태자태부太子太傅 벼슬을 받았다. 시호는 문단文端이며, 저서에 『향수재집香樹齋集』이 있다.

60) 1757년 건륭제의 제2자 남순南巡 때 강춘이 이 원림을 황제에게 바쳤기 때문에 관원官園이 된 것이다. 강춘은 이때 봉신원경奉宸苑卿 직함을 하사받았다.

61) 전하는 바에 따르면 명나라 때 강해康海가 파직된 뒤 양주에서 타향살이를 할 때 이곳에서 연회를 열고 비파를 탔다고 한다. 『대명일통지大明一統志』와 『대청일통지大淸一統志』에는 모두 "부산浮山"으로 기록되어 있으며, 그 위에 하우묘夏禹廟가 있다.

山, 의산倚山을 가리킨다. 무산은 우왕묘禹王廟에 있고, 의산은 장가교에 있는 지금의 찻잎 파는 가게 안에 있으며, 강산은 바로 이곳으로 강대산독서처康對山讀書處[62]라고도 불린다. 또 중녕사 옆에 동원東園을 세웠다. 이것들 모두가 뛰어난 경관으로 이름이 높았다.

강춘은 도주범 장봉張鳳[63]을 잡는 공을 세워 황제께서 포정사 직함을 내리셨다. 또 양회염인안兩淮鹽引案[64]으로 인해 경사로 체포되어 갔다가 사면되었다. 그는 황제의 명을 받들어 국고 30만 냥을 빌린 일이 있었고, 천수연千叟宴[65]에 참석한 일도 있는데, 그 사이에 이 일을 당한 것이다. 강춘이 죽자 그 집 문 앞에서 울며 절하는 이름 모를 사람들이 날마다 10여 명씩 되었다. 혹자는 그를 진준陳遵[66]의 부류에 비하기도 하나

---

62) 강해康海의 호가 대산對山이다. 강해에 대해서는 『양주화방록』 권5 「신성북록新城北錄 · 12」를 참조할 것.

63) 태감太監 장봉이 책봉 조서[金冊]를 훼손하고서 강춘에게 도망쳐 피신시켜 달라고 간청했는데, 강춘이 그를 체포한 일을 가리킨다.

64) 건륭 33년(1768)에 발생한 사건이다. 역대로 염정사들이 염상들에게 뇌물을 받고 세금을 내지 않도록 해주어서 거기서 탈세한 은이 10만 냥이 넘었다. 이것이 문제가 되어 사건이 터지자 염상 강춘, 황원덕黃源德, 서상지徐尙志, 황전춘黃殿春, 정겸덕鄭謙德, 강계원江啓源 등이 체포되었다. 심문을 받을 때 강춘은 혼자 책임을 다 지고 다른 사람을 끌어들이지 않았다. 건륭제는 평소에 그를 아꼈던데다 위급한 상황에서 당당하게 대처하는 것을 보고 사면해주었다. 염정사를 맡았던 고위 관리들은 모두 처형되었으나, 강춘을 비롯한 염상들은 사면되어 돌아왔다. 당시 처형당한 염정사로는 고항高恒, 보복普福이 있고, 노견증은 벼슬을 박탈당해 옥중에서 죽었다. 노견증의 친척인 시독학사 기윤紀昀은 말을 누설한 죄로 벼슬을 잃고 신쟝으로 유배되었고, 형부랑중刑部郎中 왕창王昶 역시 정보를 누설한 혐의로 견책을 당했다. 자세한 정황은 『청패류초淸稗類鈔』 제8책 '옥송류獄訟類'와 『청사고淸史稿』의 왕창 및 기윤과 관련된 부분, 그리고 원매袁枚의 「고봉광록대부봉신원경포정사강공묘지명誥封光祿大夫奉宸苑卿布政使江公墓誌銘」에 나와 있다.

65) 건륭 36년(1771) 강춘에게 국고에서 돈을 대출해주라는 어명이 있었다. 건륭 50년(1785)에 건청궁乾淸宮에서 천수연을 크게 열어 참석자가 3,900여 명이었다. 강희, 건륭 연간에 유력한 신민臣民들을 모아 성대한 연회를 열곤 했는데, 참석자가 거의 모두 노인이었으므로 '천수연'이란 이름이 붙었다. 청나라 때 소련昭槤의 『소정속록嘯亭續錄』 「천수연千叟宴」에 자세한 기록이 있다.

66) 진준陳遵은 한나라 때의 인물로 자가 맹공孟公이고, 두릉杜陵(지금의 서안西安) 사람이다. 『한서』 「유협전游俠傳」에 의하면 그는 술을 좋아했는데, 술을 많이 마셨을 때는 빈객들이 집에 모여 있으면 문을 잠그고 빈객이 타고 온 수레의 바퀴 비녀장을 우물에 던져버려, 빈객이 급한 일이 있어도 갈 수가 없었다고 한다. 그는 손님 접대를 좋아

그런 정도는 아니었다.

그의 아들 강진홍江振鴻⁶⁷⁾은 자가 힐운頡雲인데, 글공부를 좋아했고 시에 뛰어났다.

강씨 가문은 자손이 번창하고 대대로 유명한 명사들이 배출되어 항상 문인들의 모임을 열었다. 뛰어난 재주를 가진 선비들이 언제나 집을 가득 메워 그 명성이 대단했다.

20. 강방江昉⁶⁸⁾은 자가 욱동旭東이고 호는 연농硯農 또는 등리橙里이다. 그는 강춘의 아우로서 집에 자영롱관紫玲瓏館을 두었다. 그는 사詞에 뛰어났고, 『수월독서루사초隨月讀書樓詞鈔』와 『연호어창練湖漁唱』 몇 권을 지었다.

그의 아들 강진로江振鷺는 자가 기당起堂이고, 사를 잘 지었다.

21. 강입江立⁶⁹⁾은 자가 옥병玉屛이다. 원래 이름은 강염江炎이고 자는 성염聖炎이었으며, 호는 운계雲溪이다. 그는 사를 잘 지어서 강방과 나란히 이름을 날려 '이강二江'이라 불렸다. 그는 여악厲鶚⁷⁰⁾의 수제자이며, 시랑侍郎을 지낸 왕창王昶⁷¹⁾이 그가 남긴 문집을 판각했다.

하는 사람의 대표적인 예로 꼽히며 '투할投轄'이란 전고典故를 만들어냈다.

67) 강진홍江振鴻은 자를 문숙文叔 또는 길운吉雲, 성숙成叔이라고도 한다. 원적은 안휘 흡현이며 강도 사람이다. 원적이 의징儀徵이고 신안新安 사람이라는 설도 있다. 그는 후보도候補道를 지냈고, 집에 강산원康山園이 있어 명사들을 초청해 대접하기를 좋아해서 오란설吳蘭雪, 곽린郭麟(1767~1831) 등이 빈객으로 묵었다. 그는 초서에 뛰어났고 시와 고문사古文詞를 잘 지었다. 산수, 화훼 그림에 특히 뛰어났으며 『앵화관시초鸚花館詩鈔』를 지었다.

68) 강방江昉(1727~1793)은 강도 사람이며 원적은 안휘 흡현이다. 그는 지부知府 후보를 지냈으며 부친이 양절운사兩浙運使를 지냈다. 그는 성격이 시원시원하고 사람 사귀기를 즐기고 서화書畵를 좋아했다. 그는 시를 잘 지었고 특히 송·원 사곡詞曲에 뛰어나 『연계어창練溪漁唱』과 『정기헌집晴綺軒集』을 지었으며, 정면장程綿莊 등의 명사들과 수창한 작품이 많다. 그림도 잘 그렸고 특히 해바라기 그림에 가장 뛰어났다.

69) 강입江立(1732~1780)은 자를 성언聖言, 호를 옥병玉屛이라고도 한다. 그는 산수화를 잘 그렸고 난초와 대나무 그림에 뛰어났다.

70) 여악厲鶚에 대해서는 『양주화방록』 권4 「신성북록新城北錄·중中·18」을 참조할 것.

그의 아들 강안江安은 자가 정보定甫이며, 시를 잘 지었다.

22. 강난江蘭은 자가 방곡芳谷이고 호가 완향畹香이며, 순무巡撫 벼슬을 지냈다. 그는 시와 문장에 뛰어났고 문집이 있다.

그의 아우 강번江蕃[72]은 자가 군좌君佐이고 호가 춘포春圃이며 양주에 살았다. 그는 황씨黃氏의 용원容園을 사서 술 마시며 시 짓는 곳으로 사용했다.

또 다른 아우 강필江苾은 자가 분양芬揚이다. 그는 시를 잘 지었으며 염무鹽務에 대해 잘 알았다.

그의 조카 강사상江士相은 자가 득록得祿이고 시를 잘 지었으며, 서화書畫와 골동품의 감별에 뛰어났다.

또 다른 조카인 강사식江士栻과 강사매江士梅는 글공부를 업으로 삼았다.

23. 강성江晟은 자가 율정聿亭이고 호가 평서平西이다. 그는 젊어서 말타기를 좋아했고, 천하를 두루 돌아다녔다. 만년에 안농재安弄齋와 함께 끌채가 달린 수레를 제작했는데, 모두 옛 법식을 모방해서 작은 수치 하나까지 어긋나지 않았다. 그 수레는 두 사람이 앞뒤에서 끌도록 되어 있고, 위에는 천막을 치고 베개와 이불을 두어 뛰어난 발명품으로 칭송받았다. 이 수레는 안농재의 자와 강성의 호를 따서 '평안거平安車'라 불렸다. 왕창언汪昌言이 이 수레의 모양에 대해 글로 쓰고 방사서方士庶[73]가 그림으로 그렸는데, 이것을 돌에 새겨 그 훌륭한 업적을 전했다.

강진곤江振鵾은 자가 민고岷高이고 시와 그림에 뛰어났다.

24. 강욱江昱[74]은 자가 빈곡賓谷인데, 시문을 잘 지었으며 금석학에 조

---

71) 왕창王昶에 대해서는 『양주화방록』 권2 「초하록草河錄·하下·81」을 참조할 것.

72) 강번江蕃에 대해서는 『양주화방록』 권1 「초하록草河錄·상上·9」를 참조할 것.

73) 방사서方士庶에 대해서는 『양주화방록』 권4 「신성북록新城北錄·중中·13」을 참조할 것.

74) 강욱江昱(1706~1775)은 자를 송천松泉이라고도 하며 의징 사람이다. 그는 제생 출신

예가 깊었다. 저서로인 시집詩集인 『운기韻歧』와 『소상청우록瀟湘聽雨
錄』이 있다.

25. 강순江恂[75]은 자가 우구禹九이고 호가 자휴蔗畦이며, 무호도蕪湖道에
서 벼슬살이를 했다. 그는 시와 그림에 뛰어났고 금석문과 서화를 수집
했는데, 그 규모가 강남에서 제일이었다.

그의 아들 강덕량江德量[76]은 자가 추사秋史이고, 건륭 경자庚子년(1780)
에 방안榜眼으로 합격하여 어사를 지냈다. 그는 금석문을 좋아하고 양
한兩漢 이전의 석각石刻을 두루 공부해서 특히 예서隸書에서 탁월한 성
취를 이루었다. 그가 쓴 「무안왕묘비武安王廟碑」는 필력에 힘이 넘쳐흐
른다. 그는 또 인물화를 잘 그렸는데 옛 법도가 담겨 있었다. 죽기 1년
전에 그가 갑자기 몇 치 쯤 되는 단계석端溪石[77]을 가지고 한나라 비석
을 본떠 작은 비석을 만들고, 자기 아우 강덕지江德地[78]에게 부탁하여
성씨와 작위, 고향을 새겨 넣게 했는데, 그 필치가 섬세하고 아름다웠

으로, 어려서부터 신동이라는 명성이 있었으며, 아우인 강순江恂과 함께 저술, 창화한
작품이 많다. 그의 거처인 능한죽헌凌寒竹軒에는 장서가 만 권에 달했다. 특히 『상서尙
書』에 밝아 정연조程延祚와 침식을 잊고 상서고문에 관한 토론을 해서 원매袁枚가 이를
두고 '경치經痴'라고 한 적도 있다. 아우 강순은 발공생으로 지현을 지냈으나, 강욱은
모친을 봉양하기 위해 공무에는 관여하지 않았고 산천을 벗 삼아 지냈다. 금석문을 좋
아하고 성운학과 훈고학에 조예가 깊었던 그는 시에도 능했는데 특히 영물시를 잘 지
었고, 여악厲鶚, 진장陳章과 즐겨 창화했다. 또 남송의 사詞를 좋아해 「논사시論詞詩」18
장章을 짓기도 했다. 본문에 거론된 저서 외에 『송천시집松泉詩集』 6권과 『상서사학尙
書私學』 4권이 있다.
75) 강순江恂은 자를 우구于九라고도 하고 호를 자전蔗田이라고도 한다. 의징 사람이며
　강욱江昱의 아우이다. 그는 1753년에 발공생이 되었고 휘주시부徽州知府를 지냈다. 시
　를 잘 지었고 예서와 전각篆刻에 뛰어났으며 연蓮 그림을 즐겨 그렸다. 저서에 『자휴시
　초蔗畦詩鈔』가 있다.
76) 강덕량江德量에 대해서는 『양주화방록』 권1 「초하록草河錄·상上·9」를 참조할 것.
77) 광동성廣東省 고요현高要縣 동남쪽 단계端溪에서 생산되는 돌로, 청자색靑紫色에 재질
　이 섬세하며 먹이 진하고 윤기 나게 잘 갈려 상등품 벼루의 재료로 사용된다.
78) 강덕지江德地(1752?~?)는 자가 정숙井叔이고 호는 묵군墨君이다. 예서를 잘 썼고 전각
　에 뛰어났다.

다. 당시 사람들은 이 일을 두고 그가 자신의 죽음을 미리 예견했던 것
이라 했다.

　강덕지는 자가 묵군墨君이고 벼슬을 살지 않았다.

26. 강병염江炳炎79)은 자가 연남硯南이고 호가 냉홍冷紅이며, 원적은 휘
주인데 절강지역에 거주했다. 그는 시와 글씨, 그림 세 가지에 모두 뛰
어나 '삼절三絶'로 불렸다.

27. 강증江增은 자가 조년兆年이고 호가 구생臞生이다. 그는 산수를 좋아
하여 황산黃山 아래 와운암臥雲庵을 짓고 살았다. 또한 차담茶擔80)을 만
들어 경치 좋은 산을 오르곤 했는데, 이 차담의 구조가 아주 훌륭했으
며 '유산구游山具'라 불렀다. 이 차담은 버드나무를 납작하게 깎은 뒤 끈
을 양 끝에 묶어 맬 수 있게 했는데, 이를 '멜대[扁担]'라고 한다. 거기에
옻칠을 하고 위에는 와운암이라는 이름을 썼다.

　차담은 두 부분으로 나뉘고 한쪽이 각각 상중하 3층으로 되어 있다.
앞쪽 맨 위층에는 구리로 만든 다기茶器와 주기酒器가 하나씩 들어있다.
이 다기는 겉을 구리로 씌우고, 그 안에 통을 두어 석탄을 채웠으며, 아
래쪽에 바람 문을 내고, 목은 짧고 주둥이는 둥글며 몸통이 길었다. 이
를 속칭 '다최茶鑴'81)라고 부른다. 주기 역시 다기 제조 방식대로 만들
었는데, 그 윗부분을 동으로 덮고 사방으로 구멍을 내고, 그 안에 술병
을 끼울 수 있는 주삽酒揷을 장치해두었다. 이것을 '주최酒鑴'라고 하며,
속칭 '사안정四眼井'이라고도 한다. 그 옆에는 부젓가락 2벌을 두고, 작
은 널빤지 2개를 끼워놓았으며, 그 사이에 와운암이라고 쓰인 오색 종

---

79) 강병염江炳炎은 청나라 때 서화가로서 화훼와 초충草蟲 그림에 특히 뛰어났고『탁춘
　　사琢春詞』를 지었다.
80) 어깨에 메는 멜대 양 끝에 차를 끓이고 마시는데 필요한 도구를 넣은 상자를 달아
　　놓은 것이다.
81) 최鑴란 차를 끓이거나 술을 데우는 기구를 가리키는 말이다.

이와 휴대하기 쉽게 조그맣게 장정된 『시운詩韻』 한 권, 벼루 하나, 먹 하나, 붓 2자루를 넣어 두었다.

가운데층에는 주석 바탕에 옻칠을 해서 검은 빛이 나는 세숫대야를 두었는데, 그 위에 와운암이라는 이름을 새겨놓았다. 또 진한 황금색 바탕에 조칠雕漆을 하고 문양을 조각한 차 쟁반 하나와 수건 2장, 오색 쥘 부채 7개가 들어 있다.

아래층은 함[櫃]인데, 구리 주삽 4개와 자기 술병 하나, 구리 화로[火函] 하나와 구리 양관洋罐82) 하나, 의흥宜興에서 만든 주사 찻주전자[砂壺] 하나와 담뱃갑 하나를 넣었다. 또 포대 하나가 있는데, 숯을 묶어 작은 주머니에 담아서 그 포대 안에 넣었다. 이것이 앞쪽 차담이다.

뒤쪽 차담의 맨 위층에는 황백색 사기 쟁반 8개가 들어 있고, 가운데층에는 음식을 담는 커다란 자기 접시 30개와 상비죽湘妃竹으로 만든 젓가락 16벌, 주석으로 된 손난로 하나와 검은 칠기 차 순가락[茶匙] 8개, 과일용 포크 8개, 주석 다기 하나가 들어 있다. 또 부시[火刀]와 부싯돌[火石]을 하나씩 갖춰 두었는데, 대나무로 부시통을 만들어 불이 나지 않도록 해놓았다. 아래층에는 골동갱骨董羹83)을 끓이기 위한 구리로 만든 신선로가 있고, 그 옆에는 작은 접시 4개가 놓여 있다. 이것이 뒤쪽 차담이다.

그 바깥에는 호리병에 술을 담아 나란히 걸어 놓고, 자죽紫竹으로 만든 퉁소를 두었다. 또 오래된 상비죽으로 된 담뱃대를 천으로 묶어놓았으며, 멜대 위에 크고 작은 부들방석을 무수하게 걸어놓았다. 강번江藩84)이 강증의 차담을 두고 「유산구기游山具記」를 지었다. 또 이 차담 때문에 그가 유람을 나설 때마다 호수 사람들 모두 구생거사瞿生居士가 온 줄 알았다.

---

82) 배에서 밥 등을 데우는 도구이다.
83) 고기와 야채를 섞은 걸쭉한 국이다.
84) 강번江藩에 대해서는 『양주화방록』 권1 「초하록草河錄 · 상上 · 9」를 참조할 것.

28. 강사각江士玨은 자가 여전荔田이고 휘주에 살았다. 그는 거문고를 잘 탔고 큰 글씨인 벽과서擘窠書를 쓰는데 능했으며, 석각石刻에 정통했다. 그는 황산에서 수십 년을 살면서 천도산인天都山人이란 호를 썼다. 그는 종종 황산의 깎아지른 벼랑에서 석탄 캐는 사람으로 하여금 자기 몸을 줄로 묶어 붙들게 하고, 만 길 낭떠러지로 내려가 절벽에 '여전독서처荔田讀書處'라든가 '여전탄금처荔田彈琴處'란 글자를 가로 세로 1길이나 되는 큰 글씨로 새겼다. 이렇게 쓴 글씨가 셀 수 없이 많았다. 시신봉始信峰에 그가 거문고를 타던 자리가 있다. 그는 건륭 을묘乙卯년(1795)에 양주에 와서 도화암桃花庵에 반년 동안 머물렀다.

29. 방정관方貞觀85)은 자가 남당南塘이고 안휘 동성桐城 사람이다. 방백 강춘江春이 그를 초빙하여 시와 글씨를 배웠다. 그는 추성관秋聲館에서 20년을 살면서 강춘이 시를 논하는 일에 많은 도움을 주었다. 작은 행해체行楷體86)로 쓴 당시唐詩 12질帙이 있었으며, 강춘이 그것을 돌에 새겨주었다.

30. 완원阮元87)은 자가 운대芸臺이고 호가 백원伯元이며, 의징 사람이다. 그는 강춘의 질손姪孫이며 공도교公道橋에 살았다. 건륭 기유己酉년(1789) 진사에 급제하여 시랑을 지낸 그는 예서를 잘 썼으며 경학에 대한 조예가 대단히 깊었다. 그는 『석경의례石經儀禮』 교감에 참여한 적이 있고, 『석경교감기石經校勘記』 3권을 지었다. 또 『고공거제도고考工車制圖考』 2

---

85) 방정관方貞觀(1679~1747)은 자가 이안履安이고 별호는 남당南堂, 동불자洞佛子이다. 그는 제생출신으로 여러 차례 회시에 낙방하자 벼슬살이에 뜻을 접었고, 이후 박학홍사과에 천거되었으나 시험에 응시하지 않았다. 훗날 대명세戴名世의 『남산집南山集』사건에 연루되어 곤욕을 치렀으나, 1736년에 사면된 후 고향에서 지냈다. 저작으로 『남당시초南堂詩鈔』가 전한다.
86) 행서에 가까운 해서체를 가리킨다.
87) 완원阮元에 대해서는 『양주화방록』 권1 「초하록草河錄·상上·10」을 참조할 것.

권과 『대대례주大戴禮注』, 『모시보전毛詩補箋』 몇 권을 썼다.

31. 웅지훈熊之勳은 자가 청래淸來이고 강녕江寧 사람이다. 그는 시를 잘 짓고 글씨에 뛰어났다. 그의 집에는 '소서호小西湖'라 불리는 뛰어난 경관이 있었다. 그는 강춘과 친척이었으며, 종종 강산초당康山草堂에 기거했다.

32. 임도원林道源[88]은 자가 중심仲深이고 호가 유천庾泉이며, 안휘 천장현天長縣 사람이다. 그는 강춘의 종질從姪로서 호탕하고 거침없는 성격에 말타기와 활쏘기를 잘했다. 그는 시도 잘 지었으나 원고를 제대로 간수하지 않았다. 시랑 완원이 그의 시를 모으려고 노력했으나 완전하게 갖추지는 못했다. 그는 10년간 강원에 살았으며, 예전에는 염무에서 순찰을 담당하는 수순水巡이었으나 후에 제명을 당했다. 이후로 형편이 곤궁하여 겨울에 외투도 없이 지냈다. 그런데 누군가 수십 금을 선사했는데, 옛날 동료들이 끼니도 먹기 어렵다고 그에게 구걸을 하자 그는 흔쾌히 그 돈으로 종이를 사서 밤낮으로 난초 100여 폭을 그리고 거기에다 제시題詩까지 썼다. 그리고 그 그림을 동료들에게 나눠주어 팔아 쓸 수 있게 해주었다. 재물을 가벼이 보고 인정과 의리를 중시하는 그의 성품이 대체로 이러했다.

33. 나사각羅士珏은 자가 정주庭珠이고 호가 설향雪香이며 강춘의 처조카이다. 그는 시를 잘 썼고, 글씨에 뛰어나서 옛 서첩을 본 떠 쓴 것이 대단히 많고 다양했다.

34. 왕보청王步靑[89]은 자가 한개罕皆이고 호가 이산已山이며, 금단金壇(지

---

88) 임도원林道元이라고도 한다. 『양주화방록』 권9 「소진회록小秦淮錄 · 35」에 그와 관련된 일화가 나온다.

금의 쟝쑤성에 속함) 사람이다. 그는 진사 출신이며 한림원 학사를 지냈다. 팔고문에 정통하였고 안정서원安定書院의 장원掌院을 지낼 때 강춘이 스승으로 모셨다.

35. 심대성沈大成90)은 자가 학자學子이고 호가 옥전沃田이며, 송강松江 화정華亭 사람이다.

부친 심율당沈喬堂91)은 자가 한성韓城이다. 그는 청현靑縣92)에서 현령을 지낼 때 수리공사의 감독관이 지나치게 백성들을 쥐어짜자 스스로 목을 매고 죽음으로써 청현의 백성들을 보호했다.

심대성은 읍제생邑諸生으로 경학과 역사, 제자백가의 책에 두루 통했으며 혜동惠棟과 친하게 사귀었다. 혜동이 그의 학문을 칭찬하기를 모든 사물과 사건의 근원을 끝까지 탐구한다고 했다. 저서에 『학복재집學福齋集』이 있다.

36. 황유黃裕93)는 자가 북타北垞이고, 강도 사람이다. 그는 시에 뛰어났으며 『금죽거시존金竹居詩存』을 썼는데, 절구 300수가 수록되어 있다. 그가 진주眞州에서 죽자 왕효암汪曉巖94)이 장례를 치러주었다.

37. 시안施安은 자가 죽전竹田이고, 항주 전당 사람이다. 그는 사람 사귀기를 좋아하여 다양한 사람들과 널리 소식을 주고받았으며, 배를 타거

---

89) 왕보청王步靑에 대해서는 『양주화방록』 권3 「신성북록新城北錄・상上・19」를 참조할 것.
90) 심대성沈大成에 대해서는 『양주화방록』 권1 「초하록草河錄・상上・33」을 참조할 것.
91) 심율당沈喬堂은 심교당沈喬堂으로 기록한 판본도 있다.
92) 하북성河北省 동남쪽에 있는 현縣으로 천진天津이 인접해 있다.
93) 황유黃裕에 대해서는 『양주화방록』 권8 「성서록城西錄・8」을 참조할 것.
94) 왕당汪堂이 아닐까 한다. 왕당은 의징儀徵 사람으로 자를 요암曉巖 또는 중승仲升이라
    했다. 예전에 동성도화東城圖畵가 있던 곳에 수향촌서水香村墅를 짓고 사방의 시인들과
    교류하여 한때 명성이 높았다. 『회해영령집淮海英靈集』에 그의 저서 『수향촌서집水香村
    墅集』 13권이 기록되어 있다.

나 말을 몰고 벗들을 찾아다니며 함께 시문을 흉금을 나누었으니 그 풍모가 맹상군, 신릉군信陵君과 비슷했다. 그는 시에 뛰어났으며 저서에 『멸방집篋舫集』이 있다. 예서를 잘 썼으며, 강춘에게 '수월독서루隨月讀書樓'란 편액의 글씨를 써주었다.

38. 오헌가吳獻可는 태창주太倉州 사람이다. 그는 오위업吳偉業[95])의 손자이며 오경吳暻[96])의 아들이다. 그는 경서와 역사에 능통했고 명가名家와 법가法家의 학문을 연구했으며, 강춘이 초빙하여 20년간 그의 집에 머물렀다.

그의 아들 오완부吳完夫는 인장을 잘 새겼으며, 돌을 깎아 벼루를 만드는 기술이 대단히 뛰어났다.

39. 곡여성谷麗成은 소주 사람이다. 그는 궁궐 건물의 법식에 정통해서, 양회兩淮 지역에서 맡아 제작한 황궁의 내부 장식은 그 세세한 부분까지 모두 그가 설계했다.

40. 반승렬潘承烈은 자가 울곡蔚谷이며, 곡여성과 같이 궁궐 내부 장식에 정통했다. 또한 그의 그림은 동원董源과 거연巨然[97])의 그림과 같은 자연

---

95) 오위업吳偉業에 대해서는 『양주화방록』 권5 「신성북록新城北錄·하下·15」를 참조할 것.

96) 오경吳暻(1662~1706)은 오경吳璟이라고도 하며 자가 원랑元朗, 호가 서재西齋이다. 오위업의 아들이며 1688년에 진사가 되었으며 병과급사중兵科給事中을 시냈나. 시와 그림에서 사학을 전수했으며, 이명으로 창춘원暢春苑에 들어가 청계서옥淸溪書屋 병풍을 그린 적도 있고, 칙명을 받아 왕원기王原祁 등과 함께 『패문재서화보佩文齋書畫譜』 편집에 참여하기도 했다. 저서에 『서재집西齋集』이 있다.

97) 동원董源(?~962)은 종릉鍾陵(지금의 쟝시성 난창南昌) 사람으로 남당南唐에서 북원부사北苑副使를 지냈으며 오대시기의 대표적 화가로 꼽힌다. 소와 호랑이 그림, 인물화에도 뛰어났으며 가장 유명한 것은 강남의 산수 경관을 사실적으로 담은 산수화이다. 송·원대에서 명나라 때까지 화단에 큰 영향을 주었다. 거연巨然은 그의 제자로서 승려이며 건업建業 혹은 종릉 사람이라고 하나 생평이 불분명하며 보통 동거董巨로 병칭

스런 정취가 담겨 있다.

41. 곽상문郭尙文은 자가 하봉霞峰이고 강도현 사람이다. 그는 젊어서 글재주가 있어 고관대작들과 어울렸는데, 강춘이 초빙하여 문회각文滙閣의 장서들을 관리하게 했다. 그는 시 짓기를 즐겼으며 손님들을 대접하기를 좋아했다.

42. 고렴顧廉은 자가 우간又簡이고 소주 사람이며, 골동품 감식에 뛰어났다. 그는 장蔣 아무개의 학문을 존경하여 그를 초빙해 어린 아들의 글 공부를 맡겼다. 그의 집에는 만금에 값하는 오래된 옥이 있었는데, 장 아무개가 어느 날 실수로 그것을 깨뜨렸으나 고렴은 못 본 척 그냥 넘어갔으며 끝까지 그 일에 대해 따지지 않았다. 그는 장 아무개에게 빚이 많다는 것을 알고 수천 금을 내서 대신 갚아주었다. 가난한 집안을 일으킨 데다 이처럼 의리와 기개를 갖추었으니, 식견 있는 이들은 그런 그에게 감복하였다.

43. 수복공壽腹公은 호가 국사菊士이며, 절강 회계會稽 사람이다. 강춘이 건륭제의 동순東巡98)을 총괄하는 업무를 맡았을 때 그를 시켜 일을 처리하게 했다. 염운사를 지낸 주효순朱孝純99)이 당시100)에는 태안太安을 다스리고 있었는데, 일이 많고 복잡했다. 이에 수복공이 그를 도와 계획을 세워 일을 진행하니, 주효순이 그 재주에 깊이 탄복했다.

된다. 거연巨然에 대해서는 「초하록草河錄·하下·40」을 참조할 것.

98) 건륭제는 동북지역의 길림, 흑룡강, 성경盛京 지역과 산동성 태산 지역을 순시했는데 이를 동순東巡이라 한다. 1743년에 시작하여 여러 차례에 걸쳐 동순이 이루어졌다. 강춘은 건륭의 남순을 6차례 맞이했으며, 동순에도 2번 정도 참여했다.

99) 주효순朱孝純에 대해서는 『양주화방록』 권1 「초하록草河錄·상上·14」를 참조할 것.

100) 건륭 39년(1774)의 일이다. 이때 주효순이 산동 태안 지부에 임명되었다. 여기서 태안太安은 태안泰安을 가리킨다.

44. 오이황吳履黃은 휘주 사람이며 강춘의 친척이다. 그는 꽃과 나무를 기르는데 재주가 뛰어났으며, 아주 작은 화분에 매화를 잘 길러 수십 년이 지나자 비단 같은 매화꽃이 무성히 피었다.

45. 조홍원趙鴻遠은 자가 앙규仰葵이고 소주 사람이다. 그는 의술이 뛰어나 알려지지 않은 이상한 병도 잘 고쳤다. 어떤 사람이 학슬풍鶴膝風[101]에 걸려 무릎이 옆으로 완전히 돌아가버리자, 여러 의원들이 팔미환八味丸을 처방했으나 효험이 없어 모두 속수무책이었다. 그런데 조홍원은 진찰을 하면서 어려서부터 어른이 될 때까지 생활환경과 기호嗜好를 상세히 물은 뒤, 팔미환에 세신細辛[102] 3푼을 더해 약을 처방했다. 환자가 그 약 2첩을 복용하자 뼈가 정상으로 돌아왔으며, 시간이 더 지나자 통증이 점차 가라앉았다. 그렇게 6제劑를 먹고 나자 완쾌되었다. 누군가 병이 나은 이유에 대해 묻자 조홍원은 이렇게 대답했다.

"이 풍증은 삼음三陰[103]에 관계된 것이지 허증虛症[104]이 아닙니다. 팔미환은 삼음까지 이르기는 하나 풍증을 없애지는 못하므로, 세신을 넣어 풍증을 쫓아주었기에 나을 수 있었던 거지요."

그 밖의 병을 치료할 때에도 이와 비슷했다. 이외에도 이런 사례들이 있었다.

46. 왕언초汪彦超 또한 의술에 밝았다. 중풍에 걸린 사람이 있었는데 어떤 의원도 고치지 못했다. 왕언초가 그를 진찰하더니 웃으며 이렇게 말

---

101) 결핵성 관절염을 가리키는 중의학中醫學 용어이나. 이 병에 걸린 환자는 관절이 부어올라 학의 무릎처럼 된다 하여 학슬풍이라 부른다.
102) 풀이름으로 소신少辛 혹은 소신小辛이라고도 한다.
103) 중의학 용어로서 육경六經 가운데 태음太陰, 소음少陰, 궐음厥陰을 가리키며, 수태음폐경手太陰肺經, 족태음비경足太陰脾經, 수소음심경手少陰心經, 족소음신경足少陰腎經, 수궐음심포경手厥陰心包經, 족궐음간경足厥陰肝經의 6가지 맥이 있다.
104) 중의학 용어로서 체질이 허약한 사람에게 발생하는 피곤함과 무력감, 가슴이 두근거리고 숨이 가쁘며 별다른 원인 없이 땀이 나거나 잘 때 식은땀을 흘리는 증세를 가리킨다.

했다.

"소풍산疏風散을 쓴 건 괜찮은데, 거기에다 낡은 파초선[蕉箑] 가장자리를 약인藥引105)으로 삼으면 곧 나을 겁니다."

그의 말대로 했더니 정말로 완쾌되었다.

47. 이균李鈞106)은 자가 진성振聲이고, 장기張機107)의 의술에 정통하였다. 강춘의 친척 가운데 상한傷寒108)에 걸려 양명증陽明症109)을 보인 이가 있었는데, 당시 의원들이 열을 다스리는 한제寒劑로 치료를 했으나 달포가 넘도록 병이 낫지 않다가 매우 위독해졌다. 이에 강춘이 이균을 청해 보게 하니, 그가 이렇게 말했다.

"이건 한증寒症110)입니다. 온중溫中111) 법을 써야 합니다."

그리고 부자附子112) 1냥을 처방하니 환자가 그것을 먹고 병이 더 심

---

105) 한약을 제조할 때 주재료 외에 부수적으로 첨가하는 보조 약제로서, 약의 성분과 배합을 조절하여 약효를 증강시키는 역할을 한다.

106) 이균李鈞(1729~1805)은 이병李炳이라고도 하며 호가 서원西垣이다. 그는 의징 사람이며 어려서부터 의술을 배웠으나 심득하지 못하다 10년 간 『주역』을 공부한 뒤 "병을 다스리는 일의 핵심은 음양의 이치"라는 것을 깨달았다고 한다,

107) 장기張機에 대해서는 『양주화방록』 권10 「홍교록虹橋錄 · 상上 · 111」의 주석을 참조할 것.

108) 중의학에서 발열을 동반하는 모든 병을 통칭하는 말이다. 또 풍한風寒이 인체에 침입하여 일으키는 질병을 가리키기도 한다. 두통과 함께 목이 굳고 오한과 열이 나며 몸이 쑤시고 아프며 땀은 없이 맥이 빠르고 강하게 끊어지듯 뛰는 증상을 보인다.

109) 티푸스나 토질土疾을 앓아 눈꺼풀이 힘없이 열려져 있고 눈이 퀭하니 들어가 있으며 잠이 오지 않는 증세를 가리킨다.

110) 중의학에서 오한을 느끼거나 신체 기능이 저하하며 나타나는 병을 가리키는 말이다. 차가운 것을 피하고 따뜻한 것을 좋아하며 입이 마르면서 갈증은 나지 않고 얼굴이 창백하며 수족이 차갑고 소변이 묽고 굵으며 대변은 질척하며 혀에 허옇게 태가 끼며 축축하고 맥이 가라앉아 느리게 뛰는 등의 증세가 나타난다.

111) 중의학 용어로서 비위脾胃를 따뜻하게 해 주는 치료법이다. 비위가 한증에 걸려 배가 차갑고 통증이 있으며 대변이 묽은 병세가 있을 때 적절한 용법이다.

112) 식물명으로 다년생의 풀이며 가을에 꽃이 피는데, 그 모양이 승려의 짚신 같다 하여 승혜국僧鞋菊이라고도 한다. 잎사귀와 줄기에 독이 있고 뿌리는 그 독성이 더 강하며 오두烏頭 즙을 함유하고 있다. 아주 뜨거운 성질을 갖고 있으며 맛이 맵고 약으로 사용할 수 있다. 중의中醫에서 대량 출혈이나 탈수로 인해 심장과 혈액 순환 장애가 생

해져 곧 숨이 넘어갈 듯 했다. 그러자 이균이 말했다.

"약이 가벼워서 그러니 부자를 2냥까지 쓰고 인삼 2냥과 함께 복용시키십시오."

다른 의원들이 위험하다며 반대하자 이균은 이렇게 말했다.

"그럼 제가 직접 가서 보고 거기에서 지키고 앉아 대처하면 되지 않겠소?"

그가 그렇게 우겨서 약을 복용케 했는데, 다음 날이 되자 병이 씻은 듯이 나았다. 그러자 이균이 다른 의원들에게 말했다.

"병이 한증인지 열증熱症인지는 맥이 뛰는 것을 보고 판단하는데, 이 환자의 맥은 급하게 올라왔다가 느리게 가라앉으니 안은 차갑고 밖은 뜨겁다는 것을 알 수 있소. 이런 사실은 장기가 이미 밝힌 것인데 여러 분들께서 아직 보지 못하셨을 뿐이오."

그의 저서에 『금궤요략주金匱要略注』가 있는데, 이전 사람들이 밝히지 못한 것들을 많이 밝혀놓았다.

48. 진찬陳撰113)은 자가 옥궤玉几이고 호가 악산楞山이며, 절강 전당 사람이다. 그 스스로는 무鄮114) 땅 사람이라 했고, 집안은 대대로 구용勾甬115) 땅에 기반을 두었다. 그는 고고하고 깨끗한 성품이라 박학홍사과에 추천되었으나 나가지 않았다. 그는 시를 잘 썼으며 『수협추음집繡鋏秋吟集』을 지었다. 그는 글씨도 특별히 누굴 배우지 않았고, 그림도 남의 것을 모방하지 않았다. 징군徵君116) 장경張庚117)이 『화징록畫徵錄』에 그

겨 생명이 위독한 허탈虛脫이나 국부석 혹은 전신이 붓는 수종水腫, 실사, 구토 등을 수반하는 급성 위급병의 일종인 과란霍亂 등에 효과가 있는 약재로 본다.

113) 진찬陳撰에 대해서는 『양주화방록』 권2 「초하록草河錄·하下·48」을 참조할 것.

114) 옛 현의 이름으로 지금의 저장성 인현鄞縣이다.

115) 지금의 저장성 닝뽀寧波이다.

116) 산림에 숨어 지내던 선비가 천서되어 조정에 나가는 것 또는 그 선비를 가리키기도 하며, 조정의 부름에 응하지 않고 계속 은사로 남은 이를 가리키기도 한다. 장경이 박학홍사과에 추천되었으나 사양하고 고향으로 돌아왔기 때문에 이렇게 부른 것이다.

117) 장경張庚(1685~1760)은 원래 이름이 도燾, 자가 포산浦山이며 호를 과전일사瓜田逸史,

의 일을 기록했다. 만년에 아들이 없어서, 강춘이 남병산南屛山 남쪽에
미리 무덤을 만들어주었다.

그의 딸은 남서南徐[118] 지역의 허빈許濱에게 시집을 갔다. 허빈은 자
가 곡양谷陽이고 호가 강문江門이며, 단양丹陽 사람이다. 그는 그림 솜씨
가 대단히 뛰어났으며, 장인 진찬과 함께 강춘의 집에 살았다. 진찬의
딸이 죽자 장인과 사위의 사이가 틀어졌다.

49. 강도康燾[119]는 자가 석주石舟이고 호가 천독산인天篤山人이며, 모심
도인茅心道人, 연예봉두불후인蓮蕊峰頭不朽人이라고도 한다. 절강 전당 사
람이다. 그는 산수화와 화훼, 영모화翎毛畫를 잘 그렸으며, 글씨에는 더
욱 뛰어나 70살에도 깨알 같이 작은 해서체를 쓸 수 있었다.

50. 서인지徐麟趾는 자가 여촌荔村이고 □□ 사람이다. 시를 잘 지었다.
그는 총독 윤계선尹繼善에게 인정을 받았고, 만년에는 강산초당에 기거
했다.

51. 김조연金兆燕[120]은 자가 종월鍾樾이고 호가 종정椶亭이며 전초全椒
사람이다.

장종해蔣宗海[121]는 자가 춘농春農이고 단도丹徒 사람이다. 이 둘은 모
두 추성관秋聲館에서 학당을 열었다.

가거사伽居士 등으로 썼다. 일설엔 자를 부삼溥三, 호를 포산이라고도 한다. 수수秀水(지
금의 저장성 쟈싱嘉興) 사람이다. 그는 1736년에 박학홍사로 부름을 받았으나 고향에
은거했다. 시문에 능하고 서화에 뛰어났으며 그가 쓴『국조화징록國朝畫徵錄』은 화론畫
論의 대표적인 명저로 꼽힌다. 이외에도『도화정의식圖畫精意識』,『강서재시초強恕齋詩
鈔』 등을 지었다.
118) 옛 주州의 이름으로 경구京口(지금의 장쑤성 전장鎭江)에 행정 소재지가 있었다.
119) 강도康燾에 대해서는『양주화방록』권2「초하록草河錄·하下·55」를 참조할 것.
120) 김조연金兆燕에 대해서는『양주화방록』권3「신성북록新城北錄·상上·21」을 참조할 것.
121) 장종해蔣宗海에 대해서는『양주화방록』권3「신성북록新城北錄·상上·19」를 참조할 것.

52. 정조웅程兆熊[122]은 자가 맹비孟飛이고 호가 향남香南, 또는 풍천楓泉, 담천澹泉, 수천壽泉, 소우小迂라고도 한다. 의징儀徵 사람이다. 그는 시사詩詞에 뛰어났으며 그림에서는 '양주팔괴' 가운데 한 명인 화암華嵒[123]과 이름을 나란히 하였다. 글씨는 홍저弘儲[124]에게 칭찬을 받았으며, 양주에서 이름난 원림과 저택의 편액과 병풍 글씨, 각종 비석의 글씨는 모두 그가 쓴 것이다. 그는 젊은 시절에 총독 고진高晉[125]에게 인정을 받았고, 순염어사 고항高恒[126]이 그가 『고재정집固哉亭集』을 내는데 도움을 주었다. 만년에 수월독서루에 기거했다.

그의 아들 정법程法은 자가 종리宗李이고 호가 연홍硯紅이다. 그는 가법을 전수받아 글씨를 잘 썼으며, 화미조畫眉鳥 그림에 특히 뛰어났다.

53. 황수곡黃樹穀[127]은 자가 송석松石이고, 항주 인화仁和 사람이다. 그는 학관을 지냈으며 전서와 예서에 정통했다.

그의 아들 황이黃易[128]는 자가 소송小松이며 부친의 서법을 계승해

---

122) 정조웅程兆熊(1717~1764)은 강희 건륭 연간에 살았던 화가로 호를 향남소우香南小迂, 삼천滲泉, 용천溶泉 수천壽泉, 균소筠巢, 고재정固哉亭, 동화암주桐花庵主, 소창란小滄瀾 등으로도 썼다. 흡현 사람이며 원적은 의진이라고 한다. 그는 시사詩詞에 뛰어났고 서화에 능하여 화암과 이름을 나란히 하고 글씨는 우세남虞世南을 본받았다. 저서에 『조설음고藻雪吟稿』, 『고재정집固哉亭集』이 있으며, 안휘박물관에 소장된 『정배화조책程培花鳥冊』에 자가 소우小迂라고 되어 있고, '백악산인白岳山人'이란 소인小印이 찍혀 있는 걸로 보아 정조웅의 원래 이름이 배培가 아닐까 추측하나 아직 정확히 고증되지 않았다.

123) 화암華嵒에 대해서는 『양주화방록』 권1 「초하록草河錄·상上·9」를 참조할 것.

124) 홍저弘儲에 대해서는 『양주화방록』 권2 「초하록草河錄·하下·128」을 참조할 것.

125) 고진高晉에 대해서는 『양주화방록』 권7 「성남록城南錄·1」을 참조할 것.

126) 고항高恒에 대해서는 『양주화방록』 권9 「소진회록小秦淮錄·1」을 참조할 것.

127) 황수곡黃樹穀(1701~1751)은 자가 배지培之이고 호를 송서이라고도 한다 또 호를 해영楷瘿, 황산黃山, 불산인佛山人이라고도 했다. 그는 시와 글씨에 뛰어났으며 특히 소전小篆과 팔분서八分書를 잘 썼고, 장조張照와 막역지우였다. 그는 산수화와 난초, 대나무 그림이 유명한데, 그림의 영감을 전서에서 얻었다고 한다. 저작으로 『해영재고楷瘿齋稿』가 있다.

128) 황이黃易(1744~1802)는 자를 대이大易, 또는 대업大業이고, 호를 소송小松이라고도 하며 추암秋盦, 추영암주秋影庵主, 연종제자蓮宗弟子, 산화탄인散花灘人 등의 호도 썼다. 그는 시에 능하고 글씨를 잘 썼으며, 전각篆刻에 정통하여 서령팔가西冷八家 가운데 하나로 꼽힌다. 산수화는 동원董源과 거연巨然의 화풍을 본받았다. 저작으로 『소봉래각시초

전했다.

54. 육비陸飛는 자가 소음筱飮이고 절강 인화 사람이다. 그는 건륭 임오壬午년(1762)에 해원解元이 되었으며 박학하고 시를 잘 지었다.

55. 왕가汪舸[129]는 자가 가주可舟이고 흡현 사람이다. 시는 황정견黃庭堅을 배웠으며 『산곡집山谷集』과 『산중백운사山中白雲詞』를 교감하였다. 저서에 『역애산인시嶧崖山人詩』가 있다.

　그의 아들 왕대본汪大杰은 자가 중야中也이고 호가 설강雪礓이다. 그는 진찬陳撰과 여악厲鶚, 강병염江炳炎을 사사했으며, 옛날 그림과 청동기, 옥기玉器를 감별하는 데에 특별한 비법을 갖고 있었다.

56. 황진黃溱은 자가 정천正川이고 호가 산구山臞이며 양주 사람이다. 그는 그림에서 방사서方士庶[130]를 본받았으며, 항패어項佩魚[131]와 나란히 이름을 날렸다.

57. 진기문陳起文은 자가 퇴산退山이고 강도 사람이다. 그는 전서와 예서를 잘 썼다.

58. 섭천사葉天賜[132]는 자가 공장孔章이고 호가 운정韻亭 또는 수장誰莊

　　小蓬萊閣詩鈔』가 있다.

129) 왕가汪舸(1736 전후)는 무원婺源 사람인데 양주에 와서 살았다고 한다. 그는 사람들과 잘 어울리지 않았고, 가난하고 불우하게 살다 죽었는데 시를 잘 썼다. 항세준이 그의 시를 모으고 서를 썼다.

130) 방사서方士庶에 대해서는 『양주화방록』 권2 「신성북록新城北錄·하下·43」과 권4 「신성북록新城北錄·중中·13」을 참조할 것.

131) 항패어項佩魚에 대해서는 『양주화방록』 권2 「초하록草河錄·하下·61」을 참조할 것.

132) 섭천사葉天賜는 자를 억장憶章, 호를 영정詠亭이라고도 하며, 안휘 흡현 사람인데 강도로 이주했다고도 한다. 그는 시를 잘 지었고 글씨에 뛰어났으며, 거처를 수장誰莊이

이라고 한다. 의진儀眞 사람이다. 그는 시를 잘 지었으며, 글씨는 붓을 똑바로 세워 쓰는 중봉中鋒의 필법을 썼고, 종요鍾繇[133]와 왕희지王羲之를 본받아 기운이 속되지 않았다. 그는 사람들과 널리 교제하여 문밖이 늘 손님들의 신발로 가득 찼다. 그는 결구문가缺口門街 길 북쪽의 홍문항鴻文巷과 숭덕항崇德巷 사이에 살았는데, 대문에 이렇게 써놓았다.

> 고상하구나, 높은 덕이여
> 훌륭하도다, 위대한 글이여.
> 高風崇德, 大雅鴻文.

강춘이 일을 하면서 그에게 도움을 많이 받았다. 한번은 그가 강춘을 따라 공무를 의논하는 모처에 간 적이 있는데, 그곳에 모인 사람들이 강춘에게 문서에 서명을 하라고 위협하자 그가 섬돌을 성큼 넘어가 붓을 빼앗아 내던져버렸다. 사람들이 어찌 그렇게 무례하게 구느냐고 따지자 그가 이렇게 일갈했다.

"내가 강씨의 밥을 먹었는데, 오늘 그 보답을 하는 것이오."

강춘 역시 문 밖으로 나가니, 그 덕분에 일을 그르치지 않게 되었다.

59. 이조보李肇輔는 자가 상의相宜이고 호가 우정于亭이며 강도 사람이다. 시를 잘 썼다.

60. 상집환常執桓[134]은 자가 우백友伯이고 강도 사람이다. 그는 서법에서 장초章草[135]를 잘 썼다.

라 불렀다. 『양주화방록』 권2 「초하록草河錄·하下·139」 참조.

133) 종요鍾繇에 대해서는 『양주화방록』 권2 「초하록草河錄·하下·134」를 참조할 것.

134) 상집환常執桓에 대해서는 『양주화방록』 권2 「초하록草河錄·하下·130」에도 언급되어 있다.

135) 초서草書의 일종으로 필획에 예서의 삐침이나 파임을 넣으며 매 글자를 독립적인 모

61. 교신회喬伸懷는 자가 유가有佳이고 강도 사람이다. 시를 잘 썼다.

62. 양유신楊維新은 자가 연파蓮坡이고 강도 사람이다. 그는 성품이 순박하며 시를 잘 썼다.

63. 포원표鮑元標는 자가 운표雲表이고 흡현 사람이다. 그는 어려서 고아가 되었으나 학문에 힘썼으며, 작은 해서체 글씨에 뛰어났다. 그는 사람됨이 겸손하고 신중하며 친화력이 뛰어났고, 함부로 말하거나 웃지 않았다. 그는 또 상중에 있는 부녀자 가운데 지조와 효성이 뛰어난 이가 있으면 자기 돈을 내서 조정에 그를 표창하는 정표旌表를 청하고 패방을 세웠는데, 그런 일이 한 두 번이 아니었다.

한번은 그가 시장을 지나다가 오래된 퉁소를 보고 기뻐하며 사니 사람들이 이상하게 여겼다. 그는 짬이 날 때마다 퉁소를 불었는데 닷새가 지나자 가락을 맞출 수 있었으며, 한 달도 채 안 되어 아주 능숙하게 다루었다. 이후로 음률을 들으면 어느 것이든 모두 그 우열을 감별할 수 있었다.

64. 서주徐柱는 자가 동립桐立이고 호가 남산초인南山樵人이며 휘주 사람이다. 그는 그림을 잘 그렸으며 방사서의 정통을 계승했다.

65. 황대생黃大笙은 자가 시륙詩六이고 음률에 정통하였다. 그는 왼손으로 손과정孫過庭136)의 『서보書譜』를 베껴 썼는데, 글씨의 좌우를 반대로 해서 썼다. 그런데 뒤집어놓고 보면 손과정의 원래 글씨와 조금도 차이가 없었다. 그는 『수호전』의 등장인물을 자기 나름대로 새롭게 해석하여 백묘화白描畫로 그렸다.

양으로 연결되지 않게 쓴다.
136) 손과정孫過庭에 대해서는 『양주화방록』 권2 「초하록草河錄 · 하下 · 54」를 참조할 것.

66. 문기文起는 자가 홍거鴻擧이고 강도 사람이다. 그는 박학하고, 건축법에 정통했고, 직접 본 옛날 기물이 아주 많았으며 감식가로 이름이 높았다.

마문단馬文壇은 자가 행당杏堂이며 시를 잘 지었고, 큰 글씨인 벽과서擘窠書를 잘 썼다.

67. 왕대횡汪大鱟137)은 자가 두장斗張이고 호가 손지損之이며 흡현 사람이다. 그는 예서를 잘 썼고, 자명종 만드는데 뛰어났으며, 비석을 대단히 많이 모았다.

진진로陳振鷺는 자가 이문里門이고 호가 춘거春渠이며 항주 사람이다. 그는 시와 그림에 뛰어났으며, 예서 또한 잘 썼다.

68. '사교연우四橋烟雨'는 황원黃園이라고도 하며 염상 황이섬黃履暹138)의 별장이다. 황제께서 '취원趣園'이란 이름과 함께 다음과 같은 어제시139)를 하사하셨다.

    푸른 물가에는 이름난 정원 많지만

    번거롭게 황제 모시는 일 없이 고결하게 노닐 수 있다네.

    날마다 산책하는 것을 취미140)로 삼은 적 없었지만

    마침 구름 걷히니 또한 즐겁구나.

    시 구절을 얻고 나면 바로 나아가니 마음에 얽매임 없고

---

137) 왕대횡汪大鱟에 대해서는 『양주화방록』 권2 「초하록草河錄·하下·141」에도 언급되어 있다.
138) 본문 85에 소개되어 있다. 휘주 염상으로 봉신원경奉宸苑卿 작위를 받았다.
139) 이 시의 제목은 「취원즉경趣園卽景」이다.
140) 여기서 '취趣'는 취미나 흥취의 뜻도 있지만, '취원趣園'을 암시하기도 한다. 또한 이 구절은 도잠陶潛의 「귀거래혜사歸去來兮辭」에 들어 있는 "園日涉以成趣"라는 구절의 의미를 따서 지은 것이기도 하다.

꽃을 만나면 잠깐 멈추어 향기에 듬뿍 취하네.

이곳을 좋아하는 이유가 무어냐고 묻는다면

비와 햇빛 적당하여 농사짓기 좋기 때문이라 하겠네.

多有名園綠水濱, 淸游不事羽林紛.

何曾日涉原成趣, 恰値雲開亦覺欣.

得句便前無繫戀, 遇花且止足芳芬.

問予喜處誠奚託, 宜雨宜暘利種耘.

황씨 형제는 아름다운 원림을 짓는 것을 좋아해서 천금을 들여 건축물 제작법에 관한 비서秘書를 한 권 구입했다. 그 때문에 그들이 건물을 지을 때마다 아무리 박학다식한 사람이라도 그 유래를 알아낼 수 없었다.

취원은 강원의 환취루環翠樓와 바로 이어져 있다. 금경각錦鏡閣에 들어가게 되면, 이 누각은 날아오를 듯 솟은 처마[飛檐]에 두 겹 지붕[重屋]을 얹은 채 좁은 운하를 걸치고 서 있다. 금경각 서쪽은 '죽간수제竹間水際'이고, 누각을 내려가면 동쪽이 '회완림취回環林翠'인데 그 안에 작은 산이 구불구불 이어져 있고 총계정叢桂亭을 지어놓았으며, 그 아래쪽은 사조헌四照軒, 위쪽은 금속암金粟庵이다.

연의각漣漪閣으로 들어가 작은 회랑을 따라 나가면 징벽당澄碧堂이다. 그 왼쪽에는 높은 누대를 쌓고 그 아래에 밀실을 넣어, 밖에서 보이지 않는 통로를 통해 광제당光霽堂으로 이어지게 해놓았다. 광제당 오른쪽엔 호수를 마주하고 여러 층짜리 큰 건물이 서 있고, 그 건물 뒤쪽은 가무를 공연하는 가대謌臺이다. 큰 건물 옆에는 운금종雲錦淙이라는 밀실을 만들어놓았다. 그곳을 나가면 운하 가에 있는 네모난 연못이 나오는데, 황제께서 '반무당半畝塘'이란 이름을 하사하였다. 이곳에서 대숲 사이 길을 통해 누대 아래에 난 대문으로 이어진다.

69. '사교연우'는 이 원림의 전체 명칭이다. 사교란 홍교, 장춘교長春橋,

춘파교春波橋, 연화교蓮花橋이다. 홍교와 장춘교, 춘파교까지 3개의 다리
는 모두 일반적인 제작법을 따라 지어졌다. 연화교는 위에 5개의 정자
를 세웠는데 중앙의 큰 정자를 아래쪽에서 4개의 작은 정자[翼]가 둘러
싸고 있고, 작은 정자 하나에 문이 3개씩 있으니 정문까지 합쳐서 모두
15개의 문이 있다. 『평산당도지』에는 사교에 옥판교玉版橋가 들어 있고
홍교가 빠져 있다. 지금은 옥판교가 장춘령長春嶺 옆의 작은 다리 이름
이며, 사교 안에는 포함되지 않는다.

70. 금경각은 3채의 건물로 이루어져 있는데 취원 안의 좁은 운하 위에
걸쳐져 있다. 3채 중 가운데 채에는 평상이 4개가 놓여 있고, 그 왼쪽
채에는 평상 3개가 놓여 있으며, 그 왼쪽 채의 아래 칸에 평상이 3개 놓
여 있다. 누각 계단은 바로 왼쪽 채 아래 칸의 발치에 놓인 평상 옆에
있어서 평상 쪽에서 계단을 통해 누각에 올라가게 되어 있다. 오른쪽
채 역시 똑같은 구조이다. 가운데에 있는 한 채 아래로만 물길이 지나
간다. 그 건물의 구조는 『공정칙례工程則例』「난각暖閣」에 설명된 제작
법을 따른 것인데, 그 특징이 바로 가운데 채 아래로 물길을 내는 것이
다. 여기엔 한유韓愈의 시 구절을 모아 만든 대련이 있다.

　　　눌러 살 수도 있고, 들러 갈 수도 있는데
　　　쇠를 부어 만들지도, 녹여 만들지도 않았지.
　　　可居兼可過, 非鑄復非鎔.[141]

71. 금경각 동쪽 기슭에는 원문圓門이 있고 '회환림취迴環林翠'라는 편액
이 걸려 있다. 그 안에는 정원사 후씨侯氏가 사는 3칸짜리 작은 집이 있

---

141) 『전당시』 권343에 수록된 한유의 「봉화괵주류급사사군삼당신제이십일수奉和虢州劉給
　　事使君三堂新題二十一首」에 "非閣復非船, 可居兼可過. 君欲問方橋, 方橋如此作. 非鑄復非
　　熔, 泓澄忽此逢. 魚蝦不用避, 只是照蛟龍"이란 구절이 들어 있다.

다. 집 뒤편으로 소나무와 개오동나무가 울창하게 자라고 있으며 국화를 줄지어 심어놓았다. 국화밭 주위에 해바라기를 듬성듬성 심어 울타리로 삼았다. 울타리 바깥에는 자연적으로 생긴 웅덩이가 있는데, 이것을 후가당侯家塘이라 부른다.

72. 금경각의 서쪽 칸은 산문 쪽을 향해 나 있으며, 다음과 같은 대련이 붙어 있다.

> 조각배는 비단 같은 물결에 흔들리고
> 강물 흘러 누대로 들어가네.
> 扁舟蕩雲錦, 流水入樓臺.

금경각 문 밖의 작은 섬에는 제왕의 궁실 양식으로 지은 3칸짜리 건물이 있고, 거기에 황제께서 하사하신 '취원趣園'이라고 돌 편액과 다음과 같은 대련이 붙어 있다.

> 날마다 산책하는 것을 취미로 삼은 적 없었지만
> 마침 구름 걷히니 또한 즐겁구나.
> 何曾日涉原成趣, 恰直雲開亦覺欣.

정자 옆은 대나무로 빽빽이 덮여 있고 기암괴석이 서 있다. 물가의 끝자락에 흙을 쌓아 산을 만들고 그 중간에 3칸짜리 작은 집을 세웠는데, '죽간수제竹間水際'란 편액과 다음과 같은 대련이 붙어 있다.

> 숲 그림자 멀리 드리운 속에 조용히 꽃 피어나고
> 환한 구름 고요히 떠가고 버들가지 길게 늘어졌네.
> 樹影悠悠花悄悄[조당曹唐][142]

晴雲漠漠柳毿毿[위장韋莊][143]

73. 금경각의 동쪽 칸도 산문을 향해 나 있으며, 서쪽 칸과 마주하고 있다. 산문 안에는 계수나무를 심었고 '사조헌四照軒'이라는 공工자 모양의 청사가 서 있다. 여기엔 다음과 같은 대련이 붙어 있다.

먼 하늘에서 풍겨오는 향기 이슬 담는 쟁반에 스미고
팔월의 서늘한 기운 가을 하늘에서 피어나네.
九霄香透金莖露[우무림于武林][144]
八月涼生玉宇秋[조당曹唐][145]

사조헌 앞에는 총계정叢桂亭이 있으며, 뒤에는 방해석方解石을 박은 벽이 서 있다. 오른쪽으로 굽은 회랑을 따라가면 네모난 건물[方屋]으로 이어지는데, 여기엔 '금속암金粟庵'이란 편액이 걸려 있다. 그 글씨는 주면朱冕[146]이 쓴 것이다.

---

142) 조당曹唐에 대해서는 『양주화방록』 권1 「초하록草河錄·상上·47」을 참조할 것. 『전당시』 권640에 수록된 조당의 「한무제장후서왕모하강漢武帝將候西王母下降」에 "樹影悠悠花悄悄, 若聞簫管是行踪"이란 구절이 있다.

143) 위장韋莊에 대해서는 『양주화방록』 권1 「초하록草河錄·상上·50」을 참조할 것. 『전당시』 권695에 수록된 위장의 「고리별古離別」에 "晴烟漠漠柳毿毿, 不那離情酒半酣"이란 구절이 있다.

144) 우무림于武林은 우무릉于武陵을 가리키는 것인 듯하다. 우무릉은 이름이 업鄴인데 자인 무릉이 세상에 알려져 있다. 그는 곡杜曲 사람이며, 대중大中(847~860) 연간에 진사로 추천되었으나 나가지 않고 책과 거문고를 들고 상락商洛 파촉巴蜀 일대를 떠돌거나 은거하며 살았다. 『전당시』에 수록된 우무릉의 시집에는 이 구절이 없다.

145) 『전당시』에 수록된 조당의 시집에는 이 구절이 없다. 『금고기관今古奇觀』 권68에 「왕유도가 의심 때문에 처자를 버리다王有道疑心棄妻子」에는 '당시唐詩'라며 인용된 다음과 같은 작품이 보인다. "天香分下殿西頭, 獨許君家執與儔. 月裏仙姝光皎皎, 人間淸影夜悠悠. 九霄香沁金莖露, 八月涼生玉宇秋. 約我廣寒探免窟, 陵雲高步上瀛州."

146) 주면朱冕은 자가 노포老匏이고 양주 사람이다. 시화에 뛰어났고 글씨를 잘 썼던 그는 채가蔡嘉, 고상高翔, 왕사정, 고봉한高鳳翰과 함께 '오군자五君子'로 불렸다. 노년에 가난에 시달리다 병으로 죽었고 행서와 초서로 쓴 시책詩冊 10여 쪽이 있는데, 대부분 채

이곳엔 계화가 아주 무성하여, 꽃이 필 때면 정원사가 꽃놀이 판을
벌인다. 매일 밤 땅에 한 자 넘게 열매가 떨어져 쌓이면 색실로 그것을
꿰는데 이를 계구桂球라고 한다. 또 열매를 끓여 잼처럼 만드는데 톡 쏘
는 맛에 냄새가 고약하다. 이것을 계유桂油라고 부른다. 초여름에 꿀을
채취하여 비바람을 맞히지 않고 두었다가 계수나무 열매와 함께 하루
종일 졸이는데, 약한 불로 푹 익힌다. 그것을 먹으면 청아한 향이 나고
달짝지근한데 이를 계고桂膏라고 한다. 또 열매를 술병에 담가놓았다가
밥을 할 때 술병을 얹어 살짝 찌는데 이것이 곧 신선주조법神仙酒造法으
로서, 이렇게 만든 술을 계주桂酒라고 한다. 깊은 밤 시내물의 흐름이
고요해지면 마치 그 위에 자리를 간 듯 열매가 떨어져 수면에 둥둥 뜨
는데, 이때 죽통으로 그 깊은 바닥의 물을 빨아들여 흙으로 빚은 장군
[缶]에다 저장한다. 이것을 계수桂水라고 한다.

74. 연의각漣漪閣은 금속암 북쪽에 있으며 다음과 같은 대련이 붙어있
다.

> 울긋불긋 화려한 누각들 눈부시게 빛나고
> 키 큰 대나무와 관목들 어우러져 숲을 이뤘네.
> 紫閣丹樓紛照耀[왕발王勃][147]
> 修篁灌木勢交加[방간方干][148]

가와 화답한 작품이다. 저작으로 『구발라실서화과목고甌鉢羅室書畫過目考』와 『광릉시사
廣陵詩事』가 있다.
147) 왕발王勃에 대해서는 『양주화방록』 권6 「성북록城北錄·17」을 참조할 것. 『전당시』
권17에 수록된 왕발의 「악부잡곡樂府雜曲·고취곡사鼓吹曲辭·임고대臨高臺」에 "紫閣丹
樓紛照曜, 璧房錦殿相玲瓏"이란 구절이 있다.
148) 『전당시』 권653에 수록된 방간方干의 「제현류암은자거題懸溜巖隱者居」에 "谷鳥暮蟬聲
四散, 修篁灌木勢交加"라는 구절이 있다.

연의각 밖으로 돌길이 완만하게 내리막을 이루고 있고, 작은 난간이 얌전하게 둘러져 있어 계단을 오르내리는 수고를 할 필요가 없다. 이 난간을 '도화랑桃花浪'이라고 하며 '낭리매浪裏梅'라고도 부르는데, 돌길에는 전부 얼음이 갈라진 것 같은 무늬[氷裂紋]가 있다. 제방 위로 오래된 나무들이 마치 사람이 서 있는 것처럼 빽빽이 우거져 있고 그 사이로 회랑이 나 있다. 이곳은 봄이 되면 느릅나무 열매가 떨어지고 버들솜이 날려 마치 먼지가 쌓이고 자리를 덮은 듯한데, 비질을 하지 않아도 바람에 날아가 버린다. 여기에서 호숫가에 서 있는 높은 건물로 들어가는데 이 건물은 호수 남쪽에 위치하여 지면과 계단이 높이가 같고, 계단과 수면의 높이가 같다. 이곳엔 다음과 같은 대련이 있다.

봄 아지랑이 오래된 돌 틈에서 피어나고
성긴 버드나무 새 연못에 제 모습 비추네.
春烟生古石[장열張說]149)
疏柳映新塘[저광희儲光羲]150)

물과 어우러진 탁 트인 풍경이 사람의 마음을 시원하게 열어준다. 돌아가는 뱃길에 나루가 복잡하면 잠시 계곡에서 쉬어 가는데, 붉은 등이 환히 밝혀진 가운데 하인이 술을 따르고 비파 소리가 쏟아지는 빗방울처럼 노젓는 소리에 어우러지면, 모두들 흥이 동해 무릎을 맞대고 앉아 술잔을 돌리게 된다. 이곳 역시 호수에서 사람들이 많이 모이는 장소이다.

---

149) 장열張說에 대해서는 『앙구화방록』 권2 「초하록苜河錄·하下·146」을 참조할 것. 『전당시』 권86에 장열의 「화장감유종남和張監游終南」에 "春烟生古石, 時鳥戱幽松"이라는 구절이 있다.
150) 저광희儲光羲(706?~763?)는 연주兗州 사람이다. 그는 개원開元 14년(726)에 진사에 급제했으며 감찰어사를 지냈다. 안녹산이 장안을 함락시킨 뒤 관직을 받았다가 난이 평정된 뒤 영남嶺南에 폄적되어 죽었다. 그는 소박하고 한적한 전원생활에 대한 시를 많이 썼으며, 시집으로 『저광희시儲光羲詩』가 있다. 『전당시』 권139에 저광희의 「답왕십삼유答王十三維」에 "落花滿春水, 疏柳映新塘"이라는 구절이 있다.

75. 연의각 북쪽엔 청사가 2채 있는데 하나는 '징벽당澄碧堂', 또 하나는 '광제당光霽堂'이라 한다. 땅을 평평히 골라 누각을 세우는 건축법을 써서, 누각 뒤편 아래쪽으로부터 산에 붙여 16칸으로 죽 이어진 건물을 지었다. 건물 좌우에 모두 창을 냈고 아래엔 채색 벽돌을 가지런히 깔았다.

연의각 뒤편은 3층으로 이루어져 있다. 밑에서부터 첫 번째 층은 3칸인데, 중간에 속이 비어 있는 창을 설치하여 칸을 나누었으며, 양편에 난 문을 통해 나가게 해놓았다. 둘째 층은 3칸이며 그 안에 네모난 문을 설치하여 나가게 해놓았다. 세 번째 층은 5칸인데 이것이 징벽당이다. 대체로 서양인들이 벽당碧堂을 좋아하여, 광주廣州 십삼항十三行151)에 이런 벽당이 있다. 그 제작법은 모두 방들이 죽 이어진 높은 건물에 햇빛은 가리고 달빛은 통하게 하는데 묘미가 있다. 여기 징벽당이 그 제작법을 따랐기 때문에 '징벽'이란 이름을 붙였으며, 다음과 같은 대련이 붙어 있다.

거울 같은 수면 위로 아름다운 노을 붉게 타고
솔숲의 공기는 가을 같아서 잠자리가 싸늘하구나.
湖光似鏡雲霞熱[황도黃滔]152)
松氣如秋枕簟凉[하상원何上元]153)

---

151) 청대에 광주에 설치한 대외무역을 하는 전문 상사가 모여 있는 곳을 가리킨다. 양화항洋貨行, 양항洋行, 외양항外洋行, 양화십삼항洋貨十三行이라고도 불린다. 강희 24년(1685)에 해금海禁을 해제한 뒤 광동과 복건福建 절강과 강남까지 4개의 성에 해관海關을 설치하고 13항을 만들었다. 이곳에서 십삼양항 식의 건축이 유행했는데 대개 3층이며 1층은 창고, 2, 3층은 사람들이 거주하는 곳이며 앞에 넓은 마당이 있다. 이런 건축물 가운데 가장 유명한 것이 벽당이고, 이것을 모방해 지은 것이 양주의 징벽당이다.
152) 황도黃滔(840~911)는 자가 문강文江이며 보전莆田 전태前埭 사람이다. '복건 지역 문인의 시조[閩中文章初祖]'라 불리는 그는 895년 진사에 급제하여 사문박사四門博士, 감찰어사, 위무군절도추관威武軍節度推官을 지냈다. 『사고전서』에 『황어사집黃御史集』 10권과 부록 1권이 수록되어 있다. 『전당시』에 수록된 황도의 시집에는 이 구절이 없다.
153) 하상원何上元이 아니라 하원상何元上인 듯하다. 하원상은 당나라 때 사람으로 자칭

징벽당에서 나오면 네 번째 층 5칸짜리 건물이 있는데, 여기가 광제당이다. 이 당은 서쪽을 향하고 있으며, 그 아래에는 '매령춘심梅嶺春深'의 나루터와 서로 마주보고 있는 나루터가 있다. 여기엔 다음과 같은 대련이 붙어 있다.

> 빽빽이 우거진 나무들이 푸른 정원을 가렸는데,
>
> 사방의 붉은 누대 화려한 주렴을 말아 올렸네.
>
> 千重碧樹鎖青苑[위장韋莊][154]
>
> 四面朱樓卷畫簾[두목杜牧][155]

이곳엔 매화가 조각된 나무 평상이 하나 있는데, 조이광趙宦光[156]이 쓴 '유운流雲'이란 글자와 동기창董其昌과 진계유陳繼儒[157]가 쓴 글이 새겨져 있다. 이 평상에 대해 황제께서 쓰신 「목탑木榻」이라는 시[158]가 있다.

아미산인峨眉山人이라 불렀으며 도주道州에 살았다. 『전당시』 권472에 수록된 하원상의 「소거사원량야서정所居寺院凉夜書情, 정상려화숙온랑중呈上呂和叔溫郎中」에 "月光似水衣裳濕, 松氣如秋枕簟凉"이라는 구절이 있다.

154) 『전당시』 권696에 수록된 위장의 「중도만조中渡晚眺」에 "千重碧樹籠春苑, 萬縷紅霞襯碧天"이란 구절이 있다.

155) 두목杜牧에 대해서는 『양주화방록』 권1 「초하록草河錄·상上·7」을 참조할 것. 『전당시』 권523에 수록된 두목의 「회종릉구유사수懷鍾陵舊游四首」 제3수에 "一聲明月采蓮女, 四面朱樓卷畫簾"이란 구절이 있다.

156) 조이광趙宦光(1559~1625)은 자가 범부凡夫 혹은 수신水臣이며 호가 광평廣平이며 태창太倉(지금의 쟝쑤성 타이창太倉) 사람이다. 그는 명나라 왕족으로서 국학國學의 학생이었으나, 한산寒山에 은거하며 수십 종의 저서를 썼다. 특히 문자학에 조예가 깊었으며 『설문해자說文解字』에 독자적인 해석을 달았다. 그는 자신민의 초전제草篆體를 개발하기도 했으며 남의 글씨를 그대로 모방하지 않았고 인장도 잘 새겼다. 그의 저서로는 『설문장전說文長箋』과 『육서장전六書長箋』, 『한산추담寒山帚談』 등이 있다. '중화본'과 '산동본'에는 모두 '조환광趙宦光'으로 표기했는데, 이것은 잘못이다.

157) 진계유陳繼儒에 대해서는 『양주화방록』 권8 「성서록城西錄·1」을 참조할 것.

158) 이 시의 제목은 「취원趣園」이다. 『양주화방록』에서는 이 시의 제목을 「목탑」이라고 했는데, 아마도 이것은 이 시의 제목이 아니라 건륭제가 나무 걸상에 앉아서 (혹은 나무 걸상에 종이를 깔고) 이 시를 썼다는 이야기가 있어서 이렇게 쓴 듯하다. 실제로 『양주화방록』에서는 황제들의 쓴 시의 제목을 밝혀놓은 경우가 이곳을 제외하고는 없다.

우연히 걷다 보니 산책이 취미가 되었다더니

과연 물과 대나무의 고향이로다.

그 때문에 도잠陶潛의 팽택彭澤을 얘기하고

이로부터 양주揚州가 이름을 날리게 되었지.

높고 낮은 바위들 구경하면서

굽이도는 회랑 따라 걸음을 옮기네.

흐르는 구름[159]이 나무 걸상에 기대어 있으니

기분 좋은 아침에 조이광趙宧光을 만났네.

偶涉亦成趣, 居然水竹鄕.

因之道彭澤, 從此擅維揚.

目屬高低石, 步延曲折廊.

流雲憑木榻, 喜早晤宧光.

76. 광제당 뒤로 구불구불 이어진 길을 따라가면 폭이 몇 길이나 되는 네모난 연못이 나온다. 그 주변의 회랑과 집들은 좁은가 하면 넓기도 하며, 가지런히 모여 있는가 하면 흩어져 있기도 하고, 비스듬히 세워진 것이 있는가 하면 똑바로 선 것도 있고, 끊어져 있는가 하면 계속 이어 지기도 하면서, 매우 독특하면서도 아름답게 배치되어 있다. 이곳의 나무와 돌은 모두 수백 년씩 된 것들이며, 연못에 긴 이끼는 두께가 두세 자에 달하고, 모란의 밑동이가 오동나무만큼 굵다. 여기엔 '운금종雲錦淙'이란 편액이 걸려 있으며, 다음과 같은 대련이 있다.

구름은 푸른 하늘에서 피어나고

---

159) 원래 이 구절에는 다음과 같은 주석이 있었다. "이 정자 안에는 아주 오래되고 소박한 나무 걸상이 하나 있는데, 거기에 명나라 때의 조이광趙宧光이 쓴 '유운流雲'이라는 글씨와 동기창董其昌과 진계유陳繼儒가 쓴 글이 새겨져 있다. 이것들은 비록 위작僞作이긴 하지만 기꺼이 감상할 만하다."

연꽃 향기 물가 정자로 스며드네.

雲氣生虛壁[두보杜甫][160]

荷香入水亭[주우周瑀][161]

77. 운금종을 지나면 까마득히 높은 벽이 나오고 이어지던 회랑과 집들은 여기에서 끝난다. 여기엔 사람이 몸을 옆으로 해야 들어갈 수 있는 작은 쪽문[角門]이 있어, 잘 보이지 않게 조그만 밭으로 연결되어 있다. 밭에는 벽오동과 키 큰 버드나무가 많이 자라고 있으며, 작은 집 서너 채가 있다. 또 서쪽으로 작은 집이 있고, 거기서 옆으로 또 한 집을 끼고 돌아가면 탑석塔石을 박아 넣은 2개의 병풍이 세워져 있다. 탑석이란 탑과 같은 무늬가 있는 돌을 가리키는데, 손으로 만져보면 거울 표면처럼 매끈하다. 병풍 뒤로 가면 운하 가에 있는 네모난 연못으로 나가게 되는데, 그곳 작은 정자에는 황제께서 하사하신 '반무당半畝塘'이란 돌 편액이 모셔져 있고, 어제시에 집구한 대련 3개가 붙어 있다.

높고 낮은 바위들 구경하면서
굽이도는 회랑 따라 걸음을 옮기네.
目屬高低石, 步延曲折廊.[162]

오묘하고 깊은 이치는 모두 세속을 멀리하고
시화의 정취가 언제나 마음을 즐겁게 하네.

---

160) 두보杜甫에 대해서는 『양주화방록』 권1 「초하록草河錄·상上·48」을 참조할 것. 『전당시』 권229에 수록된 두보의 「우묘禹廟(此忠州臨江縣禹祠也)」에 "雲氣生虛壁, 江聲走白沙"라는 구절이 있다.

161) 주우周瑀는 당대 시인으로 곡아曲阿 사람이며 이부상선吏部常選을 지냈고 시 3수가 전한다. 『전당시』 권114에 수록된 주우의 「송반삼입경送潘三入京」에 "柳色分官路, 荷香入水亭"이란 구절이 있다.

162) 본문 75에 인용된 어제시 「목탑」에 따라 '정亭'을 '보步'로 바꾸었다.

妙理淸機都遠俗, 詩情畫趣總怡神.[163]

굽이도는 물길은 따스하게 조화로운 기운 품었고

멀리 보이는 산들 사람들이 빽빽이 모인 것 같네.

濚回水抱中和氣, 平遠山如蘊藉人.[164]

'유릉운의有凌雲意'라고 돌에 새긴 4개의 글자는 소식의 서첩에서 모사摹寫한 것이다.

78. '수운승개水雲勝槪'는 장춘교 서쪽 기슭에 있으며, 황원黃園이라고도 한다. 황원은 금경각에서 시작하여 소남병小南屛까지 이어지는데, 중간에 장춘교를 경계로 두 구역으로 나뉜다. 다리 동쪽은 '사교연우', 서쪽은 '수운승개'이다.

'수운승개'의 대문은 다리 서쪽에 있고 문 안쪽에 취향초당吹香草堂[165]이 있으며, 그 뒤가 수희암隨喜庵이다. 수희암 왼쪽은 물가로 이어지며 3채의 건물이 서 있는데, 이곳을 '좌관수조坐觀垂釣'라고 한다. 또 물가를 따라 10칸짜리 건물이 있는데 이것을 춘수랑春水廊이라고 한다. 춘수랑 모퉁이에서 흙 언덕을 따라가면 대나무 숲을 지나 승개루勝槪樓에 이르게 된다. 정원의 숲과 정자가 이곳까지이다. 여기엔 나루터가 있는데, 여기부터가 소남병이다. 그 옆에 운산소호대雲山韶濩臺를 있고, 황원이 여기에서 끝난다.

---

163) 본문의 '묘리청기妙理淸機'를 '중화본'에서는 '묘리정기妙理靜機' 표기했다. 그러나 '산동본'에서는 『남순성전南巡盛典』과 『평산당도지』에 근거해 '정靜'을 '청淸'으로 바꾸었다고 했는데, 이것이 더 맥락이 통하는 듯하다.
164) '중화본'에서는 '형화수포濚和水抱'로, '광릉본'에서는 '영수화포濚水和抱'라고 되어 있는데, 맥락상 '산동본'의 주석에 있는 '濚回水抱'가 더 옳은 듯하다.
165) '산동본'에는 '음향초당吟香草堂'으로 되어 있다.

79. 취향초당에는 다음과 같은 대련이 걸려 있다.

> 높이 솟은 집 아름다운 달빛 속에 고요한데
>
> 길게 자란 대나무 따스한 바람을 끌어 들이네.
>
> 層軒靜華月[저광희儲光羲]166)
>
> 修竹引薰風[위안석韋安石]167)

　남쪽으로 가면 수회암이 나오는데, 이곳엔 백의관음상白衣觀音像이 모셔져 있으며, 불교 명승지이다.

80. '좌관수조' 3칸은 춘수랑의 산장山墻과 붙어 있다. 춘수랑은 구기자나무를 써서 만들었는데, 들보와 지붕마루[脊]가 없다. '좌관수조'는 헐산歇山168) 양식을 사용한 것이 다른 회랑의 체제와 다른 점이다. 여기엔 이런 대련이 붙어 있다.

> 가을 꽃 푸른 강물을 뒤덮고
>
> 잡목들 붉은 난간가에 우거졌네.
>
> 秋花冒綠水[이백李白]169)
>
> 雜樹映朱欄[왕유王維]170)

---

166) 『전당시』 권138에 수록된 저광희의 「수리처사산중견증酬李處士山中見贈」에 "綠竹動淸風, 層軒靜華月"이란 구절이 있다

167) 위안석韋安石은 당나라 때 시인으로 경조京兆 만년萬年 사람이다. 그는 명경으로 천서되어 측천무후 때인 700년에 난대시낭鸞臺侍郞 겸 봉각란대평장사鳳閣鸞臺平章事를 지냈다. 예종睿宗 때 강교姜皎에게 연루되어 폄적되었다가 죽었다. 시 3수가 남아 있다. 『전당시』 권104에 수록된 위안석의 「양왕택시연응제동용풍자梁王宅侍宴應制同用風字」에 "早荷承湛露, 修竹引薰風"이라는 구절이 있다.

168) 헐산이란 지붕 양식 가운데 팔작 또는 합각지붕을 가리킨다.

169) 이백李白에 대해서는 『양주화방록』 권1 「초하록草河錄・상上・4」를 참조할 것. 『전당시』 권161에 수록된 이백의 「고풍古風」에 "秋花冒綠水, 密葉羅靑烟"이란 구절이 있다.

170) 왕유王維에 대해서는 『양주화방록』 권1 「초하록草河錄・상上・45」를 참조할 것. 『전

81. 춘수랑은 물과 어우러진 경관이 아주 넓게 탁 트인 곳이다. 북교北
郊의 여러 갈래 물길은 장춘령에서 합쳐진다. 서쪽에서 온 것으로는 구
곡지九曲池,[171] 포산하砲山河,[172] 감천산甘泉山,[173] 금궤산金匱山[174] 등의
물길이 있는데, 연화교와 법해교法海橋를 통해 흘러나온다. 북쪽에서 온
것으로는 보장호가 있으며 장춘교를 통해 흘러나온다. 남쪽에서 온 것
으로 연지硯池, 화산간花山澗이 있으며 홍교를 통해 흘러나온다. 이들 물
길들이 모두 여기에 모이니, 햇빛을 반사하며 일렁이는 물결이 끝없이
푸르게 펼쳐져 장관을 이룬다. 벽돌을 쌓아 만든 물가 언덕에 야트막한
집을 짓고 '춘수랑'이라 했으며, 여러 물길이 합류하는 모습이 마치 사
람이 치마까지 걷어 부치고 살갑게 회랑으로 모여드는 것 같다. 여기에
다음과 같은 대련이 붙어 있다.

> 길가에 늘어선 천 그루 나무에 예쁜 꽃 만발하고
> 도랑에 흐르는 물길 두 집으로 나뉘네.
>
> 夾路濃華千樹發[조언소趙彦昭][175]

당시』권128에 수록된 왕유의 「망천집輞川集·북타北垞」에 "北垞湖水北, 雜樹映朱闌"
이라는 구절이 있다.

171) 양주성 북쪽에서 7리 떨어진 촉강록蜀岡麓에 있으며, 수나라 양제煬帝가 이곳에 난정
欄亭을 세우고 '수조구곡水調九曲'을 만들어 강남에 올 때마다 둘러보았다. 여기에서 구
곡지라는 이름이 유래했다.

172) 보장하保障河 또는 보장호라고도 한다. 세월이 지남에 따라 수위가 얕아지고 진흙이
퇴적되어 옹정 10년(1732)에 군수 윤회일尹會一이 기금을 마련해 준설하였다. 『평산당
도지平山堂圖志』에 따르면 양주 서쪽 산의 여러 물길이 사당四塘에 모이는데, 그 사당이
구성당句城塘, 소신당小新塘, 대뢰당大雷塘, 소뢰당小雷塘이라고 했다. 그런데 시간이 흐
르면서 모두 경작지로 만들어 물이 수용될 수 없게 되자 그 물이 촉강 동북쪽에 모여
호수가 되었고, 그 물이 두 봉우리 사이를 거쳐 구지九池로 흘러들고 '쌍봉운잔雙峰雲
棧'을 지나 촉강 앞에서 모여 감아 돌아간다고 했다.

173) 양주성 서북쪽 30여리 되는 곳에 있으며, 7개의 봉우리[峰]에 28개의 언덕[岡]으로
이루어져 있다. 이곳에 있는 우물물이 달고 맛있다 하여 감천산이란 이름이 생겼다.

174) 궤匱는 궤櫃라고도 쓴다. 양주성 서쪽 7리 되는 곳에 있으며 장지葬地가 많다. 이 지
역 속담에 "이 땅에 묻히는 것은 황금을 함 속에 넣는 것과 같다[如葬于此地如黃金入
匱]"란 말이 있는데, 여기에서 금궤산이란 이름이 유래하였다.

一渠流水兩家分[항사項斯]176)

82. 승개루는 연화교 서쪽 측면에 있으며, 다음과 같은 대련이 붙어 있다.

기이한 바위들은 천고의 아름다움 품고 있고

봄빛은 만년지萬年枝177) 가지위에 내려앉는구나.

怪石盡含千古秀[나업羅鄴]178)

春光欲上萬年枝[전기錢起]179)

---

175) 조언소趙彦昭(?~714?)는 자가 환연奐然이고 감주甘州 장액張掖 사람이다. 젊어서 어디에 매이지 않고 자유롭게 지냈으며 성격이 거침없고 활달했다. 진사에 급제하여 남부위南部尉, 좌대감찰어사左臺監察御史, 중서시랑 겸 중서문하평장사中書門下平章事, 송주자사宋州刺史, 이부시랑, 형부상서 등을 역임했으며 경국耿國公에 봉해졌으나, 강주별가江州別駕로 폄적당해 죽었다. 『전당시』에 한 권 분량의 시가 남아 전한다. 『전당시』 권103에 수록된 조언소의 「인일시연대명궁응제人日侍宴大明宮應制」에 "夾路穠花千樹發, 垂軒弱柳萬條新"이라는 구절이 있다.

176) 항사項斯에 대해서는 『양주화방록』 권1 「초하록草河錄·상上·50」을 참조할 것. 『전당시』 권554에 수록된 항사의 「산행山行」(혹은 「산중작山中作」이라고도 함)에 "青櫪林深亦有人, 一渠流水數家分"이라는 구절이 있다.

177) 동청수冬青樹라고도 하며 사철나무를 가리킨다.

178) 나업羅鄴에 대해서는 『양주화방록』 권12 「교동록橋東錄·10」의 주석을 참조할 것. 『전당시』 권654에 수록된 나업의 「비습유서당費拾遺書堂」에 "怪石盡含千古秀, 奇花多吐四時芳"이라는 구절이 있다.

179) 전기錢起(722~780)는 자가 중문仲文이고 오흥吳興(지금의 저장성 후저우湖州) 사람이나. 그는 진사 출신으로 고공랑중考功郎中, 한림학사를 지냈으며 이단李端, 노륜盧綸 등과 함께 '대력십제자大歷十才子'로 불린다. 또 낭사원郎士元과 나란히 이름을 날려 "앞에는 심전기沈佺期와 송지문宋之問이 있고, 뒤에는 전기와 낭사원이 있다"는 말이 있었다. 『전당시』 권712에 수록된 「동정구조입중서同程九早入中書」에 "臘雪初明柏子殿, 春光欲上萬年枝"라는 구절이 있는데, 이 시는 전후錢珝(?~?)가 지은 것으로 되어 있다. 전후는 자가 서문瑞文이고 오흥吳興 사람이다. 그는 895년에 재상 왕부王溥의 천거를 받아 상서랑尚書郎으로서 지제고知制誥에 임명되었고 나중에 중서사인으로 승진했으나, 900년에 왕부가 사약을 받고 죽는 사건이 발생하자 그도 연루되어 무주사마撫州司馬로 폄적되었다. 그는 『주중록舟中錄』(20권)이 있었다 하나 지금은 남아 있지 않고, 『전당시』에 한 권 분량의 시가 수록되어 있다.

승개루 앞쪽은 호수가 광활하게 펼쳐져 있고 뒤쪽은 참대[苦竹] 숲이 하늘을 찌를 듯 우거져 있다. 제방을 따라 무성한 풀숲이 지천으로 펼쳐져 있고, 맞은편 기슭의 수목은 마치 흐릿한 벽화 같다. 누대에 올라 주위를 둘러보면 하늘과 물이 끝없이 이어져 있고, 그 속에 5개의 다리가 중앙에 높이 솟아 있으며, 그 주위로 여러 다리들이 죽 늘어서 있어서 아름답게 아름다운 경관이 한 눈에 다 들어온다.

이 누대는 과주瓜洲에 있는 승개루의 구조를 본뜬 것이다. 과주의 승개루는 명나라 정통正統(1436~1449) 연간에 세워졌는데, 상서 벼슬을 지낸 왕영王英180)이 기록을 남겼다.

83. 연화교 북쪽 기슭에는 수관水關이 있으며, 강희 연간에 이 지역 주민 화씨火氏가 살았었다. 숲과 어우러진 정자들이 무척 고즈넉해서 정자사淨慈寺에 비견되며, 이곳 산길을 소남병小南屛이라 부른다. 여악厲鶚이 민렴부閔廉夫, 강욱江昱, 누기樓錡181) 등과 함께 노닐며 쓴 글에 이런 구절이 있다.

　　잠시 홍교에 배를 대고 법해사까지 천천히 가서, 갈대가 우거지고 굽이진 만에 이르러 멈추었다.
　　小泊虹橋, 延緣至法海寺, 極蘆灣盡處而止.

여악이 말한 곳이 바로 여기이다. 후에 이곳이 취원에 팔린 뒤 네모난 정자를 짓고, '소남병'이란 옛 이름으로 편액을 써서 붙였다.182) 이

---

180) 왕영王英(1376~1450)은 자가 시언時彦이고 호가 천파泉坡이며 금계金溪(지금의 쟝시성江西省 푸저우撫州) 사람이다. 영락永樂 2년(1404)에 진사에 급제했으며 서길사가 되어 한림원에 들어갔다. 정통正統(1436~1449) 연간에 남경예부상서를 지냈으며 시호가 문안文安이다. 문풍이 우아했으며 특히 초서를 잘 썼다.
181) 누기樓錡에 대해서는 『양주화방록』 권4 「신성북록新城北錄・중中・38」을 참조할 것.
182) 원문에 "名額之構方亭卽以小南屛舊"라고 되어 있는데 '중화본'의 주석에 의해 바꾸

곳엔 다음과 같은 대련이 걸려 있다.

숲 너머로 종소리 들리니 산사 멀리 있음을 알겠고

버드나무 밑에서 쉬는 이들 돌아갈 배를 기다리네.

林外鍾來知寺遠[이중李中][183]

柳邊人歇待船歸[온정균溫庭筠][184]

84. 영산소호지대靈山韶濩臺[185]에는 다음과 같은 대련이 붙어 있다.

아름다운 계곡에 고운 구름 떠 있고

듣기 좋은 목소리 편안한 노래 전해오네.

佳氣浮丹谷[이산보李山甫][186]

安歌送好音[양사악羊士諤][187]

어 해석했다. 이 주석에 따르면 원문에 착오가 있는 것 같으니 "構方亭, 即以小南屛舊
名額之"라고 보아야 한다고 되어 있다.

183) 이중李中은 자가 유중有中이고 농서隴西 사람이다. 남당南唐에서 벼슬을 하여 감양재
淦陽宰를 지냈다. 『벽운집碧雲集』 3권이 있다. 『전당시』에 수록된 이중의 시집에는 이
구절이 없다.

184) 『전당시』 권578에 수록된 온정균의 「화주남도利州南渡」에 "波上馬嘶看棹去, 柳邊人
歇待船歸"라는 구절이 있다.

185) 이 권 78에는 '운산소호대雲山韶濩臺'로 되어 있다.

186) 이산보李山甫는 함통咸通 연간에 여러 차례 과거에 응시했으나 급제하지 못하고, 위
박魏博의 막부에 가서 절도사 악언정樂彦禎과 나홍신羅弘信에게서 일을 했다. 필치가 웅
건하기로 이름이 났다. 시집 1권이 있다. 『전당시』 권35에 수록된 「재휴주요서봉선在
嶲州遙敍封禪」에 "佳氣浮丹谷, 榮光泛綠坻"라는 구절이 있는데, 작사는 이의부李義府
(614~666)로 되어 있다. 이의부는 영주瀛州 요양饒陽(지금이 허난성 라오양현饒陽縣) 사
람이고 자호는 알 수 없다. 그는 고종高宗 때에 두 차례 재상을 역임했는데, 항상 속내
를 숨기고 웃는 얼굴로 사람을 대해서 '고양이 이씨[李猫]'라고 불렀다고 한다. 이후
중서령中書令으로 승진하고 하간군공河間郡公에 봉해지기도 했으나, 만년에 죄를 지어
휴주嶲州, 지금의 쓰촨성 시창西昌으로 유배되어 그곳에서 죽었다. 그의 서작으로는 『
고금조집古今詔集』(100권)과 『이의부집李義府集』(40권)이 있으며, 또 미완성의 『환유기宦
游記』(20권) 남아 있다.

187) 양사악羊士諤(762~819)은 태산泰山 사람이다. 그는 785년에 진사에 급제하여 선흡순

85. 황씨黃氏는 본래 휘주 흡현 담도潭渡 사람인데, 양주에서 살았다. 사 형제가 염업으로 집안을 일으켜서 세간에서 '사원보四元寶'라 불렀다.

황성黃晟은 자가 동서東曙이고 호는 효봉曉峰이며, 첫째라서 '대원보大元寶'라고 불린다. 집은 강산康山의 남쪽에 있었고, 그곳에 이원易園을 지었다. 『태평광기太平廣記』와 『삼재도회三才圖會』를 간행했다. 이원 안에는 '걸구대傑構臺'라고 부르는 삼층으로 된 대臺가 있다.

황이섬黃履暹은 자가 중승仲昇이고 호는 성우星宇이며, 둘째라서 '이원보二元寶'라고 불린다. 그의 집은 의산倚山 남쪽에 있고 십간방화원十間房花園이 있다. 그는 강소江蘇 지역의 의원 섭계葉桂[188]를 집으로 초빙하여 왕자접王子接,[189] 양천지楊天池, 황서운黃瑞雲 같은 이들과 자리를 함께하며 약의 성질과 효능에 대해 연구하게 했다. 그리고 의산 옆에 청지당약국[青芝堂藥鋪]를 열었는데, 양주의 환자들은 모두 그에게 왔다. 황이섬은 『성제총록聖濟叢錄』을 간행했고, 또 섭계의 『섭씨지남葉氏指南』을 내주기도 했다. '사교연우四橋烟雨'와 '수운승개水雲勝槪' 두 풍경구는 바로 북교北郊에 있는 그의 별장이다.

황이호黃履昊의 자는 곤화崑華이고, 항렬이 넷째라 '사원보四元寶'라고

관선흠巡官, 감찰어사를 역임했고, 나중에 이길보李吉甫 사건에 연루되어 자주자사資州刺史로 폄적되었다. 시집 1권이 있다. 『전당시』 권332에 수록된 양사악의 「건원초부시십사운각어석벽乾元初賦詩十四韻刻於石壁」에 "橫吹多淒調, 安歌送好音"이란 구절이 있다.

188) 섭계葉桂(1667~1746)는 자가 천사天士이고 호가 향암香巖, 별호는 남양선생南陽先生이며, 강소 오현吳縣 사람이다. 그는 걸출한 의학가로 설설薛雪, 오당吳瑭, 왕사웅王士雄과 함께 온병학파溫病學派의 4대가로 꼽힌다. 그의 집안은 대대로 의학에 종사했고, 조부인 섭시葉時와 부친인 섭조채葉朝采는 모두 의술에 정통했으며, 특히 소아과에 능했다. 섭계는 12살 때부터 아버지에게 의술을 배웠고, 14살 때 아버지가 돌아가시자 아버지의 제자에게 배웠다. 생전의 저작은 없으나 그의 제자들 및 후손들이 정리한 것으로 『임증지남의안臨證指南醫案』10권과 『유과심법幼科心法』, 『온열논치溫熱論治』각 1권, 『섭천사의안존진葉天士醫案存眞』3권이 있다.

189) 왕자접王子接은 청대의 의학가로 자는 진삼晋三이고, 장주長洲(지금의 쑤저우시) 사람이다. 원래 유학을 공부하다가 의술을 공부하였다. 저서로 『강설원고방선주絳雪園古方選注』, 『고방선주古方選注』, 『강설원득의본초絳雪園得宜本草』 등이 있다. 그는 많은 제자를 두었으며, 섭계도 그의 제자였다고 한다.

불린다. 그는 형부刑部에서 벼슬살이를 시작해서 무한황덕도武漢黃德道에까지 올랐다. 그의 집은 궐구문에 있고, 집에는 용원蓉園이 있었다.

황이앙黃履昻은 자가 중하中荷이고, 항렬로 여섯째라서 '육원보六元寶'라고 불린다. 그의 집은 궐구문에 있는데, 그 집에는 별포別圃가 있다. 그는 홍교를 돌다리로 개수했다. 그의 아들 황위포黃爲蒲는 '장제춘류長堤春柳' 풍경구를 만들었고, 황위전黃爲荃은 도화오桃花塢를 만들었다.

86. 양천지는 어려서부터 의업을 행했으며, 천연두[痘疹]에 정통해서 두신痘神190)이라고 불렸다. 그에 관해 다음과 같은 이야기가 전해진다.

어떤 어린 아이가 천연두에 걸렸는데, 그는 고사하면서 치료해주지 않았다. 그의 제자인 강곤지江崑池가 열심히 치료해서 낫게 되었다. 아이의 부모가 강곤지에게 술을 대접하면서 양천지도 같이 청했는데 그는 흔쾌히 참석했다. 희극 공연이 시작되어 징[鑼]소리가 나자, 아이가 죽어버리고 말았다. 그러자 양천지가 웃으면서 강곤지에게 말했다고 한다.

"이 천연두는 징소리를 들으면 죽는 건데, 자네는 모르고 있었군."

지금까지도 사람들은 이 일을 얘기하며 양천지가 귀신같이 용하다고 말하지만, 나는 그렇게 생각하지 않는다. 정말 징소리를 들으면 죽고 징을 울리지 않으면 살 수 있었다면 어째서 그 가족들에게 징을 울리지 말라고 하여 아이를 치료하지 않고, 징 소리를 듣고 아이가 죽은 다음에야 말을 했단 말인가? 일부러 아이가 죽기를 기다렸다가 자기가 맞았다고 즐거워했다면 어질지 않은 것이요, 자신의 제자를 질투한 것이라면 의롭지 못한 것이다. 양천지 같은 높은 명성을 가진 사람이 그렇게 하진 않았을 것이다. 이것은 무지한 사람이 멋대로 지어낸 이야기일 뿐이다.

내가 생각하기에 어린 아이를 살리려면 천연두 예방접종을 하는 것

---

190) 보통은 민속신앙에서 집집마다 찾아다니며 천연두를 앓게 한다는 여신을 가리키는 말이다. 강남에 특별한 사명을 띠고 주기적으로 찾아온다고 하며, 온귀瘟鬼, 별성別星라고도 한다.

이 긴요하며, 접종을 하지 않았을 경우 치료 방법으로는 두 가지가 있다. 첫 번째 방법은 승제升提[191]의 요법으로 기운을 보충하여 고름이 잘 잡히도록 촉진하는 것이다. 이 방법은 섭상항聶尚恒[192]의『활유심법活幼心法』에서 그 단초가 보였고, 주순하朱純嘏[193]의『두진정론痘疹定論』에서 상세하게 설명한 것이다. 또 하나의 방법은 설사를 시켜서 그 독을 배설시키는 것이다. 이 방법은『구편쇄언救偏瑣言』[194]에서 시작되었고, 『두과정종痘科正宗』에서 그 설을 더욱 발전시켰다.

대개 천연두의 병균은 원래 선천적으로 가지고 있다가 밖으로 발현되는 것이니, 안에서 해독하는 내해법內解法과 같은 통상적인 방법으로 치료해서는 안 된다. 그러므로 섭상항의 방법대로 하는 것이 맞다. 혹 유행병이 돌아 감염된 것이라면 그 병은 온역瘟疫(역병)과 표리를 이루는 것이니 전통적인 공하법攻下法을 써야 한다. 이것이 장기張機의『상한傷寒』에서 말한 치료법이니, 바로 이 때문에 오유성吳有性[195]이『온역론瘟疫論』에서 제시한 방법도 배치되지 않고 병행할 수 있는 것이다. 몇몇

191) 승제升提란 중의학中醫學에서 중기中氣(비기脾氣)가 가라앉아 생기는 만성 설사나 탈항脫肛, 자궁 탈장 등의 병을 치료하는 방법을 가리킨다. 내치內治 요법에 속하며, 보중익기補中益氣를 위한 약으로 중기를 보충한다.

192) 섭상항聶尚恒(1572~?)은 자가 구오久吾이며, 청강淸江(지금의 쟝시江西성에 속함) 사람이다. 그는 만력萬曆 연간의 진사로 복건 정주부汀州府 영화현寧化縣의 지사知事를 지내기도 했다. 그의 부친은 이학理學을 연구했고 의술에도 능했는데, 섭상항에게 의술을 공부하게 했다. 섭상항은 소아과에 정통했으며, 특히 천연두를 치료하는 데에 뛰어났다. 저서에『활유심법活幼心法』과『기효의술奇效醫述』,『의학회함醫學滙函』,『두진심불痘疹心不』 등이 있다.

193) 주순하朱純嘏(1634~1718)는 자가 옥당玉堂이고, 강서江西 신건현新建縣 사람이다. 그는 어려서는 과거 공부를 하다가 나중에 의술을 공부했으며, 천연두에 대한 연구를 많이 했다. '중화본'과 '산동본'에는 모두 주석하朱錫嘏라고 되어 있는데,『두진정론痘疹定論』을 쓴 사람은 주순하이다.

194) 천연두에 대한 서적으로 5권으로 되어 있다. 청대의 비계태費啓泰가 편찬했고, 1659년에 간행되었다. 작자는 이전의 천연두 치료 방법이 한쪽으로 치우쳐 있고, 특히 공하攻下, 해독解毒, 양혈凉血, 청화淸火 등의 방법이 빠져 있다고 보았고, 임상경험을 바탕으로 이 책을 저술했다.

195) 오유성吳有性(1587~1657)은 명말 청초의 전염병 학자로 자는 우가又可이고, 오현吳縣 동산東山 사람이다. 그의『온역론瘟疫論』은 숭정崇禎 15년에 쓰인 것이다.

옛 것을 좋아하는 선비들은 섭상황의 설을 내세우면서 요즘 의사들은 아래를 배출하는 것[瀉下]에만 치우쳐 있다고 비난하는데, 둘 다 편벽된 논의임을 모르고 하는 소리이다.

87. 황기림黃其林은 자가 앙잠仰岑이고, 흡현 사람인데 강도에 살았다. 그는 사람됨이 바르고 흐트러짐이 없었으며, 남에게 베풀기를 좋아하여 길가다 시비가 벌어진 걸 보면 반드시 해결해주고 떠나갔다. 한번은 친구가 장난으로 그를 기방에 넣고 문을 잠가버렸는데, 그가 밤새도록 흐트러짐 없이 꿇어앉아 있으니 기녀가 감히 그를 건드리지 못했다.

　그에게는 아들이 둘인데, 장남인 황덕후黃德煦는 자가 차화次和이고 성격이 호방하였다. 그는 골동품 감별에 뛰어났고 송·원 시대의 서화 書畵를 많이 소장하고 있었다.

88. 황승길黃承吉[196]은 자가 겸목謙牧이고 황기림의 차남이다. 그는 당시唐詩의 시율詩律을 터득하여, 12살 때 지은 『백접시白蝶詩』로 김조연金兆燕[197]에게 인정받았다. 그는 시에 대해 이렇게 논한 적이 있다.

　오언시의 기원은 소무蘇武[198]와 이릉李陵[199]에서 시작되니, 『문선文選』에

---

196) 황승길黃承吉(1771~1842)은 자가 겸목謙牧, 호는 춘곡春谷이다. 그는 1805년에 진사가 되었으며, 광서廣西의 흥안현興安縣, 잠계현岑溪縣 등의 지현을 지냈다. 그는 경학을 공부했지만 역법과 산술에도 밝았고, 시와 고문을 잘 지었다. 저서에 『몽해문집夢陔文集』, 『몽해시집夢陔詩集』, 『몽해문설夢陔文說』, 『승길형자설承吉兄字說』 등이 있나.

197) 김조연金兆燕에 대해서는 『양주회방록』 권1 「초하록草河錄·산上·44」를 참조할 것.

198) 소무蘇武(B.C. 140~B.C. 60)은 자가 자경子卿이고, 두릉杜陵(지금의 산시陝西 시안西安의 동남쪽) 사람이다. 그는 B.C. 100년에 명을 받고 흉노匈奴에 사신으로 갔다가 붙잡혔다. 흉노에서는 투항할 것을 종용했지만 그는 19년 동안 절조를 굽히지 않았다. 같은 시기 흉노에 투항했던 이릉도 여러 번 그에게 투항할 것을 권했지만 그는 거절했다고 한다. 소제昭帝 때 한나라는 흉노와 화친을 했고, 결국 B.C. 81년에야 소무도 고국으로 돌아올 수 있었다. 죽은 후에는 관내후關內侯에 추증되었다.

199) 이릉李陵(?~B.C. 74)은 서한의 명장으로 이광李廣의 손자이며, 자는 소경少卿이다. 농

수록된 그들의 시들을 보면 정말 한漢·위魏 시의 선도가 될 만하다. 소무의 시에는 이런 구절이 있다.

　내려다보니 장강과 한수 흘러가고
　우러러보니 구름 떠서 높이 날아가네.
　俯觀江漢流, 仰視浮雲翔.

　이선李善200)은 이 구절에 주를 달아 "장강과 한수는 쉼이 없이 흐르고, 하늘의 구름은 어디에도 기대지 않고 흘러간다"고 해석하고, 친한 친구가 서로 떨어져 있어 기댈 데가 없는 것을 비유한 것이라 했다. 시인의 본래 의도를 잘 이해했다고 할 만하다.

　그런데 소식蘇軾은 이 시가 장안에서 지어진 것이라서 당연히 "장강과 한수를 내려다보니[俯視江漢]"라고 표현하지 않았을 것이므로, 후인이 위탁僞託한 것이라 했다. 홍매洪邁201)는 소식의 설에 더 엉뚱한 얘기를 갖다 붙여 이

___

서隴西 성기成紀(지금의 간수성甘肅省 닝시寧西 남쪽) 사람이다. 그는 B.C. 99년 이광리李廣利가 흉노를 쳤을 때 보병 5,000을 인솔하여 흉노의 배후를 기습함으로써 이광리를 도왔다. 그러나 돌아오는 길에 8만의 흉노군에게 포위되어 항복했다. 무제武帝는 그 사실을 듣고 크게 노하여 그의 어머니와 처자를 죽이려 하였다. 이때 사마천司馬遷은 이릉을 변호한 탓으로 무제의 분노를 사서 궁형宮刑에 처해졌다. 이릉은 흉노에 항복한 후 선우單于의 딸을 아내로 맞아들였고, 우교왕右校王으로 봉해졌으며, 20여 년 후 몽골고원에서 병사하였다.

200) 이선李善(630?~689)은 강도 사람으로서, 당나라 때 숭현관학사崇賢館學士와 난대랑蘭臺郎을 지냈다. 그는 한때 요주姚州로 유배되었다가 뒤에 사면되어 하남河南 지역에서 『문선』을 가르치며 살았다. 그는 조헌曹憲에게 『문선』을 배웠고, 658년에는 『문선』에 방대한 주석을 단 『문선주文選注』 60권을 편찬하였다.

201) 홍매洪邁(1123~1202)는 자가 경려景廬이고 호는 야처野處이며, 요주饒州 파양鄱陽(지금의 포양현波陽縣) 사람이다. 그는 소흥 15년(1145) 진사에 급제하여 양절전운사간판공사兩浙轉運司干辦公事, 기거사인起居舍人, 비서성교서랑秘書省校書郎 겸 국사관편수관國史館編修官, 이부원외랑, 추밀원검상제방문자樞密院檢詳諸房文字가 되었다가 1162년에 금나라로 사신으로 다녀오기도 했다. 이후 길주吉州(지금의 쟝시성江西省 지안吉安), 공주贛州(지금의 쟝시성 간저우贛州), 건녕부建寧府(지금의 푸졘성 졘어우建甌), 무주婺州(지금의 저쟝성 진화金華) 등지의 지주知州를 거쳐 한림학사, 환장각학사煥章閣學士, 용도각학사龍圖閣學士, 단명전학사端明殿學士를 역임했으며, 죽은 후에 광록대부光祿大夫에 추증되면서 문민文敏

렇게 말했다.

"한나라 법에 휘諱를 범하는 자는 죽임을 당했다. 이릉의 시에 '홀로 술잔 가득 채워 마시네[獨有盈觴酒]'란 구절이 있는데, '영盈'자는 한나라 혜제惠帝의 이름이므로 이 시는 위작임이 틀림없다."

내가 한나라 때의 저작을 두루 검토해보니, 휘를 범한 것이 한둘이 아니었다. 심지어 위맹韋孟[202]의 풍간시諷諫詩에서는 "정말 우리나라를 없애려 했다면, 우리나라는 이미 없어졌을 것이다[實絶我邦, 我邦旣絶]"라고 말하기까지 했는데,[203] 죽을죄라는 면에서 본다면 그의 죄가 이릉의 열 배는 될 것이다!

五言之源, 倡于蘇·李, 觀文學數詩, 實足爲漢魏之先導. 蘇詩有之, 俯觀江漢流, 仰視浮雲云翔. 李善注之, 以爲江漢流不息, 浮雲去靡依, 以喩良友各在一方, 播遷而無所托, 可謂得詩人之本意矣. 乃東坡謂其在長安作, 不應言俯視江漢, 遂以爲後人僞托. 而洪景盧更附會其說云, 漢法觸諱者死, 李陵詩言獨有盈觴酒, 盈字觸惠帝諱, 其僞無疑. 吉嘗遍檢漢代著作, 觸諱者不一而足, 而韋孟諷刺詩, 至云實絶我邦, 我邦旣絶, 若以此致死, 則其罪不更大于李陵十倍哉.

이라는 시호를 받았다. 그는 대단히 많은 저작을 남겼는데, 대표적인 것으로는 『야처류고野處類稿』,『사기법어史記法語』,『경자법어經子法語』,『남조사정어南朝史精語』,『이견지夷堅志』(420권), 『만수당인절구萬首唐人絶句』(90권), 그리고 『사고전서총목제요四庫全書總目提要』에서 '남송 최고의 설부說部'로 꼽은 『용재수필容齋隨筆』(총 80권 1,219칙則) 등을 들수 있다.

202) 위맹韋孟은 서한西漢 초기의 시인으로 팽월彭越(지금의 쟝쑤성 쉬저우徐州) 사람이다. 그는 B.C. 201년에 초초楚 원왕元王의 스승이 되어 그의 아들 이왕夷王 유영객劉郢客과 손자 유무劉戊를 보좌했다. 그런데 유무는 황음무도하여 경제景帝 2년(B.C. 155)에 왕위를 박탈당했고, 오왕吳王 유비劉濞와 공모하여 반란을 일으켰으나 다음 해 전투에서 패해 자살했다. 위맹은 유무가 반란을 일으키기 전에 시를 지어 풍간했고, 난이 일어나자 관직을 버리고 추鄒(지금의 산둥성 쩌우현鄒縣)으로 떠났다. 위맹은 『시경』에 정통하여 가학으로 전수했고, 그의 「풍간시」 108구와 추로 떠난 뒤 초왕을 생각하며 지은 「재추시在鄒詩」 52구 역시 4언시로서 『시경』「대아大雅」의 고아한 분위기를 담고 있는 것으로 평가된다.
203) 여기서 '방邦'자를 쓴 것은 고조高祖 유방劉邦의 이름을 피휘避諱하지 않은 것이다.

이 글을 보면 그가 시에 깊이 통달했음을 알 수 있다. 그는 경전도 공부해서『독주관기讀周官記』몇 권도 남겼다.

89. 이종원李鍾源은 자가 숭천嵩泉이며, 부친 이자봉李紫峰의 점술[星命之學]을 전수받았다. 그는 어려서 고아가 되어 집이 매우 가난했으며, 당시 동생인 이종사李鍾泗[204]는 나이가 어렸다. 이종원은 별점을 보아 근근이 먹고 살았는데, 돈이 생기면 술과 음식을 사서 어머니를 봉양하고 나머지로는 동생의 옷과 먹을 것을 댔다. 그는 매일 밤 동생을 공부시켰는데, 간혹 동생이 태만히 하면 눈물을 머금고 꾸짖었다. 그러면 동생인 이종사도 무릎을 꿇고 울면서 그 꾸지람을 들었다. 어머니와 동생을 부양하고도 돈이 남으면 거리의 가난한 이들과 거지들에게 주었다.

이종사는 제자원弟子員[205]이 되자 서원에서 과거 공부를 했다. 간혹 그가 문우文友를 만나러 그 집에 가면 이종원은 언제나 등불을 들고 마중을 나갔고, 아무리 큰 비가 쏟아지더라도 빗속에 서서 동생을 기다렸다. 효성과 우애가 이종원만 같다면 정말 부끄러움이 없을 것이다. 그는 30살이 되도록 장가를 가지 않고 동생에게 부인을 구해주려고 온갖 노력했으나, 얼마 안 되어 병으로 죽고 말았다.

이종사는 어려서부터 총명했고, 진사인 황수黃洙에게 글을 배웠다. 그러나 집이 가난했기 때문에 글공부를 버리고 시장에서 장사를 배웠다. 그러자 노점 주인이 그를 보고 이렇게 말했다.

"자네는 우리 같은 부류가 아닐세."

그러면서 잠시 그를 지켜보았다. 마침 그때 황수는 이종사가 직업을 바꾸었다는 말을 듣고 황급히 시장으로 찾아와 집으로 데려가서는 꾸

---

204) 이종사(1771~1809)는 자가 빈석濱石이며, 감천甘泉 사람이다. 그는 1801년에 거인이 되었으며, 강번江藩, 초순焦循(1763~1820), 황승길과 함께 "강초황리江焦黃李"라고 불리기도 했다.
205) 명·청 시기에 현학縣學의 생원을 제자원이라고 불렀다.

짖었다. 그러자 이종사가 가난해서 어머니를 봉양할 수 없다고 울면서
사정을 말하자, 황수는 그에게 공부를 가르치면서 틈틈이 그 집 살림을
도와주었다.

이종사는 기억력이 뛰어나서 경서건 문장이건 한두 번 훑어보기만
하면 바로 외웠다. 서원 산장山長인 장목청張木靑이 서원에서 치른 시험
답안[課卷]을 외워 보게 했는데, 그대로 다 외우자 다들 크게 감탄했다.
그는 황승길黃承吉과 교분이 매우 두터웠다. 황승길은 고담준론하기를
좋아해서 동료들 중에는 그를 비난하는 이들도 있었지만, 이종사는 사
람됨이 순후하고 신중하여 사람들이 모두 좋아했다.

90. 황표黃標는 자가 시준時準이고, 황동黃棟은 자가 건우建宇이며, 황즙
黃楫은 자가 난주蘭舟이다. 이들 형제는 염업으로 집안을 일으켰다. 황즙
은 시를 잘 지었으며, 천수연千叟宴에도 참석했다. 황즙의 아들 황문휘黃
文暉는 황제(건륭제)의 부름을 받아 시험을 치르고 중서사인이 되었다.

91. 완형阮亨은 자가 중가仲嘉이고 호는 매숙梅叔이다. 그는 의징현儀徵縣
향시에서 부방副榜으로 급제했으며, 의리와 기개를 소중히 여기고 시문
을 잘 지었다. 저서에 『주호초당시초珠湖草堂詩抄』, 『영주필담瀛舟筆談』,
『주호초당필기珠湖草堂筆記』가 있다.

그의 아들 완영阮榮은 자가 소매少梅이고, 부학생附學生이다. 둘째아들
완조阮祚는 자가 화보華甫이며, 부학생이다. 셋째 아들 완기阮祁는 자가
소중小仲이다.

그의 손자인 완은갑阮恩甲은 자가 정부鼎孚이며, 완은회阮恩會는 자가
제후際侯이다.

권13

교서록橋西錄

1. '장제춘류長堤春柳'는 홍교 서쪽 물가에 있다. 이곳은 오씨吳氏의 별장인데, 대문은 야춘시사冶春詩社와 마주보고 있다.

2. '과홍각跨虹閣'은 홍교조虹橋爪에 있는데, 이곳은 예전에 술집이었다가 정축丁丑년(1757) 이후로 관청의 원림으로 바뀌이 황씨黃氏[1]에게 관리하도록 맡겨졌다. 그러나 여전히 정원 관리인에게 술장사를 하게 했다. 이곳에는 다음과 같은 대련이 있다.

---

1) 양주의 염상鹽商 황위포黃爲浦(?~?)를 가리킨다.

외진 곳이라 산수가 아름답고

초록빛 술 익을 때 강과 다리에 봄기운 한창일세.

地偏山水秀[유우석劉禹錫]2)

酒綠河橋春[이정봉李正封]3)

과홍각 바깥에는 낮에는 주렴을 치고 밤이면 등을 내건다. 주렴은 여러 폭의 청백색靑白色 천으로 만들었는데, 하단을 제비꼬리 모양으로 자르고 상단에는 '주酒'라는 글자를 붙인 판등板燈을 끼워놓았다. 통주설주通州雪酒와 태주고주泰州枯酒, 진로고주陳老枯酒, 고우모과주高郵木瓜酒, 오가피주五加皮酒, 보응교가백주寶應喬家白酒 등 각 지역의 토속주들이 모두 훌륭한데, 나들이객들은 모과주를 주로 찾는다. 근래에는 소홍주紹興酒를 즐겨 마시며, 간혹 백화주百花酒4)를 찾기도 한다. 지금은 대개 고량소주高粱燒酒를 마시는데, 이 지역에서 빚은 술에 비하면 품질이 낮다.

술도가에서는 6월 삼복三伏에 누룩[麴]을 만드는데, 누룩에는 쌀로 만든 것과 보리로 만든 것이 있다. 그것을 틀에 넣어 모양을 만드는데, 마치 벽돌처럼 사각형이다. 입동立冬이 지난 후 '과미瓜米'와 누룩을 삶는 것을 '기효起酵'5)라 하고, 술로 만들어진 것을 '배주醅酒'라고 한다. '과미'라는 것은 찹쌀을 5번 맷돌에 간 것을 가리킨다. 9번 맷돌질한 것은 '차미茶米'라고 하는데, 이것은 각종 떡[糕粽]을 만드는 데에 쓴다. 5, 6번 맷돌질한 것이 '과미'인데, 이것은 술을 만들 때 사용하기 때문에 '주미

---

2) 『전당시』권355에 수록된 유우석의 「한십팔시어견시악양루별두사직시韓十八侍御見示岳陽樓別寶司直詩, 자술고족성륙십이운自述故足成六十二韻」에 "地偏山水秀, 客重杯盤侈"라는 구절이 들어 있다.

3) 이정봉李正封(?~?)의 생애에 대해서는 당나라 때에 감찰어사를 지냈다는 것 외에 알려진 바가 없다. 『전당시』권347에 수록된 이정봉의 「낙양청명일우제洛陽淸明日雨霽」에 "酒綠河橋春, 漏閑宮殿午"라는 구절이 들어 있다. '산동본'에는 "酒綠沙橋春"으로 되어 있다.

4) 여러 종류의 꽃잎을 넣어 발효시킨 술이다.

5) '중화본'에는 '기혹起酷'이라고 되어 있으나, 본 번역에서는 '산동본'을 토대로 수정했다.

酒米’라고도 부른다. ‘배주’는 바로 모과주인데, 바로 이 쌀로 모과주를 빚기 때문에 ‘과미’라고 하는 것이다.

술을 만들 때 쌀로 만든 누룩을 쓰면 맛이 달고, 보리로 만든 누룩을 쓰면 맛이 씁쓰름하다. 소주燒酒는 쌀로 만든 것을 ‘미소米燒’라 하고, 보리로 만든 것을 ‘맥소麥燒’라고 한다. 또 발효된 술지게미에서 술을 증류해낸 것을 ‘조소糟燒’라고 한다. 수수[高粱]와 메밀[蕎麥], 녹두菉豆에서도 모두 술을 증류해낼 수 있는데 각기 해당 곡물에 따라 이름이 붙여지며, 성 바깥의 시골 마을에 사는 사람들이 그런 것들을 잘 만든다. 성 안의 소주는 대개 성 바깥에서 가져오는데, 나귀나 낙타가 끄는 술수레가 끊임없이 줄지어 들어온다.

가을이면 새로 용수[篘]6)를 만들어 ‘계절 술[時酒]’을 빚는데, 그걸 ‘홍매주紅梅酒’ 또는 ‘생주生酒’라고도 부른다. 계절 술 1근斤에 소주 반 근을 합친 것을 ‘화대火對’라 하고, 소주를 10분의 2만큼 섞은 것을 ‘사아篩兒’라 하며, 계절 술에 소주와 배주醅酒를 각기 같은 양만큼 섞은 것을 ‘목삼대木三對’라고 한다. 8월에 홍매주가 익으면 각 술집에서는 날짜를 택해 기둥이나 벽에 글귀를 써 붙이는데 그것을 ‘개생開生’이라고 하며, 사람들이 다투어 사서 맛보는 것을 ‘상생嘗生’이라고 한다. 그런 일은 2월 경칩驚蟄이 지나야 끝나는데, 그것을 ‘전생剪生’이라고 한다.

술은 근으로 무게를 달고, 근은 술 국자[舀]7)로 양을 잰다. 술 국자는 큰 대나무로 만드는데, 1냥兩부터 1근까지 뜰 수 있도록 여러 종류의 크기가 맞춰져 있다. 「양주몽향사」에서 “커다란 술 국자에 계절 술 퍼서 체에 걸러 판다[巨舀時酒論篩沽]”고 한 것은 바로 이것을 묘사한 것이다.

술집에서 돈을 받는 이가 주인[掌櫃]이고, 술을 데우는 이는 점원[酒把持]이다. 손님이 근수를 얘기하면 주인이 큰 소리로 외치고 점원이 대답하는

---

6) 술을 뜨거나 장을 거르는 데에 쓰는 도구이다.
7) 기름이나 술, 장 등의 액체를 계량할 때 쓰던 도구로서, 긴 손잡이에 크기가 각기 다른 대나무 통을 달아 만든 것이다.

데, 멀리서 주고받는 말이 자기들 나름대로 정해져 있어서 당사자들이 아니면 얼른 알아들을 수 없다. 「양주몽향사」에서 "술의 양을 외치는 소리 밤새 저자를 울린다[量酒唱籌通夜市]"고 한 것은 이것을 묘사한 말이다.

소주를 증류하지 않은 상태의 술을 '주낭아酒娘兒'[8]라고 하는데, 마셔 보면 맛이 상큼하다. 소주에 샘물을 섞으면 '소밀주燒蜜酒'가 된다. 「양주몽향사」에서 "꾀꼬리 소리 울리는 골목의 주낭아[鶯聲巷陌酒娘兒]"라고 묘사한 것이 바로 이것이다.

술집에서는 으레 '포포두부간蒲包豆腐干'을 삶아 파는데, 그것을 일컬어 '한단어旱團魚'[9]라고 한다.

3. 양주의양揚州宜楊은 제방에 있는 것이 다른 곳에 있는 것들보다 더 큰데, 겨울에 꺾꽂이를 해놓으면 봄에 싹이 나고 3,4년쯤 지나면 높이가 2,3길이나 되도록 자란다. 그 가지를 잘라 보면 속이 비어 있는데, 비가 온 뒤에는 거기에서 사발만 한 버섯이 많이 피어난다. 이 나무는 둘레가 한 아름이나 되는데, 줄기에 굵직한 혹 덩어리들이 울퉁불퉁 솟아 있어 따로 장식을 할 필요가 없다. 이 나무들은 5걸음마다 한 그루, 혹은 10걸음에 두 그루씩 볼 수 있는데, 쌍쌍이 짝을 이루며 원림 곳곳에 나뉘어 늘어서 있다. 이곳에는 '농음초당濃陰草堂'이라고 적힌 편액이 걸린 청사가 세워져 있는데, 여기에 다음과 같은 대련이 걸려 있다.

가을 물은 막 서너 자가 불었고

푸른 숲 사이로 보이는 두세 채 집들.

秋水纔添四五尺[두보杜甫][10]

---

8) '주낭아酒娘兒(jiǔ niáng er)'는 '주양酒釀(jiǔ niáng)'과 발음이 같은 점을 이용해 만든 별칭으로, 감주甘酒를 가리킨다.

9) '단어團魚'는 '갑어甲魚'라고도 부르며, 자라[鼈]를 가리킨다.

10) 『전당시』 권226에 수록된 두보의 「남린南隣」에는 "秋水纔深四五尺, 野航恰受兩三人"이라는 구절이 들어 있다.

綠陰相間兩三家[사공도司空圖][11]

　　또 굽은 회랑을 서너 구비 돌아가면 그 끝에 정丁자 모양의 작은 건
물이 있는데, 그것을 정두옥丁頭屋이라고 한다. 이곳에는 '부춘浮春'이라
고 적힌 편액이 걸려 있고, 기둥에는 다음과 같은 대련이 있다.[12]

　　　　푸른 대밭은 맑은 호수를 끼고 있고
　　　　노니는 물고기들 둥근 물결 일으키네.
　　　　綠竹夾淸水[강엄江淹][13]
　　　　游魚動圓波[반악潘岳][14]

4. 소구산掃垢山은 이곳에 이르면 수목이 다른 곳보다 더 울창하다. 이
곳은 무슨 나무를 심어도 잘 자라는데, 이곳 주민들은 대부분 복숭아나
무를 심는다. 북교北郊의 백도화白桃花는 동쪽 물가의 강원江園에 피는

---

11) 사공도司空圖(837~903)는 자가 표성表聖이고 하중河中 우향虞鄕(지금의 산시성陝西省
　　용지현永濟縣 부근) 사람이다. 그는 869년에 진사에 급제하여 중서사인까지 지냈으나,
　　뒤에 정치가 어지러워지자 중조산中條山 왕관곡王官谷에 은거하여 승려 및 은사들과 교
　　류하며 스스로 '지비자知非子', '내욕거사耐辱居士'라고 불렀다. 훗날 애제哀帝(904~907
　　재위)가 살해당하자 슬픔에 겨워 음식을 끊고 죽었다. 저작으로『일명집一鳴集』을 남겼
　　으나 없어졌고, 후세 사람들이 편찬한『사공표성문집司空表聖文集』이 있다. 그는 창작
　　에는 그다지 재능이 없었으나, '운외지치韻外之致'와 '미외지지味外之旨'를 강조한 '운미
　　설韻味說'을 담은『시품詩品』24칙則을 편찬함으로써, 송나라 엄우嚴羽의 '묘오설妙悟說'
　　과 청나라 왕사정王士禎의 '신운설神韻說'이 나올 수 있는 토대를 만들어준 것으로 유
　　명하다.『전당시』권634에 수록된 사공도의「양류지수배사楊柳枝壽杯詞」18수 가운데
　　제5수에 "何似浣紗溪畔住, 綠陰相間兩三家"라는 구절이 들어 있다.
12) '중화본'에는 "額曰浮春楹, 聯云…"이라고 되어 있으나, 구두句讀가 잘못된 듯하다.
13) 강엄江淹에 대해서는『양주화방록』권9「소진회록小秦淮錄·25」를 참조할 것. 강엄이
　　위魏 문제文帝 조비曹丕가 베푼 연회에 참석하여 지은「남북南北」에는 "綠竹夾淸水, 秋
　　蘭被組崖"라는 구절이 들어 있다.
14) 반악潘岳에 대해서는『양주화방록』권3「신성북록新城北錄·상上·67」을 참조할 것.
　　반악의「하양현작시河陽縣作詩」2수 가운데 제2수에 "歸雁映蘭時, 游魚動圓波"라는 구
　　절이 들어 있다.

모습이 가장 아름답고, 홍도화紅桃花는 서쪽 물가의 도화오桃花塢에 피
는 모습이 가장 아름답다. 이곳은 도화오와 나란히 있는데, 복사꽃은 이
곳에서부터 피기 시작한다. 복사꽃 숲속에 '효연정曉烟亭'이라는 정자가
있는데, 그곳에는 다음과 같은 대련이 있다.

> 청아한 공기 향긋한 교외에 넘치고
>
> 간밤의 구름 들판 시내에 옅게 비친다.
>
> 佳氣溢芳甸[조맹부趙孟頫][15]
>
> 宿雲澹野川[원호문元好問][16]

5. 서광루曙光樓는 동쪽을 향해 지어져 있는데, 새벽 풍경이 아름답다.
여름날 새벽이면 이슬 젖은 연꽃을 구경하러 나온 성 안의 사람들이 이
곳에 많이 모인다. 이곳에는 다음과 같은 대련이 있다.

> 길 물으며 강 건너편을 살펴보고
>
> 낚싯대 들고 가을바람을 맞네.
>
> 問津窺彼岸[소정蘇頲][17]

---

15) 조맹부趙孟頫에 대해서는 『양주화방록』 권1 「초하록草河錄·상上·4」를 참조할 것.
조맹부의 시 「장첨사수초정張詹事遂初亭」에 "靑山繚神京, 佳氣溢芳甸"이라는 구절이
들어 있다.

16) 원호문元好問(1190~1257)은 자가 유지裕之이고 호는 유산산인遺山山人이며, 금나라
태원부太原府 수용현秀容縣(지금의 산시성山西省 신현忻縣) 사람이다. 그의 조상은 원래
육조시대 북위北魏를 건립한 선비족鮮卑族으로 성은 탁발씨拓拔氏였으나, 이후로 성을
원元씨로 고치고 완전히 한화漢化되었다. 원호문은 1221년에 진사에 급제하여 지방관
으로 나돌다가 상서성尙書省에 들어가 좌사도사左司都事를 지내기도 했으나, 금나라가
망한 후로는 은거하여 거의 20년 동안 저술에 전념했다. 주요 저작으로는 『유산선생
문집遺山先生文集』과 『속이견지續夷堅志』가 있고, 금나라 때의 문인들의 시문선집인 『중
주집中州集』과 『임진잡편壬辰雜編』을 편찬하기도 했다. 원호문의 시 「은정澱亭」에 "宿雲
淡野川, 元氣浮草木"이라는 구절이 들어 있다.

17) 소정蘇頲에 대해서는 『양주화방록』 권10 「홍교록虹橋錄·상上·87」을 참조할 것. 『전
당시』 권74에 수록된 소정의 「자은사이월반우언慈恩寺二月半寓言」에 "問津窺彼岸, 迷路

6. 오존덕吳尊德은 자가 빈륙賓六이고 휘주 사람이다. 그는 집안 대대로 염업에 종사했다.

그의 아우 오존미吳尊楣는 자가 재옥載玉인데, 시를 잘 지었고 태사太史 벼슬을 지낸 장덕용張德容19)의 사위이다.

오씨는 휘주 지역에서 명망이 높은 집안으로 서계남촌西溪南村과 남계남촌南溪南村, 장림교촌長林橋村, 북안촌北岸村, 암진巖鎭 등에 나뉘어 살았다. 양주에 사는 이들은 바로 그들의 고향을 중심으로 일파를 이룬다.

7. 오노전吳老典은 처음부터 부잣집 출신으로 구성舊城에 살았는데, 전당포[質庫]로 집안의 이름을 날렸다. 그의 집안에는 10개의 전당포가 있었는데, 강북지역에서 그보다 부자가 없었기 때문에 그를 '노전老典'이라고 불렀다. 지금은 이미 쇠락했지만, 마을 사람들은 아직도 그 집 대문을 '노전파문루老典破門樓'라고 부르고 있다.

8. 오경화吳景和는 한 푼[文]을 가지고 집안을 일으켜 백만 냥에 이르는 부를 축적했다.

그의 아들 오비吳秘는 자가 형산衡山인데, 무척 총명해서 책을 한 눈에 7줄씩 읽어냈으며, 효자라는 칭송을 들었다.

得眞車"라는 구절이 들어 있다.
18) 『전당시』 권224에 수록된 두보의 「송배규작위영가送裴二虯作尉永嘉」에 "扁舟吾已就, 把釣待秋風"이라는 구절이 들어 있다.
19) 장덕용張德容(1820~1888)은 자가 송평松坪 또는 소미少薇이고, 절상 서안西安 사람이다. 그는 함풍咸豊 3년(1853) 진사에 급제했고 1859년에는 형부주사刑部主事를 거쳐 악주지부岳州知府를 지냈다. 금석문金石文 감별에 뛰어난 것으로 알려진 그의 저작으로는 『이명초당금석취二銘草堂金石聚』가 있다.

9. 오해吳楷는 자가 일산一山이고, 황제의 부름을 받아 시험을 치르고 내각중서가 되었다. 그는 시와 산문, 사詞, 부賦를 잘 지었으며, 작은 해서를 잘 썼다. 그리고 그는 손님 대접을 좋아하고, 요리에 정통했다. 양주의 차오병蚱螯餅은 그가 개발하여 전해진 요리이다. 그의 딸은 정절을 지키고 효성스러워서 정표旌表를 받고 패방牌坊이 세워졌다.

10. 오가룡吳家龍은 자가 보리步李인데, 좋은 일을 하고 자선을 베풀기 좋아해서 지방지[郡志]에 이름이 기록되어 있다.

11. 오지함吳志涵은 자가 온천蘊千이인데, 향시에서 부방副榜으로 급제했고, 팔고문을 잘 지었다.

12. 오중광吳重光은 자가 선삼宣三이다. 그는 거인 출신으로 대주지주代州知州를 지냈다.

13. 오승서吳承緒는 자가 분유芬瑜이다. 그는 거인 출신으로 공남도贛南道를 지냈다. 팔고문을 잘 지었던 그는 이명겸李鳴謙과 함께 『춘정집春霆集』을 편찬했다.

14. 오지보吳之黼는 자가 죽병竹屛이고, 안찰사按察使를 지냈다. 그는 시를 잘 지었고, 난초와 대나무 그림에 뛰어났다.

15. 오소방吳紹淓은 자가 육남淯南인데, 손과정孫過庭[20]의 글씨를 배워 서예에 뛰어났다.

---

20) 손과정孫過庭에 대해서는 『양주화방록』 권1 「초하록草河錄・상上・14」를 참조할 것.

16. 오소찬吳紹燦은 자가 징야澂埜이고,21) 오소완吳紹浣은 자가 두촌杜村인데,22) 이들 형제가 모두 한림원 학사를 지냈다.

17. 오응조吳應詔는 자가 전양殿颺이다. 그는 거인 출신으로 내각중서를 지냈는데, 사람됨이 기개가 있고 자선사업을 많이 했다.

18. 오로吳魯는 자가 선국宣國이고 호는 모교暮橋인데, 시와 사詞를 잘 지었다.

19. 오균吳均은 자가 매사梅査이고,23) 오응서吳應瑞는 자가 학사鶴沙인데, 둘 모두 시를 잘 지어 명성이 높았다.

20. 이명겸李鳴謙은 자가 득심得心이고 발공생이다.

그의 아들 이문양李文暘은 자신 넓적다리 살을 베어 부친께 먹여 목숨을 구해주었고, 이명겸이 강을 건너다 발을 헛디뎌 물에 빠지자 몸소 뛰어들어 구해내기도 했다. 나중에 이명겸이 죽자 너무 애통해하다가 기절하기도 했으니, 조정에서 그의 효행을 표창했다. 지방지[志乘]를 살펴보면, 넓적다리를 베어 부모를 섬기는 것은 '우직한 효도[愚孝]'라고 했는데, 이문양이 그렇게 한 것도 우직한 일이었다 하겠다. 강에 뛰어들어 부친을 구했는데, 부친이 죽자 너무 애통해하다 기절했으니, 정말 효자로다! 이것을 예전에 넓적다리를 벤 일과 비교해보면 그 우직함은 따

---

21) 오소찬吳紹燦(1744~1799)은 자가 소천蘇泉이며, 지직으로 『성조보설聲調譜說』이 있다. 그의 생애에 대해서는 오보림吳保琳이 편찬한 『오소천편수년보吳蘇泉編修年譜』에 비교적 자세히 설명되어 있다.

22) 오소완吳紹浣(?~?)은 자가 추람秋嵐이고 호가 두촌杜邨이라고도 한다. 그는 1778년 진사에 급제하여 서길사에 뽑혔고, 하남河南 여광도汝光道 등을 역임했다. 그는 특히 시, 서, 화의 감별에 뛰어났다고 한다.

23) 쉬스창徐世昌이 편찬한 『만청이시휘晚淸簃詩彙』 권97에 따르면 오균의 자는 공삼公三이고 호가 매사梅査이며, 저작으로 『청당관시집靑堂館詩集』이 있다고 했다.

라잡을 수 없을 정도이다.

21. 주숙구周叔球는 그림을 잘 그렸는데, 특히 백묘白描로 묘사한 미인 그림으로 명성을 얻었다. 그는 오씨 집안과 친하게 지내서, 이 정원의 숲과 정자 배치는 모두 그가 구상한 것이다. 그는 어느 기생을 사랑하다가 30살을 넘기지 못하고, 사랑 때문에 병에 걸려 죽었다. 당시 사람들은 그 일을 '원앙총鴛鴦塚'24) 이야기에 비유했다고 한다.

22. 한원韓園은 장제長堤 옆에 있는데, 우리 청나라 초기에 한취백韓醉白25)의 별장이었다. 손지위孫枝蔚26)는 「종원정宗元鼎, 한취백과 함께 홍교의 술집에서 술을 마시며[同宗定九韓醉白飮虹橋酒家]」라는 시에서 이렇게 노래했다.

술집 옆에는 강물도 있고 다리도 있어
놀잇배에서 아름다운 퉁소소리 들려오네.
술값으로 돈 다 쓴들 무슨 상관이랴?
가련하게 꽃 피는 계절 봄이 가까워졌거늘.
酒家臨水復臨橋, 畵舫中吹紫玉簫.
破費杖頭拚不管, 可憐天氣近花朝.

위낭衛娘27)이 노래할 땐 젊었을 테고

---

24) 사랑하던 남녀가 죽은 후에 합장하여 만들어준 무덤을 가리킨다. 이처럼 이루지 못한 사랑 때문에 죽은 남녀를 합장해준 이야기는 종종 소설로도 만들어지곤 했던 것 같은데, 오늘날 남아 있는 것으로는 건륭 4년(1739)에 쓴 것으로 된 필사본 소설이 있다.
25) 한취백韓醉白(?~?)은 한때 왕무린汪懋麟, 하구서夏九敍 등과 함께 시사詩社를 결성하여 활동했다. 왕무린의 「한취백시서韓醉白詩序」에 그의 사적이 간략하게 언급되어 있고, 『화전집선花鈿集選』에 그의 사詞 작품이 몇 편 수록되어 있다.
26) 손지위孫枝蔚에 대해서는 『양주화방록』 권10 「홍교록虹橋錄·상上·17」을 참조할 것.
27) 한나라 무제武帝의 황후 위자부衛子夫를 가리킨다. 그녀는 머리카락이 아름다워서 무

반악潘岳은 꽃 보며 늙어감을 부끄러워했겠지.

한韓 선비의 노래 「신류영新柳詠」을 듣고 보니

멋지고 뛰어나구나, 얼큰히 취한 그대여!

衛娘歌處宜年少, 潘令花邊愧老身.

聽罷韓生新柳詠, 英英矯矯酒中人.

이곳은 나중에 한혁韓奕의 별장이 되어 이름이 '명원名園'으로 바뀌었다. 그리고 그 안에 작은 가산假山과 정자를 지었는데, 거기에는 다음과 같은 대련이 있다.

그윽한 물가에 대숲이 우거지고

푸른 산 위로 맑은 구름 떠가네.

茂竹臨幽澈[이익李益]28)

晴雲出翠微[권덕여權德輿]29)

한가로울 때면 술집을 열고 언제나 굴뢰자窟儡子30)를 공연하는데, 인

제의 사랑을 받았다고 한다.

28) 이익李益(748?~827?)은 자가 군우君虞이고 농서隴西 고장姑臧(지금의 간쑤성甘肅省 우웨이현武威縣) 사람이다. 그는 766년에 진사에 급제했으나 오랫동안 지방관에서 승진하지 못하자 벼슬을 버리고 여러 지방을 떠돌며 막료 생활을 했고, 10여 년 동안 변방의 군대에서 일하기도 했다. 나중에 예부상서로 벼슬을 마치고 죽었다. 저작으로 『이군우집李君虞集』을 남겼다. 『전당시』 권282에 수록된 이익의 「죽계竹溪」에 "淸光溢空曲, 茂色臨幽澈"이라는 구절이 들어 있다.

29) 권덕여權德輿에 대해서는 『양주화방록』 권12 「교동록橋東錄 · 14」의 주서을 참조할 것. 『전당시』 권325에 수록된 권덕여의 「부양륙로富陽陸路」에 "欹石臨淸淺, 晴雲出翠微"라는 구절이 들어 있다.

30) '굴뢰자窟礧子' 또는 '굴뢰자窟磊子'라고도 하며, 옛날 나무 인형을 이용해서 공연하던 연극을 가리킨다. 두우의 『통전』 「악륙樂六」에 따르면, 그것은 인형을 가지고 공연하는데 노래와 춤이 아주 훌륭하며, 본래 장례식에 사용되던 음악[喪樂]이라고 했다. 그러다가 한나라 말엽부터 연회 자리에서 공연되기 시작했으며, 북제北齊의 후주後主 고위高緯가 무척 좋아했고, 고려高麗에도 비슷한 것이 있다고 했다.

형의 높이는 2자이고 상반신만 있을 뿐 다리는 없다. 밑 부분은 평평하고, 아래쪽에 나무 손잡이[卯枸]31)를 달아서 대나무 판자 위에 받쳐놓는다. 또 네모난 수조水槽를 만들어 물을 가득 채워놓고 물고기와 새우, 부평초를 넣어놓는다. 비단으로 가리개를 만들어놓고, 기계를 조작하는 이가 가리개 안에서 인형들이 헤엄쳐 돌아다니게 만든다. 『금오퇴식필기金鰲退食筆記』32)에 물놀이[水嬉]에 대해 기록되어 있는데, 이것이 그런 종류에 해당한다.

23. 도화오는 긴 제방[長堤]에 있는데, 제방 위에는 복숭아나무가 많다. 정씨鄭氏가 복숭아나무 숲 가운데 원림을 지었는데, 운하가 굽어 돌아가는 곳에 있는 대문은 관제묘를 마주보고 있다.

24. 원림의 대문은 팔각형으로 만들어져 있고, 그 위에 '도화오桃花塢'라고 새긴 돌 편액이 있는데 그 글씨는 전운사를 지낸 주효순33)이 쓴 것이다. 대문 안에는 '소봉관疏峰館'이라고 적힌 편액이 걸린 청사가 세워져 있는데, 여기에는 위장韋莊의 시 구절을 모아 만든 다음과 같은 대련이 있다.

천 겹 푸른 나무 푸른 꽃밭을 덮었고

---

31) '중화본'에는 '묘현卯拘'으로 표기되어 있다.
32) 고사기高士奇(1645~1704?)가 편찬한 것이다. 고사기는 자가 담인澹人이고 호는 병려甁廬 또는 강촌江村, 죽창竹窗이며, 절강 전당錢塘(지금의 항저우시) 사람이다. 그는 제생으로서 황실에서 일하면서 강희제의 총애를 받았고, 첨사부소첨사詹事府少詹事를 지냈다. 그러나 나중에는 당파를 결성하여 사적인 이익을 추구한다는 죄명으로 탄핵을 당해 벼슬을 잃고 고향으로 돌아갔다가, 훗날 다시 부름을 받아 예부회시랑禮部會侍郎에 임명되었다. 그는 시를 잘 짓고, 서예에 뛰어났으며, 서화書畵를 감별하는 데에도 조예가 깊었다. 저작으로는 『춘추지명고략春秋地名考略』, 『좌전기사본말左傳紀事本末』, 『청음당집淸吟堂集』, 『강촌소하록江村消夏錄』, 『호종서순일록扈從西巡日錄』 등이 있다.
33) 주효순朱孝純에 대해서는 『양주화방록』 권1 「초하록草河錄・상上・14」를 참조할 것.

한 줄기 푸른 산맥 물속에 푸른 봉우리 거꾸로 비치네.

千重碧樹籠靑苑34)

一桁靑山倒碧峰35)

25. 도화오와 한원은 나란히 이웃해 있는데, 대나무 울타리를 경계로
삼고 있다. 대나무 울타리 아래쪽에는 대문을 내놓았는데, 대문 안에 사
각형 못을 파고 연꽃을 심어놓았으며, 연못 주위에는 짙푸른 대숲이 둘
러싸고 있다. 이곳에는 향랑響廊36)을 만들어놓았는데, 물 위에 널빤지를
얹어 만든 것이다. 이곳에는 '징선각澄鮮閣'이라고 적힌 편액이 걸려 있
고, 다음과 같은 대련이 있다.

건너편 못에서 마름 향기 풍겨오는데

흐르는 물에 술잔 띄워 즐긴다네.

隔沼連香芰[두보杜甫]37)

中流泛羽觴[진희열陳希烈]38)

---

34) 『전당시』 권696에 수록된 위장의 「중도만조中渡晚眺」에 "千重碧樹籠春苑, 萬縷紅霞
襯碧天"이라는 구절이 들어 있다.

35) 『전당시』 권695에 수록된 위장의 「파릉도중작灞陵道中作」에 "春橋南望水溶溶, 一桁
晴山倒碧峰"이라는 구절이 들어 있다.

36) 원래 춘추시대 오吳나라의 왕궁에 설치된 회랑의 이름인 '향섭랑響屧廊'을 가리킨다.
당시 오나라 왕 부차夫差가 서시 등의 미녀들에게 그곳을 걷게 했더니, 회랑 아래쪽에
공간이 있어서 발걸음 소리가 울렸다는 데에서 그런 명칭이 붙었다고 한다.

37) 『전당시』 권225에 수록된 두보의 「좌환산후기佐還山後寄」 3수 가운데 제3수에 "隔沼
連香芰, 通林帶女蘿"라는 구절이 들어 있다.

38) 진희열陳希烈(?~?)은 송주宋州 사람으로, 개원開元(713~741) 연간에 황궁에서 『노자』
와 『주역』을 강의하다가 비서소감秘書少監이 되어 장구령張九齡을 대신해서 집현원集賢
院의 일을 전담했다. 현종玄宗의 총애를 받아 재상이 되어 당시 실권자인 이임보李林甫
와 결탁하기도 했으나, 나중에 양국충楊國忠에게 미움을 사서 정치에서 물러나야 했다.
그는 안녹산의 반란이 일어났을 때 반란군 정부에서 중시령中書令을 지낸 적이 있기 때
문에 반란이 진압된 후 처형될 위기에 처했으나, 숙종肅宗이 은사를 베풀어 합포군合浦
郡으로 유배를 보내는 선에서 무마되었다. 『전당시』 권121에 수록된 진희열의 「봉화성
제삼월삼일奉和聖制三月三日」에 "上巳迁龍駕, 中流泛羽觴"이라는 구절이 들어 있다.

여기에서부터 물 위를 천천히 돌아 다리를 건너면 소봉관 동쪽으로 이어진다.

26. 소봉관 서쪽은 산세山勢가 구불구불 이어지면서 구름에 닿을 듯한 봉우리들이 늘어서 있고, 그윽한 샘에서는 옥 같은 물이 쏟아져 아래쪽의 서늘한 못[潭]으로 흘러간다. 산은 반쯤 복숭아나무로 덮여 있어 봄이면 분홍색과 흰색 꽃이 뒤섞여 수면에 비친다. 복사꽃 숲속에는 '증하당蒸霞堂'이 세워져 있는데, 거기에는 다음과 같은 대련이 있다.

푸른 물 위에 복사꽃 날고
들판의 대나무 푸른 하늘로 높이 솟았다.
桃花飛綠水[이백李白][39]
野竹上靑霄[두보杜甫][40]

또 산 중턱에 10여 칸짜리 화려한 누각이 세워져 있는데, 한쪽 면은 북쪽을 향하고 한쪽 면은 서쪽을 향해 서 있다. 거기에는 '종목정縱目亭'이라고 적힌 편액이 걸려 있는 팔각형의 방이 만들어져 있고, 다음과 같은 대련이 걸려 있다.

훌륭한 땅이라 원림과 정자도 멋지고
울창한 솔숲과 대숲 위로 둥근 달이 떠 있다.
地勝林亭好[손적孫逖][41]

---

39) 『전당시』 권181에 수록된 이백의 「숙무산하宿巫山下」에 "桃花飛綠水, 三月下瞿塘"이라는 구절이 들어 있다.
40) 『전당시』 권224에 수록된 두보의 「배정광문유하장군산림陪鄭廣文游何將軍山林」 10수 가운데 제1수에 "名園園依綠水, 野竹上靑霄"라는 구절이 들어 있다.
41) 손적孫逖에 대해서는 『양주화방록』 권10 「홍교록虹橋錄·상上·2」를 참조할 것. 『전당시』 권118에 수록된 손적의 「봉화이우상상회창림정奉和李右相賞會昌林亭」에 "地勝林

月圓松竹深[무가無可][42]

이곳에 오면 장춘령長春嶺과 연성사蓮性寺, 홍정紅亭, 백탑白塔이 모두 눈앞에 펼쳐진다.

27. 중천정中川亭의 나무들 가운데는 대나무와 측백나무가 많다. 이곳에는 중앙 건물을 중심으로 8개의 정자가 날개처럼 세워져 있는데, 사방이 모두 산에 둘러싸여 있다. 중앙에는 높다랗게 이층 지붕을 얹은 건물이 있다. 이곳에는 다음과 같은 대련이 있다.

작은 소나무 상서로운 이슬 머금었고
예쁜 새소리 높은 나뭇가지에서 울린다.
小松含瑞露[정곡鄭谷][43]
好鳥鳴高枝[조식曹植][44]

28. 증하당蒸霞堂의 각도閣道를 통해 고개를 넘어 뒷산으로 들어가면 사방이 이르는 낮은 담으로 둘러싸여 있는데, 그걸 따라 구불구불 걸어가다 보면 법해교法海橋 남쪽에 이르게 된다. 길이 굽어지는 곳에는 작은 문이 숨겨져 있는데, 그 문 안에는 수십 그루의 벽도碧桃[45]가 심겨 있다.

亭好, 時淸宴賞頻"이라는 구절이 들어 있다.

42) 무가無可(?~?)는 당나라 범양范陽 사람으로, 가도賈島(779~843)의 사촌동생이다. 그는 출가하여 천산사天仙寺에 거주했는데, 시를 잘 시어서 가도와 나란히 명성을 날렸다. 『전당시』 권814에 수록된 무가이 「동류수재숙견증同劉秀才宿見贈」에 "憶就西池宿, 月圓松竹深"이라는 구절이 들어 있다.

43) 정곡鄭谷에 대해서는 『양주화방록』 권10 「홍교록虹橋錄·상上·87」을 참조할 것. 『전당시』 권676에 수록된 정곡의 「조알朝謁」에 "小松含瑞露, 春翠易成陰"이라는 구절이 들어 있다.

44) 조식曹植에 대해서는 『양주화방록』 권1 「초하록草河錄·상上·45」를 참조할 것. 조식의 「공연公宴」에 "潛魚躍淸波, 好鳥鳴高枝"라는 구절이 들어 있다.

45) 복숭아나무의 일종으로, 겹꽃이 피지만 열매는 맺히지 않는다. 주로 관상용이나 약

여기에는 돌을 쪼아 길을 만들어놓았는데, 허리를 숙이고 복사꽃 아래를 걷노라면 수염과 머리카락에 향기가 흠뻑 밴다. 여기에는 3칸짜리 초당草堂이 세워져 있는데, 왼쪽 몇 칸은 찻집[茶屋]이다. 그 뒤편에는 낙엽송落葉松이 많이 있는데, 어둑하고 외진 곳이라 사람들이 그다지 찾지 않는 곳이다. 나중에 이곳이 '읍상挹爽'이라는 이름의 술집으로 바뀌게 되자, 나들이객들이 비로소 이곳의 멋진 풍경을 유람할 수 있게 되었다.

29. 정종산鄭鍾山은 자가 치의峙漪이고 의징 사람이다. 그는 회남淮南에서 염업을 하고 있으며, 강춘과 나란히 명성을 날렸다. 그는 성품이 순박하고, 집안 대대로 학문에 열중하게 했다.

그의 아우 정감원鄭鑑元은 자가 윤명允明이다. 그는 문장을 잘 짓고, 정程·주朱의 학문을 좋아하여, 80살에도 쉬지 않고 책을 읽고 낭송했다.

정종산의 아들 정종이鄭宗彝는 자가 췌오萃五인데, 진사 출신으로 형부刑部에서 벼슬살이를 했다. 둘째아들 정종락鄭宗洛은 자가 경순景純인데, 황제의 부름을 받고 시험을 치러서 내각중서가 되었다.

정감원의 아들 정장함鄭長涵은 늠선생이 되었으나 일찍 죽었다. 또 다른 아들 정종여鄭宗汝는 자가 익지翼之인데 원외랑을 지냈다. 손자 정조각鄭兆珏은 거인 출신이다.

이 집안은 가족도 많고 뛰어난 인물도 많아, 모두가 높은 벼슬을 살았다.

정동鄭澎은 자가 염강灔江인데, 진사 출신으로 호부戶部에서 벼슬살이를 했다. 정문명鄭文明은 자가 감당鑑堂인데, 진사 출신으로 형부刑部에서 벼슬살이를 했다. 이들은 모두 문학으로 명성을 날린 이들이다. 그리고 정조각은 역사에 능통하고 경학을 좋아해서, 집안에 잡다한 손님이 없이 학식과 인품을 갖춘 한두 명의 선비들하고만 모여 학문을 연구할 따름이었다. 이제 그들을 여기에 첨부한다.

용藥用으로 쓰이며, '천엽도千葉桃'라고도 부른다.

30. 이도남李道南[46]은 자가 청산晴山이고, 강도 사람이다. 그는 진사 출신으로 성품이 엄정하고 아부를 몰라서, 경사에 있을 때 친구가 500금金을 추렴해서 그에게 주었지만 거절했다. 그가 문정공文正公 유통훈劉統勳[47]을 만났을 때, 유통훈이 우연히 피곤한 기색을 보였다. 그러자 이도남은 정중히 절하고 자리를 떠나려 하니, 유통훈이 물었다.

"방금 앉아서 얘기도 한 마디 나누지 못했는데, 왜 가시려는가?"

"『예기』에 이르길, '윗사람이 피곤한 기색을 보이면 자리에 함께 한 아랫사람은 물러가겠노라고 해야 한다[君子欠伸, 侍坐者請退]'고 했습니다. 그래서 말씀도 나누지 못하고 물러가려 한 것입니다."

유통훈이 이 일로 인해 그를 중히 여기고, "안회의 학문을 배우고, 이윤의 뜻을 마음에 새긴다[學顔子之學, 志伊尹之志]"라는 장재張載의 말을 글로 써서 그에게 선물했다. 그는 고향으로 돌아와 집에서 학생들을 가르쳤는데, 그 수가 수백 명이나 되었다. 그래서 양주 지역의 문학하는 선비들 가운데 반은 그의 문하에서 나왔다. 그의 저서로는 『촌초록寸草錄』과 『사서집해四書集解』가 있다.

31. 왕조굉汪兆宏은 자가 문석文錫으로, 이도남의 제자이다. 그는 사문師門의 항렬이 높아 이 지역에서 존중을 받았으며, 건륭 갑오甲午년(1774)에 거인이 되었다. 그런데 그가 예부禮部에 시험을 치러 가려 할 때 모친이 먼 길을 떠난다고 걱정하자, 그는 응시를 포기했다. 그리고 모친이 죽고 예법에 맞춰 삼년상을 치른 후에 과거에 응시해서, 기유己酉년(1789)에야 진사가 되었다. 그가 승덕지현旌德知縣에 임명되었으나 사양하자, 봉양

---

46) 이도남李道南(?~?)은 1771년 진사에 급제했다.

47) 유통훈劉統勳(1698~1773)은 자가 연청延清이고 호는 이둔爾鈍이며, 고밀高密(지금의 산둥성 주청현諸城縣) 사람이다. 그는 1724년 진사에 급제하여 하림원 서길사로서 편수에 임명되었고, 이후 관직이 동각대학사東閣大學士까지 올랐다. 또한 죽은 후에는 태부太傅에 추증되고, 그의 장례식에 친히 참석하도 했던 강희제는 시호로 문정文正을 하사했다. 저서로 『유문정공집劉文正公集』이 있다.

부교수鳳陽府教授로 직위를 바꿔주었다. 상서 벼슬을 지낸 주규朱珪[48]가 안휘순무安徽巡撫로 있을 때, 그를 몹시 존중해서 '옛 군자[古君子]'라 불렀다고 한다.

32. 초순焦循은 자가 이당里堂이고, 강도江都 북호北湖 지역의 명경明經[49]이다. 그는 『모시毛詩』와 『삼례三禮』에 능통하고, 천문과 율학律學, 산학算學을 좋아했다. 정조각鄭兆珏과 정위鄭偉, 정준王準이 모두 그와 교유했다. 그의 저작으로는 『모시초목조수충어석毛詩草木鳥獸蟲魚釋』 30권과 『모시석지毛詩釋地』 7권, 『군경궁실도群經宮室圖』 2권, 『예기색은禮記索隱 수십 권, 『초씨교자제서焦氏教子弟書』 2권이 있다. 그리고 『석문釋交』, 『석호釋弧』, 『석륜釋輪』, 『석타釋橢』, 『승방석례乘方釋例』, 『가감승제석加減乘除釋』을 합친 20권이 있는데, 이것들은 모두 산술에 관한 것이다.

우리 청나라의 천문학은 왕래汪萊와 매문정梅文鼎[50] 이후로는 흡현의 강영江永과 휴녕休寧의 대진戴震, 가정嘉定의 전대흔錢大昕이 있는데,[51] 전대흔이 왕래와 매문정에 비해 더 정밀하다. 초순과 친한 사람으로는 흡현의 왕래와 능정감凌廷堪,[52] 오현吳縣의 이예李銳[53]가 있는데, 이들 모두 산학에 정통했다.

이우선李尤善은 전대흔의 제자인데, 전대흔은 그가 자신보다 뛰어나

---

48) 주규朱珪(1731~1806)는 자가 석군石君이고 호는 남애南崖 또는 반타노인盤陀老人으로, 순천順天 대흥大興(지금의 베이징시에 속함) 사람이다. 그는 1748년 진사에 급제한 이래, 안찰사와 포정사, 순무, 병부상서, 태자소보太子少保 등의 요직을 거쳐 결국 대학사, 태부太傅까지 올랐고, 시호는 문정文正이다. 예서隸書를 잘 쓴 것으로도 유명한 그의 문집으로는 『지족재집知足齋集』이 있다.

49) 공생貢生의 존칭이다.

50) 이들 두 사람에 대해서는 『양주화방록』 권5 「신성북록新城北錄·하下·5」를 참조할 것.

51) 강영江永부터 전대흔錢大昕까지의 인물들에 대해서는 『양주화방록』 권5 「신성북록新城北錄·하下·5」를 참조할 것.

52) 능정감凌廷堪에 대해서는 『양주화방록』 권1 「초하록草河錄·상上·15」 및 『양주화방록』 권5 「신성북록新城北錄·하下·5」를 참조할 것.

53) 이예李銳에 대해서는 『양주화방록』 권5 「신성북록新城北錄·하下·5」를 참조할 것.

다고 칭찬하곤 했다.

초순의 아들 초백焦白은 자가 정호廷琥인데, 그 역시 삼각팔선학三角八
線學54)에 정통했다.

33. 고봉모顧鳳毛는 자가 초종超宗이고 흥화興化 사람인데, 경학에 조예
가 깊었다. 정감원이 그를 초빙하여 그의 손자 정조각鄭兆珏을 가르치게
하니, 정조각은 문장도 잘 지을 뿐만 아니라 육서학六書學에도 능통하게
되었다.

34. 왕준王準은 자가 흠래欽萊이고 호남湖南 사람이다. 그는 복건 정주汀
州에서 태어났으며, 정감원의 친척이다. 그는 주희朱熹의 학문을 사숙私
淑했다. 그의 저작으로는 『정구문집汀鷗文集』이 있다.

35. 정위鄭偉는 자가 요정耀廷이고, 단도丹徒 사람이다. 그는 부친 정석
오鄭錫五는 계부繼父가 병들어 자리에서 일어나지 못하자 자신의 허벅지
살을 잘라 봉양하다가 자신도 죽었다. 정위의 모친 유씨兪氏는 20살도
되기 전에 홀몸이 되어, 30년이 넘게 정절을 지켰다. 정위는 성품이 진
지하고 기발한 생각을 잘 했으며, 『구장산술九章算術』과 구고학勾股學을
배웠다. 그는 어려운 문제를 만들어놓고 초순과 질문을 주고받으며 논
쟁하기도 했고, 서양의 그림을 보고 계산기를 만들기도 했는데 그 형식
이 모두 들어맞았다.

36. 나호羅浩는 자가 양재養齋이고 흡현 사람인데, 해주海州의 판포장板

---

54) 삼각은 '삼각학三角學'을 가리킨다. 고대 중국에서는 흔히 '구고勾股'라고 불렀다. '구
고'에 대해서는 『양주화방록』 권2 「초하록草河錄·하下·62」이 주석을 참고할 깃. 팔선
은 삼삭함수에서 정현正弦과 여현餘弦, 정절正切과 여절餘切, 정할正割과 여할餘割, 그리
고 정시正矢와 여시餘矢를 가리킨다. 대진戴震은 「여시중명론학서與是仲明論學書」에서
이것을 '철술綴術'이라고 불렀다.

浦場에 살았다. 그는 능정감의 친척으로서 경학과 역사학, 서예, 수학에
이르기까지 두루 섭렵했는데, 그 가운데 특히 성명학星命學에 정통했다.
그는 이렇게 말한 바 있다.

"이허중李虛中[55] 이래 모두 부귀빈천富貴貧賤과 수명의 길고 짧음을
가지고 운명의 좋고 나쁨을 따졌지만, 나는 사람이 현명한지 못났는지
를 날줄[經]로 삼고, 빈부貧富와 수명의 길고 짧음은 씨줄[緯]로 삼는다.
현명한 이는 비록 가난하고 일찍 죽더라도 운명이 좋은 것이고, 못난이
는 부유하고 오래 살더라도 운명이 나쁜 것이다."

사람들은 대개 그가 세상사에 어둡다고 비웃었지만, 사실 그 말은 지
극히 훌륭한 말이다. 정조각이 그와 친하게 지냈다.

37. 왕몽계汪夢桂는 자가 문단文舟이고, 이도남의 제자이다. 그는 팔고문
을 잘 지었는데, 한 편을 구상할 때마다 수염을 꼬고 배를 문지르며 밤
새도록 고심했다.

38. 육갑림陸甲林은 서예에 뛰어났다. 그는 사인舍人[56] 정종락鄭宗洛과
교유했는데, 그가 죽자 정종락은 최선을 다해 그의 장례를 치러주었다.
정종락은 교우관계를 중시해서 함부로 친우로 삼지 않았는데, 사귄 친
우에 대해서는 대부분 이와 같이 대했다.

39. '매령춘심梅嶺春深'은 바로 장춘령長春嶺으로서 보장호 안에 있는데,

---

55) 이허중李虛中(762~813)은 자가 상용常容이고, 위군魏郡(지금의 허베이성河北省 다밍大
名) 사람이다. 그는 정원貞元 연간에 진사에 급제하여 전중시어사殿中侍御史까지 지냈다.
특히 그는 도교의 불로장생을 믿고, 오행서五行書에 통달하여, 사람이 태어난 연월일과
간지干支를 통해 그의 운명을 추산할 수 있다고 생각함으로써, 후세 사람들이 성명학
의 시조로 받드는 인물이다. 그가 썼다고 하는 『이허중명서李虛中命書』의 표지에는 "귀
곡자鬼谷子 지음[撰], 허중虛中 주注"라고 적혀 있다.
56) 내각중서의 별칭이다.

그것은 촉강 중봉中峰에서 이어져 나온 지맥이다. 건륭 정축丁丑년(1757)에 정씨程氏가 빈 땅을 다듬어 흙을 돋우고 나무를 3겹으로 심은 뒤, 그곳에 관제묘를 세웠다. 관제묘 앞에는 돌을 쌓아 나루터를 만들고, 그 위에 옥판교玉板橋를 건설한 후, 오른쪽에 영상초당嶺上草堂을 지었다. 그리고 초당 뒤에는 고개로 오르는 길을 내고 중간에 관음전觀音殿을 세웠다. 고개 위에는 매화나무가 많은데, 이곳에 육만정六萬亭을 세웠다. 또 고개 서쪽에 3칸짜리 작은 집을 짓고 '조저釣渚'라고 이름을 붙였다.

정씨의 이름은 정지전程志銓이고 자는 원항元恒이며, 정몽성程夢星[57]의 형이다. 3년이 넘도록 이 고개의 공사가 끝나지 않고 공사비도 20만 냥이나 들어간 상태였는데, 어느 날 그의 꿈에 관우가 나타나 땅을 측량하는 법을 가르쳐주었다. 그로부터 열흘 만에 공사가 끝났다.

이곳은 나중에 여씨余氏의 소유가 되었다.

여희余熙는 자가 차수次修인데, 시를 잘 짓고 서예에도 뛰어났다. 고개 서쪽 원문垣門에는 '매령운심梅嶺春深'이라는 글씨가 돌에 새겨져 있는데, 바로 그가 직접 쓴 것이다.

이 산의 승려 평천平川은 회안淮安 사람인데, 성품이 소박하고 성실했다. 그는 이곳에 30년 동안 살았다.

여희의 동생 여조余照는 자가 관오冠五인데, 그 역시 시를 잘 지었다.

40. 매령梅嶺은 호수 가운데 있다. 나무를 엮어 옥판교를 만들고, 그 위에 사각형의 정자를 지었는데, 기둥과 난간, 처마와 기와에 모두 대나무를 씌웠기 때문에 '죽교竹橋'라고도 불린다.

호북湖北 사람들은 대나무를 잘 다루는데, 푸른색을 빼고 누런색을 써서 '반황反黃'이라고 불린다. 그걸 깎아서 여러 가지 붉은 법랑琺琅을 만들면 그 화려함에 잘 어울린다.

---

57) 정몽성程夢星에 대해서는 『양주화방록』 권1 「초하록草河錄·상上·7」과 「신성북록新城北錄·중中·16」을 참조할 것.

이 지역에서 '반황'을 잘 만드는 사람은 삼현사三賢祠의 승려 죽당竹堂 뿐이다.

죽교는 바로 '반황'의 방법으로 만든 다리이다.

41. 관제묘의 대전은 3칸짜리 건물인데, 옛날에는 '관신용묘關神勇廟'라고 불렀다. 이 지역 주민들은 가뭄이 들거나 홍수나 가면 모두 이곳에서 기도를 올린다. 관제묘 오른쪽으로 완만히 굽은 회랑을 따라 가면 영상초당으로 들어가는데, 초당은 고개 동쪽에 자리 잡고 있다. 초당 건물은 산을 등지고 서쪽을 향하고 있는데, 이곳에서는 호수 전체를 조망할 수 있다. 이곳에는 다음과 같은 대련이 걸려 있다.

하늘로 솟은 푸른 산엔 예스러운 운치 날리고

봄날의 푸른 물결 앞쪽 연못에 가득하네.

碧落青山飄古韻[두목杜牧][58]

綠波春浪滿前陂[위장韋莊][59]

42. 초당 동쪽에는 5칸짜리 방옥舫屋을 지어놓고 10길 남짓한 제방을 쌓아놓았는데, 북쪽으로는 춘수랑春水廊과 마주보고 있고 남쪽은 호수이다. 큰 대나무로 엮은 울타리 안에는 위쪽에 삼나무와 오동나무, 느릅나무, 버드나무를 심어놓았고, 아래쪽에는 연꽃[芙蓉]을 심어놓았다. 제방이 끝나는 곳에는 사각형 정자를 만들어 나들이객들이 연꽃을 구경하도록 했다. 연꽃 계절이 끝나면 시든 연잎을 배에 가득 실어 나르는데, 이것들은 모두 성 안의 부유한 상인들이나 큰 가게에서 봄에 미리 예약

---

58) 『전당시』 권525에 수록된 두목의 「화선주심대부등북루서회和宣州沈大夫登北樓書懷」에 "筆落青山飄古韻, 張開紅旆照高秋"라는 구절이 들어 있다.

59) 『전당시』 권697에 수록된 위장의 「도전稻田」에 "綠波春浪滿前陂, 極目連雲罷亞肥"라는 구절이 들어 있다.

한 것이다. 꽃잎은 겨울 동안 바람에 말려두면 동상凍傷을 치료하는 데에 특효약이 된다.

43. 매령 서쪽에는 '조저'라고 쓴 편액이 걸린 멋진 정자가 하나 있는데, 이곳에는 다음과 같은 편액이 걸려 있다.

> 하얀 난초 핀 물가에서 호탕하게 노래하고
> 가을바람 속에서 낚싯대 들고 있네.
> 浩歌白蘭渚[서언백徐彦伯][60]
> 把釣在秋風[두보杜甫][61]

조저정 아래에는 나루터가 있는데, 때가 되면 푸른 이끼가 무성하고 지의地衣[62]가 우거져서 사람들의 발길이 거의 닿지 않는지라, 호수 풍경이 신선하고 아름답다.

44. 서쪽 산비탈엔 바위가 땅 위로 드러나 있고 이끼가 무성히 자라 있는데, 나들이객들이 밟고 가 새 둥지처럼 움푹한 발자국들이 촘촘하게 찍혀 있다. 그 중간에 동굴이 있는데, 입구에는 돌과 벽돌을 쌓아 문을

---

60) 서언백徐彦伯(?~?)은 이름이 홍洪이지만 주로 자로 통하며, 연주兗州 하구瑕丘 사람이다. 그는 측천무후 때에 급사중給事中을 지내며 『삼교수영三敎珠英』의 편찬에 참여했고, 이후 제주자사齊州刺史, 수문관학사修文館學士, 공부시랑, 태자빈객太子賓客 등을 역임했다. 그는 문집 20권이 있었다고 하나 지금은 남이 있지 않고, 『전당문全唐文』에 산문 6편, 『선낭시』에 시 1권이 수록되어 전해진다. 『전당시』 권76에 수록된 서언백의 「증류사인고이贈劉舍人古意」에 "浩歌仕西省, 經傳恣潛心"이라는 구절이 있다. 다만 이것은 『양주화방록』에 인용된 시 구절과는 글자 차이가 너무 많아서, 실제로 이 구절이 누구의 시에서 나온 것인지 확인하기 어렵다.

61) 『전당시』 권224에 수록된 두보의 「송배규작위영가送裴二虬作尉永嘉」에 "扁舟吾已就, 把釣待秋風"이라는 구절이 들어 있다.

62) 버섯과 말 풀의 공생체共生體로서 종류가 매우 다양한데, 지면地面이나 나무껍질, 바위 위에 자란다. 특히 가뭄과 추위를 잘 견딘다.

만들어놓았고, 담에는 진흙을 발라놓았는데, 그 위에 '매령춘심'이라는 돌 편액이 박혀 있다. 이곳에서 산으로 들어가면 실처럼 좁은 길을 따라 매화나무 사이를 구불구불 돌아 올라가게 되는데, 매화나무 가지들이 걸음을 방해한다.

그 아래에는 큰 바위가 길을 막고 있는데, 색깔은 구리보다 화려하다. 그곳에서 고갯마루를 올려다보면 길은 반듯하지만 미끄러워서 발을 내디딜 수가 없다. 바위를 지나 옆으로 들어가면 사방이 온통 매화나무로 둘러싸여 있는데, 나무에 막혀서 바로 앞에 있는 사람과도 말을 주고받기 힘들 정도이다.

그 안쪽에는 날아오를 듯한 정자가 한 채가 남쪽으로 과구瓜口를 바라보고 있는데, 사방으로 빽빽한 나무들 사이에서 여우와 토끼들이 사람을 피해 숨고 매들이 하늘을 맴돌고 있다. 이리 돌고 저리 꺾어 걷노라면 새소리가 더욱 자지러지게 들려오고, 우거진 대숲에서 산도 끝나고 길도 막힌다. 그 순간 작은 오솔길이 나타나 나뭇가지를 잡고 각도閣道를 내려오면 관음전을 지나 평대平臺에 오르게 된다. 그리고 평대에서 수십 층의 계단을 내려오면 폭이 5자쯤 되는 평평한 길이 열리는데, 그 길을 따라 몇 걸음 가다 보면 영산초당에 이르게 된다.

매령은 본래 '매령춘심' 대문에서 등산하는 것이 정상적인 길인데, 관음암을 증축하면서 영상초당이 산의 앞길이 되고 '매령춘심'의 대문은 뒷길이 되어버렸다. 관음전 아래에 이르러 과산루過山樓를 통해 들어가면 6,7칸의 승방僧房들이 온갖 나무들에 덮여 있고, 그 주위에는 대나무로 엮은 울타리가 둘러져 있다. 여기에는 대나무로 만든 대문을 내놓았는데, 이곳이 승려들의 주방으로서 나들이객들은 잘 들르지 않는 곳이다.

45. 법해교法海橋는 관제묘 앞에 있는데, 포산하砲山河를 동서로 가로지르고 있다. 포산하는 촉강과 금궤산金匱山, 감천산甘泉山의 물이 흘러드는 곳이다. 그 물들은 입사교卄四橋를 통해 이 다리를 나서서 보장호와

통하게 된다. 그러므로 포산하는 보장하保障河라고도 부른다. 태수 윤회일尹會一63)의 기록[記]에서 "(포산하가) 촉강을 허리띠처럼 두르고 법해교를 돌아 옛 나루터로 통한다[襟帶蜀岡, 繞法海以南, 通古渡]"고 한 것은 이것을 일컬은 말이다. 그런데 연화경蓮花埂을 만들고 운하를 준설하여 평산당과 통하게 하자, 호수의 놀잇배들은 모두 연화교를 지나고 법해교에는 들르지 않게 되었다. 그렇게 되자 사람들은 법해교 안쪽의 강줄기가 바로 옛날 포산하의 물길이었음을 모르게 되었다.

이 다리는 세워진 지 이미 오래되어서, 『양주부지』에서는 명나라 때 지휘指揮를 지낸 화곤火坤(자는 문진文津)이 중건한 때를 처음으로 여기고 있다. 그러나 당시 지현을 지낸 마부馬駙64)의 기록[記]에도 "(이 다리를) 언제 처음 지었는지는 알 수 없다[創造經始莫可攷]"는 말이 들어 있다. 오직 법해사가 원나라 지원至元(1264~1294) 연간에 세워졌고,65) 절이 생긴 뒤에 다리가 지어져 절의 이름을 따라 이름이 붙여졌을 테니, 자연히 이 다리도 지원 연간에 처음 지어졌다고 봐야 할 것이다.

46. 동안東岸은 바로 보장호의 옛 제방인데, 그 위에 가대謌臺가 세워져 있다. 그 주위로 수십 길의 낮은 담이 둘러져 있는데, 제방을 따라 굽이 돌거나 똑바로 이어지다가 '춘대축수春臺祝壽'의 선면정扇面亭에 이르러 끝난다. 가대는 바로 옛날에 자운정子雲亭이 있던 자리에 있다.

47. 관제묘는 법해교 서쪽 강가에 있다. 이곳은 본래 '삼의묘三義廟'였는데, 임분臨汾 사람들이 다시 시으면시 지금의 이름으로 바꿨다. 사당의 대문은 법해교와 마주보고 있다. 내문 안에는 3칸짜리 대전이 있고, 대

---

63) 윤회일尹會一에 대해서는 『양주화방록』 권4 「신성북록新城北錄 · 중中 · 7」을 참조할 것.
64) 마부馬駙(?~?)는 자가 차보次甫이고 강도江都사람이다. 기타 생애에 대해서는 자세히 알 수 없으며, 저작으로 『자천문집紫泉文集』이 있다.
65) 이것은 잘못된 설명이다. 법해사는 수나라 개황開皇 10년(590)에 승려 지덕志德이 개창했으며, 원나라 지원 연간에 중건重建했다.

전 귀퉁이의 쪽문은 관음당과 통한다.

48. 관음당 대문은 법해교 남쪽에 있는데, 여기에는 '전단향계旃檀香界'
라고 적힌 돌 편액이 걸려 있고, 붉은 담이 둘러져 있다. 대문 안에서
계단을 따라 평대平臺로 올라가면, 그곳에 어비정御碑亭이 세워져 있다.
어비정에는 성조聖祖(강희제)께서 쓰신 시 「상사일에 다시 소금산에 올라
[上巳日再登金山詩]」 1수와 당나라 시인의 절구 1수를 쓴 글씨가 모셔져
있다. 어비정 옆에는 '송자관음정送子觀音殿' 또는 '백자당百子堂'이라고
부르는 건물이 있는데, 성 안의 사람들 가운데 후손을 얻기를 바라는
이들이 이곳에서 기도를 올린다. 백자당은 본래 법해루가 있던 곳에 세
워졌다. 그곳은 '십리하화十里荷花'라고 불리는데, 건물 귀퉁이의 쪽문을
통해 하원賀園으로 들어갈 수 있다.

49. 연성사蓮性寺는 관제묘 옆에 있는데, 본래 이름은 법해사로서 원나
라 지원 연간에 세워진 것이다. 성조 강희제께서 지금의 이름과 「상사
일에 다시 소금산에 올라」라는 시 1수, 당나라 시인의 절구 1수를 쓴 글
씨, 동기창의 글씨를 모방하여 쓴 절구 1수를 하사하셨다. 건륭제께서
는 '중향청범衆香清梵'이라고 쓴 편액을 하사하셨다. 이것들은 모두 돌에
새겨져서 절 안에 모셔져 있다.

　절의 대문은 관제묘 오른편에 있는데, 그 안에 삼세불전三世佛殿이 있
고, 불전 옆으로 나 있는 10여 칸의 회랑은 학공사郝公祠와 통한다. 그
뒤에는 백탑白塔이 세워져 있는데, 경사(북경) 만세산萬歲山에 있는 탑의
형식을 본뜬 것이다. 탑 왼쪽에 나 있는 쪽문은 득수청得樹廳으로 통하
고, 득수청 귀퉁이의 쪽문은 하원賀園으로 통한다. 득수청 바깥이 바로
은행산방銀杏山房이다. 조홍趙虹[66]은 시의 서문에서 이렇게 말했다.

---

66) 조홍趙紅에 대해서는 본권 69번을 참조할 것.

천녕문 근처 교외로 2리쯤 나가면 법해사 정사精舍가 하나 있는데, 물굽이
에 대문을 내놓았고, 돌다리로 건너게 되어 있다. 평산당에 나들이 온 이들은
모두 이 길을 중심으로 여긴다.

出天寧門近郊二里, 有法海寺精舍一區, 曲水當門, 石梁濟渡, 凡游平山者,
以此爲中道.

이곳의 승려 목산牧山은 자가 지득只得인데, 시를 잘 짓는다.

50. 연성사 안에는 잣나무가 많아서, 각종 대문이며 전각들이 모두 나
무 사이에 있기 때문에 나뭇가지가 회랑 안으로 들어오거나 처마에 닿
아 있는 경우가 많다. 이곳에 모셔진 불상들은 소주의 유명한 장인匠人
이 만든 것으로, 모습들이 모두 무척 화려하고 웅장하다. 문수보살文殊
菩薩과 보현보살普賢菩薩의 변상變相은 머리가 3개에 팔이 6개인데, 머리
마다 눈이 3개씩 달려 있고, 두 팔은 합장合掌을 하고 있으며, 나머지 네
팔에는 각기 연꽃과 화륜火輪, 칼[劍]과 몽둥이[杵], 창[鋼槊], 그리고 일월
륜日月輪과 화염火焰 따위를 들고 있다. 몸에는 호랑이 가죽으로 만든 치
마를 두르고 있고, 가슴과 목 사이에는 뱀을 휘감은 채 눈을 치뜨고 똑
바로 쳐다보고 있다. 그리고 전신이 금으로 도금되어 있어서 현란한 광
채를 내뿜으니, 그 모습이 더욱 아름답다.

대전 뒤쪽의 잣나무에는 무수히 많은 학들이 있고, 그 아래에는 송화
松花와 이끼가 쌓여 검푸른 빛을 띤다. 그 위에 새똥이 1자나 되게 쌓여
있어서 나들이객들의 발길이 잘 닿지 않는다. 그 안에는 53층의 계단
위에 대臺가 만들어져 있는데, 그 위에 백탑이 세워져 있다. 백탑은 안
에 공간이 있어서 백의대사상白衣大士像67)이 모셔져 있다. 그 바깥은 계
단처럼 층층이 올려져 있는데, 청동으로 만든 갓끈 같은 장식[瓔絡]과 금

---

67) 관세음보살觀世音菩薩을 가리킨다. 대개 관세음보살의 초상화가 하얀 옷을 입고 하얀
　　연꽃 위에 앉아 있는 모습으로 묘사되기 때문에 이런 별칭이 생긴 것이다.

으로 도금한 방울이 달려 있으며, 탑 꼭대기에는 금으로 도금한 탑머리 [塔頂]를 얹었다. 연성사의 승려 목산牧山과 개산開山이 매년 12월 25일 이 탑에 복을 기원하는 등불을 밝힌다.

목산의 제자 전종傳宗은 술수術數에 정통하다. 건륭 갑진甲辰년(1784)에 백탑의 중수重修가 끝나자, 전종은 "예전에는 탑 꼭대기의 그림자가 정오 무렵이면 왼쪽 창의 둘째 틈에서 거꾸로 들어왔는데, 지금은 오른쪽 창의 둘째 틈에서 비스듬히 들어오니, 아마 탑이 반듯하지 않은 듯하다"고 했다. 그래서 탑을 다시 수리했다.

구양수歐陽修의 『귀전록歸田錄』에 따르면, 개보사開寶寺의 탑은 도료장都料匠[68] 예호預浩[69]가 만들었다고 했다. 그런데 탑이 완성되었을 때 멀리서 바라보니 똑바로 서 있지 않고 약간 기울어 있었다. 그러자 예호가 이렇게 말했다.

"경사(지금의 카이펑開封)는 땅이 평평하고 산이 없어서 서북풍이 많이 부니, 100년 정도 그렇게 바람을 맞으면 탑이 똑바로 서게 될 것입니다."

이것은 바로 지형에 맞추어 건축 양식을 안배한 것이니, 서툰 기술자와 똑같이 취급해서는 안 된다.

51. 연성사의 곁채는 방장方丈으로 쓰이고, 그 옆에 있는 6채의 작은 건물들은 승려들의 거처이다. 왼쪽으로는 백탑을 경계로 삼고, 오른쪽으로는 학공사郝公祠를, 뒤로는 득수청을 경계로 한 구역이 모두 승려들의 거처이다.

---

68) 건물을 짓는 데에 동원되는 각종 기술자들을 총괄하는 건축기사로서, 옛날에는 '영조사營造師'라고 불렀다.

69) 예호預浩(?~?)는 이름을 유호喩浩 또는 예호預皓라고도 쓴다. 그는 오대五代 말엽과 북송 초기 절강 항주杭州 부근의 사람으로 출신 집안이 미미한 건축가였다. 그는 변량汴梁(지금의 카이펑開封) 개보사開寶寺 목탑을 건축했고, 『목경木經』을 지었다. (이 책은 지금 남아 있지 않고 심괄沈括의 『몽계필담夢溪筆談』에 간략한 내용만 기록되어 있다) 구양수는 『귀전록歸田錄』에서 그를 송나라 최고의 목공으로 칭송했다.

방장의 대문 밖에는 벽에 2개의 돌이 박혀 있다. 여기에는 장양중張養重[70]이 글씨를 쓴 왕사정王士禎의 『홍교유기紅橋游記』가 새겨져 있는데, 손지위孫枝蔚가 「법해사시法海寺詩」에서 "그리운 사람 구슬피 기다리며, 옛 일을 기록한다[懷人一悵望, 作記舊時曾]"고 한 것은 이것을 가리킨다. 법해사는 낭중郎中 벼슬을 지낸 왕통王統과 중서中書 벼슬을 지낸 허복호許復浩, 그리고 장자련張子璉과 유방훤劉方烜이 함께 세웠다.

52. 명나라 때에 태복太僕 벼슬을 지낸 충절공忠節公 학경춘郝景春의 사당은 연성사 백탑의 오른편에 있다. 이 사당에는 학경춘과 그의 아들, 그리고 그의 하인이 함께 모셔져 있다.

학경춘은 자가 제명際明 또는 화만和滿이고, 호는 내금乃今 또는 자고自古이며, 강도 사람이다. 그는 만력 임자壬子년(1612) 향시에서 거인이 되어 염성교유鹽城教諭를 지내다가 사건에 연루되어 파직되었으나, 관청을 찾아가 새로 벼슬을 받았다. 그의 친척이 『이원조도梨園祖道』를 공연하자 그가 『명봉기鳴鳳記』[71]를 공연하라 했는데, 충민공忠愍公 양계성楊繼盛[72]이 기시형棄市刑[73]에 처해지는 장면에 이르자, 큰 잔에 술을 가득

---

70) 장양중張養重에 대해서는 『양주화방록』 권10 「홍교록虹橋錄·상上·10」을 참조할 것.
71) 『명봉기』는 명나라 때 전기傳奇 작품으로서, 대략 융경隆慶(1567~1572) 연간에 지어진 것으로 여겨진다. 그로부터 약 40년 후에 나온 여천성呂天成의 『곡품曲品』에는 이 작품의 작자를 알 수 없다고 했는데, 명말 청초에는 이 작품을 왕세정王世貞 본인 또는 그의 제자가 썼다는 근거 없는 주장이 나돌기도 했다. 이 작품은 전체 41척齣으로 구성되어 있는데, 주요 내용은 다음과 같다. 가정嘉靖(1522~1566) 연간에 권력을 장악한 엄숭嚴嵩이 하투河套 땅을 수복하자고 주장하는 하언夏言, 증선曾銑을 살해하자 양계싱楊繼盛이 상소를 올려 엄숭의 10가지 큰 죄상을 통렬히 고발하다가 처형당한다. 그러지 동전첵董傳策과 오시중吳時中, 장학루張鶴樓가 연명聯名으로 엄숭을 탄핵하는 상소를 올렸다가 고문을 당한 후 군대에 끌려간다. 이에 곽희안郭希顏이 나서서 직간直諫했다가 또 엄숭에게 해를 당한다. 마지막으로 추응룡鄒應龍과 손비양孫丕揚, 임윤林潤 등이 우여곡절 끝에 엄숭과 그 당원들을 타도한다
72) 양계성楊繼盛(1516~1555)은 자가 중방仲芳, 호는 초산椒山이며, 용성(지금의 허베이성에 속함) 사람이다. 그는 가정嘉靖 연간 진사에 급제하여 병부원외랑을 지냈으나 대장군 구만仇鸞을 탄핵하다가 벼슬이 강등되었다가 나중에 다시 형부원외랑, 병부무선사

따라 마시고 소리쳤다.

"멋진 사나이로다!"

그리고 『충민연보忠愍年譜』를 지었다.

그는 섬서陝西 원마사苑馬寺의 만안감록사萬安監錄事로 기용되었다가 폄적되어 지방으로 내쫓겼다가 사면되어 황주조마黃州照磨[74)가 되었고, 숭정 10년(1637) 윤閏 4월 3일에 황안현黃安縣의 임시 지현이 되었다. 그런데 황주 관할지역에 도적이 횡행해서, 바로 이튿날 정세왕整世王[75)이 오룡담烏龍潭에 이르러 60리 바깥에 진영을 차리고 성 아래로 돌진하여 서문과 남문에 맹공을 퍼부으니, 성 아래에 화살들이 누리[蝗蟲][76) 떼처럼 날아다녔다. 학경춘은 동문수정東門守正[77) 호부주사戶部主事 경응창耿應昌[78)과 남문수정南門守正 늠원廩員[79) 노이돈盧爾惇, 순간사巡簡司[80)의 관리 곽상학郭上學과 함께 대포와 화살을 일제히 발사했다. 경응창의 가

兵部武選司로 기용되었다. 그러나 다시 엄숭嚴嵩의 죄상을 탄핵하다가 옥에 갇혀 죽었다. 그가 참수형에 처해지자 수많은 백성들이 몰려들어 통곡했다고 한다. 그는 죽은 후 7년 뒤에 복권되어 태상소경太常少卿에 추증되었다. 1568년에 황제의 비준을 받아 금선호동金線胡同에 그의 사당인 '정충사旌忠祠가 세워졌다.

73) 옛날 처형 방식 가운데 하나로서, 죄수를 공개 처형하고 그 시신을 저잣거리에 전시하는 것을 가리킨다.

74) 조마照磨는 문서나 인쇄물을 담당하는 관리이다. 청나라 때에는 몇몇 성省의 포정사布政司와 안찰사사按察使司에 조마소照磨所를 설치하고 조마 1명을 두었으며, 부府와 청廳에도 조마를 두었던 곳이 40여 곳에 이르렀다.

75) 명나라 말엽 농민 반란군의 우두머리 가운데 하나로서, 본래 성명과 구체적인 생애에 대해서는 자세히 알려진 바가 없다. 일설에는 그의 이름이 왕국녕王國寧이라고 하기도 한다.

76) 메뚜기과의 곤충으로서, 무리 지어 날아다니며 벼에 큰 피해를 준다.

77) '수정守正'은 성문을 지키는 관리를 가리킨다.

78) 『숭정실록崇禎實錄』에는 동창東廠의 폐지를 주장하던 형부섬서사주사刑部陝西司主事 경응창이 1633년에 다시 억울하게 갇힌 신하를 석방하고 법률을 준수하며, 조령詔令과 옥사獄事를 신중히 하고, 밀고密告를 금지하라는 간언을 했다가 강등되었다는 기록이 있다.

79) 명・청대에 관청에서 음식을 제공받던 생원으로서 늠선생廩膳生 또는 늠생廩生이라고도 불린다.

80) '순검사巡檢司'라고도 한다. 명・청대에는 진시鎭市나 주요 관문 등지에 순검사를 설치하고, 현령의 관할 아래 두었다.

정家丁[81]들이 대장군포大將軍砲를 쏘아 적군 18명을 죽이고, 이어서 불화살을 쏘아 적군 15명을 태워 죽이니, 적들이 후퇴했다. 노이돈은 몸에 화살을 1대 맞고도 활을 쏘아 적의 선봉에 선 도적 2명을 죽였다. 생원 오성룡吳成龍은 적군을 이끌던 도적 2명을 활로 쏘아 죽였고, 현의 민장民壯[82] 하일선何一先은 말을 탄 적군 1명을 죽였다.

적군들은 잠시 후퇴해 있다가 날이 저물자 다시 성을 포위했다. 이튿날 적의 무리가 다시 몰려오자 학경춘은 연병烟兵[83]들에게 지붕에 올라가 기와와 돌을 던지게 하고, 가정 왕사중王思重[84]과 백수伯壽에게 불화살을 쏘게 했다. 부방副榜 경응형耿應衡은 관상關廂[85]에 올라가 건물에 불을 지르던 적군 12명을 불화살로 쏘아 죽였고, 생원 경응충耿應衝과 진운秦檴은 성에 구멍을 파던 적군 2명을 죽였고, 무동武童[86] 진문대秦文戴는 사다리를 타고 성에 오르려던 적군 5명을 활로 쏘아 죽였으며, 경천耿薦은 노수弩手들을 이끌고 적군 5명과 쇠 투구를 쓴 적군 1명을 쏘아 죽였다. 이에 적군이 물러나 서북쪽 성 발치에 모여들더니, 사다리와 문짝을 짊어지고 달려들어 성으로 기어오르려 했다. 경천은 가정들을 이끌고 불화살을 쏘아 붉은 옷을 입은 채 깃발[纛] 앞에 앉아 있던 적군의 수괴 1명을 죽이고, 성문을 공격하던 적군 1명을 조총鳥銃으로 쏴 죽였다. 그리고 적군이 후퇴하자 장사壯士 여문표呂文彪 등을 독려하여 북단강北壇岡에 매복하고 있다가, 적들이 다가올 때 가정 사군총謝君寵이 총을 쏴서 적군 5명에게 부상을 입혔다.

---

81) 옛날 장군이나 군대 지휘관들이 전시 군대 외에 개인지으로 소식힌 진위 징예부대를 가리킨다. 이들은 관청에서 관리 대접을 받았으며, 대우도 일반 군사보다 좋았다.
82) 청나라 때 각 주와 현의 지방관이 해당 지역의 치안을 유지하기 위해 선발하거나 모집한 민간의 장정을 가리킨다.
83) 아편 매매를 생업으로 삼던 백성들로 조직된 병사들을 가리킨다. 이들은 대개 지방 관들의 용병으로 고용되곤 했다.
84) '산동본'에는 '왕사량王思量'으로 되어 있다.
85) 고대 성곽 부근의 정자[亭]나 집[舍]을 가리킨다.
86) 명·청대 무과武科의 생원을 일컫는 말로, 정식 명칭은 '무동생武童生'이다.

잠시 후 적들이 또 성을 공격하자 가정 장요張要와 사군웅謝君雄, 이방李芳 등이 성을 등지고 교전하며 성 위에서 대포를 쏘아 적군 7명을 죽였고, 생원 경응구耿應衢가 활을 쏘아 적군 2명을, 무거武擧[87] 진재중秦在中이 관상關廂을 공격하는 적군 2명을 죽이니, 적들이 후퇴했다.

6일에 적군들은 진영을 동북쪽으로 철수하여 양흥梁興의 영채營寨까지 갔는데, 그곳을 다스리던 생원 출신의 양유중梁維中이 향병鄕兵 양광진梁光秦 등을 이끌고 적들을 기습해서 두목 이응과李應科를 생포하고, 반란군에 가담한 유년劉年 등 6명의 난민難民과 첩자 노릇을 하던 은사재殷士才를 끌고 오니, 학경춘은 부성府城에서 그들의 목을 베라고 명했다. 관생官生[88] 주세권周世權이 향병을 이끌고 지원하러 와서 적군 두목 팔대왕八大王의 목을 베고 무수히 많은 무기들을 노획해 오니, 학경춘은 그들에게 음식을 보내 위로해주었다. 그리고 '영무대靈武臺'라는 일자一字 모양의 층대層臺를 증축하고, 풍향교楓香橋를 새로 놓아 전쟁에 대비했다. 황강黃岡 땅의 축세미祝世美가 그 일을 기록[記]으로 남겼다. 이런 일이 알려지자 학경춘은 방현房縣의 지현으로 발탁되었다.

그 후 학경춘은 양주로 돌아와 모친을 찾아뵈었다. 그리고 둘째아들 학명란郝鳴鸞을 데려가면서 의릉宜陵 사람 진의陳宜를 하인으로 삼아 데려갔다. 방현으로 갈 때, 유적流賊[89] 무리의 두목 장헌충張獻忠[90]과 나여

---

87) 정식 명칭은 '무거인武擧人'이며, 무향시武鄕試에 급제한 이를 가리킨다.
88) 청나라 때에 대신大臣의 아들이나 조카로서 향시에 응시한 이들을 '관생官生'이라 했으며, 그들의 답안지를 '관권官卷'이라 했다.
89) 명나라 말엽 이자성李自成을 중심으로 각지에서 일어난 농민 반란군을 멸시해서 부르던 명칭이다.
90) 장헌충張獻忠(1606~1646)은 섬서陝西 연안위延安衛 유수간보柳樹澗堡(지금의 산시성陝西省 딩비앤현定邊縣 하오탄향郝灘鄕 류취촌劉渠村)에서 태어났다. 그는 한때 군대에 있으면서 포쾌捕快와 군리軍吏를 맡기도 했으나, 얼마 후 법을 어겨 제명되었다. 1630년 그는 미지현米脂縣에서 왕가윤王嘉胤의 반란군에 가입하여, 스스로 '서영팔대왕西營八大王'이라고 불렀다. 그리고 왕가윤이 죽자 1635년에 고영상高迎祥의 부대에 투신하여, 동쪽으로 진격했다. 1637년에 장헌충은 명나라 총병 좌양옥左良玉의 부대에게 심각한 타격을 입고, 장헌충 자신도 부상을 당했다. 이듬해 그는 호북湖北 곡성谷城에서 조정의

재羅汝才91)가 당시 군무軍務를 총괄하던 웅문찬熊文燦92)에게 투항했다. 웅문찬은 양사창楊嗣昌93)의 제자로서 복건순무福建巡撫를 지내면서 대

부름을 받아들여 부장副將으로 임명되고, 왕가하王家河에 주둔하며 그곳 지명을 태평진太平鎭으로 바꾸었다. 그러나 1639년에 그는 다시 반란군을 일으켜 사천四川 지역 곳곳에서 전투를 벌였고, 1641년에는 양양襄陽을 격파하고 양왕襄王 주익명朱翊銘의 목을 베었다. 1643년에 그는 무창武昌을 근거지로 삼고, 스스로 대서왕大西王이라고 불렀다. 이듬해에는 성도成都를 함락하여 사천 지역을 장악하고, 그해 8월 16일에 제위帝位에 올라 대서국황제大西國皇帝가 되면서 연호를 대순大順으로 정하고, 성도를 서경西京으로 삼았다. 그러나 형세가 여의치 않자 1646년에 성도를 물러나면서 대대적인 파괴와 학살을 저질렀다. 그 해 10월 20일, 그는 염정현鹽亭縣 봉황산鳳凰山에서 청나라 군대의 장수 호격豪格이 쏜 화살에 맞아 죽었고, 성도에서부터 그를 따라온 대서국의 벼슬아치 700여 명 가운데 겨우 20여 명을 제외한 나머지는 모두 피살되었다.

91) 나여재羅汝才(?~1642)는 섬서陝西 연안延安 사람이다. 그는 1631년 농민반란군 왕자용王自用의 부하 장수로 참여했다가, 훗날 독립적인 부대를 운용했다. 그는 한때 명나라 삼변총독三邊總督 홍승주洪承疇에게 투항하여 운현鄖縣에 주둔해 있기도 했으나, 1639년 다시 군사를 일으켜 장헌충과 함께 사천, 호광湖廣, 하남河南 등지를 돌며 전투를 벌였다. 그러다가 1641년 장헌충과 결별하고 이자성에게 투신하여 '대천무민위덕대장군代天撫民威德大將軍'으로 불리기도 했다. 그러나 나중에 명나라 장군 좌양옥左良玉과 내통한 혐의로 이자성에게 피살되었다.

92) 웅문찬熊文燦(?~1640)은 귀주貴州 영녕위永寧衛(지금의 쓰촨성 쉬용敍永) 사람인데, 기수蘄水로 이주해 살았다. 그는 만력 35년(1607) 진사에 급제했고, 1628년에는 복건순무福建巡撫로 있다가 하문廈門에서 군사를 일으켜 동산銅山까지 진격한 정지룡鄭芝龍을 회유하여 투항시켰다. 이어서 해적海賊 이괴기李魁奇와 유향로劉香老을 토벌한 공로로 양사창楊嗣昌의 천거를 받아 조정에 들어갔다. 1637년에 그는 병부상서 겸 우부도어사右副都御史로서 왕가정王家禎을 대신해 남기南畿, 하남河南, 산서山西, 섬서陝西, 호광湖廣, 사천四川의 군무軍務를 총괄했다. 그 후 그는 여러 차례 농민반란군과의 전투를 승리로 이끌었고, 이듬해에는 장헌충과 나여재가 그에게 투항하게 된다. 그러나 1639년 장헌충이 다시 반란을 일으키자, 웅문찬도 이를 막지 못한 죄로 사형에 처해진다.

93) 양사창楊嗣昌(1588~1641)은 자가 문약文弱이고 호광湖廣 무릉武陵(지금의 후난성湖南省 창더常德) 사람이다. 그는 만력 연간에 진사가 된 이래 항주부교수杭州府教授, 남경국자감박사南京國子監博士, 호부랑중戶部郎中 등을 역임했다. 1629년 그는 하남부사河南副使 겸 우참정右參政이 되어 패주霸州를 다스렸고, 1634년에는 병부우시랑 겸 우첨도어사右僉都御史로서 선부宣府(지금의 허베이성河北省 쉬앤화宣化)와 대동大同, 산서山西의 군무軍務를 총괄했다. 당시 광산을 개발하는 방법으로 농민반란군을 해산시키는 데에 공을 세운 그는 1637년 북경으로 돌아가 숭정제의 신임을 받았다. 이듬해 예부상서 겸 동각대학사가 된 그는 병부兵部의 업무를 관장했다. 그해 9월부터 1639년 3월까지 청나라 군대가 침입하자 명나라 조정에서는 총감摠監 이하 순무, 총병, 부장副將까지 모두 36명의 목을 베며 화친론을 주장하던 그의 의견을 받아들였다. 그러다가 그해 5월 장헌충이 호북湖北 곡성谷城에서 다시 반란을 일으키자, 숭정제의 명을 받은 양사창은 장헌충

규모 반란군을 이끌던 정지룡鄭芝龍을 투항시키고, 다시 광동순무廣東巡撫가 되어 반란군 유향로劉香老의 부대를 토벌했고, 이로 인해 조정의 높은 벼슬아치들에게 명성이 알려져 칭송이 자자했다. 조정에서 환관 채약採藥을 파견해 그를 은밀히 조사하게 하자, 웅문찬은 그를 후히 대접했다. 그리고 술이 얼큰해졌을 때 그가 반란군 토벌에 관해 자세히 얘기하자, 환관이 그를 추켜세우면서 자신이 온 목적을 누설했다. 이에 웅문찬이 그에게 후한 뇌물을 주었고, 환관은 조정에 보고하여 웅문찬에게 호광湖廣과 상湘 지역을 총괄하여 다스리고, 양양襄陽과 운현鄖縣의 군사를 지휘하게 했다.

웅문찬은 해적海賊을 귀순시켰던 방책을 다시 써서 유적들을 무마시키려 했다. 당시 반란군 가운데 세력이 강했던 무리가 13곳이었는데,94) 이자성李自成95)과 장헌충, 나여재만이 투항하지 않고 있었다. 장헌충의

의 부대를 크게 격파했다. 그러나 사방에서 일어난 반란군에게 포위되는 지경에 이르자 그는 어쩔 수 없이 사천四川으로 들어갔지만, 관군 내부의 부패와 양사창 본인의 판단 착오로 계속해서 반란군 토벌에 실패했다. 그리고 1641년 초에 이자성의 군대가 낙양을 함락하고, 장헌충의 군대가 양양襄陽을 기습하여 천하를 놀라게 하자, 양사창은 처벌이 두려워 자살하고 말았다. 그의 저작으로는 『양문약선생집楊文弱先生集』과 『무릉경도략武陵競渡略』, 『야객청혜집野客青鞋集』, 『지관집地官集』 등이 있다.

94) 이 13개 반란군의 우두머리는 다음과 같다(괄호 안은 별명). 고영상, 장헌충, 마수응馬守應(노회회老回回), 나여재(조조曹操), 하일룡賀一龍(혁리안革裏眼), 하금賀錦(좌금왕左金王), 허가섭許可燮(개세왕改世王), 이만경李萬慶(사탑천射塌天), 왕자순王子順(횡천왕橫天王), 마진충馬進忠(혼십만混十萬), 혜등상惠登相(과천성過天星), 구조룡九條龍, 하국관賀國觀(순천왕順天王)

95) 이자성李自成(1606~1645)은 자가 홍기鴻基이고, 섬서陝西 연안부延安府 미지현米脂縣 이계천채李繼遷寨에서 태어났다. 그는 1630년 미지현에서 기의하여 곧 고영상에게 투신했고, 1633년 반란군 수령 왕자용王自用이 병으로 죽은 후 그의 부대를 인수받았다. 이어서 장헌충의 부대와 합류하여 산서山西와 섬서陝西 일대를 돌며 교전을 벌였다. 1635년 이후로는 강북과 하남河南 일대를 전전하며 교전을 벌였고, 1636년에 고영상이 관군에게 붙잡혀 처형된 뒤로는 반란군 진영에서 틈왕闖王으로 추존되었다. 그러다가 1637년 겨울 재동梓潼에서 명나라 총병 좌광선左光先과 조섭교曹變蛟의 부대에게 패해 섬서의 상산商山과 낙산洛山 일대로 피신하기도 했으나, 1639년에는 다시 병사를 일으켜 장헌충과 함께 명나라 군대를 격파했다. 하지만 1640년에는 명나라 총병 좌양옥左良玉에게 패해 하남河南으로 피신했다가, 등주鄧州로 가서 마침 장헌충의 부대에서 이탈한 나여재의 부대와 합류하여 100만 대군을 거느리게 된다. 이후 곳곳에서 승전을 거듭하며 진격하다가 1643년 정월에 양양襄陽으로 돌아가 대순정권大順政權을 수립하

부하 가운데 한 두령[渠]은 수보首輔96) 한성韓城의 조카였는데, 그가 장헌충에게 투항하라고 권했다. 또 장헌충이 열교列校97)로 있을 때에 법을 어겨 처형 받게 되었을 때, 총병 진홍범陳洪範98)이 그 사형을 면하게 해준 적이 있다. 이제 진홍범이 좌양옥左良玉99)과 함께 토벌하러 나서니, 장헌충은 진홍범을 통해 웅문찬에게 말을 전하고 숭정 11년(1638) 2월에 투항했다. 이에 장헌충을 곡성谷城에 안주시키고, '서영팔대왕西營

고 봉천창의문무대원수奉天倡義文武大元帥가 된다. 이후 그는 북경을 공략하기 위해 몸소 군대를 이끌고 출정하고, 이듬해 정월에 대순국大順國을 세우고 연호를 영창永昌으로 정한 후, 대순왕大順王이라고 칭하면서 서안의 명칭을 서경西京으로 바꾸었다. 마침내 1644년 3월, 이자성의 부대는 북경성北京城을 점령함으로써 명나라를 멸망시킨다. 그러나 4월 13일에 산해관山海關 전투에서 오삼계와 청나라의 섭정왕攝政王 도르곤多爾袞의 연합군에게 패해 북경으로 후퇴한다. 이후 그는 다시 섬서를 거쳐 호광으로 후퇴했지만, 1645년 통산현通山縣(지금의 후베이성에 속함) 구궁산九宮山에서 그곳 지주地主들이 거느린 무장세력에 의해 피살되고 만다.

96) 명나라 때에는 수석대학사首席大學士를 '수보首輔'라고 불렀는데, 가정嘉靖, 융경隆慶 연간과 만력萬曆 초기의 수보는 직위와 권세가 대단히 높아서 내각의 정사政事를 주재했다. 청나라 때에는 영반군기대신領班軍機大臣의 권세가 상당히 높아서, 일반적으로 그 직위에 있는 이를 '수보'라고 불렀다.

97) 동한 때에는 경사를 수비하던 둔위병屯衛兵을 5개의 진영으로 나누어 '북군오교北軍五校'라고 불렀다. 그리고 각 교校의 지휘관을 교위校尉라고 불렀는데, 이들을 아울러 부를 때에는 '열교列校'라고 했다. 당나라와 오대시기의 지방군대에도 '열교'라는 직책을 두었다. 여기서는 장헌충이 지방 군대에서 포쾌捕快와 군리軍吏를 맡았던 일을 가리킨다.

98) 진홍범陣洪範(?~?)은 자가 우서禹書이고, 통주通州(지금의 베이징시)사람이다. 그는 젊은 시절 웅문찬 부대의 장수로 활동했으며, 1636년에는 총병 좌양옥左良玉과 함께 운현鄖縣 서쪽에서 장헌충의 부대를 격파했다. 훗날 청나라에 투항하여 1713년에 거인이 되었고, 뒤이어 진사가 되어 광동廣東 동안현東安縣과 영덕현永德縣 등지의 지현을 지냈고, 1741년에는 절강 강녕부동지江寧府同知로 발탁되었다. 이후 여요餘姚, 영가永嘉 등지의 지부知府를 역임했다.

99) 좌양옥左良玉(1599~1645)은 자가 곤산崑山이고, 산동山東 임청臨淸 사람이다. 그는 처음에 요동遼東에서 청나라 군대와 교전할 때 부장副將으로 발탁되었다가, 1639년 양사창의 추천으로 평적장군平賊將軍으로 승진했으며, 이듬해에는 마노산瑪瑙山에서 장헌충의 부대와 교전하여 대승을 거두기도 했다. 1644년에 그는 남녕백南寧伯에 봉해지고 진후晉侯라는 자위를 받아 무창武昌에 주둔했다. 남명南明 홍광정권弘光政權이 수립되어 마사영馬士英 등이 집권하고 동림당東林黨과 갈등이 생겼을 때, 좌양옥은 동림당을 옹호하여 '청군측淸君側'이라는 별명을 얻었다. 나중에 그는 남경에 진군하여 마사영 등을 토벌하려 했으나 도중에 병으로 죽었고, 그의 아들은 남은 부하들을 이끌고 청나라에 투항했다.

八大王'이라고 불렀다.

당시 나여재는 부하인 백귀白貴와 흑운상黑雲祥 등의 20여 개 부대를 거느리고 방현房縣 동서쪽에 주둔하고 있었다. 나여재는 '조조曹操'라는 별칭으로 불렸고, 백귀는 '소진왕小秦王', 흑운상은 '정십만整十萬'으로 통했다. 이들이 패거리를 나누어 멋대로 만행을 저지르고 다니는지라, 학경춘은 공문을 올려 이들을 소탕해달라고 요청했으나 받아들여지지 않았다. 이에 그는 토벌을 나가기도 하고 성을 지키기도 하면서 나여재의 첩妾과 부하 두목頭目 수십 명을 죽였다. 반란군들은 두려워하던 차에 장헌충이 투항했다는 소식을 듣고 자신들도 투항하고자 했으나, 결정을 미루고 있었다. 이때 학경춘이 홀로 그들의 진영을 찾아가 나여재와 피로 맹약을 맺으니, 나여재가 부하들을 이끌고 귀순했다. 학경춘이 그를 방현과 죽현竹縣 사이에 안주시키니, 나여재 일당은 무장을 해제하고 논밭을 일구며 방현의 교외에서 진영을 나누어 거주했다. 동관東關의 탕지관湯池關과 의양점宜陽店, 마란포馬欄舖가 바로 '조조' 나여재가 무장을 풀고 안주한 곳이다. 운하 건너 고돈산高墩山과 구아만狗兒灣, 토지령土地嶺, 백와촌白窩村은 '조조의 진영[曹操營]'이었다. 그리고 양관점陽關店을 지나 균주均州로 통하는 곳은 '소진왕의 진영[小秦王營]'이었고, 서관西關의 칠리하七里河와 군마포軍馬舖, 요가항廖家巷, 뇌가만雷家灣은 '정십만의 진영[整十萬營]'이었다. 또 남관南關의 반자구反子口, 남판판南板販, 장가만張家灣, 율화산栗花山, 대황구大黃溝, 산해언澈澥堰에서 서남쪽의 깊은 산, 북관北關의 석탄요石炭窯, 오장산五將山, 나가만羅家灣, 오룡구五龍口까지는 '조조의 진영'이었다. 마란언馬欄堰100)과 연삼파連三坡는 운양鄖陽으로 통하는데, 이곳은 '소진왕의 진영'이었다. 이들은 모두 남관南關에 시장을 열고 백성들과 투항한 반란군 병사들이 똑같이 장사하면서 살게 했는데, 이곳을 일컬어 '무국撫局'이라고 한다.

---

100) '산동본'에는 이 구절이 빠져 있는데, 아마도 '마란언'이 앞에서 언급된 지명이기 때문인 듯하다.

반란군들이 투항함으로써 웅문찬은 그들을 투항시키는 일로 위신을 세우는 일이 불가능해지자, 오직 그들에게서 뇌물을 받아먹는 데에만 열중했다. 장헌충과 나여재 등은 반란을 꾀하면서 무장을 해제하려 하지도 않고, 조정에서 파견한 관리를 받아들이지도 않은 채 수시로 외부로 나와 약탈을 자행하니, 곡성과 방현 지역의 백성들이 온통 수심에 잠겼다. 웅문찬은 감군첨사監軍僉事 장대경張大經에게 명령을 내려 곡성에 와서 장헌충 일당을 진정시키려 했지만 그들을 묶어둘 수 없었다.

곡현谷縣의 지현 완지전阮之鈿은 자가 실보實甫이고 동성桐城 사람이다. 그가 장헌충을 찾아가 설득하자 장헌충은 겉으로는 받아들이는 척하면서 안으로는 바뀌지 않았다. 완지전은 근심과 분노 때문에 병이 생겨서, 자신의 방안 벽에다 이렇게 썼다.

성현의 책을 다 읽고
이처럼 호방한 마음 갖게 되었다.
살신성인에 힘쓰며
현명하고 올바른 몸가짐 져버리지 말라!
讀盡聖賢書籍, 成此浩然心性.
勉哉殺身成仁, 無負賢良方正.

그리고 마지막에는 "곡읍의 하찮은 신하 완지전이 황궁을 향해 절하고 삼가 쓰다[谷邑小臣阮之鈿拜闕恭辭]"라고 썼다.

방현의 백성들 역시 삶이 평탄하지 않았다. 8월에 학경춘은 주부主簿 주방문朱邦聞 및 간장苷將[101] 양도선楊道選과 함께 반란군을 토벌하고 성을 지키기 위한 방책과 시기를 논의하면서 관련 인사들을 초청했다. 여기에 초청된 인물들은 다음과 같다.

---

101) 상서湘西 지역 묘족苗族 등 소수민족으로 구성된 부대의 수령首領을 가리킨다.

사문참모四門參謀 거인 상자원向紫垣

남문수정南門守正 공사貢士 오정훈吳廷訓, 수부守副 공사 양이지楊爾知, 백총百總[102] 손치중孫致中과 원문袁文

동문수정東門守正 생원 상조向照, 수부 생원 요승방廖承芳, 백총 요일치廖一致와 당수방黨守邦

북문수정北門守正 생원 허조정許調鼎, 수부 생원 서일근徐一瑾, 백총 양초문楊楚文과 낙유방樂流芳

서문수정西門守正 생원 뇌경환雷驚寰, 수부 생원 차혼車渾, 백총 이삼강李三剛과 왕민화王民化

여기서 그들은 남문에 북을, 동문에는 목탁[梆]을, 북문에는 징[鑼]을, 서문에는 종을 설치하여 유사시에 울리기로 했다. 그리고 네 성문에 성루城樓 4개와 각루角樓 4개를 세웠으며, 대와포大窩舖[103] 36개와 월성중문月城重門[104] 8개, 대포대大砲臺 4개, 소포대小砲臺 14개, 담장 130길[丈], 성두타구城頭垛口[105] 1,352개를 만들고, 해자垓字 540길을 준설했다. 또 동서남북과 중앙에 큰 깃발 6개와 비호기飛虎旗 4개, 등을 거는 기둥[燈杆] 120개를 세우고, 대장군포大將軍砲 15문門과 삼안총三眼銃[106] 15문, 단안총單眼銃 15문, 구렴장창鉤鐮長槍[107] 200개, 화약 35석石, 납으로 만든 탄환 400근斤을 준비했다. 이것들은 50일이 걸려서 모두 갖춰졌다.

10월에 투항했던 반란군들이 서관西關을 점거하고 성을 엿보며 노략

---

102) 100명의 병사를 이끄는 하급 무관武官이다.
103) 비바람을 막기 위해 임시로 설치한 영채營寨나 천막[棚子]을 가리킨다.
104) 성문 바깥에 반달 모양으로 만든 작은 성으로서, 성문으로 몰려드는 적을 가둬서 멸살滅殺하는 데에 유리하다.
105) 성 위에 '요자凹字' 모양으로 만든 총안銃眼으로, 대개 성가퀴[女牆]를 가리킨다.
106) 재래식 엽총[土槍]과 비슷한 총기로서, 나무 손잡이에 3개의 철통鐵筒을 장치한 것이다. 각 철통 안에 화약을 채우고, 각 철통의 아래쪽에 난 작은 구멍을 통해 연결된 도화선에 불을 붙여 발사한다.
107) 낫이나 갈고리 모양의 날이 달린, 손잡이가 긴 창을 가리킨다.

질을 자행하자, 학경춘이 상부에 문서를 올렸으나 응답이 없었다. 이에 양도선이 병사들과 향용鄕勇108)을 이끌고 나가 그들의 노새와 말을 죽이고, 대포를 쏘아 두목에게 부상을 입혔다.

학경춘의 아들 학명란郝鳴鸞은 자가 자강子强이다. 그가 무장을 하고 나여재의 진영을 찾아가 이렇게 말했다.

"당신은 맹약을 잊었단 말이오? 함부로 분란을 일으키지 마시오!"

나여재는 그러마고 했지만, 학명란은 그가 거짓말을 한다는 것을 알고 돌아와 부친에게 알렸다. 학경춘은 양도선에게 병사를 내주며 성가퀴에 올라가 방비하게 했다.

22일, 안관安官109) 거광조居光祖와 이대첩李大捷이 이원理院110)의 헌패憲牌111)를 받들고 방현에 도착했다. 나여재는 안관들에게 뇌물을 주고, 그들이 보고할 때 학경춘이 안관들을 옥에 가두고 반란을 획책했다고 말하게 했다. 이 일이 알려지자 제독提督 이태감李太監이 황제께 아뢰어 탄핵하니, 헌패를 차고 황제의 명을 알리러 파견된 관리 여명서呂鳴瑞 등 3인이 17일에 방현에 도착했다. 그들은 먼저 '조조의 진영'에 들렀다가, 나중에야 방현의 성내로 들어왔다. 그 말을 요약하자면 다음과 같다.

"나여재 등이 여러 해 동안 도적질을 하다가 어느 날 잘못을 깨달아 모든 진영을 거두고 순수한 마음으로 돌아가 옛날 도적질을 일삼던 마음을 버렸으며, 흉폭하고 잔혹한 심성을 고쳐서 상리常理에 따라 살겠다고 했다. 그런데 이 현의 군영에서 꾸짖고 매질을 했고, 게다가 양원兩院에서 파견한 관리를 구금하기까지 했으니, 너희가 정녕 반란을 일

---

108) 관청에 협력하는 지방의 무장 세력을 가리키며, '향병鄕兵'이라고도 부른다.
109) '안무사安撫司'에 소속된 관리라는 뜻인 듯하다. 요遼·금金·원元 무렵에는 서남 지역 변방의 수비와 행정을 담당하는 관청으로 '안무사'('안무사安撫使'라고도 씀)를 설치했는데, 청나라 때에도 그 제도를 계승하여 그 지역 출신의 무관武官을 책임사로 임명했디.
110) 형벌과 옥사獄事를 담당하는 관청 기구이다.
111) 죄인을 체포할 때 제시하는 표패票牌 또는 관청에서 어떤 일을 공표할 때 쓰는 패牌를 가리킨다.

으킬 작정이냐?"

그리고 현의 선비들과 백성들이 '무국'의 규정을 확실히 지키고 함부로 사단을 일으키지 말라고 훈시했다. 이렇게 되자 백성들은 무척 겁을 집어먹고 태반이 사방으로 흩어져버렸다. 학경춘을 공문을 올리고 처벌을 기다렸다.

이튿날, 투항한 반란군들이 성을 에워쌌고, '조조 진영'의 무리들은 서관西關으로 이동하여 약탈을 자행하고, 북관北關을 점거했다. 학경춘은 공문에 따라 나여재와 협약을 맺고, 24일에 시장을 열어 무역을 시작했다. 조정에서 파견된 관리가 거짓말로 성 안의 병사를 철수하게 될 거라고 하자 백성들 사이에 두려움이 크게 퍼지고 식량도 거의 바닥나니, 학경춘 지원을 요청하는 문서를 올렸다. 여명서는 며칠 동안 나여재의 진영에 머물다가 돌아오더니, 학경춘의 보고조차 받지 않았다.

숭정 12년(1639) 정월 초하루, 반란군들은 부대를 나누어 성 밖의 15개 고을을 점거했다. 5월 6일에는 장헌충이 곡현의 식량창고를 털고 죄수들을 풀어주었다. 지현 완지전은 짐독鴆毒을 마시고 자살하려 했으나 숨이 끊어지지 않았고, 반란군들이 관인官印을 내놓으라 하자 꾸짖다가 그들의 칼날 아래 쓰러졌다. 반란군들은 현청에 불을 지르고 어사 임명구林鳴球를 위협해 상소를 올려 장헌충을 양양襄陽 땅에 봉해달라고 했다. 그러나 임명구는 그들의 요구에 응하지 않다가 살해당했다.

12일에는 이원理院의 문서가 내려와 학경춘에게 계엄을 선포하라고 지시했다. 이튿날 장헌충의 선봉부대가 방현의 동문에 이르자 간병箕兵 사성룡査成龍과 송응빙宋應聘, 장문명張文明 등이 맞서 싸워서 반란군 장수 상천룡上天龍의 목을 베었다. 학경춘은 성 위에서 밧줄을 내려 웅문찬에게 사자를 보내 구원을 요청했는데, 이번까지 8차례나 구원을 요청한 셈이다.

이에 대해 형청刑廳이 사정을 자세히 말했다.

"방현의 위급한 형세가 휴양雎陽 땅에 못지않습니다. 재난에서 구해주기만을 갈망하며 목메어 호소하고 있사오나, 뜨거운 장작 위에서 국물이 바닥나고 있는 솥에 물이 새는 항아리라도 들고 물을 붓고자 한다면 온 힘을 다해 급히 달려가야 하지 않겠습니까? 역사적으로 남제운南霽雲은 손가락을 깨물어 병사를 청했지만 하란진명賀蘭進明이 병사를 움직이지 않았고,112) 이언선李彦仙이 사람을 보냈지만 곡단曲端이 명령을 어기고 구원하지 않은 바람에113) 화를 당한 일이 분명히 있지 않습니까?”

112) 『신당서新唐書』 권 192 「장순전張巡傳」에 따르면, 남제운은 위주魏州 돈구頓丘(지금의 청평현淸豊縣) 남채촌南寨村의 농부 집안에서 태어났다. 그는 평소 일을 마치고 무예를 연습해서, 훗날 명장名將 장순張巡의 부하로 들어가 신임을 얻었다. 755년 11월 안安·사史의 난이 발생하여 반란군이 파죽지세로 남쪽으로 밀고 내려오자, 물산이 풍부한 강남으로 통하는 휴양睢陽 땅이 쟁탈지로 변해서, 장순과 허원許元이 수비를 맡게 되었다. 장순은 이곳에서 식량이 떨어지고 외부 지원도 없는 상태에서 무려 2년 가까이 성을 지키며 400여 차례의 전투 과정에서 12만 명에 달하는 반란군을 격살했다. 그러나 고립이 너무 오래 지속되자 장순은 반란군의 사령관 윤자기尹子奇에게 화살을 쏴서 그의 왼쪽 눈을 맞힘으로써 적군을 혼란에 빠뜨린 후, 돌격전을 감행해 포위를 뚫었다. 그러나 얼마 후 윤자기는 다시 수만 명의 병사를 이끌고 휴양을 포위 공격했다. 당시는 이미 성 안의 식량이 바닥난 상태였고, 주변의 관병들도 구원하러 오지 않고 있었다. 이에 장순은 남제운을 시켜서 포위를 뚫고 초군譙郡에 있는 당나라 장수 허권기許權冀에게 구원을 요청하게 했으나 거절당했다. 장순이 다시 그를 임회臨淮로 파견하여 장수 하란진명賀蘭進明에게 구원을 요청하게 하니, 그는 30명의 돌격대를 이끌고 포위를 뚫고 임회에 도착했다. 그러나 하란진명은 구원병을 보내줄 생각은 하지 않고, 용맹한 남제운을 자기 수하로 거두려고 잔치를 벌였다. 이에 남제운은 격분하여 자신의 손가락 하나 물어뜯었다. 그래도 하란진명의 태도가 바뀌지 않자, 남제운은 화살을 꺼내 절의 탑을 향해 쏘면서 하란진명에게 복수를 맹세했다고 한다.

113) 이언선李彦仙(1095~1130)은 원래 이름이 이효충李孝忠이고 자가 소엄少嚴으로서, 영주寧州 팽원彭原 사람인데 공주鞏州로 이주해 살았다. 그는 1125년 금나라 군대가 중원을 침공할 때 군에 지원하여 승절랑承節郎이 되었으나, 당시 양하선무사兩河宣撫使로 있던 이강李綱의 무능을 비판하다가 죄인 신세가 되어 도망 다니다가 이름을 이언선으로 바꿨다. 나중에 금나라 군대에 함락당한 섬주陝州를 되찾은 공로로 그는 섬주지주陝州知州 겸 안무사安撫使로 발탁되었고, 이후로 계속 전공戰功을 세우며 무절랑武節郎, 사문선찬사인閤門宣贊舍人, 우무대부右武大夫, 영주관찰사寧州觀察使 등으로 승진했다. 이 무렵 그는 금나라 군대의 대대적인 공세를 예견하고 있었으나, 금나라 섬서도통陝西都統 완안루실完顔婁室이 이끄는 10만 대군에 성이 포위되어 위기에 빠졌다. 시간이 지날수록 식량도 떨어지고 적은 물러가지 않아, 그는 사자를 보내 천섬선무사川陝宣撫使 장준張浚에게 구원을 요청했다. 장준은 즉시 위무대장군威武大將軍 곡단曲端에게 지원병을 보내라고 지시했으나, 평소 이언선의 공적을 시기하던 곡단은 구원병을 보내지 않았다. 결국 성이 함락되고 치열한 시가전을 벌이던 이언선은 어렵사리 탈출에 성공하지만, 비통한 심정으로 강물에 뛰어들어 죽고 말았다. 성이 함락되자 금나라 군대는 끝

그러자 치원治院의 담당자가 말했다.

"방현과 죽현 주변은 오랫동안 아무 일도 없었으니, 복잡한 일이 닥쳐봐야 훌륭한 인재가 나타날 것입니다. 각하閣下께서는 그것을 인재를 얻을 좋은 기회로 잘 이용하십시오."

또 이원理院의 담당자가 말했다.

"이런 시점에서 우리가 놀라서 평소와 달리 행동해서는 안 됩니다. 마땅히 평안할 때처럼 대처해야 합니다."

수도守道[114]가 말했다.

"방현 사람들은 조송刁訟[115]을 거는 습관이 있어서 하찮은 일에도 이름을 숨기고 노래를 만들어 유포시키거나 시비是非를 어지럽혀서 민심을 교란시켰으니, 그 지역에는 줄곧 올바른 기풍이 없었습니다. 그 지역을 다스리는 관리가 이렇게 된 것도 그런 습속에 물들었기 때문입니다. 그 점을 살피십시오."

또 이렇게 말했다.

"조정에서는 반란군을 투항시키고 안무사의 관리를 파견한 것이 각하의 잘못이라고 생각합니다. 잠시 반란군을 편안하게 해주었을 뿐이라는 것이지요."

또 이런 말도 했다.

"제가 운진鄖鎭에 대해 처리한 것은 각하께서 방현을 처리한 것과 같고, 제가 상부에 호소했지만 도움을 받지 못한 것도 각하께서 제게 도

까지 저항하는 백성들에 대한 보복으로 대대적인 살육을 자행했으며, 이언선의 비장裨將 소운邵雲, 여원등呂圓登, 송염宋炎, 가하賈何, 염평閻平, 조성趙成도 모두 전사하거나 포로로 잡혀 처형되었다. 이언선의 가족들도 거의 피해를 당했으나, 그의 아우 이기李夔와 아들 이의李毅만은 간신히 목숨을 구했다. 훗날 선무사 주율周聿에 의해 섬주에 그의 사당인 의열묘義烈廟가 세워졌다가, 섬주가 금나라에 함락되자 사당을 낭주閬州로 옮겼다. 그리고 건도乾道 8년(1172)에 그에게 충위忠威라는 시호가 내려졌다.

114) 지방의 수비를 담당하는 무관武官이다.
115) 흑백을 전도顚倒시켜 남의 재산을 탈취하거나 무고한 사람에게 죄를 뒤집어씌우는 소송을 가리킨다.

움을 청했을 때 제가 도움이 되지 못한 것과 같습니다."

그러자 지부知府가 말했다.

"그곳 정세를 그림으로 그려놓았을 때, 보고 눈물을 흘리지 않는 이는 사람도 아닙니다. 지금 모두들 넋이 나가서 사태를 쉽게 해결할 수 없고, 서로 속이고 위아래가 서로 멸시하니, 정말 장차 어떻게 될지 모르겠습니다."

당시 반란군의 기세가 무척 드세서 다시 지원 요청을 올렸지만, 14번이나 요청해도 응답이 없었다.

그러다가 24일이 되자, 반란군들이 대대적으로 몰려들었다. 장헌충은 하얀 깃발을, 나여재는 붉은 깃발을 내걸고 순식간에 두 부대가 합쳐서 성을 공격하기 시작했다. 장헌충과 나여재는 손을 휘저으며 소리쳐 군사들을 독려했다.

장헌충은 곡현의 감군監軍 장대경張大經을 구슬려서 격문檄文을 들고 학경천에게 찾아가 투항하라고 설득하게 했다. 당시 장대경은 이미 반란군에게 투항한 상태였는데, 학경춘은 그를 몹시 꾸짖으며 격문을 찢어버렸다. 장헌충이 편지를 보내 성을 넘기라고 하자 학경춘이 격노하여 말했다.

"이 늙은이의 목을 베더라도 성을 넘겨줄 수는 없다!"

마침내 장헌충은 서문을, 나여재와 백귀, 흑운상은 동북문을, 장헌충의 부하 장수인 일장청一丈靑과 일조룡一條龍은 남문을 공격했다. 학경춘은 주방문朱邦聞과 백호百戶116) 노유魯儒에게 동문을 수비하게 하고, 양도선楊道選에는 남문을, 전사典史117) 왕윤규王胤奎에게는 서문을, 그리고 방현에 소속된 관리 장삼석張三錫에게는 북문을 지키게 했다. 서남쪽

---

116) '백호소장관百戶所長官'을 줄인 말이다. '백호'는 120명의 병사를 통솔하는데, 그 병사들은 2개의 총기總旗와 그 아래 각기 5개씩 안배된 '소기小旗'에 소속되어 지휘를 받았다.
117) 지현 아래에서 감찰監察과 소송訴訟, 옥사獄事 등을 다루는 관리로서, '소윤少尹'이라고도 부른다.

각루角樓는 학경춘과 그의 아들 학명란이 책임지고, 동남쪽 각루는 천총千總 장사영張士英이 전투를 지휘했다.

성 위에서 던진 불붙인 풀과 돌에 많은 반란군이 죽었고, 반란군이 운제雲梯를 세워 올라오자 낫 모양 칼이 달린 창으로 베어내고 총을 쏘아 수백 명을 죽였다. 반란군들은 남의 무덤을 파헤쳐 관을 꺼내 머리를 가리고 성을 공격하거나, 널빤지를 등에 지고 성에 구멍을 뚫었다. 성이 무너지려 하자 학명란이 불붙인 기름을 붓고, 큰 돌을 떨어뜨려 장헌충의 왼발에 부상을 입히고 그가 탄 말을 죽였다. 장헌충이 부대를 이끌고 물러나자 학경춘은 반란군의 보루堡壘에 첩자를 들여보내 장헌충이 묵는 천막을 알아내고, 그곳을 습격해 장헌충을 사로잡으려 했다.

28일 정오, 장삼석이 몰래 밧줄을 내려 반란군 1명을 성 위로 올라오게 하니 마침내 북문이 무너졌다. 장삼석은 나여재에게 절을 하고 성으로 들어오게 했고, 양도선은 시가지 전투에서 전사했다. 장대경이 머리에 붉은 띠를 맨 채 백마를 타고, 손에는 짧은 창을 든 채 들어와 물었다.

"지현知縣은 어디 있소?"

그는 장헌충을 부추기면서, 나여재를 시켜 학경춘에게 투항을 권고하라고 했다. 그는 이렇게 해서 잘못의 책임을 나눠 가지려 했다던 것이다. 나여재는 10명의 기병騎兵에게 학경춘을 호위하게 하고, 그를 말에 태워 자기 진영으로 갔다. 주방문과 학경춘의 하인 진의陳宜가 머리를 풀어헤치고 맨발로 그를 따라갔다. 나여재는 그를 만나자 통곡하며 말했다.

"일의 추세가 이렇게 되었으니 어쩌겠습니까?"

그러면서 그는 학경춘에게 투항하라고 권했다. 당시 학경춘은 아들의 행방을 잃어버렸기 때문에 이렇게 말했다.

"내 아들을 구하려고 왔다."

나여재는 졸개 하나를 시켜 깃발을 들고 여기저기 돌아다니며 학명란을 찾아보게 했다. 그러나 당시 성 안에는 풀처럼 베어진 사람들의 시체가 산처럼 쌓여 있어서, 학명란을 찾을 수 없었다. 진영에서 시간을 알리는 북소리가 2번 울리자, 퍼붓는 듯한 소나기가 쏟아졌다. 그런데 그때 성 서남쪽 모퉁이에 학명란이 있다는 소식이 들렸다. 그 졸개가 사람들을 헤치고 가보니, 학명란은 조조의 양아들 금시조金翅鵰와 함께 땅바닥에 자리를 깔아놓고 꼿꼿이 앉아 통곡하고 있었다. 졸개는 사람을 보내 먼저 보고하고, 곧 날이 밝자 학명란을 데리고 학경춘에게 갔다. 학명란이 머리를 감싸고 목 놓아 통곡하자, 학경춘이 말했다.

"집에서 『명봉기』를 공연했던 일을 기억하느냐?"

"아버님을 뵙지 못해서 가슴 아팠는데, 이제 뵈었으니 죽어서도 따라가 모시겠습니다!"

학경춘은 손으로 목을 그으며 말했다.

"이게 떨어진다 해도 그다지 애통하지 않다!"

나여재가 그 말을 듣고 눈물을 흘리며 말했다.

"정말 훌륭하신 분이로다!"

그리고 학명란에게 말했다.

"자네도 참 대단하네!"

그는 학경춘이 굴복하지 않을 것임을 알고, 그를 살려주려고 부하에게 그를 피신시키라고 명령했다. 그러자 학경춘이 말했다.

"어찌 지현의 몸으로 반란군을 피해 달아난단 말이냐!"

그리고 주방문과 함께 장헌충을 찾아갔다. 당시 전사 왕윤규도 반란군에게 붙잡혀 있었다. 학경춘이 장헌충을 보고 "죽어 마땅한 반도!"라고 호통 쳐 꾸짖었다. 장헌충이 화를 내며 왕윤규와 수비대장 1명을 죽여 학경춘에게 겁을 주려 했으나, 학경춘은 호통을 멈추지 않았다. 장헌충이 창고의 은과 쌀을 어디에 두었느냐고 묻자, 학경춘이 대답했다.

"있기야 있다만, 너 같이 죽어 마땅한 반도에게 내줄 수는 없다!"

그러자 옆에 있던 장대경이 말했다.

"어르신, 사정이 변했다는 것을 고려하십시오."

장헌충이 장대경을 가리키며 말했다.

"저 구성감군九省監軍도 이렇게 공손하거늘, 하물며 네까짓 게!"

학경춘이 더욱 거세게 나무라자, 장헌충과 장대경도 모두 화를 내며 그를 서문의 호성하護城河 물가로 끌어내라 소리쳤다. 그때 갑자기 머리를 풀어 헤치고 얼굴이 흙으로 얼룩진 한 사람이 말에 탄 채 졸개 1명을 대동하고 대성통곡하며 달려왔는데, 바로 학명란이었다. 학경춘이 말했다.

"그래, 좋다. 어서 죽여라!"

학경춘이 처형되자, 학명란과 주방문, 진의가 그의 시신에 엎드려 큰 소리로 반란군들을 꾸짖었다. 그러자 반란군들은 칼을 휘둘러 그들을 모두 살해했다. 졸개의 보고를 받은 장헌충이 말했다.

"누가 널더러 그의 아들까지 죽이라고 하더냐?"

"그자도 대왕님을 욕했습니다."

이때 시간은 29일 미시未時였다.

그로부터 석 달 후, 냉수도인冷水道人이 학경춘의 죽음을 양주에 알렸다. 학경춘의 모친은 장손長孫 학명룡郝明龍을 방현으로 보냈다. 학명룡은 형주荊州에 가서 무원撫院118)을 만나려 했으나 실패하고, 자사刺史의 관청에 문서를 올렸다. 그리고 이튿날 운구雲口를 지나다가 붉은 옷을 입은 기병[緹騎]119) 수십 명이 북쪽으로 향하는 것을 보았다. 누구냐고 물었더니, '기수蘄水 출신의 죄인'120)이라고 했다. 당시 '무국'이 이미 무너졌기 때문에, 웅문찬을 체포하여 서시西市에서 사형에 처하려는 것이었다.121)

웅문찬의 뒤를 이어 원보元輔 양사창楊嗣昌이 녹문산鹿門山122)의 군사를 통솔했다. 학명룡은 양사창이 현산峴山123)에 사냥하러 갔다가 돌아

---

118) 명·청대 순무巡撫는 관례적으로 도찰원우부도어사都察院右副都御史 또는 우첨도어사右僉都御史의 직함을 겸했기 때문에 '무원撫院'이라고 불렸다. 여기서는 웅문찬을 가리킨다.
119) 명나라 때 금의위錦衣衛의 교위校尉나 청나라 때의 보군아문步軍衙門의 번역番役처럼, 죄인을 체포하는 금위리역禁衛吏役을 통칭하는 말이다.
120) 웅문찬을 가리킨다.
121) 웅문찬은 장헌충과 나여재의 거짓 투항에 속아 반란군 진압에 실패한 죄목으로 숭정 13년(1640)에 사형을 당했다.
122) 지금의 후베이성[湖北省] 샹양현[襄陽縣] 동남쪽에 있다.

올 때 길가에서 호소했다. 이틀 후에 그는 곡성으로 떠났는데, 도중에 사리司李[124] 범유도范有輻를 만나 그와 함께 운현鄖縣으로 갔다. 학명룡은 학경춘의 필찰筆札을 모두 꺼내 범유도에게 맡기며, 그에게 수도守道 주양정周養正의 원림園林에 머물러 있으라고 했다.

그때 마침 사농司農[125] 장백승張伯繩이 양양襄陽으로 옮겨와 다스리고 있다가 학명룡을 관아로 불렀다. 그는 그곳에서 보름 정도 지내다가 나와서 융흥사隆興寺에서 지냈다. 그러던 어느 날 각건角巾을 매고 심의深衣[126]에 자줏빛 도포를 걸치고 붉은 신을 신은 한 사람이 그를 보더니 눈물을 흘렸는데, 그가 바로 냉수도인이었다.

냉수도인은 성명이 알려져 있지 않는데, 하루 종일 물만 마셨다. 그는 여러 총독과 순무사의 막료로 전략을 세우는 데에 참여하기도 했고, 또 반란군들이 은밀히 벌이는 일들을 미리 알려주거나 길흉을 미리 알려주는 재능이 있었다. 그는 예전에 방현을 두 차례 방문하고 학경춘과 깊은 우의를 맺었는데, 학경춘이 순절殉節하자 분연히 나서서 학명룡에게 편지를 써서 학경춘의 깊은 충정을 널리 알리고자 했다. 그러다가 이제 학명룡이 양양에 왔다는 것을 알고 일부러 먼저 찾아와 교유를 맺고자 했던 것이다.

어느 날 저녁, 냉수도인이 전투복 차림에 여우가죽으로 만든 모자를 쓴 채, 단검을 들고 말을 달려와 이렇게 말했다.

"마침 상공相公[127)의 거처에서 술을 마실 일이 있으니, 자네 부친의 일에 대해 말씀드리겠네."

---

123) 지금의 후베이성 샹양현 남쪽에 있으며, 동쪽으로 한수漢水를 끼고 있는 요새要塞로서, 현수산峴首山이라고도 부른다.

124) 옥사獄事와 소송訴訟, 형벌刑罰을 담당하는 관리인 '사리司理' 또는 '추사推事'를 가리킨다.

125) 청나라 때에는 호부상서戶部尙書를 '대사농大司農'이라고 불렀다.

126) 상의와 하의가 잇대어진 옛날 복장으로서, 주로 제후諸侯나 대부大夫, 사士가 집에 있을 때 일상적으로 입던 것이며, 서인庶人들의 상례복常禮服으로도 쓰였다.

127) 재상에 대한 경칭이다.

그리고 다시 말을 달려 떠났다. 그로부터 사흘 후, 장백승이 말했다.
"상공께서 자네 부친의 일을 폐하께 아뢰셨네."

그리고 모든 휘하 병사들에게 함께 학명룡에게 가서 인사하라고 지시했다. 학명룡은 융흥사로 돌아가 황제의 명을 기다렸다. 그리고 황제의 어지御旨가 내려오자 양양부襄陽府에서 100금金을 내고 관청의 배를 내주며 그가 양주로 돌아갈 수 있게 해주었다. 숭정제崇禎帝는 조서를 내려서 학경춘과 완지전에게 태복시경太僕寺卿의 벼슬을 내렸고, 당시에 죽음을 당한 학경춘의 부하들에게도 모두 응분이 보상을 내렸다. 그리고 숭정제의 명에 따라 양주 금궤산金匱山에 학경춘의 무덤을 만들고, 법해사 옆에 사당을 세웠다. 학경춘의 아들 학명란과 하인 진의 역시 그 옆에 묻혔다. 학명룡은 음보蔭補로 국자감에 들어갔다.

학명룡은 자가 운증雲蒸이고 제생 출신이다. 그는 국자감에 들어간 후 검소한 생활을 하면서 벼슬길에 뜻을 두지 않았다. 고향에서 그는 효성스럽고 우애가 깊기로 칭송이 자자했다.

이 무렵 장삼석張三錫이 관군에게 체포되어 공개 처형되었고, 그의 목이 효수梟首되었다. 장대경은 마노산瑪瑙山에서 관군에게 살해되었다.

학경춘의 저작 가운데 『진관추뢰시秦關秋籟詩』에는 감천甘泉 땅의 요사효姚思孝와 장백경張伯鯨, 여고如皐 땅의 서보광徐葆光[128]이 서문을 썼고, 『수기기문數奇紀聞』에는 주지훈周之訓이 서문을 썼다. 학명룡은 부친의 사적을 모아 『포충록襃忠錄』을 편찬했다. 이 책의 권수卷首에는 「방현적영도설房縣賊營圖說」이 실려 있고, 이어서 『명사』에 수록된 학경춘의 전기, 『강남통지江南通志』와 『양주부지』에 실린 학경춘의 무덤에 대한 기록, 「방어상문防禦詳文」, 「제독이태감행현패提督李太監行縣牌」, 「행적영유표行賊營諭票」, 「밀품密禀」, 「대죄청待罪請」, 「걸구팔청乞救八請」, 「제원회찰諸院回札」, 「황안현보첩문黃安縣報捷文」, 「진관추뢰시秦關秋籟詩」, 「수기기략數奇紀略」,

---

128) 서보광徐葆光에 대해서는 『양주화방록』 권4 「신성북록新城北錄・중中・8」을 참조할 것.

「양충민공년보소인楊忠愍公年譜小引」,「양무릉소고楊武陵疏稿」,「병부복주兵部覆奏」,「찰부札付」,「범사리상문范司李詳文」,「만지부상문萬知府詳文」,「범유도두보당제문范有韜杜補堂祭文」,「유도전有韜傳」, 축세미祝世美의「영무대기靈武臺記」, 백수도인白水道人의「표충기表忠記」, 장백경張伯鯨의「회충기언懷忠紀言」, 두갑杜甲의「왕암전王巖傳」, 냉수도인의「서찰[札]」, 학명룡의「순난기략殉難紀略」과「입운기문入鄖紀聞」,「일사[佚事]」 등이 수록되어 있다. 학영郝翎과 학매郝梅가 후기[題後]를 썼으며, 재상을 지낸 진굉모陳宏謨129)과 여고如皐 땅의 강충기姜忠基가 서문을 썼다. 이 책의 원래 판본은 오래 전에 없어져서, 강충기가 다시 간행했다.

강춘130)이 자금을 모아 사당을 세웠으며, 두갑杜甲이 처음으로 시를 지어 그 일을 기록하니, 당시에 훌륭한 일을 했다는 칭송을 들었다. 왕홍서王鴻緒131)의『명사고明史稿』와『양주군지』에도 모두 그 일이 기록되어 있다.

53. 두갑은 자가 보당補堂이고, 강도 사람이다. 그는 시를 잘 지어서 명

---

129) 진굉모陣宏謨(1696~1771)는 원래 이름이 홍모弘謨지만 만년에 건륭제의 이름[弘歷]을 피휘避諱하여 바꾸었다. 자는 여자汝咨, 호는 용문榕門이고 임계臨桂(지금의 광시성廣西省 궤이린桂林)사람이다. 그는 1723년 진사에 급제하여 벼슬이 동각대학사東閣大學士에 이르렀으며, 1771년에 노환을 이유로 귀향할 때 건륭제는 태자태부太子太傅의 직함을 하사했다. 시호는 문공文恭이다. 주요 저작으로『배원당전집培遠堂全集』,『진용문선생유서陳榕門先生遺書』등이 있다.

130) 강춘江春에 대해서는『양주화방록』권1「초하록草河錄 · 상上 · 16」을 참조할 것.

131) 왕홍서王鴻緒(1645~1723)는 처음 이름이 왕도심王度心이고 자는 계우季友, 호는 엄재儼齋 또는 횡운산인橫雲山人으로, 청나라 때 송강부松江府 누현婁縣 사람이다. 그는 1673년 방안榜眼으로 진사에 급제하여 한림원 편수에 제수되었다가 시독학사보 승진했다. 1682년에는『명사』총재總裁가 되었다가 이후 좌도어사左都御史로 승진했으나, 얼마 후 탄핵을 당해 파직되었다. 그러나 1694년에 다시『명사』편찬에 참여했으며, 1699년에는 공부상서가 되었다. 이후 호부상서로 있다가 강희제의 눈 밖에 나서 고향으로 내쫓겼다. 그는 고향으로 돌아갈 때『명사』원고를 모두 가져가서 5년 동안 수정한 끝에 1714년에『명사고』310권을 완성하여 조정에 바쳤다. 이 공로로 이듬해 다시 조정으로 불려가『시경전설휘찬詩經傳說彙纂』과『성방성전省方盛典』총재관總裁官에 임명되었다. 그 외의 주요 저작으로『왕홍서외과王鴻緒外科』와『사금원문집賜金園文集』(60권),『횡운산인시고橫雲山人詩稿』등이 있다.

성을 날렸고, 하간부河間府 지부知府를 지내면서 정치를 잘해 칭송을 들었다. 그는 통주通州에서 옛 재상 위조덕魏藻德132)의 사당을 헐고, 성시城市 및 장가만張家灣의 주세酒稅를 없앴다. 당시 통주에서 징발해 운송한 선화宣化 땅에 보낼 구휼미救恤米와 고북구古北口 병사들의 식량, 밀운창密雲倉의 조[粟]에 대해 부주사部主事와 주목州牧이 뇌물을 나눠받고 쌀값을 낮게 책정했다. 이 일은 구문제독九門提督133)을 통해 형부刑部에 고발되었다. 그러나 사실을 확인해본 결과, 두갑은 전혀 죄가 없었다.

일의 진상이 밝혀지자 그는 곧 영파태수寧波太守에 임명되었고, 얼마 후 소흥紹興 지현으로 옮겼다. 그곳에서 그는 월왕사越王祠를 건립하고, 유종주劉宗周134)의 즙산서원蕺山書院을 수리했으며, 삼강삽三江牐 수리에 백성들을 동원하는 일을 중지하여 농사짓는 일을 편하게 해주었다.

훗날 그는 다시 하간河間 지현으로 옮겨가 서원을 세우고, 하간헌왕河間獻王135)의 옛 무덤을 정비하고, 위충현魏忠賢136)의 무덤을 갈아엎었으

---

132) 위조덕魏藻德(1605~1644)은 자가 사령思令이고 호는 청궁清躬이며, 순천順天 통주通州 (지금의 베이징시 통저우通州) 사람이다. 그는 1640년 장원으로 진사에 급제하여, 1642 년에는 예부우시랑 겸 동각대학사에 발탁되었다. 또한 1644년에는 병부상서 겸 공부 상서, 문연각대학사가 되어 하도총독河道總督, 둔전총독屯田總督, 연병총독練兵總督 등의 직책을 수행했다. 그러나 이자성의 군대에 북경이 함락될 때 포로가 되어 모진 고문을 받다가 죽었다.

133) '제독구문보군순포오영총령提督九門步軍巡捕五營總領'을 줄여서 부르는 명칭이다.

134) 유종주劉宗周(1578~1642)는 자가 기동起東이고 호는 염대念臺이며 절강 산음山陰(지 금의 사오싱시紹興市) 사람이다. 그는 1601년 진사에 급제하여 예부주사禮部主事, 우통 정右通政 등을 역임했으나 위충현魏忠賢을 탄핵하다가 벼슬을 박탈당했다. 나중에 다시 순천부부윤順天府尹, 공부시랑, 좌도어사 등을 지냈다. 그는 훗날 청나라 군대가 쳐들 어올 때 항주를 지키다가 실패하자 23일 동안 단식한 끝에 죽었다. 그가 죽은 후 문중 에서 정의正義라는 시호를 주었는데, 훗날 청나라 때 충개忠介라는 시호가 내려졌다. 그는 즙산蕺山에 증인서원證人書院을 세워 후학들을 가르쳤기 때문에, 즙산선생蕺山先生 이라고도 불린다. 그의 저작으로는『유즙산집劉蕺山集』(17권)과『주역고문초周易古文鈔』, 『논어학안論語學案』,『성학종요聖學宗要』등이 있다.

135) 한나라 경제景帝의 14째 아들 유덕劉德(?~B.C. 130)을 가리킨다. 그는 B.C. 155년에 하간왕河間王(지금의 허베이성 허지앤현河間縣)에 봉해졌는데, 죽은 뒤 시호가 '헌獻'이 어서 종종 '하간헌왕'으로 불린다.

136) 위충현魏忠賢(1569~1628)은 원래 이름이 위진충魏進忠으로 하남부河南府 숙녕현肅寧縣

며, 숙녕肅寧 땅 복전사福田寺[137]의 향화원香火院을 무너뜨려버렸다. 또한 뗏목을 얽어 경주景州를 물난리에서 지켜냈고, 절개를 지키다 죽은 명나라 때의 위요총병衛耀總兵 복초선卜楚善의 무덤을 찾아가 〈야사심비도野寺尋碑圖〉를 그렸다.

그의 저작으로는 『오월춘추고吳越春秋稿』와 『월절서월국군신찬越絶書越國君臣贊』이 있다. 만년에 그는 고향으로 돌아와 술을 마시고 시를 읊으며 유유자적하다가 학경춘의 사당을 다시 지으니, 이 지역 사람들이 무척 칭송했다.

54. 동원東園은 바로 옛날 하원賀園의 자리에 있다. 하원에는 소연정翛然亭[138]과 춘우당春雨堂, 품외제일천品外第一泉, 운산각雲山閣, 여선각呂仙閣, 청천정사青川精舍, 취연정醉烟亭, 응취헌凝翠軒, 재동전梓潼殿, 가학루駕鶴樓, 행헌杏軒, 부용반芙蓉沜, 목면대目瞑臺, 대미정對薇亭, 우기산방偶寄山房, 답엽랑踏葉廊, 자운정子雲亭, 춘강초외산정春江草外山亭, 가련정嘉蓮亭이 있었다.

사람이다. 그는 젊은 시절을 방탕하게 보내다가 황궁의 환관으로 들어갔다. 그리고 당시 아직 어린애였던 주유교朱由校에게 아첨하여 친해졌고, 얼마 후 16세의 주유교가 등극하여 황제(즉 희종熹宗 천계제天啓帝)가 되자, 53세의 위충현은 사례감司禮監으로 승진하여 동창東廠을 관장하게 되었다. '충현'이라는 이름도 이때 천계제가 내려준 것이다. 이후 그는 천계제의 유모 객씨客氏와 결탁하여 동림당東林黨을 탄압하면서 자신을 중심으로 엄당閹黨을 결성한다. 이후 그는 조정의 모든 정사를 실질적으로 좌우하면서 '구천세九千歲'라고 불리며 막강한 권세를 누리게 되며, 그를 추종하는 무리들은 심지어 살아 있는 그를 위한 사당[生祠]을 각 지역에 짓기도 했다. 그러나 불과 6년 후에 천계제가 죽고 숭정제崇禎帝가 등극하면서 위충현도 몰락한다. 숭정제가 즉위하고 한 달 만에 그와 엄당의 성원들은 재산을 몰수당했고, 위충현은 체포되어 가던 도중에 허리띠로 목을 매 자살했다. 그러나 분노에 찬 백성들이 그의 시신에 3,600번의 칼질을 했다고 한다.
137) 복전사福田寺는 위충현魏忠賢의 '생사生祠' 가운데 하나로서 그 유지는 지금의 허베이 성 수닝현肅寧賢 동남쪽으로 15㎞ 떨어진 위베이진沃北鎭 다장주앙촌大張莊村에 있다.
138) '중화본'에는 '수연정脩然亭'으로 되어 있으나, 잘못이다. 뒤쪽의 본문 59에는 '소연정翛然亭'으로 표기되어 있다.

지금은 하원의 절반을 잘라내 득수청得樹廳, 춘우당春雨堂, 석양쌍사루
夕陽雙寺樓, 운산각雲山閣, 능화정菱花亭 등의 명승지를 다시 지었다. 하원
동쪽에 있던 자운정은 가대謌臺로 바뀌었고, 서남쪽 귀퉁이에 있던 가
련정은 신하新河로, 춘강초외산정은 은행산방銀杏山房으로 바뀌었는데,
이것들은 모두 동원 밖에 있다. 그 외에 연화교 남쪽에 동원대문東園大
門을 세웠고, 운산각의 편문은 백자당百子堂과 통한다.

55. 춘우당에는 측백나무가 10여 그루 있는데, 나무 위에 1치가 넘는 두
꺼운 이끼가 끼여 있다. 중간에는 황석黃石 300여 개를 깔고 그 위에 흙
을 쌓아 100여 그루의 모란을 심었다. 그 둘레에는 몇 길 높이의 담을
둘렀는데, 담은 온통 담쟁이[薜荔]에 가려져 있다. 춘우당 뒤편 허랑虛廊
은 태호석으로 엮여 있는데, 위아래에 깊은 못을 끼고 있다. 이곳에 있
는 샘이 바로 '품외제일천'이다. 그 북쪽 능화정에는 다음과 같은 대련
이 있다.

> 이끼는 옷걸이까지 번지고
> 강물 향기는 물가 정자로 들어오네.
> 苔色侵衣桁[이가우李嘉佑]139)
> 河香入水亭[주요周瑤]140)

---

139) 이가우李嘉祐(?~779?)는 자가 종일從一이고, 조주趙州(지금의 허베이성 자오현趙縣) 사
람이다. 그는 748년 진사에 급제하여 비서성정자秘書省正字가 되었으나, 얼마 후에 강
서江西 파양령鄱陽令으로 폄적되었다. 그곳에서 그는 유장경劉長卿과 교유하며 시를 주
고받았고, 나중에 강음령江陰令으로 옮겼다. 761년에는 태주자사台州刺史를, 771~772년
에는 원주자사袁州刺史를 지냈다. 그의 저작으로는 『이가우집李嘉祐集』(2권), 『대각집臺
閣集』(1권)이 있다. 『당재자전唐才子傳』에 그의 사적이 실려 있다. 『전당시』 권206에 수
록된 이가우의 「중하강음관사기배명부仲夏江陰官舍寄裴明府」에 "苔色侵衣桁, 潮痕上井
欄"이라는 구절이 들어 있다.

140) 주요周瑤(?~?)는 자가 난서蘭嶼이고 호는 거경蕖卿이며, 가선嘉善 사람이다. 그는 무
공지현武功知縣 주정추周鼎樞의 딸로서 예부상서 요문전姚文田(시호는 문희文僖)의 부인
이다. 그의 저작으로는 『홍초각시집紅蕉閣詩集』이 있다. 『전당시』 권114에 수록된 주우

능화정 북쪽은 석양쌍사루인데, 높이가 연화교와 같아서 여기서 내
려다보면 놀잇배들이 마치 대나무와 다른 나무들의 꼭대기에 앉아 있
는 듯하다. 여기에는 다음과 같은 대련이 있다.

옥 같은 모래밭과 고운 풀들 푸른 계곡으로 이어지고
돌길 옆에 흐르는 샘물 두 절 사이를 갈라놓았네.
玉沙瑤草連溪碧[조당曹唐][141)
石路流泉兩寺分[백거이白居易][142)

56. 운산각은 석양쌍사루 서쪽에 있는데, 전하는 바에 따르면 여공저呂
公著143)가 양주태수로 있을 때 지은 것이라고 한다. 『보우지寶祐志』에는
다음과 같이 기록되어 있다.

희녕熙寧(1068~1077) 연간에 진승지陳升之144)가 성 서북쪽 귀퉁이에 운산

周瑀의 「송반삼입경送潘三入京」에 "柳色分官路, 荷香入水亭"이라는 구절이 있는 걸로
보건대, 아마 『양주화방록』의 인용이 잘못된 듯하다. 주우에 대해서는 『양주화방록』
권12 「교동록橋東錄·72」를 참조할 것.

141) 조당曹唐에 대해서는 『양주화방록』 권1 「초하록草河錄·상上·47」을 참조할 것. 『전
당시』 권640에 수록된 조당의 「선자동중유회류완仙子洞中有懷劉阮」에는 "玉沙瑤草連溪
碧, 流水桃花滿澗香"이라는 구절이 들어 있다.

142) 백거이白居易에 대해서는 『양주화방록』 권1 「초하록草河錄·상上·17」을 참조할 것.
다만 이 구절은 권덕여權德輿의 시에서 뽑은 것이다. 권덕여에 대해서는 『양주화방록』
권12 「교동록橋東錄·14」를 참조할 것. 『전당시』 권322에 수록된 권덕여의 「회증천축
녕온이사사구戱贈天竺靈隱二寺寺士」에 "石路泉流兩寺分, 尋常鍾磬隔山聞"이라는 구절
이 들어 있다.

143) 여공저呂公著(1018~1089)는 자가 회숙晦叔이고 수주壽川(지금의 안휘이성 서우현壽縣)
사람으로, 북송의 저명한 재상 여이간呂夷簡의 아들이다. 그는 은보恩補로 봉례랑奉禮郎
이 되었다가 진사에 급제하여 영주통판潁州通判을 지내면서 구양수歐陽修와 함께 학문
을 연구했고, 얼마 후 어사중승御史中丞으로 승진했다. 1086년에는 상서우복야尙書右僕
射 겸 중서시랑이 되어 사마광司馬光과 함께 국정을 주도했다. 훗날 신국공申國公에 봉
해졌으며, 시호는 정헌正獻이다. 그의 저작으로는 『정헌공집正獻公集』(20권)이 있다.

144) 진승지陳升之(1011~1079)는 자가 양숙暘叔이고 원래 이름은 진욱陳旭으로, 건주建州
건양建陽(지금의 푸지앤성福建省에 속함) 사람인데, 훗날 단도丹徒(지금의 쟝쑤성 전쟝

각을 지었는데, 훗날 여공저呂公著가 그곳에서 연회를 열었다.

이로 보건대 운산각은 여공저가 지은 것이 아님을 알 수 있다. 운산각이 있던 터는 오래 전에 이미 정확한 위치를 알 수 없게 되었다. 또 정흥예鄭興裔145)가 옥구정玉鉤亭을 철거하고 운산관雲山觀으로 개축改築했는데, 가사도賈似道146)가 소금산小金山에 운산관을 다시 지었다. 이 '운산관'은 '운산각'이 아니다. 지금도 소금산이 있는 곳은 알 수 있지만, 운산관이 있던 자리는 알 수 없다.

하원賀園에서 여기에 누각을 세우고 다시 이름을 '운산각'이라고 했는데, 지금도 남아 있다. 여기에는 다음과 같은 대련이 있다.

강물 굽이도는 산은 그림 같고

빈 계곡엔 구름이 꽃 옆으로 내려왔다.

水曲山如畵[나업羅鄴]147)

溪虛雲傍花[두보杜甫]148)

주좌탕朱佐湯149)이 운산각의 대련을 다음과 같이 다시 지었는데, 이

시鎭江市)로 옮겨가 살았다. 그는 1034년 진사에 급제하여 남안군南安軍 남강지현南康知縣으로 있다가 감찰어사로 발탁되었고, 이후 개봉지부開封知府, 추밀부사樞密副使, 정주지주定州知州, 태원지부太原知府, 월주지주越州知州, 대명지부大名知府, 동제치삼사조례사同制置三司條例司, 동중서문하평장사同中書門下平章事 추밀사樞密使가 되었다. 1075년에는 양주통판揚州通判으로 있다가 수국공秀國公에 봉해졌다. 시호는 성숙成肅이다. 『명신비전완염집名臣碑傳琬琰集』 하집下集 권15와 『송사』 권312에 그의 전기가 수록되어 있다.
145) 정흥예鄭興裔에 대해서는 『양주화방록』 권16 「촉강록蜀岡錄·28」을 참조할 것.
146) 가사도賈似道에 대해서는 『양주화방록』 권16 「촉강록蜀岡錄·28」을 참조할 것.
147) 나업羅鄴에 대해서는 『양주화방록』 권12 「교동록橋東錄·10」을 참조할 것. 다만 이 시 구절은 허혼許渾의 작품에서 따온 것이다. 허혼에 대해서는 『양주화방록』 권1 「초하록草河錄·상上·48」을 참조할 것. 『전당시』 권531에 수록된 허혼의 「소주송두사직북귀韶州送竇司直北歸」에 "江曲山如畵, 貪程亦駐舟"라는 구절이 들어 있다.
148) 『전당시』 권228에 수록된 두보의 「절구 6수絶句六首」의 제6수에 "江動月移石, 溪虛雲傍花"라는 구절이 들어 있다.

것은 지금도 누각 안에 걸려 있다.

꽃그늘, 대나무 그림자 속에서 달빛 아래 취하고
물가 난간과 산속 정자에서 풍류를 노래한다.
醉月花陰竹影, 吟風水檻山亭.

57. 득수청에는 은행나무 두 그루가 있는데, 둘레가 한 아름이나 되며 가지와 줄기가 서로 얽혀 있다. 이곳에는 두보의 시 구절을 모아 만든 다음과 같은 대련이 있다.

두 그루 나무는 엄숙하게 염불念佛 소리를 듣고
세 봉우리는 구름 밖으로 치솟으려는 듯하네.
雙樹容聽法,[150] 三峰意出雲.[151]

김농金農[152]은 다음과 같은 시를 지었다.

고요한 암자는 호수보다 청정하고
두 그루 나무에는 푸른 싹이 갓 돋았다.
거문고 같은 바위는 마음 속 노래 부탁할 만하고
부채처럼 팔랑이는 대나무 잎은 초서를 내갈긴다.
추종騶從[153]은 만날 때가 드물고

---

149) 주좌탕朱佐湯(?~?)은 분주汾州 사람으로, 진륭 5년(1740) 영주지부靈州知府를 지냈다는 것 외에 생애에 대해 자세히 알려진 바가 없다.
150) 『전당시』 권 226에 수록된 두보의 「수고사군상증酬高使君相贈」에 "雙樹容聽法, 三車肯載書"라는 구절이 들어 있다.
151) 『전당시』 권224에 수록된 두보의 「천보초남조소사구구우아태부인당하루도위산天寶初南曹小司寇舅于我太夫人堂下累土爲山—이작시시而作是詩」에 "一匱功盈尺, 三峰意出群"이라는 구절이 들어 있다.
152) 김농金農에 대해서는 『양주화방록』 권2 「초하록草河錄·하下·49」를 참조할 것.

준여隼旟154)는 이미 비어 있구나.

그저 가을 밤 등불 아래

술만이 나를 멀리하지 않는구나.

精廬淨於水, 雙樹綠縹初.

石琴託心謠, 竹扇擅草書.

騶從時罕逢, 隼旟來已虛.

惟有秋燈下, 麯生不我疏.

58. 연화교 바깥의 자운정子雲亭과 연화교 안쪽의 자운사紫雲社는 모두 강희 연간 초기에 호숫가의 찻집이었다. 건륭 정축丁丑년(1757) 이후로 자운사는 은행산방이 되었고, 연화교 남쪽의 작은 집까지 긴 회랑으로 이어져 있다. 그곳에서 다시 굽은 길을 따라가 계단을 올라가면 남쪽을 향해 3칸짜리 집이 서 있는데, 바로 그 옆이 득수청이다. 이곳은 휴가철이면 여전히 술집으로 쓰이는데, 이름을 청련사靑蓮社로 바꿨다.

59. 하원은 옹정 연간부터 하군소賀君김가 짓기 시작한 것이다. 하군소는 자가 오촌吳邨이고 임분臨汾 사람이다. 그는 소연정과 춘우당, 품외제일천, 운산각, 여선각呂仙閣, 청천정사靑川精舍를 지었다. 건륭 갑자甲子년(1744)에는 취연정과 응취헌, 재동전, 가학루, 행헌, 부용반, 목면대, 대미정, 우기산방, 답엽랑, 자운정, 춘강초외산정, 가련정을 지었다. 그러다가 병인丙寅년(1746)에는 취연정과 응취헌, 재동전, 가학루, 행헌, 춘우당, 운산각, 품외제일천, 목면대, 우기산방, 자운정, 가련정까지 12개 풍경구를 화가 원요袁耀155)에게 부탁하여 그림으로 그리고, 나들이객들이 벽

---

153) 옛날 귀족이 말을 탈 때 모시던 시종侍從을 가리킨다.
154) 원래 새매[隼鳥]를 그려 넣은 깃발이라는 뜻인데, 옛날에는 흔히 지방 장관의 거처나 행렬에 세웠다.
155) 원요袁耀(?~?)는 자가 소도昭道이고 강도 사람으로, 원강袁江의 조카이다. 그는 산수화와 누각 등을 잘 그렸으며, 이따금 그린 화조도花鳥島도 명품으로 평가된다. 그는 건

에 쓴 시와 사詞, 그리고 정원 안의 편액을 모아 책으로 간행하면서, 제목을 『동원제영東園題詠』이라고 했다.

60. 건륭 갑자甲子년(1744) 5월에 이 정원이 준공되자 하얀 연꽃이 피었다. 그런데 그 가운데 분홍색 꽃과 흰 꽃이 한 가지에 피어난 것이 있어서, 당시 사람들이 상서로운 징조라고 여겼다. 어사를 지낸 준태準泰가 그것을 노래로 읊었으며, 강욱江昱과 강순江恂,156) 강덕징江德徵(자는 성부誠夫), 주래겸周來謙(자는 기당沂塘), 고빈古斌, 사장史璋(자는 탁부琢夫), 장병이張秉彝,157) 정륜程崙, 왕신유王伸維(자는 난곡蘭谷), 장문병張文炳(자는 정원靜園), 역희문易羲文(자는 도하圖河), 주의周漪(자는 연정蓮亭), 서절징徐節徵, 조선朝鮮의 포악형布樂亭(자는 재공在公), 왕환王桓, 진종陳鍾(자는 응정應亭), 위가영魏嘉瑛, 이선李鱓,158) 공육박孔毓璞(자는 요산耀山), 정원영程元英(자는 향계薌溪), 가일등柯一騰(자는 난서蘭墅), 공도강龔導江, 무맹렬繆孟烈(자는 의재毅齋), 진장陳章,159) 심태沈泰(자는 수음瘦吟)160)가 함께 시를 지었다. 하군소가 직접 '행헌杏軒'이라는 편액의 글씨를 썼다. 운산각에는 다음과 같은 대련이 있다.

> 고향 어른들 모시고 노래하나니
> 몇 군데 세워진 정자와 누대 작은 저택을 이루었다.

룡 11년(1746)에 『여산피하12경驪山避夏十二景』을, 건륭 45년(1780)에는 『아방궁도阿房宮圖』를 그렸는데, 이것들은 지금 남경박물원南京博物院에 소장되어 있다.

156) 두 사람에 대해서는 『양주화방록』 권12 「교몽목僑東錄·24-25」를 참조할 것.

157) 장병이張秉彝(?~?)의 생애에 대해서는 자세히 알려진 바가 없다. 다만 『사고미수서집간四庫未收書輯刊』 「집부集部」 제10집輯 제27책에 수록된 『남타시초坨詩鈔』의 저자가 그의 이름으로 되어 있다.

158) 이선李鱓에 대해서는 『양주화방록』 권2 「초하록草河錄·하下·48」을 참조할 것.

159) 진장陳章에 대해서는 『양주화방록』 권4 「신성북록新城北錄·중中·22」를 참조할 것.

160) 심태沈泰(?~?)의 생애에 대해서는 자세히 알려진 바가 없으며, 『성명잡극盛明雜劇』 (초집初集 30권, 2집 30권)의 편찬자로 알려져 있다.

> 상쾌한 봄과 가을에 나들이가 둘러보니
> 한 귀퉁이에 언덕과 골짝 새로이 만들어졌다.
> 供桑梓謳吟, 幾處亭臺成小築.
> 快春秋遊覽, 一隅邱壑是新開.

대미정에는 다음과 같은 대련이 걸려 있다.

> 달빛 비치는 밤 다리 가에 놀잇배 대어 있고
> 봄바람 부는 들길은 화려한 수레 불러들인다.
> 夜月橋邊留畵舫, 春風陌上引香車.

61. 황지준黃之雋[161]은 자가 석목石牧이고 호는 오당唐堂이며 화정華亭 사람이다. 그는 진사 출신으로 중윤中允 벼슬을 지냈다. 건륭 병인丙寅년 (1746)에 순염어사 준태準泰가 그를 양주로 초빙하여 『양회염법지兩淮鹽法 志』를 편찬하게 하면서 하원의 춘우당에서 연회를 베풀어주자, 황지준 은 『동원제영』의 서문序文을 써주었다.

63. 준태準泰는 만주 사람으로 양회어사兩淮御史(즉 양회염운사)를 지냈다. 병인년에 그는 춘우당에 '금회돈상襟懷頓爽'이라는 글자를 썼다.
비상沘上 땅의 이욱李旭은 자가 단초旦初인데, 그 자리에서 바로 칠언 율시를 1수 지었다.

64. 고사약高士鑰은 자가 경래景萊이고 양평襄平 사람으로, 양주 지부知府 를 지냈다. 병인년 6월에 하원에 한 가지에 분홍색과 흰 색의 연꽃이 동 시에 피자 그는 회녕懷寧 땅의 이면李葂,[162] 양주의 오능겸吳能謙과 함께

---

161) 황지준黃之雋에 대해서는 『양주화방록』 권5 「신성북록新城北錄 · 하下 · 13」을 참조할 것.
162) 이면李葂에 대해서는 『양주화방록』 권10 「홍교록虹橋錄 · 상上 · 49」를 참조할 것.

시를 짓고, '가학루'와 '품외제일천'의 편액을 썼다. 재동전梓橦殿에는 다음과 같은 대련이 있다.

> 음덕을 쌓은 이를 천거하여 교훈을 내려
>
> 높은 벼슬아치들에게 덕행의 귀감으로 삼는다.
>
> 부귀를 저울질하는 것은
>
> 영원한 조물주의 중요한 능력이로다.
>
> 충효를 쌓아 신성함을 이루면
>
> 계적桂籍163)에 오를 명단을 관장하게 된다.
>
> 성적 주는 일을 마음대로 하나니
>
> 온 나라 문장을 평가하는 주체가 된다.
>
> 舉陰騭而垂訓, 鑑槐區德行.
>
> 權衡富貴, 億萬年造化樞機.
>
> 積忠孝以成神, 典桂籍科名.
>
> 予奪後先, 十五國文章司命.

64. 고문청高文淸은 자가 정헌靜軒이고, 양평襄平 사람이다. 그는 연회에 참석하여 칠언고시를 1수 지었는데, 당시에 군백郡伯(즉 지부知府)을 지낸 고산강高山薑, 태사太史 정몽성, 도곤都閫164) 진학정陳鶴亭,165) 문학文學 영문산甯文山, 사마司馬166) 벼슬을 지낸 주매촌朱梅村, 문학 적유당翟裕堂, 금사琴師 서금당徐錦堂, 승려 대암大嵒이 그와 함께 시를 지었다.

---

163) 과거 합격자들의 명단을 적은 장부를 가리킨다.

164) 변방에서 병사를 지휘하는 장수이다. 명나라 때에는 산서행도사山西行都司를 설치하여 동로東路와 서토西路의 15위衛를 관할하게 한 적이 있는데, 여기에서 비롯된 호칭이다.

165) 진지좌陳之左(?~?)를 가리키는 듯하다. 진지좌는 자가 학정鶴亭이고, 직예直隸 고성故城(지금의 허베이성에 속함) 사람이다. 그는 순치 18년(1661) 진사에 급제하여, 강희 11년(1672)에 상해지현上海知縣에 부임한 적이 있다.

166) 명·청대의 '동지同知'를 가리킨다.

65. 장부蔣溥[167]는 자가 항헌恒軒이고 상숙常熟 사람이다. 그는 진사 출신으로 대학사를 지냈다. 시호는 문각文恪이다.[168] 그는 우기산방에 '식기息機'라는 글자를 썼고, 시를 1수 남겼다.

66. 병인丙寅년(1746)에 하원에서 노래한 시는 1,000수 가까이 되는데, 하군소가 많은 빈객을 맞아 몇 말이나 되는 먹을 갈아놓고 주흥이 오르자, 모두들 동시에 운산각의 '등지登之'와 '소연儵然'이라는 2개의 편액의 글자를 썼다. 춘우당에는 다음과 같은 대련이 있다.

> 높다란 성가퀴에 작은 정자와 누대는
> 바로 천상의 낙원이라
> 꾀꼬리들 날갯짓에 빗방울처럼 떨어지는 꽃잎 앉아서 구경하네.
> 평산당의 사계절 풍경과 견줄 만한데
> 화려한 수레며 놀잇배 닿는 일 뜸하니
> 뜻 맞는 이들과 더불어 기나긴 봄을 유람하기 좋구나.
> 冠飛堞半畝亭臺, 就金井玉池, 坐見鶯花作雨.
> 抗平山四時風月, 遮香車畵舫, 同流游覽長春.

행헌杏軒에는 다음과 같은 대련이 있다.

> 갈대 꺾어 강을 건너고[169]

---

167) 장부蔣溥(1708~1761)는 장정석蔣廷錫의 아들로서 1730년에 전려傳臚(이갑제일명二甲第一名)로 진사에 급제하여, 건륭 18년(1753)에 대학사까지 지냈다. 그는 특히 화초花草 그림을 잘 그려서 건륭제의 총애를 받기도 했다.

168) '중화본'에는 "諡文"이라고 되어 있으나, 오류이다.

169) 이 구절은 달마達摩가 천축天竺에서 광주廣州를 거쳐 건강建康(지금의 난징시)로 와서 양梁나라 무제武帝에게 의탁했다가, 나중에 양자강에 갈대를 띄워 그것을 타고 강을 건너 숭산嵩山으로 가 9년 동안 면벽하고, 나중에 제자들에게 불법佛法을 강설講說하여 선종禪宗의 조종祖宗이 되었다는 전설을 염두에 둔 것이다.

눈 맞으며 동과를 먹노라.[170]

渡江折蘆葦, 蘸雪喫冬瓜.

답엽랑踏葉廊에는 다음과 같은 대련이 있다.

평산 세 봉우리 한눈에 들어와 솔밭이며 대밭 보이고
두 그루 나무는 말이 없지만 호수와 달빛 새로워졌구나.
三山入望松筠在, 雙樹無言水月新.

이 일은 널리 전해져 칭송을 들었다.

67. 위가영魏嘉瑛은 자가 과포瓜圃이고, 양주 사람이다. 그는 병인년에
『동원제영』의 서문을 썼다. 또 가학루에 다음과 같은 대련을 썼다.

언제나 참된 도리 읊조리니 가을 달빛 맑기 때문이고
영원히 지고한 말씀 노래하니 푸른 물결 서늘하기 때문이라.
眞道每吟秋月淡, 至言長詠碧波寒.

운산각에는 다음과 같은 대련을 썼다.

난간 앞에는 봄빛 머금은 제방의 버들 늘어섰고
누각 밖에는 촉강의 소나무들 가을바람처럼 시원한 소리 울린다.
檻前春色長堤柳, 閣外秋聲蜀嶺松.

---

170) 송나라 때의 승려 보제普濟가 쓴 『오등회원五燈會元』에는 어느 승려가 혜원선사慧遠
禪師에게 "하루 종일[十二時中] 제자들을 가르치실 때 어떤 마음이십니까?"하고 물으
니, 혜원선사가 "눈 맞으며 동과를 먹는다"라고 대답했다는 일화가 있다.

68. 조홍趙虹은 자가 승옹滕翁이고, 가정嘉定 사람이다. 그는 2장章의 시를 썼는데, 그 서문에서 이렇게 말했다.

천녕문을 나서 교외로 2리쯤 가면 법해사가 있는데, 대문 앞에는 물줄기가 굽이돌고 있고 돌다리를 건너 들어가게 되어 있다. 평산에 나들이 온 사람들은 여기에 이르면 중간쯤 왔다고 여긴다. 병인년(1746)에 문인들의 모임인 '한강아집韓江雅集'이 거행되었을 때에는 가을이 한창이었는데, 바로 이 원림에서 수계행사를 치렀다. 호기항胡期恒[171]이 먼저 도착했고, 각기 칠언율시를 1수씩 지었는데, 그때 정몽성만 혼자서 2수를 지었다. 시를 지은 사람은 호기항과 당건중唐建中,[172] 정몽성, 여악厲鶚,[173] 마왈관馬曰琯,[174] 마왈로馬曰璐,[175] 진장陳章,[176] 방사경方士慶,[177] 민화閔華,[178] 장사과張四科[179]까지 10명이다. 유사서劉師恕[180]는 병 때문에 오지 못하고, 대신 발문跋文을 써서 부쳤다.

또 동원東園의 풍경을 나누어 노래했는데 호기항은 품외제일천을, 정몽성은 취연정을, 왕옥추汪玉樞[181]는 응취헌을, 진장은 소감호小鑑湖를, 민화는 가학루를, 마왈관은 춘우당을, 마왈로는 춘수보春水步를, 방사서方士庶[182]는 빈풍함豳風檻을, 방사경은 목면대를, 육종휘陸鐘輝[183]는 가련

---

171) 호기항胡期恒에 대해서는『양주화방록』권4「신성북록新城北錄・중中・14」를 참조할 것.
172) 당건중唐建中에 대해서는『양주화방록』권4「신성북록新城北錄・중中・15」를 참조할 것.
173) 여악厲鶚에 대해서는『양주화방록』권4「신성북록新城北錄・중中・18」을 참조할 것.
174) 마왈관馬曰琯에 대해서는『양주화방록』권1「초하록草河錄・상上・30」과 권4「신성북록新城北錄・중中・10~12」를 참조할 것.
175) 마왈로馬曰璐에 대해서는『양주화방록』권2「초하록草河錄・하下・99」와 권4「신성북록新城北錄・중中・12」를 참조할 것.
176) 진장陳章에 대해서는『양주화방록』권4「신성북록新城北錄・중中・22」를 참조할 것.
177) 방사경方士慶에 대해서는『양주화방록』권4「신성북록新城北錄・중中・21」을 참조할 것.
178) 민화閔華에 대해서는『양주화방록』권4「신성북록新城北錄・중中・23」을 참조할 것.
179) 장사과張四科에 대해서는『양주화방록』권4「신성북록新城北錄・중中・13」과 권8「성서록城西錄・6」을 참조할 것.
180) 유사서劉師恕에 대해서는『양주화방록』권4「신성북록新城北錄・중中・34」를 참조할 것.
181) 왕옥추汪玉樞에 대해서는『양주화방록』권7「성남록城南錄・33」을 참조할 것.

정을, 장사과는 답엽랑을, 황유黃裕184)는 설산각雪山閣을 노래했다. 그리
고 호기항은 '취연정醉烟亭'이라는 편액을, 당건중은 '야춘소하연추관동
冶春銷夏延秋款冬'이라는 글씨를 썼다. 또 정몽성은 취연정에 다음과 같
은 대련을 썼다.

제방 가엔 봄 풍경 흐드러지고 다리 가엔 달이 떴으니

대밭 옆에서 노래 부르고 피리 불며 버들 옆에서 뱃놀이 한다.

隄畔鶯花橋畔月, 竹邊歌吹柳邊舟.

69. 왕탁王鐸185)은 자가 각사覺斯이고, 진사 출신으로 상서 벼슬을 지냈
다. 그는 동원의 편액을 쓰고, 또 부용반에 다음과 같은 대련을 썼다.

꽃 사이로 고깃배 다가오고

호수 너머로 종소리 은은하다.

花間漁艇近, 水外寺鐘微.

70. 왕유돈汪由敦186)은 자가 근당謹堂이고, 휴녕休寧 사람이다. 그는 진사

---

182) 방사서方士庶에 대해서는『양주화방록』권2「초하록草河錄·하下·43」을 참조할 것.
183) 육종휘陸鐘輝에 대해서는『양주화방록』권4「신성북록新城北錄·중中·13」을 참조할 것.
184) 황유黃裕에 대해서는『양주화방록』권8「성서록城西錄·중中·6」과 권12「교동록橋東
    錄·36」을 참조할 것.
185) 왕덕王鐸(1592~1652)은 호가 치안痴庵 또는 숭초嵩樵이며, 하남河南 맹진孟津에서 태
    어났기 때문에 왕맹진王孟津이라고도 불렸다. 그는 명나라 말엽에 예부상시 겸 동각대
    학사를 지냈고, 청나라가 들어서서 또 예부상서에 임명되었기 때문에, 역사서에서는
    흔히 '딴 마음을 품고 두 왕조를 섬긴 신하[貳臣]'로 낙인 찍혀 있으나, 그것이 서예가
    로서 명성을 깎아내리지는 못했다.
186) 왕유돈汪由敦(1692~1753 또는 1693~1758)은 자가 사초師苕 또는 사명師茗, 사민師敏
    이라고도 하고, 호는 송천松泉도 사용했다. 그는 1724년 진사에 급제하여, 이후 이부상
    서협판대학사吏部尙書協辦大學士까지 지냈다. 그가 죽은 후 건륭제는 뛰어난 서예가이
    기도 했던 그의 글씨를 모아『시청재첩時晴齋帖』(10권)을 편찬하고 글씨를 돌에 새겨
    황궁에 두도록 했다. 그의 저작으로는『송천집松泉集』이 있다.

출신으로서 대학사를 지냈으며, 시호는 문단文端이다. 그는 대미정에 다음과 같은 대련을 썼다.

계단 앞의 상서로운 빛깔은 새로 핀 붉은 작약 때문이고
물가의 아름다운 빛은 하늘 담아 맑고 푸른 호수 때문이지.
當階瑞色新紅藥, 臨水文光淨綠天.

71. 손가감孫嘉淦187)은 진사 출신으로 시랑侍郎을 지냈다. 그는 문창전文昌殿에 다음과 같은 대련을 썼다.

하늘이 삼성參星과 정성井星을 열어놓으니 문장을 관할하는 부서가 되고
별들이 인간 천하를 비추니 효성스럽고 우애 있는 이들의 스승이 되도다.
天開參井文章府, 星煥山河孝友師.

72. 장조張照188)는 자가 득천得天이고, 화정華亭 사람이다. 그는 진사 출신으로 상서 벼슬을 지냈는데, 춘우당에 다음과 같은 대련을 썼다.

우거진 나무마다 옥 같은 꽃피고 드넓은 뜰엔 작약이 가득한데

---

187) 손가감孫嘉淦(1683~1753)은 자가 석공錫公이고 호는 의재懿齋 또는 정헌靜軒이고, 태원부太原府 흥현興縣 사람이다. 그는 강희 52년(1713) 진사에 급제하여 한림원 검토가 되었으며, 이후 국자감 사업司業, 국자감 좨주, 대리순천부윤代理順天府尹, 공부시랑, 형부시랑 겸 이부시랑, 하동염정河東鹽政을 역임했다. 건륭제가 즉위한 후에는 도찰원좌도어사都察院左都御史 겸 이부시랑, 이부상서, 직예총독直隸總督, 태자소보, 호광총독湖廣總督, 좌부도어사左副都御史, 병부시랑, 공부상서 겸 한림원 장원학사掌院學士, 이부상서 겸 협판대학사協辦大學士가 되었다. 강직하고 과감한 직간直諫으로 명성이 높았던 그의 시호는 문정文定이다. 주요 저작으로 『주역술의周易述義』, 『시경보주詩經補注』, 『근사록집요近思錄輯要』, 『남화통南華通』, 『남유기南游記』 등이 있으며, 후세 사람들이 편찬한 『손문정공주소孫文定公奏疏』가 있다.
188) 장조張照(1691~1745)는 강희 48년(1709) 진사에 급제하여 나중에 형부상서를 지냈다. 그는 법률과 음악에 뛰어났으며, 특히 서예가로 명성을 날렸다. 시호는 문민文敏이다.

온통 대나무에 덮인 집안 침상 반쪽엔 책이 쌓여 있네.

萬樹琪花千圃藥, 一莊修竹半床書.

73. 혜황嵇璜189)은 호가 졸수拙修이고 무석無錫 사람으로, 대학사를 지냈다. 그는 부용반에 다음과 같은 대련을 썼다.

물가의 부용이 새로 물 위로 고개 내밀고

층층이 향긋한 풀 먼 산에 떠 있네.

一泝芙蓉新出水, 千層芳草遠浮山.

74. 왕사王師는 '곡아류운曲阿留雲'이라는 글을 썼는데, 대미당에 걸려있다.

75. 왕주王澍190)는 운산각에 다음과 같은 대련을 썼다.

신들의 산이 가까이 다가오니

아득히 신선 사는 하늘나라도 오를 수 있을 듯.

三山近將引, 紫極遙可攀.

---

189) 혜황嵇璜(1711 - 1794)은 자가 상좌尙佐이고 호는 불정黻庭라고도 한다. 그는 1730년 진사에 급제하여 일강기거주관日講起居注官, 한림원 시독학사, 동정사부시通政司副使, 도찰원우첨도어사都察院右僉都御史 등을 역임했다. 그는 건륭 9년(1744) 황제의 명에 따라 하북河北, 하남河南, 산동山東 등지의 치수治水 사업을 순찰했으며, 이후 공부우시랑, 강남하도부총하江南河道副總河, 예부상서, 산동 및 하남의 하도총독河道總督, 공부상서, 병부상서, 한림원 장원학사, 이부상서 겸 협판대학사, 문연각대학사 겸 국사관정총재國史館正總裁 등의 요직을 역임하며 건륭제의 신임을 받았고, 죽은 후에는 태자태사太子太師에 추증되어 문공文恭이라는 시호를 받았다. 뛰어난 서예가이기도 했던 그의 저작으로는 『치하년보治河年譜』 등이 남아 있다.
190) 왕주王澍에 대해서는 『양주화방록』 권2 「초하록草河錄·하下·99」를 참조할 것.

또 다음과 같은 대련도 썼다.

> 병풍처럼 푸른 산에서 온 몇 개의 바위
> 흰 구름 속에서 흘러나온 한 줄기 샘물
> 數片石從靑嶂得, 一條泉自白雲來.

76. 육배陸培는 자가 염포恬浦이고, 평호平湖 사람이다. 그는 병인년에 절강 땅의 오사단吳嗣丹(자는 애려愛廬)과 함께 춘우당에 절구 12수를 썼는데, 강욱江昱191)이 그에 대한 발문跋文을 썼다.

77. 이면李葂192)은 「곡우방선음穀雨放船吟」의 서문에서 이렇게 말했다.

당시 곡우를 맞아 우연히 하군소賀君김의 초청을 받았는데, 현명한 사람들이 많이 모여서 진씨[원주 : 문학文學 진고陳皐, 193) 자는 사석師席을 가리킨다]의 문중에서 모임을 열었을 때에 비해 덜하지 않았다. 바다처럼 드넓은 호수에 배를 띄웠는데, 자리를 가득 채운 이들은 모두 현명한 사람들이었다. 장군은 주객主客을 가리기 어렵게[이원융李元戎, 자는 문반文攀과 연막蓮幕194) 무재무茂才繆, 자는 의재毅齋를 가리킨다] 편안한 옷차림에 느긋한 모습이었고, 명사名士는 모두 훌륭해서 우열을 가리기 힘들 정도였다[수재秀才인 강송천江松泉과 강자휴江蔗畦를 가리킨다]. 기품 있는 징군徵君들은 아량雅量이 한없이 넓고 맑은 물결 같았고[학박學博195) 송석松石

---

191) 강욱江昱에 대해서는 『양주화방록』권12 「교동록橋東錄 ·24」를 참조할 것.
192) 이면李葂에 대해서는 『양주화방록』권2 「초하록草河錄·하下·47」을 참조할 것.
193) 『양주화방록』권4 「신성북록新城北錄·중中·22」에 언급된, 진장陳章의 아우인 진고 陳皐(자는 강고江皐, 호는 대구對鷗)를 가리키는 듯하나, 확실하지 않다.
194) 『남사南史』「유고지전庾杲之傳」에 따르면, 당시 사람들은 왕검王儉의 막부幕府에 들어가는 것을 칭송하여 마치 연꽃 핀 연못에 들어가는 것과 같다고 비유하곤 했다고 하는데, 이 때문에 후세에 막부를 가리켜 '연막蓮幕'이라고 부르게 되었다.
195) 당나라 때에는 지방[府郡]에 각기 한 명씩 경학박사經學博士를 두어서 학생들에게 오경 五經을 가르치게 했는데, 후세에는 일반적으로 학관學官을 가리켜 '학박學博'이라고 했다.

을 가리킨다), 글 솜씨 뛰어난 학사들은 호탕하게 대나무를 쓰고 그려냈다[효렴孝廉196) 가란서柯蘭墅가 가구사柯九思197)의 일을 전고로 썼다]. 영취산靈鷲山의 풍모198)를 드높이며 석장錫杖 짚고 고고하게 학을 좇는 이들도 있었고[원촌상인遠村上人과 약경상인藥耕上人을 가리킨다], 용담龍潭199)의 비밀을 밝히며 정자에서 갈매기 떼를 희롱하는 이들도 있다[서사書史200) 왕춘천汪春泉이 왕조汪藻201)의 전고를 썼다]. 고선생古先生은 천축산天竺山처럼 의연하고[효렴孝廉 고빈古玟을 가리킨다], 이공봉李供奉202)

---

196) 원래 한나라 때에는 효제청렴孝悌淸廉한 인품 때문에 천거 받은 사람을 가리켰으나, 명·청대에는 일반적으로 거인을 가리키는 말로 사용되었다.

197) 원나라 때의 저명한 화가인 가구사柯九思(1290~1343)의 자가 경중敬仲이고 호는 단구생丹丘生이며, 태주台州(지금의 저장성 린하이臨海) 사람이다. 그는 전서원도사典瑞院都事, 규장각감서박사奎章閣鑒書博士를 역임하며 문종文宗(1328~1332 재위)의 신임을 받았으나 주변의 질시와 문종의 죽음으로 벼슬을 사직하고 송강松江(지금의 상하이시에 속함)에서 지내다가 1343년에 소주에서 갑작스럽게 죽었다.

198) '영취산'은 본래 옛날 인도의 마게타摩揭陀 왕국 왕사성王舍城의 동북쪽에 있는 것으로 범어梵語로는 기사굴耆闍崛(Gdhraka-parvata)을 가리킨다. 이 산에는 독수리가 많아서, 혹은 산의 형상이 독수리를 닮아서 이런 명칭이 붙었다고 한다. 특히 석가여래가 이곳에서 『법화경法華經』 등의 불경을 강론했기 때문에, 불교의 성지聖地로 여겨지는 곳이다. 중국에서는 보통 '영산靈山' 또는 '취봉鷲峰'이라고 줄여 부른다. 원문의 '취령鷲嶺'은 종종 불교 사원을 가리키는 뜻으로 쓰이는데, 여기서는 '불교'를 뜻하는 넓은 의미로 쓰였다.

199) '용담龍潭'은 흔히 용이 숨어 있을 것처럼 깊은 연못이나 영웅호걸이 수어 있는 곳을 가리킨다. 이와 대조적으로 뒤 구절에 이어지는 '갈매기 떼'는 소인배들을 암시한다. 다만 '구반鷗伴'이라는 말이 있듯이, 옛 글에서 갈매기는 종종 은자隱者들의 벗으로 등장하기도 한다.

200) 문서를 관장하는 하급 관리[吏員]이다.

201) 왕조汪藻(1079~1154)는 자가 언장彦章이고 호는 부계浮溪이며, 덕흥德興(지금의 쟝시성江西省에 속함) 사람이다. 그는 1103년 진사가 되어 북송 때에 태상소경太常少卿, 기거사인起居舍人 등을 지냈고, 남송 때에는 현모각대학사顯謨閣大學士, 좌대중대부左大中大夫 등을 역임하고 신안군후新安郡侯에 봉해졌다. 그의 저작은 대부분 남아 있지 않고, 청나라 때에 그의 글을 모아 엮은 『부계집浮溪集』과 『습유拾遺』민이 전해시고 있다. 그는 사륙문四六文을 잘 쓰기로 손중익孫仲益과 함께 명성이 높았는데, 한번은 그가 우계愚溪 입구에 띠 풀을 엮어 정자를 지어놓으니 갈매기 떼들이 날마다 거기에 와서 놀았기 때문에 정자 이름을 완구정玩鷗亭이라고 지었다고 한다.

202) 당나라 때에는 시어사내공봉侍御史內供奉, 전중시어사내공봉殿中侍御史內供奉, 한림공봉翰林供奉 등의 관직이 있었는데, 이들은 모두 황제의 넝에 따라 시문詩文을 짓는 일[應制]을 담당했다. 송나라 때에는 동두공봉관東頭供奉官과 서두공봉관西頭供奉官이 있었는데, 이들은 모두 무직武職의 품계에 해당하는 관리들로서 대부분 환관이 담당했으며, 품계는 있으되 실제 하는 일은 없는 벼슬이었다. 청나라 때에는 남서방南書房에서

은 당 현종玄宗 때의 모습203)을 재현했다[명부明府204)을 지낸 이선李鱓205)을 가리킨다].

옥돌 바둑판에 향기가 피어나니 꽃밭 옆에서 국수國手206)의 바둑 솜씨를 선보이고[군승郡丞 번인서樊麟書와 국수國手 정나여程懶予가 바둑을 두었다], 순채 국의 맛을 떠올리고 장한張翰207)처럼 그날 당장 기수騎手를 돌려 돌아오기도 했다[효렴 장우목張又牧을 가리킨다]. 원진元積과 백거이白居易의 '하론何論'208)을 압도하며 명성 없던 이가 참신한 새 노래를 부르기도 하고[사마司馬를 지낸 양회재는 양여사楊汝士209)

일하는 이를 내정공봉內廷供奉이라고 불렀다. 남서방은 자금성紫禁城 건청궁乾淸宮 서남쪽 귀퉁이에 있는 것으로, 본래 강희제가 어린 시절 공부를 하던 곳이었는데 나중에 한림원 소속이거나 그곳 출신의 벼슬아치들을 선발해 남서방에 있으면서 황제의 지시에 따라 시문詩文을 짓거나 조령詔令의 초안을 쓰고, 조령이 확정되면 지방에 반포하는 일까지 맡게 했다. 옹정제 때에 군기처가 생긴 뒤부터, 남서방은 오로지 시문과 서화書畵를 관리하는 일만을 전담하게 되었다.

203) 한림공봉翰林供奉의 직책이 설치된 때가 바로 당 현종의 개원開元(713~741) 연간이다.

204) '명부군明府君'이라고도 하며, 한漢・위魏 이래로 군수郡守나 목윤牧尹에 대한 존칭으로 쓰이던 말이다. 그러나 당나라 때부터는 주로 현령을 가리키는 말로 사용되었다.

205) 이선李鱓에 대해서는 『양주화방록』 권2 「초하록草河錄・하下・48」을 참조할 것.

206) 본래 '국수國手'란 나라 안에서 시 짓기나 음악, 바둑, 의술 등 어떤 특정한 기예技藝가 가장 뛰어난 사람을 가리킨다.

207) 서진西晉 때의 장한張翰은 '작은 완적[小阮籍]'이라 불렸다. 또한 원래 삼국시대 위魏나라 때의 완적阮籍(210~263)이 '보병교위步兵校尉'를 지냈기 때문에 종종 그를 가리켜 '보병'이라고 했으니, 이 때문에 장한의 호 역시 강동보병江東步兵이다. 한편, 장한이 낙양에서 벼슬살이를 할 때 제왕齊王이 그를 잘 대우해주었으나 그는 별로 좋아하지 않고, 가을바람이 불자 고향인 오吳 땅의 부추[菰菜]와 순채 국[蓴羹], 농어회鱸魚鱠가 생각나서, "사람이 태어나 살면서 뜻이 맞는 것이 중요한 것을 어찌 먼 타향에서 벼슬길에 매여 좋은 벼슬을 얻으려 할 수 있단 말인가?[人生貴得適志, 何能羈官千里以要名爵乎]"라고 하며 수레와 말을 준비하게 해서 돌아갔다고 한다.

208) '하론何論'은 당・송 시대에 진사 시험에 나오던 문체의 일종으로, 대개 '한나라 유방劉邦을 보좌한 세 영웅 가운데 누가 더 뛰어난가?[三傑佐漢孰優]'라든가, '네 과목에서 인재를 뽑는데 무엇을 우선으로 삼아야 하는가?[四科取士何先]'와 같은 유형으로 되어 있다.

209) 양여사楊汝士(?~?, 821 전후)는 자가 모소慕巢이고, 당나라 괵주虢州 홍농弘農 사람이다. 그는 809년 진사에 급제하여 중서사인, 병부시랑, 이부시랑을 거쳐 형부상서까지 지냈다. 시를 잘 지었던 그는 배도裵度가 낙양 태수로 있을 때 개최한 연회에서 서로 돌아가며 시 구절을 읊을 때, 당시 시명詩名이 높았던 원진과 백거이에게 일침을 가한 것으로 유명하다. 또한 경종敬宗 때에 양사복楊嗣復이 개최한 연회에 원진과 백거이도 참석했는데, 그 자리에서 양여사가 쓴 시 구절에 "文章舊價留鸞掖, 桃李新陰在鯉庭"이라는 구절이 들어 있었다. 당시 원진과 백거이도 이 시를 보고 무척 놀랐다고 한다. 오늘날 그의 시는 7수가 남아 있다.

에 관한 전고를 썼다], 송옥宋玉에 비견될 만한 고상한 노래를 읊는 바람에 화창和
唱하는 이가 드문 경우도 있었다[사마 송우자宋愚者를 가리킨다].[210] 못난 나는 과분
하게 말단자리에 끼어 앉아 보잘것없는 재주를 보여주었다. 여러 선비들은
모여서 서원西園의 연회를 방불케 했으니,[211] 정말 수호繡虎[212]에 견줄 만했
다. 그러니 어찌 내 재주를 자랑할 수 있었겠는가? 그저 '포전인옥抛磚引
玉'[213]이나 흉내 낼 수밖에!

이 모임에서 지어진 작품들 가운데 고빈과 강욱, 강순의 시를 제외하
고 나머지는 모두 남아 있지 않다. 그리고 동성桐城 땅의 장유락張裕犖(자
는 철선鐵船)이 지은 칠언율시 2수가 『곡우방선음』의 끝부분에 수록되어
있는데, 이면의 서문에서는 그에 대해 언급하지 않았다.
　이면은 양주에 거주할 때 시와 그림으로 명성이 높아서 당시에 이선

---

210) 전국시대 초楚나라 송옥宋玉의 「대초왕문對楚王問」에 "이것은 그의 곡조가 고상할수
　　록 화창하는 이가 더욱 적어지기 때문[是其曲彌高, 其和彌寡]"이라고 한 데에서 나온
　　고사이다.
211) '서원西園'은 지금의 허난성[河南省] 린장현[臨漳縣]에 있는 업현鄴縣의 옛 현청 자리
　　에서 북쪽에 있었는데, 조조曹操가 세운 것이라고 한다. 조조의 둘째아들 조식曹植은「
　　공연시公宴詩」에서 "맑은 밤 서원에 나들이 나왔는데, 나는 듯한 술잔들 연이어 돌아
　　가네[淸夜遊西園, 飛蓋相追隨]"라고 노래한 바 있다.
212) 증조曾慥의 『유설類說』 권4에 인용된 『옥상잡기玉箱雜記』에는 "조식이 일곱 걸음 만
　　에 시 한 편을 지으니, '수호'라고 불렸다[曹植七步成章, 號繡虎]"라는 기록이 있다. 여
　　기서 '수繡'는 문장이 화려하고 빼어나다는 의미이고, '호虎'는 그 재기才氣가 힘차고
　　걸출하다는 뜻이다. 이후로 '수호'는 시문詩文이나 화려한 구절을 잘 쓰는 사람을 가리
　　키게 되었다.
213) 전하는 바에 따르면 당나라 때 조하趙嘏가 시를 잘 지어서 명성을 날렸는데, 그가
　　오吳 땅에 오자 상건常建이 그의 시를 얻고 싶어 했다. 그래서 조하가 틀림없이 영암사
　　靈岩寺를 둘러보리라는 것을 알고, 미리 거기 절의 벽에 시 2구절을 써두었다. 과연 나
　　중에 조하가 영암사에 가서 그것을 보고 나머지 2구절을 써서 절구絶句를 완성했다.
　　당시 사람들은 이를 두고 재능이 상대적으로 떨어지는 상건이 조하를 이용해서 훌륭
　　한 시를 만들었다고 하면서, 마치 벽돌을 던져 옥을 끌어낸 것과 같다고 비꼬았다. 그
　　러나 청나라 때 서애西崖가 편찬한 『담징談徵』 「언부言部」의 「포전인옥抛磚引玉」 항목
　　에 따르면, 상건은 조하가 진사에 급제한 해(842)보다 앞서 죽었기 때문에 위 이야기는
　　허구라고 했다. 다만 후세에 '포전인옥'은 종종 못난 재주로 뛰어난 성과를 이끌어낸
　　것을 겸손하게 표현할 때 사용되곤 한다.

李鱓과 더불어 '이이二李'로 통했다. 이면은 『동원제영』의 서문을 썼고,
또 응취헌에 다음과 같은 대련을 썼다.

예로부터 먼 산의 풍경 불러들였지만
달빛 너무 밝다 애석해한 사람 얼마나 될까?
終古招邀山色遠, 幾人愛惜月明多.

78. 왕협王協은 답엽랑에 다음과 같은 대련을 썼다.

청주靑州와 서주徐州엔 평야가 광활한데
유주幽州와 계주薊州엔 오색구름 떠가네.
靑徐平野闊, 幽薊五雲飛.

79. 등종악鄧鍾嶽은 사천四川 사람인데, '춘우당春雨堂'의 편액을 썼다.

80. 정보鄭簠214)는 춘우당에 다음과 같은 대련을 썼다.

안개 속에서 손님 전송하고 요지瑤池로 돌아가니
산속 나무들 향기 뿌려 낭풍령閬風嶺215)을 감싸네.216)
烟雲送客歸瑤水, 山木分香繞閬風.

81. 왕우박王又樸217)이 양주에 왔을 때, 마침 하군소가 자신의 정원에
많은 빈객을 모아 연회를 열고 있었다. 그도 이참에 거기 참석하여 칠

---

214) 정보鄭簠에 대해서는 『양주화방록』 권2 「초하록草河錄 · 하下 · 98」을 참조할 것.
215) 낭풍령閬風嶺은 전설 속에서 신선이 산다는 곳으로, 곤륜산崑崙山 꼭대기에 있다고 한다.
216) 이 구절은 왕안석王安石의 시 「화조인만과집희관和祖仁晚過集禧觀」에 들어 있다.
217) 왕우박王又樸에 대해서는 『양주화방록』 권10 「홍교록虹橋錄 · 상上 · 51」을 참조할 것.

언절구 4수를 짓고, 아울러 춘우당에 '평야청서平野青徐'라는 글을 썼다.

82. 공현龔賢218)은 자가 반천半千이고 호는 시장인柴丈人이다. 그는 시를 잘 짓고 그림을 잘 그렸으며, 저작으로 『초향정집草香亭集』이 있다. 병인년(1746)에 그는 운산각에 다음과 같은 대련을 썼다.

> 정향定香219) 연기 속에서 적막한 경쇠소리 피어나고
> 푸른 산의 녹음 성긴 격자창에 떨어지네.
> 定香生寂磬, 山翠滴疏櫺.

83. 고빈은 이름이 고전古典이라고 하기도 하며, 자는 승루朦樓이고, 강녕江寧 사람이다.220) 그는 효렴孝廉(거인) 출신으로 초서를 잘 썼다. 그는 '우기산방偶寄山房' 편액을 쓰고, 목면당에 다음과 같은 대련을 썼다.

> 삐죽삐죽 대나무 그림자
> 높고 낮은 새소리들.
> 竹影參差, 鳥聲上下.

84. 동문기董文驥221)는 이운서李雲書의 시 구절을 가지고 취연정에 다음

---

218) 공현龔賢에 대해서는 『양주화방록』 권16 「촉강록蜀岡錄 · 32」를 참조할 것.
219) 불교에서는 향을 5가지로 구분하는데, 계향戒香, 정향定香, 혜향慧香, 해탈향解脫香, 해탈지견향解脫知見香이 그것이다. 이것들은 불교에서 승려들이 배우는 중요한 과목이기도 하나.
220) 일실에는 자가 신오順五이고 호가 승루이며, 강도 사람이라고 한다(淸, 李放, 『皇淸書史』 권24).
221) 동문기董文驥(?~?)는 자가 옥규玉虯이고 호는 이농易農이며, 무진武進 사람이다. 그는 1649년 진사에 급제하여 이후 감숙롱우도甘肅隴右道를 지냈다. 저작으로 『미천각집微泉閣集』이 있다. 이로 보건대, 동문기가 진사에 급제할 때 나이가 20살이라 할시라도 하원賀園이 지어진 1744년 무렵이면 이미 115세가 된다. 그러므로 동문기가 직접 하원에 들렀다기보다는 하문소가 나중에 그가 쓴 대련을 사다가 이곳에 걸었다고 보는 편이 나을 듯하다.

과 같은 대련을 썼다.

> 반은 산굽이에, 반은 물가에 있는데
> 돌집 같기도 하고 해자垓字에 걸친 다리 같기도 하구나.
> 半在山隈半水涘, 亦如石屋亦濠梁.

85. 병인년 6월 20일, 하원에 분홍색 연꽃과 하얀 연꽃이 한 가지에 피었다. 강욱과 강순, 고빈, 이면이 함께 오언율시를 지어 그 일을 기록했다. 분주汾州 사람 주내겸周來謙(자는 기당沂塘)도 나중에 그 운韻을 따라 화창和唱했다. 안금재安琴齋는 〈이색연도二色蓮圖〉를 그렸다. 철령鐵嶺 땅의 경홍도耿紅道(자는 협선挾仙)와 조자趙慈(호는 백운伯雲, 자는 죽재竹齋), 성서城西의 종국야농種菊野農, 서성西城의 왕당王堂이 함께 시를 시었다. 하군소는 그 그림을 돌에 새겼다. 은주銀州 땅의 정지요鄭之耀와 백문白門의 진대사秦大士,[222] 흡포歙浦의 장채복莊采復이 제화시題畵詩를 지었다. 천지天池의 승려 실여實如(자는 기주寄舟)[223]는 「서련가瑞蓮歌」를, 여항餘杭의 심쌍승沈雙承(자는 남해南陔)과 오정烏程의 온학립溫鶴立은 「만정방滿庭芳」이라는 사詞를 지었다.

86. 동권문董權文은 자가 동암彤庵이고 요양遼陽 사람이다. 태수를 지낸 그는 가학루에 다음과 같은 편액을 썼다.

---

222) 진대사秦大士(1715~1777)는 자가 노일魯一이고 호는 간천澗泉 또는 추전노인秋田老人이며, 강소 강녕江寧 사람이다. 그는 1752년 과거에서 장원으로 진사에 급제하여 한림원 수찬, 시독학사 등을 역임했고, 경산관학총재景山官學總裁를 지냈다. 그는 시와 서예, 그림에 모두 뛰어나 '삼절三絶'로 칭송되었다고 한다.

223) 실여實如(?~?)는 절강浙江 평호平湖 사람인데, 송강松江 용문사龍門寺에 거주했다. 그는 서예에 뛰어나 장조張照(1691~1745)로부터 칭송을 들었다. 또한 수묵화로 난초를 잘 그려서, 그의 화법을 따라하는 이들이 많았다고 한다.

대숲 속에서 누대에 오르니
바람은 삼산三山[224)]에서 노래하며 떠나지 않고,
꽃 사이로 달을 보니
계곡물은 사계절 내내 봄처럼 흐르는구나.
竹裏登樓, 風引三山不去.
花間看月, 溪流四序如春.

그리고 다시 칠언절구 3수를 지었다.

87. 주조朱藻는 자가 녹포鹿圃인데, 취연정에 '풍래월도風來月到'라는 글씨를 쓰고, 오언율시 3수와 칠언절구 2수를 지었다.

88. 이선李鱓은 응취헌에 다음과 같은 대련을 썼다.

성곽을 나서 이곳에 오니 쉬어갈 만하여
누대에 올라 사방을 둘러보니 어느새 마음이 확 트인다.
出郭此間堪歇脚, 登樓一望已開懷.

89. 유학兪鶴은 자가 횡강橫江이고 단도丹徒 사람이다. 그는 춘우당에 다음과 같은 대련을 썼다.

소슬한 종소리 멀리 퍼져 어디로 흘러가나?
정 많은 달빛은 이곳을 환히 비추는데.
疏鍾聲遠流何處, 明月多情在此間.

---

224) 삼산은 의산倚山과 무산巫山, 강산康山을 가리킨다.

90. 유경여劉敬興는 복건 사람인데, 대미정에 다음과 같은 대련을 썼다.

구불구불 오솔길은 그윽한 곳으로 통하고
아름다운 정자에서 탁 트인 사방을 둘러본다.
宛轉通幽處, 玲瓏得曠觀.

91. 사승謝升225)은 운산각에 '함계회곡含溪懷谷'이라는 글씨를 썼다.

92. 김농金農은 목면대의 편액을 쓰고, 품외제일천에 다음과 같은 대련
을 썼다.

차가운 옥 같은 물소리 울리며
높다란 샘에 날아오를 듯 물이 솟구친다.
寒玉作響, 飛泉仰流.

93. 저준褚竣226)은 합양郃陽 사람인데, 답엽랑에 다음과 같은 대련을 썼
다.

좋은 산 몇 곳에 손님 모시고 나와 앉으니
온 개울에 서늘한 달빛 속세의 먼지 묻은 옷깃 씻어주네.

---

225) 사승謝升(?~1645)은 산동 덕주德州 사람으로, 만력 35년(1607) 진사에 급제하여 나중
에 건극전建極殿 대학사 겸 이부상서까지 지냈으며, 거기에 소보少保 겸 태자태보太子太
保의 직함이 더해지기도 했다. 그러나 숭정제 말년에 청나라와 화친하려는 황제의 뜻
을 흘리는 바람에 파직되어 고향으로 돌아갔다. 이자성李自成의 군대가 북경에 들어가
자 그는 어사 조계정趙繼鼎 및 노세각盧世潅과 함께 이자성이 임명한 관리를 축출하고,
명나라 황실을 받들며 사어성師敔城을 지켰다. 얼마 후 그는 대학사의 신분으로 조정
에 들어가 정사에 참여하다가 죽었는데, 죽은 후 태부太傅 벼슬이 추증되었다. 시호는
청의淸義이다.
226) 저준褚竣에 대해서는 『양주화방록』 권4 「신성북록新城北錄・중中・42」를 참조할 것.

幾處好山供客座, 一川寒月淨塵襟.

94. 심쌍승沈雙承은 사詞를 잘 지어서 온학립溫鶴立과 나란히 명성을 날렸다. 그는 하원에서 『삼대사三臺詞』를 지었는데, 이곳을 왕래할 때마다 첩운疊韻[227]을 이용한 작품을 많이 지어서 당시에 널리 칭송을 들었다.

95. 왕정륜王定掄은 대미당에 다음과 같은 대련을 썼다.

아름다운 경치 속에 맑은 바람소리 가득하니
아련히 먼 산들을 그윽하게 살펴본다.
風景滿淸聽, 群山靄遐矚.

또 운산각에는 다음과 같은 대련을 썼다.

푸른 하늘은 문득 화려한 꽃들에 가려지고
산 빛을 보면 언제나 안개와 비가 많은 듯하네.
晴空頓覺紛華隔, 山色常疑烟雨多.

96. 왕문충王文充은 '부용반芙蓉泮'이라는 글씨를 썼다.

97. 황수곡黃樹穀[228]이 '답엽랑踏葉廊'이라는 글을 쓰자, 강욱이 그것을 편액으로 만들었다. 강순은 춘우당의 회낭에 다음과 같은 대련을 썼다.

물가에 누대 세워 절을 만들었는데

---

227) '첩운疊韻'은 본래 두 글자 혹은 두 글자의 운모韻母가 서로 같은 것을 의미하는데, 시사詩詞를 지으면서 예전에 사용했던 운韻을 다시 사용하는 것을 가리키기도 한다.
228) 황수곡黃樹穀에 대해서는 『양주화방록』 권12 「교동록橋東錄·53」을 참조할 것.

평산은 난간처럼 맑은 하늘에 걸려 있네.

近水樓臺開梵宇, 平山闌檻倚晴空.

98. 전무田懋는 자가 퇴재退齋[229]인데, 응취헌에 다음과 같은 대련을 썼다.

취한 김에 비 갠 하늘의 구름 보고 시를 짓고

느긋하게 밝은 달 불러놓고 밤중에 거문고를 탄다.

醉倚晴雲留作賦, 閒邀明月夜調絃.

99. 반위潘偉는 자가 송곡松谷인데, 가학루에 다음과 같은 대련을 썼다.

우뚝 솟은 누대는 푸른 산봉우리 밀어내고

허공에 가득 퍼지는 종소리는 흰 구름 끌어내리네.

樓臺突兀排靑嶂, 鍾磬虛餘下白雲.

100. 정남명程南溟은 자가 일청軼靑이고 오강吳江 사람인데, 운산각에 다음과 같은 대련을 썼다.

풍경과 정감이 합쳐져 호수와 산의 주인이 되니

---

229) 전무田懋(1690~1770)는 자가 덕부德符이고 호는 퇴재退齋이며, 산서山西 양성陽城 통제리通濟里(지금의 둥관東關) 사람으로 문화전대학사文華殿大學士를 지낸 전종전田從典의 아들이다. 그는 옹정 11년(1733) 음보蔭補로 형부 원외랑이 되었다가 낭중郎中, 어사를 역임했고, 건륭 1년(1736)에는 예부급사禮部給事가 되었다가 얼마 후 부도어사副都御史로 승진했다. 그의 저작으로는 『역용변易庸辨』, 『괘변掛變』, 『춘추고실春秋考實』, 『격물해格物解』, 『고문古文』, 『의원시依園詩』, 『내망집耐忘集』, 『몽구적요蒙求摘要』 등이 있다. '중화본'에는 전무의 자를 '호택護澤'이라고 표기했는데, 이것은 본문 101번에 기록된 왕승선王承先의 자이다.

노래하고 풍악 울려야지, 이 좋은 세월을 어찌 헛되이 보내랴?

風情合作湖山主, 歌吹寧虛花月辰.

101. 왕승선王承先은 자가 호택護澤인데, 가학루에 다음과 같은 대련을
썼다.

물굽이는 수유 꽃빛에 물들고

하늘[230] 높이 솟은 소나무와 대나무 옆에 물빛 푸르다.

계단에 구르는 붉은 꽃잎

정자와 누대는 사계절 내내 하늘의 향기에 감싸여 있다.

灣過茱萸, 松竹三霄水碧.

階翻紅葉, 亭臺四序天香.

102. 왕섬王掞은 누강婁江 사람인데, 가학정에 다음과 같은 대련을 썼다.

풀잎 엮어 옷 만들고 나무뿌리 먹으며 신선의 노래 남기고

푸른 하늘 우거진 벽오동 보며 도를 찾는 마음 알게 되네.

草衣木食留仙詠, 碧落蒼梧識道心.

103. 장사연張嗣衍은 자가 신산神山인데, 우기산방에 다음과 같은 대련
을 썼다.

붉은 꽃 핀 나무 이웃에 그림자 빌려주니

북쪽 창에서 물소리 듣는다.

---

230) 원문의 '삼소三霄'는 원래 도교道教에서 청미천淸微天과 우여천禹餘天, 대적천大赤天을
아우르는 말로 사용되다가, 나중에는 그냥 '높은 하늘' 혹은 벼슬길이 순탄하여 높은
지위에 오른 것을 의미하는 말로도 뜻이 확장되었다.

紅樹借鄰影, 北窓聞水聲.

104. 노병순盧秉純[231]은 '춘강초외산정春江草外山亭'이라는 글씨를 썼다.

105. 진택震澤 땅의 심빈沈斌은 주교관州校官을 지냈는데, '운상림천雲上林泉'이라는 글씨를 쓰고, 행헌杏軒에 다음과 같은 대련을 썼다.

난간 너머 산 빛은
봄, 여름, 가을, 겨울을 두루 거쳐서
천만 번 변화하니
아무래도 인간 세상이 아닌 듯.
창에 어리는 구름 그림자는
동서남북을 마음대로 다니는데
오가면서 씻어주니
정말 신선의 거처로다.
檻外山光, 歷春夏秋冬,
萬千變幻, 總非凡境.
窓中雲影, 任南北東西,
去來淡蕩, 洵是仙居.

106. 당종党琮은 자가 석린石鄰인데, 기우산방에 '읍파挹波'라는 글씨를 썼다.

---

231) 노병순盧秉純은 자가 성향性香이고 양릉진襄陵鎭 동관東關(지금의 샹펀襄汾에 속함) 사람이다. 그는 옹정 4년(1726) 거인이 되었고, 1730년 진사에 급제했다. 이후 한림원 검토와 경기도京畿道 감찰어사, 국사관협수國史館協修를 지냈다. 그는 벼슬살이를 접고 고향에 돌아온 후에도 여러 곳에서 학생들을 가르쳤으며, 저작으로 『용천당문고龍泉堂文稿』와 『석계당시집析桂堂詩集』이 있다.

107. 양헌梁巘은 자가 문산文山[232)]인데, 소옹邵雍[233)]의 시 구절을 이용하여 응취헌에 다음과 같은 대구를 썼다.

비 갠 후 고요히 산을 바라보는 마음
바람 맞으며 느긋하게 달을 보는 정신
雨後靜觀山意思, 風前閒看月精神.

108. 장조위張祖慰는 자가 소백小柏인데 응취헌에 ‘모란佯蘭’이라는 글씨를 쓰고, 춘강초외산정에 다음과 같은 대련을 썼다.

연잎 사이 놀잇배 타고 시 모임에 찾아가니
하전荷錢[234)] 빌려 저당 잡히고 더운 술 마실 만하네.
欲因蓮舫尋詩社, 可借荷錢質酒爐.

109. 민관閔寬[235)]은 취연정에 ‘소원嘯遠’이라는 글씨를 썼다.

110. 장문수張文繡는 ‘진외심청塵外心淸’과 ‘호광산영湖光山影’이라는 편액을 썼다.

111. 주좌탕朱佐湯은 부주汾州 사람인데, 춘강초외산정에 다음과 같은

---

232) 양헌梁巘에 대해서는 『양주화방록』 권2 「조하록草河錄·하下·122」와 권10 「홍교록虹橋錄·상上·58」의 본문 및 주석을 참조할 것.

233) 소옹邵雍(1011~1077)은 자가 요부堯夫이고 호는 안락선생安樂先生, 시호는 강절康節이다. 그는 평생 벼슬길을 추구하지 않고 은일隱逸을 추구했으나, 부필富弼, 사마광司馬光, 여공저呂公著 등 당시의 고관대작들로부터 깊은 존경을 받았다. 그의 저서로는 『선천도先天圖』와 『황극경세皇極經世』, 『관물내외편觀物內外篇』, 『어초문대漁樵問對』, 『이천격양집伊川擊壤集』 등이 있다.

234) 갓 피어난 연잎이 동전처럼 생겼다고 해서 비유할 때 쓰던 말이다.

235) 양주에 거주하던 저명한 휘상徽商 민세장閔世璋(?~?, 자는 상남象南)의 아들이다.

대련을 썼다.

꽃그늘, 대나무 그림자 속에서 달빛 아래 취하고
물가 난간과 산속 정자에서 풍류를 노래한다.
醉月花陰竹影, 吟風水檻山亭.

112. 하택荷澤 땅의 유조劉藻236)는 자가 소존素存이고 산동 사람이다. 그는 박학홍사에 천거되어 순무巡撫를 지냈는데, 가학루에 다음과 같은 대련을 썼다.

산언덕에 굽은 오솔길 숨겨 있어
내키는 대로 걸어 올라가보네.
一邱藏曲折, 縱步有躋攀.

113. 섭경葉敬237)은 '문창사록재동제군文昌司祿梓潼帝君'이라는 편액을 썼다.

114. 승려 목산牧山은 자가 지득只得인데, 취연정에 다음과 같은 대련을 썼다.

난간을 둘러싼 계곡 물빛 곱게 일렁이고

---

236) 유조劉藻(1701~1766)는 원래 이름이 유옥린劉玉麟이고 자는 인북麟北, 호는 소촌蘇村으로, 산동 하택荷澤(지금의 쥐예현巨野縣 쑤지蘇集) 사람이다. 그는 건륭 1년(1736) 박학홍사에 천거되어 한림원 편수가 되었고, 건륭제가 유조劉藻라는 이름을 하사했다. 그 후 그는 좌첨도어사左僉都御史, 통정사通政使, 내각학사, 강소학정江蘇學正, 섬서포정사陝西布政使, 운남순무雲南巡撫, 태자소보, 귀주순무貴州巡撫, 운귀총독雲貴總督를 역임했다. 그의 저작으로는 『관성강의觀城講義』, 『과사록계구과문課士錄戒口過文』이 있으며, 『조주부지曹州府志』의 편찬을 주관하기도 했다.
237) 섭경葉敬(?~?)은 자가 의방義方이고 양주 사람인데, 서예에 뛰어났다.

간 건너 푸른 산은 삐죽삐죽 모습 드러낸다.

繞檻溪光供激灎, 隔江山色露嵯峨.

승려 천지天池는 기우산방에 '임외야인가林外野人家'라는 글씨를 썼고,
승려 일암一庵은 대미정의 편액을 썼다.

115. 하원에는 옛 사람이 쓴 편액들도 있다. 편액으로는 무명씨無名氏의
'산정선원山亭璇源'과 주희朱熹의 '한죽송풍寒竹松風', 문팽文彭[238]의 '응
취헌凝翠軒', 미불米芾의 '운피월만雲披月滿'이 있다. 또 지산枝山[239]이 쓴
다음과 같은 대련이 있는데, 이것은 진품이다.

사방을 둘러싼 산은 모두 그림 속에 들어온 듯한 느낌을 주고

일 년 동안 하루라도 꽃을 보지 못한 날이 없지.

四面有山皆入畫, 一年無日不看花.

116. 다음은 하원 안에 적힌 이름들이다.[240]

---

238) 문팽文彭(1498~1573)은 자가 수승壽承이고 호는 삼교三橋이며 장주長洲(지금의 쟝쑤
　　성 쑤저우시) 사람으로, 저명한 문인이자 화가인 문징명文徵明의 큰아들이다. 그는 서
　　예와 그림, 전각篆刻으로 명성이 높았다.
239) 축윤명祝允明(1640~1527)은 자가 희철希哲 또는 희철晞喆이고, 오른손에 손가락이 하
　　나 더 있어서 호를 지지생支指生 또는 지지생枝指生, 지지산인枝指山人, 지산枝山, 지산거
　　사枝山居士, 지산초인枝山樵人 등으로 사용했다. 세간에서는 그를 '축경조祝京兆'라고 불
　　렀다. 그는 장주長洲(지금의 쟝쑤성 우현 쑤저우시) 사람이다. 그는 홍지弘治 5년(1429)
　　에 거인이 되었으나 여러 차례 응시에도 불구하고 진사에 급제하지 못하다가, 1514년
　　에 광동廣東, 흥녕현興寧縣의 시현이 되었고 5년 후 응천부통판應天府通判으로 승진했으
　　나, 1519년 병을 핑계로 사직하고 고향으로 돌아갔다. 그는 당인唐寅, 문징명文徵明, 서
　　경경徐禎卿과 친하게 지내면서 '오중사재자吳中四才子'로 불리기도 했다. 뛰어난 서예가
　　로서 특히 해서로 명성이 높았던 그의 대표작으로는 「초서가지대명궁조조시축草書賈至
　　大明宮早朝詩軸」과 「공후인篌簇引」(즉 「초서조식시수권草書曹植詩手卷」), 그리고 「적벽부赤
　　壁賦」 등이 있다.
240) 본 번역에서는 출신 지역 혹은 관적貫籍, 관직官職, 성명漢字(자호字號)의 순서로 풀어

절우浙右 주성저朱星渚(자는 한원漢源), 죽서竹西241) 손옥갑孫玉甲(자는 전운 殿雲), 정명세程名世(자는 균사筠榭), 포성蒲城 왕문녕王文寧(자는 역문櫟門), 공 계원孔繼元, 경강京江 하용지何龍池(자는 양암讓庵), 동성桐城 석문성石文成(자는 문탁聞涿), 동산桐山 방림方霖(자는 순봉筍峰), 상원上元 미옥린米玉麟(자는 구산 舊山), 전당錢塘 공겸龔謙(자는 약방藥房), 이소공李紹孔, 오해吳楷, 손인준孫人俊, 우명로농牛鳴老農, 오자강吳自强(자는 민회民懷, 호는 팔보八寶), 왕부민汪膚敏, 종연宗珩(자는 담원澹園), 주진朱震(자는 청려青藜), 포성蒲城 진예우陳裔虞(자는 술소述韶), 왕가汪舸, 승려 행길원行吉(자는 원遠), 무호蕪湖 장달張達(자는 초삼 蕉衫), 동도東淘 전순錢純(자는 일성一誠), 천도天都 왕보구汪寶裘(자는 위산爲山), 진근어陳近御(자는 빈재斌齋), 계남溪南 오창문吳倉文, 왕종희王宗義(자는 서계西 溪), 진륜陳侖(자는 추암秋岩), 오수옥吳授玉(자는 화계花溪), 장금도張錦濤(자는 보재補齋), 이소백李少白(자는 창곡滄谷), 강도江都 민정규閔廷揆(자는 내우耐愚), 정흠程欽(자는 사원師源), 난강鑾江 시기施淇(자는 위빈衛濱), 장역張繹(자는 유 령柔嶺), 시영施瀛(자는 계등繼登), 강도江都 혜산秷山, 장정규張廷珪, 진숙陳俶 (자는 가선稼先), 장연기張延祺(자는 노목老牧), 전당錢塘 허영년許迎年의 부인 서덕음徐德音(자는 숙칙淑則)[이주 : 규수閨秀],242) 어림御臨 고헌高軒, 경강京江 육 계충陸繼忠, 초왈귀焦日貴(자는 극재涵齋), 내양萊陽 송방헌宋邦憲(자는 매정梅 亭), 전당錢塘 심오沈鏊, 금릉金陵 이본선李本宣(자는 거문蓮門),243) 서촉西蜀 비 천수費天修(자는 강자强子), 금릉 진영예陳永銳(자는 축암築巖), 임분臨汾 원훈元 勳 번인서樊麟書,244) 진여거陳汝渠(자는 어촌漁村), 고평高平 진삼陳三(자는 망

놓았다.

241) 양주 교외의 지명이다.

242) 서덕음徐德音에 대해서는 『양주화방록』 권1 「초하록草河錄・상上・7」을 참조할 것.

243) 이본선李本宣(1703~1782 이후)은 강도江都 사람이라는 설도 있다. 그는 전기傳奇 작 가로서 『옥검연玉劍緣』을 지었다. 또한 그는 오경재吳敬梓의 『문목산방집文木山房集』에 서문을 쓰기도 했는데, 현존하는 판본에 따르면 그 서문은 건륭 6년(1741)에 쓴 것으로 되어 있다.

244) 번인서樊麟書(?~?)는 자가 '인서'인 듯하나 이름과 호는 알 수 없고, 한때 양주군승揚 州郡丞을 지낸 것으로 보인다. 특히 그는 당시 양주 지역에 와 있던 타향인 가운데 바

의網義), 이근규李根葵(자는 성서成墅), 석성石城 요녕姚寧(자는 밀재謐齋), 금릉 주탁周鐸(자는 경부警夫), 백하白下 왕제천汪濟川, 왕준천汪濬川, 금릉 부이인傳利仁(자는 악천樂川), 해양海陽 유고兪高(자는 송정松亭), 종산鍾山 마련馬璉(자는 여기汝器), 석성 허상달許上達(자는 초운超雲), 말릉秣陵 요영姚瑩(호는 옥정玉亭),245) 강포江浦 왕지한王之翰(자는 맥균麥畇), 종산 굴경현屈景賢(자는 사재思齋), 강녕江寧 공원충龔元忠,246) 강녕 장도정張道正(자는 맹표孟表), 상원上元 요송석姚宋錫, 말릉 소진蕭鎭, 소용蕭瑢(자는 패형珮珩), 백문白門 공여장龔如章(자는 운약雲若), 백하白下 황사기黃士圻(호는 소촌繡村), 백문 공여사龔如舍(자는 최후最侯), 강녕 여율呂律, 상원 포혜鮑惠, 백문 송천작宋天爵(자는 미산味山), 양양襄陽 미세번米世蕃, 초양楚陽 허과許果(자는 육재育齋), 왕신명王新銘, 잠산岑山 정인程仁(자는 악산樂山), 장학시張學詩(자는 진사振斯), 주장周莊(자는 번지煩指), 소문위蕭文蔚(자는 등림鄧林), 강체康棣(자는 흠약歆箬), 역조식易祖拭, 원요袁耀(자는 소도昭道), 왕문탁王文倬(자는 아포鵝圃), 절우浙右 미화米禾, 양법楊法, 제원濟源 단원문段元文, 송욱宋旭, 여자영厲自英(자는 명당鳴堂), 수정륜壽廷倫(자는 약평藥坪), 상원 왕손王遜(자는 종겸從謙), 동성 방구요方求瑤(자는 관장官莊), 문성文星(자는 소운巢雲), 우천禹川 왕양도王養濤(자는 산래山來), 흥화興化 이배원李培源(자는 도원稻園), 해녕海寧 진관부陳灌夫, 고밀高密 고망高網, 금강錦江 주용朱榕, 허빈許濱, 승려 신신迅, 천문天門 당육계唐毓薊(자는 석사石士), 부춘富春 죽씨竹氏 집안의 며느리 배문의裴文漪[규수], 한양漢陽 대유양戴喩讓(자는 경부景阜), 산음山陰 진제신陳齊紳(자는 향림香林).

117. 연화교는 연화성蓮化埂에 있는데, 보장호에 걸쳐서 있다. 이 다리

둑을 잘 두기로 명성이 높았던 인물로 알려져 있다. 이에 관해서는 『양주화방록』 권13 「교서록橋西錄·77」을 참조할 것.

245) 『금릉통지金陵通志』에 따르면, 요영姚瑩(?~?)은 자가 문길文洁이고, 강녕江寧(시금의 난징시) 사람인데, 시와 그림에 뛰어났다고 했다.

246) 공원충龔元忠(?~?)은 자가 진사進思이고 호는 퇴암退庵이며, 강녕 땅의 제생 출신이다. 그는 서예로 명성이 높았다.

는 남쪽으로 하원賀園과 이어지고, 북쪽으로는 수안사壽安寺 차정茶亭과
이어진다. 다리 위에는 5개의 정자가 만들어져 있는데, 아래쪽에 사익
동四翼洞이 늘어서 있어서, 정면과 측면에 모두 15개가 있다. 보름달이
뜰 때면 각 동굴에 하나씩 달이 들어와 황홀한 금빛이 일렁인다. 건륭
정축년(1757)에 순염어사 고항高恒247)이 세웠다.

247) 고항高恒에 대해서는 『양주화방록』 권9 「소진회록小秦淮錄·1」을 참조할 것.

권14

강동록江東錄

1. 건륭 22년(1757)에 순염어사 고항高恒이 연화경蓮花埂을 만들어 신하新河가 평산당까지 이어졌다. 양쪽 강안江岸에는 모두 이름난 원림이 조성되었다. 북쪽 강안에는 '백탑청운白塔晴雲'과 '석벽유종石壁流淙', '금천화서錦泉花嶼' 3개의 풍경구가 있고, 남쪽 강안에는 '춘대축수春臺祝壽', '조원화서條園花瑞', '촉강조욱蜀岡朝旭', '춘류회방春流畫舫', '척오루尺五樓' 등 5개의 풍경구가 만들어졌다.

2. '백탑청운'은 연화교 북쪽 강안에 있는데, 강안의 물가 밖까지 뻗어나가 얕은 물의 수면과 높이가 같다. 물속에는 마치 짐승이 웅크리고 앉은 것 같은 거대한 돌들이 많은데, 물이 빠지면 돌들이 모습을 드러

내 높거니 낮거니 계단을 이루고 있다. 위로는 기암괴석이 벽처럼 둘러서 있고, 바윗돌 평평한 곳에 '백탑청운'이라는 글자가 새겨져 있다. 계단 앞에 '계서桂嶼'라고 하는 3칸짜리 높은 건물이 서 있고, 그 뒤엔 화남수북당花南水北堂이 있다. 당 오른쪽은 적취헌積翠軒인데, 그 앞에는 반청각半靑閣이 서 있다.

반청각은 원림 안의 작은 시내[小溪河]를 끼고 있는데, 시내 서쪽에 홍판교紅板橋가 놓여 있다. 홍판교 서쪽으로 매화나무가 1리里 남짓 늘어서 있고, 지자청之字廳이 세워져 있다. 지자청 밖에는 작약을 심었는데, 그 중간쯤 되는 곳에 작청芍廳이 있다. 그 앞은 난저蘭渚이고, 뒤는 창랑관蒼筤館이다. 거기서 다시 몇 굽이를 돌아가면 임향초당林香草堂으로 들어가게 된다. 당 뒤로 가면 종지산방種紙山房으로 이어지며, 그 옆에 귀운별관歸雲別館이 있고, 바깥으로 망춘루望春樓가 있으며, 누대 오른쪽이 서상각西爽閣이다.

3. 연화교 남쪽의 작은 섬에는 계수나무 수백 그루가 심겨 있으며, 물에서 1자 남짓 떨어진 곳에 3칸짜리 건물이 서 있었다. 호랑이가 싸우는 듯, 새가 날개를 펼치는 듯, 겹겹 봉우리 같은 지붕들이 다투어 솟아 있다. 건물 앞에는 키 작은 계수나무를 엮어 울타리를 만들어, 섬의 오래된 계수나무를 빙 둘러서 원림 안으로 들어오게 해놓았다. 산 뒤에는 가시나무와 대추나무, 그리고 온갖 꽃들이 우거져 있고, 그 뒤편으로 청사가 세워져 있는데 '화남수북지당花南水北之堂'이라 쓰인 편액이 붙어 있으며, 다음과 같은 연구聯句가 있다.

별장은 성 밖 푸르른 땅을 끼고 있고
전헌前軒은 큰 강을 베고 누웠네.
別業臨靑甸[이교李嶠][1]
前軒枕大河[허혼許渾][2]

적취헌은 섬 북쪽의 숲에 있는데, 다음과 같은 대련이 붙어 있다.

돌을 쌓아 시냇물 흐르게 하고

건물 앞에 서니 푸른 대나무 그늘을 드리우네.

疊石通溪水[허혼許渾]3)

當軒暗綠筠[유헌劉憲]4)

4. 섬 서쪽의 반청각에는 다음과 같은 대련이 붙어 있다.

이른 봄 골짜기 날아 나온 꾀꼬리를 보았는가 싶더니

맑은 하늘 아래 안개 머금은 버드나무를 다시 만나네.

纔看早春鶯出谷[위장韋莊]5)

更逢晴日柳含烟[소정蘇頲]6)

---

1) 이교李嶠(645~714)는 자가 거산巨山이며 조주趙州 찬황贊皇(지금의 허베이성) 사람이다. 그는 20세에 진사로 뽑혔으며 감찰어사를 지냈다. 옹주邕州, 엄주嚴州의 요족僚族이 반란을 일으켰을 때 직접 적지로 가서 투항을 권해 적병을 물림으로써 공을 세워 급사중給事中이 되었다. 측천무후 때에 중용되어 재상을 지냈으며 조국공趙國公에 봉해졌으나 예종睿宗 때부터 좌천되기 시작하여 현종 즉위 후엔 저주별가滁州別駕로 폄적되었다. 그는 당시 궁정시인의 거두로서 시집 『이교잡영李嶠雜詠』 2권이 전해진다. 『전당시』 권58에 수록된 이교의 「시연장저공주동장응제侍宴長寧公主東莊應制」에 "別業臨青甸, 鳴鑾降紫霄"이라는 구절이 있다.
2) 허혼許渾에 대해서는 『양주화방록』 권1 「초하록草下錄 · 48」을 참조할 것. 『전당시』 권530에 수록된 허혼의 「동관란약潼關蘭若」에 "來往幾經過, 前軒枕大河"라는 구절이 있다.
3) 『전당시』 권537에 수록된 허혼의 「봉명화후지십운奉命和後池十韻」에 "疊石通溪水, 量波失舊規"라는 구절이 있다.
4) 유헌劉憲에 대해서는 『양주화방록』 권1 「초하록草下錄 · 53」을 참조할 것. 『전당시』 권71에 수록된 유헌의 「봉화행례부상서두희개댁응제奉和幸禮部尚書竇希玠宅應制一일작배행오왕댁一作陪幸五王宅」에 "繞坐熏紅藥, 當軒暗綠筠"이라는 구절이 있다.
5) 위장韋莊에 대해서는 『양주화방록』 권1 「초하록草下錄 · 50」을 참조할 것. 『전당시』 권700에 수록된 위장의 「화인춘모서사기최수재和人春暮書事寄崔秀才」에 "纔見早春鶯出谷, 已驚新夏燕巢梁"이라는 구절이 있다.
6) 소정蘇頲에 대해서는 『양주화방록』 권10 「홍교록紅橋錄 · 상上 · 87」을 참조할 것. 『전

반청각 앞쪽은 돌 틈에 박혀 있고, 뒤는 가파른 절벽에 기대고 있으며, 왼쪽 모퉁이는 적취헌과 통하고, 오른쪽은 작은 시냇가를 끼고 있다. 창에는 버드나무 가지가 스치고, 버드나무로 된 난간이 구불구불 물굽이를 감싸고 있다. 반청각 밖에는 홍판교를 놓아 섬 안의 사람들이 왕래할 수 있게 해놓았다. 홍판교 밖에는 길게 자란 대숲이 길을 가로막고 있고, 폭포가 요란하게 쏟아져 곧장 바위 가운데를 꿰뚫고 지난 후 물줄기가 갈라져 대숲 사이로 흘러간다. 간혹 진흙이 쌓여 구멍을 막는 경우도 있다. 해질 무렵 고깃배가 물결을 타고 들어와 멀리서 다리를 치워 달라고 부르면, 울창한 숲가에서 알겠노라 대답하는 소리가 들린다. 하지만 섬 동촌東村에서 피리[塢笛]를 불어도 들리지 않는다.

5. 원림의 작약 밭은 10여 무畝인데, 꽃이 필 때면 나무를 꽂아 시렁을 만들고, 갈대를 엮어 주렴을 만들고, 대나무를 얽어 울타리로 삼고, 숲 근처에 출입문을 만들었다. 유람객들이 밭두둑을 걷다보면 실처럼 좁은 길이 종횡으로 구불구불 얽혀, 간혹 길을 잃고 어디로 가야 할지 몰라 하기도 한다. 오래 걷다보면 다리가 아파오는데, 그 안에 찻집이 있어서 꽃구경하던 사람들은 모두 약속이나 한 듯 거기에서 차를 마신다. 이 찻집의 이름이 '작청'이다.

6. 작청 뒤의 바위틈에는 난초를 심어놓았다. 이른 봄에 꽃이 피기 시작하여 초여름까지 피고, 가을이면 한껏 만개하여 한 가지에 몇 송이씩 피어나니, 이곳을 난저蘭渚라고 한다. 난저 위쪽에 3칸짜리 집이 있고, 다음과 같은 대련이 붙어 있다.

　　　이름난 정원은 푸른 물가에 서 있고

당시』권73에 수록된 소정의 「봉화춘일행망춘궁응제奉和春日幸望春宮應制」에 "東望望春春可憐, 更逢晴日柳含烟"이라는 구절이 있다.

신비로운 탑은 구름 덮인 장원과 벗하였네.

名園依綠水[두보杜甫][7]

仙塔儷雲莊[마회소馬懷素][8]

이곳을 지나면 대나무가 점점 무성해지기 시작한다. 대숲 안에는 '창랑관蒼筤館'이라는 작은 집이 지어져 있으며, 다음과 같은 대련이 붙어 있다.

대나무 높이 우거진 곳에 물총새 울고

시냇물 따뜻한 곳에 해오라기 노니네.

竹高鳴翡翠[두보杜甫][9]

溪暖戲鴛鴦[유장경劉長卿][10]

7. 봄에서 여름으로 바뀔 무렵 초목이 하늘까지 닿을 듯 우거지는데, 그 안에 건물 몇 칸을 지어놓았다. 이곳에는 '임향초당林香草堂'이라는 편액이 걸려 있고, 다음과 같은 대련이 붙어 있다.

---

7) 『전당시』권224에 수록된 두보의 「배정광문유하장군산림십수陪鄭廣文遊何將軍山林十首－산림재위곡서탑피山林在韋曲西塔陂」에 "名園依綠水, 野竹上青霄"라는 구절이 있다.

8) 마회소馬懷素(?~?)는 당대唐代 문인으로 자가 유백惟白이고 윤주潤州 단도丹徒 사람이다. 진사에 합격했고 또 문학우첨과文學優贍科에 급제했으며, 개원 초에 호부시랑이 되었다. 이후 은청광록대부銀青光祿大夫에 상산현공常山縣公에 제수 되었다. 60세에 죽자 윤주자사潤州刺史에 추증되있고, 시호는 왈문曰文이다. 『전당시』권93에 수록된 마회소의 「봉화구월구일등자은사부도응제奉和九月九日登慈恩寺浮圖應制」에 '御旗橫日道, 仙塔儷雲莊'이라는 구절이 있다.

9) 『전당시』권228에 수록된 두보의 「절구육수絶句六首」에 "竹高鳴翡翠, 沙僻舞鵾雞"라는 구절이 있다.

10) 유장경劉長卿에 대해서는 『양주화방록』권6 「성북록城北錄·23」을 참조할 것. 『전당시』권150에 수록된 유장경의 「지덕삼년춘정월시류몽차섭해염령문왕사수이경인서사기상절서절도리시랑중승행영오십운至德三年春正月時謬蒙差攝海鹽令聞王師收二京因書事寄上浙西節度李侍郎中丞行營五十韻」에 "洲香生杜若, 溪暖戲鴛鴦"이라는 구절이 있다.

어둔 밤 집을 감싼 노랫소리 옥 구르듯 어여쁘고
산 강으로 이어져 푸른 기운 가득하네.
歌繞夜梁珠宛轉[나은羅隱]11)
山連河水碧氛氲[진상미陳上美]12)

　　임향초당 뒤에는 작은 건물들이 몇 굽이로 이어져 있는데, 그 옆의
땅이 뒷산으로 이어져 있고, 파초 100여 그루가 자라고 있다. 이곳의 편
액에는 '종지산방種紙山房'이라고 쓰여 있다.

8. 종지산방 오른쪽으로 야트막한 담이 몇 굽이 이어진 곳에 눈썹먹처
럼 솔숲이 우거져 있고, 100자나 되는 높은 누각이 서 있는데, 편액에
'서상西爽'이라 쓰여 있다. 그 서쪽에 대숲 안개와 꽃향기가 옷자락 사
이에서 피어오르고, 물가의 집[渚宮]과 푸른 수목들이 나타났다 사라졌
다 하면서 뒷산과 어우러져 현란한 초록빛을 서로 비추고 있다. 이곳에
'귀운별관歸雲別館'이라는 작은 정사亭舍가 세워져 있으며, 다음과 같은
대련이 붙어 있다.

　　작은 집 굽이진 회랑에 봄은 소리 없이 고요한데
　　벽도와 붉은 살구 열린 곳에 냇물 졸졸 흐르네.
　　小院回廊春寂寂[두보杜甫]13)

---

11) 나은羅隱(833~909)은 과거에 낙방했으나 절도사의 막료로 있는 동안 전구錢鏐에게
　　인정을 받아 중용되었다. 저작좌랑著作佐郎, 간의대부諫議大夫, 급사중을 지냈다. 훗날
　　주전충朱全忠이 그의 재능을 높이 사 불렀으나 응하지 않았다. 저작으로는『갑을집甲乙
　　集』,『양동서兩同書』등이 있다.『전당시』권657에 수록된 나은의「상어역루동망유감商
　　於驛樓東望有感」에 "歌繞夜梁珠宛轉, 舞嬌春席雪朦朧"이라는 구절이 있다.
12) 진상미陳上美(?~?)는 생애에 대해 자세히 알려진 바가 없다. 그는 836년 진사에 2등
　　으로 합격한 바 있다.『전당시』권542에 수록된 진상미의「함양유회咸陽有懷」에 "山連
　　河水碧氛氲, 瑞氣東移擁聖君"이라는 구절이 있다.
13)『전당시』권227에 수록된 두보의「부성현향적사관각涪城縣香積寺官閣」에 "小院回廊

碧桃紅杏水潺潺[허혼許渾][14)

9. 망춘루望春樓 앞에 연못이 있고, 좌우에 2개의 돌다리가 가설되어 있
는데 마치 게의 집게발처럼 굽었다. 이곳엔 '일거춘수一渠春水'라는 편액
이 걸려 있고, 다음과 같은 대련이 붙어 있다.

> 북쪽 정자에서 먼 산봉우리 한가할 때면 바라보고
> 저 멀리 달빛과 별빛 모아들이네.
> 北榭遠峰閑卽望[설능薛能15)의 시구이다.]
> 月華星朵望來收[두보杜甫16)의 시구이다.]

연못 앞에는 5칸짜리 높은 집과 노대露臺가 하나 있다. 노대 밖이 바
로 신하新河의 물굽이인데, 큰 돌이 옆으로 서 있어 성난 파도 속에서
벌집 같은 배를 타고 상앗대를 지르는 모습이다. 높고 웅장한 누각이
구름 사이로 우뚝 솟아 있는데, 복도가 사방의 숲과 바위로 통하고 있
다. 울긋불긋 화려한 단청이 찬란한 광채를 뿜어내는데, 편액에는 '소리
장군화본小李將軍畫本'이라고 적혀 있고, 다음과 같은 대련이 붙어 있다.

> 수 만개의 누대들 마치 채색 비단에 그린 그림인 듯 하고
> 산에 둘러싸인 수천 호 집들 조용히 아침 햇살에 빛나네.
> 萬井樓臺疑繡畫[두보杜甫]17)

春寂寂, 浴鳧飛鷺晚悠悠"이라는 구절이 있다
14)『전당시』권657에 수록된 허혼의 「범계야회기도현상인泛溪夜回寄道女上人」에 "南郭煙
   光異世間, 碧桃紅杏水潺潺"이라는 구절이 있다.
15) 설능薛能에 대해서는『양주화방록』권7「성남록城南錄·21」을 참조할 것.『전당시』
   권559에 수록된 설능의 「병양우회屛陽寓懷」에 "北榭遠峰閑卽望, 西湖殘景醉常眠"이라
   는 구절이 있다.
16)『전당시』권693에 수록된 두순학杜荀鶴의 「여사우우旅舍遇雨」에 "月華星彩坐來收, 嶽
   色江聲暗結愁"이라는 구절이 있다.

千家山郭靜朝暉[장구령張九齡]18)

건물 뒤쪽에는 작은 족자[小捲]가 망춘루를 마주보고 걸려 있는데, 여기에 이런 대련이 적혀 있다.

> 높은 누각은 아름다운 꽃과 나무 위로 솟아 있고
> 한 쌍의 다리는 오색 무지개가 떨어진 것 같네.
> 飛閣淩芳樹[장구령張九齡]19)
> 雙橋落彩虹[이백李白]20)

10. 서상각西爽閣 앞 좁은 물길[夾河] 밖의 제방에는 수목이 울창하고, 작은 집이 한 채 지어져 있다. 그 집은 높이가 4,5자가 채 안 되고, 대들보와 도리, 기둥 같은 것이 모두 나무의 겉껍질을 벗겨내고 만든 것이다. 이 집의 이름은 '목가정木假亭'이다. 소순蘇洵21)의 '목가산木假山' 같은 것은 요사이 '천연목天然木'이라 부른다. 이 원림은 정양종程揚宗22)이 만든 것이며, 지금은 파수보巴樹保의 소유이다.

---

17) 『전당시』 권643에 수록된 이산보李山甫의 「한식寒食二首」에 "萬井樓臺疑繡畫, 九原珠翠似煙霞"라는 구절이 있다.

18) 『전당시』 권230에 수록된 두보의 「추흥秋興八首」에 "千家山郭靜朝暉, 一日江樓坐翠微"라는 구절이 있다.

19) 『전당시』 권48에 수록된 장구령의 「삼월삼일신왕원정연집三月三日申王園亭宴集」에 "飛閣淩芳樹, 華池落彩雲"이라는 구절이 있다.

20) 『전당시』 권693에 수록된 이백의 「추등선성사조북루秋登宣城謝朓北樓」에 "兩水夾明鏡, 雙橋落彩虹"이라는 구절이 있다.

21) 소순蘇洵(1009~1066)은 자가 명윤明允, 호가 노천老泉이며, 미산眉山(지금의 쓰촨성) 출신이다. 그는 수차 진사 시험에 낙방한 뒤 관리가 되기를 단념하고 정치와 역사 평론 쓰기에 정진했는데 1056년 구양수歐陽修에게 글 솜씨를 인정받아 유명해졌다. 그는 아들 소식蘇軾, 소철蘇轍과 함께 '삼소三蘇'라 불렸고, 당송팔대가唐宋八大家 중의 한 명으로 추앙받았으며, 『가우집嘉祐集』 등의 저작이 있다.

22) '중화본'에는 '정종양程宗揚'으로 표기되어 있으나, 『양회염업집兩淮鹽業集』과 『평산당도지平山堂圖志』에 따라 '정양종程揚宗'으로 고친 '산동본'을 따른다. 정양종은 건륭 연간의 흡현 출신 염상으로 재난 구휼과 원림 건축을 했던 것으로 알려져 있다.

11. '석벽류종石壁流淙'은 일명 '서공徐工'이라고도 하며, 서씨徐氏[23]의 별장이다. 건륭 을유년(1765)에 '수죽거水竹居'라는 이름과 함께 다음과 같은 어제시를 하사 받았다.

> 버드나무 둑길에 계수나무 배 매여 있고
> 천천히 거니노라니 인적도 드물어지네.
> 물빛은 맑게 평상 곁에 펼쳐졌고
> 대나무 소리 시원하게 창으로 들어오네.
> 조용하고 외진 곳이라 정말 혼자 마음대로 할 수 있어
> 풍경을 취하는 즐거움 더할 나위 없어라.
> 거기에 기대 온갖 상념 고요히 가라앉히며
> 돌 벽 타고 떨어지는 폭포 소리 들어보네.
> 柳堤繫桂艭, 散步俗塵降.
> 水色淸依榻, 竹聲涼入窗.
> 幽偏誠獨擅, 攬結喜無雙.
> 憑底靜諸慮, 試聽石壁淙.

이 원림에서 서상각 앞 연못 안의 좁은 물길을 통해 소방호小方壺로 들어간다. 그 안에 청사가 세워져 있고, '화담죽서花潭竹嶼'라는 편액이 붙어 있다. 청사 뒤는 정향서옥靜香書屋인데, 그 건물은 두 산 사이에 위치해 있으며, 매화가 아주 많다.

이곳을 지나 반산정半山亭에 올라가면 산 아래 모란이 밭을 이루고 있는데, 밭에는 낮은 담이 둘러져 있으며, 물가로 문이 나 있다. 문 위에는 채색 벽돌로 '여의如意'라는 글자를 장식했는데, 이 원림의 나루터[水馬頭]로 쓰이고 있다. 그것을 '여의문如意門'이라 부른다. 문 안쪽에 청연

---

23) 서찬후徐贊侯를 가리킨다. 서찬후에 대해서는 본문 24번을 참조할 것.

실淸姸室이 있고, 청연실 뒷벽 중간에 폭포가 있어 안쪽의 좁은 물길로 흘러 들어간다. 천연교天然橋를 지나 호수 입구로 나오면 돌 벽 가운데 관음동觀音洞이 있다. 이곳에는 좁은 회랑이 돌 틈에 박혀 있다. 그 회랑은 마치 풀숲의 뱀이나 구름 속의 용처럼 나타났다 사라졌다 하며 이어지는데, 그 가운데 시옥거蒔玉居가 숨어 있다.

돌 벽이 끝날 즈음이면 낭풍당閬風堂에 이르는데, 돌 벽이 다시 솟아나면서 방향이 꺾여 총벽산방으로 들어간다. 이곳은 하외정霞外亭과 위아래로 마주하고 있다. 그 아래 산길은 온통 등꽃에 뒤덮여 끊겼다.

돌 벽이 펼쳐진 형세는 높이 솟은 구름들이 기운차게 달려가듯 기기묘묘하게 변화하고, 진달래[山榴](두견화)와 해백海柏이 그 기세를 더해주니, 나들이객들이 바위를 붙들고 오르면서 어디로 가야 할지 모르게 만든다. 돌 벽은 이렇게 1리 남짓 이어지다가 점점 평평해지는데, 벽이 다한 곳에 벽운루碧雲樓가 세워져 있고, 원림 안의 좁은 물길 역시 이곳에서 밖으로 흘러 나간다.

벽운루 오른편에는 4,5칸의 작은 집이 세워져 있는데, '정조헌靜照軒'이란 이름을 하사 받았다. 정조헌 뒤에는 다시 또 투방套房24)을 세웠는데 그 형식이 이루 말할 수 없이 특이하다. 여기가 이른바 '수죽거'이다. 원림 뒤쪽 흙 언덕 위엔 귀신단鬼神壇이 있고, 단 왼편에 죽옥竹屋 5,6칸이 있어 저절로 뜨락을 이루고 있는데, 원림의 정원사가 여기에 살고 있다.

12. 망춘루에서 좁은 물길 쪽으로 들어가면 위쪽에 수각水閣이 세워져 있는데, 수청水廳에 들어서면 사방에 푸른 물이 넘실대고, 못 물은 깊이를 헤아릴 수 없이 깊다. 물에는 마름과 가시연밥이 물을 빼곡히 덮은 채 수많은 꽃이 피어 있고, 물새들이 물결을 밟으며 날아 계단처럼 층층이 올라가니, 그 안에서 노니는 사람은 어느새 안개 자욱한 물과 하

---

24) 주택 가운데 정방正房과 연결된 곁채로서 보통은 크기가 작고 밖으로 직접 통하는 문이 없는 건물을 가리킨다.

나가 된다.

13. 수청 서쪽의 작은 섬에 2,3칸짜리 가옥이 세워져 있는데, 이곳을 '소방호小方壺'라 한다.

14. 수랑水廊이 서쪽으로 비스듬히 뻗어 있고, 여뀌 무성한 물가와 꽃 핀 언덕이 길을 이어 펼쳐지는데, 그 안에 수십 칸의 높은 건물이 솟아 있다. 이곳엔 '화담죽서花潭竹嶼'라고 적혀 있고, 다음과 같은 대련이 붙 어 있다.

> 천상의 벽도碧桃는 이슬과 함께 자라고
> 문 앞 연잎은 다리와 가지런히 피었네.
> 天上碧桃和露種[고섬高蟾][25]
> 門前荷葉與橋齊[장만경張萬頃][26]

건물 뒤편에는 높이가 100자는 되는 높은 누대가 서 있는데, 난간은 금색과 짙은 초록색 칠을 했고, 기둥들은 수놓은 비단을 펼친 듯 아름 다우니, 멀리서 바라보면 마치 울긋불긋 노을이 내린 것처럼 보인다. 그 오른쪽 야트막한 언덕으로 들어가면 오래된 매화나무 수백 그루가 자 라는데, 가지들이 이리저리 얽혀 있는 모습이 한 폭의 그림을 이룬다. 그 안에 정향서옥靜香書屋이 서 있는데, 물을 대서 이끼를 푸르게 가꾸

---

25) 고섬高蟾(?~?)은 하삭河朔 지방 사람이며, 생졸연대와 자호가 불분명하다. 그는 성품 이 호방하고 재물에 초연했으며 시를 잘 지었지만, 10년 동안 과거에 급제하지 못하다 가 건부乾符 3년(876) 마시랑馬侍郎의 추천으로 진사가 된 뒤 어사중승까지 지냈다. 『전 당시』권668에 수록된 고섬高蟾의 「하제후상영숭고시랑下第後上永崇高侍郎」에 "天上碧 桃和露種, 日邊紅杏倚雲栽"라는 구절이 있다.
26) 장만경張萬頃(?~?)은 당唐 개보開寶 연간의 진사이다. 『전당시』권202에 수록된 장만 경張萬頃의 「동계대소호조부지東谿待蘇戶曹不至」에 "臺上柳枝臨岸低, 門前荷葉與橋齊" 라는 구절이 있다.

고 나무를 골라 울타리를 엮으니 저절로 뜰이 이루어져 속세와 단절된
것 같다. 이곳엔 다음과 같은 대련이 걸려 있다.

날아오를 듯 높은 탑은 하늘 중간에 솟았고
서재는 대나무 숲 안에 있네.
飛塔雲霄半[유헌劉憲][27]
書齋竹樹中[이기李頎][28]

15. 정향서옥의 왼편으로 실처럼 가늘게 이어진 흙길이 풀밭 언저리에
희미하게 보인다. 메마른 소나무를 젖은 구름이 감싸고 기암괴석이 길
가에 삐죽삐죽 늘어서 있는데, 반산정을 지어 나들이객들이 쉬어 가는
곳으로 쓸 수 있게 해놓았다.

16. '석벽유종'은 물과 바위가 빼어나다. 이 원림은 기기묘묘하고 빼어
난 돌들을 실어 와서 멋진 봉우처럼 쌓아 올리고, 샘물을 모았다가 깎
아지른 돌벼랑에서 솟아 나와 울긋불긋 아름다운 폭포수가 되니, 이것
이 바로 '석벽유종'의 장관이다. 먼저 흙산이 구불구불 이어져서 반산정
의 굽은 길을 따라 굽이굽이 여기까지 이르면, 갑자기 돌들이 불쑥 솟
아오른다. 칼로 깎은 듯 평평하기도 하고 칼날처럼 날카롭기도 한 돌들
이 바느질하여 이어붙인 옷자락처럼 차곡차곡 쌓여 있다. 가파른 돌의

---

27) 『전당시』 권71에 수록된 유헌의 「봉화구월구일골제등자은사부도응제奉和九月九日聖
制登慈恩寺浮圖應制」에 "飛塔雲霄半, 淸晨羽旅遊"라는 구절이 있다.

28) 본문에 인용된 구절은 이빈李頻(818~876)의 작품에서 따온 것이다. 이빈은 자가 덕
신德新이고 수창壽昌 장정원長汀源(지금의 지앤더에 속함) 사람이다. 그는 854년 진사에
급제하여 교서랑校書郎, 남릉현南陵縣 주부主簿 무공현령武功縣令, 시어사侍御史, 도관원
외랑都官員外郎, 건주자사建州刺史를 역임했다. 1239년에 건주태수에 부임한 금화金華 땅
의 왕야王野가 그의 시를 모아 『이악시집梨嶽詩集』을 편찬하고 서문을 써주었다. 『전당
시』에 이빈의 시 209수가 수록되어 있다. 『전당시』 권587에 수록된 이빈李頻의 「하일
제주질우인서재夏日題竇垕友人書齋」에 "修竹齊高樹, 書齋竹樹中"이라는 구절이 있다.

안쪽을 파서 물길이 흐르게 하니 마치 죽순 껍질에서 새로 대나무가 자라듯, 허공에 걸린 오색찬란한 비단 같은 물줄기가 언덕에 걸쳐진 채 떨어져 계곡을 돌면서 이끼를 가르고 돌을 찢는다. 물줄기는 격렬하게 내쏘기도 하고 부드럽게 미끄러지기도 하면서 호수 전체의 수면이 살아 움직이도록 한다. 그렇기 때문에 이름을 '종淙'이라고 한 것이다. '종'이란 여러 갈래의 물들이 한 곳으로 모여들어 부딪치면서 겹겹의 급류가 비명을 지르고, 비바람에 우레가 치듯 뿜어져 나와 사방으로 무리지어 흐르는 것을 가리킨다.

17. 여의문 안쪽에 자라는 모란은 키가 아주 커서, 꽃이 필 때면 담장을 넘어 나오기도 한다. 그 안에 청연실을 지었는데 거기에는 다음과 같은 대련이 붙어 있다.

> 이슬 기운은 은연중에 푸른 계수나무 정원으로 이어지고
> 봄바람은 새로이 자란紫蘭 싹을 자라게 하네.
> 露氣暗連靑桂苑[이상은李商隱][29]
> 春風新長紫蘭芽[백거이白居易][30]

청연실 오른편에는 둥글게 에워싸고 흐르는 물에 나무를 걸쳐놓아 건너가게 되어 있는데, 이것을 '천연교天然橋'라고 부른다. 다리는 죽은 나무를 가져다 하얗게 바랜 껍질은 벗겨내고 단단한 줄기만 남겨놓아 껍질 안에 모인 기름기를 없애버린 것이어서, 여러 사람이 한꺼번에 올라서면 뚝 부러져버린다. 난간은 모두 곁가시로 만들어 구불구불 휘어

---

29) 『전당시』 권539에 수록된 이상은의 「약전藥轉」에 "露氣暗連靑桂苑, 風聲偏獵紫蘭叢"이라는 구절이 있다.

30) 『전당시』 권451에 수록된 백거이의 「여여미지로이무자발우언탄저재시편금년동각유일자…조子與微之老而無子發於言歎著在詩篇今年冬各有一子…嘲」에 "秋月晩生丹桂實, 春風新長紫蘭芽"라는 구절이 있다.

져 있고 광택이 잘 나지 않으니, 이 또한 특이하게 만든 목가木假[31] 가
운데 하나라고 하겠다.

18. 천연교 서쪽으로 물가의 풀들이 무성해지기 시작하고 꽃들이 어지
러이 피어나면, 큰 바위가 병풍처럼 둘러서 있어서 다니는 길이 없는
것처럼 보인다. 그래도 아래쪽으로 내려가면 분명 천하에 둘도 없는 절
경이 있을 것 같아 보인다. 그래서 야트막한 물가 언덕으로 걸어가 마
른 등나무 덩굴을 붙들고 끊어진 길을 찾아 가노라면, 원숭이와 새들이
도와주려는 듯 사람을 맞이하며 오간다. 길을 찾아가는 사람들은 고생
스럽지만 그윽한 풍광을 감상하노라면 피곤한 줄 모른다.
　그렇게 눈 깜짝할 새 시간이 지나 어지러이 널린 바위들 사이로 나오
면, 깊숙한 곳에 조용히 자리한 긴 회랑이 보인다. 수십 걸음도 채 안
되는 곳에 있는, 금과 벽옥碧玉이 서로 비추는 듯한 아름다운 회랑은 마
치 차가운 별빛이 땅에 드리우는 듯한 모습이다.
　이 회랑을 지자면 바위 동굴이 하나 나오는데, 안이 깊고 캄캄하여
아무 것도 보이지 않는다. 등불을 들고 들어가면 그 안에 백의관음상白
衣觀音像이 모셔져 있다. 나들이객이 여기에 이르면 인간 세상을 완전히
떠나온 느낌이 든다.

19. 청연실 뒤로는 깎아지른 절벽들이 길이 끊어진 채 마주보고 있다.
목을 내밀고 조심조심 지나 가까스로 평지에 이르면, 거기에 작은 집이
세워져 있다. 그 집에는 '시옥거蒔玉居'라 쓴 편액이 붙어 있고, 두보의
시를 집구하여 다음과 같은 대련을 만들어놓았다.

　　산 속의 달은 석실石室을 비추고

---

31) 모양새가 특이한 고목枯木을 이용해 만든 조형물이라는 뜻이다. 특히 그런 고목의
　　뿌리를 쌓아 산 모양으로 만든 것을 '목가산木假山'이라고 한다.

봄날 별빛은 초당草堂을 감싸네.

山月映石室,32) 春星帶草堂.33)

20. 바위 속에 숨어 흐르던 물길이 솟아 나오자 수많은 바위들이 나타나고, 절벽과 동굴이 구불구불 아름답게 이어지다 흩어져서 높은 봉우리가 첩첩이 늘어선 산을 만들어낸다. 뾰족하게 높은 것은 봉우리요, 평평하고 낮은 곳은 고개이며, 거꾸로 매달린 돌은 돌벼랑[巖]이요, 거기 난 구멍은 석굴[岫]이 된다. 작은 것은 토끼를 닮았고, 큰 것은 호랑이 같으며, 서 있는 것은 마치 사람 같다. 돌 틈에는 소나무가 자라 서늘한 바람이 서서히 불어오고, 선명한 빛깔의 이끼와 작은 풀들이 바위 틈새를 가득 메우고 있으며, 가래나무와 노송나무 같은 나무들이 타고난 천성을 지켜 구불구불 굽은 채 자라고 있다.

그 아래 작은 건물 몇 칸과 노대露臺 하나, 5칸짜리 청사가 서 있는데, 편액에는 '낭풍당'이라 쓰여 있고, 다음과 같은 대련이 붙어 있다.

붉은 복숭아 초록 버드나무 처마 방향으로 늘어지고

푸른 돌에 낀 파란 이끼 나무 그늘 아래 가득하네.

紅桃綠柳垂簷向[왕유王維]34)

碧石靑苔滿樹陰[이단李端]35)

---

32) 이 구절은 왕유王維의 시 「남전산석문정사藍田山石門精舍」에 들어 있는 "澗芳襲人衣, 山月映石壁"의 뒤 구절을 변형한 것인 듯하다. 현재 남아 있는 두보의 시에서는 이와 유사한 구절을 찾을 수 없다.

33) 『전당시』 권224에 수록된 두보의 「야연좌씨장夜宴左氏莊」에 "暗水流花徑, 春星帶草堂" 이라는 구절이 들어 있다.

34) 『전당시』 권125에 수록된 왕유의 「낙양여아행洛陽女兒行」에 "畫閣朱樓盡相望, 紅桃綠柳垂簷向"이라는 구절이 있다.

35) 이단李端에 대해서는 『양주화방록』 권7 「성남록城南錄·21」을 참조할 것. 『전당시』 권286에 수록된 이단의 「제원주림원題元注林園」에 "謝家門館似山林, 碧石靑苔滿樹陰" 이라는 구절이 있다.

낭풍당 뒤에는 10여 경頃 되는 대밭이 있고 3,4칸짜리 작은 집이 세워져 있는데, 이곳이 총벽산방叢碧山房이다.

21. 돌 벽 가운데 오래된 등나무 몇 그루가 있어 나무를 세워 시렁을 만들어 주니, 봄에는 복사꽃 피기에 앞서 신록이 파릇파릇 돋고, 꽃이 피면 꽃송이들이 마치 구슬 목걸이[纓絡]처럼 주렁주렁 매달린다. 그 아래를 걷노라면 꽃들이 어깨를 스치고 목에 걸려서 마치 아름답게 수를 놓은 산개傘蓋 밑에 들어가 있는 것 같다. 생쥐가 찍찍거리는 듯한 소리를 내며 나뭇가지와 잎들이 흔들린다. 여름에서 가을로 바뀌는 때면 짙푸르게 우거져 길을 끊고, 가을이 다할 무렵이면 휘감아 얽힌 뼈대 줄기에 희끗희끗한 껍질까지 훤히 드러나 온통 빙렬문氷裂紋을 만들어낸다. 작은 섬에는 초가 정자를 세워 동쪽 언덕의 등꽃을 볼 수 있게 해놓았다. 등꽃이 끝나는 곳에 흙 언덕이 다시 솟아 있는데, 그 위에 하외정霞外亭이 세워져 있다.

22. 흙 언덕 서남쪽에 넓이가 10여 칸 되는 높은 누대가 구름에 닿을 듯 솟아 있다. 물가의 난간과 바람이 드나드는 창문이 있는 모습이 마치 배들을 연달아 매어놓은 것 같다. 누대에는 '벽운루碧雲樓'라 쓰여 있고, 다음과 같은 대련이 붙어 있다.

안개 걷히자 푸른 휘장에 맑은 새벽바람 불고
꽃가지 무겁게 늘어진 난간에 봄날 낮은 길어라.
烟開翠幌淸風曉[허혼許渾36)의 시구이다.]
花壓闌干春晝長[온정균溫庭筠37)의 시구이다.]

---

36) 『전당시』 권533에 수록된 허혼의 「추만운양역서정련지秋晩雲陽驛西亭蓮池」에 "烟開翠扇淸風曉, 水泥紅衣白露秋"란 구절이 있다.
37) 『전당시』 권26에 수록된 온정균의 「잡곡가사雜曲歌辭·호음곡湖陰曲」에 "吳波不動楚

벽운루 북쪽에 아담한 건물이 널찍하게 자리 잡고 있는데, 탁 트인 창이 맑고 환하다. 이곳이 바로 정조헌靜照軒이다.

23. 정조헌 동쪽 모퉁이에 아주 좁은 문이 있는데, 그리로 들어가면 2,3명 정도 들어갈 수 있는 1칸짜리 작은 집이 나온다. 벽에는 매화도인梅花道人 오진吳鎭[38]이 그린 산수화가 길게 걸려 있는데, 그것을 밀면 문이 나온다. 문 안쪽에 다시 1칸짜리 집이 있는데, 창밖으로 대밭에 이는 바람소리가 많이 들린다. 그 안에는 천정 쪽으로 기둥과 기둥 사이에 걸쳐 지르는 작은 칸막이[飛罩]가 있다. 거기에는 조그만 손잡이[椑]가 달려 있는데, 그것을 손 가는대로 문질러 칸막이를 열면 대숲 사이의 누각으로 들어가게 된다.

누각 안에서는 창에 가득 내리는 푸른 녹음이 수염에 붙어 방울방울 맺힌다. 누각 안에는 둥근 안석[几]이 놓여 있는데, 그것은 반쯤이 벽에 박혀 있다. 탁자를 치우고 들어가면 호젓한 빈 방[虛室]이 점점 작아지는데, 거기에 대나무 평상이 놓여 있다. 평상 옆에는 고서古書가 꽂힌 책꽂이가 하나 있는데, 책갈피가 알록달록하다. 가까이 가서 보면 서양화西洋畫이다. 그림 사이를 지나 안으로 들어가면 걸을수록 점점 더 좁고 깊어지는데, 열린 문짝 사이로 달빛이 들어오고 창호지를 울리며 바람이 들어온다. 그 안에는 작은 의자가 놓여 있어 나들이객이 쉴 수 있다. 그 옆에 작은 책장이 있는데, 그것을 열면 바로 문이다.

문 안쪽으로는 돌길이 구불구불 나 있고, 맑고 얕은 작은 물줄기가 낮은 담장이 가로지르며 흐른다. 계곡의 물소리가 멀리서 들려오니 마치 담장 너머에 분명 별천지가 있지만 이곳에서는 들어가 볼 수 없는 것처럼 느껴진다.

그런데 길을 안내하는 사람이 손가락으로 그곳을 가리키지 문이 저절

山晩, 花壓闌干春畫長"이라는 구절이 있다.
38) 오진吳鎭에 대해서는 『양주화방록』 권1 「초하록艸河錄·상上·35」를 참조할 것.

로 열린다. 그곳에는 울퉁불퉁 험하게 생긴 바위들이 연못 위로 솟아 있고, 그 위로 긴 회랑이 가로질러 지나고 있다. 그곳에는 '수죽거'란 편액이 붙어 있다. 계단 아래쪽에는 넓이가 반 무畝쯤 되는 작은 못이 있는데, 샘물은 진주 방울처럼 맑다. 높이 솟구칠 때는 집을 훌쩍 넘어가기도 한다. 굽은 계곡이 그 물줄기를 끌어들여 구름을 따라 흘러가버린다.

못 옆에는 바위 동굴이 바짝 붙어 있어서 누대 서쪽의 푸른 산까지 이어져 있는 듯하지만, 나들이객들이 동굴 깊은 곳까지 들어간 적은 없다. 이곳에 황제께서 하사하신 '수죽거'라고 쓴 편액과 다음과 같은 대련이 모셔져 있다.

물빛은 맑게 평상 곁에 일렁이고
대나무 소리 시원하게 창으로 들어오네.
水色淸依榻, 竹聲凉入窗.

돌에는 소식蘇軾의 시집을 모사한 것과 '취경미산取徑眉山'이라는 글씨가 새겨져 있다.

24. 서찬후徐贊侯는 흡현 사람으로, 양주에서 염업을 했다. 그는 정택궁程澤弓, 왕영문汪令聞과 나란히 이름을 날렸다. 남하하가南河下街에 있는 그의 집은 강산초당康山草堂과 이웃하고 있으며, 청장晴莊과 묵경학포墨耕學圃, 교취림交翠林 등의 뛰어난 경관을 자랑했다. 담을 허물면 강씨江氏의 강산초당과 하나가 된다. 건륭제께서 강남 지역을 순시하실 때 강씨가 그의 집을 빌려 강산퇴원康山退園으로 만들었기 때문에, 그 또한 어가 행렬을 맞이하러 나갈 수 있었다. 이것은 대단한 일로 소문이 나서, 마침내 이곳이 북교北郊의 수죽거와 나란히 명성을 날리게 되었다.

25. 서이안徐履安은 서찬후 형제의 자손이다. 그는 잔꾀를 잘 부리고 헤

엄을 잘 쳤다. 어릴 적에 물가에서 아이들과 어울려 물장난을 칠 때면 물 위에서 재주[39]를 잘 부렸다. 커서는 배를 타고 바다로 나가 노잡이 일을 하여 뛰어난 기술자가 되었다. 그는 요리에 뛰어났으니, 암진가巖鎭街의 뼈 없는 생선을 넣은 국수[沒骨魚麵]는 그에게서 시작된 것이다. 그리고 그는 침선針線에도 일가견이 있어 십팔존자상十八尊者像을 수놓은 적도 있으니, 정말 희귀한 일이다. 또한 그는 전주篆籒 서체를 잘 써서 사람들이 그를 '철필침신鐵筆針神'이라 불렀다. 그리고 그는 종이로 만든 매에 등잔을 놓아 밤길을 밝히고 다녔다.

나중에 그가 양주에 오자 서씨가 바닷물을 졸여 소금을 만드는 일을 맡겼다. 그는 셈을 배운지 반달 만에 두인촌마豆人寸馬[40]의 치수를 계산할 줄 알아서 사람의 의복과 말의 안장과 고삐 등을 기장 한 톨의 크기[41]만큼도 넘지 않게 정확히 계산했다.

건륭 정축丁丑년(1757)에 원림 안 삼나무에 대련을 새겼는데, 그가 사당斜塘[42] 땅 양휘휴楊匯烋의 창금법槍金法[43]을 모방해 검은 옻칠을 해서 바탕을 만들고 바늘로 글자 획을 새긴 다음 금박을 입히니, 광채가 특이하고 아름다웠다. 그는 또 수법水法[44]을 만들었는데, 주석으로 142개의 통을 만들어 땅 속에 묻고, 위에는 3자 높이의 나무통을 설치한 후 비단으로 덮었다. 물이 주석 통을 통해 7개의 구멍이 있는 입구까지 이르게 되는데, 구멍 안에는 가느다란 철사가 천여 겹으로 감겨 있다. 굴

---

39) 원문은 '能水而吹花'라고 되어 있는데, 정확히 어떤 재주인지는 알 수 없다.
40) 콩을 뿌려 사람 모양을 만들고, 종이로 말을 만드는 무당 술법을 가리킨다.
41) 옛날에는 도량형度量衡을 정할 때 기장 알을 기본으로 삼았다. 즉 길이의 단위는 중간 크기 기장 알의 세로 길이를 1푼分으로 삼고, 그것의 100배를 1자[尺]로 삼았다. 또 용량의 경우에는 기장 알 1,200개를 1홉[合]으로 삼고, 그 10배를 1되[升]로 삼았다. 무게의 경우에는 기장 알 1,200개의 무게를 12수銖로 삼고, 그것의 24배를 1냥兩으로 삼았다.
42) 지금의 저쟝성 쟈싱시嘉興市에 속한 곳이다.
43) 창금戧金이라고 하며, 도자기 겉면에 가는 금박으로 무늬를 박아 넣는 제작법을 가리킨다.
44) 『양주화방록』 권4 「신성북록新城北錄·중中·53」의 각주를 참조할 것.

대와 베틀, 두레박과 도르래, 기축[關捩]과 노아弩牙45) 등의 여러 가지 장
치가 기계를 통해 작동해 물이 가옥의 처마와 나란하게 솟구쳐서 마치
포돌천趵突泉46)과 같이 된다. 이것이 바로 지금의 수죽거이다.

26. 제소남齊召南47)은 자가 차풍次風이고 호는 경대瓊臺이며, 만년의 호
는 사원思園이다. 천태天台 사람인 그는 어려서 신동으로 일컬어지다가
23세 때 발공생이 되었으며, 왕수인王守仁48) 같은 사람이라는 소리를 들
었다.49) 그는 서씨 집에서 학관을 열었으며, 옹정 기유己酉년(1729)에 부
방副榜이 되었다. 그리고 계축년(1733)에 박학홍사과에 천거되어 서길사
를 제수 받고, 『대청일통지大淸一統志』를 편찬했다. 이듬해에는 한림원
검토를 지내면서 경사經史 서적의 교감을 보아 『명감강목明鑑綱目』, 『대
청회전大淸會典』, 『속문헌통고續文獻通考』50)를 편찬하고 『통례通禮』를 교
감하니, 경학유신經學儒臣이라 칭송을 받았다. 나중에 그는 예부우시랑
까지 지냈는데, 근무하러 입궁하다가 말에서 떨어져 고향으로 돌아왔
다. 그러나 친족인 제주화齊周華51)의 역서逆書 사건으로 인해 파직된 후,

---

45) 쇠뇌를 발사하는 장치를 가리킨다.
46) 산동성 제남濟南에 있는 샘으로 샘물의 양이 많고 또 26미터까지 솟아오르는 것으로
유명했다. 건륭제가 강남에 오면서 북경 옥천수玉泉水를 가지고 왔다가 포돌천의 물맛
을 보고 찻물을 바꿨다는 얘기가 전해진다.
47) 제소남齊召南(1703~1768)은 호를 자원自園, 만년의 호를 식원息園이라고도 하며 천태
(지금의 저장성浙江省) 사람이다. 그는 지리학자로 유명하며, 글씨도 잘 써서 난정첩蘭
亭帖을 모사한 바 있다.
48) 왕수인王守仁(1472~1528)은 호가 양명陽明이고 자가 백안伯安, 시호는 문성文成이다.
그는 환관 유근劉瑾의 뜻을 거슬러 귀주貴州 용장龍場으로 좌천되어 고생하던 시절에 당
시 관학이던 주자학의 모순을 깨닫고 그것을 보완한 양명학을 창시했다. 그 후 다시
중앙 정계로 진출하여 안휘, 절강 등지의 지방관으로 일했고, 영왕寧王 신호宸濠의 난을
평정했다. 또 학교를 설치하여 교육에 힘썼다. 왕수인은 절강 여요餘姚 출신인데, 요강姚
江이 사명산四明山에서 출발해 여요를 지나기 때문에 요강이 여요의 별칭으로 쓰였다.
49) 신성新城의 하세기何世璂가 여러 사람 앞에서 제소남을 칭찬하며 '우리 왕조의 뛰어
난 선비이니 왕요강과 같은 사람으로 대우해 마땅하다'고 했다.
50) '중화본'에는 『문헌통고文獻通考』라고 되어 있으나, 이것은 오류이다.
51) 제주화齊周華(1698~1768)는 자가 칠약漆若, 호는 거산巨山이며, 자호를 고탁선孤踱仙

병으로 죽었다.

　그의 저서로는 『고증상서考證尚書』, 『예기禮記』, 『춘추삼전春秋三傳』, 『사기공신표史記功臣表』, 『한서후한서군국고漢書後漢書郡國考』, 『수서율력천문隋書律曆天文』, 『구당서율력천문舊唐書律曆天文』 등이 각각 몇 권씩 있으며, 『수도제강水道提綱』 30권과 『사한공신후제고史漢功臣侯第考』 1권, 『역대제왕표曆代帝王表』 13권, 『후한공경표後漢公卿表』 1권, 『송사목록宋史目錄』 약간 권이 있다.

27. 정요전程瑤田[52]은 자가 이전易田이고 흡현 사람이다. 그는 효렴 출신이며 태창주太倉州 가정현嘉定縣 교유教諭를 지냈다. 그는 시문에 뛰어났고 대진戴震,[53] 방희원方希園[54]과 함께 수십 년간 경전 공부에 전념하여 『통예록변通藝錄辨』, 『구곡九穀』, 『구혁溝洫』 등의 고증학 저작을 남겼다.

　이라 하고, 절강 천태天台 사람이다. 그는 옹정 8년(1730)에 역도 여유량呂留良을 옹호하고 조정을 비방한 죄로 투옥되어 혹형을 받았는데, 건륭 1년(1736)에 사면된 후 유생의 길을 포기하고 도사가 되어 30년간 천하를 떠돌았다. 그러나 건륭 32년(1767) 다시 여유량을 옹호하는 글이 문제가 되어 항주로 압송되어 다음해 능지처참 당했고, 저서가 모두 불태워졌다. 민국 시기 절강에서 황종희黃宗羲, 여유량, 항세준杭世駿과 함께 '사현四賢'으로 불렸으며, 서호 사현사四賢祠에 배향되었다.

52) 정요전程瑤田(1725~1814)은 자를 이주易疇, 백이伯易라고도 하고 호를 양당讓堂이라 한다. 휘파徽派 박학樸學의 대표적인 인물 중 하나인 그는 대진戴震과 함께 강영江永을 사사하여 훈고학에 정통했고 실증과 실물에 의거한 사학史學을 주창했으며, 당대의 통유通儒로서 수학과 천문, 지리, 생물, 농업, 수리, 병기, 악기, 문자, 음운 등 연구하지 않은 분야가 없었다. 그는 방증자료를 폭넓게 이용하는데 뛰어나 경전 주소에만 얽매이지 않았으며, 『종법소기宗法小記』, 『경절고의磬折古義』, 『구곡고九穀考』, 『구혁강소기溝洫疆小記』 등 수많은 저작을 남겼다.

53) 대진戴震에 대해서는 『양주화방록』 권3 「신성북록新城北錄·상上·48」을 참조할 것.

54) 방거方矩(1729~1789)를 가리키는 듯하다. 방거는 이름을 방근거方根矩라고도 하고, 자는 희원晞原이며, 안휘 흡현 사람이다. 그는 공생 출신으로 건륭 17년(1752)에 강영江永이 흡현 서계西溪 땅 왕씨汪氏의 불소원不疏園에서 강학講學할 때 그의 제자로 들어가 대진과 정목鄭牧, 왕조룡汪肇龍, 정요전程瑤田, 김방金榜, 오소택吳紹澤 등과 공부하여, 휘파徽派 고증학자들 가운데 김방, 정요전, 홍방洪榜, 왕조룡, 정목, 왕용봉汪梧鳳과 더불어 '강문칠자江門七子'라고 불렸다. 그러나 불소원 이후의 그의 생애에 대해서는 자세히 알려진 바가 없다. 그의 저작으로는 『도고당초각道古堂初刻』이 있다.

이것들은 모두 옛 사람들이 밝히지 못했던 것을 밝혀낸 저작들이다.

예를 들어서 그는 양자과羊子戈[55]에 의거해『고공기考工記』의 문물제도를 증명했는데, 내용이 대진의 설[56]과 달랐다. 이는 그가 대진의 학문을 하되 무조건 그의 학설만을 옹호하지는 않았기 때문이다. 그는 특히 철필鐵筆에 뛰어났고 글씨는 진晉나라와 당나라의 서체를 본받았는데, 그런 사실은 워낙 대단했던 학문의 명성에 가려져 세상에서 알아주는 이가 없다. 그는 양주를 오갈 때면 서씨의 집에 머물렀다.

그의 아들 정배程培는 자가 백후伯厚이고 부친의 책을 해설할 수 있을 정도로 학식이 깊다. 지금은 염업에 종사하며 양주에 살고 있다.

28. 섭경葉敬은 자가 의방義方이고, 양주 사람이다. 글씨에 뛰어났던 그는 서씨 집에서 학관을 열었으며, 저서에『일화당시집日華堂詩集』이 있다.

29. 김농金農[57]은 자가 수문壽門이고 호가 동심冬心이며, 절강 인화仁和 사람이다. 그는 정경丁敬,[58] 오영방吳穎芳[59]과 더불어 '절서삼고사浙西三高士'로 불렸다. 그는 옛 것을 좋아하여 배움에 힘썼으며, 시문을 잘 짓

---

55) 춘추전국시대 진晉나라의 양설씨羊舌氏가 남긴 청동 창날로서 길이 8.5cm이고, 정면에 '羊子止(之)造戈'라는 명문銘文이 새겨져 있다. 이것은 현재 산동사범대학교山東師範大學校 역사계歷史系 문물실文物室에 소장되어 있다.

56) 대진은『고공기도考工記圖』2권을 편찬했는데, 여기서 그는『고공기』에 수록된 건물[宮室]과 수레[車輿], 병기兵器, 예악禮樂 등에 대해 각기 그림을 제시하여 설명하고, 당시의 문물과 제도, 글자의 뜻 등에 대해 고증했다. 이 저작은『대씨유서戴氏遺書』에 수록되어 간행되었고, 나중에『황청경해皇淸經解』에도 수록되었다.

57) 김농金農에 대해서는『양주화방록』권2「초하록草河錄·하下·49」를 참조할 것.

58) 정경丁敬에 대해서는『양주화방록』권4「신성북록新城北錄·중中·18」의 주석과 같은 권의 본문 30을 참조할 것.

59) 오영방吳穎芳(1701~1791)은 자가 서림西林이고 호는 수허樹虛이며, 절강 인화仁和(지금의 항저우시)사람이다. 그는 벼슬길에 뜻을 접고 평생 학문에 전념하여 문자학과 음운학에 정통했고, 여악厲鶚과 함께 시를 공부하기도 했다. 저서로『취빈집吹豳集』,『설문리동說文理董』,『음운토론音韻討論』등이 있다.

고 감식鑑識에 정통하여 고서화를 잘 감정했다. 글씨는 한나라 때의 예서를 잘 썼다. 그는 50세에 아내가 죽자 양주에 기거하며 그림 그리는 일에 전념했는데, 붓을 들면 예스러운 맛을 이뤄냈기 때문에60) 직업화가의 관습을 탈피할 수 있었다.61) 그의 대나무 그림은 죽실竹室62)을 배워 자호를 혜류산민嵇留山民이라고 했으며, 매화 그림은 백옥섬白玉蟾에게서 배워 자호를 석야거사昔耶居士라고 하였다. 말 그림은 스스로 조패曹霸와 한간韓幹의 법을 좇았으나, 조맹부趙孟頫를 언급하기는 부족하다고 하였다. 불상을 그릴 때면 자호를 심출가암죽반승心出家盦粥飯僧이라고 하였다. 꽃과 나무를 그릴 때면 줄기와 잎을 기이하게 그렸고, 채색도 세상에서 흔히 볼 수 있는 것과는 달랐다. 이것들은 모두 의도적으로 그렇게 했던 것으로, 이를 통해서 그는 석가모니와 미륵불이 깨달음을 얻은 보리수菩提樹나 용화수龍華樹 같은 것을 나타내고자 했던 것이다. 그는 서씨와 교유했으며, 서씨가 그에게 채소 기르는 법을 배운 것을 기념하여 정원의 이름을 '교취림交翠林'이라 바꾸었다.

　그의 저서로는 『동심시초冬心詩鈔』가 있다. 그 나머지 시문 10종은 모두 문하생인 나빙羅聘63)이 모아서 만든 것인데, 심대성沈大成64)이 거기에 서序를 썼다.

30. 방보方輔는 자가 밀암密庵이고 휘주 사람이다. 그는 시를 잘 지었고,

---

60) '중화본'에는 이 부분을 '섭고즉고涉古卽古'라고 표기했으나, 권2의 해당 부분에서는 '섭필즉고涉筆卽古'라고 했으니, 여기서는 그것을 따른다.

61) 이하의 내용은 기본적으로 『양주화방록』 권2 「초하록草河錄·하下·49」와 중복된다. 이하 백옥섬白玉蟾, 조패曹霸, 한간韓幹에 대해서도 같은 책을 참조할 것.

62) 『양주화방록』 권2 「초하록草河錄·하下·49」에서는 죽실竹室 대신 죽석노인竹石老人이라 되어 있다. '죽실'은 원위조袁慰祖를 가리키는 듯하다. 원위조는 자가 율궁律躬 또는 입공笠公이고 호가 죽실이며 장주長洲(지금의 쟝쑤성 쑤저우시) 제생 출신이다. 양주에 40년간 살면서 그림을 팔아 생계를 이었던 그는 글씨에도 뛰어났으며 화론에도 정통했다.

63) 나빙羅聘에 대해서는 『양주화방록』 권2 「초하록草河錄·하下·70」을 참조할 것.

64) 심대성沈大成에 대해서는 『양주화방록』 권1 「초하록草河錄·상上·33」을 참조할 것.

글씨는 소식蘇軾과 미불米芾을 본받았으며, 벽과서擘窠書 큰 글씨에 능했다. 그는 먹을 잘 만들었으며, 양주 서씨와 왕래했다. 저서에 시문집이 있는데, 판각되어 세상에 전해진다.

31. 홍이감洪爾鑑은 자가 조당照堂이고, 흡현 사람이다. 그는 서씨와 인척이며 시를 잘 썼다.

32. 황점제黃占濟는 자가 사산槎山이고, 흡현 사람이다. 그는 서씨 집에 머물렀으며, 시를 잘 썼다. 그는 갖가지 서체에 모두 뛰어났고, 사람됨이 솔직하고 시원시원했다.

33. 오사기吳士岐는 자가 낙경樂畊이고, 흡현 사람이며, 시를 잘 지었다.

34. 한혁韓奕은 자가 선리仙李이고, 양주 사람이다. 그는 호숫가에 원림을 사서 '한원韓園'이라 불렀다. 그는 시를 잘 지었고, 고판鼓板에 뛰어났으며, 사호砂壺를 수집했다. 그는 서씨 집의 빈객으로 있었다.

35. 한씨韓氏는 이름이 전해지지 않는데, 양주 사람이다. 그는 성정이 예스럽고 순박하며, 서씨 집의 빈객으로 지냈다. 만년에 원림 뒤편의 귀신단 옆에 살았는데, 거처가 겨우 3칸짜리 초옥이었다. 그는 90세가 넘어서 죽었다.

36. '금천화서'65)는 장씨의 별장이다. 이것은 서공徐工의 아래쪽에 있으

---

65) 『평산당도지』에 따르면 금천화서는 형부낭중 오산옥吳山玉의 별장이었는데 지금은 지부 장정치張正治의 소유가 되었다. 이 원림의 동서에 언덕이 있고 그 사이를 시내가 하나 흐르는데, 그 시내 안에 샘이 한 쌍 솟아나 물결이 아름다운 무늬를 이루기에 금천화서라는 이름이 붙여졌다고 했다.

며, 점점 촉강 쪽으로 가까워지고 있다. 여기에는 물과 돌, 꽃과 나무가 많으며, 2개의 샘이 있다. 하나는 구곡지九曲池 동남쪽 모퉁이에 있고, 다른 하나는 미파협微波峽에 있다. 이 샘 때문에 '금천화서'라는 이름이 붙었다.

녹죽헌籙竹軒과 청화각清華閣에서 줄곧 나무가 우거져 짙은 그늘이 수려하고, 구불구불 꺾이며 숲 속으로 호젓하게 이어지는 길을 가다 보면 농연사월헌籠烟篩月軒으로 들어간다. 이곳에 이르면 정자와 연못이 조화롭고, 매화가 무성하게 자라고 있다. 산 위엔 향설정香雪亭, 등화서옥藤花書屋, 청원당清遠堂, 금운헌錦雲軒 등의 뛰어난 경관이 지어져 있고, 그 옆엔 매정梅亭이 서 있다. 산 아래쪽 시내 근처에는 수청水廳을 세워놓았다. 이들은 모두 산을 등지고 한쪽으로 숲을 마주한 정자들이다.

산 아래에서 안쪽의 좁은 물길을 지나면 미파관微波館으로 들어가는데, 관사는 미파협 동쪽 기슭에 있다. 미파관 뒤에는 기하루綺霞樓와 지월루遲月樓가 서 있는데, 두 누대 사이로 복도가 보이지 않게 이어져 있으며, 산의 나무들이 울창하게 뻗어있다. 그 중간에는 '유잠춘색幽岑春色'이란 이름이 붙은 사각형의 정자가 세워져 있다. 미파관 앞쪽의 작은 섬에는 종춘헌種春軒이 있다.

37. 녹죽헌은 촉강 기슭에 있다. 그곳은 물에 가까워서 대나무를 기르기에 적합하니, 많은 것은 수십 경에 이르고 적은 것은 4,5두둑 정도이다. 이곳에 거처하는 사람들은 모두 대나무로 사각형의 집을 짓는데, 곧은 것은 기둥과 문미를 삼고, 무게를 버틸 수 있는 것은 시까래와 들보를 삼는다. 그리고 여러 줄기를 엮어서 병풍을 만들어 남을 내신했다. 이것은 모두 고관高觀[66]의 죽옥竹屋과 왕우칭王禹偁[67]의 죽루竹樓[68]에

---

66) 남송 중엽의 사인詞人 고관국高觀國(?~?)을 가리키는 듯하다. 고관국은 자가 빈왕賓王이고 호는 죽옥竹屋이며, 산음山陰(지금의 저쟝성 사오싱시紹興市) 사람이다. 그는 사집詞集 『죽옥치어竹屋癡語』를 남겼다.

담긴 뜻을 이은 것이다.

　장씨가 여기에 옛 체제를 모방해서 이 녹죽헌을 지으니, 산을 등지고 물을 앞에 두어 저절로 정원의 모습이 갖추어졌다. 한여름에도 햇빛이 보이지 않고, 위로는 안개가 나뭇가지 끝을 감싸고 아래로는 물이 나무 뿌리를 지키고 있다. 긴 회랑에 비가 내리고 나면 죽순 베는 사람이 찾아오고, 조용한 누각[虛閣]에 물비린내가 풍기면 고기잡이배가 지나간다. 수려한 건물이 마침맞게 잘 지어졌을 뿐 아니라, 그 안의 여러 가지 물품들은 더더욱 정교하다. 대나무 창에 대나무 난간, 대나무 침상에 대나무 아궁이, 대나무 문에 대나무 대련까지 있다. 대련에는 다음과 같은 글귀가 적혀 있다.

　　대나무 따라 흔들리는 성긴 주렴 그림자
　　꽃 환하게 피어 비단 같이 어여쁜 봄길.
　　竹動疏簾影[노륜盧綸][69]
　　花明綺陌春[왕유王維][70]

---

67) 왕우칭王禹偁(954~1001)은 자가 원지元之이고 제주濟州 거야鉅野(지금의 산동성 쥐예巨野) 사람이다. 그는 983년에 진사가 되어서 장주지현長洲知縣, 지제고知制誥를 역임했으나, 991년에 서현徐鉉을 위해 변호하다가 상주商州 단련부사團練副使로 폄적되었다. 이후 복권되어 한림학사를 지냈으나, 998년에는 『태조실록太祖實錄』을 쓰다가 피휘避諱를 범해 황주黃州로 폄적되었고, 기주蘄州 지현으로 옮겼다가 그곳에서 죽었다. 저서에 『소축집小畜集』 30권과 『소축외집小畜外集』 20권이 있다.

68) 왕우칭王禹偁은 함풍 연간에 황주黃州에 폄적되었을 때, 죽루 두 칸을 짓고 「황주신건소죽루기黃州新建小竹樓記」를 썼다.

69) 노륜盧綸에 대해서는 『양주화방록』 권7 「성남록城南錄·24」를 참조할 것. 오늘날 남아 있는 노륜의 작품에서는 이와 유사한 구절을 찾아볼 수 없다. 다만 『전당시』 권530에 수록된 허혼許渾의 「과고우구거過故友舊居」에 '高竹動疏翠, 早蓮飄暗香'이라는 구절이 있으니, 아마도 이것을 변형한 것인 듯하다.

70) 본문의 '왕유王維'는 왕애王涯를 잘못 쓴 것이다. 왕애王涯는 자가 광진廣津이고, 태원太原 사람이다. 그는 정원貞元 연간에 진사로 발탁되었고, 박학홍사과에 추천되어 좌습유左拾遺, 한림원 학사, 기거사인起居舍人, 괵주사마虢州司馬, 원주자사袁州刺史, 병부원외랑, 공부시랑, 중서시랑 겸 중서문하평장사中書門下平章事, 이부시랑을 역임했다. 또 목종이 즉위한 후에는 검남劍南, 동천東川 절도사, 어사대부, 호부상서, 염철전운사鹽鐵轉

녹죽헌은 대체로 원림에서 좋지 않은 대나무들을 가져다 만든 것이다. 이 때문에 원림의 대나무가 더욱 크고 정취가 있다.

38. 녹죽헌을 지나면 배보다 작은 집이 있는데, 차꼬막이에 주렴이 늘어져 햇빛과 달빛이 잘게 부서져 흔들리고, 새들이 큰 소리로 우짖으며 날아다닌다. 새들이 다니는 길이 창문 위로 지나간다. 이곳이 바로 청화각이다.

39. 농연사월헌은 대나무가 무성한 곳이다. 녹죽헌에서 청화각을 지나가는 길은 땅이 단단하지 않고 대나무가 다투어 자라니, 나들이객이 여기에 이르면 길이 막히고 말소리도 대나무에 막혀버린다. 몸이 대숲 속에 있어도 대나무 소리가 들리지 않는다. 호숫가 원림 정자 가운데 이곳이 최고의 대숲으로 친다.

40. 대숲 밖으로 정자 하나가 날아갈듯 서 있는데, 편액에 '향설香雪'이라 쓰여 있고, 다음과 같은 대련이 붙어 있다.

　　향기 속에 특별한 운치가 있으니
　　하늘이 더디 피지 않게 하네.
　　香中別有韻[최도융崔道融]⁷¹⁾

運使를 역임했고, 경종敬宗 때에는 영산남서절도사領山南西道節度使를, 문종文宗 때에는 태상경太常卿을 역임하고 상서우목야尚書右僕射 겸 대군공代郡公에 봉해졌다. 이후 검교사공檢校司空 겸 문하시랑門下侍郎이 되었으나, 이훈李訓의 난이 실패한 뒤 그 일에 연루되어 화를 입었다. 문집 10권과 시집 1권이 있다. 『전당시』 권346에 수록된 왕애王涯의 「규인증원오수閨人贈遠五首」에 '花明綺陌春, 柳拂御溝新'이란 구절이 있다.
71) 최도융崔道融은 당나라 때 형주荊州 사람이다. 징벽을 받아 잉가현水嘉縣 현령이 되었고 우보궐右補闕까지 지냈다. 저서에 『신당시申唐詩』 3권, 『동부집東浮集』 9권이 있었다고 하나, 지금까지 남아 있는 시는 많지 않다. 『전당시』 권714에 수록된 최도융의 「매화梅花」에 "香中別有韻, 淸極不知寒"이란 구절이 있다.

天意不敎遲[웅교熊嶠]72)

41. 등화사藤花榭는 길이가 1리 남짓 되는데, 그 안에 작은 집을 지어 '등화서옥'이라는 편액을 걸었다. 그리고 다음과 같은 대련이 붙어 있다.

구름이 햇빛을 가리니 등나무 덩굴 뒤엉키고
바람 따라 실려 오는 파도소리에 잠자리 쓸쓸하구나.
雲遮日影藤蘿合[한익韓翊]73)
風帶潮聲枕簟涼[허혼許渾]74)

42. 초록으로 뒤덮인 정자가 끝나면 푸른 하늘이 점점 넓게 펼쳐지고, 비가 멎고 구름이 걷히는 것처럼 광활하게 탁 트인 풍경이 나타난다. 돌을 첩첩이 쌓아 고개를 만드니 고즈넉한 분위기가 펼쳐진다. 이에 등화서옥 북쪽에 청원당을 세워, 이곳 원림에서 빈객을 대접하는 장소로 삼았다. 여기엔 다음과 같은 대련이 붙어 있다.

창에 가득 먼 풍경 서재의 휘장으로 스며드는데

---

72) 웅교熊嶠는 구화산인九華山人이라고 하며, 후당後唐 청태淸泰 2년(935)에 진사가 되었고, 유경암劉景巖이 연안延安에서 절도사로 있을 때 불려가 그 밑에서 일했다. 그는 후진後晉 천복天福 연간에 보궐補闕을 제수 받았으나 후에 상진현上津縣 현령으로 폄적되었다. 저서에 『도룡집屠龍集』 5권이 있다. 현재 시 2수가 전한다. 『전당시』 권346에 수록된 웅교의 「조매早梅」에 "人情皆共惜, 天意欲敎遲"란 구절이 있다.
73) 한굉韓翃(?~?)을 잘못 쓴 듯하다. 한굉은 자가 군평君平이고 남양南陽 사람이며, '대력십재자大曆十才子' 가운데 한 명이다. 그는 천보天寶 13년(754)에 진사에 합격해 중서사인까지 지냈다. 그의 작품 가운데는 창화한 시가 많고, 가기歌妓 유씨柳氏와의 이야기가 유명하며, 「한식寒食」이란 시가 알려져 있다. 명나라 때에 그의 시를 모아 편찬된 『한군평집韓君平集』이 있다. 그러나 본문에 인용된 구절은 『전당시』에서 찾을 수 없다.
74) 『전당시』 권533에 수록된 허혼의 「만자조대진지위은거교원晚自朝臺津至韋隱居郊園」에 "雲連海氣琴書潤, 風帶潮聲枕簟涼"이라는 구절이 있다.

구름은 동풍을 데려와 아름다운 병풍을 씻어주네.

窓含遠色通書幌[이하李賀]75)

雲帶東風洗畵屛[허혼許渾]76)

43. 금운헌은 동쪽 언덕 가장 높은 곳에 있다. 이곳엔 모란이 많이 자라고 있어서 원림에선 이곳을 모란청牡丹廳이라고 부르며, 다음과 같은 대련이 붙어 있다.

조물주의 사랑 고루 나눠받고 꽃망울 한 쌍이 터져 나오니

인간 세상에서 으뜸가는 향기 혼자 차지했구나.

平分造化雙苞出[서중아徐仲雅]77)

獨占人間第一香[피일휴皮日休]78)

44. 구곡지 서남쪽79) 모퉁이에 샘이 두 개 있는데 물이 더할 나위 없이

---

75) 이하李賀(790~816)는 자가 장길長吉이며, 당나라 황실의 후예이고, 창곡昌谷(지금의
 허난성 이양宜陽현) 사람이다. 그는 부친의 이름이 진숙晉肅인데, 진晉과 진進이 동음同
 音이니 그 휘를 범한다는 이유로 진사 시험에 응시하지 못하고, 봉례랑奉禮郎이란 미관
 말직에 2년간 근무하다 27세로 요절했다. 그의 시는 풍부한 상상력에 의거한 환상적
 세계를 창조했으며, 초자연적 제재題材를 애용하여 '시귀詩鬼'라고 불린다. 『전당시』
 권390에 수록된 이하의 「남원십삼수南園十三首」의 제8수에 "窓含遠色通書幌, 魚擁香鉤
 近石磯"라는 구절이 있다.
76) 『전당시』 권535에 수록된 허혼의 「수형두이원외酬邢杜二員外」에 "雪帶東風洗畵屛,
 客星懸處聚文星"이란 구절이 있다.
77) 서중아徐仲雅(893~?)는 자가 동야東野이고, 선조는 진중秦中 사람이나 장사長沙로 옮
 겨 살았다. 그는 호남의 마은馬殷을 섬겨 관찰판관觀察判官, 천책부학사天冊府學士를 지
 냈다. 시문집 백여 권이 있었다 하나 지금은 시 6수만 전한다. 『전당시』 권762에 수록
 된 서중아의 「구句」에 "平分造化雙苞去, 拆破春風兩面開"라는 구절이 있다.
78) 피일휴皮日休에 대해서는 『양주화방록』 권1 「초하록草下錄·상上·56」을 참조할 것.
 피일휴의 「제모란도題牧丹圖」(또는 「모란牧丹」)에 "竟誇天卜無雙艶, 獨占人間第一香"이
 란 구절이 있다. 다만 이 시의 작자에 대해서는 이설이 많으며, 『전당시』에 수록된 피
 일휴의 작품 가운데도 이 시는 들어 있지 않다.
79) 앞서의 설명에 따르면 동남쪽이라고 해야 옳을 듯하다.

맑고 차갑다. 이곳을 쌍천雙泉이라 부르니, 바로 금천錦泉을 가리킨다.

장씨가 여기에 물이 드나드는 출입구[水口]를 만들고 원림 안 좁은 물길로 끌어들였다. 이곳은 바로 동쪽 언덕 관음산觀音山 뒷자락인데, 싱싱한 풀과 삐죽삐죽 가지가 뻗은 나무들을 제멋대로 자라게 내버려둔 채, 다른 손질을 하지 않고 자연 그대로의 순박한 모습을 간직하게 해놓았다. 그 안에 오래된 매화나무 몇 그루가 있는데, 보통 때는 나들이 객들이 알아보지 못하다가 꽃이 피어 향기가 흘러나올 때에야 가시덤불을 헤치고 향기를 따라가 나무를 보게 된다. 그래서 그 위에 매화정梅花亭을 세웠다.

정자 밖 반 리 남짓한 곳엔 대나무나 다른 나무들이 듬성듬성 자라고 언덕이 물과 높이가 같은데, 그 물가에 집을 세우고 '수청水廳'이라 부른다.

45. 미파협은 두 산 사이에 긴 협곡으로, 잔물결 이는 물길이 가운데를 관통한다. 이곳은 나무들이 짙푸르게 덤불을 이루고 있다. 풀숲을 헤치고 배를 끌다 보면 어느새 아주 좁은 곳에 다다른다. 길은 막힌 듯 겨우겨우 이어지는데, 산 돌고 물굽이를 꺾어 가다보면 갑자기 다시 끝없이 탁 트인 곳이 나온다. 동쪽 언덕에 미파관을 지었고, 다음과 같은 대련이 붙여놓았다.

개울물은 환히 개인 들판으로 흘러들고
버드나무는 따스한 바람을 흩어 보내네.
川源通霽色[황보염皇甫冉]80)

楊柳散和風[위응물韋應物]81)

---

80) 황보염皇甫冉에 대해서는 『양주화방록』 권1 「초하록草下錄·상上·45」를 참조할 것. 『전당시』 권249에 수록된 황보염의 「복선사심담연사주불견福先寺尋湛然寺主不見」에 "川原通霽色, 田野變春容"이란 구절이 있다.

81) 위응물韋應物(737~804)은 장안 사람으로 젊어서 임협任俠을 좋아하여 현종玄宗을 호위하는 일을 맡았다. 현종 사후에는 학문에 정진하여 좌사낭중左司郎中 소주자사蘇州刺史

놀잇배가 이곳에 이르면 뱃사공들은 상앗대와 노를 잘 정리하여 협곡 안으로 들어간다.

46. 미파관 뒤에 기하루가 있는데, 진晉 나라 사람의 시 구절을 모아 다음과 같은 대련을 만들어놓았다.

> 봄가을로 좋은 날 많고
> 산과 물은 맑은 소리 지녔네.
> 春秋多佳日[도잠陶潛][82]
> 山水有淸音[좌사左思][83]

기하루 뒤편으로 복도가 사방으로 뻗어 있고, 여러 층으로 높이 올린 건물이 솟아 있는데, 여기에는 '지월루遲月樓'라는 편액이 붙어 있다. 지월루 뒤는 골짜기가 깊어 산 기운[嵐]이 두텁게 피어오른다. 놀라 날아오르는 기러기나 노니는 용처럼 생긴 아름다운 바위, 큰 비비나 산도깨비 같이 괴상하게 생긴 바위들이 깎아 세운 듯 높이 솟아 소나무 삼나무 숲 사이에 숨어 있다. 오래된 계수나무가 벼랑에 걸치듯 자라 물위에 가지를 드리운 채, 이끼를 가르고 바위를 쪼개 그 틈에서 자라는데, 겨울 내내 시들지 않는다. 그 위에 정자를 짓고 '유잠춘색'이란 편액을 붙여놓았다.

미파관 앞에서 구불구불한 다리를 건너 작은 섬으로 들어가면, 섬 위

등을 지냈다. 이 대문에 흔히 '위소주韋蘇州'라고 불렸다. 그는 지연시의 대표자로서 전원생활의 정취를 많이 담았으며, 왕유王維, 맹호연孟浩然, 유종원柳宗元 등과 병칭되었다. 『전당시』 권192에 수록된 위응물의 「동교東郊」에 '楊柳散和風, 靑山澹吾慮'라는 구절이 있다.

82) 도잠陶潛에 대해서는 『양주화방록』 권12 「교동록橋東錄·11」을 참조할 섯. 도잠의 「이거移居二首」에 "春秋多佳日, 登高賦新詩"이란 구절이 있다.

83) 좌사左思에 대해서는 『양주화방록』 권12 「교동록橋東錄·11」을 참조할 것. 좌사의 「초은시招隱詩」 제1수에 "非必有絲竹, 山水有淸音"이란 구절이 있다.

에 종춘헌이 세워져 있다. 그것은 마치 항주杭州의 수월루水月樓나 풍적연馮積㶄[84]의 무파정無波艇[85]과 같다.

　이 원림은 장씨가 지은 것이다. 장정치張正治는 자가 빈상賓尙이고, 제생 출신이다.

---

84) 풍부馮溥를 가리키는 듯하다(『양주화방록』 권10 「홍교록虹橋錄·상上·14」의 주석에 설명된 인물과는 다름). 청나라 때 이방李放과 섭미葉眉가 편찬한 『황청서사皇淸書史』의 부록인 「황청서인별호록皇淸書人別號錄」에 인용된 『양절유헌록兩折輶軒錄』에 따르면, 풍부는 자가 용대容大 또는 적연積㶄이고, 평호平湖 사람으로서 제생 출신이라고 했다.
85) 자세한 사항은 알 수 없으나, 배 모양으로 지은 정자인 듯하다.

권15

강서록岡西錄

1. '춘대축수春臺祝壽'는 연화교 남쪽 기슭에 있으며 왕씨汪氏[1]가 세운 것이다. 법해교의 내하內河가 흘러나가는 입구에 부채 모양으로 된 청사를 지었다. 이 청사는 앞 처마는 입술 같고 뒤 처마는 이처럼 생겼으며, 양 옆은 '팔八'자 모양이다. 그 안에 속이 빈 격자창을 두어, 마치 쥘 부채를 펼쳐놓은 듯한 생김새이다. 청사 안의 병풍과 창들도 각기 부채 모양을 하고 있다. 그 중에서 가장 아름다운 것은 밤이 되어 청사에 능을 밝히면 그 빛이 물에 비쳐서 마치 물속에 부채 모양의 등이 뜬 것처럼 되는 것이다.

---

1) 왕정장汪廷璋을 가리킨다. 왕정장에 대해서는 본문 28번에 소개되어 있다. '춘대축 수'는 '양회兩淮 지역 사람들이 군주의 공덕을 가송하고 축수하는 곳'이다.

2. 청사 뒤편에 태호석으로 된 석벽이 있는데, 봉우리 등성이를 올라가 바위 몸체에 뚫린 구멍으로 들어간다. 그 안쪽에는 돌문이 있고, 문 안쪽으로 가지런히 돌을 깐 길이 있는데, 거기 깔린 돌들에는 모두 얼음이 갈라진 듯한 빙렬문氷裂紋이 나 있다. 길옆에는 오래된 나무가 자리를 잡고 있어 나들이객과 길을 다투고 있다. 작은 회랑을 가로로 비스듬히 나가 구불구불 길을 가면 함주당含珠堂으로 이어진다. 여기에는 다음과 같은 대련이 있다.

들판의 향기 연꽃과 마름에 스며드는데
연못 물색은 맑은 소상강瀟湘江을 닮았네.
野香襲荷芰[교연皎然]2)
池色似瀟湘[허혼許渾]3)

3. 정원 안에는 길이가 열 길 남짓한 연못이 있는데, 신하新河와 제방 하나만을 사이에 두고 붙어 있다. 연못 위쪽에 누대가 있는데 예전엔 '경천루鏡泉樓'라 불리다가 지금은 이름을 바꿔 '환취루環翠樓'라 한다. 여기에는 다음과 같은 대련이 있다.

하늘하늘 큰 대나무 창문가에 자라고

---

2) 교연皎然(?~?)은 당나라 때 시승詩僧으로 자가 청주淸晝이며 속성은 사씨謝氏로서 사영운謝靈雲의 16세손이다. 이름을 주晝라고도 하며, 호주湖州(지금의 저장성 우싱吳興) 사람이다. 그는 저산杼山에 살았으며 문장이 아름다워 안진경顏眞卿과 위응물韋應物이 아꼈으며 함께 시를 주고받았다. 정원貞元 연간에 칙령으로 그의 문집을 만들어 비각秘閣에 보관했다. 『교연집皎然集』이 있다. 『전당시』 권817에 수록된 교연의 「봉화륙사군장원수당납량효조류체奉和陸使君長源水堂納涼效曹劉體」에 "野香襲荷芰, 道性親鳧鷖"라는 구절이 있다.

3) 허혼에 대해서는 『양주화방록』 권1 「초하록草河錄·상上·48」의 각주를 참조할 것. 『전당시』 권537에 수록된 허혼의 「배소사이상국최빈객연거수적복야지정陪少師李相國崔賓客宴居守狄僕射池亭」에 "池色似瀟湘, 仙舟正日長"이라는 구절이 있다.

점점 밝아지는 아침 햇살 누대를 비추네.

冉冉修篁依戶牖[포하包何]⁴⁾

瞳瞳初日照樓臺[설봉薛逢]⁵⁾

4. 연못은 운하보다 수면이 높고 흰 연꽃이 많이 자란다. 제방 위에는 꽃들로 울타리를 엮고 아름답게 조각한 격자창을 사이에 두어 안팎의 수기水氣⁶⁾가 서로 통하게 해놓았다. 그 위쪽에 네모난 집을 지었는데 '영롱화계玲瓏花界'란 편액이 걸려 있다. 여기에는 다음과 같은 대련이 있다.

꽃과 버드나무 붉은 해를 품고

누대는 굽은 연못을 감싸고 있네.

花柳含丹日[송지문宋之問]⁷⁾

樓臺繞曲池[노조린盧照鄰]⁸⁾

---

4) 포하包何(?~?)는 자가 유사幼嗣이고 윤주潤州 연릉延陵 사람이다. 그는 포융包融의 아들이며 천보天寶 말년에 활동했다. 동생인 포길包佶과 함께 시명詩名을 날려 당시 '이포二包'라 칭해졌다. 그는 천보 7년(748)에 진사에 급제했고 맹호연孟浩然을 사사했으며 이가우李嘉佑와 친하게 지냈다. 대력大歷 연간에 기거사인起居舍人을 지냈다. 시집 1권이 있다. 『전당시』 권208에 수록된 포하의 「동염백균숙도사관유술同閻伯均宿道士觀有述」에 "冉冉修篁依戶牖, 迢迢列宿映樓臺"라는 구절이 있다.

5) 설봉薛逢에 대해서는 『양주화방록』 권7 「성남록城南錄·20」을 참조할 것. 『전당시』 권548에 수록된 설봉의 「원일루전관장元日樓前觀仗」에 "瞳瞳初日照樓臺, 漠漠祥雲雉扇開"라는 구절이 있다.

6) 여기서는 '운기雲氣' 즉 물 위의 안개 따위를 가리킨다.

7) 송지문宋之問에 대해서는 『양주화방록』 권6 「성북록城北錄·14」를 참조할 것. 『전당시』 권52에 수록된 송지문의 「인지전시연응제麟趾殿侍宴應制」에 "花柳含丹日, 山河入綺筵"이라는 구절이 있다.

8) 노조린盧照鄰(630?~689?)은 자가 승지升之이고 호가 유우자幽憂子이며 유주幽州 범양范陽 사람이다. 그는 신도위新都尉를 지낸 적이 있으며 일종의 류마티즘 증세로 앓다가 영수潁水에 몸을 던져 죽었다. '초당사걸初唐四杰' 가운데 한 명으로 비탄에 젖은 시가 많다. 후인이 집일한 『유유자집幽憂子集』이 있다. 『전당시』 권42에 수록된 노조린의 「연재주남정득지자宴梓州南亭得池字」에 "亭閣分危岫, 樓臺繞曲池"라는 구절이 있다.

'영롱화계' 뒤편에 2칸짜리 작은 집이 있다. 그 집 뒤에 사방 1길 정도의 작은 못이 있는데, 보이지 않게 정원 중심부로 통해 있다. 큰 연못에도 연꽃을 심고 '기록헌綺綠軒'이라는 편액을 걸어놓았다.

5. 희춘대熙春臺는 신하新河가 굽이진 곳에 있으며 연화교와 마주보고 있다. 흰 돌을 쌓아 올린 뒤 주위에 돌난간을 두르고 그 안쪽에 노대露臺를 만든 것이다. 첫 번째 층은 가로로는 말을 뛰게 할 수 있고 세로로는 수레 2대가 나란히 지나갈 수 있을 만큼 넓으며, 중앙과 좌우 3곳에 나뉘어 모두 계단을 만들어놓았다. 두 번째 층엔 네모난 누각을 지었는데, 상하 3층으로 되어 있다. 맨 아래층에는 '희춘대'라는 편액과 함께 다음과 같은 대련이 붙어 있다.

> 울긋불긋 화려한 건물 성곽을 비추고
> 연노랑 연초록 새 잎들 누대에 비치네.
> 碧瓦朱甍照城郭[두보杜甫][9]
> 淺黃輕綠映樓臺[유우석劉禹錫][10]

기둥과 벽에는 구름을 그리고 병풍에는 만송이 모란을 그렸다. 맨 위층에는 예전에 왕주王澍[11]가 글씨를 쓴 '소리장군화본小李將軍畵本'이란 편액이 걸려 있었는데, 지금은 '오운다처五雲多處'라는 편액과 함께 다음과 같은 대련이 붙어 있다.

---

9) 『전당시』 권220에 수록된 두보의 「월왕루가越王樓歌—태종자월왕정위면주자사太宗子越王貞爲綿州刺史, 작대우주성서북作臺于州城西北」에 "孤城西北起高樓, 碧瓦朱甍照城郭"이라는 구절이 있다.

10) 유우석劉禹錫에 대해서는 『양주화방록』 권6 「성북록城北錄·42」를 참조할 것. 『전당시』 권28에 수록된 유우석의 「잡곡가사·양류지雜曲歌辭·楊柳枝」에 "迎得春光先到來, 淺黃輕綠映樓臺"라는 구절이 있다.

11) 왕주王澍에 대해서는 『양주화방록』 권2 「초하록草河錄·하下·99」를 참조할 것.

백 척 높은 누대 은하수이 기대어 섰고

천상의 음악 울려 우아한 노래 연주하네.

百尺金梯倚銀漢[이순李順][12]

九天鈞樂奏雲韶[왕회王淮][13]

이곳의 기둥과 벽, 병풍에는 모두 구름무늬가 그려져 있고, 나는 듯한 지붕마루[飛甍]와 처마 끝에 높이 치솟은 기와[反宇]는 오색으로 전칠塡漆을 했으며, 그 위에는 오색의 유리기와[琉璃瓦]를 덮었고 양쪽으로 날개처럼 펼쳐진 복도와 계단은 모두 나선형으로 빙빙 돌아가게 되어 있다. 거기에서 왼쪽으로는 겹 지붕[重屋]을 올린 둥근 누대로 통하고 오른쪽으로는 노대로 통하는데, 금빛과 초록색 옥빛이 물에 비쳐 반짝이는 모습이 마치 곤륜산崑崙山의 오색 운무가 오색의 물로 변해 흐르는 것처럼 사람들이 황홀경에 빠져 넋을 잃고 바라보느라 정신이 없게 만든다.

6. 입사교廿四橋는 바로 오가전교吳家磚橋로서 홍약교紅藥橋라고도 하며, 희춘대 뒤편에 있다. '평천용폭平泉涌瀑'[14]의 물은 바로 금궤산에서 발원하여 입사교를 거쳐 흘러온 것이다. 입사교는 서문가西門街의 동서 양쪽 기슭을 가로질러 놓여 있는데, 벽돌로 벽을 쌓고 널판을 깔았으며,

---

12) 이순李順이 아니라 이기李頎(?~757?)인 듯하다. 이기는 원적이 조군趙郡(지금의 허베이성 쟈오현趙縣)이고 오랫동안 영양潁陽(지금의 허난성 덩펑登封)에 살았다. 그는 735년 진사에 급제한 후 바로 신향현新鄕縣 현위縣尉를 지냈으나 얼마 후 관직을 떠나 오랫동안 숭산嵩山과 소실산少室山 일대의 '동천별업東川別業'에서 은거했다. 가끔씩 낙양과 장안을 오갔으며 교제 범위가 광범위하여 왕유王維나 고적高適, 왕창령王昌齡 등과 같은 성당 때의 유명 시인들과 시를 주고 받았고, 도가의 연단 수련을 좋아했다. 『전당시』 권29에 수록된 이기의 「잡가요사雜歌謠辭·정앵도가鄭櫻桃歌」에 "鳳陽重門如意館, 百尺金梯倚銀漢"이라는 구질이 있다.

13) 왕회王淮가 아니라 왕애王涯인 듯하다. 『전당시』 권346에 수록된 왕애의 「한원행漢苑行」에 "二月春風遍柳條, 九天仙樂奏雲韶"라는 구절이 있다.

14) 『평산당도지』와 가경嘉慶 연간의 『양회염법지兩淮鹽法志』에는 '평류용폭平流涌瀑'으로 되어 있다.

붉은 난간을 둘렀다. 이 다리는 곧바로 서쪽으로 신교장新敎場과 통하며, 북쪽으로는 꺾어져 금궤산으로 들어간다. 입사교 서쪽에 있는 오가吳家의 기와집 바깥 담장에 '연화야월烟花夜月'이라는 글씨가 돌에 새겨져 있는데, 글씨를 쓴 이의 성명은 적혀 있지 않다. 『양주고취사揚州鼓吹詞』「서序」에 다음과 같은 기록이 있다.

> 이 다리의 이름은 옛날에 이곳에서 24명의 미인이 퉁소를 불었다 하여 붙여진 것이다.
> 是橋因古之二十四美人吹簫于此, 故名.

혹자는 또 이 다리가 바로 예전의 이십사교二十四橋라고도 하는데, 두 설 모두 옳지 않다. 내 생각은 다음과 같다.

이십사교에 대해 심괄沈括[15]의 『몽계보필담夢溪補筆談』에 기록이 있는데, 이에 따르면 양주의 이십사교의 명칭은 다음과 같다. 탁하교濁河橋, 다원교茶園橋, 대명교大明橋, 구곡교九曲橋, 하마교下馬橋, 작방교作坊橋, 세마교洗馬橋, 남교南橋, 아사교阿師橋, 주가교周家橋, 소시교小市橋, 광류교廣流橋, 신교新橋, 개명교開明橋, 고가교顧家橋, 통사교通泗橋, 태평교太平橋, 이국교利國橋, 만세교萬歲橋, 청원교青園橋, 역교驛橋, 참좌교參佐橋, 산광교山光橋, 하마교下馬橋. 이처럼 24개의 개별 명칭이 있었던 것이다. 미

---

15) 심괄沈括(1031~1091)은 자가 존중存中이다. 그는 1054년에 술양주부沭陽主簿가 되어 대대적인 치수治水를 성공적으로 수행했고, 1062년에 진사에 급제하여 양주의 사리참군司理參軍, 소문관교감昭文館校勘 및 제거사천감提擧司天監을 역임했다. 그 동안 왕안석의 신법新法에 적극 동참했으나, 1077년에 왕안석이 실각하면서 심괄도 의주지부宜州知府로 좌천되었다. 1080에는 연주지부延州知府로 있으면서 서하西夏의 침략을 막아낸 공로를 인정받아 용도각직학사龍圖閣直學士에 발탁되었다가 얼마 후에 좌천되어 지방관으로 떠돌았다. 말년에는 윤주潤州(지금의 전쟝시鎭江市)의 몽계원夢溪園에서 지내다가 생을 마쳤다. 그는 박학다식하여 과학기술과 천문, 수학, 역법曆法, 지리, 물리, 생물, 의학, 문학, 역사학, 음악, 미술 등에서 모두 탁월한 성취를 남겼다. 그리고 이를 바탕으로 중국 과학사의 한 획을 긋는 대작인 『몽계필담夢溪筆談』(36권)과 『보필담補筆談』(3권), 『속필담續筆談』(1권), 『장흥집長興集』, 『양방良方』 등등 많은 저작을 남겼다.

인의 이야기는 아마 억지로 갖다 붙인 것으로 보인다. 정몽성程夢星16)의
『양주명원기揚州名園記』에 따르면 후세 사람들이 강기姜夔17)의 사詞 「양
주만揚州慢」에 나오는 "다리 가에 핀 작약을 생각하네[念橋邊紅藥]"란 구
절에서 홍약紅藥이란 말을 따서 이 다리에 이름을 붙였고, 또 강기의 사
에 나오는 '염교念橋'가 바로 옛날의 이십사교라고 했다. 그러나 이것은
강기의 사를 잘 모르고 하는 소리이니, 그 사는 이러하다.

> 이십사교는 옛 모습 그대로인데
> 호수엔 차가운 물결 출렁이고 달은 소리 없구나.
> 다리 가에 핀 작약
> 해마다 누굴 위해 피는지?
> 二十四橋仍在, 波心蕩冷月無聲.
> 念橋邊紅藥, 年年知爲誰生?

　　여기에서 '염念'자는 생각하다는 뜻을 가진 '사思'자로 해석해야 한다.
이십사교 주변에 핀 작약이 해마다 누굴 위해 피는지 생각한다는 뜻일
뿐, 다리 이름은 아닌 것이다.

7. 청소원聽簫園은 입사교 서쪽 기슭에 있다. 대나무를 엮어 울타리 문
을 만들고, 문 안쪽으로 복숭아나무와 살구나무를 심어 그 가지들이 온
땅을 쓸고 있다. 솔잎을 주렴으로 삼아 3자 길이의 시렁을 매달았으며,
시냇물이 초가집 있는 곳으로부터 흘러나온다. 이곳에는 상이桑耳 버
섯18)과 쏘가리가 자라고, 산에서 따온 찻잎과 시골 막걸리가 있는데, 아

---

16) 정봉성程夢星에 대해서는 『양주화방록』 권3 「신성북록新城北錄錄・상上・65」를 참조
　　할 것.
17) 강기姜夔(1155?~1221)는 자가 요초堯草 혹은 석추石帚이고 별호가 백석도인白石道人이다.
18) 원문에는 '상계桑雞'라고 되어 있는데, 이것은 상이버섯의 별명이다. 상이버섯은 식
　　용이나 약용으로 쓰인다.

리따운 여자가 고운 입술로 바람을 불어 불을 지피고 희고 부드러운 손으로 땔나무를 집어넣는다. 이곳의 술을 파는 여자가 한때 사람들 사이에 유명해지면서 나들이객이 많이 모여 들었고, 관련된 시들도 매우 많다.[19] 「양주몽향사」에선 이렇게 읊고 있다.

> 양주는 멋진 곳
> 입사교는 청소원으로 이어지네.
> 흰 벽에는 오늘을 노래한 시구들이 가득하고
> 상인들은 싱싱한 제철 해산물 많이도 파니
> 전생의 연이 있어야 여기에 올 수 있다네.
> 揚州好, 橋接聽簫園.
> 粉壁漫題今日句, 水牌多賣及時鮮, 能到是前緣.

김조연金兆燕[20]은 집련集聯하여 이렇게 썼다.

> 위대한 우리 왕조 이제 은택을 많이 베풀어
> 주점도 예로부터 내려온 풍류 자랑하네.
> 聖代卽今多雨露, 酒壚終古擅風流.[21]

또 관희녕管希寧[22]이 이에 대한 그림을 그렸다.

---

19) 이 부분을 '중화본'에서는 "題詠亦富"라고 했는데, '산동본'에서는 "題詠亦當"이라고 했다. 후자가 오류로 보인다.

20) 김조연金兆燕에 대해서는 『양주화방록』 권1 「초하록草河錄·상上·44」를 참조할 것.

21) 앞 구절은 당나라 때 고적高適의 「송리소부폄협중왕소부폄장사送李少府貶峽中王少府貶長沙」에 있는 "聖代卽今多雨露, 暫時分手莫躊躇"에서 뽑은 것이다. 뒤 구절은 이상은李商隱의 「송최각왕서천送崔珏往西川」에 들어 있는 "卜肆至今多寂寞, 酒壚從古擅風流"에서 뽑은 것이다.

22) 관희녕管希寧에 대해서는 『양주화방록』 권2 「초하록草河錄·하下·69」를 참조할 것.

8. 소원篠園[23]은 본래 소원小園이었으며 입사교 옆에 있다. 강희 연간에 이 지방 사람들이 작약을 심던 곳이다. 손지위孫枝蔚[24]는 「소원작약시小園芍藥詩」에서 이렇게 썼다.

몇 번이나 강남 가고 싶어 나그네는 그리움에 시달리고
올해도 강북에서 꽃길을 에돌아 걸어가네.
비바람이 갖가지 모습으로 불어 닥쳐도
꽃 피는 좋은 시절이면 하늘은 다시 맑아진다네.
幾度江南勞客思, 今年江北繞花行.
便敎風雨猶多態, 花況好時天更晴.

소원은 사방 40무畝 정도의 크기인데, 가운데 10여 무를 일구어 작약 밭을 만들고 풀로 지붕을 얹은 정자를 세웠으며, 꽃피는 때에는 차를 팔아 생계를 꾸린다. 작약 밭 뒤에 매화나무를 심은 곳이 8,9무 정도 되는데, 그 안에는 나무들이 운무에 감싸인 채 흐릿하게 보장호를 감싸고, 북쪽으로 촉강 삼봉三峰을 떠받치고, 동쪽으로 보우성寶祐城에 붙어 있으며, 남쪽으로 홍교를 바라보고 있다.

강희 병신丙申년(1716)에 한림학사 정몽성이 벼슬을 사직하고 고향으로 돌아와 이곳을 사서 가원家園으로 삼았다. 그리고 정원 바깥쪽 호숫가에 파 놓은 미나리꽝 10여 무를 준설하여 전부 연꽃을 심고, 그 위에 물가 정자[水榭]를 세웠다. 그러자 건너편 언덕에 있는 이웃한 밭에서도 그걸 본떠 연꽃을 심어 서로 어울리게 되었다.

정원 중앙에는 청사를 세우고 사영운謝靈運[25]의 "중간에 천시의 사물

---

23) 『평신당도지』에 의하면 소원은 '소원화서篠園花瑞'라고도 하며 안찰사 왕도汪燾가 처음 만들었다고 한다. 또 작약 가운데 양주 작약이 제일 유명한데, 그 중에서 이곳 작약 밭이 100여 무에 이르는 넓이에 품종이 30여 종에 달한다고 했다.
24) 손지위孫枝蔚에 대해서는 『양주화방록』 권10 「홍교록虹橋錄・상上・17」을 참조할 것.
25) 사영운謝靈運에 대해서는 『양주화방록』 권12 「교동록橋東錄・3」을 참조할 것.

이 되었다가, 이제 못난 사내의 소유가 되었구나[中爲天地物, 今成鄙夫有]"
라는 구절에서 이름을 따서 '금유당今有堂'이라 불렀다. 또 매화 100그루
를 심고 그 안에 정자를 세운 후, 사방득謝枋得26)의 "몇 번 태어나 수양
해야 매화가 될 수 있나[幾生修得到梅花]?"라는 구절에서 이름을 따 '수도
정修到亭'이라 불렀다. 연못을 초승달 모양으로 파서 부용을 심고 물새
를 기르며, 나무로 간단히 만든 다리를 걸쳐놓고, 호수를 막아 물을 끌
어들여 사시사철 마르지 않게 하고, '초월반初月沜'이라 불렀다.

금유당 남쪽에는 흙을 쌓아 언덕을 만들고 중간 중간에 돌들을 장식
했는데 높은 것은 나뭇가지보다 위로 솟아 있으며, 작은 다리를 건너
올라갈 수 있게 했다. 이곳에는 '남파南坡'라는 이름을 붙였다. 대나무
숲 사이에 누각을 짓고 먼 곳을 조망하거나 시를 읊조릴 수 있게 하여
'내우각來雨閣'이라 불렀다. 또 평헌平軒을 짓고 유규劉虯27)의 「답경릉왕
서答竟陵王書」에 나오는 "남은 수명을 산천에서 즐거이 보내겠다[暢餘陰
于山澤]"라는 말에서 이름을 따 '창여헌暢餘軒'이라 불렀다. 금유당 북쪽
한쪽 구석에 꽃과 약초를 섞어 심고 주위를 담으로 두른 후, 그 위를 오

---

26) 사방득謝枋得(1226~1289)은 자가 군직君直이고 호는 첩산疊山이며, 익양弋陽(지금의
    쟝시성江西省에 속함) 사람이다. 그는 1256년 진사에 급제하여 대책對策을 올릴 때 재
    상 동괴董槐와 환관 동송신董宋臣을 극렬히 비판하다가 이갑二甲으로 등급이 깎이자 벼
    슬을 버리고 떠났다. 1264년에는 강동조시江東漕試의 감독관[試官]이 되었으나 가사도
    賈似道의 잘못을 비판하다가 다시 좌천당했다가 1275년에 다시 신주지주信州知州에 발
    탁되었으나, 이듬해에 신주가 몽고 군대에 함락되자 이름을 바꾸고 민閩 땅으로 들어
    가 은거했다. 1289년에 참정參政 위천우魏天祐의 강요로 북쪽으로 갔으나, 연燕 땅에 이
    를 때까지 단식을 하다가 죽었다. 그의 저작으로는 『첩산집疊山集』이 있으며, 『송사宋
    史』 권425에 그의 전기가 수록되어 있다.
27) 유규劉虯(438~495)는 자가 영예靈預 또는 명덕明德이고, 남양南陽 열양涅陽(지금의 허
    난성 전핑현鎭鎭縣 남쪽) 사람이다. 그는 남조 송나라 때에 진평왕晉平王의 표기기실驃
    騎記室과 당양령當陽令을 지냈으나, 나중에 파직되어 고향으로 돌아오자 은거하며 불교
    를 공부했다. 이에 따라 『법화경法華經』과 『무량의無量義』 등의 경전에 주석을 달았다.
    제齊나라 건원建元(479~482) 연간 초기에는 통직산기시랑通直散騎侍郎 벼슬을 제수하려
    했으나 사양했고, 495년에는 국자박사國子博士 벼슬을 제수하려 했으나 역시 사양했다.
    시호는 '문범선생文範先生'이다. 그러나 그의 저작은 온전히 남아 있는 것이 없다.

래된 소나무 수십 그루가 덮어 가리게 하고 '관송암館松庵'이라 불렀다. 작산芍山 옆에 작약 난간을 만들었으며, 난간 밖에 울타리를 만들어 경계를 지어놓았다. 그리고 호수 주변의 개간한 논 100경頃에는 온통 연꽃을 심어 바깥벽으로 삼았다. 붉은 꽃과 푸른 잎, 물과 하늘이 하나로 잘 어울렸으니, 이곳을 '우미藕糜'라 불렀다[이주:『모시毛詩』에서 '미糜'와 '미湄'가 통한다고 했다].

평헌 옆에는 계수나무 30그루를 심고 '계평桂坪'이라 불렀다. 당시 홍교에서 보장호에 이르는 양쪽 물가에는 푸른 버드나무가 자라고 연꽃이 10리에 걸쳐 이어졌다. 그런데 세월이 흘러 호수의 진흙이 쌓이자 연꽃 밭이 점차 미나리를 심는 밭으로 변하게 되었다. 그러다가 옹정 임자壬子년(1732)에 시하市河를 준설할 때, 정몽성이 앞장서 기금을 모아 보장호를 깊게 준설하여 시하의 물을 모았다가 내보내는 역할을 하게 하고, 또 두 제방 위에 복숭아나무와 버드나무를 심었다. 그런데 마침 이 정원이 만들어지면서 연꽃 심은 못의 경계를 더 늘렸다. 그래서 예전에는 법해사를 종착점으로 했던 크고 작은 놀잇배들이 지금은 이 정원까지 올 수 있게 되었다. 이 정원에는 옛날에 대나무 밭이 있었는데, 세월이 흘러 나무들이 말라 죽어버렸다. 이후 마왈관28)이 대나무를 기증해서 심었는데, 방사서29)가 그 모습을 〈증죽도贈竹圖〉로 그렸으며, 이 일을 기려 '소소篠'자를 정원의 이름으로 쓰게 되었다.

건륭 경신庚申년(1740) 겨울에 다시 시냇가에 작은 정자를 지었는데, 맑은 못에 큰 물고기가 살아 낚시를 할 수 있었으며, 여기서 딴 연방蓮房괴 가시연밤으로 요기를 할 수 있었다. 송나라 주부主簿 섭기葉杞30)의 의남별서漪南別墅의 이름을 본떠 이곳을 '소의남小漪南'이라 불렀나. 학관을 지낸 남원南原 고애길顧藹吉31)이 예서로 쓴 대련이 있었는데 지금

---

28) 마왈관馬曰琯에 대해서는 『양주화방록』 권1 「초하록草河錄 · 상上 · 30」을 참조할 것.

29) 방사서方士庶에 대해서는 『양주화방록』 권2 「초하록草河錄 · 하下 · 43」을 참조할 것.

30) 섭기葉杞(?~?)는 호가 의남漪南이라는 것 외에, 생애에 대해 자세히 알려진 바가 없다.

까지 남아 있다.

> 석양은 쌍사 밖으로 지고
> 봄물은 오당 서쪽에 출렁이네.
> 夕陽雙寺外, 春水五塘西.

정몽성의 부친은 이름이 정문정程文正이고 자가 홀산笏山이며 강도 사람이다. 그는 시와 고문사古文詞에 뛰어났고 글씨를 잘 썼다. 강희 신미辛未년(1691)에 진사에 급제했으며 공부工部 도수사都水司의 주사主事32)를 지냈으며 『시문고詩文稿』를 지었다.

정몽성은 자가 오교伍喬 혹은 오교午橋라고 하며 호는 병강洴江 혹은 향계香溪라고 한다. 강희 임진壬辰년(1712)에 진사에 급제했으며 한림원 편수를 지냈다. 저서에 『금유당집今有堂集』이 있다. 그의 시는 위응물,33) 유종원34)과 비슷한 풍격을 지녔다. 그는 모든 예술 분야에 뛰어났는데, 특히 서화書畵와 거문고 연주를 잘 했고, 기분 내키는 대로 즉흥시를 읊

---

31) 고애길顧藹吉(1662~1722)은 자가 원선畹先 혹은 원산元山, 천산天山이며 호가 남원南原이며, 강소성 오현吳縣 사람이다. 가희 47년(1708)에 공생이 되어 의징교유儀徵敎諭를 지냈다. 예서와 팔분서에 정통했으며 1718년에 『예팔분변隷八分辨』과 『분서필법分書筆法』 등이 있다.
32) 도수사都水司는 공부工部에 소속된 사사四司 가운데 하나인 도수청리사都水淸吏司를 가리킨다. 이 관직은 강이나 바다의 수로 및 도로, 교량 등을 만들고 보수하는 업무를 담당한다. 주사主事는 관명官名으로 청대에는 정6품에 해당하며 낭중郎中, 원외랑과 동렬의 육부六部 속관屬官이며 내무부內務府나 이번원理藩院 및 각 부서에도 있었다.
33) 위응물韋應物에 대해서는 『양주화방록』 권14 「강동록江東錄·45」의 주석을 참조할 것.
34) 유종원柳宗元(773~819)은 하동河東(지금의 산시성 용지현永濟縣) 사람으로, 자는 자후子厚이다. 정원貞元 1년(785)에 진사에 급제하여 집현원정자集賢院正字에 제수되었고, 이후에 예부원외랑 등을 지내며 치 혁신에 참여했다. 그러나 얼마 후에 헌종憲宗(806~820 재위)이 즉위하면서 혁신파를 억압하면서 영주사마永州司馬로 폄적되었다. 그로부터 십년 후에 다시 장안으로 불려갔으나 다시 유주자사柳州刺史로 폄적되었고, 결국 그곳에서 생을 마쳤다. 유종원은 한유韓愈와 더불어 고문운동古文運動을 주도한 문장가로서, '당송팔대가唐宋八大家' 가운데 하나로 꼽힌다.

는 데에도 뛰어났다. 정원의 꽃들이 필 때면 언제나 시패詩牌와 휴대용 술통을 들고 시사詩社 동료들과 함께 봄놀이를 즐겼는데, 당시 문사들의 고상한 모임 가운데 으뜸으로 칭송받았다. 소원을 그린 그림은 송문松門 정명程鳴[35]과 곡양谷陽 허빈許濱[36]이 함께 그렸다. 그에게는 친족과 친구들이 대단히 많았는데, 아래에 기록해둔다.

9. 정명세程名世는 자가 영연令延이고 호가 균사筠槎이며, 시를 잘 지었다. 저서에 『좌우안거시坐雨安居詩』, 『음록음고飮淥吟稿』, 『운산소고雲山小稿』, 『소유관시존小酉館詩存』, 『자계집柘溪集』, 『노하집撈蝦集』, 『자계속집柘溪續集』, 『해상집海上集』, 『해상속집海上續集』, 『기유집紀遊集』, 『춘우루집春雨樓集』, 『추수부용관고秋水芙蓉館稿』, 『노옥음고老屋吟稿』, 『해상음고海上吟稿』 약간 권과 사詞 1권, 악부樂府 1권이 있다. 『좌전식소록左傳識小錄』, 『국책취비國策取譬』, 『장자귀언莊子貴言』, 『노관순한사자老管荀韓四子』, 『능엄법화유마힐삼경주본楞嚴法華維摩詰三經注本』이 집에 소장되어 있었다. 그는 만년에 숙부인 정몽성과 함께 『양주명원기揚州名園記』를 엮었는데, 주신지朱申之[37]의 염아초당念莪草堂과 왕가옥수王家玉樹, 예준민倪俊民의 경은초당耕隱草堂에 대해 『삼원도기三園圖記』만을 완성한 채 죽었다.

그는 아들을 넷 두었는데, 장자인 정찬화程贊和는 자가 중지中之이고 건륭 정유丁酉년(1777)에 발공생이 되었고, 둘째 정찬녕程贊寧은 건륭 을묘乙卯년(1795) 은과恩科[38]에 부방副榜에 급제했으며, 셋째와 넷째인 정찬횡程贊皇과 정찬부程贊普는 모두 명제생이었다.

---

10. 정진방程晉芳39)은 처음 이름이 지약志鑰, 자는 어문魚門이다. 또 이름이 정정황程廷璜, 자를 즙원戢園이라고도 한다. 낮잠을 자다가 꿈을 꾸었는데, 급제자 명단을 팔표한 방榜에서 '진방'이란 이름이 들어 있어서 지금의 이름으로 바꿨다고 한다. 그는 회안淮安에 거주했고, 황제의 부름으로 시험에 응시해 중서사인으로 기용된 후, 한림원 편수를 지냈다. 그는 글을 잘 지었고 학문에 성실했으며, 저서로 『상서집주尙書集注』, 『좌전통해左傳通解』 등이 있다. 만년에 섬서陝西에서 객사하자 총독 필원畢沅40)이 장례를 치러주고 남은 자식들을 돌보았다.

정두程斲는 자가 성택聖澤이고 염무鹽務에 뛰어난 재능이 있었다. 그 또한 회안에 살았다.

11. 정무程茂는 자가 순강蓴江이고, 정위방程衛芳은 자가 술선述先이다. 두 사람 모두 시를 잘 지었으며, 시집이 세상에 전한다.

12. 정지건程志乾은 자가 학견學堅 혹은 서가書舸이며 시를 잘 지었다. 그의 칠석시七夕詩 가운데 다음과 같은 구절이 유명하다.

이별을 당하면 정말 마음 달래기 힘드니
말도 안 되는 일이라 할지라도 연민이 생길 수 있다네.
人當離別眞難遣, 事縱荒唐亦可憐.

정명세에서 정지건까지 모두 정몽성의 조카이다.

---

39) 정진방程晉芳은 안휘 흡현 사람인데, 후에 강도로 옮겨 살았으며 회안에서 염업 관련 일에 종사했다. 그는 만년에 형편이 아주 어려워져서, 필원이 그의 장례를 치르고 아이들을 거두어준 것이다.

40) 필원畢沅에 대해서는 『양주화방록』 권1 「초하록草河錄・상上・10」을 참조할 것.

13. 정명程鳴은 자가 우성友聲이고 호가 송문松門이다. 그의 관적은 의징儀徵이며 읍상생邑庠生 출신이다. 그는 그림에 뛰어났는데, 먹을 거의 적시지 않은 건필乾筆로 중봉법中鋒法을 써서 완전히 글씨를 쓰듯 그림을 그렸다. 이는 석도石濤[41)를 배우고 정수程邃[42)를 참조한 것이다. 그는 왕사정王士禎[43)에게서 시를 배웠는데, 왕사정은 일찍이 그를 칭찬하여 이렇게 말했다.

　“정명의 시명詩名이 그림에 가려졌도다.”

14. 정항程沆은 자가 청남晴嵐이고 진사 출신이며 한림원 서길사를 지냈다. 그의 아우 정순程洵은 자가 소천邵泉이고 사인舍人을 지냈다.

　두 사람은 모두 정몽성의 질손侄孫[44)이며 시문에 뛰어났다.

15. 위겸항韋謙恒은 자가 약선藥仙 혹은 약재藥齋이며, 무호蕪湖 사람이다. 건륭 계미癸未년(1763)에 탐화探花로 급제한 그는 예전에 양주에 와서 기원암祇園庵의 담성湛性[45)과 친한 벗으로 사귄 바 있다. 정몽성은 집에 옥산심실玉山心室을 짓고 그를 5년 동안 교서校書로 초빙했다. 소원의 빈객들과 시문 모임을 가질 때 글자가 규칙에 맞지 않거나 표절한 글자가 있을 경우 모두 위겸항이 벌칙을 주관하였다.

16. 징군徵君 진찬陳撰[46)은 양주에 온 초기에 난강灤江 사람 항씨項氏의 집에 머물렀다. 항씨는 고대의 제기[彝鼎]와 도서를 소장했는데 그 규모가 전하제일이었고, 진찬은 자신의 삼식에 긍지를 느껴서, 버리고 취하

---

41) 석도石濤에 대해서는 『양주화방록』 권2 「초하록草河錄·하下·127」을 참조할 것.
42) 정수程邃에 대해서는 『양주화방록』 권10 「홍교록虹橋錄·상上·18」을 참조할 것.
43) 왕사정土士禎에 대해서는 『양주화방록』 권1 「초하록草河錄·상上·14」를 참조할 것.
44) 형제의 손자를 가리킨다.
45) 담성湛性에 대해서는 『양주화방록』 권8 「성서록城西錄·6」을 참조할 것.
46) 진찬陳撰에 대해서는 『양주화방록』 권2 「초하록草河錄·하下·48」을 참조할 것.

는 데에 구차함이 없었다. 나중에 진찬은 소원에서 10년간 학관學館을
열고 제자들을 가르치다가 박학홍사과에 천거되었다. 만년에 강춘[47]이
그를 강산초당에 모셨고, 태사太史 항세준[48]이 그의 소전小傳을 썼다.
그런데 소전에서 항씨와 강씨 집에 머물렀던 것만 기술하고 소원에 대
해서는 언급하지 않았으니, 사정을 너무나 몰랐다고 할 수 있다.

17. 여원갑余元甲은 자가 가백葭白 혹은 백암柏巖이고, 호는 줄촌茁村이며
강도의 읍제생邑諸生 출신이다. 그는 시문에 뛰어났다. 옹정 12년(1734)에
통정사通政司 조지원趙之垣이 그를 박학홍사과에 추천했으나 나가지 않
았다. 그는 만석원萬石園을 지었는데, 10여 년 동안 고심하여 그것을 완
성했다. 이제 산과 집이 나뉘어 있어서 문을 들어가면 산이 보이는데,
산 속에는 크고 작은 바위굴이 수백 개나 되며, 산을 지나가면 비로소
건물이 나온다. 그러나 건물들은 청사廳舍와 정자, 회랑 두세 채가 모여
있는 게 고작이다.

　당시 그가 정몽성과 교유했을 때 술 마시며 시를 짓는 모임이 가장
왕성했다. 그가 죽자 만석원은 폐쇄되었고, 바위들은 강산초당으로 옮
겨졌다. 그의 저작으로는 『유설당집濡雪堂集』이 있는데, 이것은 한유韓愈
와 백거이白居易,[49] 소식蘇軾, 육유陸游 네 시인의 시를 선집한 것으로,
지금도 세상에 나돌고 있다.

　소원에서는 술 마시며 시를 짓는 모임이 빈번했는데 옹정 신해辛亥년
(1731)에 호기항,[50] 당건중,[51] 마왈관, 왕옥추,[52] 방사서, 왕매반王梅泮, 방
사경方士慶,[53] 마왈로,[54] 진죽휴陳竹畦,[55] 민화閔華,[56] 육종휘陸鐘輝,[57] 장

---

47) 강춘江春에 대해서는 『양주화방록』 권5 「신성북록新城北錄·하下·192」를 참조할 것.
48) 항세준杭世駿에 대해서는 『양주화방록』 권3 「신성북록新城北錄·상上·19」를 참조할 것.
49) 백거이白居易에 대해서는 『양주화방록』 권1 「초하록草河錄·상上·17」을 참조할 것.
50) 호기항胡期恒에 대해서는 『양주화방록』 권4 「신성북록新城北錄·중中·14」를 참조할 것.
51) 당건중唐建中에 대해서는 『양주화방록』 권4 「신성북록新城北錄·중中·15」를 참조할 것.
52) 왕옥추汪玉樞에 대해서는 『양주화방록』 권7 「성남록城南錄·33」을 참조할 것.

사과張士科58)가 이 정원에서 매화 구경을 하며 "2월 5일 꽃이 눈처럼 피다[二月五日花如雪]"를 기구起句로 하여 시를 지었던 모임이 매우 성대했다. 이때 지은 시들은 『한강아집邗江雅集』에 실려 있다.

18. 교춘령喬椿齡은 자가 저우樗友인데, 성품이 강직하여 동인同人들이 꺼려했다. 그는 『주역』점을 잘 쳤지만, 절친한 친구라도 함부로 점을 봐주지 않았다. 시문詩文의 법도는 당나라 이후의 것은 본받을 만한 것으로 여기지 않았다. 그는 제자 운대芸臺 완원阮元59)이 높은 지위에 오른 뒤에도 서찰 한 통 보내지 않았다. 그러다가 완원이 산동 지역에 과거시험을 감독하러 왔을 때 시험지를 품평해달라고 예의를 갖춰 청하자 비로소 그에게 갔다. 그는 청주靑州에서 죽었는데, 예전에 자기 서재에 이런 글귀를 붙여놓았었다.

> 세상의 이름난 선비들은 모두 내 벗이요
> 자리에 모인 제자들은 한창 젊은 사람들이네.
> 四方名士皆知己, 入座門生正少年.

19. 성당盛唐은 자가 일사一樣이며, 강도 사람으로 벼슬을 하지 않았다. 그는 마을에 효자로 이름이 자자했고, 글씨를 잘 썼으며, 소원에서 가장 오래 학관學館을 열었다.

---

53) 방사경方士慶에 대해서는 『양주화방록』 권4 「신성북록新城北錄・중中・21」을 참조할 것.
54) 마왈로馬日璐에 대해서는 『양주화방록』 권2 「초하록草河錄・하下・99」를 참조할 것.
55) 『양주화방록』 권4 「신성북록新城北錄・중中・22」에 기록된 진장陳章을 가리키는 듯하다. 진장의 자가 죽정竹町이니, 이두李斗의 착오가 있었던 듯하다.
56) 민화閔華에 대해서는 『양주화방록』 권4 「신성북록新城北錄・중中・23」을 참소할 것.
57) 육종휘陸鐘輝에 대해서는 『양주화방록』 권4 「신성북록新城北錄・중中・13」을 참조할 것.
58) 장사과張士科에 대해서는 『양주화방록』 권4 「신성북록新城北錄・중中・13」을 참조할 것.
59) 완원阮元에 대해서는 『양주화방록』 권1 「초하록草河錄・상上・10」을 참조할 것.

20. 장전張銓은 강도 땅의 제생인데, 산수를 너무 좋아하여 천하를 두루 돌아다녔다.

그의 아우 장윤張鋆은 자가 방곡方穀이고 호는 가향可鄉이다. 그는 사람됨이 단정하고 신중했으며 옛 사람들의 서화書畵 감식에 뛰어났다. 그는 또한 그림을 잘 그렸으며 정몽성의 집에 기거했다. 금산金山과 초산焦山 그림, 그리고 『양주이십사경도揚州二十四景圖』가 모두 그의 손에서 나왔다.

또 다른 아우 장개張鎧는 자가 단애丹崖이고, 제생 출신이며 시를 잘 썼다.

그의 큰 아들 장종태張宗泰는 자가 등봉登封인데, 건륭 을유己酉년(1765)에 발공생으로 뽑혔으며 천장교유天長敎諭를 지냈다.

둘째 아들 장해관張海觀은 자가 소헌筱軒인데, 육서六書 연구에 정진하여 옛 문물에 해박하다는 칭송을 들었다.

셋째 아들 장치관張治觀은 자가 숙평叔平인데, 어려서부터 책을 잘 읽었다. 저서에 『모시초목충어소보정毛詩草木蟲魚疏補正』 10권, 『□이아□爾雅』 1권, 『초사방초보금석楚辭芳草譜今釋』 1권, 황자발黃子發의 『상우서相雨書』[60] 주석 1권이 있다. 그는 19살에 죽었는데, 임종하는 날 지은 절명사絶命詞 10章이 세상에 전해진다.

21. 삼현사三賢祠가 바로 소원筱園이 있던 자리에 있다. 건륭 을해乙亥년(1755)에 소원이 쇠락하자, 마침 정몽성과 같은 해 향시에 급제했던 노견증[61] 양회전운사가 되면서 보수하여 새로 단장했다.[62] 춘우각春雨閣에

---

60) 황자발黃子發(?~?)은 당唐나라 때 사람이며, 생애에 대해서는 자세히 알려져 있지 않다. 『상우서』는 당나라 이전까지 천문과 기상 변화에 대해 기록한 책이다.

61) 노견증盧見曾에 대해서는 『양주화방록』 권1 「초하록草河錄 · 상上 · 44」를 참조할 것.

62) 『평산당도지平山堂圖志』에서는 "삼현사는 예전에 정몽성의 소원이 있던 자리에 세운 것으로 전운사 노견증이 매입하고 봉신원경奉宸苑卿 왕정장汪廷璋이 삼현사로 개축한 것이다"라고 기록하고 있다.

는 송나라 문충공文忠公 구양수[63]와 문충공文忠公 소식,[64] 우리 청나라의 문간공文簡公 왕사정王士禎을 모시고, 소의남小漪南의 물가에 있던 정자[水亭]의 이름을 '소정蘇亭'으로 고쳤으며, 금유당의 이름을 '구우정舊雨亭'으로 바꾸었다.

당시 지상촌枝上村[65]과 탄지각彈指閣은 관원官園으로 편입되었기 때문에, 당堂 뒤편에 탄지각을 본 뜬 양식의 누각을 짓고 '앙지루仰止樓'라 불렀다. 여기에는 예전에 있던 다음과 같은 대련이 그대로 걸려 있다.

석양은 쌍사 밖으로 지고
봄물은 오당 서쪽에 출렁이네.
夕陽雙寺外, 春水五塘西.

또 꽃밭[藥欄] 울타리 안에 10여 칸의 작은 집을 짓고, 승려 죽당竹堂을 초빙해 그곳에 살면서 삼현三賢의 제사를 맡게 했다. 그 아래쪽으로 작은 정자를 증축하고 '서작瑞芍'이란 편액을 걸었다. 몇 년 뒤 정몽성이 죽자, 노견증은 정원을 임대해 그의 후손에게 많은 금전적 도움을 주었으며, 삼현 아래에 정몽성을 모시자고 의논했지만 실행되지는 못했다. 정명세程名世가 『삼현사도三賢祠圖』를 그렸는데, 지금은 없어져버렸다.

22. '소원화서篠園花瑞'는 바로 삼현사를 가리킨다.[66] 건륭 갑진甲辰년 (1784) 왕정장汪廷璋이 이곳을 매입하여 '왕원汪園'이라 불렀다. 그는 희춘

---

63) 구양수歐陽修에 대해서는 『양주화방록』 권1 「초하록草河錄·상上·15」를 참조할 것.
64) 소식蘇軾에 대해서는 『양주화방록』 권1 「초하록草河錄·상上·4」를 참조할 것.
65) 『양주화방록』 권4 「신성북록新城北錄·중中·11」에 "지상촌枝上村은 천녕사 서원西園에 소속된 하원下院으로 천녕사 서쪽에 있었는데, 지금은 어화원御花園에 귀속되어 있다"고 나온 바 있다. 또 같은 부분에 천녕사 서원에 '진수정晉樹亭'이 있고 그 남쪽에는 3칸짜리 건물인 탄지각彈指閣이 있다고 했다.
66) 『평산당도지』에서는 "소원화서는 삼현사 서쪽에 있다"고 했다.

대 왼쪽에 소정蘇亭을 철거하고 24개의 기둥이 있는 복도[閣道]를 만들었는데, 끝에서 9번째 기둥에 복도 밑으로 문을 내서 소원의 수문水門으로 삼았다. 처음 전운사 노견증이 정자 건물[亭署]을 지었을 때는 정섭鄭燮67)이 쓴 '소정蘇亭'이라는 편액을 걸어놓았고, 노견증이 쓴 다음과 같은 연구聯句가 붙어 있었다.

> 좋은 시간은 관사 일에 쫓겨 다 지나고
> 잠깐 동안 숨 돌릴 여유 얻어
> 역사서 읽고 경전을 되풀이해 해석하노라면
> 새로운 한 세상이 또 열린다.
> 이 객사는 본래 내 것 아니고
> 그저 조정 일로 몇 번 들른 것이지만
> 그래도 꽃 심고 대나무 길러
> 잠시 가원家園으로 삼노라.
> 良辰盡爲官忙, 得一刻餘閑,
> 好誦史繙經, 另開生面.
> 傳舍原非我有, 但兩番視事,
> 也栽花種竹, 權當家園.

후에 소원이 삼현사로 바뀌자 이 편액을 소의남의 물가 정자로 옮겼다. 이곳엔 다음과 같은 대련이 있다.

> 동쪽 언덕은 좋은 게 무엇인가?
> 신선과 잠시 어울릴 수 있다네.
> 東坡何所愛[백거이白居易]68)

仙老暫相將[두순학杜荀鶴][69)

이로 인해 이곳을 '삼과유종三過遺踪'이라 부르며, '아패이십사경'의 하나로 들어가 있다. 나중에는 다시 '삼과정三過亭'이라 이름을 바꾸었는데, 지금은 모두 없어지고 복도가 되었다.[70)

23. 취하헌翠霞軒은 바로 삼현사 옛 전각 자리에 있었다. 처음 이 사당이 세워진 것은 본래 강희 연간에 송나라 위공魏公 한기韓琦,[71) 문충공 구양수, 태수 조약刁約[72)과 왕거경王居卿,[73) 문충공 소식을 평산당의 진

『전당시』 권434에 수록된 백거이의 「보동파步東坡」에 "東坡何所愛, 愛此新成樹"라는 구절이 있다.

69) 두순학杜荀鶴에 대해서는 『양주화방록』 권2 「초하록草河錄‧하下‧5」를 참조할 것. 다만 본문에 인용된 구절은 두순학이 아니라 두보의 시 구절이다. 『전당시』 권226에 수록된 두보의 「관이고청사마제산수도삼수觀李固請司馬弟山水圖三首」의 제3수에 "浮査並坐得, 仙老暫相將"이란 구절이 있다.

70) 『평산당도지』에서는 "소정蘇亭은 삼과정三過亭이라고도 부르는데, 소식의 사에 '세 번 평산당 아래를 지나네三過平山堂下'라는 구절에서 유래한 이름이다"라고 했다.

71) 한기韓琦(1008~1075)는 자가 치규稚圭이고 호는 공수贛叟이며, 상주相州 안양安陽(지금의 허난성河南省에 속함) 사람이다. 그는 명문세가에서 태어났지만 3세 때에 부친을 잃어 형들 밑에서 자랐다. 그러다가 1027년 진사에 급제하여 장작감승將作監丞에 제수된 이래 개봉부추관開封府推官, 탁지판관度支判官, 태상박사太常博士, 우사간右司諫을 역임했다. 1043년에는 서하西夏의 침범을 막은 공로로 범중엄范仲淹과 함께 추밀부사樞密副使에 임명되었다. 그해 8월 범중엄이 참지정사參知政事에 임명되면서 정치개혁을 시도했으나 보수파의 반대에 부딪혀 실패로 끝났고, 이 와중에 한기 역시 추밀부사의 지위를 박탈당하고 자정전학사資政殿學士의 신분으로 양주지주揚州知州로 폄적되었다. 그 뒤 그는 경서로안무사京西路安撫使, 무강군절도사武康軍節度使, 추밀사樞密使, 동중서문하평장사同中書門下平章事, 집현전대학사集賢殿大學士, 소문관대학사昭文館大學士 및 감수국사監修國史를 역임하다가 의국공儀國公에 봉해졌고, 1061년에는 우복야右僕射로 승진하여 위국공魏國公에 봉해졌다. 이후 1069년 왕안석이 참지정사가 되어 신법을 추진하자, 한기는 보수파 입장에서 반대하다가 정치적인 곡절을 겪기도 했다. 한기의 저작으로는 『이부충론二府忠論』(5권)과 『간원존고諫垣存稿』(3권), 『섬서주의陝西奏議』(50권), 『하북주의河北奏議』(30권), 『잡주의雜奏議』(30권), 『안양집安陽集』(50권) 등이 있다.

72) 조약刁約(994~1077)은 자가 경순景純이고, 윤주潤州 단도丹徒(지금의 쟝쑤성에 속함) 사람이다. 1030년 진사에 급제하여 여러 왕궁王宮의 교수敎授를 역임했고, 1041년에는 구양수와 함께 태상례원太常禮院을 관장하면서 집현교리集賢校理가 되었다. 이후 해주

상루眞賞樓에서 제사지내면서 청조의 사리司李[74] 왕사정과 태수 김진金鎭[75]과 형부刑部 왕무린汪懋麟[76]을 함께 배향한 것이다. 후에 주민 가운데 구양수와 소식 두 공과 왕사정 세 현인을 모시자고 건의한 이가 있었다. 당시 서자庶子 호윤胡潤[77]이 학정學政으로 강남에 왔는데, 왕사정이 건륭 신미辛未년(1751) 회시에서 뽑은 사람이어서 이렇게 건의를 했던 것이나 실행되지는 못했다. 전운사 노견증이 양주에 와서 비로소 왕사정을 두 공과 함께 배향하여 이들 현인의 사당에 함께 모셨다.

삼현사가 왕정장에게 귀속된 후, 다시 삼현의 신주神主를 철거해 도화암桃花庵으로 옮기고, 그 전각을 정원의 청사로 삼았다. 그리고 그 옆에 모란 100그루를 심고 취하헌을 지었다. 이곳엔 다음과 같은 대련이 걸려 있다.

햇빛에 비친 화려한 무늬 노을처럼 곱고
병풍처럼 펼쳐진 산들 초록빛이 들쭉날쭉하네.
日映文章霞細麗[원진元稹][78]

통판海州通判, 개봉부추관開封府推官, 양절전운사兩浙轉運使, 양주揚州와 선주宣州의 지주知州, 태상시판관太常寺判官 등을 역임했다.
73) 왕거경王居卿(?~?)은 자가 수명壽明이고 등주登州 봉래蓬萊 사람이다. 그는 진사 출신으로 제주지주齊州知州, 염철판관鹽鐵判官을 지내다가, 양주지주를 거쳐 경동전운사京東轉運使, 호부부사戶部副使, 천장각대제天章閣待制, 하북도전운사河北都轉運使, 태주지주泰州知州, 태원지부太原知府 등을 지냈다.
74) 감옥[獄]과 소송[訟], 형벌을 관장하는 관직인 '사리司理'를 가리킨다. 명나라 때에는 '추사推事'라고 불렀다.
75) 김진金鎭은 양주지부를 지냈으며 양주 시하를 준설했다. 『양주화방록』 권1 「초하록草河錄·상上·23」 참조할 것.
76) 왕무린汪懋麟에 대해서는 『양주화방록』 권16 「총강록蜀岡錄·32」를 참조할 것.
77) 호윤胡潤(?~?)은 자가 경몽京蒙이고 호는 구하河九이며, 호북湖北 통산通山 사람이다. 일설에는 자가 하구이고 호는 경몽 또는 간원艮園이며 강복江復 사람이라고도 한다. 그는 강희 30년(1691) 진사에 급제하여 한림원 편수에 제수되었으며, 나중에 첨사부詹事府 중윤서자中允庶子까지 지냈다. 그는 1699년에 광동향시廣東鄕試의 주고主考를 맡았고, 1712년에 강소학정江蘇學政을 지낸 바 있다. 저작으로 『회소당집懷蘇堂集』이 있다.
78) 원진元稹에 대해서는 『양주화방록』 권12 「교동록橋東錄·16」을 참조할 것. 『전당시』 권417에 수록된 원진의 「화낙천중제별동루和樂天重題別東樓」에 "日映文章霞細麗, 風驅鱗甲浪參差"라는 구절이 있다.

24. 구우정舊雨亭은 본래 노견증이 세웠으며, 징군徵君 혜동惠棟80)을 모셔 왕사정의 『감구집感舊集』을 편찬하게 한 곳이다. 구우정 안에는 '삼절三絶'로 불리는 화초가 있는데, 오래된 등나무 한 시렁과 늙은 계수나무 1무畝, 그리고 담 하나를 가득 덮은 담쟁이[薜荔]가 그것이다.

25. 앙지루仰止樓는 앞창이 대나무 숲속에 나 있고, 뒤창은 정원 밖으로 나 있어 강을 가로지르는 주변 산의 경관을 다 볼 수 있다. 동쪽 산장山牆에 난 둥근 창은 담쟁이로 뒤덮여 있고, 서쪽 산장의 둥근 창으로 보이는 것은 모두 작약 밭이다. 꽃이 필 때 그 속을 거닐면 마치 "동쪽 구름은 물고기 모양, 서쪽 구름은 참외 모양[東雲見鱗, 西雲見瓜]"의 변화막측한 풍경을 보는 듯하다.

앙지루 아래엔 "석양은 쌍사 밖으로 지고, 봄물은 오당 서쪽에 출렁이네[夕陽雙寺外, 春水五塘西]"라고 쓴 대련이 걸려 있는데, 이것 역시 정몽성의 소원에 있던 옛 것이다. 이 누대는 지상촌의 승려 문사文思81)의 탄지각이 관원官園으로 바뀌어서 이곳에 그 모양을 본떠 지은 것이니, 또한 옛 사람이 남긴 뜻을 추구하는 마음에서 그렇게 한 것이다.

26. 꽃밭[藥欄] 15칸은 앙지루 서쪽에 있고, 그 바깥쪽은 작약 밭이다. 중간에 한 줄기 물이 흘러 경계를 나누고 있는데, 여기가 예전의 우미藕麋였던 곳이다. 위쪽 7칸은 서쪽을 향해 있어 나들이객이 꽃구경을 하는 곳이고, 아래 8칸은 동쪽을 향해 있는데 승려 죽당竹堂의 거저로 쓰인

---

79) 『전당시』 권446에 수록된 백서이의 「중세별동루重題別東樓」에 "湖卷衣裳白重疊, 山張屏障綠參差"라는 구절이 있다.

80) 혜동惠棟에 대해서는 『양주화방록』 권3 「신성북록新城北錄 · 상上 · 50」을 참조할 것.

81) 문사文思에 관해서는 『양주화방록』 권4 「신성북록新城北錄 · 중中 · 11」을 참조할 것.

다. 대숲 아래로 문을 내서 삼현전으로 통하게 해놓았다.

죽당은 도화함의 승려 도존道存의 제자로서 전문篆文과 유문籀文을 잘
썼고, 그림에 뛰어났으며, 죽기竹器를 잘 만들어서 반서봉潘西鳳과 나란
히 이름을 날렸다.[82] 삼현의 신주를 도화암으로 옮길 무렵엔 죽당도 이
미 세상을 떠났다. 그래서 그의 처소이던 아래 8칸엔 전부 서쪽으로 향
해 창을 냈으며, 대숲 아래의 문도 잠가놓았다.

27. 서작정瑞鵲亭은 꽃밭 바깥 작약 밭 중앙에 있다. 전운사 노견증이
양주에 왔을 때 삼현사에서 하나의 꼭지에 3송이의 꽃이 피었는데, 당
시 이를 상서로운 일이라 여겼다. 중승中丞[83] 마조상馬祖常[84]이 쓴 '서
작'이란 글씨로 편액을 만들어 이곳에 걸었으며, 다음과 같은 대련이
있다.

    온갖 꽃들 봄이 되자 어여쁘게 피고

---

82) 도존道存과 죽당竹堂, 반서봉潘西鳳에 대해서는 『양주화방록』 권2 「초하록草河錄·하
  下·7」을 참조할 것.
83) 한나라 때 어사대부御史大夫 아래 두었던 두 개의 직책으로 어사승御史丞과 중승中丞
  이 있었는데, '중승'은 궁전 안에 거처했기 때문에 그렇게 불렸다. 동한 이후로는 대개
  어사대御史臺의 장관을 가리키는 명칭으로 쓰이다가, 명·청 시대부터는 순무巡撫를
  '중승'으로 불렀다.
84) 마조상馬祖常(1279~1338)은 자가 백용伯庸이고 광주光州에서 태어났다. 그는 몽고족
  의 후예로서 금나라 때에 봉상鳳翔 땅의 병마판관兵馬判官을 지낸 고조부高祖父로 인해
  자손들이 마馬씨 성을 갖게 되었다. 그의 증조부 월합내月合乃는 원나라 세조 쿠빌라이
  밑에서 예부상서를 지냈으며, 부친 마윤馬潤은 광주감군光州監軍을 역임했다. 마조상 역
  시 과거에 급제하여 한림문자翰林文字에 봉해지고, 감찰어사에 제수되었다. 나중에 그
  는 재상 지위에 있던 간신 철목질아鐵木迭兒를 탄핵하다가 광주로 폄적되기도 했다.
  1324년부터는 전보소감典寶少監이 되었고, 이후 태자좌찬선太子左贊善, 한림직학사翰林直
  學士, 예부상서, 치서시어사治書侍御史, 강남행대중승江南行臺中丞, 동지휘정원사同知徽政
  院事, 어사중승 등을 역임하고, 만년에 광주로 돌아가 살았다. 시와 문장에 뛰어났던 그
  의 저작으로는 『석전집石田集』이 『사고전서』에 수록되어 있다. 그 외에 그는 『영종실록
  英宗實錄』의 편찬에 참여하기도 했고, 『열후금감列后金鑒』과 『천추기략千秋紀略』을 편찬
  하기도 했다. 원나라 문종文宗은 그를 중원에서 가장 뛰어난 학자로 칭송하기도 했다.

작약은 계단 앞에서 꽃잎 휘날리네.
繁華及春媚[포조鮑照[85]의 시구이다.]
紅藥當階翻[사조謝朓[86]의 시구이다.]

또 태사 항세준이 다음과 같은 시들을 남겼다.

붉은 흙 위 정자에는 향긋한 밭두둑이 경계를 짓고
화려한 편액 높이 걸려 '상서로운 작약' 칭송하네.
글자 하나만 보여주니 사람들이 알아보지 못하는데
그것은 본래 마조상의 글에서 따온 것이라네.
紅泥亭子界香塍, 畵榜高標瑞芍稱.
一字單提人不識, 不知語本馬中丞.

뒤얽힌 가지와 나란히 핀 꽃송이 동풍에 몸을 맡기니
신비롭게 한 꼭지에서 세 송이가 피어 기운이 절로 융합되었네.
하늘의 뜻 세세히 헤아려 감응을 증명했으니
훗날 전운사께서 삼공을 배향할 일 예언했구나.
交枝幷蔕倚東風, 幻出三頭氣自融.
細測天心徵感應, 爲公他日兆三公.

맑은 노래 소리 오묘하게 유행에 맞춰 들리는데
고운 난간에 깊숙이 둘러싸여 깊은 생각에 잠겼구나.
이제 알겠네, 십만 송이 아름다운 꽃송이들은

---

85) 포조鮑照에 대해서는 『양주화방록』 권7 「성남록城南錄・35」의 주석을 참조할 것. 포
  조의 「영사詠史」에 "寒暑在一時, 繁華及春媚"라는 구절이 있다.
86) 사조謝朓에 대해서는 권7 「성남록城南錄・35」를 참조할 것. 사조의 「직중서성直中書省」
  에 "紅藥當階翻, 蒼苔依砌上"이라는 구절이 있다.

계단 앞에서 꽃잎만 휘날려도 한 구절 시가 된다는 것을.

瑟瑟淸歌妙入時, 雕闌深護猛尋思.

可知十萬娉婷色, 只要翻階一句詩.

이 시들은 모두 당시 훌륭했던 이곳의 모습을 남긴 것이다.

양주의 작약은 천하에 제일가는데, 건륭 을묘乙卯년(1795)에 이 정원에
고급 작약 품종인 금대위金帶圍[87] 한 가지와 한 꼭지에 커다란 꽃송이 3
개가 한꺼번에 핀 가지 하나, 그리고 하얀 꽃이 피는 모란 품종인 옥루자
玉樓子 한 가지에 여러 송이가 피어, 한때 멋진 일이라고 칭송이 자자했다.

28. 왕정장汪廷璋은 자가 영문令聞이고 호가 경정敬亭이며, 흡현 조서稠墅
사람이다. 그의 조상 중에 왕대천汪大千이 양주로 이주해 염업으로 집안
을 일으켜서 회남淮南 지역 최고의 저택을 짓고 살았으니, 사람들이 이
일족을 가리켜 '철문한鐵門限'[88]이라 했다. 그의 부친 왕교여汪交如[89]는
목소리가 종소리처럼 크게 울려 기침을 하면 몇 리 밖까지 들렸고, 눈
빛이 형형하며 한밤중에도 빛이 났다. 점쟁이가 그를 가리켜 천구성天狗
星[90]의 운명을 타고났으니 재물을 잘 지켜 백만장자가 될 것이며 80까
지 장수할 것이라 했다.

그에겐 아들이 둘이었는데, 왕정장이 맏이다. 왕정장은 골동품 수
집을 좋아했으며, 만년에 '육천촌사六淺村舍'를 짓고 그곳에 기거했다.

둘째 아들 왕근후觀侯는 담력과 힘이 뛰어났다.

---

87) 작약의 고급 품종 가운데 하나로 '금요대金腰帶'라고도 한다.
88) 원래 쇠로 만든 문턱을 가리키는 말이었으나, 나중에는 찾아오는 사람들이 많은 집,
　　또는 자신의 부귀와 안위를 잘 챙기는 사람을 비유하는 뜻으로 쓰이게 되었다.
89) '산동본'에는 '교가交加'라고 되어 있으나, 오류인 듯하다.
90) '천견天犬' 또는 천랑성天狼星이라고도 부르는 항성恒星인 시리우스Sirius를 가리킨다.
　　대개 이 별은 민간에서 흉신악살凶神惡煞로 간주되어 상처를 입거나 전쟁의 피해와 연
　　관되곤 한다. 하지만 민간 전설에서는 목련존자目連尊者의 어머니와 관련된 전설이 얽
　　혀 있는 별이기도 하다.

왕정장의 아들 왕도汪燾는 자가 춘명春明이고, 둘째 왕희汪熙는 자가 우주宇周이다. 또 왕정장에겐 왕옥파汪玉坡와 왕원파汪元坡라는 두 명의 손자가 있는데, 모두 시와 그림에 뛰어났다.

왕근후의 아들 왕탄汪坦은 자가 석공碩公이다. 그의 아내는 장방이張方頤의 딸인데 집안을 잘 다스렸다. 왕탄에겐 아들이 셋이 있으니, 왕승벽汪承璧은 자가 관성觀成이고, 왕승기汪承基는 자가 배초培初이며, 왕승숙汪承塾은 자가 기군起群이다.

소원은 왕정장이 인수한 후에 왕근후가 더 보수하여 관리했다.

29. 왕윤숙汪允俶은 자가 재남載南이고, 왕교여汪交如의 동생이다. 그는 남에게 베풀기를 좋아하고 약에 대해 잘 알아서 자설단紫雪丹[91]과 재조환再造丸[92]을 널리 나눠주었는데, 이것들은 한 알에 천금을 아끼지 않는 명약이었다. 그는 또 세밑이 되면 고아나 과부 등 어려운 이를 두루 구휼하여 사람들이 '인정 많고 덕 있는 군자[篤行君子]'로 칭송했다.

그의 아들 왕정진汪廷珍은 자가 군찬君贊이다. 그 사람됨이 겸손하여 평생 공손하고 조심스럽게 행동했으며, 잠깐이라도 사람이 메는 가마[肩輿]를 탄 적이 없다.

그의 손자는 두 명인데, 첫째 왕희汪義는 자가 기화曁和이고, 둘째 왕의汪義는 자가 질부質夫이다. 둘은 평생 우애 깊게 지냈다. 왕의는 강춘江春의 사위이다. 두 형제는 전운사 주효순과 친하게 지냈다. 집안 형편

---

91) 원래 명칭은 '자설紫雪'이다. 이 약은 한수석寒水石과 석고石膏, 사석磁石, 승마升麻, 영양羚羊의 뿔, 청목향靑木香, 물소 뿔[犀角], 침향沉香, 정향丁香, 감초甘草, 초석硝石, 박초朴硝, 주사朱砂, 사향麝香 등을 섞어 만든 것으로 신경 안정과 혈압 조절, 열병 치료 등에 사용된다.

92) '재조再造'라는 단어는 '다시 생명을 부여함'을 뜻하는 말이기 때문에, 일종의 기사회생起死回生의 명약을 가리킨다. 이 약은 기사육蘄蛇肉과 견갈, 지렁이, 천산갑穿山甲, 표범 뼈, 사향, 우황牛黃, 주사朱砂 등 58종의 약재를 섞어 만든 것으로 약간 쏩쓸하면서도 단 맛이 난다. 주로 혈액순환을 도와 중풍과 반신불수, 팔다리의 마비 증세 등을 치료하는 데에 쓰인다.

이 어려워졌을 때 마침 주효순의 아들 이등爾登 주액朱額이 강남역전도
江南驛傳道로 나와 그의 자손을 거둬주었다.

30. 왕윤□汪允□는 자가 학산學山이고 왕윤숙의 동생이다.

그의 아들 왕정연汪廷埏은 자가 도소度昭이다. 그는 과주瓜洲에 보제당
普濟堂이라는 약국을 세워 수천 명을 살렸는데, 이 일은『양회염법지兩淮
鹽法志』에 실려 있다.

그의 손자 왕호汪灝는 자가 우량右梁이고 호가 죽농竹農이다. 그는 성
격이 고아했으며 시화에 뛰어났다. 집안에 옛 사람의 명화를 대단히 많
이 소장하고 있었으며, 교류한 이들이 모두 당대의 명사들이었다. '서원
곡수西園曲水'가 바로 그의 별장이다.[93]

31. 왕정관汪廷瑨은 자가 노패魯佩이고 호가 박원樸園이다. 그는 산수를
좋아하여 일생 동안 황산黃山에 9번을 다녀왔다. 만년에는 불교에 심취
해 진주眞州의 서석인두별서西石人頭別墅에 은거해 지냈다.

32. 왕□汪□는 자가 해정楷亭이고 왕정장의 동생이다. 그는 읍제생 출
신으로, 박학하고 경전에 능통했다.

그의 아들은 자가 난포蘭圃이고 박학했으며 시를 잘 지었다. 서법은
정조웅程兆熊[94]의 적통을 이었다.

33. 왕혼汪焜은 자가 상염象炎이고 호가 정산亭山이다. 그는 시를 잘 지
었고 글씨는 왕희지王羲之의『성교서聖敎序』를 본받았다. 그는 어려서

---

93)『평산당도지』에는 "서원곡수는 본래 장씨張氏의 옛 정원이다. 부사도副使道 황성黃晟
　　이 매입하여 수리하고 증축했다. (…중략…) 예전에 현인들이 수계修禊를 지냈던 장소
　　여서 수계행사를 할 때 굽어 흐르는 도랑에 잔을 띄워 마신 일의 의미를 취해 풍경구
　　의 명칭을 정했다"라고 되어 있다.
94) 정조웅程兆熊에 대해서는『양주화방록』권12「교동록橋東錄·52」를 참조할 것.

형부상서 검문劍文 강권江權을 따라 촉蜀 지방에 갔는데, 당시 강권은 중경지부重慶知府를 맡고 있었다. 왕혼은 그의 막부 빈객으로 있었는데, 일을 계획하고 처리하는 능력이 대단히 뛰어났다. 그러다가 촉에서 나올 때 삼협三峽을 내려오다 물보라를 만나 배가 뒤집혔고, 이때 귀가 물보라에 잠기는 바람에 잘 들리지 않게 되었다. 양주에 와서 그는 염무에 종사했는데, 계산이 정확하고 꼼꼼하여 실수가 없었다. 또한 그는 술 마시길 좋아해서 가족 모임에서 선 채로 100되가 넘게 마신 적도 있었다.

34. 왕단광汪端光[95]은 본명이 왕용광汪龍光이며 자가 검담劍潭이다. 그는 건륭 신묘辛卯년(1771)에 거인에 급제한 후, 국자감학정國子監學正을 지냈다. 그는 시와 사詞를 잘 지었고, 글씨는 미불米芾[96]을 본받았다. 그의 모친 양씨梁氏는 자가 난의蘭漪이며 시를 잘 지었다.

35. 왕문금汪文錦은 자가 수곡繡谷이다. 그는 시와 사를 잘 지었으며, 전문篆文과 유문籀文을 잘 썼고, 전각篆刻에 정통했다.

36. 방정관方貞觀[97]은 자가 남당南堂이고 동성桐城 사람이다. 그는 시에 뛰어났고 글씨는 당나라 때의 작은 해서체를 본받았으며, 저서에 『남당집南堂集』이 있다. 왕정장의 집에 기거했다. 그는 방세거方世擧[98]와 형제여서, 당시 두 사람은 '동성방桐城方'이라 불렸다. 정몽성의 집에 머문 이가 방세거이고, 왕정장의 집에 머문 이가 방정관이다.

37. 왕종헌王宗獻은 자가 기진起津이고 창주 사람이며, 글씨를 잘 썼다.

---

95) 『양주화방록』 권11 「홍교록虹橋錄·하下·47」을 참조할 것.
96) 미불米芾에 대해서는 『양주화방록』 권2 「초하록草河錄·하下·96」을 참조할 것.
97) 방정관方貞觀에 대해서는 『양주화방록』 권4 「신성북록新城北錄·중中·37」을 참조할 것.
98) 방세거方世擧에 대해서는 『양주화방록』 권4 「신성북록新城北錄·중中·19」와 같은 권 37을 참조할 것.

38. 방사서方士庶99)는 왕정장의 집에 머물렀다. 당시 왕정장이 천금을 들여 집에 황정黃鼎100)을 초빙했다. 이를 계기로 방사서의 산수화에 큰 발전이 있었으니, 어디에도 얽매임이 없는 자유로운 화풍으로 청출어람이라는 칭찬을 받았다.

39. 황진黃溱은 자가 정천正川이고 양주 사람인데, 왕정장과 친하게 지냈다. 당시 방사서가 소원에 드나들었는데, 황진의 산수화 또한 그 덕분에 크게 발전했기 때문에 스스로 자신을 낮추어 방사서의 제자로 칭했다.

같은 시기에 황이안黃頤安 역시 황진과 함께 방사서를 사사師事했다. 그는 권법과 말타기, 활쏘기에 대단히 능했으며, 특히 사학史學에 조예가 깊었다.

40. 김시의金時儀는 자가 조구朝九이고 그림은 자신의 부친 김천덕金天德의 맥을 배워 계승하고 오진吳鎭101)을 본받아 세상 사람들의 칭송을 받았다. 그는 학문에서도 공부하지 않은 것이 없으며 시와 글씨, 그림에서 모두 뛰어나서 한때 시, 서, 화 삼절三絶이라 불렸다.

41. 강이녕康以寧은 자가 정지靜之이고 전당 사람이다. 강도康濤102)의 아들인 그는 자유롭고 거침없는 성품에 아주 솔직했으며, 시와 그림에 뛰어났다. 그는 술을 좋아해서 한 번에 큰 술잔으로 1,000잔을 마셨으며, 당시 왕혼과 술친구로 지냈다.

---

99) 방사서方士庶에 대해서는 『양주화방록』 권2 「초하록草河錄・하下・68」을 참조할 것.
100) 황정黃鼎에 대해서는 『양주화방록』 권2 「초하록草河錄・하下・37」을 참조할 것.
101) 오진吳鎭에 대해서는 『양주화방록』 권2 「초하록草河錄・하下・35」를 참조할 것.
102) 강도康濤에 대해서는 『양주화방록』 권2 「초하록草河錄・하下・55」를 참조할 것.

42. 강팽姜彭은 자가 우전又錢이고 양주 사람이다. 그는 영모화翎毛畵에 가장 뛰어난 솜씨를 가지고 있었다. 산수화는 당인唐寅[103]을 배웠고, 화훼화는 원나라 화풍을 배워서 나이가 들수록 더 조예가 깊어졌으나, 안타깝게도 글씨는 잘 쓰지 못했다.

그의 아들 강길사姜吉士는 나라에서 제일가는 바둑 솜씨를 지녔다.

43. 왕경향王鏡香은 양주 사람이다.[104] 그는 그림을 잘 그려서 『국조화징록國朝畵徵錄』에 실려 있다.

44. 장흡張洽[105]은 자가 월천月川이고 절강 사람이다. 그는 산수화에 뛰어났으며, 신비한 이치[神理][106]에 깊이 빠져 있기도 했다. 그는 만년에 서하산棲霞山[107]에 은거했는데, 많은 화가들이 그를 따라 교유했다. 왕호汪灝가 그를 집으로 초빙하여 화우畵友로 결연했는데, 이로부터 왕호

---

103) 당인唐寅(1470~1524)은 자가 자외子畏이고 호는 백호伯虎 또는 육여거사六如居士, 도화암주桃花庵主, 노국당생魯國唐生, 도선선리逃禪仙吏 등을 썼으며, 장주長洲 사람이다. 그는 1498년 응천부應天府(지금의 난징시)에서 해원解元으로 급제했으며, 자칭 '강남제일풍류재자江南第一風流才子'라 했다. 30살 무렵에 과거 시험장에서 일어난 사건에 연루되어 감옥에 갇히기도 했으나, 나중에 절강 땅으로 파견되어 천태산天台山과 무이산武夷山 등의 명산을 여행하고 그림과 글을 팔아 당시에 명성이 높았다. 그는 심주沈周, 문징명文徵明, 구영仇英 등의 화가들과 함께 명대를 대표하는 사대가로 꼽히며, 흔히 이들을 아울러 '오중사재자吳中四才子'라고 부른다.
104) '중화본'에는 출신지 이름이 빠져 있으나, '산동본'에 따라 보충했다.
105) 장흡張洽(1718~1799)은 자가 옥천玉川이라고도 하고, 호는 청약靑籥이다. 그의 관적貫籍에 대해서는 강소 소주라는 설과, 비릉毗陵(지금의 쟝쑤성 창저우常州)라는 설도 있다. 그는 중년에 경사에서 지내며 분재盆栽의 모습을 그림으로 그려 명성을 날린 바 있다. 만년에는 불교를 신봉하며 시하신에 '유기幽居'라는 초가를 짓고 살았다. 건륭 49년(1784)에 그린 『만복기봉도萬木奇峰圖』와 건륭 52년에 그린 『매죽도梅竹圖』가 각기 『중국명화보감中國名畵寶鑑』과 『명인화훼집금名人花卉集錦』에 수록되어 전해진다. '산동본'에는 자를 '일천日川'으로 표기했으나 오류이다.
106) '신도神道', 즉 아득하고 미묘한 경지 속에서 무상無上의 위력을 발휘해 신령한 이석을 나타내고 재앙과 복을 내리게 하는 길, 또는 영혼의 세계를 가리킨다.
107) 남경에서 동북쪽 22킬로미터 떨어진 곳에 있는 산 이름이다. 남조 때 산중에 '서하정사棲霞精寺'가 있어서 이런 이름이 붙여졌다고 한다.

의 산수화 화풍에 큰 발전이 있었다.

45. 설함옥薛含玉은 천성적으로 산수를 좋아하여 오악五嶽을 두루 다녔
으며, 황산 정상에 오른 적도 있다. 그는 옛 그림의 감별에 조예가 깊었
다.

그의 아들 설전薛銓은 자가 형부衡夫이다. 그는 산수화에서 동원董源
과 거연巨然 화풍의 정수를 얻었기 때문에, 근래 양주 화가들 가운데 설
전을 최고로 꼽는다.

46. 진섭陳爕108)은 자가 이당理堂이며 태주泰州 사람이다. 건륭 정유丁酉
년(1777)에 발공생拔貢生이 되었다. 그는 시를 잘 지었고, 왕호의 집에 기
거했다.

47. 필고상畢考祥은 자가 선지旋之이고 의징의 제생 출신이다. 그는 시를
잘 짓고, 작은 해서체에 뛰어났다. 처음에 그는 친족인 호광총독湖廣總督
필원畢沅109)의 막중에 있다가 고향으로 돌아와서는 왕호와 교유했고,
호는 '시우詩友'이다.

48. 황진주黃晉疇는 자가 석지錫之이고 흡현 사람이다. 황양신黃襄臣의
손자이며 왕무수汪懋修의 사위이다. 시를 잘 지었다.

49. '촉강조욱蜀岡朝旭'은 이씨李氏의 별장이다. 이지훈李志勳110)이 초일
헌初日軒과 '조청연하眺聽烟霞', '월지운계月地雲階' 등의 뛰어난 경관을
만들었다. 지금은 임동臨潼 장씨張氏111)의 것이 되었다. 건륭 임오壬午년

---

108) 진섭陳爕에 대해서는 『양주화방록』 권3 「신성북록新城北錄·상上·63」을 참조할 것.
109) 필원畢沅에 대해서는 『양주화방록』 권3 「신성북록新城北錄·상上·63」을 참조할 것.
110) 이지훈李志勳은 당시 안찰어사按察御史를 지냈다.

(1762)에 이 정원 가운데 운하에 임해 있는 부분에 누대를 지었는데, 황제께서 친히 '고영高詠'이란 이름과 함께 다음과 같은 어제시[112]를 하사하셨다.

높은 누대엔 소식蘇軾의 자취[113] 오래도록 양고기 냄새[114]처럼 남았으니

고금의 풍류 노래한 문인들의 마당이라네.

팔영시八詠詩 짓던 먼 옛날의 심약沈約처럼 몸이 야위었고[115]

한 때 명성 날린 기풍은 구양수歐陽修에 가까워졌네.[116]

산 속 호수에서 뱃머리 돌려 한적하게 쉬는데

아름다운 누각 열린 창은 상서로운 노을빛을 머금었네.

염공廉公[117]을 떠올리며 붓 내려놓는 모습 흉내내니

무슨 말인들 상관없다는 그의 말이 들리는 듯하네.

---

111) 장정치張正治를 가리킨다. 『양주화방록』 권14 「강동록江東錄·46」에 따르면 장정치는 자가 빈상賓尙이고, 제생 출신이다.

112) 이 시의 제목은 「고영루高詠樓」이다.

113) 고영루는 1079년에 소식이 서주徐州에서 호주湖州로 가는 도중 양주에 들러 「서강월西江月·평산당平山堂」이라는 사詞를 지은 곳이다. 이 작품의 내용은 다음과 같다. "三過平山堂下, 半生彈指聲中. 十年不見老仙翁, 壁上龍蛇飛動. 欲弔文章太守, 仍歌楊柳春風. 休言萬事轉頭空, 未轉頭時皆空". 여기서 '문장태수文章太守'는 이 작품을 쓸 때로부터 7년 전에 세상을 떠난 구양수歐陽修를 가리킨다.

114) '중화본'에는 '단항羶薌'을 '단항羶鄕'으로 표기해놓았다. 후자는 북방 지역을 가리키는데, 이것은 아마 본문의 '蘇'를 소무蘇武로 잘못 판단하여 글자를 바꿔놓은 것인 듯하다.

115) 남조 제齊나라 때 심약沈約이 동양태수東陽太守로 있을 때 원창루元暢樓를 세우고, 「등대망추월登臺望秋月」과 「회퍼림동풍會圃臨東風」, 「세모혼쇠초歲暮湣衰草」, 「상래비락동霜來悲落桐」, 「석행문야학夕行聞夜鶴」, 「신정청효홍晨征聽曉鴻」, 「해패거조시解珮去朝市」, 「피살수산동被褐守山東」의 시 8편을 짓고 '팔영시八詠詩'라고 불렀는데, 줄여서 '팔영八詠'이라고도 했다. '수심瘦沈'은 심약이 병 많은 몸으로 벼슬살이의 격무를 이기지 못해 몸이 쇠약해졌다고 하소연했다는 『양서梁書』「심약전沈約傳」의 내용에서 비롯된 말로서, 일 때문에 몸이 상했다는 뜻이다. 이와 같은 뜻으로 '심요沈腰'라는 표현을 쓰기도 하는데, 여기서는 소식이 「서강월」을 지으며 고심하느라 몸이 상했다는 뜻으로 쓰인 듯하다. 또한 소식 역시 심약처럼 벼슬살이가 순조롭지 못했다는 의미도 힘께 들이 있다. '중화본'에서는 '수심瘦沈'을 '유심庾沈'으로 표기했는데, 오류로 보인다.

116) 구양수가 시문혁신운동詩文革新運動을 주도자였음을 의미한다.

117) 구양수를 가리킨다.

高樓蘇迹久膻薌, 今古風流翰墨場.

八詠遙年符瘦沈, 一時風氣近歐陽.

山塘返棹閑留憩, 畵閣開窓納景光.

知憶髯公擬閣筆, 似聞公語語何妨.

또 '청운당淸韻堂'이란 편액도 내리셨다.

누대 앞은 예전에 보장호 뒤편 연당蓮塘이 있던 자리이다. 장씨가 이를 따라 태호석 수천 개를 실어 오고 성벽 보루에 있던 대나무 수십 무를 옮겨 심었다. 이로 인해 정원 앞은 돌 경관이 뛰어나고 뒤는 대나무 경관이 뛰어나며, 가운데는 물의 경관이 뛰어나다. 남쪽 제방 위에서 소원 밖 석판교石板橋를 지나면 이 정원의 대문인데, 그 안에는 암석을 쌓아 만든 작은 계곡이 구불구불 길게 이어진다. 협곡이 다 끝나면 숲이 나타나고, 숲 가운데에 내춘당來春堂이 지어져 있다. 청사 뒤편에 10무 크기의 네모난 연못이 있고, 대나무 숲이 빽빽이 우거져 하늘을 찌르고 있다. 그 가운데에 죽루竹樓가 있으며, 대숲 밖에는 활터가 있다. 활터 뒤에 또 흙산이 솟아 있는데, 그 위에 지고삼산정指顧三山亭이 있다. 이곳을 지나면 정원의 후문이 나오는데, 후문 밖이 바로 초향정草香亭이다.

50. 내춘당에는 다음과 같은 대련이 걸려 있다.

한 조각 아름다운 노을 떠오르는 해를 맞이하고

만 줄기 새로 돋은 버들가지 봄 아지랑이를 둘렀네.

一片彩霞迎旭日 [양거원楊巨源][118]

---

118) 양거원楊巨源(755~?)은 자가 경산景山이고 하중河中 사람이다. 그는 정원貞元 5년 진사에 급제하여 비서랑秘書郎에서 태상박사太常博士, 예부원외랑으로 발탁되었으며 봉상소윤鳳翔少尹으로 나가기도 했다. 그 후 다시 국자사업國子司業으로 불려 왔으며, 70세에 사직하고 고향으로 돌아왔다. 문집 5권이 있다. 『전당시』 권333에 수록된 양거원의 「원일정이봉길사인元日呈李逢吉舍人」에 "一片彩霞迎曙日, 萬條紅燭動春天"이라는 구절

내춘당 앞은 세속의 때를 씻는 맑은 물이 찰랑이고 그늘이 드리워져 있으며, 작은 풀과 온갖 꽃이 피어 바위 계곡을 가득 채우고 있다. 물빛은 검푸른 색이요, 찰랑이는 물결은 매끄러우니, 한나라 때의 궁전인 운림관雲林館이라 해도 이보다 나을 수 없을 것이다.

51. 시냇가에 앉은 깨끗하고 아담한 몇 칸짜리 건물이 내춘당 왼쪽에 있다. 작은 집은 마치 놀잇배처럼 생겼고, 작은 담은 높이가 3자 남짓인데 중간에 꽃 기와[花瓦]를 박아 넣었다. 또 채색 벽돌로 '촉강조욱蜀岡朝旭'이라는 글자를 새겨놓았다. 이 담은 제방과 나란히 구불구불 이어진다. 그 동남쪽 모퉁이에 그네를 매는 기둥이 세워져 있는데, 하늘 높이 솟아 있어서 그것을 올려다보고 나면 낮은 담이 더 낮게 느껴지는 오묘함이 있다. 제방을 통해 산으로 들어갈 수 있으며, 산자락이 작은 제방에서 끝난다.

52. 광여정曠如亭은 운하 동쪽 언덕의 작은 산 위에 있다. 이 산을 지나면 넓은 물이 활짝 펼쳐지고, 물 가운데에 '쌍류방雙流舫'이 세워져 있었

이 있다.

119) 시오견施吾肩은 시견오施肩吾을 가리키는 듯하다. 시견오施肩吾는 자가 희성希聖이고 호가 동재東齋이며 당대 목주睦州 분수分水(지금의 저장성 통루桐廬 서북) 사람이다. 시인이자 양생술에 해박한 노사이기도 했던 그는 어린 시절 가난을 이기며 어렵게 공부하여 820년에 진사에 급제했으나 평생 벼슬길에 나가지 않았다. 오랫동안 홍주洪州(지금의 장시성 난창南昌)의 서산西山(지금의 장시성 신지엔현新建縣, 남창산南昌山이라고도 함)에 은거하며 수련을 하며 스스로 서진자棲眞子라고 호를 지었다. 세간에선 그를 '화양진인華陽眞人'이라 불렀다. 저서에 『양생변의결養生辨疑訣』, 『서산군선회진기西山群仙會眞記』, 『태백경太白經』, 『화양진인비결華陽眞人秘訣』, 『황세음부경해黃帝陰符經解』, 『종려전도집鍾呂傳道集』 등이 있으며 이외 시집인 『서산집西山集』 10권이 있다. 『전당시』 권494에 수록된 시견오의 「금중신류禁中新柳」에 "萬條金錢帶春煙, 深染青絲不直錢"라는 구절이 있다.

다. 훗날 정자丁字 모양의 건물을 증축하여 붉은 난간을 두르고, 구불구
불 돌아가는 다리를 설치한 뒤 '유향정流香艇'으로 이름을 바꾸었다. 여
기엔 다음과 같은 대련이 붙어 있다.

> 두 겹 처마는 빽빽한 숲과 얽히고
> 건너편 언덕엔 봄물이 넘실거리네.
> 重檐交密樹[왕발王勃]120)
> 隔岸上春潮[청강淸江]121)

여기에는 수십 길에 달하는 긴 회랑이 있다.

53. 고영루高詠樓는 원래 소식이 「서강월西江月」을 지은 곳인데, 장세진
張世進122)이 삼현사 고영루에 올라 이런 시를 남겼다.

> 이름난 현인들 제사 올리는 곳 너무나 그윽하여
> 새로 난 대나무로 다듬어 높은 누대 세웠네.
> 언덕은 서쪽으로 뻗어가 삼촉三蜀123)과 맞닿고
> 산색은 남쪽으로 이어져 절로 오주五洲124)가 되네.
> 안타까워라, 모범이신 분들을 그저 상상만 할 뿐

---

120) 왕발王勃에 대해서는 『양주화방록』 권6 「성북록城北錄·17」을 참조할 것. 『전당시』
　　권56에 수록된 왕발의 「삼월곡수연득연자三月曲水宴得煙字」에 "重檐交密樹, 復磴擁危
　　泉"이라는 구절이 있다.
121) 청강淸江에 대해서는 『양주화방록』 권12 「교동록橋東錄·9」를 참조할 것. 『전당시』
　　권812에 수록된 청강의 「송견상인귀항주천축사送堅上人歸杭州天竺寺」에 "雲山零夜雨,
　　花岸上春潮"라는 구절이 있다.
122) 장세진張世進에 대해서는 본문 58을 참조할 것.
123) 한나라 초기에 촉군蜀郡을 나누어 광한군廣漢郡을 설치했고, 무제武帝 때에 다시 건
　　위군犍爲郡을 나누어 설치했기 때문에, 이것들을 합쳐서 '삼촉三蜀'이라고 한다.
124) 오늘날 후베이성 시쉐이현浠水縣 서남쪽 양쯔 강 중앙에 있는 섬을 가리킨다.

함께 술 마시며 시를 지었다면 더 풍류가 있었으련만.
인간 세상에 즐거운 시간이 어찌 다시 있으랴?
그저 난간에 기대어 저무는 날의 시름을 달래네.
享祀名賢地最幽, 新刪修竹起高樓.
岡形西去連三蜀, 山色南來自五洲.
可惜典型徒想像, 若經觴詠更風流.
人間行樂何能再, 聊倚欄杆散暮愁.

장사과張士科는 또 이런 시를 남겼다.

평온하고 엄숙한 사당 강가에 서 있으니
더욱 깊어진 층층 누대 가을빛을 받아들이네.
대숲 사이 운무는 오산吳山을 따라가고
주렴 밖 솔바람은 촉강蜀岡을 내려가네.
옛 사람 지금 사람 모두 적막하니
서풍에 떨어지는 낙엽만 스산하구나.
누각에 올라 둘러봐도 기나긴 세월에 대한 유감 씻지 못해
홀로 아름다운 난간에 기대어 석양을 바라보네.
肅穆靈祠一水傍, 更深層構納秋光.
竹間雲氣隨吳岫, 簾外松聲下蜀岡.
異代同時俱寂寞, 西風落木正蒼凉.
登臨不盡千秋感, 獨憑花欄向夕陽.

　지금 고영루에는 방설枋楔을 더 만들고 아래로 돌계단을 쌓았다. 이 누대는 높이가 10여 길이고, 그 아래에는 황제께서 하사하신 다음과 같은 대련이 모셔져 있다.

산 속 호수에서 뱃머리 돌려 한적하게 쉬는데

아름다운 누각 열린 창은 상서로운 노을빛을 머금었네.

山堂返棹留閑憩, 畫閣開窗納景光.

또 누대 위에는 다음과 같은 대련이 붙어 있다.

아름다운 시문에는 적이 없기 마련이니

소후蘇侯125)의 집에 여러 번 들렀다네.

佳句應無敵[최동崔桐]126)

蘇侯得數過[두보杜甫]127)

54. 이 정원의 연못은 본래 보장호 옆 연시蓮市였다. 연못 속의 연꽃은 모두 청명절 전에 심은 것으로, 꽃이 필 때 나오는 잎사귀는 폭이 1자 남짓이고 파초 잎처럼 커다랗다. 그 주위를 버드나무 가지가 무성하게 늘어져 있으며, 높고 큰 건물이 깊숙한 곳에 앉아 있어 더위를 피하는 데 안성맞춤이다. 고영루 뒤에는 궁자弓字 모양으로 된 10여 칸의 건물이 세워져 있는데, 그 중 하나를 '함청실含靑室'이라 부른다. 누대 모퉁이에 난 작은 문이 그곳으로 통한다. 여기에는 다음과 같은 대련이 있다.

---

125) 두보의 친우 소단蘇端을 가리킨다. 소단은 지덕至德 2년(757) 두보가 장안에 구금되어 있을 때 새로 사귄 친구로서, 생활이 어려운 두보를 위해 자주 연회를 베풀어주었다고 한다.

126) 최동崔桐은 최동崔峒을 가리키는 듯하다. 최동崔峒은 박릉博陵 사람이며 진사에 급제하여 습유拾遺, 집현학사集賢學士를 지냈고 우주자사于州刺史로 생을 마쳤다. 『신당서』「예문지」의 전傳에선 우보궐右補闕로 생을 마쳤다고도 하며 대력십제자大歷十才子 가운데 한 명이다. 시집 1권이 있다. 『전당시』 권294에 수록된 최동의 「송설중방귀양주送薛仲方歸揚州」에 "佳句應無敵, 貞心不有猜"라는 구절이 있다.

127) 『전당시』 권217에 수록된 두보의 「우과소단雨過蘇端－단치주端置酒」에 "蘇侯得數過, 歡喜每傾倒"라는 구절이 있다.

해는 문 앞 나무를 지나고

꽃들은 못가 산을 두르고 있네.

日交當戶樹[소정蘇頲]128)

花繞傍池山[조영祖詠]129)

　함청실 옆에는 10여 칸의 작은 집이 있는데 '조청연하헌眺聽煙霞軒'이
라고 한다. 여기에는 다음과 같은 대련이 붙어 있다.

소나무 늘어선 산 앞쪽은 천 겹 녹음 짙푸르고

낮은 인간 세상보다 곱절은 길구나.

松排山面千重翠[백거이白居易]130)

日較人間一倍長[육구몽陸龜蒙]131)

　또 한 건물을 '초일헌初日軒'이라고 하는데, 본래 이름은 승로헌承露軒
이어서 지금도 그 이름을 그대로 쓰고 있다. 여기엔 다음과 같은 대련
이 걸려 있다.

---

128) 소정蘇頲에 대해서는 『양주화방록』 권10 「홍교록虹橋錄·상上·87」을 참조할 것. 『전
　　당시』 권74에 수록된 소정의 「봉화성제행예부상서두희개대응제奉和聖制幸禮部尙書竇希
　　玠宅應制」에 "日交當戶樹, 泉漾滿池花"라는 구절이 있다.
129) 조영祖詠(699~746?)은 낙양 사람이며 나중에 여수汝水 이북으로 이주하여 살았다. 724
　　년에 진사에 급제했고, 장열張說의 추천을 받아 가부원외랑駕部員外郞을 지낸 적이 있다.
　　왕유王維와 친하게 교류했으며 경물과 영물시, 은거 생활을 찬양한 시를 많이 지었다.
　　『전당시』 권131에 수록된 조영의 「제한소부수정題韓少府水亭」에 "鳥吟當戶竹, 花繞傍池
　　山"이라는 구절이 있다.
130) 『전당시』 권446에 수록된 백거이의 「춘제호상春題湖上」에 "松排山面千重翠, 月點波
　　心一顆珠"라는 구절이 있다.
131) 육구몽陸龜蒙에 대해서는 『양주화방록』 권6 「성북록城北錄·15」를 참조할 것. 『전당
　　시』 권626에 수록된 육구몽의 「왕선배초당王先輩草堂」에 "身從亂後全家隱, 日校人間一
　　倍長"이라는 구절이 있다.

연못에 달빛은 물결 흔들어 연꽃 파도 일게 하고

고운 비단처럼 환하고 예쁜 푸른 물가의 섬.

池塘月撼芙渠浪[방간方干]132)

羅綺晴嬌綠水洲[맹호연孟浩然]133)

　　초일헌 뒤쪽으로 판교를 건너 둥근 문을 들어가면 십자十字 모양의
청사가 있는데, 여기에는 '청계산방靑桂山房'이란 편액과 함께 다음과 같
은 대련이 걸려 있다.

이때부터 난과 사향 귀한 줄 모르고

함께 와서 악기 연주 겨뤄보자 약속하네.

從此不知蘭麝貴[배사겸裴思謙]134)

相期共斗管弦來[맹호연孟浩然]135)

　　청사 앞에는136) 수십 그루의 오래된 계수나무가 있고, 산자락에는 매

---

132) 방간方干에 대해서는 『양주화방록』 권12 「교동록橋東錄·15」를 참조할 것. 『전당시』
　　권651에 수록된 방간의 「산중언사山中言事」에 "池塘月撼芙蕖浪, 窗戶凉生薛荔風"이라
　　는 구절이 있다.
133) 맹호연孟浩然에 대해서는 『양주화방록』 권1 「초하록草河錄·상上·50」을 참조할 것.
　　『전당시』 권160에 수록된 맹호연의 「등안양성루登安陽城樓」에 "樓臺晚映靑山郭, 羅綺
　　晴驕綠水洲"라는 구절이 있다.
134) 배사겸裴思謙(?~?)은 자가 자목自牧이고 강주絳州 문희聞喜(지금의 산시성山西省 원시聞
　　喜) 사람이다. 그는 838년에 장원급제했다. 당시 배사겸은 조정 권신인 관군용사觀軍容使
　　구사량仇士良과 결탁하고 있어서 그 영향으로 장원으로 뽑히고 거들먹거렸다는 일화가
　　있다. 이후 그는 절도판관節度判官, 좌산기상시左散騎常侍 겸 대리경大理卿을 지냈다. 『전
　　당시』 권542에 수록된 배사겸의 「급제후숙평강리及第後宿平康里」(일설엔 평강기平康妓의
　　시라고도 함)의 한 구절로 그 전문은 다음과 같다. "銀釭斜背解鳴璫, 小語偸聲賀玉郎.
　　從此不知蘭麝貴, 夜來新染桂枝香."
135) 『전당시』 권160에 수록된 맹호연의 「춘정春情」에 "更道明朝不當作, 相期共鬪管弦
　　來"라는 구절이 있다.
136) '산동본'에는 이 부분의 원문이 '현청弦廳'으로 되어 있으나 오류로 보인다. 본 번역
　　에서는 '청전廳前'으로 되어 있는 '중화본'을 따른다.

화 가운데서도 아주 귀한 품종인 옥접매玉蝶梅가 많이 자라고 있다. 청사 뒤에는 몇 무 넓이의 네모난 연못이 있는데, 사방에 키 큰 버드나무가 에워싸고 있어 가을이면 매미 소리가 끊이지 않는다. 연못 북쪽 뒤편으로는 산이 불쑥 솟아 있고 정자 하나가 날아갈 듯이 서 있는데, 여기엔 '지고삼산指顧三山'이란 편액이 붙어 있다. 그 아래쪽에는 드넓은 대밭이 펼쳐져 있고 그 안에 작은 죽루竹樓를 세워져 있으며, 누대 아래는 활터이다.

55. 향초정草香亭은 제방 위에 있으며 부귀한 이들을 태운 화려한 수레[香輿][137]와 준마들이 여기에 이르면 권장문卷墻門을 통해 사도묘司徒廟 산길로 들어간다.

56. 장란張蘭은 자가 방이芳貽이고 임동臨潼 사람이다. 그는 그림을 잘 그려서 방사서와 나란히 이름을 날렸다.

그의 아들 장서증張緒增은 자가 경업敬業이고, 글씨와 시에 뛰어났다. 그의 선조 가운데 장기현張起賢과 장함영張含英이 양주로 이주했으며, 대대로 인재가 끊이지 않았다. 그 집에 모여든 빈객 또한 뛰어난 인물과 훌륭한 명사들이었으니, 이제 그들에 대해 아래에 소개한다.

57. 장세영張世瀛은 자가 선주仙舟이다. 그는 불심이 깊어 베풀기를 좋아했으며, 꿈에서 부처님을 뵙고 소구정사掃垢精舍를 세웠다.

그의 아들 장사과張士科는 자가 철사喆士이고 호가 어천漁川인데, 시를 잘 지었다. 그는 양포讓圃를 만들어 '한강아집韓江雅集'을 주최했으며, 선운사 노견증과 친하게 지냈다. 저서에 시사집詩詞集이 있다.

---

58. 장세진張世進은 자가 일청軼青이고 호는 소재嘯齋이며, 고서선顧書宣[138]의 조카이다. 그는 시에서 마왈관, 마왈로와 나란히 이름을 날렸다. 그가 살았던 왕가원王家園은 가남서옥街南書屋[139]과 아주 가까웠다. 장세진이 마씨에게 보낸 시에 다음과 같은 구절이 있다.

처마와 문은 겨우 골목 세 개를 사이에 두고
붓과 벼루로 서로 어울린 지 십 년 우정이라네.
檐扉祇隔三條巷, 筆硯相依十載情.

저서에 『시사명유집詩詞名游集』이 있다.
그의 아들 장사리張四履는 자가 표동表東인데, 시와 글씨를 잘 써서 명망이 높았다.

59. 장세장張世掌은 그림을 잘 그렸으며, 산수화는 송나라 화풍을 본받았다.

60. 장사가張四可는 자가 신남薪南이고, 인정 많고 덕 있는 군자[篤行君子]로서 군지郡志에 실렸다.
그의 아들 장하張霞는 자가 울동蔚彤이다. 그는 회계 업무에 뛰어나서 천만 금에 달하는 부를 쌓았고, 거문고 현을 허리띠로 두르길 좋아했다.
그의 손자 장예증張裔增은 자가 봉훤封諼이다. 그는 제생 출신이며 서예에 뛰어났다.

---

138) 고서선顧書宣(?~?)은 양주 사람이며, 자세한 생애에 대해서는 알려져 있지 않다. 저작으로 『옹치재시속집雍雉齋詩續集』이 남아 있다.
139) 마왈관의 아들 마유馬裕가 세운 것이다. 『양주화방록』 권4 「신성북록新城北錄・중中・12」를 참조할 것.

61. 장사교張四教는 자가 선전宣傳이고 호는 석민石民이다. 그는 그림을 잘 그렸는데, 화암華嵒[140]을 배웠다.

　장사걸張四杰은 자가 위당偉堂이고, 화훼화와 영모화翎毛畵를 그렸다.

62. 장형張馨은 자가 추지秋芷이다. 그는 해원解元 출신으로 진사가 되었으며, 어사를 지냈다.

　그의 아우 장탄場坦은 자가 송평松枰이고, 진사 출신으로 한림원학사를 지냈다. 형제가 모두 문명文名을 떨쳤으며 시문집詩文集을 남겼다.

63. 파정녀巴貞女는 장서증의 며느리이다. 약혼을 하고 아직 친영親迎[141] 의식을 치르지 않았는데 장서증의 아들이 죽었다. 그녀는 시집에 와서 전처의 자식을 자기 자식처럼 아꼈다. 혹자가 귀유광歸有光[142]의 말을 끌어와 그녀를 폄하하자, 강도 사람 초순焦循[143]이 「정녀변貞女辨」을 지어 이렇게 반박했다.

　　혹자는 옛날에 열녀[貞女]라는 명칭이 없었다고 하지만, 그렇지 않다. 『후한서後漢書』「백관지百官志」에 이런 기록이 있다.

---

140) 화암華嵒에 대해서는 『양주화방록』 권1 「초하록草河錄 · 상上 · 9」를 참조할 것.

141) 고대 혼례 절차인 '육례六禮' 가운데 하나로, 신랑이 신부 집에 가서 신부를 맞이하여 절하고 합환주를 마시는 예식을 가리킨다.

142) 귀유광歸有光(1507~1571)은 자가 희보熙甫이고 호는 항척생項脊生 또는 진천震川이며, 강소 곤산崑山 사람이다. 가난한 유생 집안에서 태어난 그는 35살에 향시에 급제했으니, 이후 8차례의 회시會試에서 모두 실패하고, 1542년에 가정嘉定 안징강安亭江(지금의 쓰촨성 러산樂山)으로 이주해 학생들을 가르쳤다. 그는 60세에야 진사에 급제하여 절강 장흥현령長興縣令에 부임했으나, 그 지역 토호와 상사에게 미움을 받아 순덕順德(지금의 허베이성 싱타이邢台) 통판通判으로 좌천되었다. 나중에 대학사 고공高拱의 추천으로 남경태복시승南京太僕寺丞에 임명되어 『세종실록世宗實錄』의 편찬에 참여했다가, 과로로 죽었다. '동성파桐城派' 고문古文의 주창자로 꼽히는 그의 주요 저작으로는 『삼오수리록三吳水利錄』과 『마정지馬政志』, 『역도론易圖論』, 『진천문집震川文集』, 『진천척독震川尺牘』 등이 있다.

143) 초순焦循에 대해서는 『양주화방록』 권13 「교서록橋西錄 · 32」를 참조할 것.

삼로三老[144]가 교화를 담당하니 효성스런 아들과 순종하는 손자, 열녀와 효부에게는 전부 그 집 대문에 편액을 써 붙여 선행을 장려했다.

三老掌教化, 凡有孝子順孫, 貞女義婦, 皆扁志其門以興善行.

그러므로 지금 열녀를 표창하는 것은 한대부터 이미 시작된 일이었다. 또 어떤 이는 옛날의 열녀가 지금의 열녀와 달랐다고 주장한다.『위서魏書』「열녀전列女傳」에 이런 기록이 있다.

열녀 시선씨兕先氏가 팽씨彭氏[145]와 혼약을 했는데, 정식 혼례를 치르기 전에 시아버지 팽씨가 핍박을 했다. 시선씨가 그의 요구를 따르지 않아 그에게 살해했다. 이에 조서를 내려 '비록 초야의 백성이나 행실이 옛 자취에 부합하니 마땅히 그것을 기리는 훌륭한 이름을 내려야 하기에 정녀貞女라는 호칭을 내리노라.'

貞女兕先氏許嫁彭老生, 未及成禮, 老生逼之, 不肯從, 被殺. 詔曰, 雖處草萊, 行合古跡, 宜賜美名, 號曰貞女.

즉 열녀란 약혼자가 죽은 경우가 아니라 정절을 지켜 재가하지 않는 것을 일컫는다는 것이다. 아아, 안타깝게도 이 설을 인용한 사람은 아마 독서의 범위가 넓지 않은 것 같다. 유향劉向의『열녀전列女傳』권4「정순전貞順傳」의 첫머리에는 소남召南 땅 신申씨의 딸이 실려 있다. 그녀는 풍酆으로 시집을 가기로 했는데, 남편 집에서 예를 제대로 갖추지 않고 맞아가려 했다. 이에 그녀는 따라가길 거부하다가 마침내 옥에 갇히게 되었다. 이에 그녀는 다음과 같은 시를 지었다.

---

144) 고대에 교화를 담당한 관직으로 향鄕과 현縣, 군郡에 모두 설치되었다.
145) '중화본'에서 이 부분의 원문은 '팽로생彭老生'인데, '산동본'에서는 '팽선생彭先生'으로 되어 있다.

비록 나를 감옥에 갇히게 했지만

부부가 될 순 없다오

雖速我獄, 室家不足.

시선씨의 일이 이 일과 암암리에 부합하므로 당시 "옛 자취에 부합한다"고
하면서 '정녀'라는 칭호를 내렸던 것이다. 그런데『열녀전』에는 또 이런 기
록이 있다.

위선부인衛宣夫人은 제齊나라 제후의 딸이다. 그녀는 위衛나라로 시집을 갔
는데 성문에 도착했을 때 위나라 군주가 죽었다. 그녀는 성으로 들어가 3년
간 상을 치렀다. 그런데 죽은 남편의 아우 위입衛立이 이렇게 말했다.

"위는 작은 나라이니 두 살림을 낼 수 없습니다."

그리고 자기와 함께 살자고 청했으나, 위선부인은 끝내 따르지 않고, 다음
과 같은 시를 지었다.

내 마음 돌이 아니니

다른 데로 굴릴 수 없고,

내 마음 자리가 아니니

말아 접을 수 없네.

我心匪石, 不可轉也.

我心匪席, 不可卷也.

이 노래를 기록한 이는 그녀가 한 마음으로 절개를 시킨 것을 기려 이 시
를『시경』안에 넣었던 것이니, 이는 바로 약혼자가 죽었으나 새가하지 않은
경우이다. 그리고 시선씨는 신씨 딸의 일과 일치하는 경우이기 때문에 열녀
의 명예를 얻은 것이다. 그런데도 세간의 약혼자가 죽었는데 재가하지 않은
여자를 이제 위선부인의 반열에 넣지 않다면, 그렇게 말한 이의 잘못인 것이
다. 유향은『노시魯詩』를 공부했으니, 경전에 전해진 것을 한漢나라 때의 학

자들이 중시했다는 것을 알 수 있다. (여기까지가 「정녀변貞女辨·상上」이다.)

　예전에는 열녀가 적었는데 오늘날엔 열녀가 많다. 왜 그런가? 예전엔 나이가 들어 남녀의 혼담이 오갔기 때문에 약혼과 혼례가 함께 이루어졌다. 그러므로 위선부인과 같은 경우는 어쩌다 있는 일이었다. 그런데 요즘에는 어렸을 때 혼사를 정한 뒤 5년 혹은 10년, 심지어는 2,30년을 늦추어 혼례를 치르므로 약혼과 혼례 사이의 시간 간격이 너무 멀어져 그 사이에 죽거나 병에 걸리는 것을 자연 피할 길이 없다. 또한 고대의 혼인은 친영親迎으로 확정되었다. 그래서 증자曾子는 친영 의식을 치르기 전에 부모의 상을 당하게 되면 다른 여자를 취하거나 다른 데로 시집가도 괜찮으냐고 물었다. 친영을 위해 가는 길에 신랑의 부모가 죽었다는 소식을 들으면 상복으로 갈아입고 가서 상을 치렀고, 친영을 하는 날이 이미 정해졌는데 신부가 죽으면 신랑이 1년 상을 입었고, 신랑이 죽으면 신부가 삼년상을 치렀다. 이는 옛날의 부부는 친영으로 확정되는 것이었기 때문이다.

　그러나 지금은 그렇지 않다. 나라의 법률에 의하면 여자가 혼사를 정하여 혼서婚書를 보냈는데 중매인 없이 남녀가 사사로이 혼약을 하여 원래 혼담을 번복하게 되면 태형 50대에 처해진다. 혼서가 없더라도 약혼 예물을 받은 경우에도 마찬가지이다. 일단 혼서를 보내거나 예물을 받으면 위로는 그것을 가지고 백성의 소송을 처리하는 기준으로 삼고, 아래로는 혼인을 결정하는 기준이 삼으니, 반드시 친영을 하지 않아도 부부의 연분은 확정되는 것이다. 예전엔 친영으로 혼인이 확정되므로 친영을 하지 않았는데 남자가 죽으면 다른 곳에 시집을 가도 상관없었다. 지금은 납채納采[146]로 혼인이 확정되므로, 납채를 받았는데 남자가 죽으면 다른 곳에 시집을 가서는 안 되는 것이

---

146) 남자 집안에서 여자 집안에 예물을 보내 혼인을 청하는 것으로, 이것은 혼인을 성립시키는 6가지 예법 가운데 첫 번째 단계에 해당한다. 나머지는 문명問名, 납길納吉, 납징納徵, 청기請期, 친영親迎의 절차가 있다. 그러나 훗날 민간에서는 이것들을 한꺼번에 처리하는 경우가 많아졌다.

다. 『예기禮記』에 "지금 세상에 태어나 옛날의 법도를 돌이키려 하면 그 몸에 반드시 재앙이 미친다[生乎今之世, 反古之道, 菑必逮夫身]"라고 했다. 내가 열녀에 관해 논의한 것은 그렇게 될까 저어해서이다(여기까지가 「정녀변貞女辨·하下」이다.)

64. 사신의史申義는 자가 초음蕉飮이고 감천甘泉 사람이다. 그는 시를 잘 지었고 장씨張氏와 친하게 지냈다. 그는 진사 출신으로 급사중給事中을 지냈다. 하루는 내조內朝에서 숙직실로 환관을 보내 한림원에서 누가 제일 시를 잘 쓰느냐고 물으니, 대학사 진정경陳廷敬[147]이 사신의라고 대답했다. 저서에 『무성蕪城』과 『사전使滇』, 『과강過江』 등의 문집이 있다.

65. 장덕蔣德은 자가 추경秋涇이고 수수秀水 땅의 효렴孝廉 출신이다. 그는 건륭 경오庚午년(1750)에 양주에 와서 장씨張氏 집에 기거했으며, 창화시唱和詩를 많이 남겼다.

66. 오정심吳廷寀은 자가 봉전葑田이고 휘주 사람인데, 시를 잘 지었다.

67. 사조기史肇夔는 장세진의 생질이며 시를 잘 지었다.

68. 승려 이환離幻은 출가하기 전의 성이 장씨張氏이며 소주 사람이다. 그는 어려서부터 음악을 좋아하여, 자라서는 관객串客[148]이 되었다. 그는 일찍이 함방반含芳班에서 웅만熊蠻과 함께 문서[狀]를 베껴 썼다가 죄를 얻어 어사에게 태형을 받고 마침내 승려가 되었다. 그는 술은 좋아

---

147) 진정경陳廷敬에 대해서는 『양주화방록』 권2 「초하록草河錄·하下·30」의 주석을 참조할 것.
148) 『양주화방록』 권2 「초하록草河錄·하下·145」의 주석을 참조할 것.

했으나 비린 음식은 먹지 않았다. 그는 또 선덕로宣德爐[149]와 주사로 된 차 주전자[砂壺] 모으기를 좋아했고, 직접 꽃과 분재를 길렀는데 화분 하나에 100금이 나갔다. 그는 양주에 올 때마다 분재를 감상하고 여러 척의 배에 실어 가져갔다. 화병에 꽃꽂이를 할 때엔 바늘이나 철사를 사용하지 않았고, 화병 하나에 은 4류流[150]를 받았다. 그는 의술에 조예가 깊었고, 거문고를 잘 탔다. 경사에 갔다 돌아가는 길에 양주에 들렀다 돈이 다 떨어져 고생을 했는데, 장씨가 여비를 주어 겨우 돌아갈 수 있었다.

그의 형 장강張崗은 자가 곤남崑南이고, 시를 잘 썼다. 그는 진강鎭江의 석어石漁 양뢰楊磊와 같은 고을의 두초斗初 사유표沙維杓라는 2명의 벼슬을 하지 않은 선비와 친하게 지냈다. 양뢰가 죽자 장강이 그의 무덤을 만들어주었고, 그 부부와 무덤을 함께 썼다.

69. '만송첩취萬松疊翠'[151]는 미파협微波峽 서쪽에 있는데 오원吳園이라고도 한다. 이곳은 본래 소가촌蕭家村이 있던 자리이며, 대나무가 많이 자란다. 안에는 소가교蕭家橋가 있고, 그 아래에는 포산하의 지류가 포석교砲石橋를 거쳐 흘러온다. 봄과 여름에는 물이 불어나면 계곡 물결의 흐름을 감상할 만하다. 그 위쪽에 3칸짜리 청사가 세워져 있는데, 청사 뒤에는 계수나무 숲이 있다. 그 숲에 '계로산방桂露山房'이 있다. 아래쪽으로 '춘류화방春流畵舫'이 있다.

---

149) 명나라 선덕宣德(1426~1435) 연간에 구리로 주조한 향로로서, 줄여서 '선로宣爐'라고도 한다. 구리를 정련한 후 금이나 은 따위의 금속을 더해 색깔이 아름답고 윤기가 나서 명대의 저명한 공예품으로 간주되었다. '로爐'자는 '로鑪'로 쓰기도 한다.
150) 왕망王莽의 신新 정권에서 사용하던 은의 단위이다. 『한서』 「화식지食貨志·하下」에는 '주제은은 무게 8냥을 1류로 삼는데, 값어치는 1,580전이다. 다른 은은 1류에 1전이다[朱提銀重八兩爲一流, 直一千五百八十. 它銀一流直千]'라는 기록이 있다.
151) 『평산당도지』에 따르면 '만송첩취'와 '춘류화방'은 봉신원경奉宸苑卿 오희조吳禧祖가 지은 것이며, 후선포정사경력候選布政司經歷 왕문유汪文瑜가 보수하고, 후선주동候選州同 장웅張熊이 중수했다고 했다.

여기에서 소가교를 지나면 청음당淸陰堂이 나온다. 청음당 왼쪽으로 가면 광관루曠觀樓로 올라가고, 누대 왼쪽은 물가를 따라 만들어진 회랑을 걸어가면 '눈한춘만嫩寒春晩'이라는 편액이 붙어 있다. 청사 뒤쪽은 함청각涵淸閣이고, 누각 왼쪽은 '풍월청화風月淸華'라는 편액이 붙은 물 위의 청사[水廳]가 세워져 있다. 이곳에 이르면 산세가 점점 가팔라지면서 솔숲에 이는 바람 소리가 점차 가까워진다. 산 중턱쯤엔 '만송첩취'라고 쓴 녹운정綠雲亭이 세워져 있다.

70. 이 원림의 경관의 아름다움은 물 가까이에 있다는 데에 있다. 줄지어 심은 대나무밭 십여 무畝가 물에서 겨우 1자 남짓 떨어져 있어서, 물이 불어나면 바로 대나무 밭으로 들어온다. 옛날 소가촌에 있던 물길 출입구가 내협하內夾河 쪽으로 나 있어 구곡지九曲池[152]로 통하기 때문에 옛 제방을 따라 섬을 만들었다. 섬 바깥쪽은 바로 미파협 서쪽 기슭이어서, 물 가까이 세운 누대는 모두 이곳에서 생겨나게 되었다.

71. 대나무 밭 바깥으로 '계로산방'이 있는데, 여기에는 다음과 같은 대련이 붙어 있다.

회오리바람 자리에 불어와 가수의 부채 날리고
차가운 이슬은 소리 없이 계수나무 꽃을 적시네.
迴風入座飄歌扇[이옹李邕][153]

---

152) 구곡지九曲池에 관한 실명은 『양주화방록』 권12 「교동록橋東錄·81」을 참조할 것.
153) 이옹李邕(678~747)은 자가 태화泰和이고 강도 사람이다. 어릴 때부터 이름이 알려진 그는 후에 황제의 부름을 받아 좌습유左拾遺에 봉해졌고, 호부원외랑과 괄주자사括州刺史, 북해태수北海太守 등을 지냈으며, 사람들이 보통 '이북해李北海'라 불렀다. 그의 정치 생활은 파란이 많아 여러 차례 폄적을 당했고, 재상 이임보李林甫에게 모해를 당해 태형을 받아 죽었다. 그는 시문을 잘 지었고 해서와 행서 초서에 모두에 뛰어났으며, 특히 묘비명을 잘 새겼다. 『전당시』 권115에 수록된 이옹의 「봉화초춘행태평공주남장응제奉和初春幸太平公主南莊應制」에 "流風入座飄歌扇, 瀑水侵階濺舞衣"라는 구절이 있다.

冷露無聲濕桂花[왕건王建][154]

그 앞에는 3, 4칸짜리 작은 건물이 있는데, 절반은 숲 가장자리에 묻혀 있고 나머지 반은 계곡 입구 쪽으로 나와 있다. 산자락에 기대 문을 내고 방옥舫屋 양식을 본 떠 지었는데, 장식을 많이 하지 않아서 마치 차가운 연못이 있는 쇠락한 저택이 물 가운데 가로누워 있는 것처럼 보인다. 여기엔 '춘류화방'이란 편액과 함께 다음과 같은 대련이 붙어 있다.

신선의 집 가파른 절벽 옆에 있는데

작은 집에서 내려다보면 맑고 깨끗하구나.

仙扉傍巖崿[피일휴皮日休][155]

小檻俯澄鮮[장우張祐][156]

72. 소가교를 지나 나무와 돌이 어우러진 곳으로 들어가면 4, 5칸짜리 건물이 나온다. 여기에서 구불구불 돌아가면 3칸짜리 청사로 들어가는데, 물과 더 가까이 붙어 있다. 여기에는 '청음당'이란 편액과 함께 다음과 같은 대련이 붙어 있다.

---

154) 왕건王建에 대해서는 『양주화방록』 권1 「초하록草河錄·상上·47」을 참조할 것. 『전당시』 권301에 수록된 왕건의 「십오야망월기두랑중十五夜望月寄杜郎中」에 "中庭地白樹棲鴉, 冷露無聲濕桂花"라는 구절이 있다.

155) 피일휴皮日休에 대해서는 『양주화방록』 권1 「초하록草河錄·상上·56」을 참조할 것. 『전당시』 권610에 수록된 피일휴의 「태호시太湖詩·효차신경궁曉次神景宮」에 "靜徑侵沆寥, 仙扉傍巖崿"이라는 구절이 있다.

156) 장우張祐에 대해서는 『양주화방록』 권10 「홍교록虹橋錄·상上·88」을 참조할 것. 그러나 본문에 인용된 구절은 장호張祜(785?~849?)의 시에서 나온 것이다. 장호는 자가 승길承吉이고 청하淸河 사람이다. 일설엔 남양南陽 사람이라고도 한다. 그는 진사에 급제하지 못하고 원화元和 연간에 악부궁사樂府宮詞로 이름을 날렸다. 30년간 여기저기 다니며 시를 투고하여 조정에 천거되려고 백방으로 노력했으나 끝내 관직을 얻지 못했다. 만년에 곡아曲阿에서 은거했으며, 세태를 한탄하거나 종군從軍을 노래한 시가 많다. 『전당시』 권510에 수록된 장호張祜의 「제단양영태사련호정題丹陽永泰寺練湖亭」에 "小檻俯澄鮮, 龍宮浸浩然"이라는 구절이 있다.

북쪽 물가 바람 일어 안개 덮인 물결 끝없이 일렁이고

남쪽 누대 비 그치자 푸른 숲이 성큼 다가오네.

風生北渚烟波闊[권덕여權德輿][157]

雨歇南樓積翠來[이징李憕][158]

73. 12칸짜리 건물인 광관루는 궁자弓字처럼 생겼으며, 모든 칸이 북쪽을 향하고 있다. 여기에 이르면 3개의 산이 점차 모습을 드러낸다. 이곳엔 다음과 같은 대련이 붙어 있다.

안개에 뒤덮여 푸른 풀밭 끝이 없는데

계곡 품은 산 그림보다 아름답네.

烟草靑無際[주백기周伯奇][159]

溪山畵不如[두목杜牧][160]

---

157) 권덕여權德輿에 대해서는 『양주화방록』 권12 「교동록橋東錄·14」를 참조할 것. 『전당시』 권321에 수록된 권덕여의 「화사문은원외조추성중서직야和司門殷員外早秋省中書直夜, 기형남위상단寄荊南衛象端」에 "風生北渚烟波闊, 露下南宮星漢秋"라는 구절이 있다.

158) 이징李憕은 태원太原 문수文水 사람으로 명경으로 발탁되었다. 개원開元 초에 함양위咸陽尉를 지냈고 장열張說이 병주장사幷州長史 태평군대사太平軍大使를 지낼 때 이징을 자기 막빈으로 초빙했다. 이후 이징은 감찰어사, 급사중, 하남소윤河南少尹, 청하태수清河太守, 상서우승尙書右丞, 경조윤京兆尹, 광록경光祿卿, 동군유수東都留守를 거쳐 예부상서까지 올랐으나, 안녹산이 장안을 함락시켰을 때 피살되었다. 죽은 후 사도司徒에 추증되었으며, 시호는 충렬忠烈이다. 시 3수가 남아 있다. 『전당시』 권115에 수록된 이징의 「봉화성제종봉래향흥경각도중류춘우중춘망지작응제奉和聖制從蓬萊向興慶閣道中留春雨中春望之作應制」에 "雲飛北闕輕陰散, 雨歇南山積翠來"라는 구절이 있다.

159) 주백기周伯琦를 잘못 쓴 것이다. 주백기(1298~1369)는 자가 백온伯溫이고 호는 우설파진일玉雪坡眞逸이니, 요주饒州 사람이다. 그는 음서蔭敍로 남해현南海縣 주부主簿에 제수되었다가, 나중에 한림원 수찬修撰이 되었다. 또 장사성張士誠의 휘하에서 절강행성좌승江浙行省左丞을 지내며 평강平江 땅에 10여 년 동안 머물렀다. 그는 박학하고 글 솜씨가 뛰어난 데다 전서와 예서, 초서를 잘 써서 명성을 날렸다. 저작으로 『육서정와六書正訛』와 『설문자원說文字原』이 있다. 『원시기사元詩紀事』 권20에 수록된 주백기의 「사령 2수沙嶺二首」의 둘째 수에 "烟草靑無際, 雲岡影四圍"라는 구절이 들어 있다.

160) 두목杜牧에 대해서는 『양주화방록』 권1 「초하록草河錄·상上·7」을 참조할 것. 『전당시』 권522에 수록된 두목의 「춘말제지주롱수정春末題池州弄水亭」에 "亭宇淸無比, 溪山

누대 뒤편에는 오래된 매화나무 서너 그루가 있고, 그 가운데 한 줄기 시내가 흘러 마치 강가 마을에 조수가 통하는 것 같아서 상앗대[櫂] 하나만 저어서 배가 들어갈 수 있다. 물 위에는 '눈한춘효'라고 쓰인 2칸짜리 작은 건물이 세워져 있는데, 여기에는 다음과 같은 대련이 붙어 있다.

무리지은 학 떼들 언제나 세 그루 나무 에워싸고
온갖 꽃들의 향기 백화향[161] 같구나.
鶴群常繞三株樹[사공도司空圖][162]
花氣渾如百和香[두보杜甫][163]

74. 예전에 소가촌에는 10칸짜리 창방倉房이 구곡지 앞에 있었기 때문에 지금 이 원림엔 물가 회랑[水廊] 12칸이 노대露臺를 통해 함청각으로 이어져 있다. 여기엔 다음과 같은 대련이 있다.

구름 긴 숲 정말 첩첩 산중인데
연못 있는 관사 또한 청정하구나.
雲林頗重疊[가도賈島[164]의 시구이다.]
池館亦清閑[백거이白居易[165]의 시구이다.]

畫不如"라는 구절이 있다.
161) 각종 향료를 섞어 만든 향이다.
162) 사공도司空圖에 대해서는 『양주화방록』 권13 「교서록橋西錄 · 3」을 참조할 것. 『전당시』 권633에 수록된 사공도의 「자하서귀산이수自河西歸山二首」에 "鶴群長擾三珠樹, 不借人間一只騎"라는 구절이 있다.
163) 『전당시』 권231에 수록된 두보의 「즉사卽事」에 "雷聲忽送千峰雨, 花氣渾如百和香"이라는 구절이 있다.
164) 가도賈島에 대해서는 『양주화방록』 권2 「초하록草河錄 · 하下 · 146」을 참조할 것. 『전당시』 권572에 수록된 가도의 「송정장사지령남送鄭長史之嶺南」에 "雲林頗重疊, 岑渚復幽奇"라는 구절이 있다.
165) 『전당시』 권434에 수록된 백거이의 「정추세필征秋稅畢, 제군남정題郡南亭」에 "案牘旣簡少, 池館亦清閑"이라는 구절이 있다.

그 옆에 물가 청사[水廳] 5칸을 증축했는데, 물이 불어날 때면 주춧돌과 소나무 창이 간간이 물에 잠기고 자주색 마름과 하얀 부평초가 때때로 건물 안으로 들어온다. 이 청사에는 '풍월청화'라고 쓴 편액이 걸려 있으며, 다음과 같은 대련이 붙어 있다.

배 나아가며 물결 움직이는데 해는 높이 떠 있고

호수 동쪽 숲에선 연기 몇 점 피어오르네.

舟將水動千尋日[장열張說][166]

樹出湖東幾點烟[조업曹鄴][167]

이곳을 지나 땅이 불룩 솟은 곳에 녹운정綠雲亭을 세웠는데, 여기엔 다음과 같은 대련이 붙어 있다.

산이 깊으니 푸른 솔숲 싸늘하고

나무 우거지니 새소리 그윽하네.

山深松翠冷[주경여朱慶餘][168]

樹密鳥聲幽[최교崔翹][169]

---

166) 장열張說에 대해서는 『양주화방록』 권2 「초하록草河錄·하下·146」을 참조할 것. 『전당시』 권87에 수록된 장열의 「삼월삼일조연정곤지궁장부득연자三月三日詔宴定崑池宮莊賦得筵字」에 "舟將水動千尋日, 幕共林橫兩岸烟"이라는 구절이 있다.

167) 조업曹鄴(816?~875?)은 자가 업지業之이고 계주桂州 사람이다. 대중大中 연간에 진사에 급제했다. 그는 태상박사太常博士와 사부랑중祠部郎中, 양주자사洋州刺史를 지냈다. 시집 2권이 있다. 『전당시』 권592에 수록된 조업曹鄴의 「여차악양기경중친고旅次岳陽寄京中親故」에 "月回浦北千尋雪, 樹出湖東幾點烟"이라는 구절이 있다.

168) 주경여朱慶餘(?~?)는 자가 가구可久이고 월주越州(지금의 저장성 샤오싱紹興) 사람이다. 그는 826년에 진사에 급제하고, 비서성교서랑秘書省校書郎을 지냈다. 그는 묘사가 섬세한 시를 잘 써서 장적張籍에게 칭찬을 들었으며 일상생활을 읊은 시가 많다. 『전당시』 권515에 수록된 주경여의 「송승送僧」에 "山深松翠冷, 潭靜菊花秋"라는 구절이 있다.

169) 최교崔翹(?~?)는 최융崔融의 아들로 개원開元 연간에 형인 최우석崔禹錫과 차례로 중서사인이 되었다. 이후 그는 예부시랑을 역임했으며, 죽은 후 형주대도독荊州大都督에

녹운정 옆에 세워진 돌에는 '만송첩취'라고 적혀 있으며, 오원이 여기에서 끝난다.

75. 자하거紫霞居는 산 입구에 있으며, 척오루尺五樓의 나루터가 있는 곳이다. 대나무를 엮은 울타리에 월계수 수십 종을 심었다. 가운데 채는 3칸이고 뒤채는 사람 어깨 높이 정도의 낮은 담이 둘러져 있어 강 건너 산 풍경이 고스란히 들어온다. 가을에는 여뀌꽃이 피어 낮게 드리워지는데, 마을 주민들은 그걸 보고 마치 농부가 벼를 보듯 날씨와 강우량을 헤아려 풍년이 들지 흉년이 들지를 점친다.

차 맛과 샘물 맛을 품평하는 일로 생계를 삼았던 왕 노인[王叟]이란 사람이 사람들에게 이렇게 말하곤 했다.

"평생 천하에서 여섯 번째 가는 샘의 물을 마시는 건 가치가 없다고 생각했다."

76. 소주식 간이음식점[蘇式小飮食肆]은 포석교砲石橋 길 남쪽에 있는데, 거리 쪽으로 앉은 상점 건물은 3칸짜리이고, 그 안에 3칸짜리 작은 건물이 매화꽃 사이에 들어서 있다. 여기에는 남향으로 창을 내어 강 건너 산의 풍경을 볼 수 있게 했다. 그 옆에는 10여 칸의 곁채가 있는데, 정갈하고 운치가 있다.

77. 척오루는 구곡지 모퉁이의 언덕 위에 있고, 대문이 포석교 길 북쪽으로 나 있다.170) 문 안에는 3칸짜리 청사가 있고, 그 서쪽은 십팔봉초당十八峰草堂이며, 동쪽은 연산정延山亭이다. 그 동쪽이 척오루이며, 누대 뒤편은 약방藥房이다. '십팔봉초당'이란 이름은 황산에 있는 18봉을 가

추서되었다. 『전당시』 권124에 수록된 최교의 「정랑중산정鄭郞中山亭」에 "泉淸鱗影見, 樹密鳥聲幽"라는 구절이 있다.
170) 『평산당도지』에 따르면 "척오루는 왕병덕汪秉德이 지었다"고 했다.

리키는 것이다. 왕씨汪氏가 예전에 황산 아래 살 때 이런 이름을 가진
초당이 있었기 때문에, 정원에서 이 건물을 택해 그 이름을 붙인 것이
라고 한다. 오낭吳娘171)이 이에 관해 시를 썼다.

난간은 허공에 걸쳐 있고
봉우리마다 짙푸른 녹음이 떠 있네.
수천 개 보석 같은 바위에 저녁이 내리고
종소리 경쇠소리 여기저기 울리는 가을.
탑 그림자 강물 밖에 뚜렷한데
물가 나루터엔 밥 짓는 연기 피어나네.
다시 찾아와 가을 달 감상하나니
계수나무는 작은 산에 그윽하구나.
闌檻憑虛望, 峰峰積翠浮.
琅玕千個晚, 鍾磬數聲秋.
塔影明流外, 人烟古渡頭.
重來玩凉月, 桂樹小山幽.

또 항세준杭世駿172)은 이런 시를 남겼다.

초당에서 내려다보는 봄날 교외
줄지은 봉우리의 푸른 녹음 사랑스럽구나.
하나하나 문을 밀치고 들어오니
아름다운 자태 감상할 만하구나.
경치 뛰어나고 시절 또한 좋으니
뭇 명승지들 모두 무색케 만드네.

171) 오낭吳娘에 관해서는 『양주화방록』 권6 「성북록城北錄·3」을 참조할 것.
172) 항세준杭世駿에 관해서는 『양주화방록』 권3 「신성북록新城北錄·상上·19」를 참조할 것.

봄바람은 인정도 없는지
가는 빗방울 데려와 어지러이 날리네.
순식간에 심술궂은 구름 자욱이 깔리니
어여쁜 산의 모습 드러난 게 드물구나.
저 멀리 안개에 흐릿한 곳 보노라니
눈길 사로잡혀 다른 것 생각할 겨를이 없네.
괜한 발자국 남길까 저어하여
그저 술이나 한 잔 권하네.
얼른 미불米芾을 불러 불러 모아
진한 먹 휘둘러 맘껏 그리고 쓰네.
술은 얼큰한데 비는 아직 그치지 않아
부슬부슬 빗소리 추녀 기와를 울리네.

草堂俯春郊, 列岫青不舍.
一一排闥來, 秀色堪玩把.
地勝辰又良, 于此掩群雅.
東風不是情, 密雨亂飄灑.
俄焉頑雲封, 姽嫿露者寡.
遠望接混茫, 目營力難假.
既虞妨履綦, 聊且薦杯斝.
亟呼米於菟, 濃墨恣塗寫.
酒闌雨未闌, 簌簌響檐瓦.

78. 연산정은 대숲 속에 있는데 정자의 편액은 양헌梁巘[173]의 글씨이다. 좌우에 회랑이 있는데 지붕과 용마루가 줄지어 늘어서 있다. 대숲에서 작은 회랑을 통해 척오루에 들어가는데, 누대는 9칸이다. 그 중 북향이

173) 양헌梁巘에 대해서는 『양주화방록』 권2 「초하록草河錄 · 하下 · 122」를 참조할 것.

5칸이고 동향이 4칸이다. 북향의 5번째 칸이 산에 기대고 있으면서 동향 첫 번째 칸과 이어져 있기 때문에 동향 칸과 북향 칸의 수가 같다. 그 폭이 정해진 치수에서 1서黍174)도 넘지 않게 일정하다고 해서 '척오루'라 했다. 그 모양은 곱자[曲尺]에 바탕을 두었고, 건축 체제는 경사에 있는 구간방九間房의 건축법에 근본을 두고 있다.

79. 척오루의 동향 5번 째 칸은 아래로 약방과 붙어 있다. 먼저 약초밭 안에 긴 회랑을 만들어 논두렁처럼 구불구불 이어지게 했고, 회랑이 끝나는 곳에 7, 8칸짜리 작은 건물을 세웠다. 건물의 건축은 빈틈없고 정밀하게 되어 있으며, 화려하게 장식된 낮은 담을 두르고 꽃을 심었다. 바닥에는 채색벽돌을 순서대로 깔아 꽃향기가 풍겨오는 데에 방해되는 것이 없도록 했다.

80. 미파협微波峽은 두 산 사이에 있으며 협곡 동쪽은 '금천화서錦泉花嶼', 서쪽은 '만송첩취'이다. 협곡 가운데는 강폭이 한 길 남짓 정도로 배 두 척이 오갈 수는 없다. 그래서 놀잇배가 여기에 이르면 사공들이 모두 하나의 상앗대[櫂]를 저어 들어간다. 들어갔다 다시 나가면 구곡지에 이른다. 이곳은 산이 사면을 에워싸고 있고 가운데가 사발처럼 오목하게 들어가 물이 불어도 넘친 적이 없으며, 물이 줄어들어도 마르지는 않는다. 지금은 이곳을 '평산당오平山堂塢'라고 부른다.

평산당오 안에는 황제의 어가를 맞이하는 청사[接駕廳]이 세워져 있다. 이것은 기둥 8개의 두 겹 지붕을 얹은 건물[重屋]로서 날아오를 듯 뻗은 추녀와 위로 치켜 올라간 기와막새[反宇]를 얹었다. 황금색 신을 입

---

174) 옛날에는 기장[黍]으로 도량형의 기준을 삼았다. 예를 들어서 길이는 중간 크기의 기장 낱알의 길이를 1푼[分]으로 삼고, 100알의 길이를 1자[尺]라고 했다. 또 용량의 경우는 기장 낱알 1,200개를 1합合으로 정하고, 10합은 1되[升]라고 했다. 무게의 단위로서는 기장 낱알 1,200개의 무게를 12수[銖]로 정하고, 24수를 1냥[兩]이라고 했다.

헌 그물무늬의 격자창[網戶]에는 연이어진 문양을 조각했고, 격자창을 서로 잇대어 엮어서 작은 새들이 들어오지 못하도록 해놓았다. 네모난 천장에 지붕 꼭대기는 둥글고, 중앙에는 도금한 보병寶瓶과 유리구슬을 얹었으며, 바깥에는 유금鎏金175)을 발랐다. 청사 중앙에는 황제께서 하사하신 어제시「평산당시平山堂詩」을 새긴 석각이 모셔져 있다. 뒤쪽에는 널다리[板橋]를 설치했는데, 다리 밖으로는 물길이 끝없이 이어지면서 구름이 피어오른다.

이 원림은 광록시소경光祿寺少卿을 지낸 왕응경汪應庚176)의 손자로서 안찰사를 지낸 왕입덕汪立德이 지은 것이다.177)

---

175) 『양주화방록』 권4 「신성북록新城北錄・중中・45」의 주석을 참조할 것.
176) 왕응경汪應庚에 대해서는 『양주화방록』 권16 「촉강록蜀岡錄・23」을 참조할 것.
177) 원문에는 "是園爲汪光祿孫冠賢彝士所建"이라고 되어 있다.

<h1 style="text-align:center">권16</h1>

촉강록^{蜀岡錄}

1. 촉강은 대의향大儀鄉에 있다. 고조우顧祖禹[1]의 『독사방여기요讀史方興紀要』에는 다음과 같이 기록되어 있다.

촉강은 양주부에서 서북쪽으로 4리 떨어진 곳에 있으며, 서쪽으로 의징현

---

1) 고조우顧祖禹(1631~1692)는 자가 복초復初이고 호는 경범景范으로 강소 무석無錫 사람이다. 완계宛溪 근처에 살았기 때문에 흔히 완계선생宛溪先生으로도 불렸던 그는 명나라가 망한 후 고향에 묻혀 살면서 학생들을 가르쳤다. 그의 『독사방여기요』(130권, 부록으로 『여도요람輿圖要覽』 4권이 있음)는 1659년부터 물경 30년에 걸쳐 현장답사와 문헌 고찰을 통해 완성한 역사 지리학의 대작이다. 그는 만년에 『대청일통지大淸一統志』의 편찬에 참여했는데, 책이 완성된 후에는 벼슬을 사양하고 다시 고향으로 돌아가 『독사방여기요』의 수정과 보완에 전념했다.

과 육합현의 경계에 닿아 있고, 동북쪽으로는 수유만에 이르면 강을 사이에
두고 금릉金陵(지금의 난징시)과 마주보게 된다.

　　蜀岡在府西北四里, 西接儀徵六合縣界, 東北抵茱萸灣, 隔江與金陵相對.

명나라 홍무洪武(1368~1398) 연간에 기록된 『양주부지』에서는 "양주의
산 가운데 촉강이 으뜸이다.揚州山以蜀岡爲首"라고 했다. 또 『가정유양
지』에는 다음과 같이 기록되어 있다.

　　촉강은 위로 육합현의 경계에서 의징현 소범산小帆山 입구까지 수십 리를
뻗어가 강도현 경계에 닿으며, 다시 동북쪽으로 40리 남짓 구불구불 이어져
만(수유만 : 역자) 끝머리 관하 언저리에 이르러 산세가 약화된다. 그 줄기는
다시 태주와 여고현 적안을 지나 멈춘다.

　　蜀岡上自六合縣界, 來至儀徵小帆山入境, 綿亘數十里, 接江都縣界, 迤邐正
東北四十餘里, 至灣頭官河水際而微. 其脈復過泰州及如皋赤岸而止.

　　축목祝穆[2]의 『방여승람方輿勝覽』에서는 "예로부터 전해지기로 그 지
맥이 촉 땅과 통하기 때문에 촉강이라 한다舊傳地脈通蜀, 故曰蜀岡"고 했
다. 육심陸深[3]의 『지명록知命錄』에는 다음과 같이 기록되어 있다.

─────────────

2) 축목祝穆은 송나라 때 흡현 사람으로, 자는 화보和甫이고, 처음 이름은 병丙이다. 저
　작으로 『사문류취事文類聚』(전집, 후집, 속집, 별집)와 『방여승람』이 있다.
3) 육심陸深(1477~1544)은 화정華亭(지금의 상하이시上海市 쏭쟝松江) 사람으로, 자는 자
　연子淵이고 호는 엄산儼山, 담실澹室, 사유재四酉齋 등을 썼다. 서실 이름으로는 녹우루
　綠雨樓, 춘우당春雨堂, 춘풍당春風堂, 권회당卷懷堂, 원풍당願豐堂, 행원당行遠堂 등을 사용
　했다. 그는 1505년에 진사가 되어 첨사치사詹事致仕를 지냈고, 사후에 예부시랑 벼슬과
　문유文裕라는 시호를 받았다. 그는 뛰어난 서예가로 유명하며, 저작으로 『남순일록南巡
　日錄』, 『회봉일기淮封日記』, 『남천일기南遷日記』, 『하분연한록河汾燕閒錄』, 『촉도잡초蜀都
　雜鈔』, 『사통회요史通會要』, 『동이록同異錄』, 『고기기록古奇器錄』, 『정참록停驂錄』, 『전의
　록傳疑錄』, 『춘우당잡초春雨堂雜鈔』, 『옥당만필玉堂漫筆』, 『금대기문金臺紀聞』, 『지명록知
　命錄』, 『원풍당만서願豐堂漫書』, 『계산여화溪山餘話』, 『엄산집儼山集』 등이 있다.

촉강은 그 지맥이 서북쪽에서 와서 오르락내리락 하며 모두 언덕과 구릉을 이룬다. 지방지에서는 그곳을 광릉이라 했고, 천장天長[4] 또한 광릉이라 불렀는데, 그것은 촉 땅과 통하기 때문이다.

蜀岡蓋地脈自西北來, 一起一伏, 皆成岡陵, 志謂之廣陵, 天長亦名廣陵, 以與蜀通, 故云.

그리고 요여姚旅[5]는 『노서露書』에서 이렇게 적었다.

『이아爾雅』「석산釋山」에서 '독獨'이라는 것은 홀로 다니길 좋아하는 벌레의 이름인 '촉蜀'이라고 했다. 그러므로 산이 홀로 있으면 '촉'이라고 한다. 문수 가의 촉산이나 유양維揚(양주)의 촉강은 모두 홀로 뻗은 산이다.

爾雅釋山謂獨者蜀, 蟲名, 好獨行, 故山獨曰蜀. 汝上之蜀山, 維揚之蜀岡, 皆獨行之山也.

『양주부지』에서는 다음과 같이 기록되어 있다.

촉강은 곤강崑岡이라고도 하는데, 포조[6]의 부賦에 "곤강을 축으로 삼는다"라는 구절이 있어서 이런 명칭이 붙여졌다.

蜀岡一名崑岡, 鮑照賦軸以崑岡, 故名.

---

4) 지금의 안휘이성 쉬이현盱眙縣 동남쪽 바이타허白塔河 남쪽을 가리키는 지명이다. 당나라 현종玄宗의 생일을 축하하기 위해 천추절千秋節을 제정하고, 장도현과 육합현, 고우현高郵縣을 통합하는 천추현千秋縣을 설치했다. 나중에 천추절이 천장절天長節로 명칭이 바뀌면서 천추현의 이름도 천장현으로 바뀌었다. 청나라 때에는 사주泗州 광릉군廣陵郡의 관할지역 가운데 천장현이 있었다.
5) 요여姚旅(?~1622)는 포전현莆田縣 함강涵江 사람으로 자는 원객園客이고, 처음 이름은 정매鼎梅이나. 그는 누차 과거에 응시했으나 합격하지 못하고 사방을 유람하며 학문에 매진했다. 그가 만년(1611년 이전으로 추정됨)에 쓴 『노서』(14권)는 중국 최초로 현지인이 현지의 지리와 문화, 정치, 사회에 대한 기록이다.
6) 포조鮑照에 대해서는 『양주화방록』 권7 「성남록城南錄 · 35」의 주석을 참조할 것.

『태평환우기』에서는 『군국지郡國志』에 의거해서 "주州의 성城은 큰 언덕[陵] 위에 있다"고 했는데, 『이아』에 따르면 "큰 언덕[阜]을 '릉陵'이라 한다." 이것은 또 부강阜岡이라고도 하고 곤강崑岡이라고도 한다. 포조는 『무성부蕪城賦』에서 "(광릉은) 큰 도랑7)으로 통하고, 곤강을 축으로 삼는다[柂8)以漕渠, 軸以崑岡]"고 했고, 『하도괄지상河圖括地象』에는 다음과 같이 기록되어 있다.

> 곤륜산은 횡으로 놓여 지축이 되는데, 이 언덕은 곤륜산과 엇갈려 걸쳐 있기 때문에 광릉이라고 한다.
> 崑崙山橫爲地軸, 此陵交帶崑崙, 故曰廣陵也.

『평산당도지』에서는 『주자어류朱子語類』를 인용하여 다음과 같이 기록했다.

> 민산은 강 양쪽 언덕을 끼고 뻗었는데, 한 줄기는 뻗어서 강북의 여러 지역으로 이어진다.
> 岷山夾江兩岸而行, 一支去爲江北許多去處.

같은 책에는 또 이렇게 기록되어 있다.

> (『주자어류』에서는) "파몽과 한수의 북쪽에서 한 줄기 산맥이 생겨나 아래로 내려와 양주에 이르러 다한다"고 했으니, 바로 촉강을 가리키는 말이다.
> 自嶓嵝漢水之北, 生下一支, 至揚州而盡, 正謂蜀岡也.

---

7) 춘추시대 오吳나라에서 판 운하인 한구邗溝를 가리킨다. 이 물길은 동북쪽으로 사양호射陽湖와 통하고 경구京口에 이르러 회수淮水로 들어가는데, 중간에 광릉을 지난다.
8) '중화본'에는 '타柂'를 '타拖'로 표기했다.

이것들이 모두 여러 책에 보이는 촉강에 대한 기록들이다.

지금 촉강은 군성郡城 서북쪽 대의향 풍락구豊樂區에 있는데, 3개의 봉우리가 우뚝 솟아 있다. 가운데 봉우리에는 만송령萬松嶺과 평산당, 법정사 등의 명승지가 있고, 서쪽 봉우리에는 '다섯 열녀의 무덤[五烈墓]'과 사도묘司徒廟, 그리고 호사胡祠와 범사范祠 등의 명승지가 있다. 동쪽 봉우리는 셋 중에 가장 높은데, 거기에는 관음각과 공덕산功德山 등의 명승지가 있다. 촉강의 동쪽과 서쪽, 북쪽 삼면은 안으로 구곡지를 에워싸고 있다. 이 연못이 바로 지금의 평산당오平山堂塢인데, 거기에서 남쪽으로 난 한 줄기 하도河道는 보장호로 통한다.

2. 공덕산은 관음산觀音山이라고도 하는데, 높이는 33길이고 대의향에 있다. 이 산은 촉강의 동쪽에 해당한다. 그 위에 세워진 관음사는 관음각이라고도 하는데, 송나라 때에 간행된 『보우지寶祐志』에는 적성사摘星寺라고 표기되어 있다. 명나라 때에 간행된 『유양지維揚志』에서는 "(이곳이) 바로 옛날에 적성정摘星亭이 있던 곳"이라 했고, 『방여승람』9)에서는 그곳을 적성루摘星樓라고 칭했다. 원나라 때의 승려 신률申律이 이곳에 도량을 열었고, 명나라 때의 승려 혜정惠整이 절을 세워서 공덕산 또는 공덕림功德林이라고 불렀다. 훗날 승려 선연善緣이 산문山門에 '운림雲林'이라는 편액을 내걸었고, 전운사 엄정嚴貞이 그 사연을 글로 남겼다. 우리 청나라에 들어서 상인 왕응경10)이 다시 보수하여 새롭게 만들었다. 정축丁丑년(1817) 이후에 상인 정적찬程均瓚(자는 전자栴子)이 다시 보수

---

9) '광릉본'에서는 '방승여람方勝輿覽'이라고 되어 있으나 오류이다.

10) 왕응경汪應庚(?~?)은 자가 상장上章이고 호는 운곡雲谷이다. 그는 잠구潛口 사람이지만 나중에 양주에 살았다. 그는 옹정 연간에 양주에서 염업으로 엄청난 부를 축적했으며, 그것을 보태로 많은 선행을 베풀어 명성이 높았다. 또한 평산당과 서령사棲靈寺, 오열사五烈祠 등을 중수重修하는 데에 많은 기부를 하기도 했고, 옹정 9년(1731)부터 3년 동안 이어진 재난으로 고통에 빠진 백성들을 위해 은자 5만 냥을 내서 쌀과 의약품을 제공하여, 그 공로로 광록소경光祿少卿에 제수되기도 했다. 무엇보다도 그는 『평산람승지』의 편찬자로도 유명하다.

했다. 황제께서 '공덕림功德林'과 '천지天池'라고 쓴 두 개의 편액과 다음과 같은 대련을 하사하셨다.

> 투명한 물에 맑은 햇살 들어오는데
> 푸른 산은 여전히 옛 모습 그대로일세.
> 淥水入澄照, 靑山猶古姿.

그리고 '준발위주峻拔爲主'라는 글자와 오거吳琚[11)의 『설첩說帖』권자卷子를 모방하여 쓴 글씨를 하사하시니, 모두 돌에 고르게 새겨 절 안에 모셨다.

3. 공덕산은 구불구불 몇 리를 뻗어서 동남쪽으로 연화경蓮花埂으로 통하는데, 그곳이 바로 지금의 연화교가 있는 곳이다. 북쪽으로 난 큰길은 바로 지금의 관음향로觀音香路이다. 과가문過街門 위에는 '공덕산'이라고 쓴 돌 편액이 걸려 있고, 과가옥過街屋은 바로 수안사壽安寺 찻집[茶亭]이다. 그 길로 곧장 가면 산으로 이어지는데, 그 길을 일컬어 관음가觀音街라 하고, 또 화자가花子街[12)라고도 부른다. 향시香市[13)에서는 2월과 6월, 9월을 관음성탄일로 삼는데,[14) 그 모습이 강남의 대구화산大九華山과 소구화산小九華山, 삼모산三茅山 등의 번화함에 비견된다. 산으로 오르는

---

11) 오거吳琚(?~?)는 개봉開封(지금의 허난성河南省 카이펑시開封市) 사람으로, 자는 거문居文이고 호는 운학雲壑이다. 그는 고종高宗 헌성황후憲聖皇后의 조카로서, 남송의 저명한 서예가이자 뛰어난 사詞 작가이기도 하다. 건도乾道(1165~1173) 연간에 벼슬살이를 시작하여 상서부랑직학사尙書部郎直學士 등을 역임했다. 저작으로 『운학집雲壑集』이 있다.

12) '화자花子'는 걸개乞丐 곧, 거지를 가리킨다. 길 양쪽에 거지 무리가 많아서 이런 명칭이 붙었다.

13) 절과 사원에 분향객이 몰려들 때 향이나 기타 잡다한 물건들을 팔기 위해 설치한 임시 시장이다.

14) 음력 2월 19일 관음성탄일觀音聖誕日, 6월 19일은 관음성도일觀音成道日, 9월 19일은 관음열반일觀音涅槃日에 해당한다.

길은 다음과 같다.

동쪽으로는 상방사上方寺를 통해 장춘교를 지나 관음가로 들어가 산에 오른다. 남쪽으로는 진회문鎭淮門 밖 홍교 안쪽 길을 통해 법해교와 연화교를 지나 관음가로 들어가 산에 오른다. 서쪽으로는 서문가西門街를 통해 입사교卅四橋를 지나 사도묘로 이어지는 신도神道로 올라가 촉강의 서봉西峰과 중봉中峰을 넘어 산에 오른다. 나루터는 구곡지 동쪽에 있는데, 연안은 벽돌 모양으로 다듬은 돌을 쌓고 그 위에 통나무로 배를 묶는 기둥[枋檝]을 만들었다. 거기에는 '취령운심鷲嶺雲深'15)이라고 적힌 편액이 걸려 있다.

4. '취령운심'에서 뭍에 올라 '산정야조山亭野眺'16)의 과가정過街亭을 지나서 오른쪽으로 꺾으면 공덕산의 첫 번째 문으로 들어간다. 문 옆에는 토지신의 상이 세워져 있는데, 분향객들은 이곳에서 손을 씻는다. 문 안쪽으로는 구불구불 돌길이 대산문大山門까지 이어지는데, 남쪽을 향해 서면 멀리까지 풍경을 조망할 수 있다. 『방여승람』에서 "장강과 회수의 남북을 한꺼번에 둘러볼 수 있다[江淮南北, 一覽可盡]"고 한 것은 바로 이곳을 일컬은 말이다. 문 안에는 1길 8자의 커다란 금부처가 마주 서 있으며, 양쪽 담장 사이에는 벽돌 모양의 돌을 깐 길이 나 있다. 왼쪽으로 꺾으면 둘째 산문에 이르는데, 문 안에는 금강역사상金剛力士像과 미륵불상, 위타상韋陀像이 세워져 있다. 불전佛殿 뒤뜰에는 발이 3개 달린 쇠솥이 세워져 있는데, 관음보살 탄신일이면 항상 불빛이 30리 안을 환히 비춘다.

---

15) 구절 자체의 의미는 "부처님 계신 영취산靈鷲山은 구름 깊은 곳에 있다"라는 뜻이다.

16) 구절의 의미는 "산 위 정자에서 들판의 경치를 조망하다"라는 뜻이다. 『평산당도지』의 기록에 따르면 이곳은 정질程瓆이 건축한 성관이라고 한다. 그 아래쪽에는 큰길이 있고, 앞쪽에는 보장호에 임해 있으며, 좌우로 만송정과 척오루尺五樓가 있고, 뒤쪽에서 동쪽으로 바라보면 여고如皐와 적안赤岸, 통주通州의 다섯 산까지 환히 조망할 수 있다고 한다.

대웅전은 5개의 큰 기둥 위에 지붕을 얹은 것인데, 중앙에는 섬 모양의 돌 위에 불상이 모셔져 있고, 왼쪽에는 용녀龍女[17]가, 오른쪽에는 선재동자善才童子[18]가 시립해 있다. 불상 위에는 휘장[幡帳]이 덮여 있는데, 모두 진주로 엮어서 사이사이에 산호를 끼워 넣은 것이다. 이것이 바로 장산蔣山[19]에서 난 팔공덕수八功德水[20]를 써서 빚은 관음상이다. 그 옆에는 십팔응진十八應眞이 양쪽으로 자리를 나누어 앉아 있다. 뒷벽에는 '53참五十三參'[21]의 이야기를 그림으로 나타냈다. 뒤편에는 지장전地藏殿이 있는데, 역시 장산에서 난 팔공덕수를 써서 빚은 것이다. 그 옆에는 십왕전十王殿이 있는데, 불상들이 양쪽 벽 사이에 나뉘어 서 있다. 십왕전 옆에는 3칸짜리 작은 전각인 백자당百子堂[22]이 있다. 산문 밖 오른쪽

---

17) 전설 속에 등장하는 용왕의 딸이다. 『법화경法華經』에 따르면, 그녀는 파가라婆竭羅 용왕의 딸로서, 8살 때 불법을 깨달아 부처의 형상을 드러냈다고 한다. 『법원주림法苑珠林』 권18 「천불출가千佛出家」에 언급된 용녀는 이름이 이련도야尼連茶耶라고 했으며, 땅에서 불쑥 솟아나 보살 앞에 모습을 나타냈다고 서술되어 있다. 한편 당나라 때의 소설 『유의전柳毅傳』에서 용녀는 미녀의 모습으로 나타나 양을 치다가 주인공 유의와 사랑하게 되는 동정호洞庭湖 용왕의 딸로 설정되어 있다. 그러나 여기서는 관음보살을 모시는 시녀를 가리킨다.

18) '선재善財'라고도 쓴다. 불교 전설에 따르면 선재는 복성장자福城長者의 아들 500명 가운데 하나로서, 그가 태어날 때 방안의 땅속에서 각종 진귀한 보물이 쏟아져 나와 그런 이름이 붙여졌다고 한다. 집안에 재물은 많았지만 그는 출가하여 수행을 시작했다. 문수보살을 시작으로 그는 해문국海門國의 선주화상善住和尙, 미가장자彌加長者 등등의 비구比丘와 장자長者, 보살, 바라문婆羅門, 선인仙人을 거치며 수많은 역경을 극복하고 모두 53명의 스승에게 가르침을 받아 마침내 깨달음을 얻었다.

19) 지금의 장쑤성 난징시南京市 동북쪽에 있는 것으로 원래는 종산鐘山 또는 자금산紫金山이라고 불렀다. 삼국시대 오吳나라의 손권孫權이 여기에 사당을 세웠는데, 조부祖父의 이름이 종鐘이었기 때문에, '장산'으로 고쳐 불렀다고 한다.

20) 『구사론俱舍論』「분별세품分別世品」「칭찬정토불섭수경稱讚淨土佛攝受經」에 따르면, 수미산須彌山 아래 큰 바다에 '팔공덕수'가 있다고 했다. 이것은 각각 달고[甘], 차고[冷], 연하고[軟], 가볍고[輕], 깨끗하며[淸淨], 목을 상하게 하지 않고[不損喉], 배탈이 나지 않는[不傷腹] 것이라고 한다. 여기서는 장산에서 나는 훌륭한 물을 가리킨다.

21) 선재善才가 53명의 스승에게 가르침을 받은 이야기를 가리킨다. 이 이야기는 대개 절의 대웅전에 모셔진 석가모니 불상의 뒤쪽 벽면에 그림으로 묘사되곤 한다. 한편, 『법원주림』「천불편千佛篇」「불부七佛部」「출시出時」에 인용된 『약왕약상경藥王藥上經』에 따르면, 석가모니가 무수억겁[無數劫時] 전에 출가하여 도를 배울 때 들었다는 부처의 이름이 모두 '53불五十三佛'인데, 이를 알면 영원히 악의 길에 빠져들지 않는다고 했다.

에는 평대편문平臺便門이 있고, 중앙에는 청사가 세워져 있다. 거기에는 네모난 연못이 있고, 못가에 몇 번 꺾어진 작은 건물이 있으니, 이곳이 바로 황제께서 '천지天池'라는 글자를 쓴 곳이다. 대전 오른쪽에는 무편문廡便門(지붕이 있는 쪽문)이 있는데, 흙길을 따라 산을 내려오면 바로 송풍수월교松風水月橋에 이른다.

5. 이곳 풍속에 2월과 6월, 9월의 19일은 관음성탄일이다. 이날은 모임을 만들어 산에 오르는데, 이 풍속은 주변 교외 지역에서 성행하고, 성안의 가게가 있는 거리들은 그 다음이다. 모임 전날에는 신위神位를 태운 가마를 맞이하여 재계하고 제사를 올려 기원한다. 당일이 되면 포대에 침향沉香23)과 단향檀香을 담고, "절에 가서 향을 올린다[朝山進香]"라고 쓴다. 그리고 온갖 깃발과 덮개, 휘장[幡幢], 등불, 나쁜 귀신을 물리치는 부적이나 가면[儺逐] 따위를 성대하게 준비한다. 이 지역 사람들 가운데는 머리를 풀어 헤치고 맨발에 푸른 옷을 입은 채, 향불을 얹은 작은 나무걸상[木凳]을 들고 한 걸음 옮길 때마다 한 번씩 절을 하며 『조산곡朝山曲』을 읊조리는 이들이 있는데, 그 소리가 무척 애절하다. 그런 사람들을 '향객香客'이라 부른다.

산을 오르는 길은 연화교 북쪽의 관음가를 최고로 치는데, 길 양쪽에 거지들이 무리를 이루고 있어서 '화자가'라고 부른다. 길가에는 여기저기 물 대야를 마련해놓고 손을 씻으라고 호객呼客을 하는데, 그것을 '정수淨水'라고 한다. 18일 밤에 산에 오르는 것을 일컬어 '야향夜香'이라하고, 당일 날이 밝은 후 산에 오르는 것을 일컬어 '두향頭香'이라 한다. 평상시에 귀신을 쫓는 의식[儺]을 행하는 사람을 '향화香火'라 하고, 보

---

22) 자손이 많이 나기를 기원하는 곳이다.
23) 광둥성廣東省 등지에서 나는 향나무로 만든 향인데, 그 나무가 물보다 무거워 가라앉는다는 데에서 나온 이름이다. 침수향沉水香 또는 밀향密香, 악게로惡揭嚕, 가남향伽南香 등으로도 불린다.

임에 들어서 행하는 사람을 '마피馬披'라고 한다. 마피가 도착하면 징소리가 천지를 뒤흔드는데, 먼저 도착한 이가 복을 받는다고 한다. 그것을 일컬어 '개산라開山鑼'라고 한다. 닭을 잡아 닭 피를 입에 머금고 내뿜는 것을 '전생剪生'이라고 한다. 대전에 들어가면 춤을 바치는데, 귀신과 도깨비로 분장한 이들이 나란히 서 있는 모습은 자세히 묘사하기 어려울 정도이다. 밤낮없이 계속해서 저잣거리가 형성되는데 그 모습은 무엇과도 바꿀 수 없다.

6. 산 아래 연못이 있는데, 바로 득승호得勝湖이다. 정정程 아무개가 여기에 연꽃을 심고 3칸짜리 수루水樓를 지었는데, 널빤지로 엮은 회랑이 4,5번 꺾여 이어져 있다. 그곳 편액에는 '기하심처菱荷深處'이라고 적혀 있고, 다음과 같은 대련이 있다.

> 녹음 우거진 산 만 겹 난간처럼 솟아 있고
> 하얀 연꽃 천 송이 회랑을 환히 비추네.
> 山翠萬重當檻出[허혼許渾]24)
> 白蓮千朵照廊明[설봉薛逢]25)

7. 관음가에는 과가정過街亭이 세워져 있는데, 산에 오르는 분향객들이

---

24) 허혼許渾에 대해서는 『양주화방록』 권6 「성북록城北錄·21」의 주석을 참조할 것. 『전당시』 권 535에 수록된 허혼의 「신기백운루기용홍강회상인겸정두수재晨起白雲樓寄龍興江淮上人兼呈竇秀才」에 "山翠萬重當檻出, 水華千里抱城來"라는 구절이 들어 있다.

25) 설봉薛逢에 대해서는 『양주화방록』 권7 「성남록城南錄·20」의 주석을 참조할 것. 『전당시』 권600에 수록된 위승이韋承貽의 시 「책시야잠기장구우도당서남우策試夜潛紀長句于都堂西南隅」 뒤에 첨부된 제목 없는 절구에 "白蓮千朵照廊明, 一片升平雅頌聲"이라는 구절이 들어 있는데, 주석에는 첨부된 절구가 설능薛能(817~880)의 작품이라는 설도 있다고 했다. 설능은 자가 태졸太拙이고 분주汾州 사람이다. 그는 846년 진사에 급제하여 어사, 형부랑중, 공부상서, 서주절도사徐州節度使 등을 지냈다. 그는 문집 10권을 남겼다고 하며, 『전당시』에 그의 시집 4권이 수록되어 있다.

이곳에서 쉬어간다. 정자 밖에는 술집이 많은데, 곽한장郭漢章26)이 운영하는 곳을 최고로 친다. 그곳의 이름은 득승원得勝園이다.

8. '산정야조'는 관음산 나루터에 있는데, 그곳에 있는 원범정遠帆亭에는 다음과 같은 대련이 있다.

> 추수 끝나니 평야는 넓고
> 적당한 바람 불어 돛단배 떠 있네.
> 稼收平野闊[두보杜甫]
> 風正一帆懸[왕만王灣]27)

정자 옆에는 누대[臺] 3,4개와 정자[榭] 5,6개가 세워져 있다. 회랑은 완만하게 굽어 돌고, 누각에 이르는 길은 하늘 높이 걸쳐져 있다. 그곳에는 허혼의 시 구절을 모아서 만든 다음과 같은 대련이 있다.

> 화려한 누각 대자리 싸늘한데 성긴 비 지나가고
> 저녁 구름 걸린 먼 산에서 푸른 빛 쏟아져 들어오네.
> 朱閣簟涼疏雨過,28) 遠山雲晩翠光來.29)

---

26) '산동본'에는 '곽장郭章'으로 되어 있다.
27) 왕만王灣(?~750?)은 낙양洛陽(지금의 허난성河南省에 속함) 사람으로, 현종玄宗 선천先天(712~713) 연간에 진사에 급제하여, 형양현榮陽縣 주부主簿가 되었고, 낙양 현위縣尉를 지냈다. 『전당시』 권115에 수록된 왕만의 시 「차북고산하次北固山下」에 "호평량안활湖平兩岸闊, 풍정일범현風正一帆縣"이라는 구절이 들어 있다.
28) 『전당시』 권535에 수록된 허혼의 「송로선생배자위악부복주가례送盧先輩自衡岳赴復州嘉禮」(2수) 가운데 첫 번째 시에 "朱閣簟涼疏雨過, 碧溪船動早潮生"이라는 구절이 들어 있다.
29) 『전당시』 권536에 수록된 허혼의 「제륙시어림정題陸侍御林亭」에 "寒樹雪晴紅艶吐, 遠山雲曉翠光來"라는 구절이 들어 있다.

9. '쌍봉운잔雙峰雲棧'[30)은 구곡지에 있다. 『구조편년록九朝編年錄』에는,

　　송나라 예조藝祖[31)가 이중진李重進[32)의 반란군을 무찌르고 촉강사蜀岡寺에 주둔하고 있을 때, 구곡지에서 용이 싸우는 모습을 보고 구곡정을 세우고 그 일을 기록하게 했다. 그 후에 이 정자는 또 파광정波光亭이라고도 불렸다.

　　宋藝祖破李重進, 駐蹕蜀岡寺, 有龍鬪于九曲池, 命立九曲亭以紀其事. 是後又稱波光亭.

라고 기록되어 있다. 또 『강도현지江都縣志』에는 다음과 같이 기록되어 있다.

　　건도 2년(1166)에 군수 주종周淙[33)이 다시 지어서 '파광정'이라는 편액을 걸었고, 진조陳造[34)가 그에 대해 부賦를 지었다. 얼마 후에 정자는 부서지고

---

30) 구절의 뜻은 "두 봉우리 사이로 구름 덮인 잔도棧道가 걸려 있다"는 것이다. 이것은 촉강의 지맥地脈이 촉蜀 땅과 통한다는 전설을 토대로, 촉 땅의 잔도棧道를 흉내 내서 만든 것이라 하겠다. 『평산당도지』에 따르면 이곳은 정적찬程玓瓚이 건축한 풍경구라고 했다.

31) 송나라 태조太祖 조광윤趙匡胤을 가리킨다. 원래 '예조'라는 말은 고대 제왕들이 자신들의 조상에 대해 문덕文德과 재예才藝를 갖춘 분이었다고 칭송할 때 쓰던 표현이지만, 후대에는 주로 왕조를 세운 태조를 가리키는 말이 되었다.

32) 오대시기 주周나라의 장군으로 조광윤과 더불어 회남淮南 지역을 정벌하는 등 여러 차례 전공을 세운 장군으로, 피부색이 검어서 흑대왕黑大王이라는 별칭을 갖고 있었다. 조광윤이 송 왕조를 세우자 반기를 들었으나, 전투에서 패배하자 스스로 불길에 몸을 던져 죽었다.

33) 주종周淙(1115~1175)은 자가 언광彦廣이고 장흥長興 사람이다. 그는 1155년 건강통판建康通判을 지냈고, 1160년 금나라 병사가 남침해오자 안휘 봉양鳳陽과 회초淮楚로 파견되어 방어를 지휘했다. 몇 년 후 그는 양주 지주로 있으면서 치적을 쌓아 1167년에는 양절정운부사兩浙精運副使에 임명되어 임안부臨安府를 다스렸다. 1169년에는 우문전수찬右文殿修撰으로 승진하여 『임안지臨安志』 편찬을 주관했고, 이후 우중본대부右中奉大夫를 역임하고 장흥현남長興縣男에 봉해졌다.

34) 진조陳造(1132~1203)는 고우高郵(지금의 쟝쑤성에 속함) 사람으로, 자는 당경唐卿이고 스스로 지은 호는 강호장옹江湖長翁이다. 그는 1175년 진사에 급제하여 벼슬길에 들어선 후, 절서로안무사참의浙西路安撫司參議 등을 지냈다. 저작으로 『강호장옹문집江湖

연못은 막혀버렸다. 경원 5년(1199)에 곽과郭果가 기술자를 시켜 연못을 파고 여러 연못의 물을 끌어다 담게 한 후, 그 위에 정자를 세움으로써 옛 모습을 회복하게 되었다. 또 풍대風臺와 월사月榭를 세워 동서로 마주보게 하고 버드나무를 둘러 심었으니, 또한 한 시대의 청량한 장소가 되었다.

乾道二年, 郡守周淙重建, 以波光亭匾揭之, 陳造有賦. 已而亭廢池塞. 慶元五年, 郭果命工浚池, 引注諸池之水, 建亭于上, 遂復舊觀. 又築風臺、月榭, 東西對峙, 繚以柳陰, 亦一時淸境也.

또 오룡묘五龍廟는 구룡묘九龍廟라고도 하는데, 『양주부지』에 따르면 그것은 구곡지 옆에 있으며, 진조가 쓴 글[記]이 있다고 했다. 또 같은 책에는,

송나라 희녕熙寧(1068~1077) 연간에 군수 마중보馬仲甫[35]가 구곡지에 '차산정借山亭'이라는 정자를 지었다. 이에 관한 시구로 '평야는 녹음에 가려졌고, 어지러운 산에는 푸른 기운 떠 있네[平野綠陰蔽, 亂山靑黛浮]'가 있다. 그 뒤에 상자고向子固가 정자를 다시 지었다.

宋熙寧間, 郡守馬仲甫于九曲池築亭, 名曰借山, 有詩云, 平野綠陰蔽, 亂山靑黛浮. 厥後向子固重建.

라고 기록되어 있다. 또 현지縣志에는 다음과 같은 기록이 있다.

차산정 아래에 죽심정이 있는데, 송나라 희녕 2년에 오기중吳企中이 세운 것이

長翁文集』(40권)이 그의 아들 진사문陳師文에 의해 간행되었다고 하는데, 지금은 없어졌다. 1618년에 인화仁和 땅의 이지조李之藻가 필사본을 얻어서 진관秦觀의 문집과 함께 간행했다.

35) 마중보馬仲甫(?~?)는 자가 자산子山이고, 여강廬江(지금의 안훼이성安徽省 루쟝廬江) 사람이다. 그는 송나라 때의 진사로서 등봉현령登封縣令을 시작으로 태주台州, 영주瀘州, 진주秦州, 양주揚州 등지의 지주知州를 역임했으며, 기로전운사夔路轉運使, 회남발운사淮南發運使, 천장각대제天章閣待制 등을 역임했는데, 가는 곳마다 공정하고 뛰어난 행정으로 칭송을 받았다고 한다.

다. 이것들은 모두 구곡지의 옛 유적이다. 지금의 '쌍봉운잔'이 바로 이곳이다.

借山亭下有竹心亭, 宋淳熙二年吳企中建, 此皆九曲池古迹. 今之雙峰雲棧,
卽是地也.

'쌍봉운잔'은 두 산 속에 있는데, 그곳에는 청천루聽泉樓, 노향정露香
亭, 환록각環綠閣 등의 빼어난 풍경이 있다. 두 산 가운데에는 동굴이 있
는데, 지금 동굴 안에서는 마실 수 없는 물[假水]이 흘러나와 수없이 굽
이진 잔도棧道 아래에서 소용돌이치니, 호수와 산의 기운이 이곳에 이
르러 더욱 웅장하게 느껴진다.

10. 촉강의 중앙 봉우리와 동쪽 봉우리 사이는 경사가 험하고 구불구불
하여 100걸음마다 오르락내리락하니, 마치 천릿길을 노니는 용이 하늘
을 향해 두 뿔을 치켜든 듯한 모습이다. 그 중간에 세 단의 폭포가 있는
데 물보라가 마치 옥가루나 눈처럼 날리며 물결이 세차게 일어난다. 폭
포 아래의 1,000자나 되게 높이 서 있는 돌 벽 옆에는 청천루가 세워져
있다. 누대 아래에 있는 대련은 다음과 같다.

폭포 주위 소나무와 삼나무에는 항상 비가 내리고
귤주에 몰아치는 풍랑에는 온통 꽃잎이 떠 있네.
瀑布松杉常帶雨[왕유王維]36)
橘州風浪半浮花[육구몽陸龜蒙]37)

---

36) 왕유王維(701~761 또는 698~759)는 태원太原 기현祁縣(지금의 산시성 치현祁縣 부근)
　　사람으로, 자는 마힐摩詰이다. 그는 개원開元(713~741) 연간에 진사에 급제하여 상서우
　　승尙書右丞까지 지냈기 때문에, 흔히 '왕우승王右丞'이라 불린다. 그는 뛰어난 화가이자
　　불교적 명상이 가미된 자연시自然詩를 잘 지어 명성이 높았다. 저작으로 『왕우승집王右
　　丞集』이 있는데, 여기에는 400여 수의 시가 수록되어 있다. 『전당시』 권128에 수록된
　　왕유의 「송방존사귀숭산送方尊師歸嵩山」에 "瀑布杉松常帶雨, 夕陽彩翠忽成嵐"이라는
　　구절이 들어 있다.
37) 육구몽陸龜蒙에 대해서는 『양주화방록』 권6 「성북록城北錄·15」를 참조할 것. 『전당

그리고 누대 위에는 다음과 같은 대련이 있다.

　　푸른 계곡에 바람 이니 물고기와 용이 뛰고

　　푸른 산에 달빛 비추니 소나무 잣나무 향기 풍기네.

　　風生碧澗魚龍躍[조송曹松]38)

　　月照靑山松柏香[노륜盧綸]39)

11. 환록각環綠閣은 공덕산의 바위틈에 있다.40) 거기에는 다음과 같은 대련이 있다.

　　푸른 나무가 금곡을 가득 채우고

　　먼 하늘이 푸른 봉우리에 기대 있네.

시』 권625에 수록된 육구몽의 「봉화습미하경중담우작차운奉和襲美夏景冲澹偶作次韻」(2
수) 가운데 "芝畹烟霞全覆穗, 橘洲風浪半浮花"라는 구절이 들어 있다.
38) 조송曹松(?~?)은 자가 몽징夢徵이고 서주舒州(지금의 안훼이성安徽省 치앤산潛山) 사람
이다. 그는 가도賈島에게 시를 배웠으나 오랫동안 문단에서 명성을 드러내지 못했다.
그는 여러 차례 과거 시험에 급제하지 못하고 지금의 푸졘과 광둥 일대를 떠돌다가
70살이 넘어서야 간신히 급제해서, 비슷한 나이에 급제한 유상劉象 등과 더불어 '오로
방五老榜'으로 불렸다. 비서성정자秘書省正字를 지냈고, 문집 3권을 남겼다. 『전당시』 권
717에 수록된 조송의 「강서봉승성문江西逢僧省文」에 "風生碧澗魚龍躍, 威振金樓燕雀
飛"라는 구절이 들어 있다.
39) 노륜盧綸(739?~799?)은 포蒲(지금의 산시성 용지현永濟縣) 사람으로, 자는 윤신允言이
다. 그는 여러 차례 과거에 응시했으나 합격하지 못하다가, 771년에 재상 원재元載의
추천으로 문향위閿鄕尉에 제수되었다. 나중에 그는 재상 왕진王縉의 신임을 받아 집현
학사集賢學士 및 비서성교서랑秘書省校書郞이 되었다가, 여러 관직을 두루 거쳐 검교호
부랑중檢校戶部郞中까지 지냈다. 그는 시를 잘 지어 '대력십재자大曆十才子 가운데 한 사
람으로 꼽히지만, 그의 작품 가운데 대부분은 응수증답應酬贈答의 내용이 많다. 『전당
시』 권280에 수록된 노륜의 「숙정릉사宿定陵寺」에 "雲生紫殿幡花濕, 月照靑山松柏香"
이라는 구절이 들어 있다.
40) 『평산당도지』에 따르면 환록각은 산을 등지고 물가에 임해 있는데, 왼쪽으로는 촉
강을 거느리고 오른쪽으로는 평야를 조망할 수 있는 곳이다. 구곡지의 물은 몇 곳의
폭포를 거쳐 누각 앞에 이르렀다가 보장호의 물결 속으로 들어간다. 누각 아래의 다리
는 송풍수월교인데, 순염어사 고항高恒이 쓴 '송풍수월'이라는 글씨가 벼랑의 바위에
새겨져 있다고 했다.

碧樹鎖金谷【유종원柳宗元】[41)

遙天倚翠岑【위장韋莊】[42)

그 아래에는 폭포가 있어 물이 연못(보장호:역자)으로 들어간다. 그 옆
에는 노향정露香亭이 있는데, 거기에 있는 대련은 다음과 같다.

　　못가의 난초는 오솔길까지 자라고

　　흐르는 물소리 빈산에 메아리치네.

　　澤蘭浸小徑【왕발王勃】[43)

　　流水響空山【법진法振】[44)

그 위에는 나무로 다리를 놓아 잔도棧道를 만들어놓았는데, 잔도 위
에는 대부분 바위절벽이다. 다리 옆의 석벽에는 '송풍수월松風水月'이라
는 글자가 새겨져 있는데, 순염어사 고항高恒[45)이 쓴 것이다.

---

41) 유종원柳宗元에 대해서는 『양주화방록』 권15 「강서록岡西錄·8」의 주석을 참조할 것.
　　『전당시』 권351에 수록된 유종원의 「홍농공이석덕위재굴우무왕좌관弘農公以碩德偉材屈
　　于誣枉左官, 근헌시오십운이필미지謹獻詩五十韻以畢微志」에 "碧樹環金谷, 丹霞映上陽"이
　　라는 구절이 들어 있다.
42) 위장韋莊에 대해서는 『양주화방록』 권1 「초하록草河錄·상上·50」의 주석을 참조할
　　것. 『전당시』 권695에 수록된 위장의 「삼용운三用韻」에 "晩日舒霞綺, 遙天倚黛岑"이라
　　는 구절이 들어 있다.
43) 왕발王勃은에 대해서는 『양주화방록』 권6 「성북록城北錄·17」의 주석을 참조할 것. 『전
　　당시』 권56에 수록된 왕발의 「교흥郊興」에 "澤蘭侵小徑, 河柳覆長渠"라는 구절이 들어
　　있다.
44) 법진法振은 법진法震 또는 법정法貞이라고도 쓰며, 대력大曆(766~779), 정원貞元(785~
　　804) 연간에 시를 잘 짓는 것으로 명성이 높았던 승려이다. 『전당시』에는 그의 작품
　　16수가 수록되어 있다. 『대당서역구법고승전大唐西域求法高僧傳』 권상卷上에 따르면, 그
　　는 형주荊州 사람으로, 출가한 후 산에 살면서 시를 읊고 경전을 읽다가 서역에 가서
　　부처님의 행적이 담긴 유적지들을 둘러보고 싶은 생각을 하게 되었다. 이에 그는 형주
　　의 승오선사乘悟禪師와 양주梁州의 승여율사乘如律師와 함께 뱃길로 가릉訶陵 북쪽의 여
　　러 섬들을 여행하고 갈도羯荼까지 갔다가 얼마 후에 병으로 죽었는데, 그때 나이가
　　35,6살이었다고 한다. 『전당시』 권811에 수록된 법진의 「제만산허련사題萬山許煉師」에
　　는 "道成人不識, 流水響空山"이라는 구절이 들어 있다.

12. 평산당 나루터는 중앙 봉우리 아래에 있다. 촉강의 세 봉우리 가운데 중앙 봉우리는 동쪽 봉우리와는 끊어져 있고, 서쪽 봉우리와는 이어져 있다. 중앙 봉우리의 동쪽은 산등이 높이 치솟아 있고 소나무와 측백나무가 많이 자라니, 그것이 바로 만송령이다. 고개 위에 세워진 만송정萬松亭에 가보면 장강 밖의 여러 산들을 한눈에 둘러볼 수 있다. 고개 안쪽의 빈 터에는 매화나무가 많으니, 이곳이 바로 십무매원十畝梅園이다. 고개 바깥에 있는 연못이 구곡지이다. 고개 아래쪽이 바로 평산당 나루터인데, 섬돌의 넓이가 3길 남짓이나 되고, 그 위로 난 돌길은 폭이 한 길 정도 된다. 길 양쪽의 흙 언덕은 모두 거룻배들이 정박하는 곳이다. 이곳은 무척 번화하여 각종 장난감이나 노리개들이 대바구니나 광주리에 담겨 물고기 비늘처럼 빽빽하게 진열되어 있는데, 나들이 온 사람들에게 파는 것들이다. 이것을 일컬어 '토의土宜'라고 하는데, 일시의 풍속이지만 없어지지는 않을 것이다.

13. 산에는 2대의 가마가 있으니 바로 죽두자竹兜子이다. 이것들은 한가할 때에는 일속암一粟庵에 보관되다가 관청의 배가 나루터에 닿으면 밖으로 나온다. 주변 지역에서 온 나그네들은 대개 걸어서 산에 오르며, 부귀한 집안에서는 스스로 여인들이 탈 수레를 준비한다. 그것은 마치 나는 듯이 달린다 해서 '나는 가마[飛轎]'라고 부른다. 또 가마꾼들의 걸음걸이는 보폭이 짧고 부드럽다 해서 '흐르는 물 같은 걸음[溜步]'이라 부른다. 가마꾼은 '누아樓兒'라고 하고, 가마를 따라다니며 시중드는 하인을 일컬어 '포루아跑樓兒'라고 한다.

14. 평산당에는 제대로 지어진 가게 건물이 없고, 대나무 시렁에 천을 휘장을 둘러 매장으로 삼는다. 새벽에 저자를 열고 저녁 무렵에 돌아가

---

45) 고항高恒에 대해서는 『양주화방록』 권9 「소진회록小秦淮錄 · 1」을 참조할 것.

는데, 파는 것은 모두 어린애들이 좋아하는 장난감들이다. 신하新河가 개통되기 전에는 모두 연화경 위에 모여 있었다. 그래서 손옥갑孫玉甲[46]의 시에 다음과 같은 구절이 있는 것이다.

연화경 위 다리 가엔 절이 있는데
진흙 수레와 자기로 만든 개는 그저 아이들이나 좋아할 뿐.
蓮花埂上橋畔寺, 泥車瓦狗徒兒嬉.

신하가 개통된 뒤에 이 무리들이 이곳으로 옮겨왔다. 그러므로 비헌費軒[47]의 「양주몽향사」에 이런 구절이 있다.

양주는 좋을시고!
화려한 놀잇배가 평산당까지 이른다네.
창가에 무릎 굽히면 물총새가 다가오고
쟁반에 허리 숙여 원앙새 모이 쌓아둔다네.
꽃피는 시절이면 온통 향기 피어나리.
揚州好, 畫舫到山堂.
屈膝窗兒黏翡翠, 折腰盤子釘鴛鴦.
花月總生香.

15. 흙으로 인형을 만들어 색칠을 입히는 것은 소주의 '발부도拔不倒'[48]를 만드는 방법에 바탕을 둔 것이다. 두 사람이 짝[對]이 되고, 3명 이하면 대臺를 이루어 신기한 재주를 겨루는데, 인형을 이용한 이런 공연의

---

46) 『양주화방록』 권3 「교서록橋西錄·116」에 따르면, 손옥갑은 자가 전운殿雲이고 양주 교외의 죽서竹西 사람이라고 했다.
47) 비헌費軒에 대해서는 『양주화방록』 권3 「신성북록新城北錄·상上·75」를 참조할 것.
48) '반부도扳不倒'를 잘못 쓴 것인 듯하다. 이것은 '부도옹不倒翁'이라고도 하며, 어린이 장난감의 일종인 오뚝이를 가리킨다.

내용은 대부분 춘대반49)의 신희新戲인 『도마자倒馬子』나 『타잔반打盞飯』, 『살피장殺皮匠』, 『타화고打花鼓』와 같은 것들이다. 그 인형들의 값은 무척 비싸서, 옛날 부치鄜畤50)의 들[田]에서 진흙으로 만든 아이 인형보다 더하다.

16. 소주 사람들은 오색의 인절미 가루로 인형을 만드는데, 그것을 일컬어 '날상捏像'이라 한다. 이걸 파는 사람이 시장에 오면 손을 쉼 없이 놀리며 만든다. 대나무를 5치 정도로 자르고 그 위에 7개의 구멍을 뚫어 통소로 삼아 부는 것을 '산규자山叫子'라고 한다. 간혹 구리로 그걸 만들기도 한다. 혀 사이에 놓고 불면 여러 곡조의 소곡小曲들을 연주할 수 있다.

17. 종이말[紙馬]51)은 목 아래 진흙 구슬[泥彈子]을 늘어뜨리고 철사로 그걸 등뼈에 묶어 매달아 저절로 움직이게 하는데, 그걸 일컬어 '점두마點頭馬(머리를 끄덕이는 말)'라고 한다. 그 위에 앉은 진흙 인형은 갑옷이나 비단옷을 입은 모습이다. 장이 설 때마다 팔리는 것이 1,000개가 넘는다.

---

49) '춘대반春臺班'에 대해서는 『양주화방록』 권5 「신성북록新城北錄·하下」의 관련 항목을 참조할 것.

50) '치畤'란 옛날 제왕들이 교제郊祭나 사제社祭를 올리던 장소이다. 장수절張守節의 『사기정의史記正義』에 설명된 『사기史記』 권12 「효무본기孝武本紀」에 대한 주석에 따르면, 주나라 문공文公이 백제白帝에게 제사를 올리던 '부치鄜畤'와 진秦나라 선공宣公이 청제青帝에게 제사하던 '밀치密畤', 진나라 영공靈公이 각각 석제赤帝와 황제黃帝에게 제사하기 위해 지은 '오양상치吳陽上畤'와 '오양하치吳陽下畤', 그리고 한나라 고조高祖가 흑제黑帝에게 제사하기 위해 지은 '북치北畤'를 '오치五畤'로 꼽았다. 그런데 옛날 제사에는 가무歌舞나 인형극 따위가 동원되기도 했으니, 이들 '오치'에서는 거기에 필요한 도구들도 함께 제작했을 것으로 생각된다.

51) 종이에 신神의 모습을 그려 모양대로 오리거나 말[馬] 모양으로 오린 것을 가리키는데, 대개 제사지낼 때 태우는 것으로 쓰인다. 여기서는 종이를 뭉쳐 말 모양으로 만든 소조품塑造品을 가리키는 듯하다.

18. 화칠火漆52)로 각종 물고기 모양을 만들어 쟁반에 늘어놓는다. 그 가운데 고기 잡는 도구를 지닌 어부를 만들어놓는데, 두 눈동자가 번쩍번쩍 빛나니 그 분위기 꼭 진짜 어부 같다.

19. 검은 옻칠을 한 종이부채는 면이 둥글고 긴 손잡이가 달려 있어서, 마치 무슨 몽둥이[骨朶]53)처럼 손으로 두드린다. 여름에 써보면 빈랑檳榔나무나 파초芭蕉, 오동나무 등의 잎으로 만든 부채들보다 더 시원하고 편하다.

20. 나무를 깎아 쟁반이며 그릇, 주발 따위를 만든다. 또 나무로 장역妝域54)을 만드는데, 위는 삿갓 같은 덮개를 덮고 아래쪽은 바늘 같이 가는 살이 걸려 있으니, 세간에서는 그걸 '연전碾轉'55)이라 부른다. 어린아이들이 가지고 노는 작은 목탑들이 산처럼 쌓여 있다.

21. 가을에서 겨울 무렵에는 대합조개[蚌蟄] 껍질을 주워 그 안에 장난스럽게 꾸민 글씨를 그려 넣는데, 하나에 1전錢을 받고 판다. 『초씨설고

---

52) 녹인 송진[松香]에 물감을 섞어 갠 것으로서, 쉽게 녹고 쉽게 응고되어 문건이나 병 입구 등을 봉인하는 데에 쓰인다.

53) '골타骨朶'는 원래 고대의 무기 이름이다. 이것은 철이나 나무로 만든 긴 막대기 끝에 마늘 모양 또는 질려 모양의 머리가 달려 있다. 당나라 이후로는 태형笞形의 도구로 사용되었으며, 송나라 이후로는 의장용儀杖用으로도 사용했다. 속칭 '금과金瓜'라고도 한다.

54) 오늘날의 팽이에 해당하는 '타라陀羅(또는 타라陀螺라고도 함)'와 비슷하게 생긴 궁중의 놀이기구이다. 항세준의 『도고당집道古堂集』에 설명된 바에 따르면, 그것은 상아를 이용해서 벽옥璧玉처럼 둥근 모양으로 만든, 직경 네 치[寸] 정도의 물건이다. 윗면은 평평한데, 그 위에 나무와 바위, 사람의 모양을 정교하게 새겨놓았다. 뒷면은 용이 웅크린 것처럼 약간 볼록하게 솟아 있고, 옆면에 '장역妝域'이라는 글자가 꼼꼼한 해서로 새겨져 있다. 뒷면 중앙의 튀어나온 곳에는 한 치 정도 길이의 쇠침[銕鍼]을 박아놓았다. 선으로 경계를 그려놓고 그 안에서 손으로 돌리면 쇠침이 서서 전체가 회전하는데, 소맷자락으로 쓰다듬듯 쳐주면 오랫동안 멈추지 않는다. 이런 방법으로 내기를 해서 지는 사람이 벌을 받았다고 한다.

55) 맷돌처럼 구르는 것이라는 뜻이다.

焦氏說楛』56)에는 다음과 같은 기록이 있다.

> 심여문沈與文57)이 대합조개를 주워, 그 껍질 위에 남녀의 음란한 모습을 그렸다.
> 沈辨之得蚌蛤, 上畫男女淫褻狀.

이로 보건대 이 물건의 유래가 오래되었음을 알 수 있다.

22. '질성跌成'58)은 옛날의 도박놀이[博戲]인데, 요즘 사람들은 '습박拾博'이라 부른다. 동전 3개를 쓰면 삼성三星이 되고, 6개를 쓰면 육성六成, 8개를 쓰면 '팔예八乂'가 된다. '자字'와 '막幕'이 고르게 맞춰지면 족보를 이루는데, 4개의 '자'와 4개의 '막'이 맞춰지면 '천분天分'이 된다. 천분에서는 반드시 막과 막, 글자와 글자의 짝이 맞아야 한다. 길이는 1자인데, 다른 것이 섞이거나 짝이 기울어져 있어서는 안 되니, 이 때문에 어렵다.

질성 놀이를 옛날에는 '순純'59)이라고 불렀다. 원나라 때 이문위李文蔚60)가 지은 『연청박희곡燕青博戲曲』의 가사에 "내 6문 동전의 앞뒷면에

---

56) 명나라 때 초주焦周(?~1605)가 편찬한 것으로 모두 7권으로 되어 있다. 초주는 자가 무숙茂叔이고 상원上元 사람으로서, 당시의 저명한 문학가 초횡焦竑(1540~1620)의 아들이다. 그는 1600년에 거인이 되었다. '설고說楛'라는 제목은 『순자荀子』의 "설고물청說楛勿聽"이라는 구절에서 뜻을 취한 것이라고 한다. 이 책은 특별히 부류를 나누지 않은 상태로 각종 서적에서 재미있는 이야깃거리를 모아 엮은 것인데, 역사적으로 사실 관계가 정확하지 않은 내용도 포함되어 있다는 평을 받았다.

57) 심여문沈與文(?~?)은 자가 변지辨之이고, 명나라 때 오현吳縣(지금의 쑤저우시에 속함) 사람이다. 그는 야죽재野竹齋와 번로당繁露堂 등의 출판사를 차려서 『한시외전韓詩外傳』, 『화감畫鑒』, 『근서近書』 등을 간행한 것으로 알려져 있다.

58) 동전 등의 화폐를 이용해서 하는 도박으로, 글자가 있는 쪽을 '자字'라 하고 글자가 없이 도안圖案만 있는 부분을 '막幕'이라고 했다. 아마 동전을 던져서 두 면 가운데 어느 쪽이 나오는지를 맞추는 도박인 듯하다.

59) '순純'은 던진 동전이 모두 '자'가 나오거나 모두 '막'이 나오는 경우를 가리키는 말이기도 하다.

60) 이문위李文蔚(?~?)에 대해서는 『양주화방록』 권5 「신성북록新城北錄·하下·10」을 참

따라서[憑着我六文家銅鑮]"라는 구절이 있고, 또 "그대여, 도박을 하고 싶은가? 그러면 '오순'이나 '육순'의 패가 필요하다네[你若是博呵, 要五純六純]"라고 했다. '오순'은 오늘날 '요일拗一'이라 부르고, '육순'은 바로 '대성大成'을 가리킨다. 또 『금잔아金盞兒』라는 희곡에는 이런 구절이 있다.

오릉五陵 사람을 따라잡으려면 먼저 이랑신二郎神께 공손히 예를 올려야 돼요. 형, 형이 도박을 아무리 해도 내 팔은 전혀 피곤하지 않아요. 내가 저 대나무 뿌리로 만든 파리채로 이 판 바닥의 먼지를 털어줄게요. 그럼 형은 흙더미에 벽돌을 쌓아놓고 쪼그려 앉을 필요도 없이, 허리를 펴고 아래로 내던지기만 하면 돼요. 패를 나누려고 손을 뻗어 더듬을 필요도 없다니까요.

比及五陵人, 先頂禮二郎神, 哥也, 你便博一千博, 我這胳膊也無些兒困. 我將那竹根的蠅拂子綽了這地皮塵,　不要你蹲着腰虛土裏縱.　疊着指漫磚上礅, 則要你平着身往下撇, 不要你探着手可便往前分.

또 『유호로油葫蘆』라는 희곡에는 이런 구절이 있다.

그러니까 이번에 챙긴 개평이 얼마나 되는지는 그다지 짐작하기 어렵지 않아. 하지만 아까 한 말이 맞다고는 할 수 없지. 손 안에 몇 푼을 쥐고 있는지 분명히 알았어. 아아! 나는 패 뒷면 5개가 맞춰진 것을 보고 판을 끝내기를 바라면서 얼른 '자' 하나를 냉큼 내버렸어. 그런데 이런! 난 너무 놀라 입술을 꽉 깨물었어. 손가락 끝을 문질러 알아보니, 또 아낌없이 내버려도 될 이놈의 패가 나와 버린 거야. 하지만 그자는 단번에 '육혼순六渾純' 패를 만들어 버리더군.

則這新染來的頭錢不甚昏, 可不算先道的準. 手心裏明明白白擺定一文文. 呀呀呀, 我則見五個鑮兒乞丟磕塔穩, 更和一個字兒急溜骨碌滾.　諕的我咬定下

____

조할 것.

脣, 掐定指紋, 又被這個不防頭愛撤的甄兒隱, 可是他便一博六渾純.

　　두 작품의 묘사는 매우 뛰어나다. 이 기예는 호숫가에 널리 퍼져 있는데, 이 지역에 더 유행하고 있다. 도박에 거는 물건은 말리화茉莉花(재스민)와 장미가 가장 많다. 이것은 사시사철 끊어지지 않으니, 바로 '수로서水老鼠'이다.

23. 만송령은 흡현의 왕응경汪應庚이 세운 것이다. 동쪽과 중앙의 두 봉우리는 언덕의 기세가 중간에 끊어져 있고, 옆쪽과 끄트머리는 아래로 깎아지른 형세이다. 동굴 입구 송풍수월교에서 산자락의 오솔길을 따라 서너 구비를 돌아 올라가면 올망졸망 언덕이 이어지는데, 울창하게 숲이 우거진 그 언덕 위에 만송정이 세워져 있다. 만송정 안에는 '소향설小香雪'이라고 쓴 황제의 글씨를 돌에 새겨 모셔놓았다.

　　왕응경은 자가 상장上章이고, 호는 운곡雲谷이다. 사람들은 이 고개 때문에 그를 '만송거사萬松居士'라고 부른다. 그는 양주에 살면서 집은 소풍素豊에 두고 있는데, 남에게 베풀기를 좋아했다. 예를 들면 구휼미救恤米나 약을 나눠주거나 문묘文廟를 수리하고, 가난한 선비들을 도와주고, 아이들 양육을 도와주고, 절개 있는 이들의 행적을 널리 알리고, 교량과 배를 만들고, 떠돌이들을 구제해주고, 물에 빠진 이들을 구해주는 일 따위이다. 한 번 일을 벌일 때마다 십 수만 냥 어치의 재물을 써서, 주이朱履[61] 및 오가룡吳家龍[62]과 나란히 명성을 날렸다. 그 일이 조정에까지 알려져 광록시소경光祿寺少卿 벼슬을 하사받았다. 건륭乾隆 5년(1740)에 민간에 기근이 들자 양회兩淮[63] 지역에 8개의 창고를 세웠는데,

---

61) 주이朱履(?~?)는 자가 여백與白이고 인화仁和(지금의 항저우시杭州市) 사람인데, 명나라 때의 인물로만 알려져 있을 뿐 정확한 생졸연대는 알 수 없다. 그는 글을 잘 짓고 서예에서 전서와 예서에 특히 뛰어났던 것으로 알려져 있다.

62) 오가룡吳家龍에 대해서는 『양주화방록』 권13 「교서록橋西錄 · 10」을 참조할 것.

63) 지금의 쟝쑤성 화이인淮陰, 화이안淮安, 쓰양泗陽, 리앤쉐이漣水, 푸닝阜寧, 이앤청鹽城,

왕응경은 독자적으로 구휼미를 내놓아 수십만 명의 목숨을 살렸다. 대성臺省[64]에서 황제에게 그 일을 보고하니, 조정에서 촉강 꼭대기에 공적비를 세워주었다.

24. 소향설은 바로 십무매원인데, 지금의 만송령 안에 있다. 서쪽으로는 평루平樓를 경계로 하고, 동쪽으로는 만송정 뒤편의 언덕 아래까지 이어진다. 그 북쪽에는 오래된 등나무 덩굴과 대나무가 뒤엉켜 있다. 물을 끌어다 연못을 만들고, 그 옆에 초옥草屋과 대나무 다리를 만들었는데, 형태와 분위기가 무척 맑고 고상하여 황제께서 '소향설거小香雪居'라는 이름을 내려주셨다. 또 황제께서는 다음과 같은 시[65]를 지으셨다.

> 대숲 속의 그윽한 길을 찾아가
> 매화나무 사이에 거처를 정했네.
> 화려한 누각도 정말 이만 못하리니
> 띠풀 집이 서로 짝을 이뤄 서 있네.
> 눈보다 고운 매화꽃 날리고
> 향기로 말하자면 담담하기 그지없다네.
> 완화계浣花溪[66]에 있는 두보杜甫의 집이
> 듣자 하니 이와 같았다지.
> 竹裏尋幽徑, 梅間卜野居.

지앙두江都, 이정儀徵, 동타이東臺, 싱화興化, 까오이우高郵, 바오잉寶應 등의 여러 현縣을 아울러 칭한 것이다.

64) 한나라 때에는 상서尙書를 중대中臺라고 불렀는데, 그것이 금성禁省 안에 있었기 때문에 '대성'이라고 불렀다. 당나라 때에는 상서성尙書省을 중대中臺, 문하성門下省을 동대東臺, 중서성中書省을 서대西臺라고 구분했고, 이들을 아울러 '대성'이라고 했다. 여기서는 상서성을 가리킨다.

65) 이 시의 제목은 「제소향설거題小香雪居」이다.

66) 탁금강濯錦江 또는 백화담百花潭이라고도 하며, 지금의 쓰촨성 청두시成都市 서쪽에 있다. 두보가 이곳에 살 때, 자신의 집을 '완화초당浣花草堂'이라 불렀다.

畵樓眞覺遜, 茆屋偶相于.

比雪雪昌若, 曰香香澹如.

浣花杜甫宅, 聞說此同諸.

그 주석에는 이렇게 설명되어 있다.

평산에는 전에 매화나무가 없었는데, 지금은 염상들이 자금을 내서 1만 그루를 심었다. 청량하게 감상할 만한 풍경이 되기도 하고, 가난한 백성들에게도 도움이 되기 때문에 금하지 않았다.

平山向無梅, 玆因鹽商捐資種萬樹, 旣資淸賞, 兼利貧民, 故不禁也.

당시에 어사 조인曹寅[67]이 강희제를 모시고 양주에 와서 지은 시에 다음과 같은 구절이 있다.

내 일찍이 향기로운 눈의 바다를 겪었고

다섯 해가 지난 지금 광릉의 봄을 보았다네.

老我曾經香雪海, 五年今見廣陵春.

모두 이곳의 아름다운 풍경을 묘사한 것이다.

25. 법정사는 곧 옛날의 대명사大明寺[68]이다. 보우寶祐(1253~1258) 연간의 현지縣志에는 다음과 같은 기록이 있다.

---

67) 조인曹寅에 대해서는 『양주화방록』 권2 「초하록草河錄 · 하下 · 103」을 참조할 것.

68) 이 절은 님조 송宋나라 대명大明(457~464) 연간에 세워졌기 때문에 이런 명칭이 붙여졌다. 수隋나라 인수仁壽 1년(601)에 절 안에 서령탑棲靈塔을 세웠기 때문에 서령사라고 불렸고, 또 절이 수나라 궁궐의 서쪽에 위치해 있기 때문에 서사西寺라고도 불렸다. 청나라 강희제 때에는 '대명'이라는 말을 피해 서령사라고 불렸고, 다시 건륭 30년(1765)에 황제가 순시할 때에 '법정사法淨寺'로 명칭이 바뀌었다.

대명사는 바로 옛날의 서령사棲靈寺이다. 현에서 북쪽으로 5리 떨어진 곳에 있으며 서사西寺라고도 한다. 절은 촉강을 베개로 삼고 있는데, 그 위에 옛날에는 9층의 탑이 있었다는 기록이 『대관도경大觀圖經』에 보인다.

大明寺卽古棲靈寺, 在縣北五里, 又名西寺. 寺枕蜀岡, 上舊有浮圖九級, 見于大觀圖經.

『평산당소지平山堂小志』에는 이런 기록이 있다.

송나라 효무제孝武帝(1163~1189 재위)가 연호를 정할 때 마침 대명사가 창건되었기 때문에 '대명사'라고 칭했다.

宋孝武紀年, 以大明寺適創于其時, 故曰大明寺.

서령사라는 명칭은 당나라 유장경劉長卿[69] 등 여러 시인들의 시에서 발견되는데, 아마 대명사라는 명칭보다는 나중에 생긴 것인 듯하다. 지방지에서도 "대명사는 바로 옛날의 서령사"라고 했으니, 서령사라는 명칭이 대명사보다 앞서 있었던 듯하지만, 어디서 비롯된 것인지는 알 수 없다. 승려 찬녕贊寧[70]이 편찬한 『고승전高僧傳』에 다음과 같은 기록이 있다.

---

[69] 유장경劉長卿(709?~786)은 자가 문방文房이고 하간河間(오늘날 허베이성河北省에 속함) 사람이다. 그는 733년에 진사에 급제하여 벼슬살이를 시작하여 검교사부원외랑檢校祠部員外郎 겸 전운사판관轉運使判官과 수주자사隨州刺史 등을 지냈다. 그는 특히 오언시 창작으로 명성을 날렸으며, 저작으로 『유수주집劉隨州集』을 남겼다.

[70] 찬녕贊寧(919~1001)은 북송 때의 승려로, 속성俗姓은 고씨高氏이며, 오흥吳興 덕청德淸(지금의 저장성에 속함) 사람이다. 그는 후당後唐 천성天成 연간(926~929)에 항주의 상부사祥符寺에서 출가하여, 934년에 천태산天臺山에서 구족계具足戒를 받았다. 그는 유가와 도가, 제자백가에 이르는 박식한 학문과 시문詩文을 잘 짓는 재능을 갖추고 있어서 명망이 높았고, 이 때문에 오월왕吳越王 전숙錢俶이 그를 양절승통兩浙僧統에 임명하고 '명의시문대사明義示文大師'라는 호를 하사했다. 978년에 오월왕이 송나라에 투항한 뒤, 송 태종太宗은 찬녕에게 자의紫衣와 '통혜대사通慧大師'라는 호를 하사하며 한림원에서 일하도록 했다. 그는 983년에 우가부승록右街副僧錄이 되었다가, 이듬해에는 황제의 명에 따라 항주로 돌아가 『대송고승전大宋高僧傳』을 편찬했다. 이후 그는 좌가강경수좌左街講經首座, 사관편수史館編修, 좌가승록左街僧錄 등을 역임하며 지속적으로 명예

승려 회신懷信은 광릉에 사는데, 처음에는 특별한 행적이 없었다. 회창 3년 (843)에 무종武宗(841~846 재위)이 불교를 없애려 했다. 회남淮南 땅의 유은 지劉隱之가 사명산四明山[71]을 여행하다가 밤에 여관에 묵었다. 그날 밤 꿈에 그는 바다에 떠 있었는데, 사방을 두리번거리다가 탑 하나를 보았다. 동쪽으 로 건너가 보니, 그것은 서령사의 탑이었다. 그 탑의 삼층에서 회신을 만나 얘기를 나누었다. 그때 회신이 이렇게 말했다.

"잠시 탑을 며칠 동안 동해에 보냈다가 되가져가겠소."

유은지는 양주로 돌아가자마자 곧 회신을 만나러 갔다. 그러자 회신이 물었다.

"바다에서 만났을 때를 기억하시는지요?"

유은지는 그제야 일의 전말을 깨달았다. 며칠 뒤에 자연적으로 불이 나서 탑이 완전히 타버렸다.

釋懷信者, 居廣陵, 初無奇迹. 會昌三年, 武宗將欲湮滅敎法, 有淮南劉隱之 薄游四明. 旅泊之宵, 夢中如泛海, 回顧見塔一所, 東渡, 是棲靈寺塔. 其塔第 三層見信與隱之交談, 且曰, 暫送塔過東海數日. 隱之歸揚州, 卽往謁信. 信曰, 記得海上見時否. 隱之了然省悟. 後數日, 天火焚塔俱盡.

가정嘉靖 연간의 지방지에는 이렇게 기록되어 있다.

송나라 경순景純[72] 연간에 승려 가정可政이 다시 민간의 재물을 모아 칠층 탑을 세우고, '다보多寶'라는 이름을 붙였다. 군수 왕화기王化基[73]가 이 일을

를 누렸다. 그의 저작으로는 『사분률행사초음의지귀四分律行事鈔音義指歸』 3권이 있었다 고 하나 지금은 남아 있지 않고, 『사리보탑전舍利寶塔傳』(1권)과 『호탑령만부살전護塔靈 鰻菩薩傳』(1권) 정도만 남아 있다.

71) 지금의 저장성 인현鄞顯 서남쪽, 위야오현餘姚縣 남쪽에 위치한 산이다.

72) 『양수화방목』 원문에는 '경순景純'이라고 표기되어 있으나, 송나라 때에는 이런 연 호가 없었다. 그런데 『가정유양지』에는 이것을 송 진종眞宗의 연호인 '경녁景德(1004 · 1007)'로 표기해놓았다.

73) 왕화기王化基(944~1010)는 자가 영도永圖이고, 진정眞定(지금의 허베이성 정딩正定) 사람이다. 그는 977년 진사에 급제한 이래 대리평사大理評事, 통판상주通判常州, 저작랑

조정에 알리자 황제께서 '보혜普惠'라는 이름을 내려주셨으나, 얼마 후에 탑
과 절이 모두 무너져버렸다.

　　宋景純中, 僧可政復募民財建塔七級, 名曰多寶. 郡守王化基以聞于朝, 賜名
普惠. 旣而塔與寺俱圮.

또 『평산당소지』에는 다음과 같은 기록이 있다.

명나라 만력(1573~1619) 연간에 군수 오수吳秀[74]가 그 터에 절을 세웠
으나 다시 무너져버렸는데, 숭정(1628~1644) 연간에 순조어사巡漕御史 양
인원楊仁願이 다시 세웠다. 우리 청나라 순치(1644~1661) 연간에 양주군
의 백성 조유성趙有成이 자금을 내서 증수增修했다. 강희 연간에 성조 황
제께서 '징광澄曠'이라고 쓴 편액과 황궁에서 제작한 비단 깃발을 하사
하셨다. 옹정(1723~1735) 연간에 왕응경이 다시 전전前殿과 후루後樓, 산
문, 회랑, 주방과 목욕탕을 건축했다. 금단金壇 땅의 장형蔣衡[75]이 "회동
제일관淮東第一觀"이라는 글씨를 쓰니, 그것을 돌에 새겨 산문 바깥 벽
위에 박아놓았다. 절 동쪽에 장경루藏經樓와 운개당雲蓋堂, 평루平樓를 지
었다. 옹정제 세종 황제께서는 다음과 같은 대련을 하사하셨다.

　　달빛 아래 수많은 소나무 진주 옷을 함께 입은 듯하고
　　깊은 밤 바람 따라 선승의 석장 울고 있네.
　　萬松月共衣珠朗, 五夜風隨禪錫鳴.

건륭 연간에 왕응경의 손자 왕입덕汪立德과 왕병덕汪秉德이 절 동쪽에
문창각文昌閣과 낙춘당洛春堂을 세우니, 황제께서 '촉강혜조蜀岡慧照'라고

著作郎, 우간의대부右諫議大夫, 권어사중승權御史中丞, 공부시랑, 참지정사參知政事, 양주
　　지주, 하남지부河南知府 등을 거쳐 예부상서로 승진했다. 죽은 후 그에게 우복야右僕射
　　의 벼슬이 추증되었고, 시호는 혜헌惠獻이다.
74) 오수吳秀에 대해서는 『양주화방록』 권3 「신성북록新城北錄・상上・1」을 참조할 것.
75) 장형蔣衡에 대해서는 『양주화방록』 권2 「초하록草河錄・하下・99」를 참조할 것.

쓴 편액과 다음과 같은 대련을 하사하셨다.

　　회해의 빼어난 경관은
　　특별히 청정한 땅을 열고
　　조용히 마주한 강산은
　　멀리 오묘한 도 깨치는 마음과 들어맞네.
　　淮海奇觀, 別開淸淨地.
　　江山靜對, 遠契妙明心.

　또한 '석경石經'이라는 글자를 새긴 돌과 관음보살상 하나, 『반야심경
般若心經』을 새긴 돌탑 하나와 '복福'이라고 쓴 글자 3개를 하사하셨다.
　절 문이 남쪽을 향한 것은 명나라 때 광록시소경光祿寺少卿을 지낸 화
곤火坤(자는 문진文津)에 의해 시작된 것이다. 그 앞에는 말을 매는 기둥[枋
楔]이 세워져 있는데, 4개의 기둥에 삼각 처마를 얹었고, 목재는 모두 향
나무를 사용했다. 처마 아래에는 수만 개의 동작凍雀76)을 담아놓았는데,
송골매 둥지처럼 높아서 올려다보면 마치 우산 덮개 같다. 그 아래에는
하얀 옥돌을 벽돌 모양으로 다듬어 길을 포장했고, 오래된 나무들이 마
주 선 채 구름을 붙들고 바위를 감싸 쥐고 있다. 양쪽 담장은 팔자八字
모양이다. 오른쪽 담장은 서쪽으로 꺾어져 평산당 대문과 만나고, 왼쪽
담장은 동쪽으로 꺾어지는데 바로 그 담장 위에 장형이 쓴 '회동제일
관'이라는 글씨가 돌에 새겨져 있다.
　문 안에는 천왕진四天殿과 지장전地藏殿, 삼세불전三世佛殿, 만승루萬佛
樓가 있는데 모두 울창한 숲을 다듬어놓은 것처럼 체제가 법도에 들어맞
는디. 전각 좌우에 서령탑이 있던 터가 있는데, 바로 이 때문에 『평산람
승지』에서 "탑 터는 지금의 운개당에 있다"고 한 것이나. 진각 뒤쪽에는

---

76) 무엇을 가리키는지 확실히 알 수 없다.

5개의 기둥에 지붕을 얹은 만불루萬佛樓가 있다. 강희 15년(1676) 5월 그믐에 강북 땅에 지진이 나서 누각이 기울어졌는데, 이것을 왕응경이 다시 수리했다. 누각 뒤에는 기둥 3개에 지붕을 얹은 청사가 있는데, 방장方丈으로 사용되고 있다. 그 중간에 오래된 은행나무 한 그루가 있다. 여러 산에서도 모두 이 절을 양주군의 8대 사찰 가운데 으뜸으로 꼽는다.

26. 평원루는 평원당平遠堂의 이름을 본떠 붙인 명칭이다. 누각은 본래 삼층이었는데, 맨 위는 절 건물보다 한 층 높고, 맨 아래층은 절보다 한 층이 낮으며, 둘째 층은 절과 높이가 같기 때문에 '평루平樓'라고 부른다. 태수 윤회일尹會一77)이 그것을 위해 글[記]를 썼다. 왕애汪靄78)가 여기에서 황산黃山의 여러 봉우리를 그렸는데, 신묘한 작품[神品]으로 칭송받는다. 누각 뒤에는 관제전關帝殿이 세워져 있다. 그 옆이 동루東樓이다. 누각 아래 쪽문[便門]은 소향설과 통하니, 바로 '송령장풍松嶺長風'이라는 글자가 적힌 곳이다.

27. 순치 연간에 양주군의 백성 조유성趙有成이 종지宗旨 화상和尙을 초빙하여 주지로 삼았으니, 그는 바로 조동종曹洞宗79) 제30대 정식 전승자이다. 그의 제자 도굉道宏이 그 뒤를 이었다. 도굉은 이름이 덕남德南이고 자는 개암介庵이다. 그는 산문을 세우고 그의 후계자인 여고욱麗杲昱

---

77) 윤회일尹會一에 대해서는 『양주화방록』 권4 「신성북록新城北錄·중中·7」을 참조할 것.
78) 왕애汪靄(1738~1821)는 안휘 흡현 사람으로, 자는 서원胥原이고 호는 척애滌崖이다. 그는 오랫동안 양주에서 나그네로 지냈는데, 옹정雍正(1723~1735) 연간에 법정사法淨寺 평원루에서 황산을 그렸다. 옹정제가 남쪽을 순시할 때에는 〈오악조천도五嶽朝天圖〉를 그려 바쳐서 붓과 먹을 상으로 받기도 했다.
79) 불교 선종禪宗의 다섯 종파[五家] 가운데 하나이다. 선종의 종통宗統은 육조六祖 혜능惠能에게서 그의 제자 행사行思에게 전해진 후, 희천希遷, 약산藥山, 운암雲巖, 양개良价에게로 전승되었다. 양개는 서주瑞州 동산洞山에 거처할 때 『보경삼매가寶鏡三昧歌』를 지어 본적本寂에게 전했고, 나중에는 무주撫州 조산曹山에 거처했다. 이 때문에 '조동'이라는 명칭이 생겨났다.

화상과 함께 일선에서 물러나 길상선암吉祥禪庵에 거처했으니, 그가 바로 조동종 제31대 정식 전승자이다. 그는 파암등破闇燈 화상80)의 적손嫡孫으로서 종지 화상의 법통을 이어받았다. 그 후에 초산焦山 정혜사定慧寺에 있던 민수옥敏修玉 화상이 와서 주지가 되었다. 정몽성81)의 시에 "초산에 계신 분 모셔 오니 동굴에 구름 자욱하네[猶帶焦公洞裏雲]"라고 한 것은 이것을 가리킨다.

절의 승려들 가운데 시에 뛰어난 이로는 행길行吉이 가장 유명하며, 영당詠堂과 추포秋圃가 그 다음이다.

옛날 이 절의 어느 승려가 '타유시打油詩'82)를 잘 지었는데, 이름은 알려지지 않았으나 자는 평산平山이라 하여, 시집 『평산타유시平山打油詩』를 간행했다. 그 가운데 「고양이를 노래함[詠猫詩]」이라는 작품은 다음과 같다.

봄은 고양이를 부르고 고양이는 봄이라 우니

그놈이 우는 걸 볼수록 정신이 더 또렷해지네.

노승도 고양이 같은 뜻이 있는가?

어찌 감히 사람들 앞에서 한 소리 내지르나?

春叫猫兒猫叫春, 看他越叫越精神.

老僧也有猫兒意, 爭敢人前叫一聲.

---

80) 파암등선사破闇燈禪師(?~1659)는 동성桐城 왕씨汪氏 집안에서 태어났으며, 젊었을 때에는 제생 학위를 갖고 있었으나 출가해서 승려가 되었다. 기타 생애에 대해서는 자세히 알려진 바가 없으며, 그의 부도浮屠는 서주舒州 삼소사三祖寺에 있다.

81) 정몽성程夢星에 대해서는 『양수화방록』 권1 「초하록苕河錄·상上·7」과 권4 「신성북록新城北錄·중中·16」을 참조할 것.

82) 골계적滑稽的인 내용을 담은 통속적인 시를 가리킨다. 이 명칭은 당나라 때에 이런 식의 시를 잘 지은 시인 장타유張打油의 이름에서 비롯된 것이다. 명나라 때 양신楊愼이 편찬한 『승암시화升菴詩話』 권11 「복과배체타유정교覆窠俳體打油釘鉸」에는 장타유가 지은 「눈[雪]」이라는 작품이 인용되어 있는데, 그 내용은 다음과 같다. "강산을 모두 덮어 구별하기 어려운데, 우물 위 검은 굴 사랑받네. 누렁이는 몸이 희어지고, 흰둥이 몸에는 종기가 생기네[江山一籠統, 井上黑窟窿. 黃狗身上白, 白狗身上腫]."

당시 멀리서 온 우산牛山이라는 승려가 '방귀시[放屁詩]'83)를 잘 지어,
『우산사십방牛山四十放』이라는 시집을 간행했다. 그 가운데 「호수에서[湖
上詩]」라는 작품은 다음과 같다.

> 봄나들이 나온 귀공자 체면치레 하느라
> 공자 왈 맹자 왈 주절주절 늘어놓네.
> 나루터에 이르러 일제히 뭍에 올랐으나
> 왕조 건립을 도운 것 같은 공적은 세우지 못했네.84)
> 游春公子體面乎, 者也之乎滿口鋪.
> 行到馬頭齊上岸, 開元八個跌成無.

두 승려는 서로 만나 교유하다가 『이산시二山詩』라는 시집을 펴냈는
데, 읽어본 이들은 그 안에 선禪의 이치가 조금 담겨 있다고 했다.

28. 평산당은 촉강 위에 있다. 『태평환우기』에는 다음과 같은 기록이
있다.

> 한구성邗溝城은 촉강 위에 있다. 송나라 경력 8년(1048) 2월에 여릉 사람 구

---

83) '헛소리를 늘어놓는 시'라는 뜻이다. 그러나 대개 이런 헛소리 속에는 신랄한 풍자
가 담겨 있는 경우가 많다. 이여진李汝珍의 『경화연鏡花緣』 제22회 「우백민유사청기문
遇白民儒士聽奇文, 관약수무부발묘론觀若獸武夫發妙論」에서 당오唐敖와 입씨름하던 임지양
林之洋의 말 가운데 다음과 같은 구절이 보인다. "어린 시절 '이리 전하고 저리 전하는
것'이나 '아빠 양과 엄마 양' 따위를 읽고, 평상시에 '타유시'나 '방귀시' 따위를 자질
구레하게 짓다가, 다 팽개치고 밥이나 먹으러 가곤 했지요[幼年讀的左傳右傳, 公羊母
羊, 還有平日做的打油詩放屁詩, 零零碎碎, 一總都就了飯吃了]."
84) '개원開元'은 당나라 고조高祖 때에 주조된 화폐인 개원통보開元通寶(개원전開元錢이라
고도 함)를 가리키는데, 여기서는 일반적인 동전을 가리킨다. 한편 여기서 '개원'은 당
나라 현종玄宗의 연호가 아니라, 왕조의 기원紀元을 새롭게 열었다는 뜻이다. 이 시에
서는 왕조의 새로운 기원을 연 것처럼 큰 업적이라는 뜻과 더불어 단순히 도박의 도
구로 쓰이는 동전이라는 의미를 함께 내포하고 있다.

양수가 한기韓琦85)의 뒤를 이어 양주 태수가 되자 절의 서남쪽에 청사를 지었다. 강남의 여럿 산들이 그 앞에서 공손이 절을 올리는 모양이라 모두 올라설 수 있을 듯하여 '평산당'이라는 이름을 붙였다.

邗溝城在蜀岡上. 宋慶歷八年二月, 廬陵歐陽文忠公繼韓魏公之後守揚州, 構聽事于寺之坤隅. 江南諸山, 拱揖檻前, 若可攀躋, 名曰平山堂.

그가 한기에게 보낸 편지에서 "평산당은 촉강의 빼어난 곳에 있는지라 한눈에 천리를 둘러볼 수 있다[平山堂占勝蜀岡, 一目千里]"고 한 것은 이것을 말한 것이다. 당시 구양수는 손님들을 이끌고 놀러 가다가 사람을 시켜 소백호邵伯湖의 연꽃을 꺾어 오게 하고, 기생을 보내 그 꽃을 손님에게 전해주곤 했는데, 그 일은 여러 소설에 기록되어 있다.

가우嘉祐(1056~1063) 초년에 구양수가 한림학사로 옮겨가 제고制誥를 담당하게 되자, 신유新喩 사람 유창劉敞86)이 양주를 다스리게 되었다. 그는 「평산당에 올라 구양수에게 부침[登平山堂寄永叔內翰詩]」이라는 시를 지었는데, 구양수와 상서도관원외랑尚書都官員外郎을 지낸 선성宣城 땅의 매요신梅堯臣이 모두 그에 화답하는 시를 지었다.

그로부터 8년 후(1063)에 직사관直史館을 지낸 단양丹陽 땅의 조약刁

---

85) 한기韓琦에 대해서는 『양주화방록』 권15 「강서록岡西錄·23」의 주석을 참조할 것.
86) 유창劉敞(1019~1068)은 송나라 임강臨江 신유新喩(지금의 장시성 신위시新余市) 사람으로, 자는 원보原父 또는 원보原甫이고, 세간에서 부른 호는 공시선생公是先生이다. 그는 1046년 진사에 급제하여 대리평사통판채주大理評事通判蔡州, 태자중윤太子中允, 우정언右正言, 시제고知制誥 등을 역임하다가 지화至和 3년(1056)부터 1년 남짓 양주지부揚州知府를 지내다가 기거사인起居舍人이 되어 단주지현鄆州知縣 겸 경동시로안무사京東西路安撫使가 되었다. 이후 지공거知貢擧, 한림원 시독학사, 영흥군로안무사永興軍路安撫使 겸 영흥군지부永興軍知府, 집현원학사集賢院學士, 남경류수사어사대南京留守司御史臺를 역임했다. 그는 매우 박학하고 글을 잘 써서 구양수로부터 칭송을 받기도 했는데, 주요 저작으로 『공시집公是集』(54권)과 『춘추권형春秋權衡』, 『칠경소전七經小傳』, 『공시선생제자기公是先生弟子記』 등이 있다. 이 부분의 원문은 "宋劉京原父"라고 되어 있는데, '京'자가 잘못 들어간 듯하다. 한편, 구양수의 사詞 가운데 「조중조朝中措·송유중원보출수유양送劉仲原甫出守維揚」이라는 작품이 있으니, 본문의 '경'자는 어쩌면 '중仲'자를 잘못 쓴 것일 수도 있겠다.

約87)이 공부랑중工部郞中으로 있으면서 양주부揚州府의 일을 담당했는데, 그 무렵 평산당이 무너져서 다시 세우고 또 그 정원 가운에 행춘대行春臺를 만들었다. 찰방사察訪使를 지낸 전당의 심괄沈括88)이 그에 대한 글[記]을 남겼다.

희녕熙寧 4년(1071)에 소식蘇軾이 광릉을 방문하여 「회삼동사會三同舍」89)라는 시를 남겼다. 등주登州 땅의 왕거경王居卿90)이 양주를 다스릴 때, 소식은 항주를 떠나 밀주密州로 부임하러 가는 도중에 양주를 들러 「평산당창화시平山堂唱和詩」를 남겼다. 또 원풍元豊 3년(1080)에는 희성熙城에서 오흥吳興 땅의 태수로 옮기면서 양주를 지나다가 「서강월西江月」이라는 사詞를 지었다. 영주穎州에서 잔치를 벌이던 때로부터 세월이 10년이나 흘렀다. 그는 희녕 5년(1072)에 죽었기 때문에, "세 번 들렀다[三過]"느니 "십년十年"이니 하는 말이 들어 있는 것이다.91) 원우元祐 7년(1092)에 소식은 반년 동안 양주를 다스리다가 병부상서兵部尚書가 되었는데, 당시에 촉강에 놀러가 이효박李孝博을 전송한 시를 남겼다.92) 그러나 유독 평산당에 관한 시는 없으니, 후세 사람들은 아마도 그의 시

---

87) 조약刁約에 대해서는 『양주화방록』 권15 「강서록岡西錄 · 23」의 주석을 참조할 것.

88) 심괄沈括에 대해서는 『양주화방록』 권15 「강서록岡西錄 · 6」의 본문과 주석을 참조할 것.

89) 원래 제목은 「광릉에서 세 동료를 만나 각기 자신의 자를 운으로 삼아 함께 짓다[廣陵會三同舍各以其字爲韻仍邀同賦]」이며, 당시에 지어진 세 작품은 각기 「유공보劉貢父」, 「손거원孫巨源」, 「유시로劉莘老」이다.

90) 왕거경王居卿에 대해서는 『양주화방록』 권15 「강서록岡西錄 · 23」의 주석을 참조할 것.

91) 이 부분에는 저자의 착오가 있다. 1072년은 구양수가 사망한 해이며, 소식은 휘종徽宗이 즉위한 1101년에 사망했기 때문이다. 한편 본문에 언급된 소식의 「서강월西江月」에는 "평산당 아래를 세 번 들렀는데, 반평생 손가락 튕기는 소리 속에 살았구나. 십년 동안 신선 노인 만나지 못했거늘, 벽 위에 그려진 용과 뱀은 날아 움직일 듯하네[三過平山堂下, 半生彈指聲中. 十年不見老仙翁, 壁上龍蛇飛動]"라는 구절이 들어 있다. 여기서 '손가락 튕기는 소리'란 주먹을 쥐고 엄지와 식지를 붙였다가 튕기며 소리를 내는 것인데, 불교에서는 이런 행위를 통해 허락이나 분노, 탄식, 혹은 경계의 뜻을 표현한다.

92) 소식의 시 「소백고의 「유촉강」에서 운을 빌려 사신으로 가는 이효박을 전송함[次韻蘇伯固游蜀岡送李孝博奉使嶺表]」을 가리킨다.

집 가운데 빠진 것이 있을 것으로 의심한다.

소흥紹興(1131~1162) 말년에 평산당이 무너졌는데, 융흥隆興 1년(1163)에 장흥長興 땅의 주종周淙이 호량濠梁 지역의 태수로 있다가 휘유각徽猷閣[93)으로 들어가 유양維揚(양주)의 군사를 통솔하면서 다시 지었다. 파양鄱陽 땅의 홍매洪邁[94)가 그에 대한 글[記]을 남겼다. 순희淳熙(1174~1189) 연간에 용도龍圖 땅의 조자몽趙子濛[95)이 이것을 증수增修했고, 승선承宣 땅의 정흥예鄭興裔[96)가 다시 창건하여 규모를 확대했다. 개희開禧(1205~1207) 연간에 건물이 무너졌다. 당시에 곽예郭倪[97)가 양주를 다스리고 있었는데, 이부吏部의 염창서閻蒼舒[98)가 바친 시는 당시의 상황을 잘 보여준다.

평산당에 올라 길게 탄식하나니

시든 풀 속에 황폐한 언덕만 묻혔구나.

구양수도 소식도 다시 불러올 수 없으니

강남 강북 땅엔 풍류가 없어졌네.

---

93) 북송 신종神宗(1068~1085 재위) 때에 만들어진 왕실 도서관이다.

94) 홍매洪邁에 대해서는 『양주화방록』 권12 「교동록橋東錄・88」의 주석을 참조할 것.

95) 남송 때에 서주지주舒州知州를 지낸 인물이다. 범성대范成大의 『오군지吳郡志』 권7 「관우官宇」, 「제점형옥사提點刑獄司」에 전기가 수록되어 있다.

96) 정흥예鄭興裔(1126~1199)는 처음 이름이 흥종興宗이라고 했으며, 자가 광석光錫이고 개봉開封 사람이다. 그는 황실 인척으로 성중심랑成中心郎에 제수되어, 이후 복건로병마검할福建路兵馬鈐轄을 거쳐, 양주와 여주廬州, 명주明州 등지의 지주知州를 역임하고 연해제치사沿海制置使까지 지낸 후, 늙었다는 것을 이유로 사직했다. 후에 무태군절도사武泰軍節度使에 제수되었으며, 죽은 뒤에 충숙忠肅이라는 시호를 받았다. 그는 문집 2권을 남긴 것으로 알려져 있다.

97) 곽예郭倪(?~?)는 자가 계단季端이나. 그는 1201년부터 전전도우후殿前都虞候와 전전부도지휘사殿前副都指揮使를 거쳐 1205년에는 진강도총鎭江都統 겸 양주지주가 되었고, 이후 회남동로안무사淮南東路安撫使 등을 역임했다.

98) 염창서閻蒼舒(?~?)는 자가 재원才元이고, 촉주蜀州 진원晉原(지금의 쓰촨성四川省 충저우崇州) 사람이다. 그는 1177년에 이부상서의 자격으로 금나라에 사신으로 다녀왔고, 이듬해 우사원외랑右司員外郎 겸 국사원편수관國史院編修官이 되었다가, 얼마 후에 이부시랑 겸 동수국사同修國史가 되었다. 1189년에는 강릉지현江陵知縣을 지냈다. 저작으로 『염창서집閻蒼舒集』과 『홍원지興元志』(20권)이 있었다고 하나, 둘 다 지금은 남아 있지 않다.

平山堂上一長嘆, 但有衰草埋荒邱.

歐仙蘇仙不可喚, 江南江北無風流.

가정嘉定 3년(1210)에 대리소경大理少卿을 지낸 조사석趙師石[99]이 우문전수찬右文殿修撰에 제수되어 양주를 다스릴 때, 평산당을 다시 지었다. 보경寶慶(1225~1227) 연간에 사암지史巖之[100]가 증수했고, 소정紹定 4년(1231)에 이전李全[101]은 북방의 사신들을 위해 이곳에서 잔치를 열었다. 경정景定(1260~1264) 초년에 이정지李庭芝[102]가 양회제치사兩淮制置司 일을 주관할 때, 원나라 군사가 침공하자 이곳에 망화루望火樓를 세우고 성 안에서 쇠뇌[平弩]를 쏘아 방어했다. 이정지는 곧 큰 성을 쌓아 그 주위를 에워싸고, 그 성을 '평산당성平山堂城'이라 불렀다. 이때부터 평산당은 성 안에 들어가게 되었다. 노환魯瑍은 회동淮東 지역의 요충지로 해릉海陵과 유구喩口, 염성鹽城, 보응寶應, 청구淸口, 우이盱眙를 꼽았는데, 모두가 양주를 뿌리로 삼고 있다. 그 뿌리가 되는 땅이 바로 촉강이다.

양주의 성城과 해자垓字에 대해서는『태평환우기』와『한서』「지리지地理志」,『수경주水經注』,『명승지名勝志』,『송명신언행록宋名臣言行錄』등에 뒤섞여 기록되어 있는데, 육필陸弼[103]이 그에 대해 매우 자세히 고찰

---

99) 조사석趙師石(?~?)의 자호와 관적, 생애에 대해서는 자세히 알려진 바가 없으며, 본문에 언급된 사항 외에, 1209년에 무주지주婺州知州에서 임안지부臨按知府로 옮겨갔다는 정도만 알려져 있다.

100) 사암지史巖之(1193~1270)는 남송 가정嘉定 10년(1217)에 진사에 급제하여 자정전대학사資政殿大學士, 은청광록대부銀青光祿大夫를 역임했다.

101) 이전李全에 대해서는『양주화방록』권6「성북록城北錄·40」을 참조할 것.

102) 이정지李庭芝(1219~1276)는 자가 상보祥甫이고, 수주隨州(지금의 후베이성 쒜이저우시隨州市) 사람이다. 그는 1240년 양자강에 홍수가 났을 때 맹공孟珙에게 대책을 건의해 임시로 건시현建始縣(지금의 후베이성에 속함)의 현령으로 발탁되었고, 1269년에는 정식으로 양주지주揚州知州에 임명되어 폐허 위에 새로운 도시를 일으켰다. 1270년에는 형호제치대사荊湖制置大使에 임명되어 원나라 군사의 공격을 막아내는 데에 공을 세웠다. 그러나 1276년에 병사를 이끌고 태주泰州(지금의 장쑤성에 속함)에서 전투를 벌이다 원나라 군대에게 붙잡혀 양주에서 처형되었다.

103) 육필陸弼(1582 전후)은 자가 무종無從이고 강도江都 사람이다. 그는 부귀한 이들과 관

한 바 있다. 그리고 가사도賈似道104)가 "평산을 끌어안고 뇌당을 내려다 본다[包平山而瞰雷塘]"고 한 것은 단지 이정지가 쌓은 평산당성에 대해서 만 전해줄 뿐이며, 나머지는 고찰할 수 없다.

평산당은 원나라와 명나라 두 왕조를 거쳤는데, 그 사이에 흥성하고 무너진 내력은 자세히 알 수 없다. 다만 원나라 때 계효원李孝元의 시에 "촉강에 건물이 있는데 이미 고쳐지어진 것이다[蜀岡有堂已改作]"라는 구 절이 있고, 서적舒頔105)의 시에 "건물은 무너지고 산은 비어 사람이 보 이지 않네[堂廢山空人不見]"라는 구절이 있으며, 조방趙汸106)이 쓴 「평산 당에 올라[登平山堂詩]」라는 시가 있을 뿐이다. 이전 명나라 때 여러 문 인들의 시와 산문은 대부분 이에 미치지 못한다. 만력 연간에 오정烏程 땅의 오평산吳平山이 군郡의 일을 관할하면서 다시 세웠다. 그리고 사리

계가 좋고 시사詩詞와 곡曲에도 뛰어났다. 그가 지은 전기傳奇로는 『존호기存弧記』와 『주 가용酒家佣』(흠홍강欽虹江과 함께 지음)이 있으며, 시문집詩文集으로 『정시당집正始堂集』 (24권)이 있다.

104) 가사도賈似道(1213~1275)는 자가 사헌師憲이고 호는 추학秋壑이며, 천태天台(지금의 저장성에 속함) 사람이다. 그는 음보蔭補로 가흥사창嘉興司倉에 임명되었다가, 귀비貴妃 인 누이 덕에 예주지주澧州知州가 되었으며, 순우淳祐 1년(1241)에는 호광총령湖廣總領이 되었다. 그 후 연강제치부사沿江制置副使, 지강주知江州 겸 강서로안무사江西路安撫使, 경 호제치사京湖制置使 겸 지강릉부知江陵府를 역임하고, 이후 참지정사, 양회선무대사兩淮 宣撫大使 등을 거쳐, 1259년에는 우승상右丞相이, 1265년에는 태사太師가 되었다. 또한 1267년에는 평장군국중사平章軍國重事에 제수되어 제갈령第葛嶺을 하사받았다. 덕우德祐 1년(1276)에 원나라 군대가 악주鄂州를 쳐들어왔을 때 정벌하러 나섰다가 패배하여 고 주단련사순주안치高州團練使循州安置로 폄적되었는데, 임지로 가는 도중에 정호신鄭虎臣 에게 피살되었다. 그는 『촉직경促織經』(2권)을 편찬한 것으로 알려져 있다.

105) 서적舒頔(1304~1377)은 자가 도원道原이고 적계績溪(지금의 안훼이성安徽省에 속함) 사람이다. 그는 예서隷書를 잘 썼고, 박학하여 내주학정台州學正을 지낸 바 있으나, 시국 이 어지러워지자 벼슬을 버리고 산중에 은거했다. 은거할 때 지은 서재의 이름은 '정소 재貞素齋'이다. 그의 저작으로는 『정소재집貞素齋集』과 『북장유고北莊遺稿』 등이 있다.

106) 조방趙汸(1319~1369)은 자가 자상子常이고 휴녕休寧 사람이다. 그는 황택黃澤에게서 『주역周易』과 『춘추春秋』를 배웠는데, 동산정사東山精舍에 은거하여 모친을 봉양하고 저술에 전념했다. 1369년에는 홍무제洪武帝의 부름을 받아 『원사元史』 편찬에 참여했 으나, 벼슬을 사양하고 고향으로 돌아갔다. 그의 저작으로는 『동산존고東山存稿』(7권) 과 『주역문전周易文詮』(4권), 『사설師說』, 『좌씨보주左氏補注』, 『춘추집전촉사春秋集傳屬 辭』 등이 남아 있다.

司李를 지낸 장구章邱 땅의 조공극趙拱極으로 하여금 그 일을 글[記]로 남기게 했다.

이곳은 우리 청나라 강희 1년(1662)에 절로 바뀌었다. 또 강희 12년에는 산음山陰 땅의 김장진金長眞이 양주부의 일을 맡을 때, 사인舍人 왕무린汪懋麟107)이 평산당을 다시 세웠다. 평산당의 대문은 여전히 절의 서남쪽으로 하고, 문 안에 계수나무를 심었다. 수십 개의 계단을 따라가면 행춘대行春臺에 올라갈 수 있는데, 대 위에 청사를 만들고 '평산당'이라는 편액을 걸었다. 당시에 소산蕭山 땅의 모기령毛奇齡108)과 영도寧都의 위희魏禧,109) 양주군의 종관宗觀과 김장진, 왕무린이 모두 글[記]을 남겼다. 마침 태수가 지방을 시찰하며 백성들을 교화하다가 강희 14년(1675)에 군郡을 방문하니, 왕무린은 평산당 뒤쪽의 땅을 개척하여 진상루眞賞樓를 세웠다. 누대 아래에는 청공각晴空閣을 만들고, 누대 위에는 송나라 때의 여러 훌륭한 인사들의 위패를 놓고 제사했다. 평산당 아래에는 강당을 만들고, '구양문충공서원歐陽文忠公書院'이라는 편액을 내걸었다. 건륭 1년(1736)에 왕응경이 이것을 중건重建하고 낙춘당洛春堂을 세웠다. 또 평산당 서쪽에 서원西園을 건설하고, 이때부터 문의 편액을 '평산당'으로 바꿈으로써 서원書院의 이름이 바뀌었다. 이것이 평산당의 흥성과 쇠퇴에 대한 개략적인 설명이다.

우리 청나라의 성조 강희제께서 '평산당', '현수청풍賢守淸風', '이정怡

---

107) 본문 32를 참조할 것.
108) 모기령毛奇齡에 대해서는 『양주화방록』 권10 「홍교록虹橋錄 · 상上 · 14」를 참조할 것.
109) 위희魏禧(1624~1681)는 자가 숙자叔子 또는 빙숙冰叔이고 호는 유재裕齋 또는 작정선생勺庭先生이며 녕도현寧都縣 사람이다. 그는 40세 무렵부터 양쯔 강 남북을 여행하며 명나라 유민遺民들과 널리 교류했고, 1679년에 박학홍사과에 천거되었으나 사양했다. 뛰어난 문장가로서 당시 녕도 출신의 뛰어난 문장가를 가리키는 호칭인 '이당구자易堂九子'의 첫째로 꼽히는 그는 『문집외편文集外篇』(22권)과 『일록日錄』(3권), 『시詩』(8권)을 남겼으며, 이것은 모두 『삼위전집三魏全集』에 수록되어 있다. 그 외에 『문집내편文集內篇』(2권), 『의주소擬奏疏』(1권), 『상서여尙書餘』(1권), 『좌전경세초左傳經世鈔』(10권) 등의 저작이 있다.

情', '징광澄曠'이라고 쓴 네 개의 편액을 하사하셨다. 또 주상(건륭제)께서는 다음과 같은 대련을 하사하셨다.

시의 뜻이 어찌 고금의 세월에 따라 다르랴?
산의 풍광은 영원히 있음과 없음 가운데 있도다.
詩意豈因今古異, 山光長在有無中.

그 외에 '시화필창時和筆暢'이라고 쓴 글씨 1점, 『정무란정定武蘭亭』과 초서로 된 「매화선생추시梅花扇生秋詩」를 베껴 쓴 서책 1권을 하사하시니, 지금은 모두 돌에 새겨 평산당 안에 모셔놓았다.

29. 평산당[110]의 대문은 절의 서남쪽에 있으며, 대문 안에는 오래된 계수나무 100여 그루가 심어져 있다. 돌을 쪼아 30여 층의 계단을 만들고, 그 위에 석대石臺를 세우니, 그것이 바로 행춘대이다. 누대 위에는 오래된 매화나무 4,5그루가 심어져 있으니, 여기가 바로 구양수가 심은 버드나무와 설사창薛嗣昌이 심은 버드나무,[111] 송나라 때에 좌사원외랑左司員外郎을 지낸 미사단麋師旦[112]이 양주를 다스릴 때 버드나무를 심은 곳이다. 그 위에 청사를 세우고 '평산당'이라는 편액을 걸었으니, 길이는

---

110) '중화본'에서는 이 부분의 원문이 '산당山堂'으로 되어 있으나, '산동본'에는 '소당小堂'으로 되어 있다. 후자는 오류인 듯하다.

111) 구양수가 평산당을 지을 때 설사창이 실질적인 건축 사업을 총괄했다. 나중에 구양수가 떠난 후에 양주 태수가 된 설사창은 구양수가 심은 버드나무 맞은편에 자신이 직접 버드나무 한 그루를 심고 '실공류薛公柳'라고 불렀다. 그러나 몇 년 후에 그가 다른 곳으로 자리를 옮기자, 양주의 어느 백성이 그 나무를 몰래 베어 집을 짓는 데에 써버렸다고 한다. 이에 관한 내용이 송나라 장방기張邦基의 『묵장만록墨莊漫錄』 권2 등에 수록되어 있다.

112) 미사단麋師旦(1131~1191)은 송나라 때 오현吳縣(지금의 쟝쑤성 쑤저우시蘇州市에 속함) 사람으로 자는 주경周卿이다. 그는 1148년에 진사에 급제하여 이부시랑까지 지냈고, 현모각학사顯謨閣學士의 자격으로 금나라 사신을 접대하기도 했으며, 함안군개국후咸安郡開國侯에 봉해졌다.

1길 6자요, 정보鄭簠[113]가 '팔분서八分書'[114]로 글씨를 썼다. 검토檢討 벼슬을 지낸 주이존은 정보에게 바친 시에서 이렇게 썼다.

> 평산당 지어지자 촉강의 명성 치솟았으니
>
> 백리를 환히 비추고, 구름이 서까래까지 이어졌네.
>
> 솜씨 좋은 장인이 편액을 만드니 넓이는 한 길 여섯 자
>
> 찾아오는 이들마다 감탄하며 눈이 휘둥그레 해졌네.
>
> 바라보노라니 어느새 정보鄭簠가 와서
>
> 샘물 한 말 떠서 먹물을 준비하네.
>
> 서체의 유래와 능숙함은 홀로 깨달음에 달려 있나니
>
> 거침없는 큰 글씨 손 가는대로 이루어지네.
>
> 구경꾼들은 부러워하기만 할 뿐 헐뜯지는 못하니
>
> 오가피주 항아리에 술잔들만 가득 떠 있는 꼴일세.
>
> 平山堂成蜀岡涌, 百里照耀連雲榱.
>
> 工師斫扁一丈六, 衆賓嘆息相瞠眙.
>
> 須臾望見簠來至, 井水一斗硏隃糜.
>
> 由來能事在獨得, 筆縱字大隨手爲.
>
> 觀者但妒不敢訾, 五加皮酒浮千巵.

30. 진상루眞賞樓는 '청공각晴空閣'[115] 옛 터에 있는데, 누각의 이름은 "평산의 난간 맑은 창공에 기대 있네[平山欄檻倚晴空]"라는 구절에서 취

---

113) 정보鄭簠(1622~1693)는 자가 여기汝器이고 호는 곡구谷口이며, 강소 상원上元 사람이다. 그는 의업醫業으로 생계를 유지하며 끝내 벼슬길에 나아가지 않았고, 서예로 명성이 높았다. 특히 그는 한나라 때 비문碑文의 서체書體를 연구하여 후세에 많은 영향을 미쳤다.

114) 『양주화방록』 권4 「신성북록新城北錄·중中·30」의 주석을 참조할 것.

115) '중화본'과 '광릉본', '산동본'에는 모두 '청천각晴川閣'이라고 되어 있으나, 『양주람승록揚州覽勝錄』 권2의 설명에 따르면 이 명칭은 구양수歐陽修의 "平山欄檻倚晴空"에서 따온 것이므로, '천공각'이라고 해야 옳은 듯하다.

한 것으로, 동당東塘 공상임孔尙任[116]이 쓴 것이다. 그 옆에는 장조공章藻功[117]이 쓴 다음과 같은 대련이 걸려 있다.

> 지금 비 내리듯 옛적에도 비 내렸으니
> 비로소 알겠네, 맑은 날이 역시 아름다움을.
> 상념도 인과因果도 없는데
> 어찌 모든 소유를 비우지 못하는가?
> 雨今雨舊, 乃知晴亦爲佳.
> 無想無因, 那不空諸所有?

관찰어사觀察御史 김장진이 양주에 들렀을 때 왕응경이 전각을 누대로 개조하면서 "나를 위해 참된 감상거리를 남겨주었음을 알겠다[遙知爲我留眞賞]"라는 구절에서 '진상眞賞'이라는 명칭을 취해 붙였다. 누대 위에는 구양수, 한기, 유장경, 조약, 왕거경, 소식 등의 위패를 안치하고, 그 옆에 왕사정, 김장진, 왕무린의 위패를 모셔 함께 제사했다. 그러다가 삼현사三賢祠를 세우면서 이 제사를 그만두게 되었다. 누대 아래에는 '청천각'이라고 쓴 옛 편액을 걸어두었다. 지금 누대 아래에는 「어제임오평산당절구 8수[御制壬午平山堂絶句八首]」가 보관되어 있는데, 민간의 백성들이 탁본拓本하는 것을 금지하지 않고 있다.

31. 낙춘당洛春堂은 진상루 뒤편에 있다. 거기에는 석벽石壁이 많은데, 위쪽에는 수구繡毬(수국)가 심어져 있고 아래쪽에는 모란이 심어져 있나. '낙춘'이라는 명칭은 구양수의 「화품서花品敍」에 들어 있는 "낙양의 모

---

116) 공상임孔尙任에 대해서는 『양주화방록』 권1 「초하록草河錄 · 상上 · 10」의 주석을 참조할 것.

117) 장조공章藻功(?~?)는 전당 사람으로, 자는 기적豈績이다. 그는 강희 연간에 진사에 합격했으나, 5달 만에 병을 핑계로 벼슬을 버리고 귀향하여 모친이 돌아가실 때까지 모셨다. 저작으로 『사기당집思綺堂集』을 남겼다.

란은 천하제일[洛陽牡丹天下第一]"이라는 구절 때문에 만들어진 것이다.

군성郡城에는 수국이 많은데 항상 모란과 짝을 지워 심는다. 수국 아래에 반드시 모란이 있고, 모란 위에 반드시 수국이 있다. 둘을 연이어 심는 것이 풍속이 되어서 어디나 다 그러하다. 북쪽 교외에는 정원과 정자가 무척 많은데, 이 낙춘당은 그 가운데서도 또 수국과 모란이 가장 무성한 곳이다.

수국의 명칭은 한 가지가 아닌데, 그 가운데 '취팔선聚八仙'이라는 것이 있다. 옛 사람들은 '경화瓊花'를 '취팔선'이라고 하기도 했기 때문에 수국을 경화로 여기기도 했다. 부지府志에 『경화고瓊花考』가 들어 있는데, 거기에 인용된 책들은 『방여기요方輿紀要』와 역대의 부지와 현지縣志, 『제동야어齊東野語』, 두유杜斿[118]의 『경화기瓊花記』, 정사초鄭思肖[119]의 『시서詩序』, 송민구宋敏求[120]의 『춘명퇴조록春明退朝錄』, 송기宋祁[121]의 『필기筆記』, 갈입방葛立方[122]의 『운어양추韻語陽秋』, 강병康駢[123]의

---

118) 두유杜斿(?~?)는 자가 숙고叔高이고 남송 때의 절강 금화金華사람이다. 그는 주희朱熹에게 학문을 배웠고 당시 저명한 사詞 작가인 신기질辛棄疾과도 교유했다. 또한 단평端平(1234~1236) 연간에는 포의布衣의 신분으로 황제의 부름을 받아 비각秘閣에 들어가 교수校讎를 담당하기도 했다. 그러나 그의 저작은 몇몇 작품만 남아 있을 뿐 작품집은 남아 있지 않다.

119) 정사초鄭思肖(1241~1318, 또는 1239~1316)는 자가 억옹憶翁이고 호는 소남所南이며, 복건福建 연강連江 사람이다. 그는 남송 때에 소주의 평강서원平江書院 산장山長을 역임한 부친 정숙기鄭叔起에게서 학문을 익혔고, 남송 말엽에 박학홍사에 응시하여 화정서원和靖書院 산장에 임명되었다. 송나라가 망한 뒤에는 소주의 사원 등지에 은거하며 충절을 지켰다. 저작으로는 『심사心史』와 『소남시집所南詩集』 등이 있다.

120) 송민구宋敏求(1019~1079)는 자가 차도次道이고, 조주趙州 평극현平棘縣 사람이다. 그는 진사 출신으로 역사와 지리에 밝았으며, 용도각직학사龍圖閣直學士까지 지냈다. 그의 저작으로는 『장안지長安志』와 『하남지河南志』 등이 있었다고 하나, 지금은 모두 남아 있지 않다.

121) 송기宋祁(998~1061)는 자가 자경子京이고 호는 경문景文이며, 옹구雍丘(지금의 민취앤현民權縣에 속함) 사람이다. 그는 1024년에 형 송상宋庠과 함께 진사에 급제하여 한림학사, 사관수찬史館修撰, 우간의대부右諫議大夫, 예부시랑, 이부시랑, 공부상서 등을 역임했다. 시호는 경문景文이다. 그는 일찍이 구양수와 함께 『신당서新唐書』 편찬에 참여하기도 했으며, 주요 저술로 『서주외고西州猥稿』(3권)와 『송경문집宋景文集』(62권), 『보유補遺』(2권) 등이 있다.

『극담록劇談錄』, 양신楊愼124)의 『근호록墐戶錄』, 오응린吳應麟의 『설충說
蕘』,125) 구우瞿佑126)의 『음당시화吟堂詩話』, 왕벽지王闢之127)의 『민지필담
澠池筆談』과 『대취편代醉編』,128) 송나라 장개張開와 원나라 학경郝經129)이

----

122) 갈입방葛立方(?~1164)은 자가 상지常之이고 호는 나진자懶眞子이며, 강음江陰(지금의
    쟝쑤성에 속함) 사람이다. 그는 1138년 진사에 급제한 뒤로 비서성정자秘書省正字, 교서
    랑校書郎, 고공원외랑考功員外郎 등을 역임하다가 간신 진회秦檜에게 배척당했다가, 진
    회가 죽은 뒤인 1156년에 좌사랑중左司郎中의 신분으로 금나라에 사신으로 파견되었으
    며, 이후 이부시랑과 원주지주袁州知州를 역임하다가 파직되어 오흥吳興에서 말년을 보
    냈다. 그의 저작으로는 『운어양추』 외에 『귀우집歸愚集』이 있다.
123) 강병康駢(?~?)은 자가 가언駕言이고 지주池州(지금의 안훼이성安徽省 궤이츠貴池) 사람
    이다. 그는 878년 진사에 급제하고 이듬해에 박학홍사과에 천거되어 숭문관교서랑崇文
    館校書郎을 역임했다. 문헌에 따라서 그의 성명을 당병唐駢 또는 강병康骈으로 표기한
    것들도 있지만, 이것들은 모두 잘못된 것으로 보인다. 『극담록』은 건녕乾寧 2년(895)에
    완성된 것으로 모두 2권 42칙則으로 되어 있으며, 그 내용은 대부분 당나라 천보天寶
    연간 이래의 귀신과 관련된 이야기들이고, 약간의 협객 이야기도 섞여 있다.
124) 양신楊愼(1488~1559)에 대해서는 『양주화방록』 권5 「신성북록新城北錄・하下・13」의
    주석을 참조할 것.
125) '산동본'에는 '설유說蕕'로 되어 있다.
126) 구우瞿佑(또는 瞿祐, 1341~1427)는 자가 종길宗吉이고 전당錢塘(지금의 저장성 항저우
    시) 사람이다. 그는 홍무洪武 연간 초기에 훈도訓導, 국자조교國子助教를 시작으로 주왕
    부장사周王府長史 등을 역임했으나, 영락永樂 연간에 문자옥文字獄에 연루되어 10년 동
    안 변방에 유배되어 있다가 만년에야 사면되어 고향으로 돌아와 죽었다. 주요 저작으
    로 『향대집香臺集』, 『영물시詠物詩』, 『존재유고存齋遺稿』, 『악부유음樂府遺音』, 『귀전시화
    歸田詩話』 등 20종의 외에, 소설집 『전등신화剪燈新話』가 있다.
127) 왕벽지王闢之(1031~?)는 자가 성도聖涂이고 북송北宋 시대 임치臨淄(지금의 산둥성에
    속함) 사람이다. 그는 1067년 진사에 급제한 이후 하동河東(지금의 산시성山西省 용지현
    永濟縣)과 충주忠州(지금의 충칭시重慶市 중현忠縣)을 다스리며 많은 치적을 쌓았다. 그러
    다가 1097년에 벼슬을 버리고 고향으로 돌아와 민수澠水 강가에 은거해 지내면서 『민
    수연담록澠水燕談錄』(10권)을 편찬했다.
128) 명나라 때 장정사張鼎思(1543~1603)가 편찬한 『닝아대취편瑯邪代醉編』을 기리키는
    듯하다. 이 책은 장정사가 급사중給事中에서 저주滁州의 역승驛丞으로 좌천되었을 때
    여러 책들에서 뽑아 엮은 것으로, 구양수가 저주에 폄적되어 있을 때 취옹정醉翁亭을
    지어놓고 술을 마셨던 일을 떠올리며, 술 대신 책을 짓는 것으로 소일했다는 의미로
    제목을 붙였다. 장정사는 하남河南 안양安陽 사람으로, 자는 예보睿甫이고 호는 신오愼
    吾이다. 그는 1577년 진사에 급제하여 이과급사중史科給事中에 제수되어, 나중에 강서
    안찰사江西按察使까지 지냈다. 그는 책을 간행하기 좋아해서 유지기劉知幾의 『사통史通』
    과 『본초강목本草綱目』 등을 간행하기도 했다.
129) 학경郝經(1223~1275)은 자가 백장伯長이고, 원적原籍은 산서山西 택주澤州 능천陵川이

쓴『경화부瓊花賦』의 두 서문序文 등이니, 두루 수집하여 널리 채집했음을 알 수 있다. 그러나 주필대周必大[130)의 『옥예변증玉蕊辨證』과 주휘周輝[131)의 『청파잡지淸波雜志』, 장호張浩의 『운곡잡편雲谷雜編』[132)의 세 책은 인용하지 않았다. 『옥예변증』에 인용된 바에 따르면, 『춘명퇴조록』에서 처음으로 경화를 옥예玉蕊(달리아)로 여기기 시작했다고 한다.

『운곡잡편』에는 송기의 『적쇄摘碎』와 요관姚寬[133)의 『서계총화西溪叢

나, 금나라가 들어서자 집안이 여패주餘霸州 신안信安으로 이주했다. 그는 젊어서 몽고의 귀족 장유張柔와 가보賈寶에게 재능을 인정받아 그들이 소장한 책을 두루 섭렵하여 명성을 날렸다. 그러다가 원나라 세조世祖 쿠빌라이忽必烈의 휘하에서 '한법漢法'의 시행과 연경燕京 천도遷都 등을 건의하여 신임을 얻고, 이후 한림원 시독학사를 지내다가 송나라와 화친을 맺기 위한 사신으로 파견되기도 했다. 그러나 평소 그를 시기하던 평장왕平章王 문통文統의 농간으로 16년 동안 남송 왕조에 구금되어 있다가 풀려나왔고, 얼마 후에 죽었다. 시호는 문충공文忠公이다. 그는 수백 권의 저술을 남겼는데, 그 가운데 『경사론經史論』, 『춘추외전春秋外傳』, 『속후한서續後漢書』, 『능천문집陵川文集』 등이 유명하다.

130) 주필대周必大(1126~1204)는 자가 자충子充 또는 홍도洪道이고 호는 평원로수平園老叟이며, 여릉廬陵(지금의 쟝시성 지안吉安) 사람이다. 그는 1151년 진사에 급제하고 1157년에 박학굉사과博學宏詞科에 천거되어 벼슬살이를 시작한 이래 좌승상左丞相까지 역임했고, 익국공益國公에 봉해졌으며, 시호는 문충文忠이다. 그의 저작으로는 『익국주문충공전집益國周文忠公全集』(200권)이 있으며, 그 가운데 『성재문고省齋文稿』, 『평원속고平園續稿』, 『성재별고省齋別稿』, 『이로당시화二老堂詩話』 등 24종이 있다. 또한 그는 1193년에 담주潭州(지금의 후난성 창사시長沙市)에서 심괄沈括이 기록한 방법에 따라 교니동판膠泥銅板을 이용하여 자신의 저작 『옥당잡기玉堂雜記』를 간행한 바 있는데, 이것은 세계 최초의 활자 인쇄본으로 알려져 있다.

131) 주휘周輝(1127~?)는 자가 소례昭禮이고 태주泰州 사람이다. 사망 연도는 확실하지 않으나, 72살이 되는 1198년까지 생존해 있었다고 한다. 그의 부친 주방周邦(자는 덕우德友, 호는 송만松巒)은 평생 벼슬길에 나가지 않고 각지에서 고위 벼슬아치들의 막료로만 활동하면서 책을 모으고 벗을 사귀면서 저서를 남길 뜻을 품었다. 이런 부친 덕분에 그는 여러 지역을 여행하고 많은 책을 읽은 주휘는 비록 평생 벼슬길에는 나아가지 않았으나, 강남 지역에서는 학식이 깊기로 명성이 높았다. 그는 만년에 항주의 청파문淸波門 아래에 살면서 『청파잡지』(12권)를 저술했는데, 이 책은 송대의 명사들과 관련된 일화 및 그들이 쓴 각종 글들, 당시의 전장제도典章制度, 풍속, 물산物産 등을 다채롭게 수록한 필기筆記이다.

132) 장호張淏(1216 전후)의 『운곡잡기雲谷雜記』를 가리키는 듯하다. 장호는 자가 청원淸源이고, 본래 개봉開封 사람이지만 무주婺州로 옮겨가 살았다. 그는 벼슬을 봉의랑奉議郎까지 지냈다고 하며, 저작으로 『운곡잡기』(4권)와 『회계속지會稽續志』(8권), 『간악기艮嶽記』(1권) 등을 남겼다.

語』, 증조曾慥134)의 『고재시화高齋詩話』, 양여사楊汝士135)의 『여백이십시
첩與白二十二帖』, 정대창程大昌136)의 『옹록雍錄』, 홍매洪邁137)의 『용재수필
容齋隨筆』, 이조李肇138)의 『한림지翰林志』, 『가씨담록賈氏談錄』,139) 그리고
이덕유李德裕, 유우석劉禹錫, 백거이白居易의 문집 등을 두루 인용했다. 이
책들은 모두 경화에 대해 절충적으로 변증하여 옥예로 판단했다. 그런
데『옥예변증』은『한림지』와『가씨담록』의 기록만을 근거로 단정했다.
　이른바 '옥예'는 꽃받침 하나에 잎이 5개인 꽃이 피고, 열매는 하나의
방房에 맺히는데, 그것을 일컬어 '연방옥예連房玉蕊'라고 한다. 그러므로
경화가 백목련[玉蘭]이지 결단코 수국이 아님을 알 수 있다. 군都 지역에
서는 이미 수국을 경화로 여기고, 마치 복사꽃과 버들[楊柳]이 떨어져 있

---

133) 요관姚寬(1105~1162)은 자가 영위令威이고 호는 서계西溪이며, 승현嵊縣(지금의 저쟝
　　성에 속함) 사람이다. 그는 휘유각대제徽猷閣待制를 지낸 요순명姚舜明의 아들로서, 부
　　친 덕택에 음보蔭補로 벼슬을 얻었는데 나중에 권호부원외랑權戶部員外郎, 추밀원평수
　　관樞密院編修官 등을 역임했다. 저작으로『서계집西溪集』10권이 있었다고 하나 지금은
　　이미 없어져버렸고, 오직『서계총화西溪叢話』(2권)만 남아 있다.
134) 증조曾慥(?~1155)는 자가 단백端伯이고 호는 지유거사至游居士이며, 진강晉江(지금의
　　푸젠성 취앤저우시泉州市) 사람이다. 그는 1127년에 창부원외랑倉部員外郎을 지냈고, 이
　　후로 강서남로전운판관江南西路轉運判官, 호부총령응판호북경서로선무사사대군전량戶部
　　總領應辦湖北京西路宣撫使司大軍錢粮, 건주虔州와 형남荊南, 여주廬州 등지의 지주知州를 역
　　임했다. 주요 저작으로『유설類說』,『고재만록高齋漫錄』,『악부아사樂府雅詞』 등이 있다.
135) 양여사楊汝士에 대해서는『양주화방록』권13『교서록橋西錄·77』의 주석을 참조할 것.
136) 정대창程大昌(1123~1195)은 자가 태지泰之이고, 안휘安徽 휴녕休寧 사람이다. 그는 1151
　　년 진사에 급제하여 이부상서, 천주지주泉州知州, 정주지주汀州知州, 용도각학사龍圖閣學士
　　등을 역임했고, 시호는 문간文簡이다.『옹록』이외의 주요 저작으로는『우공론禹貢論』,
　　『연번로演繁露』,『고고편考古編』,『역로통언易老通言』 등이 있다.
137) 홍매洪邁에 대해서는『양수화방록』권12「교동록橋東錄·88」의 주석을 참조할 것.
138) 이조李肇(?~?)는 대략 원화元和(806~820) 후기에 활동했으며, 상서좌사랑중尚書左司郎
　　中, 한림학사, 중서사인 등을 역임했다. 주요 저작으로『한림지翰林志』(1권)와『국사보國
　　史補』(3권)가 있다.
139) 이 책은 남당南唐의 후주後主 이욱李煜이 송나라에 사신으로 보낸 장계張泊(933~996)
　　가 가황중賈黃中(941~996)과 나눈 대화를 기록한 것이다. 장계는 자가 사암師黯 또는
　　개인皆仁이고, 저주滁州 전초全椒 사람이다. 그는 남당 왕조에서 진사가 되어 예부원외
　　랑, 지제고知制誥 등을 역임했으며, 남당이 송나라에 합병된 이후로는 급사중, 참지정
　　사, 형부시랑, 능지정사能知政事 등을 역임했다. 저작으로 문집 50권이 있다고 한다.

을 수 없듯이 수국과 모란을 같은 곳에 심는다. 그런데 『청파잡지』에서는 경화와 모란을 한 항목으로 합쳐 고증하고 있으니, 오늘날 사람들이 수국과 모란을 한 데 묶는 것과 매우 비슷하다. 주휘는 "내 집은 해릉海陵에 있다"고 말한 적이 있는데, 당시 해릉은 양주에 속한 곳이다. 그는 그곳을 자신의 고향으로 여겼으니, 그가 양주의 분위기와 습속을 버리지 않았음을 알 수 있다. 그러니 어찌 주휘가 경화를 수국으로 여기지 않았다고 하겠는가?

작약은 양주에서 난다. 최표崔豹140)의 『고금주古今注』에서는 작약에 풀 종류와 나무 종류 두 가지가 있는데, 세간에서는 그걸 모란이라 부른다고 했다. 그러므로 모란 또한 군 지역에 적합한 나무임을 알 수 있다. 다만 접목接木하는 법을 몰라서 어쩔 수 없이 씨앗을 심는 데에 의존할 수밖에 없었을 따름이다. 군 지역의 영원影園에 있는 황모란은 세상에 유명하며, 그 다음은 붉은 모란과 분홍 모란이다. 분주汾州 중향사衆香寺의 백모란과 당나라 때 급사給事 벼슬을 지낸 배인裴潾 저택의 자모란紫牡丹,141) 조주曹州의 청루자靑樓子와 녹루자綠樓子, 흑루자黑樓子에 있는 모란 등은 아직 보지 못했다. 진죽휴陳竹畦142)의 시 「평산당에서 모란을 구경하다[平山堂看牡丹詩]」에서,

---

140) 최표崔豹(?~?)는 자가 정웅正熊 또는 정능正能이다. 그는 진晉나라 혜제惠帝(290~306 재위) 때에 태부太傅를 지냈다.
141) 단성식段成式의 『유양잡조酉陽雜俎』에 따르면, 당나라 개원開元(713~741) 말엽에 낭관郞官이 된 배사엄裴士淹이 장안으로 돌아오던 도중에 분주 중향사에서 백모란 한 그루를 얻어 와서 장안 장흥리長興里에 있는 자신의 집에 심었는데, 천보天寶(742~755) 연간에는 장안의 명물 가운데 하나가 되었다고 한다. 한편, 당시의 유명한 시인 노륜盧綸은 「배급사 저택에서 모란을 구경하다[裴給事宅看牡丹]」라는 시를 지었는데, 자줏빛 모란과 백모란을 통해 사치스러운 귀족과 고상한 선비를 대비시킨 명작으로 꼽힌다. 그 내용은 다음과 같다. "장안의 귀족들 저무는 봄이 안타까워 / 다투어 주작문대가朱雀門大街 서쪽의 귀족들 정원으로 자모란 구경 가네. / 옥쟁반 같은 백모란 따로 있어 찬 이슬 받고 있건만 / 달밤에 일어나 구경하는 이 아무도 없네[長安豪貴惜春殘, 爭賞街西紫牡丹. 別有玉盤承露冷, 無人起就月中看]."
142) 『양주화방록』 권4 「신성북록新城北錄·중中·22」에 기록된 진장陳章을 가리키는 듯하다. 진장의 자가 죽정竹町이니, 이두李斗의 착오가 있었던 듯하다.

한가로이 나비 따라 걷다가

그 김에 절로 들어갔네.

봄빛에 빠져 돌아갈 길 잃었으니

사람의 감정이 이 꽃을 향했기 때문이지.

이끼는 아름다운 글을 써놓았는데

바람 가린 휘장 안에서 새 차를 맛보네.

자연의 모든 풍경 알 수 있으니

전생에 그것은 저녁놀이었다네.

閑行隨蛺蝶, 方便入僧家.

春色迷歸路, 人情向此花.

苔箋刪綺語, 風幔味新茶.

可識諸天相, 前身是晚霞.

라고 한 것은 아마 이 모란을 노래한 것일 터이다.

32. 왕무린汪懋麟(1640~1688)은 자가 계각季角이고 호는 교문蛟門인데, 전 왕조인 명나라 때에 태어났다. 성이 함락된 날 그의 모친은 우물에 몸을 던져 죽으려 했으나, 집안사람들이 건져냈다. 부친이 사망하자 모친 이씨는 몸소 자식을 가르치며 50년이 넘게 채소만 먹어서 어진 어머니라고 칭송받았다. 어려서부터 총명했던 왕무린은 어린 시절 촉강에 올라가 구양수가 놀러와 감상하던 풍광을 기리다가 분연히 옛 모습을 회복시키려는 뜻을 품었다. 성인이 되자 그의 형 왕요린汪耀麟과 함께 태수에게 평산당을 다시 짓는 일을 의논했으나 다른 일 때문에 방해를 받았다. 얼마 후에 왕무린은 강희 정미丁未년(1667)에 진사에 급제하여 사인舍人 벼슬을 세수 받았다. 야근할 때면 그는 항상 책을 들고 밤새도록 읽었다. 초楚 땅의 주이미朱二眉라는 이는 호가 신선神仙인데, 공경公卿의 지위에 있는 벼슬아치들을 현혹했다. 왕무린은 『변도론辨道論』을 써서

그의 망령됨을 극력 비판했다. 그는 12개의 벼루가 품에 들어오는 꿈을 꾸고, 그것을 서재의 이름으로 삼았다. 주이존朱彝尊이 그 내용을 글[記]로 썼다. 그는 스스로 '각당거사覺堂居士'라는 호를 썼다.

계축癸丑년(1673)에 여남汝南 태수 김진金眞이 양주지부로 옮기게 되어 경사(북경)로부터 와서 왕무린의 집에 살게 되었다. 이에 왕무린이 평산당을 다시 짓는 일이 급한 일이라고 청했다. 김장진은 옛 것을 좋아하는 성품이라, 여남 태수로 있을 때에도 회서淮西의 옛 비석들을 고찰하여 단성식段成式과 한유韓愈의 글을 비석의 앞뒤에 새긴 일이 있었다. 양주 태수로 옮기게 되자 군대의 물자를 모으는 일이 복잡해졌다. 그는 날마다 촉강에 올라 술을 마시며 시를 읊어 문교文教를 일으키고『시경』의 정신을 계승했다.

왕무린은 모친상을 당해 고향으로 돌아갔다가 박학博學으로 천거를 받았으나 시험을 치르러 가지 않고, 자금을 내서 평산당을 다시 지었다. 왕무린은 팔분서로 평산당의 편액을 썼는데, 꿈에 구양수가 나타나 "이 누대에 오르면 경관이 웅장하도다[登斯樓也, 大哉觀乎]!"라는 대련을 쓰라고 했다. 그렇기 때문에 기원암祇園庵의 승려 약근藥根이 쓴 시에 다음과 같은 구절이 들어가게 되었다.

대련 하나 일찍이 시인의 꿈에 들어오니
두 글자에 태수의 읊조림 길이 남게 되었네.
一聯曾入詩人夢, 兩字長留太守吟.

그 무렵 의징 사람 황유黃裕[143]가 송나라 때의 유창劉敞으로 인해 양주 태수로 나오게 되어 왕무린과 함께 평산당의 중건에 동참했다는데, 당시에 그들은 모두 사인舍人[144] 벼슬을 하고 있었다. 그러므로 황유의

---

143) 황유黃裕에 대해서는『양주화방록』권8「성서록城西錄·6」의 각주를 참조할 것.
144) '산동본'에는 '금인金人'으로 되어 있으나, 오류로 보인다.

시에 "처음부터 끝까지 모두 두 사인에게 의존했다[終始全憑兩舍人]"라는
구절이 들어 있는 것이다.

평산당이 완공되자 김진은 「조중조朝中措」라는 사詞를 지었는데, 그
내용은 다음과 같다.

> 봉화연기도 종경소리도 모두 공허해지고
> 지난 일은 석양에 묻혔네.
> 화려한 난간 다시 지어
> 지난날의 밝은 달과 맑은 바람 돌려주었네.
> 여릉 땅 구양수는 아득히 천 년 전의 인물이지만
> 이곳에 그의 정신은 남아 있다네.
> 내게 명산의 작은 자리 남겨주었고
> 또 주인공 되는 법도 가르쳐주었네.
>
> 烽烟鐘磬總成空, 往事夕陽中.
> 重構雕欄畫檻, 還他明月淸風.
> 廬陵杳邈千年, 此地精爽猶鍾.
> 留我名山片席, 還教做主人翁.

당시에 화답한 이로는 오기吳綺145)와 정강장程康莊,146) 모기령毛奇
齡,147) 손지위孫枝蔚,148) 종관宗觀,149) 팽계彭桂,150) 화용미華龍楣, 귀윤공歸

---

145) 오기吳綺에 대해서는 『양주화빙록』 권9 「소진회록小秦淮錄 · 29」를 참조할 것.
146) 정강장程康莊(1613~1679)은 자가 탄여坦如이고 호는 곤륜崑崙이며, 산서山西 무향武鄉
　　사람이다. 그는 1635년 발공생이 되었고, 청나라 때에는 진강부통판鎭江府通判과 요주
　　지주耀州知州를 역임했다. 그의 주요 저작으로는 『자과당집自課堂集』(6권)이 있다.
147) 모기령毛奇齡에 대해서는 『양주화방록』 권10 「홍교록虹橋錄 · 상上 · 14」의 주석을 참
　　소할 섯.
148) 손지위孫枝蔚에 대해서는 『양주화방록』 권10 「홍교록虹橋錄 · 상上 · 17」의 주석을 참
　　조할 것.
149) 종관宗觀에 대해서는 『양주화방록』 권10 「홍교록虹橋錄 · 상上 · 32」를 참조할 것.

允恭, 공현龔賢,151) 황석려黃石閭152)가 있다. 이는 모두 한 때의 훌륭한 일화였다. 나중에 김장진은 안찰사로 승진하여 강녕江寧으로 옮겨 갔다가, 소속 부서를 순시할 때 이곳 군에 들러 왕무린과 함께 진상루를 짓고 송나라 때의 여러 훌륭한 문인들에게 제사를 올렸다. 그는 수레를 멈추고 굽은 골목을 걸어 영도寧都의 위희魏禧153)를 방문했으니, 자신을 낮추고 뛰어난 사람을 존중하는 그의 태도에는 옛 사람의 풍모가 배여 있었다.

왕무린은 진상루에서 「정월 초이레에 큰 눈이 내려 사람들과 함께 지은 사십 수[人日大雪同人賦四十韻]」라는 시를 지었고, 또 사람들과 함께 구양수의 위패에 절하고 각기 칠언고시七言古詩를 지었다. 그때 같이 지은 사람들은 손지위, 종관, 화용미, 정수程邃,154) 등한의鄧漢儀,155) 도계陶季,156) 왕빈王賓157) 등이다. 삼년상을 마치자 그는 주사主事의 신분으로 사관史館에 들어가 『명사』를 수찬修撰했고, 3년 동안 형부刑部에서 일했

---

150) 팽계彭桂(?~?)는 원래 성명이 팽의彭檹이고 자는 원금爰琴 또는 상형上馨이며, 율양溧陽 사람이다. 그는 제생 출신으로 1679년에 박학홍사과에 천거되었으나 응시하지 않았다. 저작으로 『초용각집初蓉閣集』과 『곡음집谷音集』이 있다.

151) 공현龔賢(1618~1689)은 이름이 기현豈賢이라고도 하고 자는 반천半千 또는 야유野遺, 호는 시장인柴丈人, 종산야로鍾山野老, 반무거인半畝居人, 청량산하인清凉山下人 등을 사용했다. 그는 원적原籍이 강소 곤산崑山인데, 어릴 적부터 남경에 이주해 살았다. 그는 명말 청초의 저명한 시인이자 화가로서 반절樊圻, 고잠高岑 등과 더불어 '금릉팔가金陵八家'로 꼽혔다. 저작으로 『초향당집草香堂集』과 『반무원시半畝園詩』가 있다.

152) 본문 33에 언급된 황운黃雲을 가리키는 듯하나, 확실하지 않다.

153) 위희魏禧에 대해서는 『양주화방록』 권16 「촉강록蜀岡錄·28」의 주석을 참조할 것.

154) 정수程邃에 대해서는 『양주화방록』 권10 「홍교록虹橋錄·상上·18」의 주석을 참조할 것.

155) 등한의鄧漢儀에 대해서는 『양주화방록』 권10 「홍교록虹橋錄·상上·93」의 주석을 참조할 것.

156) 도계陶季(?~?)는 원래 성명이 도징陶澄(또는 陶澂)이고 자는 계심季深인데, 대개 자로 알려져 있다가 나중에는 아예 이름을 바꾸었다고 한다. 그는 호가 소만昭萬 또는 괄암括庵이며, 강소 보응寶應 사람이다. 그는 명나라 말엽의 제생 출신인데, 청나라가 들어서자 벼슬길을 버리고 시詩와 고문古文, 사詞에 전념했다. 그는 여행을 좋아해서 배 위에서 지은 시가 많이 있는데, 일찍이 왕사정王士禎은 그가 전남滇南과 민중閩中을 여행하며 지은 시들을 책으로 엮어 편찬하기도 했다. 그의 저작으로는 『호변초당집湖邊草堂集』과 『주거집舟車集』이 있다.

157) 왕빈王賓(?~1682)은 자가 빈왕賓王 또는 자원仔園이고 조적祖籍은 섬서陝西 경양涇陽이지만 대대로 양주에서 염업을 했다. 그는 1663년에 거인이 되었으며, 서예에 뛰어났다.

다. 저작으로 『백척오동각집百尺梧桐閣集』(23권)이 있다. 그는 또 정초鄭
樵158)의 『통지通志』가 너무 방대하고 번잡하다고 여겨서 직접 내용을
간추려 바로잡았다. 죽은 후에 그는 평산당 옆에 묻혔다. 강희 연간에
이곳 사람들은 왕사정을 진상루에서 제사지냈고, 옹정 연간에는 김장진
과 왕무린을 함께 제사지냈다.

이 지역 사람인 당심광唐心廣은 평산당을 중건할 때 인부 모으는 일
을 맡았는데, 대나무 조각이나 나무 부스러기조차 살뜰하게 챙겨 쓰면
서 조금도 불만이 없게 했다. 그래서 왕무린은 이 일에 대한 기록[記]에
서 "당심광의 노고를 잊히게 할 수 없어서 관례에 따라 글로 남긴다心
廣勞不可沒, 例得書]"고 썼다.

왕무린의 형 왕요린은 자가 숙정叔定인데, 저작으로 『포뢰당집抱耒堂
集』(26권)이 있다.

33. 평산당에 나들이를 다닌 흔적은 왕사정에게서 시작되는데, 「9일에
방문方文,159) 황전조黃傳祖,160) 추지모鄒祗謨,161) 성부승盛符升162)과 함께
연회를 열고 지은 시[九日與方爾止黃心甫鄒訐士盛珍示宴集詩]」가 문집에 수
록되어 있다. 당시 등한의, 주이존, 공현, 두준杜濬,163) 손지위, 임고도林

---

158) 정초鄭樵에 대해서는 『양주화방록』 권1 「초하록草河錄·상上·15」의 주석을 참조할 것.
159) 방문方文(1612~1669)은 자가 이지爾止이고 호는 도산嵞山 또는 도산涂山이며, 안휘
　　동성桐城 사람인데, 남경에 와서 살았다. 그는 청대의 저명한 문장가 방포方苞의 조상
　　으로, 명나라 때의 제생 출신이나 청나라가 들어서자 벼슬길에 나아가지 않고 유민시
　　인遺民詩人으로 명성을 날렸다. 저작으로 『도산집嵞山集』이 있다.
160) 황전조黃傳祖(?~?)는 자가 심보心甫이고, 강소 무석無錫 사람이다. 그는 명나라 유민으
　　로 자처하며 청나라에서 벼슬살이를 하지 않았지만 시에 재능이 있어서 왕사정王士禎
　　등 명사들과 교유했다.
161) 추지모鄒祗謨에 대해서는 『양주화방록』 권10 「홍교록虹橋錄·상上·35」를 참조할 것.
162) 성부승盛符升(1615~1700)은 자가 진시珍示이고 호는 성재誠齋 또는 책석柹石이며, 강
　　소 곤산崑山 사람이다. 그는 1644년 진사에 급제하여 내각중서와 광서도어사廣西道御史
　　등을 역임했다. 저작으로 『성재집誠齋集』이 있다.
163) 두준杜濬에 대해서는 『양주화방록』 권10 「홍교록상·9」의 주석을 참조할 것.

古度,164) 장강손張綱孫,165) 손묵孫默,166) 허승선許承宣과 허승가許承家 형
제,167) 원우령袁于令, 종관宗觀, 오기吳綺, 진유숭陳維崧, 종원정, 왕사록王
士祿,168) 시윤장施閏章,169) 왕즙汪楫170) 등이 모두 각종 시와 문장의 모임
에서 만났다. 평산당이 다시 세워지자 왕사정은 손지위, 종원정, 등한의
에게 부치는 시를 지었고, 김장진은 「평산당을 다시 짓다[修復山堂詩]」라
는 시를 썼다. 당시 조추□曹秋□,171) 오문청吳雯淸,172) 육구가陸求可,173)
왕완汪琬,174) 진송령秦松齡,175) 정팽丁澎,176) 진정경陳廷敬,177) 팽손휼彭孫

---

164) 임고도林古度에 대해서는『양주화방록』권10「홍교록상·15」의 주석을 참조할 것.
165) 장강손張綱孫에 대해서는『양주화방록』권10「홍교록상·16」의 주석을 참조할 것.
166) 손묵孫默에 대해서는『양주화방록』권10「홍교록상·19」의 주석을 참조할 것.
167) 허승선許承宣 형제에 대해서는『양주화방록』권10「홍교록상·20」의 주석을 참조할 것.
168) 왕사록王士祿에 대해서는『양주화방록』권10「홍교록紅橋錄·상上·29」를 참조할 것.
169) 시윤장施閏章(1618~1683)은 자가 상백尙白 또는 기운屺雲이고 호는 우산愚山이며, 안
    휘 선성宣城 사람이다. 그는 1649년 진사에 급제하여 형부주사에 제수되었고, 과거시험
    성적이 좋아 산동학정山東學政을 맡기도 했다. 강서참의江西參議로 있을 때에는 정치적
    치적을 쌓아 '시불자施佛子'라고 칭송되기도 했으며, 1679년에는 박학홍유에 천거되어
    한림원 시강에 제수되고,『명사』편찬에 참여하기도 했다. 당시 그는 송완宋琬과 함께
    시로 명성을 날리며 '남시북송南施北宋'으로 불리기도 했으며, 같은 고향 출신의 고영高
    詠과 함께 동남 지역 사단詞壇을 주도하며 이른바 '선성체宣城体'를 유행시키기도 했다.
    저작으로『학여당문집學餘堂文集』(28권)과『학여당시집學餘堂詩集』(50권),『단계연품端溪
    硯品』(1권),『시원빙연試院冰淵』(1권),『구재잡기矩齋雜記』(2권),『확재시화蠖齋詩話』(2권),
    『의명사擬明史』(7권),『청원지략보집青原志略補輯』(12권) 등이 있다.
170) 왕즙汪楫에 대해서는『양주화방록』권2「초하록草河錄·하下·96」의 주석을 참조할 것.
171) 조용曹溶(1613~1685, 자는 추악秋嶽 또는 결궁潔躬, 감궁鑒躬)을 가리키는 듯하나, 확
    실하지는 않다.
172) 오문청吳雯淸은 자가 방련方漣이고 호는 어산魚山이며, 절강 인화仁和 사람이다. 저작
    으로『설소헌집雪嘯軒集』이 있다.
173) 육구가陸求可(1617~1679)는 자가 함일咸一이고 호는 밀암密庵이며, 강소 산양山陽 사
    람이다. 그는 1655년 진사에 급제하여 하남河南의 유주지주裕州知州에 제수되었으며,
    나중에 형부원외랑, 포정사참의布政司參議 등을 역임했다. 저작으로는『밀암시문집密庵
    詩文集』(28권)과『어록語錄』(4권)이 있다.
174) 왕완汪琬(1624~1691)은 자가 초문苕文이고 호는 요봉堯峰 또는 순옹純翁, 둔옹鈍翁,
    둔암鈍庵이며, 장주長洲(지금의 쑤저우시) 사람이다. 그는 1655년 진사에 급제하여 형부
    랑중, 호부주사 등을 역임했으나, 1670년에 벼슬을 버리고 고향으로 돌아가 저술에 전
    념했다. 그러다가 1679년에 박학홍사로 천거돼서 한림원 편수에 제수되었고,『명사』
    편찬에 참여하기도 했다. 저작으로『요봉문초堯峰文鈔』와『설령說鈴』등이 있다.

邏,178) 송낙宋犖,179) 허규許虯,180) 주이존, 이양년李良年,181) 모기령 등도
모두 이와 관련된 시를 남겼다.

　강희 연간에 평산平山 땅의 최화崔華182)가 전운사로서 양주에 왔을
때, 평산당에서 수계행사를 거행했는데, 그때에도 팽계, 고사기高士

<hr>

175) 진송령秦松齡(1637~1714)은 자가 한석漢石 또는 차초次椒이고 호는 유선留仙 또는 대암
　　對岩, 귤중일수橘中逸叟이고, 강소 석산錫山(지금의 우시시無錫市) 사람이다. 그는 순치 12
　　년(1655) 진사에 급제하여 국사원검토國史院檢討를 지냈다. 나중에는 형양荊襄에서 종군從
　　軍하며 총독 채육영蔡毓榮의 군중에서 학문을 강의하다가, 고향으로 돌아가 저술에 전념
　　했다. 1679년에는 박학홍유에 천거되어 다시 검토 벼슬을 제수받았다. 저작으로『과백령
　　전過百齡傳』과『영대기瀛臺記』,『창연산인집蒼硯山人集』(11권),『시집詩集』(5권),『미운사微
　　雲詞』(1권), 그리고『내생복탄사來生福彈詞』가 있다. 그 이에 그는『모시일전毛詩日箋』(6권)
　　을 간행하기도 했다.
176) 정팽丁澎(1622~1686)은 자가 비도飛濤이고 호는 약원藥園이며, 절강 인화仁和 사람이
　　다. 그는 1655년 진사에 급제하여 예부사제사랑중禮部祠祭司郎中을 역임하고 하남군시
　　河南郡試를 주관하기도 했다. 얼마 후 파직되어 고향에서 시문을 지으며 지냈고, 1693
　　년에는『절강통지』의 편찬에 참여하기도 했다. 저작으로『약원집藥園集』과『부려당집
　　扶荔堂集』등이 있다.
177) 진정경陳廷敬에 대해서는『양주화방록』권2「초하록草河錄·하下·30」의 주석을 참
　　조할 것.
178) 팽손휼彭孫遹(1631~1770)은 자가 준손駿孫이고 호는 선문羨門 또는 금속산인金粟山人
　　으로, 절강 해염海鹽 사람이다. 그는 1659년 진사에 급제하고, 1679년에 박학홍사과에
　　천거되어 한림원 편수에 제수된 이래, 이부좌시랑 겸 장원학사掌院學士를 역임했다. 그
　　는 시와 사를 잘 지어서 왕사정王士禎과 더불어 명성을 날렸으며, 저작으로『송계당집
　　松桂堂集』과『연로사延露詞』,『금속사화金粟詞話』등을 남겼다.
179) 송낙宋犖에 대해서는『양주화방록』권10「홍교록虹橋錄·상上·27」의 본문과 주석을
　　참조할 것.
180) 허규許虯(?~?)는 자가 죽은竹隱이고, 강소 장주長洲(지금의 쑤저우시) 사람이다. 그는
　　1651년 거인이 되어 사남지부思南知府를 지냈다. 그는 특별히「고시십구수古詩十九首」
　　등을 따라 지은 의고擬古의 작품을 많이 썼으며, 저작으로『만산루시집萬山樓詩集』(24
　　권)이 있다.
181) 이양년李良年(1635~1694)은 원래 성명이 이법원李法遠이며, 자는 무증武曾이고 호는
　　추금秋錦으로, 절강 수수秀水 사람이다. 그는 제생 출신으로 형 이승원李繩遠 및 아우
　　이부李符와 더불어 '삼이三李'로 불리며 시단에 명성을 날렸다. 그는 종종 주이존朱彝尊
　　등과 어울려 시를 짓곤 했으며, 저작으로『추금산방집秋錦山房集』(22권)이 있다.
182) 최화崔華(?~1693)는 자가 연생蓮生이고 직예直隸 평산平山 사람이다. 그는 1659년 신
　　사에 급제한 이후 절강 개화현開化縣의 지현, 양주지부, 양회염운사를 역임하며 선정을
　　베풀었다. 1693년에는 감숙甘肅 장량도莊凉道에 임명되었으나, 부임지로 출발하기도 전
　　에 죽었다.

奇,183) 왕사횡汪士鋐,184) 조정길曹貞吉185) 등이 모두 시를 지었다. 태수 부택홍傅澤洪186)과 평산당의 승려 여고행욱麗杲行昱, 시인 반문기潘問奇187)도 이에 관한 시를 지었다. 조인188)이 양회 지역을 순시할 때에는 탁이감卓爾堪189)과 공상임190) 등이 시를 지었다. 하연기何延己는 「상사일에 평산당에서 수계를 치르며[上巳山堂脩禊詩]」라는 시를 지었다. 또한 전찬殿撰191) 왕식단王式丹192)은 평산당에서 시회를 결성한 바 있는데,

---

183) 고사기高士奇에 대해서는 『양주화방록』 권7 「성남록城南錄·4」의 주석을 참조할 것.

184) 왕사횡汪士鋐(1658~1723)은 자가 문승文昇이고 호는 퇴곡退谷 또는 추천秋泉이며, 장주長洲(지금의 쑤저우시) 사람이다. 그는 강희 36년(1697) 장원으로 진사에 급제하여 중윤中允 벼슬을 지냈다. 뛰어난 서예가이기도 했던 그는 『예학명고瘞鶴銘考』, 『추천거사집秋泉居士集』, 『전진예문지全秦藝文志』 등의 저작을 남겼다.

185) 조정길曹貞吉(1634~1689)은 자가 적청迪清 또는 승륙昇六이고 호는 실암實庵이며, 산동山東 안구安丘 사람이다. 그는 강희 3년(1664) 진사에 급제하여 내각중서, 휘주부동지徽州府同知, 예부랑중 등을 역임하다가 병을 핑계로 벼슬을 내놓고 고향으로 돌아갔다. 그는 시와 사에서 각기 당대의 일류로 꼽혔으며, 저작으로 『가설시珂雪詩』와 『가설사珂雪詞』가 있다.

186) 부택홍傅澤洪(?~?)은 자가 치군穉君이고 호는 육암育菴이며, 양홍기한군鑲紅旗漢軍 출신이다. 그는 강남회양도부사江南淮揚道副使를 역임했으며, 황하와 회수淮水, 한수漢水, 장강長江, 제수濟水, 운하運河 등 주요 강줄기 및 그와 관련된 관사官司, 부역夫役, 조운漕運, 조규漕規 등등 각종 항목에 관한 역대의 기록을 총망라한 『행수금감行水金鑒』(175권)을 편찬한 것으로 유명하다.

187) 반문기潘問奇(1632~1695)는 자가 운정雲程 또는 운객雲客이고 호는 설범雪帆으로, 절강 전당錢塘 사람이다. 저작으로 『배견당시집拜鵑堂詩集』이 있다.

188) 조인曹寅에 대해서는 『양주화방록』 권2 「초하록草河錄·하下·103」을 참조할 것.

189) 탁이감卓爾堪(?~?)은 자가 자임子任이고 호는 녹허鹿墟 또는 보향산인寶香山人이다. 그는 한군기인漢軍旗人 출신으로, 강도 혹은 인화仁和(지금의 항저우시) 사람이라는 설이 있다. 그는 약관도 채 안 된 나이에 이지양李之襄의 군대를 따라가 경정충耿精忠의 반란을 진압하는 데에 공을 세웠다. 그러나 모친의 변환 때문에 고향으로 돌아온 후로는 더 이상 벼슬길에 나아가지 않고 매문정梅文鼎, 공상임, 장조張潮 등과 더불어 시를 읊고 사방을 여행하며 지냈다. 그의 시집으로는 『근청당시近青堂詩』가 있으며, 명나라 말엽 유로遺老들의 시를 모아 『유민시遺民詩』(16권)를 편찬하기도 했다. 『유민시』에는 약 500명의 시 3,000여 수가 수록되어 있는데, 건륭 연간에 금서로 지정되었다. 그러다가 1910년 상하이의 유정서국有正書局에서 『명말사백가유민시明末四百家遺民詩』라는 제목으로 영인影印되었고, 1960년에는 상하이 중화서국中華書局에서 『명유민시明遺民詩』라는 제목으로 간행되었다.

190) 공상임孔尚任에 대해서는 『양주화방록』 권1 「초하록草河錄·상上·10」의 주석을 참조할 것.

거기 참여한 이들 가운데 지금 알 수 있는 이들은 두자수杜紫綬와 황운
黃雲193) 두 사람뿐이다. 또한 당건중唐建中194)이 간행한『산당연집시山堂
宴集詩』에 들어 있는 작들은 모두 '한강아집邗江雅集'에 참여한 인물들이
지은 것들이다. 왕전汪荃195)의「화조초집산당花朝招集山堂」이라는 시에는
서도장徐陶璋,196) 당계조唐繼祖,197) 방조기方肇夔198) 등이 포함되어 있다.
조길사趙吉士199)의 『산당시차선동산운山堂詩次先東山韻』은 허승종許承宗

---

191) 송나라 때에는 집영전수찬集英殿修撰과 집현전수찬集賢殿修撰(나중에 우문원수찬右文
殿修撰으로 바뀜)을 가리키는 말이었으나, 원나라 때부터 장원으로 진사에 급제한 이가
집현전수찬에 임명되면서부터 명·청대에는 아예 장원을 수찬으로 부르게 되었다.

192) 왕식단王式丹(1645~1718)은 자가 방약方若이고 호는 누촌樓村이며, 강소 보응寶應 사
람이다. 그는 20살 무렵부터 강남지역 시인 가운데 최고라고 칭송을 받았으며, 1702년
장원으로 진사에 급제했다. 이후 한림원 수찬으로『황여도표皇輿圖表』,『패문운부佩文
韻府』,『대청일통지大淸一統志』,『주자전서朱子全書』,『연감류함淵鑑類函』 등의 편찬에 참
여하고,『이십일사二十一史』 등의 교감에도 참여했다. 그러나 만년에는 귀가 어두워져
서 강희제의 총애를 잃고 또한 권신들에게도 미움을 받아 벼슬을 잃고 양주에 거주하
다가, 다시 향시의 부정 사건에 휘말려 고생한 후 병으로 죽었다. 저작으로『누촌시집
樓村詩集』과『화악당문집花蕚堂文集』,『영두록靈豆錄』 등이 있다.

193) 황운黃雲(1621~1702)은 자가 선상仙裳이고 호는 구초舊樵이며, 태주泰州 사람이다. 그
는 강희 연간에 제생이 되었으며, 1683년에는 성지省志의 편찬에 참여하기도 했다. 뛰
어난 시인이자 화가이기도 했던 그의 주요 저작으로『초청집樵青集』(1646),『강산집康
山集』,『유연당고悠然堂稿』,『동인루시桐引樓詩』(7권),『의루사倚樓詞』 등이 있다.

194) 당건중唐建中에 대해서는『양주화방록』권4「신성북록新城北錄·중中·15」를 참조할 것.

195) '중화본'에는 '王木瓶'으로 되어 있으나 오류로 보인다. 왕전의 호가 목병도인木瓶道
人이다. 자세한 사항은『양주화방록』권7「성남록城南錄·33」의 주석을 참조할 것.

196) 서도장徐陶璋(1674~1738)은 자가 단규端揆이고 호는 달부達夫 또는 형포蘅圃이며, 곤
산崑山(지금의 쑤저우시 쿤산崑山) 사람이다. 뛰어난 서예가로도 유명한 그는 1715년
과거에 장원으로 급제하여 한림원 수찬, 분교예부회시관分校禮部會試官 등을 역임했다.

197) 당계조唐繼祖(?~?)는 자가 서황序皇이고 강도江都 사람이다. 그는 1721년 진사에 급
제하여 한림원 서길사에 뽑힌 이후 편수, 예부원외랑, 절강도어사浙江道御史, 공과급사
중工科給事中, 통정사잠의通政司參議, 홍려시경鴻臚寺卿, 하남안찰사河南按察使, 초북안찰
사湖北按察使 등을 역임했다.

198) 방조기方肇夔(?~?)는 자가 인해引諧이고 강도 사람이다. 그는 청나라 때 제생 출신이
며, 저작으로『만서시고晚鉏詩稿』가 있다.

199) 조길사趙吉士(1625~1706)는 자가 천우天羽이고 호는 항부恒夫 또는 애인藹人이며, 휴
녕休寧(지금의 안훼이성 시우닝) 사람인데, 나중에 관적을 항주로 옮겼다. 그는 1651년
에 거인이 되어 교성交城(지금의 산시성山西省 쟈오청交城) 지현, 호부산서주사戶部山西
主事, 하남사河南司와 사천사四川司의 주사主事, 봉직대부奉直大夫, 봉사징양주관초奉使徵

이 발문跋文을 써서 평산당의 돌 벽에 새겨놓았다. 노견증은 양회전운 사로 있을 때에 「수계산당시修禊山堂詩」를 지었다.

갑술甲戌년(1754)에 전운사 노견증은 조운漕運 벼슬을 지낸 혜황嵇 璜,200) 시랑侍郎 벼슬을 지낸 전진군錢陳群201)과 함께 『산당기유화운시山 堂紀游和韻詩』를 지었는데, 전진군이 직접 기록한 1권이 석평루石平樓에 새겨져 있다. 전진군이 글씨를 쓴 발문跋文에는 이렇게 적혀 있다.

내가 병이 조금 나아져서 배를 띄우고 한강邗江 근처로 나들이를 갔는데, 나와 같은 해에 과거에 급제한 노견증이 장로長蘆(청포현淸浦縣)에서 여기로 옮겨와 주둔하고 있었다. 석산錫山 사람으로 사농司農(호부상서戶部尚書의 별 칭) 벼슬을 지낸 혜황이 고언高堰(지금의 화이인현淮陰縣에 속함)의 준설사업 을 감독하러 왔다가 부모님께 인사하기 위해 휴가를 내어 고향으로 가던 도 중 한강 근처를 지나니, 노견증이 그를 초빙하여 평산당으로 나들이를 갔는 데, 나도 거기에 참여했다. 이튿날 혜황이 배를 타고 떠난 뒤에 평산당에 지 었던 시를 우편으로 보냈는데, 그때 나는 이미 취리檇李202) 땅으로 돌아와 있 던 상태였다. 그런데 전운사 노견증이 화답시와 원래 평산당에 지은 시를 모 으고 있다면서, 나에게 빨리 시를 짓고 시집 1권을 써달라고 부탁했다. 내 글 씨는 진귀하다고 할 만하지 않지만 노견증의 풍류는 진정 왕사정의 뒤를 이 었다고 할 수 있다.

予病差可, 泛舟游邗上, 盧同年自長蘆移駐于此. 錫山嵇司農督修高堰告竣,

揚州關鈔 겸 독통주중남창督通州中南倉, 호과급사중戶科給事中을 역임했다. 이후 회전관會 典館에 들어가 염서鹽書와 조서漕書를 편찬했다. 1684년에는 조의대부朝議大夫가 되었 다. 주요 저작으로는 『만청각전집萬青閣全集』(8권)과 『만청각시여萬青閣詩餘』, 『속표충기 續表忠記』, 『록음운정위錄音韻正僞』 등이 있다. 그 외에도 『휘주부지徽州府志』와 『교성현 지交城縣志』 등의 편찬을 주도하기도 했다. 그의 전기는 『청사고淸史稿』 권46 「순리전循 吏傳」 등에 수록되어 있다.

200) 혜황嵇璜에 대해서는 『양주화방록』 권13 「교서록橋西錄·72」를 참조할 것.
201) 전진군錢陳群에 대해서는 『양주화방록』 권12 「교동록橋東錄·19」의 주석을 참조할 것.
202) 지금의 저쟝성浙江省 쟈싱嘉興의 서남쪽을 가리키는 옛 지명이다.

請假省親經邗上, 邀遊山堂, 予亦與焉. 明日, 稧君揚帆去, 郵寄原韻, 則予已
還橋李. 都轉以和詩及原唱彙致, 促予成詩, 屬手錄一卷. 予書不足珍重, 而都
轉風流, 眞足步漁洋後塵矣.

당시 편수 벼슬을 지낸 이중간李中簡[203)이 상을 마치고[服闋] 양주로
와서 화답시를 지으니, 전진군이 직접 전체를 글씨로 옮기고 다음과 같
은 발문을 썼다.

이중간은 혜황의 작품에 화답하여 시를 썼고, 노견증은 이것을 귀한 돌에
새기기 위해 나에게 글씨를 써달라고 청했다. 구양수가 황제의 부름을 받아
조정으로 간 뒤, 매요신梅堯臣과 유창劉敞 등 여러 인사들이 그 운韻에 따라
시를 써서 우편으로 부치니, 아름다운 일화가 되었다. 이중간이 혹이 여기에
뜻을 두고 있었던 것은 아닌가?

文園有追和稧司農之作, 雅雨有壽石之擧, 卽請予書付去. 歐陽內召後, 梅劉
諸君多用其韻郵寄, 遂成佳話. 文園或有意于此歟.

노견증은 다음과 같은 발문을 썼다.

『산당기유시』가 출간되자 나라 안의 저명한 인사들 가운데 화창和唱한 이
들이 점차 많아져서, 이에 부쳐온 순서대로 평루의 돌에 새겨 후세 사람들이
볼 수 있게 해주었다. 평루는 평산당의 서편에 있는데, 정사丁巳년(1737)에 광
록경을 지낸 왕응경이 다시 세웠다. 나들이 나온 이들의 시문詩文 연회가 대
개 이곳에서 행해졌다.

---

203) 이중간李中簡(1711?~1788?)은 자가 염농廉農이고 호는 문원文園이며, 직예直隷 임구任
邱 사람이다. 그는 1748년 진사에 급제하여 한림원 서길사가 되었고, 이후 시상학사와
일강기거주관日講起居注官을 지냈으며, 나중에 산동학정山東學政으로 나가서 공을 세워
한림원 편수가 된 후 병을 이유로 벼슬을 내놓고 귀향했다. 그의 저작으로『취수헌시
就樹軒詩』등이 있다.

山堂紀游詩既出，海內名公，和者寝衆，乃隨寄到之先後，勒石于平樓，以貽
後之覽者．樓在堂之西偏，丁巳年光祿卿汪應庚重修，游人宴集，多在斯樓云．

　　그 뒤를 이어서 편수를 지낸 정몽성204)과 태수를 지낸 왕잠여王箴
興,205) 전찬殿撰을 지낸 진대사,206) 시랑을 지낸 전무근田懋勤(자는 퇴재退
齋),207) 전찬을 지낸 팽계풍彭啓豐,208) 학사學士 주장발周長發,209) 편수를
지낸 웅본熊本(자는 추림秋林), 주사主事를 지낸 왕우증王又曾,210) 전찬을
지낸 전유성錢維城,211) 문학文學을 지낸 이랑李朗(자는 청주晴洲)이 연달아

----

204) 정몽성程夢星에 대해서는 『양주화방록』 권1 「초하록草河錄·상上·7」과 권4 「신성북
　　록新城北錄·중中·16」을 참조할 것.
205) 왕잠여王箴興(?~?)는 자가 경의敬倚이고 호는 맹정孟亭이며, 보응寶應 사람이다. 그는
　　1712년 진사에 급제하여 위휘지부衛輝知府를 역임했으며, 저작으로 『맹정편년시孟亭編
　　年詩』가 있다.
206) 진대사秦大士에 대해서는 『양주화방록』 권13 「교서록橋西錄·85」를 참조할 것.
207) 여기 언급된 전무근田懋勤은 『양주화방록』 권13 「교서록橋西錄·98」에 언급된 전무田
　　懋(1690~1770, 자는 덕부德符, 호는 퇴재退齋)를 잘못 표기한 것인 듯하다.
208) 팽계풍彭啓豐(1701~1784)은 자가 한문翰文이고 호는 지정芝庭 또는 향산노인香山老人
　　이며, 장주長洲 사람이다. 그는 1727년에 장원으로 진사에 급제하여 병부상서까지 지
　　냈다. 뛰어난 시인이자 화가였던 그의 저작으로는 『지정시고芝庭詩稿』가 있다.
209) 주장발周長發(1696~1777)은 자가 난파蘭坡이고 호는 석범石帆 또는 석범산인石帆山人
　　이며, 절강 산음山陰(지금의 사오싱시紹興市) 사람이다. 그는 1724년 진사에 급제하여
　　한림원 서길사가 된 이후 광창지현廣昌知縣, 동청교우東清教諭를 지내면서 『절강통지浙
　　江通志』를 편찬했고, 1736년에는 박학홍사과에 천거되어 편수에 제수되었고, 이후 시
　　강학사까지 지냈다. 그는 『강목황조문영교간綱目皇朝文穎校刊』, 『요사遼史』, 『속문헌통
　　고續文獻通考』, 『사림전고詞林典故』 등의 편찬에 참여한 바 있으며, 자신으로 저작으로
　　는 『사서당집賜書堂集』과 『석범산인년보石帆山人年譜』가 있다.
210) 왕우증王又曾(1706~1762)은 이름을 왕우증王右曾이라고도 쓰는데, 자는 수명受銘이고
　　호는 곡원穀原이며, 수수秀水(지금의 쟈싱시嘉興市) 사람이다. 그는 1751년 건륭제가 강
　　남지역을 순시할 때 치른 향시에 급제하여 거인이 되고 내각중서에 임명되었으며,
　　1754년 진사에 급제하여 예부주사, 형부주사 등을 지내다가 얼마 후 병을 이유로 벼슬
　　을 내놓고 귀향했다. 저작으로 『정신로옥집丁辛老屋集』이 있다.
211) 전유성錢維城(1702~1772)은 원래 이름이 전신래錢辛來이고, 자는 종반宗磐 또는 유안
　　幼安이며, 호는 유암幼庵 또는 다산茶山, 가헌稼軒이다. 그는 무진武進(지금의 쟝쑤성 창
　　저우常州) 사람으로, 1745년에 장원으로 진사에 급제하여 형부시랑을 거쳐 직남서남直
　　南書房이 되었다. 뛰어난 화가이자 문신文臣으로 건륭제의 총애를 받았던 그는 죽은 후
　　에 문민文敏이라는 시호를 받았다.

창화했고, 진대사가 그것을 글씨로 써서 돌에 새겼다. 진대사는 발문에서 다음과 같이 말했다.

> 노견증이 전진군, 혜황과 함께 평산당에 나들이 가서 긴 노래를 짓고 벽에 써놓으니, 이 뒤를 이어 여러 저명한 고관대작과 인사들이 이곳에 들를 때면 종종 운을 따라 창화시唱和詩를 지어놓고 가거나 혹은 이곳을 떠난 후에 우편으로 보내니, 이에 그것들을 돌비석212)에 새겨 한때 풍성했던 아름다운 글들을 기록해두었다. 이에 앞서 사구司寇213)를 지낸 전진군이 1권의 책으로 모아서 돌에 새겨 몇 수를 남겨놓았는데, 노견증이 내게 그 뒤를 이어 쓰라고 했다. 외람되게도 천박한 재주로 문단文壇의 끝머리에 이름을 끼워 넣었으니, 너무도 영광스러운 일이라 하겠다.
>
> 雅雨同錢香樹秬黼庭游山堂, 爲長歌張壁間, 嗣是凡名公卿朝士道經茲土, 往往次韻留題而去, 或別後于郵筒却寄, 乃鐫諸貞珉, 以志一時文藻之盛. 先是司寇錢公彙書一卷, 摹泐上石, 以次若干首, 雅雨命拙書續之, 猥以譾陋, 廁名壇坫之末, 其有餘榮矣.

그 뒤로 관찰어사를 지낸 주약동朱若東214)이 또 창화시를 지었는데, 지금은 모두 돌에 새겨 평루의 벽에 박혀 있다.

34. 여릉廬陵 사람 구양흡歐陽洽은 자가 문달文達고, 구양수의 후손이다. 그는 풍수지리[堪輿]를 잘 알았고, 제군制軍215) 벼슬을 지낸 윤가선尹繼

---

212) 본문의 '정민貞珉'은 '정민貞岷' 또는 '정민貞瑉'을 잘못 쓴 것인 듯하다.
213) 청나라 때에는 형부상서를 대사구大司寇, 형부시랑을 소사구少司寇라고 불렀다.
214) 주약동朱若東(?~?)은 자가 원휘元暉이고 호는 효원曉園이며 임계련臨桂縣 서향西鄉 사람이다. 그는 1745년 진사에 급제하여 한림원 편수에 제수된 이래 복선노감찰어사福建道監察御史, 조의대부朝議大夫, 공과장인급사중工科掌印給事中, 분수산동제동태무도分守山東濟東泰武道, 하남통성량저역감도河南通省粮儲驛監道, 강소염법도대江蘇鹽道臺 등을 역임했다.
215) 명·청 시대 총독總督의 별칭으로서, '제대制臺'라고도 했다.

善216)과 사이가 좋았다. 순염어사 고항高恒이 평산당을 다시 수리할 때 건물의 방향과 위치를 정하는 일을 모두 구양흡이 담당했다. 촉강의 지맥地脈에 대해서는 고조우顧祖禹의 『독사방여기요讀史方輿紀要』와 축목祝穆의 『방여승람方輿勝覽』, 육심陸深의 『지명록知命錄』, 요여姚旅의 『노서露書』, 그리고 『태평환우기』와 『주자어류』 등의 서적에 두루 보인다. 당시 사람들은 이에 대해 잘못 알고 '강동십팔룡江東十八龍'의 법을 적용하고 평양법平洋法217)은 따지지 않았다. 그러나 구양흡은 『지명록』을 따라서, 촉강의 지맥이 서쪽에서 북쪽으로 이어지면서 한 번 솟았다가 한 번 낮아지기 때문에 그것을 산 위의 용신龍神으로 볼 수 없다고 여기고 『감여리수략堪輿理數略』을 저술했다. 상국相國218)을 지낸 유륜劉綸219)이 거기에 서문을 써주었다.

35. 건륭 연간에 초엽에 어떤 사람이 봄날 밤 달빛 아래에서 몇몇 사람들이 평산당 대문 바깥의 석판이 깔린 땅 위에 둘러앉아 있고, 온갖 음식이 두루 차려져 있는 광경을 보았다. 그가 달려가 보니 온 몸에 종기가 나 있고 보통 사람보다 훨씬 많이 먹는 사람, 몸은 비쩍 말랐고 동작이 느려터진 사람, 용모는 알아보기 힘들 정도로 늙어서 분위기와 표정

---

216) 윤계선尹繼善(1696~1771)은 자가 원장元長이고, 만주 양황기인鑲黃旗人이며, 본래 성은 장가章佳이다. 그는 1723년 진사에 급제한 뒤로 오랫동안 양강兩江, 운위광서雲貴廣西, 천섬川陝 등의 총독을 지냈고, 벼슬이 문화전대학사文華殿大學士 겸 영병부병충상서방총사부領兵部并充上書房總師傅에 이르렀다. 죽은 뒤에는 태자태보太子太保의 벼슬과 함께 문단文端이라는 시호를 받았다. 저작으로 『윤문단공집尹文端公集』이 있다.

217) 『양주화방록城南錄』 권7 「성남록城南錄 · 15」를 참조할 것.

218) 춘추 전국시기에 초楚나라를 제외한 모든 나라에 설치되어 있던 관직 이름으로 '상방相邦' 또는 '승상丞相'으로도 불렸다. 이 관직은 모든 벼슬아치 가운데 우두머리를 지칭하는 것이었는데, 훗날에는 재상에 대한 존칭으로 쓰였다.

219) 유륜劉綸(?~?)은 자가 신함眘涵이고 호는 승암繩庵이며, 무진武進 사람이다. 그는 제생 출신으로 1736년에 박학홍사과에 천거되어 편수에 제수되었고, 이후 벼슬이 문연각대학사까지 올랐다. 죽은 후에는 태자태부太子太傅에 추증되었고, 시호는 문정文定이다. 그의 저작으로는 『승암내외집繩庵內外集』이 있다.

조차 없는 사람, 몹쓸 병에 걸려 수염과 눈썹이 다 빠진 데에다 콧등까지 내려앉은 사람 등이 있었다. 그들은 먹고 마시는 것들이 무척 특별했고, 침을 흘리며 정신없이 먹느라 음식이 입으로 들어가는지 코로 들어가는지 모를 지경이었다. 그러나 어두운 달빛 속인지라 그들이 무엇을 먹고 있는지는 알 수 없었다. 그 가운데 한 사람이 고개를 돌리더니 먹고 남은 것을 집어 들어 그에게 주었는데, 바로 말똥이었다. 구경하던 사람이 무척 화를 내며 거지들이 장난치는 것이려니 생각했다. 그러나 그가 몇 걸음 가지 않았을 때 갑자기 사람들이 모두 사라지고 땅 위에는 온통 신선한 여지荔枝 열매의 껍질만 널려 있었다. 그는 비로소 조금 전에 보았던 거지들이 모두 신선이었음을 알게 되었다고 한다.

36. 서원西園은 법정사 서쪽에 있으니, 바로 탑원塔院 서랑정西廊井이 있던 자리이다. 전운사 노견증은 「홍교수계시서虹橋修禊詩序」에서 이렇게 말했다.

> 건륭 신미년(1751)부터 평산당의 어원을 짓기 시작했으니, 바로 이곳이다.
> 自乾隆辛未, 始修平山堂御苑, 卽此地.

어원 안에는 수십 길의 연못을 파고 폭포와 샘을 만들었으며, 구불구불 아름다운 다리를 만들어서 산의 정자로부터 남쪽의 방옥舫屋으로 들어갈 수 있게 했다. 연못 가운데는 복정정覆井亭을 세웠으며, 그 앞에는 하화청荷花廳을 지었다. 돌계단을 따라 남쪽으로 가면 바위 사이에 명나라 때 서구고徐九皐가 쓴 '제오천第五泉'이라는 글씨가 돌에 새겨져 박혀 있다. 그 옆에는 관폭정觀瀑亭이 있고, 관폭정 뒤에는 매화청梅花廳을 지어놓았는데, 매화청 앞에는 하늘을 찌를 듯 솟은 기이한 바위가 있고, 그 옆에 샘물이 졸졸 흐르고 있다. 어떤 이는 이것이 명나라 때의 승려 창명滄溟이 발견한 우물이라고 한다. 양상良常 땅의 왕주王澍220)가 쓴

'천하제오천天下第五泉'이라는 글씨가 돌에 새겨져 지금도 벽에 박혀 있다. 『평산당도지』에 따르면 이곳은 제남濟南 땅의 빼어난 풍경을 본떠서 조성한 것이라고 했다.

37. 서원은 샘으로 유명한데, 촉강 중봉中峰의 샘은 염구경閻九經의 『대명사제오천은어기大明寺第五泉隱語記』에 보인다. 장우신張又新221)의 『전차수기煎茶水記』에 따르면 '천하제오천'은 오래 전에 이미 흔적을 찾아볼 수 없게 되었다고 한다. 장방기張邦基222)의 『묵장만록墨莊漫錄』에는 탑원 서랑정西廊井과 하원下院 촉정蜀井을 구분하고 있으니, 이걸 보면 본래 대명사에는 두 개의 우물이 있었음을 알 수 있다. 『평산당소지』에는 이렇게 기록되어 있다.

> 명나라 때의 승려 창명이 땅을 파서 우물을 얻었고, 「대명선사비大明禪寺碑」가 세워져 있다. 광록시승을 지낸 화곤火坤(자는 문진文津)이 정자를 세웠고, 양주지부 김장진이 중수重修했다. 이것이 바로 매화청 옆의 바위 사이에 있는 샘이다.
>
> 明僧滄溟掘地得泉, 并有『大明禪寺碑』, 火光祿建亭, 金知府重修, 此梅花聽旁石隙中井也.

이 무렵 촉강에는 여전히 샘이 하나만 있었다. 그리고 『평산람승지平

---

220) 왕주王澍에 대해서는 『양주화방록』 권2 「초하록草河錄·하下·99」를 참조할 것.
221) 장우신張又新(?~?)은 자가 공소孔昭이고, 심주深州 육택陸澤 사람이다. 그는 814년 진사에 장원으로 급제한 이래 좌우보궐左右補闕을 지냈으며, 재상 이봉길李逢吉의 측근으로 영욕을 함께 하다가 나중에는 이훈李訓에게 붙어 형부랑중을 지냈고, 이훈이 죽은 후에는 진주자사申州刺史, 좌사랑左司郎을 지냈다. 그는 미녀에게 집착하고 차를 좋아한 것으로 유명하며, 저작으로『전차수기』외에 몇몇 시문詩文이 남아 있다.
222) 장방기張邦基(?~?, 1131년 전후)는 자가 자현子賢이고, 우郵 땅 사람이라는 것을 제외하면 생애에 대해서는 자세히 알려진 바가 없다. 장서藏書를 좋아했던 것으로 알려진 그의 저작으로는 『묵장만록』(10권)이 유명하다.

山攬勝志』에는 이렇게 기록되어 있다.

　　왕응경이 산을 파서 연못을 만들다가 옛 우물을 발견했는데, 그 안에서 당나라 때의 경복전景福錢 수십 매枚와 '전사殿司'라는 글자가 새겨진 옛날 벽돌을 발견되었기 때문에, 『묵장만록』에 언급된 탑원의 우물은 바로 이 복정정覆井亭 안의 우물일 것이라고 여겼다. 이때부터 촉강에는 두 개의 샘이 있게 되었다. 촉강은 본래 샘으로 유명해서 어디에서나 샘을 찾을 수 있는데, 모두 물맛이 달고 향기로우며 물빛이 맑다. 그러므로 세상의 높은 산에는 물이 없기 쉬운지라 촉강의 가치가 높다.

　　應庚鑿山池, 得古井, 中有唐景福錢數十, 古磚刻殿司二字, 謂爲墨莊漫錄之塔院井, 此覆井亭中之井也. 至是蜀岡始有二泉. 蓋蜀岡本以泉勝, 隨地得之, 皆甘香淸冽. 故天下高山易無水, 蜀岡乃爲貴耳.

　　이곳 복정정 안의 샘이 반드시 옛 탑원의 진정한 유적이라고 여길 필요는 없으며, 매화청 옆의 바위 사이에 있는 샘도 굳이 창명이 찾은 것이라고 여길 필요는 없다. 어쨌든 대명사의 샘물은 다른 여러 샘물들과는 다르다.

38. 복정정은 연못 안에 있는데, 높이는 수십 길이고, 끝부분의 기와가 위로 치솟은 이중 처마이다. 위에는 도르래[轆轤]가 설치되어 있으니, 옛날 멋지게 지어진 우물 위 정자의 모습을 본뜬 것이다. 옛날 옹정 신해辛亥년(1731)에 왕수가 마일관을 위해 '천하제오천'이라는 글씨를 써서 그것을 소영롱산관 회랑 아래에 있는 옛 샘가에 새겨 넣으러 했는데, 갑자기 유경산劉景山이 가져가버렸다. 왕응경이 이 정원을 지으면서 샘을 발견하자 사람을 보내 왕주의 글씨를 얻으려 했다. 당시 왕주는 치질[痔]에 걸려 글씨를 쓸 수가 없었기 때문에, 찾아온 사람더러 혜산惠山의 헐마정歇馬亭에 가서 자신이 젊은 시절에 쓴 '천하제이천天下第二泉'

이라는 글씨의 석각石刻을 탁본拓本해 오게 하고는 '이二'자를 '오五'자
로 고쳐 썼다. 그래서 이곳에 있는 '천하제오천'이라는 석각의 글씨가
혜산에 있는 것과 같다.

39. 매화청은 기암괴석을 벽으로 삼았다. 두 벽 사이에 개울을 끼고 있
고, 벽 가운데에 '제오천'이 있는데 그 깊이를 헤아릴 수 없다. 동굴 바
깥의 바위 사이에 계단을 쌓아 올라가서 고갯마루에 누각을 지었는데,
그 중앙에 행춘대로 통하는 쪽문이 있다. 옛날에 대나무를 잘라 대못[竹
釘]223)으로 고정시키고 제오천의 샘물을 절의 주방으로 끌어다 썼는데,
그 물길이 바로 이 편문을 통해 들어갔다. 두보의 시에서 "낭창거리는
대나무 줄기에 가는 샘물 갈라지고[竹竿裊裊細泉分]"224)라고 한 것이나,
인화仁和 땅 이부인李夫人의 시에서 "샘물 끌어온 대나무 속의 물방울
주방 안으로 들어오네[引泉竹溜穿廚入]"225)라고 한 것은 바로 이것을 묘
사한 구절들이다.

40. 서원 오른쪽은 산세가 서남쪽으로 꺾여 들어간다. 그곳 백성들이
대나무를 엮어 울타리를 만들고 나무를 심어 정원을 가꿔서, 등나무 덩
굴에 어우러진 온갖 꽃들이 담처럼 늘어서 있다. 그 안에는 나지막한
기와집이 3, 4칸 지어져 있다. 나무 사이에는 학들이 많이 있어서 맑은

---

223) 원문에는 '죽정竹丁'으로 되어 있다. 그러나 못을 나타내는 '정釘'자는 옛날에 '정丁'
　　으로 쓰기도 했다.
224) 『전당시』 권229에 수록된 두보의 시 「남만 출신의 하인에게[示獠奴阿段]」에 "山木
　　蒼蒼落日曛, 竹竿裊裊細泉分"이라는 구절이 들어 있다.
225) 이부인李夫人은 진의덕陳懿德(1454년 전후)을 가리킨다. 그녀는 장흥長興(지금의 저장성
　　북부) 사람이다. 남강지부南康知府 진민정陳敏政의 딸이고 남편은 중승中丞 벼슬을 지낸
　　이앙李昻이다. 그녀의 아들 이사괴李士魁는 도주道州 벼슬을 지낸 것으로 알려져 있다.
　　진의덕은 전고典故에 능통하였고 만년에는 시사詩詞로 명성을 날렸으며, 문집으로 『진의
　　덕집陳懿德集』(4권)이 있다. 명나라 때 고기륜顧起綸이 편찬한 『국아품國雅品』 「규품閨品」에
　　는 이부인의 빼어난 시 구절로 "引泉竹溜穿雲入, 墮粉松花繞舍香"이 인용되어 있다.

날 밤이면 울어대곤 한다. 가을이 깊어 밤나무에 바람이 불고 감나무에 서리가 내리면 그 모습이 마치 무성한 별들 같다. 그곳 주민들은 시장이 열리면 대문 밖에 대나무 걸상과 차 화로를 설치해놓고 나들이객들에게 멋진 풍미風味를 제공하는데, 그것을 일컬어 '서원다탁자西園茶桌子'226)라고 한다. 「고취시서鼓吹時序」에서

> 촉강에는 우물이 있는데, 그 지맥이 촉 지역으로 통한다고 전해진다. 그 지역 주민들 가운데 꽃을 가꾸는 이들이 그곳에 살고 있다.
>
> 蜀岡上有井, 相傳地脈通蜀, 郡人之藝花者居之.

라고 한 것이 바로 이런 종류의 모습을 설명한 것이다.

41. 오렬묘五烈墓는 촉강의 서쪽 봉우리에 있다. 예전에 서쪽 봉우리에는 쌍렬묘雙烈墓가 있었는데, 강희 46년(1707) 홍려시승鴻臚寺丞 이천조李天祚227)와 중서中書 오숭吳菘,228) 양주 동지同知 강세동江世棟 등이 사당을 세워 지池 열녀와 곽霍 열녀에게 제사를 올렸다.

지 열녀는 가난한 집안에서 태어났고 어려서 모친을 잃었는데, 성년이 되자 부친이 오씨吳氏 집안의 큰아들 오정망吳廷望에게 시집보냈다. 오정망이 군대에 갔다가 월粵 땅에서 죽자, 오씨 집안에서는 그녀를 둘째 아들과 짝 지워주려고 했다. 그녀는 그 사실을 알고 시아버지가 외출한 사이에 스스로 목을 매 죽었다.

곽씨霍氏 집안의 9째 딸은 평범한 백성의 딸인데 부모를 극진히 모셨

---

226) '중화본'에는 '서원다도자西園茶棹子'라고 되어 있으나, 오류로 보인다.
227) 이천조李天祚(?~?)는 19세기 중엽 염업鹽業을 통해 거대한 부를 축적한 이무李茂(?~?)의 막내아들로서, 논을 주고 관식을 샀나. 홍려시는 빈객賓客의 접대를 담당히는 부서인데, 이곳의 승丞은 실권이 거의 없는 명예직이다.
228) 오숭吳菘(?~?)은 자가 기원綺園이고 흡현 사람이다. 그의 생애에 대해서는 자세히 알려진 바가 없으며, 저작으로 『전훼箋卉』와 『사라초당시娑羅草堂詩』가 전해진다.

다. 그녀는 이정영李正榮에게 시집갔는데, 열흘 만에 이정영이 죽자 그
녀도 남편을 따라 자살했다.

　마을 사람들은 두 열녀를 이곳에 합장했는데, 독학督學으로 양주에
온 중윤中允 양중눌楊中訥229)이 그 얘기를 듣고 다음과 같은 명문銘文을
써주었다.

　　촉강 꼭대기 평산 옆에 숲이 울창하게 우거져 있는데, 이곳에 올라 서쪽을
　　바라보니 탄식이 절로 나온다. "같은 마을 두 열녀의 무덤이 이곳에 있도다!"
　　蜀岡之巓, 平山之側, 鬱乎蒼蒼, 憑高西望而嘆息, 曰, 有同邑二烈女, 此其
　　幽宅.

　이것은 옹정 12년(1734)의 일이다.

　이듬해에 손대성孫大成이라는 사람이 예씨裔氏를 아내로 맞아 황각교
黃珏橋 근처에 살았는데, 예씨는 어려서부터 효성스럽기로 소문이 자자
했다. 그녀가 손대성에 시집갔을 때, 모친과 여동생이 지저분한 것을 보
고 한 달 남짓 뒤에 친정에 인사하러 갔다가 떠나올 때에 모친에게 새
하얀 실을 보여주며 이렇게 말했다.

　"제가 절대 친정을 욕되게 하지 않겠어요."

　하루는 시어머니와 두 딸이 손님과 더불어 술을 마시는데, 손님이 옷
을 벗고 그녀에게 달려들어 범하려 했다. 그러자 그녀는 문을 걸어 잠
그고 푸른색과 흰색230)의 두 실로 자신의 웃옷과 속옷을 꿰매고, 목을
매어 자살해버렸다. 이튿날 그녀의 모친이 오자, 시어머니는 오히려 그
녀가 불효를 저질렀다며 현청에 고발하고 아울러 그녀의 동생 예진원裔

---

229) 양중눌楊中訥(1649~1719)은 자가 천목遄木이고 호는 만연晩研이며, 절강 해녕海寧 사람이
　　다. 그는 1691년 진사에 급제하여 우중윤右中允을 지냈으며, 서예를 잘해서 명성이 높았다.
230) '중화본'에는 '청백靑白'으로 되어 있는데, '산동본'에는 '청백淸白'으로 되어 있다.
　　그러나 문맥상 전자가 옳은 듯하다.

振遠이 집안의 재물을 훔쳤다고 연루시켰다.

현청에서는 소송을 받아들여 예진원에게 곤장을 치려했는데, 그것은 시어머니가 몰래 사귀던 손님이 바로 현청의 관리였기 때문이었다. 그런데 이웃에 사는 어떤 이가 그녀의 일을 알고 있을 뿐만 아니라 예진원이 억울한 일을 당하는 것을 불쌍히 여겨 이 일을 부府에 고발했다. 지부知府 공육박孔毓璞은 그를 의롭게 여기고, 그 시어머니와 손님에게 벌을 내렸으며, 쌍렬묘 옆에 예씨의 무덤을 세워주며 그녀를 '절개 곧은 여인[烈娥]'이라고 칭했다. 송개산宋介山이 그녀의 전기를 썼고, 한때 시를 읊어 그 일을 기념한 이들의 수가 85명이나 되었다.

또 항기곡項起鵠의 아내 정씨程氏 또한 결혼하자마자 남편이 월서粤西 땅에 장사하러 갔다가 잠계현岑溪縣에서 죽고 말았다. 부고가 도착한 뒤 1년 후에 그녀도 스스로 목을 매 죽었으니, 이때가 옹정 2년(1724)이었다. 마을 사람들이 이곳에 장사지내주니, 읍령邑令 왕원서王元稀가 비석에 '열부 항정씨231)의 무덤[烈婦項程氏之墓]'이라고 썼다.

이때에 이르러 그들 모두 정표旌表232)를 받게 되어서, 그곳을 '사렬묘四烈墓'라고 부르게 되었다.

그 옆에는 원래 강녕江寧 땅 진국재陳國材의 아내 주씨周氏의 무덤이 있었다. 진국재는 강도로 옮겨와 살았는데 26살에 죽었다. 진씨는 의연하게 순절을 택해서 20일 동안 쌀 한 톨 물 한 모금 먹지 않다가 죽었다. 당시 진씨는 강녕 사람인지라 이 지역 열녀의 명단에 기록되지 않았다. 그러나 나중에 감천현령甘泉縣令 공감龔鑑이 자세한 사정을 알리며 정표旌表를 쓰게 해달라고 청하니, 마영조馬榮祖233)가 묘표墓表를 썼고, 왕응경이 '오렬묘'을 세웠다. 그리고 옛 쌍렬사雙烈祠에도 세 열녀의

---

231) '항項씨의 아내 정程씨'라는 뜻이다. '중화본'에는 '항진씨項陳氏'로 되어 있으나 오류도 보인다.

232) 충효와 절의를 갖춘 이를 기리기 위해 세운 패방牌坊에 관부官府에서 내린 편액匾額을 가리킨다.

233) 마영조馬榮祖에 대해서는 『양주화방록』 권2 「초하록草河錄·하下·123」을 참조할 것.

조상彫像을 더 만들어 '오렬사五烈祠'로 만들었다. 독학督學 양중눌의 명문銘文과 마영조의 묘표, 공감상의 기記, 그리고 사당을 세운 연도와 달이 모두 돌에 새겨져 사당의 벽에 박혀 있다. 『평산당도지』에는 이렇게 기록되어 있다.

> 또 탁씨의 '사렬묘'가 있는데, 그들의 사적은 한림원시강 조정구趙定求가 쓴 묘지명에 상세히 기록되어 있으며, 거기에는 그들이 쓴 문장 역시 거기에 수록되어 있다. 그 묘지명은 돌에 새겨져 사도묘司徒廟에 소장되어 있다.
>
> 又有卓氏四烈墓, 事迹詳翰林院侍講趙定求所撰墓銘, 幷載藝文, 石刻藏司徒廟.

42. 동관가東關街의 신장이[鞋工] 곽종부郭宗富의 아내 왕씨王氏는 아름답고 현숙했다. 마을 청년 저순儲淳이 그녀를 흠모하여 그녀의 이웃에 사는 노파 손씨孫氏에게 뇌물을 주어 부탁하자, 노파가 계책을 세워 곽종부더러 저순에게서 돈을 빌려 자기 가게를 열라고 권했다. 곽종부가 그 일에 대해 아내와 상의했는데, 아내 왕씨가 이렇게 말했다.

"그 못된 젊은 놈에게 돈을 빌려서는 안 돼요."

이에 곽종부는 노파에게 안 되겠노라고 대답했다.

며칠 후, 곽종부가 날이 저물어서 집으로 돌아오는데, 노파가 그의 옷을 잡아끌고 집안으로 들어갔다. 그곳에는 저순이 있었다. 노파가 말했다.

"도련님이 자네의 가난을 걱정하셔서 돈을 빌려주고 싶어 하시네."

곽종부가 막 사양하려는데, 저순이 벌써 품에서 은자를 꺼내 곽종부의 품에 넣어주었다. 그리고 그들은 함께 술을 마시고 헤어졌다. 곽종부가 돌아와 아내에게 그 일을 말해주자 아내가 이렇게 말했다.

"재물이란 각기 주인이 있는 법인데 어찌 그리 쉽게 얻을 수 있겠어요? 쉽게 얻으면 변괴가 생길 염려가 있고, 간사한 사람의 마음은 헤아리기 어려운 법이니, 저는 사단이 생길까 너무 걱정스럽네요!"

곽종부는 머뭇거리며 마음을 정하지 못했다. 이튿날 아침이 되자 저순이 대문 앞에서 기다리고 있다가, 곽종부를 데리고 나가 건물을 얻어 주어 마침내 가게를 열게 되었다.

하루는 왕씨가 부엌에 있는 틈에 저순이 갑자기 안으로 들어와 왕씨의 어깨를 손으로 툭 치며 말했다.

"밥은 익었소?"

왕씨가 돌아보고 저순을 발견하자 크게 소리쳤다.

"사람 살려!"

그러자 손노파가 들어와 왕씨에게 말했다.

"도련님 손에 무슨 칼날이 달린 것도 아닌데 왜 그리 무서워하누? 게다가 자네 집에서 도련님 돈을 빌리면서 차용서조차 쓰지 않은 것은 바로 오늘 같은 일을 위해서라고. 일은 이미 벌어졌으니, 도망치려 해봐야 소용없어!"

그러자 왕씨가 안색을 바꾸며 말했다.

"조금 전에 한 말은 장난이었어요."

그리고 좋은 말로 달래다가 기회를 틈타 재빨리 밖으로 뛰쳐나와 소리 질러 구원을 청했다. 이웃에 사는 하자균夏子筠이 그 소리를 듣고 달려오니, 저순은 달아나버렸다. 곽종부가 돌아오자 왕씨가 그 사실을 얘기하자 곽종부는 이렇게 말했다.

"빚쟁이가 유세 부리는 거야 으레 있는 일이니 참아야 하지 않겠소?"

다음날 새벽 곽종부가 나가자 왕씨는 분을 참지 못해 방문을 걸어 닫고 스스로 목을 매 죽어버렸니. 곽종부가 돌아와 시신을 염했는데, 그 사실을 치기에는 일리지 않았다.

왕씨의 부친 왕붕비王鵬飛는 금단현金壇縣의 말단 관리[皂隷]로서, 집안이 무척 가난했다. 2년 후, 그가 강을 건너 딸을 보러 가보니 딸은 이미 죽은 뒤였다. 이웃의 손씨 노파에게 사연을 물어보니, 노파가 이렇게 말했다.

"곽가 놈이 때려죽인 거라오."

왕붕비가 다시 하자균에게 물어보니, 하자균은 아무 말도 하지 않았다. 이에 왕붕비가 그 일을 관청에 고소하고 문서를 올려 부검을 요청했다. 때는 한여름이었는데, 당시 감천현령甘泉縣令의 임무를 임시로 맡고 있던 왕공王公이 보고서를 살펴보고 시신에 상처를 만들어 곽종부를 처벌하려 했다. 마침 원래의 현령인 공공龔公이 돌아와 그 일을 다시 조사하니, 곽종부의 죄는 분명하지 않고 하자균의 말도 애매했다. 공 현령이 하자균을 추궁했으나, 하자균은 겁이 나서 사실을 얘기하지 않았다.

그로부터 이틀 후에 비가 내리더니 갑자기 벼락이 쳐서 현청 서쪽의 여관에 묵고 있던 손노파가 벼락에 맞았다. 그러자 공 현령이 말했다.

"원한은 풀릴 것이다!"

그리고 하자균에게 주리를 틀어 심문하니, 저순의 일이 마침내 발각되고 말았다. 이에 시신을 다시 부검하여 목을 맨 상처를 찾아내고, 저순에게 극형을 내렸다. 또한 일의 전말을 자세히 보고하여 왕씨에게 정표旌表를 내려달라 청하고 그녀의 위패를 정렬사貞烈祠에 모시게 했으며, 곧 그녀의 무덤을 '오렬묘' 옆으로 이장하게 했다.

공 현령은 성명이 공감龔鑑234)이고 자는 영상齡上 또는 명수明水이며, 호는 석과碩果로서, 절강 전당 사람이다. 그는 젊어서부터 효성스럽기로 명망이 높았으며, 발공생으로서 감천현령이 되었다. 그는 "이것을 백성의 부모라고 한다[此之謂民之父母]"라는 글을 당堂에 걸어두었다. 또한 그는 경학에 조예가 깊었는데, 안계安溪 땅의 이광지李光地235) 선생을 종사宗師로 삼았다.

---

234) 공감龔鑑에 대해서는 『양주화방록』 권3 「신성북록新城北錄 · 상上 · 8」의 주석을 참조할 것.

235) 이광지李光地(1642~1718)는 자가 진경晉卿이고 호는 후암厚庵 또는 용촌榕村이며, 복건福建 안계安溪 사람이다. 시호는 문정文貞이다. 그는 강희 연간에 진사에 급제하여 정성공鄭成功(1624~1662)의 아들 정경진鄭經進이 천주泉州에 살 때 도움을 준 일을 계기로 나중에 시독학사에 발탁되어 대만臺灣을 정벌하는 데에 공을 세웠다. 만년에는 문연각 대학사文淵閣大學士로서 『주자대전朱子大全』과 『성리정의性理精義』 등을 교감하여 편찬하는 데에 참여했다. 주요 저작으로 『주역통론周易通論』, 『주역관상周易觀象』 등이 있다.

43. 시를 잘 쓰는 승려 행길行吉[236]은 자가 원촌遠村인데, 녹암상인麓庵上人의 후원으로 서령사棲靈寺 동쪽 행랑채에 묵고 있었다. 한때 사대부들이 그와 왕래하며 시를 주고받고 즐겁게 그와 교유했다. 그는 죽어서 이곳에 묻혔다. 전당 사람 진죽휴陳竹畦[237]가 그의 비석에 '시승 원촌의 무덤[詩僧遠村墓]'이라는 글씨를 썼다.

하루는 서산西山의 농부가 무덤에 나귀를 매어놓고 동봉東峰에 다녀왔는데, 나귀가 무덤가에 심어진 나뭇잎을 뜯어먹었다. 그런데 그가 돌아와 보니 나귀가 보이지 않는 것이었다. 이리저리 찾고 있노라니, 어느 승려가 나귀를 타고 산을 내려가고 있었다. 농부가 쫓아가보았으나 따라잡을 수 없었다. 그런데 그가 집에 돌아와 보니 나귀가 어느새 자기 집 대문에 매여 있었다고 한다.

44. 민인사閔麟嗣는 자가 빈련賓連이고, 흡현 사람이다. 그는 시를 잘 지었으며, 강도현 남성南城에 살았는데, 자신의 거처에 '남곽초당南郭草堂'이라는 편액을 걸어놓았다. 그는 왕정구王定九,[238] 위희魏禧, 오부양吳符驤[239]과 친하게 지냈다. 그의 저작으로는 『여유초廬游草』와 『오설초당집悟雪草堂集』이 있다. 그는 죽은 후에 아들 하나만을 남겼는데, 그 아들은 이름이 민중효閔仲孝이고 몸이 구부정하며 두 귀가 길게 늘어졌다. 오부

---

236) 행길行吉(?~?)은 자가 원촌遠村이고, 강도 사람이다. 그는 본래 성이 조씨曹氏이고, 평산당의 주지였다는 것 외에 생애에 대해 알려진 바가 없다.

237) 『양주화방록』 권4 「신성북록新城北錄・중中・22」에 기록된 진장陳章을 가리키는 듯하다. 진장의 자가 죽징竹町이니, 이두李㞳의 착오가 있었던 듯하다.

238) 왕정구王定九(?~?)는 자가 우일于一이라는 것 외에 생애에 대해 알려진 바가 없다.

239) 장부양張符驤(?~?)을 가리킨다. 장부양은 자가 양어良御이고 호는 해방海房이며, 강소 태주泰州 사람이다. 그는 제생 출신으로 강희제가 강남을 순시할 때 불려가 시를 바치고 등용되어, 50살에 태학太學에 들어갔다. 그리고 1721년 진사에 급제하여 한림원 서길사가 되었으나, 얼마 후 휴직하고 고향으로 돌아갔다. 주요 서적으로는 『자장음自長吟』, 『일하려택日下麗澤』, 『순시록順時錄』, 『해방문고海房文稿』, 『의귀초依歸草』 등의 시문집이 있었다고 하나, 건륭 연간에 많은 부분이 금서 목록에 오르는 바람에 지금은 『의귀초』만 남아 있다.

양이 포석교로炮石橋路 옆의 땅을 마련해 그의 무덤을 만들어주고 묘표
墓表를 썼으며, '시인 민빈련의 무덤[詩人閔賓連之墓]'이라고 쓴 비석을 세
워주었다. 거기에는 정몽성의 비문碑文을 썼다. 그 무덤은 지금의 서봉
총로西峰總路 아래쪽에 있다.

45. 오사도묘五司徒廟는 서봉西峰에 있다. 『남사南史』「왕임전王琳傳」에는
다음과 같은 기록이 있다.

왕임이 수양壽陽 땅에 부임했다가 성이 함락되어 포로가 되자 진나라 장군
오명철吳明徹이 성 동북쪽으로 20리쯤 되는 곳에서 그를 죽이고, 수급을 건강
建康으로 보내 저자거리에 내걸게 했다. 왕림의 옛 부하 관리였다가 양나라
표기부驃騎府 창조참군倉曹參軍으로 있던 주창朱瑒이 진나라 상서복야尚書僕射
서능徐陵에게 편지를 보내 왕임의 수급을 달라고 하자, 그 부탁을 들어주었
다. 주창은 개부주부開府主簿 유소혜劉韶慧 등과 함께 그 수급을 가지고 회남
땅으로 돌아가 팔공산八公山 옆에 임시로 매장했다. 주창 등은 지름길로 북쪽
으로 돌아가 그 수급을 고향으로 맞이할 일에 대해 논의했다. 얼마 후 양주
의 모지승茅智勝 등 다섯 사람이 은밀히 왕임의 영구靈柩를 업鄴 땅으로 보내
주었다.

琳赴壽陽, 城陷被執, 陳將吳明徹殺之城東北二十里, 傳首建康, 懸之于市.
琳故吏梁驃騎府倉曹參軍朱瑒, 致書陳尚書僕射徐陵求琳首, 許之, 與開府主
簿劉韶慧等持其首還于淮南, 權瘞八公山側. 瑒等乃間道北歸, 別議迎接. 尋有
揚州茅智勝等五人密送喪柩達于鄴.

『증보수신기增補搜神記』에는 다음과 같은 기록이 있다.

양주의 뛰어난 사도司徒 모茅, 허許, 축祝, 장蔣, 오吳 다섯 신군神君들은 양
주에 살 때 의형제를 맺고 함께 사냥 다니기를 좋아했다. 그곳에는 옛날에

호랑이와 이리가 많아 사람들이 해를 입을까 두려워했다. (어느 날 다섯 신군들이 사냥을 나갔다가) 산골짝 근처에서 어느 늙은 아낙을 만났다. 다섯 신군들이 물어보니, 아낙은 혈혈단신에 친척도 없고, 배가 고파 계곡물을 먹고 있다고 했다. 다섯 신군들은 그 아낙을 자신들이 살고 있는 오두막으로 모셔가 '어머니'라고 부르며 섬겼다. 아낙을 부양하다가 얼마 후에 다섯 사람이 사냥을 나갔다가 돌아와 보니 '어머니'가 보이지 않는 것이었다. 그들은 틀림없이 호랑이에게 잡아먹혔을 거라 생각하고, 모두 온 힘을 다해 산을 뒤지며 호랑이를 잡으러 쫓아다녔다. 그때 호랑이 한 마리가 앞에 나타나더니, 땅에 엎드려 굴복했다. 이때부터 호랑이에게 사람들이 피해를 당하는 일이 저절로 없어지기 시작했다. 후세 사람들이 그들의 덕과 의로움을 기리기 위해 사당을 세우고 제사를 올렸는데, 무슨 일이든 기도를 올리면 영험하게 소원이 이루어졌다.

揚州英顯司徒茅許祝蔣吳五神君, 居揚州日, 結爲兄弟, 好畋獵. 其地舊多虎狼, 人罹其害. 山溪畔遇一老婦, 五神詢問, 孑然無親, 饑食溪泉. 五神請于所居之廬, 呼爲母. 侍養未久, 五人出獵, 而歸不見其母, 五人曰, 多被虎啖. 俱奮身逐捕山間, 有虎迎前, 伏地就降, 由此虎患始自息. 後人思其德義, 立廟祀之, 凡所祈禱, 隨求隨應.

그 사당은 지금 강도현 동흥향東興鄕 금궤산의 동쪽에 있다. 수나라 때에는 그 사당이 사도묘司徒廟에 봉해지고 명칭이 내려졌다. 송나라 소정紹定 신묘辛卯년(1231)에 역적 이전李全[240]이 자주 이 지역을 노략질했는데, 백성들이 오사도묘의 신들에게 기도를 올리자 이전이 불길하다고 생각하여 신상을 쪼개버렸다. 그로부터 사흘 후 이전은 신당新塘 왕조의 군대에 의해 살해당하고 팔다리가 떨어져나갔으니, 마치 그가 신상에게 저질렀던 것과 같이 되었던 것이다. 반란이 평정되지 수수帥守[241]

---

240) 이전李全에 대해서는 『양주화방록』 권6 「성북록城北錄·40」을 참조할 것.
241) 한 지역에 주둔해서 군사와 행정을 관장하는 관리를 가리킨다. 송·원 시대에는 안

조범趙範이 몸소 부하들을 이끌고 사당에서 제사를 올려 신들의 은혜에
대해 답례했다. 그리고 사당을 확장하여 증축하고 신들이 베풀어준 공
덕을 기록하는 한편, 조정을 상주하여 '영현英顯'이라는 편액을 하사받
았다. 훗날 평장平章[242] 가사도賈似道[243]가 이 지역을 다스릴 때 다섯 신
들 앞에서 기도를 올렸는데, 가뭄이 들어 탄식하면 비가 내려주었고, 장
마를 근심하면 다시 햇빛이 비치게 해주었으며, 화재를 구해달라고 하
면 불길을 꺼주었고, 눈발을 뿌려달라고 하면 상서로운 눈이 내리게 해
주었다. 그 신들은 항상 나라를 지키고 백성을 돕는 영험함을 드러냈다.
이에 다시 황제께 상소를 올려 왕의 칭호를 봉해달라고 청했다.

　육용陸容[244]의 『숙원잡기菽園雜記』에는 다음과 같이 기록되어 있다.

　광릉의 언덕에는 오자묘五子廟가 있다. 전하는 바에 따르면 오대五代 시기

무사安撫使 직책을 설치하여 그 일을 맡겼는데, 대개 지주知州나 지부知府 그 직책을 겸
했다. 다만 1231년에 회동안무부사淮東安撫副使 겸 양주지주 조범과 회동제형淮東提刑
겸 저주지주滁州知州 조규趙葵가 이전의 반란군을 토벌한 바 있다.

242) 당나라 때에는 상서성尙書省과 중서성中書省 문하성門下省의 장관을 재상으로 삼았는
데, 벼슬이 높고 권세가 커서 항상 그 직책을 설치하지는 않고 그 대신 다른 벼슬아치
들 가운데 사람을 뽑아 '동중서문하평장사同中書門下平章事'라는 호칭을 붙여주었다. 그
것을 줄여서 '동평장사同平章事'라고 했는데, 해당 관리는 나랏일을 처리하는 데에 동
참했다. 당나라 예종睿宗 때에는 또 '평장군국중사平章軍國重事'라는 호칭이 있었다. 송
나라 때에도 그 제도를 계승했는데, 전적으로 나이가 많고 명망이 높은 대신이 그 직
책을 맡았으며 그 지위는 재상보다 위였다. 금金·원元 시대에는 '평장정사平章政事'라
는 직책이 있었는데 그 지위는 승상 다음이었다. 원나라 때의 행중서성行中書省에도 평
장정사 직책이 설치되어 있었는데 지방의 고급 장관이었다. 이것을 줄여 '평장'이라고
도 했는데, 명나라 초기까지 남아 있다가 얼마 후에 폐지되었다.

243) 가사도賈似道에 대해서는 『양주화방록』 권16 「촉강록蜀岡錄·28」을 참조할 것.

244) 육용陸容(1436~1494)은 자가 문량文量이고 호는 식재式齋이며, 태창太倉 사람이다. 그
는 효성스럽고 독서를 좋아해 장태張泰 등과 나란히 명성을 날리며 '누동삼봉婁東三鳳'
으로 칭해졌다. 그는 1466년 진사에 급제하여 남경주사南京主事에 제수되었다가 병부
직방랑중兵部職方郎中으로 승진했다. 이후 절강우참정浙江右參政을 지내며 치적을 쌓았
으나 조정의 세력가들의 눈에 나는 바람에 파직되어 고향으로 돌아가 죽었다. 『숙원
잡기』는 총 15권으로 되어 있으며, 『사고전서총목제요』에서는 명나라 때의 기사記事의
책으로는 최고라는 칭송을 받았다. 그 외에 문집으로 『식재집式齋集』이 있다.

에 도적 무리가 의형제를 맺고 장강과 회수 지역을 떠돌며 노략질을 일삼았다. 그들은 먹고사는 것은 풍족했지만 모두 자기 부모를 봉양하지 못한 것을 유감스럽게 생각하고 있었다. 이에 그들은 어느 가난한 노파를 구해 어미로 삼고 지극히 효성스럽게 섬겼다. 무슨 일이든지 노파가 말하면 따랐고, 결국 노파에게 감화되어 착한 사람들이 되었다. 마을 사람들이 그들을 의롭게 여겼는데, 그들이 죽은 후 영험한 이적을 많이 행해서 사당을 세워주었다.

廣陵之墟, 有五子廟. 云是五代時群盜, 嘗結義兄弟, 流劫江淮間, 衣食豐足, 皆以不及養其父母爲憾. 乃求一貧嫗爲母, 事之至孝. 凡所擧動, 惟命是從, 因化爲善. 鄕人義之, 歿後勝有靈異, 因爲立廟.

『평산람승지』에는 다음과 같이 기록되어 있다.

사도묘의 자취는 고증할 수 없는데, 『수신기』와 『숙원잡기』의 기록은 세간의 전설을 기록한 듯하나, 『남사』를 통해 검증해보면 상당히 이치가 들어맞는다. 그러나 감히 함부로 억측할 수가 없어서 잠시 그대로 남겨놓고 훗날의 고증을 기다린다.

司徒廟蹟莫考, 搜神荔園所載, 似屬俗傳, 證以南史, 于理頗合. 未敢臆斷, 姑存以俟考.

『평산당소지』에는 다음과 같이 기록되어 있다.

강도에 시냥이 있는데, 언제부터 시작된 것인지는 알 수 없다. 원나라 때 깅회로총판江淮路總管을 지낸 성탁成鐸이 그곳에 '사도령현감응지비司徒靈顯感應之碑'라고 쓴 비석을 세웠으나, 비문碑文은 없다.

江都有廟, 不知始自何時. 元江淮路總管成鐸題其碑曰司徒靈顯感應之碑, 而無碑文.

만력 연간에 편찬된 『강도현지江都縣志』에는 다음과 같이 기록되어 있다.

홍무 16년(1383)에 (오사도묘를) 중건했는데, 가정 6년(1527)에 순염어사 뇌
응룡雷應龍[245]이 그걸 훼손해버리고 호원胡瑗을 제사하는 호안정사胡安定祠[246]
를 세웠다. 나중에 이 지역 주민들이 호안정사 동쪽에 사당을 다시 세웠다.
洪武十六年重建. 正統成化間, 相繼修理. 嘉靖六年, 巡鹽御史雷應龍毀之,
立胡安定祠. 後土人復立廟于祠東.

또 『평산당소지』에는 다음과 같이 기록되어 있다.

명나라 정덕正德, 만력 연간에 모두 중수했는데, 이에 대해서는 우도어사右
都御史 김헌민金獻民[247]과 양주군수 오수吳秀[248]가 모두 기록[記]을 남겨놓았
다. 우리 청나라 때에는 강희 31년(1692)에 현령 웅개초熊開楚가 가뭄에 비를
기원하는 기도를 올렸다가 영험을 보고 사당의 비석을 세웠다. 옹정 11년
(1733)에는 봄비가 열흘 가까이 내리자 군수 윤회일尹會一[249]이 사당에 가서
날이 맑게 해달라고 기원하자 즉시 비가 그쳤다. 여름이 되어서 한 달 내내

---

245) 뇌응룡雷應龍(?~?)은 자가 맹승孟昇이고 호는 각헌覺軒이며, 몽화蒙化(지금의 웨이산巍
山) 사람이다. 그는 1514년 진사에 급제하여 포전현령蒲田縣令, 절강도어사浙江道御史,
광동도감찰어사廣東道監察御史 등을 역임했다. 벼슬살이 과정에서 그는 공정한 일처리
로 명망이 높았다고 한다.
246) 호원胡瑗에 대해서는 『양주화방록』 권3 「신성북록新城北錄·상上·9」를 참조할 것.
247) 김헌민金獻民(?~?)은 자가 순거舜擧이고 호는 용계蓉溪이며, 면주綿州 사람이다. 그는
1484년 진사에 급제하여 행인行人이 되었으며, 홍치弘治(1488~1505) 연간 초기에 어사
에 발탁되어 운남雲南, 순천順天 등지를 순시했다. 뒤이어 천진부사天津副使, 호광안찰
사湖廣按察使, 남경형부상서, 좌도어사, 형부상서, 병부상서 등을 역임했다. 또한 우도어
사로서 토번吐蕃의 침공을 막으러 나갔다가 공을 세우지 못하고 돌아와 1525년에 벼슬
을 사직했으나, 1528년에 탄핵을 당해 옥에 갇혔다가 벼슬을 박탈당하고 집으로 돌아
와 잠시 지내다가 죽었다. 1568년에는 그의 지위가 다시 회복되고, 이듬해에 태자소보
太子少保에 추증되었다.
248) 오수吳秀에 대해서는 『양주화방록』 권3 「신성북록新城北錄·상上·1」을 참조할 것.
249) 윤회일尹會一에 대해서는 『양주화방록』 권4 「신성북록新城北錄·중中·7」을 참조할 것.

비가 내리지 않아서 다시 사당에서 경건하게 기도를 올리자 단비가 많이 내
렸다. 이에 희생을 진열하고 제사를 올려 분명하게 보답하고, 아울러 지방 관
청에 공문을 보내 매년 봄과 가을이 되면 길이길이 제사를 올리게 했다.

明正德、萬曆間, 皆嘗重修, 右都御史金獻民、揚州郡守吳秀皆有記. 國朝
康熙三十一年, 縣令熊開楚因旱禱雨有應, 爲立廟碑. 雍正十一年, 春雨浹旬,
郡守尹會一過廟祈晴立霽. 入夏彌月不雨, 又虔禱于廟, 甘雨大沛. 因陳牲昭
報, 并檄行縣, 令每歲春秋, 永遠致祭.

또 『남사』에서는 양주의 모지승茅智勝에 대해 언급했는데『자치통감
資治通鑑』에서는 지명을 수양壽陽이라고 표기했다. 이것은 당시 수양 땅
이 양주 회남군淮南郡에 예속되어 있었고, 지금의 양주는 바로 동광주東
廣州 광릉군廣陵郡이기 때문이다.

수양은 진晉나라와 송宋나라 무렵에 양주라고 부르기도 하고 예주豫
州라고 부르기도 했다. 양梁나라 태청太淸 2년(548)에 그곳은 위魏나라에
예속되어 양주라고 불렸고, 북제北齊 시대에도 그대로 따랐다. 왕임王琳
의 일은 북제 무평武平 4년(573)에 일어난 것인데, 이 뒤로 수양 땅은 진
나라의 소유가 되어 다시 예주라고 불리게 되었다. 주창 등이 비록 왕
임의 수급을 수양 땅으로 되가져와 팔공산 옆에 임시로 묻어두긴 했지
만, 그 즉시 그의 영구를 업 땅으로 보낼 수는 없었다. 그들은 곧 지름
길로 북쪽으로 돌아가 따로 의논했지만, 다섯 사람은 주창 등이 하지
못했던 일을 해냈으니 그들의 의롭고 곧은 행동은 칭찬받을 만하다. 왕
임은 수양 땅을 다스릴 때 후세 사람들이 기억할 만한 덕행과 공적을
낳이 남겼다. 이 다섯 사람은 사실 수양의 의로운 백성들인데 지금은
수양에서 제사를 올리지 않고 양주에서 그들을 위해 사당을 세웠으니,
어찌 신들이 기꺼이 제사음식을 받아 잡수기겠는가? 양주는 지형이 평
탄하고 넓은데 수양은 산이 많기 때문에 호랑이를 몰아낸 일을 얘기한
것이니, 수양을 지금의 양주로 잘못 여겨서는 안 된다. 『증보수신기』와

『숙원잡기』에 기록된 것은 모두 따져볼 만한 가치가 없다.

46. 오사도묘로 통하는 신도神道는 곧장 입사교卄四橋로 이어진다. 사당 앞에는 기둥[枋楔]을 세워놓았고, 그 양쪽에는 말과 양의 석상石像이 각기 2개씩 세워져 있다. 사당의 대문은 3칸인데, 중앙에 '현응사도묘顯應司徒廟'라고 적힌 편액이 걸려 있으며, 양쪽 담에는 진흙으로 빚은 말이 있다. 안으로 들어가면 3칸짜리 둘째 문이 있는데, 좌우 양쪽에 작은 각문角門을 만들어놓았고, 중간에는 가대謌臺가 세워져 있다. 대선에는 다섯 사도의 상像이 모셔져 있고, 대전 뒤에는 3칸짜리 빈 집[空舍]이 있다. 사당 안의 비석은 모두 왼쪽 각문의 담에 박혀 있는데, 다섯 사도의 일을 상세히 기록하면서 『남사』와 『증보수신기』, 『평산람승지』, 『평산당소지』를 모두 인용했다. 그리고 원나라 때 강회로총관 성탁成鐸250)이 쓴 '사도령현감응지비'라는 비석과 명나라 때 총헌總憲251)을 지낸 김헌민과 양주태수 오수의 기록, 우리 청나라 때 현령 웅개초가 쓴 기록, 그리고 이 지역 백성들 가운데 기도를 들어준 데에 대한 보답으로 사당의 중수 비용을 낸 이들의 성명을 적은 비석들이 있다. 이 비석들 가운데는 글만 있고 쓴 사람의 성명이 적혀 있지 않은 것이 하나 있는데, 이것은 바로 명나라 때 어마감태감御馬監太監이었던 노보魯保가 쓴 것이다.

매년 초봄이면 낮부터 밤이 샐 때까지 제사하여 기도를 올리는데, 무당들과 희생들이 풍성하게 차려져 있다. 사당에 향을 피우는 일은 양주의 사씨謝氏 집안에서 맡고 있다.

47. 오사도묘는 강희 연간에 상당히 황폐해졌는데, 이 고을 사대부[紳] 왕천여汪天與가 다시 수리하고 치장했다. 대전 뒤에는 건물이 없고 큰 연못만 있었는데, 왕천여가 그곳을 증축한 후에 후전後殿을 세웠다. 후

---

250) '중화본'에는 진탁陳鐸이라고 되어 있으나, 이는 오류로 보인다.
251) 도찰원좌도어사都察院左都御史의 별칭이다.

전은 넓이가 앞쪽의 대전과 같고, 위쪽에는 높은 누각을 세웠고 아래쪽
에는 2개의 회랑을 만들었다. 누각에는 오사도의 신상神像을 모셨고, 누
각 아래쪽에 '서신장관棲神壯觀'이라고 적힌 커다란 편액과 긴 대련對聯
이 걸려 있다.

　왕천여는 자가 창부蒼孚이고 호는 외재畏齋이며, 흡현 사람이다. 그는
호부산서사원외戶部山西司員外와 형부복건사랑중刑部福建司郎中을 지냈으
며, 왕사정의 제자이다. 시를 잘 지었던 그의 문집으로는 『목청루집沐青
樓集』이 있다.

48. 오렬사五烈祠는 이 고을 사대부 왕응경도 다시 수리하고 치장했다.
왕응경은 견진捐賑[252]을 통해 광록시소경의 직함을 받았는데, 그가 바
로 평산당을 수리한 만송거사萬松居士이다.

49. 문정공文正公 범중엄范仲淹[253]의 사당은 서봉西峰에 있다. 이것은 명
나라 숭정 연간에 순안어사巡按御史 범양언范良彦이 세운 것으로, 범중엄
과 그의 네 아들의 위패를 함께 모셔놓고 제사하는 곳이다. 우리 청나
라 때에는 대학사 범문정范文程[254]과 상서 범승모范承謨[255]의 위패를 더

---

252) 정부에서 백성들의 재난을 구제할 때 쓰도록 자금을 내는 것을 가리키는데, 흔히 관
　　직을 사는 명분으로 활용되었다.
253) 범중엄范仲淹에 대해서는 『양주화방록』 권8 「성서록城西錄·16」의 주석을 참조할 것.
254) 범문정范文程(1597~1666)은 자가 헌두憲斗이고 호는 휘악輝嶽이며, 요동遼東 심양위沈
　　陽衛(지금의 선양시沈陽市) 사람이다. 1618년 누르하치努爾哈赤가 무순撫順을 함락하자
　　그는 군영을 찾아가 투항하고 후금後金 조정에 침가했다. 태종太宗(1627~1635 재위)
　　때에는 황제의 각종 칙령을 관장하고 후금과 여러 속국屬國들 사이의 외교를 주관했
　　다. 명나라를 정벌할 때의 책략과 한족 벼슬아치들의 투항을 유도하는 정책, 조선朝鮮
　　정벌, 몽고 세력의 무마, 국가 제도의 건립 등에 그의 영향력이 크게 작용했다. 1644년
　　에 이자성李自成의 부대가 북경을 공격할 때, 그는 청나라 군대가 속히 명나라 국경을
　　넘도록 건의하는 상소문을 올리기도 했다. 1652년에 그는 이정대신議政大臣이 되었으
　　며, 그 시기를 전후하여 소보少保 겸 태자태보太子太保, 태부太傅 겸 태자태사太子太師를
　　역임했다. 그는 평생 4명의 황제를 섬겼고, 죽은 후에도 강희제가 직접 그의 제문祭文
　　을 쓰고 문숙文肅이라는 시호를 내려주는 영광을 누렸다.

해 모셨다. 사당에 향을 지피고 관리하는 일은 그의 후손들이 맡고 있
다. 상구商邱 땅의 송낙宋犖이 강소순무江蘇巡撫로 있을 때 홍수 피해를
입은 강도 지역을 고휼救恤하면서 이 사당에 머물며 친히 5,000석의 재
물을 내놓았다. 양회兩淮 지역의 강상綱商256)과 소금 생산업자[亭戶]257)
들이 사당 안에 비석을 세우고 정자를 건립했는데, 그것을 '송정宋亭'이
라고 한다. 주이존朱彛尊이 그 일에 대해 기록[記]을 남겼다.

50. 안정安定 선생 호원胡瑗의 사당은 서봉西峰에 있다. 본래 이곳은 안
정서원이 있던 곳인데 나중에 사도묘로 바뀌었다가, 이제 다시 그분의
사당으로 바뀌었다. 사당에서는 호원에게만 제사를 올리다가, 뒤이어
죽서竹西 선생 왕거정王居正258)과 낙암樂庵 이형李衡259)을 더하여 3분의
제사를 모시는 사당이 되었다. 그 뒤에 다시 사천泗泉 사람 이수민李樹敏
과 애릉艾陵 사람 심임沈琳의 위패가 더해져서 5분을 모시는 사당이 되

---

255) 범승모范承謨(1624~1676)는 자가 근공覲公이고 호는 나산螺山 또는 몽곡蒙谷이며, 한
　군기인漢軍旗人이다. 그는 1652년 진사에 급제하고 서길사로서 한림원 편수에 임명되
　었고, 이후 복건총독福建總督까지 지냈다. 죽은 후 태자소보 겸 병부상서에 추증되고,
　시호로 충정忠貞이 내려졌다. 그의 저작으로는 『범충정공집范忠貞公集』이 있다.
256) 명·청대 염상들이 자의적으로 식용 소금의 유통을 농단하는 것을 막기 위해 만들어
　진 강법綱法의 규정에 따라 매년 소금의 유통 판매에 관한 세금을 내는 염상을 가리킨다.
257) 당나라 건원乾元 1년(758)에 소금을 생산하는 백성들을 특수한 호적戶籍에 넣어 잡역雜
　役을 면제해주었는데, 소금을 생산하는 곳을 정장亭場이라고 부르기 때문에 '정호'라고
　부르게 되었다. 송나라 때에는 바닷가에서 소금을 생산하는 이들 가운데 특히 정부에서
　자금을 받아 정염正鹽(액염額鹽)을 생산하여 관청에 납품하는 염호鹽戶들을 가리켰다.
258) 왕거정王居正에 대해서는 『양주화방록』 권1 「초하록草河錄·상上·7」의 주석을 참조
　할 것.
259) 이형李衡(1100~1178)은 자가 언평彦平이고 강도 사람이다. 그는 1145년 진사에 급제
　하여 오강현吳江縣 주부主簿가 되었고, 이후 율수지현溧水知縣, 사봉랑중司封郎中, 추밀원
　검상문자樞密院檢詳文字, 시어사侍御史 등을 역임했다. 나중에 벼슬을 사직하고 곤산崑山
　에 살면서 자신의 거처를 낙암樂庵이라고 부르고, 스스로 낙암수樂庵叟라 칭했다. 『송
　사宋史』 권390에 그의 전기가 수록되어 있다. 그의 저작으로는 『낙암집樂庵集』과 『화한
　산습득시和寒山拾得詩』 등이 있다고 하나 지금은 모두 남아 있지 않고, 단지 『주역의해
　촬요周易義海撮要』(12권)와 그의 제자 공욱龔昱이 편집한 『낙암어록樂庵語錄』(5권)만이
　남아 있다.

었다. 지금은 다시 호원 선생의 위패만 모셔놓고 있다.

51. 일속암一粟庵은 사도묘로 통하는 신도神道 동남쪽의 산기슭에 있다. 이곳은 본래 고우高郵에 있는 용주사龍珠寺에 속한 탑원塔院이어서, 지금 암자 뒤쪽에 평양사平陽寺260)의 법통을 이은 상감상인森鑒上人261)의 탑이 있다.

52. 신교장新敎場은 서봉의 사도묘 신도神道 아래쪽에 있는데, 남으로 촉강의 세 봉우리가 둘러싸고 있고, 북으로는 강가의 여러 산들이 늘어서 있다. 또한 동쪽으로는 파산破山 입구와 닿아 있고, 서쪽에는 신하新河가 둘러 흐르고 있다. 건륭 경인庚寅년(1770) 추재秋齋 백운상白雲上262)이 양주에 주둔할 때 이곳에서 농한기農閑期를 이용해 무예를 가르치려고 생각했다. 정월에 길일을 택해 무예 시범을 보인 것을 일컬어 '유부출행遊府出行'이라 하고, 9월에 큰 깃발[旗纛]을 세우고 제사 올리는 것을 '영상강迎霜降'이라 했는데, 둘 다 호숫가에서 거행된 훌륭한 행사였다. 훗날 백운상은 중하中河(하남河南 땅)에서 사직서를 내고 양주에 거처하면서 승려들과 교유했다. 어느 날 아침 그는 푸른 말[靑馬]을 타고 평산당에 올라가 승려와 함께 소면蔬麵을 먹다가 문득 어떤 예감을 느꼈는지 가마

---

260) 월주越州(지금의 사오싱시紹興市)에 있던 절이다. 이 절의 대표적인 승려 본주本晝(?
　　~?, 1654 전후)는 자가 천악天嶽이고 호가 한천자寒泉子로서 시를 잘 지어 명성이 높았
　　다. 그의 저작으로 『직목당시집直木堂詩集』(7권)이 있다.
261) 삼감본철森鑒本徹(1609~1693)를 가리킨다. 그는 출가 전 성이 시徐씨이고, 광동 조주
　　潮州사람이다. 1634년에 출가하여 광윤산옹廣潤山翁 도민道忞의 가르침을 받아 깨달음을
　　얻었으며, 나중에 20년 동안 강소 홍화興化에 있는 용주선원龍珠禪院의 주지를 지냈다.
262) 백운상白雲上(1724~1790)은 자가 능창凌蒼이고 호가 추재秋齋이며, 하남河南 하내河內
　　(지금의 허난성 친양沁陽) 사람이다. 그는 1751년 무과武科 진사에 급제하여 시위侍衛가
　　되었고, 이후 부장副將까지 승진했다. 그는 유격장군遊擊將軍의 신분으로 양주에 주둔
　　한 적이 있는데, 나중에 병이 나서 사직하고 양주에 머물렀다. 시도 잘 짓고, 초서를
　　잘 썼던 그의 흔적은 돌에 새겨져서 양주 혜인사慧因寺의 누각 벽에 박혀 있는 '요연了
　　然'이라는 글씨를 통해 알 수 있다.

를 타고 집으로 돌아가 죽었다. 그가 죽을 때 호숫가 사람들은 모두 그
가 푸른 말을 타고 촉강을 올라 떠나는 모습을 보았다고 한다.

53. 육징군의 무덤[陸徵君墓]은 신교장에 있다. 명나라 때의 육군필陸君弼
은 이름을 육필陸弼이라고도 하는데, 호는 무종無從이고, 강도 사람이다.
그는 9살에 「자목란紫牡丹」이라는 시를 읊어 유명해졌으며, 당인唐寅263)
과 더불어 '양재자兩才子'라고 불렸다. 그는 젊어서 경사(북경)에 갔다가
이동양李東陽264)을 '반식중서伴食中書'라고 비웃는 글을 내던지고 떠났
다. 융경隆慶(1567~1572) 연간에는 그에게 주자사州刺史의 벼슬이 내려졌
으나 받지 않았고, 옛 학문을 탐구하는 데에 힘썼다. 그의 저작으로는
『정시당집正始堂集』과 『모시정전毛詩鄭箋』, 『광릉기구전廣陵耆舊傳』, 『방
수재집芳樹齋集』, 『북호집보주北戶集補注』 등이 있다.
　그는 또 재상을 지낸 심일관沈一貫265)이 편지를 보내 초빙했지만 가지
않았다. 당시 장강과 회수 지역에는 관세關稅가 너무 무거워서 당사자들
이 육군필이 옛날에 쓴 「침상청사계枕上聽莎鷄」라는 시를 이용해 상소문
을 올려 세금을 감면받게 되기도 했다. 나중에 신종 만력제 때에 산림에

263) 당인唐寅에 대해서는 『양주화방록』 권15 「강서록岡西錄·42」의 주석을 참조할 것.
264) 이동양李東陽(1447~1516)은 자가 빈지賓之이고 호는 서애西涯이며, 다릉茶陵(지금의
　　후난성 차링茶陵) 사람이다. 그는 1462년 거인이 되어 이듬해 진사 시험에 급제하여 한
　　림원 서길사가 되었으며, 이후 한림원 편수, 시강학사, 예부우시랑, 호부와 예부, 이부
　　의 상서, 문연각과 근신전謹身殿, 화개전華蓋殿의 대학사를 역임했다. 그는 특히 시 창
　　작에서 당·송대의 기풍을 중시하는 '다릉시파茶陵詩派'의 기풍을 열어 명나라가 끝날
　　때까지 많은 이들에게 영향을 준 것으로 유명하다. 위대한 학자이기도 했던 그는 『대
　　명회전大明會典』(180권)과 『효종실록孝宗實錄』(224권)의 편찬을 주도했고, 또 자신의 저
　　작으로 『회록당집懷麓堂集』(100권)과 『녹당시화麓堂詩話』를 남겼다. 그는 죽은 후에 태
　　사太師에 추증되었으며, 시호는 문정文正이다.
265) 심일관沈一貫(?~?)은 자가 견오肩吾이고 호는 교문蛟門이며 은현鄞縣 사람이다. 그는
　　1568년 진사에 급제하여 한림원 서길사가 되어 검토에 임명되었으며, 이후 찬수관纂修
　　官, 남경예부상서, 동각대학사, 태자소보, 호부상서, 무영전대학사 등을 역임하다가, 70
　　살에 사직하고 고향으로 돌아가 9년 동안 집안에만 있다가 죽었다. 죽은 후 그에게 태부
　　太傅 벼슬이 추증되었고, 시호는 문공文恭이다. 그의 저작으로는 『탁명집啄鳴集』이 있다.

은거한 뛰어난 사람으로 천거되었으나 벼슬을 받으러 나아가지 않았으니, 훗날 하양준何良俊266)은 그의 시 가운데 다음 구절을 극찬한 바 있다.

칼집에 어장검267) 있으니 협객과 사귈 만하지만

세상에 구감268)이 없어 아무도 재주를 알아주지 않는구나.

匣有魚腸堪結客, 世無狗監莫論才.

조정길趙貞吉269)이 국사國史 편찬을 담당할 때 지현 왕일명王一鳴270)

---

266) 하양준何良俊(1506~1573)은 자가 원랑元朗이고 호는 자호柘湖이며, 강소 화정華亭(지금의 상하이시 쑹장松江) 사람이다. 그는 가정嘉靖 연간에 공생이 되어 남경한림원공목南京翰林院孔目에 임명되었다. 그러나 벼슬길에서 뜻을 이루지 못하고 은거하여 저술에 전념하면서, 스스로 장주莊周와 왕유王維, 백거이白居易를 벗으로 여긴다는 뜻에서 서재 이름을 '사우재四友齋'라고 했다. 그는 뛰어난 희곡 이론가로서 명나라 때에 심경沈璟을 중심으로 한 '오강파吳江派'에 많은 영향을 주었던 그의 저작으로는 『자호집柘湖集』과 『하씨어림何氏語林』, 『사우재총설四友齋叢說』 등이 있다. 후세 사람들은 『사우재총설』 권 317에 수록된 그의 희곡이론을 따로 떼어서 『하원랑론곡何元朗論曲』을 간행하기도 했다.
267) 송나라 때 심괄沈括의 『몽계필담夢溪筆談』 「기용器用」에 따르면, 어장검은 바로 송나라 때의 반강검蟠鋼劍 또는 송문검松文劍을 가리킨다. 그 명칭은 생선을 구워서 뱃살을 벗기고 내장을 살펴보면 그 모양이 마치 반강검의 무늬처럼 생겼다는 데에서 비롯된 것이라고 한다.
268) 구감은 한나라 때에 황제의 사냥개를 관리하던 내관內官의 명칭이다. 『사기』 「사마상여열전司馬相如列傳」에 따르면 한나라 무제武帝 때에 '구감'으로 있던 촉蜀 땅 사람 양득의楊得意가 「자허부子虛賦」의 작자인 사마상여를 무제에게 천거했다고 한다. 여기서는 자신을 천거해줄 사람을 가리키는 뜻으로 쓰였다.
269) 조정길趙貞吉(1508~1577)은 자가 맹정孟靜이고 호는 대주大洲이며, 사천四川 내강內江(지금의 네이쟝시內江市) 사람이다. 그는 1535년 진사에 급제하여 서길사로서 한림원 편수에 임명되었고, 29살에 우춘방우중윤右春坊右允中에 발탁되어 곧 국자사업國子司業이 되었다. 그러나 당시 북경 근처까지 침공한 달단韃靼 군대에 대해 강경한 퇴치를 주장하다가 황제의 노여움을 사서 태형을 받고 광서廣西 여파荔波 땅의 말단 관리인 전리典史로 폄적되었다. 그 후 그는 휘주통판徽州通判, 남경이부주사南京吏部主事를 거쳐 호부우시랑으로 승진했으나, 지나치게 강직한 언행 때문에 파직되었다. 하지만 1567년에 다시 예부좌시랑으로 기용되어 첨사詹事의 일을 관장했고, 남경 예부상서, 문연각 대학사, 태자소보를 역임하다가, 1570년에 당시 권력의 중심부에 있던 고기高棋와 마찰 끝에 사직하고 고향으로 돌아갔다. 그는 두 차례 고향으로 돌아가 있을 때 내강현內江縣 타강沱江 가에 오두막을 지어놓고 학생들을 가르쳤기 때문에, 그 지역 사람들은 그를 '대주파大洲壩'라고 불렀다. 죽은 후에 받은 시호는 문숙文肅이다. 그의 저작으로

과 동지同知를 지낸 위학례魏學禮,[271] 태학생太學生 왕치등王穉登,[272] 그리고 육군필을 사관史館으로 불러 함께 편찬 작업을 진행했으나, 완성하지 못한 상태에서 끝나버렸다. 그는 85세에 죽어서 촉강 아래 신교장 동남쪽 모퉁이에 묻혔다. 강도 사람 자상紫裳 이용덕李庸德이 아주 자세한 묘비명을 썼는데, 『강도현지』를 그대로 따라 쓰지 않고 의심스러운 부분을 믿을 만하게 고증해서 후세 사람들이 그것을 더 신뢰한다.

는 『경연진강록經筵進講錄』(2권)과 『조문숙공문집趙文肅公文集』(23권), 『조태충시초趙太忠詩鈔』(6권) 등이 있다.

270) 왕일명王一鳴(?~?)은 자가 자성子聲 또는 백고伯固이고 호북湖北 황강黃岡 사람이다. 그는 1592년에 원굉도袁宏道와 함께 진사에 급제하여 태호현太湖縣과 임장현臨漳縣의 지현을 역임했다. 저작으로 『주릉동고朱陵洞稿』와 『중주무록中州武錄』이 있다.

271) 위학례魏學禮(?~?)는 자가 계랑季朗이고 호는 운래산인雲萊山人이며 강소 장주長洲 사람이다. 그는 가정嘉靖 연간의 인물로서 유봉劉鳳과 함께 『북왕집北王集』을 저술했다. 둥광훠董光和와 장궈챠오張國喬 주편主編, 『고본명대인물소전孤本明代人物小傳』(全國圖書館 文獻縮微複製中心, 2003)에 그의 전기가 실려 있다고 하지만, 역자는 아직 확인해보지 못했다.

272) 왕치등王穉登(1535~1612)은 자가 백곡白穀 또는 백곡伯穀이고 호는 반게장자半偈長者, 청양군青羊君, 광장암주廣長庵主, 광장암주廣長暗主, 송단도인松壇道人 등을 사용했으며, 강음江陰(지금의 쟝쑤성에 속함) 사람인데, 오문吳門으로 이주해 살았다. 그는 10살 때부터 시를 지어 명성이 높았으며 서예에도 뛰어났다. 그는 평생 벼슬살이를 하지 않고 문징명文徵明과 더불어 30년 가까이 강남지역 문인들의 모임을 이끌었다. 그의 저작으로는 『오군단청지吳郡丹青志』가 있다.

권17

공단영조록工段營造錄

1. 건물을 지으려면 먼저 지반을 골라야 하고, 지반을 고르려면 또 먼저 집의 모양을 그려야 한다. 화폭에 건물의 넓이와 깊이, 높이의 척도를 그리고 자세한 설명을 써놓는데 이것을 '도설圖說'이라고 한다. 또 종이를 여러 장 붙여 두껍게 만들고, 그것을 가지고 '도설'에 정해진 바에 따라 건물의 모양을 만든 다음, 공장工匠을 시켜 격식에 맞게 실로 꿰매게 만드는데 이것을 '탕양燙樣'이라고 한다. 공장이 그 일을 하는 법은 다음과 같다. 중앙에 사각형의 표목標木을 하나 세우고 그 아래에 십자十字를 그린 나음, 공두세각拱頭踢脚을 만들고, 그 위에 사각형의 핀지를 걸치는데, 그 판자를 삼등분하여 가운데 오목한 홈을 판다. 중앙의 표목에 두 가닥 실을 달아 늘어뜨리고 정 중앙에 작은 돌을 매달아둔다. 오

"

목한 홈에는 물을 채워 3개의 물오리 모형을 띄워 나무를 바르게 고정시키고, 십자 모양으로 압척壓尺1)을 눌러 사방을 평평하게 만든다.

2. 기반을 고를 때에는 오직 흙 작업[土作]으로만 한다. 흙 작업은 크고 작은 달구[夯]와 돌절구[碯] 작업과 회토灰土, 황토黃土, 소토素土 작업으로 구분된다. 성긴 흙[虛土]과 조밀한 흙[素土]을 절충하고 달구로 다져 처리한다. 먼저 큰 돌절구[大碯]로 바닥을 다지고, 회토를 고루 섞어 붓고, 달구[夯]로 다져 해와海窩(caldron)2)를 만든다. 해와마다 달구질[打夯]을 하고 은정銀錠으로 다진 후, 나머지는 도랑을 채우는데, 크고 작은 크기의 껍질 벗긴 가시나무[梗]로 채운다. 그런 다음 고르게 한다. 물을 뿌려 부스러기를 없앤 다음, 평평한 달구[平夯]로 달구질을 하고 큰 달구[高夯]를 이용해 다진다. 뒤이어 다진 자국에 물을 붓고 큰 달구와 큰 돌절구[高碯]를 써서 정보평관타頂步平串碯까지 하게 되는데, 이것이 항축법夯築法이다.

항축夯築은 건물의 지면地面을 메우고 조밀한 흙을 고르게 까는데, 하나의 홈[槽]마다 5개의 달구를 써서 안별시雁別翅3)의 방식으로 4차례 달구질을 한다. 고르게 다져지면 물을 뿌려 부스러기를 없애고 다시 다진다. 그런 다음 큰 돌절구[高碯]로 한 번 작업하고, 정보평관타頂步平串碯를 한 차례 행한다. 이것이 기단을 고르는 법[平基法]이다.

기단을 고르기 시작하는 때는 바로 오늘날 속칭 '동토일動土日'이라고 하는데, 진단陳搏4)의 『옥약玉鑰』에서는 토황제土皇帝5)의 방위를 침범하

---

1) 종이 등을 누를 때 쓰는 도구로서, 대개 쇠나 옥, 돌 등으로 만든다.
2) 대개 솥이나 새집 모양으로 움푹 들어간 부분을 의미하는데, 여기서는 달구질을 하여 흙이 움푹 들어간 자국을 가리킨다.
3) 여기서는 달구질을 할 때 기러기 날개 모양으로 벌려서 작업하는 것을 가리킨다.
4) 진단陳搏(871~989)은 자가 도남圖南이고 호는 부요자扶搖子, 희이선생希夷先生으로, 박주亳州 진원眞源(지금의 안휘이성 보현亳縣) 사람이다. 그러나 그의 관적貫籍은 보주普州 숭감崇龕(지금의 통난현潼南縣 근처)라는 설과 섬서陝西 사람이라는 설, 사천四川 기주夔州 사람이라는 설 등등이 분분하다. 그는 한나라 이래의 상수학象數學 전통을 계승

는 것이 가장 금기라고 했다. 토대를 다지기 위한 홈을 파고[刨槽] 홈을 다지는[壓槽] 경우는 방법에 따라 차이가 있다. 건물 터[房身]의 회랑[遊廊]에 사용되는 백목정柏木丁6)들과 교각[橋椿], 토장土椿7)을 모두 일컬어 '지정地丁'이라고 한다. 땅을 파는 사람[刨夫]과 일꾼[壯夫]에게 지불하는 비용은 정해진 체제가 있다. 나무 울타리[柵木牆]나 대울타리[竹籬], 버드나무 울타리, 약란藥欄8)을 만들고 도랑을 파는 데에는 4길마다 일꾼을 1명씩 쓴다.

3. 옛날 정우亭郵9)에는 나무를 세워 남쪽 끝을 장식하고 '화표華表'라고 불렀는데, 그것이 바로 지금의 패루牌樓이다. 목조로 세우는 법을 '삼름수화문법三檁垂花門法'이라고 한다. 중앙 기둥에서 면활面闊10)에 4두구斗口를 더하여 길이를 정하며, 면활은 10분의 1로 계산한다. 여기에 사용되는 것은 중앙 기둥과 바깥 기둥[邊柱], 수련주垂蓮柱,11) 척액방脊額枋(ridge

---

하고 황로사상黃老思想과 도교의 수련방술修煉方術 사상, 그리고 유가 수양修養 개념과 불가의 선관禪觀을 하나로 합쳐 송나라 때의 이학理學에 상당히 큰 영향을 미쳤다. 후세 사람들은 흔히 그를 '진박노조陳摶老祖' 또는 '수선睡仙' 등으로 불렀다. 그의 대표적인 저작으로는 『심상편心相篇』이 꼽힌다.

5) 원래 한 지방을 자치하고 있는 군벌軍閥이나 못된 토호土豪를 일컫는 말로 쓰이는데, 여기서는 '악신惡神'의 의미로 사용된 듯하다.

6) 측백나무로 만든 기둥으로서, 위는 둥글고 아래는 뾰족한 형태이다.

7) 강철관 등을 이용해 건물 기반[地基]에 구멍을 만드는 것을 가리킨다. 먼저 밀어 누르는 효과를 이용해 기반의 흙을 조밀하게 한 후, 구멍에 조밀한 흙[素土]을 채워 넣고 달구질을 하여 기둥 형태로 만드는 방법이다.

8) 원래 작약芍藥을 둘러싼 울타리[欄]를 가리키는 말이지만, 흔히 일반적인 꽃을 둘러싸 보호하는 울타리 겸 지지대를 가리키는 뜻으로 쓰이기도 한다.

9) 옛날 길가에 설치되어 공문서를 전달하는 이들이나 나그네들이 쉬며 묵어갈 수 있도록 한 관사館舍를 가리킨다.

10) 직사각형 건물의 평면도에서 긴 쪽을 폭[寬]이라 하고, 짧은 쪽은 깊이[深]라고 한다. 예를 들어서 남향의 3칸짜리 건물에서는 동서 방향이 폭이 되고, 남북 방향이 깊이가 된다. 단독 건물의 경우는 기본적 단위가 칸[間]으로 구성되는데, 4개의 기둥으로 둘러싸인 부분이 한 칸이 된다. 또 이 칸의 넓은 쪽인 폭을 '면관面寬' 또는 '면활面闊'이라 하고, 짧은 쪽인 깊이를 '진심進深'이라고 부른다.

11) 수화문垂花門의 마엽량두麻葉梁頭 아래에는 한 쌍의 짧은 기둥이 거꾸로 달려 있는데,

architrave), 기방棋枋,12) 좌두방坐斗枋,13) 정심첨척방正心簷脊枋, 현산항조懸山桁條, 첨척름목簷脊檁木, 마엽포두량麻葉抱頭梁, 천삽방穿插枋(penetrating tie), 첨액방簷額枋(eave architrave), 첨연簷椽(eave rafter), 비첨연飛簷椽(flying rafter),14) 연첨連簷(eave edging), 와구瓦口(tile edging),15) 이구裏口, 연완椽椀. 박봉판博縫板,16) 양산박봉두兩山博縫頭17)가 있다. 또 포고석抱鼓石18) 위에는 호병아자壺瓶牙子19)을 달고, 양산식兩山式 건물의 천삽방 아래에는 운공雲拱20)과 참새 모양의 귀잡이[雀替](sparrow brace)를 달며, 삼복운자三伏雲子와 아치[拱子], 십팔두十八斗21)가 있다. 상천삽당廂穿插檔22)은 가소작체점공판假素雀

기둥머리가 아래로 향해 있고, 머리 부분에 연꽃의 꽃잎이나 구슬이 꿰인 모양, 석류, 꽃받침 모양의 구름 따위의 장식이 조각되어 있다. 그것은 마치 꽃망울을 터뜨리기 직전의 꽃봉오리 같이 생겼다. '수화문'은 처마의 기둥이 땅에 닿지 않고 기둥 위의 이음 나무[穿枋]에 매달려 있는 형식이다.

12) 두공頭拱의 안팎에 이어져 있는 판자로서 기방機枋이라고도 한다.

13) 평판방平板枋이라고도 한다. 이것은 대액방大額枋 위에 핀[銷子]으로 연결되어 있다. 길이는 건물 면적에 따라 달라지며, 폭은 두구斗口의 3.5배, 높이는 두구의 2배이다.

14) 처마 서까래에서 밖으로 튀어나온 부분인데, 그 길이는 서까래 전체 길이의 3분의 1이며, 끝 부분에 꼬리 장식이 달려 있다.

15) 처마 근처에 있는 기왓장들의 틈으로, 이곳에 석회를 채워 넣기도 한다.

16) 도산식挑山式 건축물의 산면山面이나 헐산식歇山式 건축의 도산挑山 부분에서 차초름遮梢檁이나 연미방단두燕尾枋端頭, 그리고 측면 서까래와 망판望板 등의 부위에 있는 나무판을 가리킨다.

17) '박봉두博縫頭' 또는 '박풍두搏風頭'라고도 한다. 이것은 대개 도리 끝을 지탱하는 판자를 가리키는 경우가 많다.

18) '문고門鼓' 또는 '문침석門枕石'이라고도 한다. 대문 앞 좌우에 설치한 돌 장식으로 상서로움을 상징하는 동물 등의 조각으로 장식되어 있다. 예를 들어서 사자[獅]는 일[事]과 후사[嗣]를 상징한다. 그래서 두 마리 사자는 모든 일이 뜻대로 되기를 기원하는 것이고, 사자에 허리띠를 채우거나 새끼 사자를 데리고 있는 모습을 장식한 것은 자손이 끊어지지 않고 이어지기를 바라는 것이며, 사자의 입에 구슬을 물려놓은 것은 집안에 경사로운 일이 생기기를 기원하는 것이다.

19) 본래 책상 의자 따위의 다리에 마주보며 세워놓은 가장자리 장식을 가리키는데, 그 모양이 호로병처럼 생겼다고 해서 이렇게 부른다. 크고 두터운 돌 위에 기둥을 세울 때 기둥 발치에 두 개의 장식이 앞뒤에서 기둥을 끼고 지탱하게 하면, 그 외형이 또 호리병 같다고 해서 이렇게 부르기도 한다.

20) 주로 송나라 때 석조난간石雕欄干에서 손잡이에 해당하는 심장尋杖의 바로 밑에 설치한 구조물로서, 구름 형태로 조각되어 있고 생김새가 두공頭拱과 비슷하다고 해서 '운공'이라고 부른다. 대개 '운공'의 아래쪽에는 장식적인 구조물인 '영항癭項'이 달려 있다.

替墊拱板을 쓰고, 상상안廂象眼[23]은 각배角背(bracket)와 상안판象眼板을 이용하여 만든다. 그리고 첨름簷檁과 척름脊檁, 기둥머리의 선반받이[柱頭科](bracket set on columns)의 받침나무[大斗](cap block) 및 두과斗科[24] 등은 치수를 조절한다.

4. 비정碑亭에는 사각형과 원형이 함께 쓰이는데, 목조 건물[大木](wooden structure)에는 사각형 피라미드 모양의 지붕[攢尖](pyramidal roof)이 있다.

사각형 정자를 만드는 법은 처마 기둥[簷柱]과 머리 부분에 테를 두른 처마의 들보도리[簷檁](eave purlin), 사각화량두四角花梁頭,[25] 도리[桁條], 말각량抹角梁,[26] 사각교금돈四角交金墩,[27] 금방金枋(purlin tiebeam),[28] 쇠 도리[金桁], 뇌공주雷公柱,[29] 자각량仔角梁과 노각량老角梁,[30] 유창由戧(inverted V

---

21) 건물 꼭대기에 메뚜기 모양으로 밖을 향해 뻗어 있는 사두耍頭(nose) 등의 위에 있는 단재과공單材瓜拱(outer-side oval bracket arm)이나 상공廂拱(regular arm)과 십자 모양으로 교차시켜 얹은 두형斗形 구조물을 가리킨다. 이것은 폭이 1.8두구斗口(즉 18푼分)이기 때문에 '십팔두'라고 불린다.

22) '중화본'에는 '廂穿揷擋'으로 표기되어 있다. 이하의 건축 용어들 가운데 '중화본'에 글자가 빠져 있거나 잘못 쓰인 부분들은 칸뒤闞鐸의 수정을 토대로 한 '산동본'을 따라 바로잡는다. 다만 이런 예가 너무 많기 때문에, 이하의 번역에서는 특별히 이 사항에 대한 주석은 생략한다.

23) '상안象眼'은 계단 측면의 삼각형 부분을 가리키는데, 대개 각 층마다 안쪽이 움푹 들어간 모양으로 되어 있다.

24) 두공斗拱을 가리킨다.

25) '각운角雲'이라고도 부른다. 다각형 기둥의 머리에 기둥의 모서리를 따라 평행한 위치에 설치한 들보의 머리로서, 도리와 연결되는 부분이다. 이것은 종종 삼 잎 모양으로 만들어진다. 이것은 대개 사각형 정자나 육각형 정자, 팔각형 정자에 사용되며, 원형 정자의 기둥머리에도 종종 설치된다.

26) 건물 바닥과 45° 각도로 설치한 들보로서, 선뜻 귀퉁이를 말아 올리는 모양을 하고 있다고 해서 이런 명칭이 붙었다. 이것은 네모꼴 건축의 귀퉁이 부분에 설치한다.

27) '교금돈交金墩'이라고 표기하기도 한다. 교금돈은 하금순배량下金順扒梁 위쪽 정면과 측면의 하금항下金桁 아래에 있는 타돈柁墩을 가리킨다. 높이는 평수平水에 항완桁椀 직경의 3분의 1을 더해 정하며, 두께는 5.5두구斗口이다.

28) 기둥머리[柱頭]나 과주두瓜柱頭에 붙이는 가로 기둥[橫柱]으로서, 위치에 따라 상금방上金枋과 하금방下金枋이 있다.

29) 고대 건축에서 벼락을 피하기 위해 설치한 장치로서, 여기에 사용되는 나무는 대체

shaped brace)31)의 침두목枕頭木, 첨연簷椽, 익각교연翼角翹椽, 비첨연飛簷椽, 교비연翹飛椽, 뇌연腦椽(upper rafter), 대연첨大連簷과 소연첨小連簷, 와구, 갑판閘板과 당판檔板, 횡판橫板, 망판望板을 쓴다.

기둥 6개의 원형 정자를 만드는 법은 진심進深을 면활面闊의 2배로 하고, 면활은 진심의 반으로 정한다. 여기에는 첨주簷柱(eave column)와 원첨방圓簷枋, 화량두花梁頭, 원항조圓桁條, 배량扒梁,32) 정구배량井口扒梁, 교금돈交金墩, 금방, 금항金桁, 유창, 뇌공주, 육면첨연六面簷椽, 비첨연飛簷椽, 뇌연, 대연첨과 소연첨, 와구, 갑판과 당판, 횡판, 망판을 쓰며, 사주식四柱式과 팔주식八柱式에서와 마찬가지의 선반받이[科](bracket set)를 쓴다.

5. 목조 건축[大木] 공법 : 건물의 면활과 진심에 따라 폭과 두께, 높이, 길이를 재는데, 두구斗口33)의 척촌尺寸을 기준으로 분수分數로 나타낸다.

예를 들어서 구름단첨무전위랑교앙법九檁單簷廡殿圍廊翹昂法은 첨주簷柱와 금주金柱,34) 대액방大額枋과 소액방小額枋, 평판방平板枋, 도첨량挑尖梁,35) 수량방隨梁枋,36) 도첨항방挑簷桁枋, 정심항正心桁 이외예방裏外拽

로 전도성傳導性이 뛰어난 녹나무[楠木]와 격목格木, 소나무, 잣나무 등이다. 어떤 경우는 구리나 철 등의 금속을 사용하기도 한다.

30) '각량角梁'이란 건물 귀퉁이 부위에 설치해 익각翼角 부분의 무게를 받치도록 한 것으로, 대개 상하로 중첩해서 사용한다. 이 가운데 아래쪽의 것을 노각량老角梁이라 하고, 위쪽의 것을 자각량仔角梁이라고 한다. 전자는 익각연翼角椽에 붙어 있고, 후자는 교비연翹飛椽에 붙어 있다.

31) 귀퉁이 들보[角梁]의 후속 구조물로서 사수척四垂脊의 골간骨干에 해당하는 것인데, 위치에 따라 명칭이 다르다. 하화가유창下花架由戧 하보금下步金에 사용되고, 상화가유창上花架由戧은 상보금上步金의 위치에 사용되며, 척유창脊由戧은 지붕마루에 사용한다.

32) '파량扒梁' 또는 '순파량順扒梁'이라고도 한다. 들보 바깥쪽 끝의 도리에 얹힌 들보를 가리키는데, 대개 무전廡殿 건물의 산면山面에 사용된다.

33) 두공斗拱의 가장 아랫부분인 좌두坐斗 위에 십자의 홈을 파서 과공瓜拱과 두층頭層의 교翹나 앙昂을 따르게 하는데, 이 홈을 '두구斗口'라고 부른다.

34) 첨주 안쪽의 기둥들 가운데 건축물의 종중선縱中線 위에 있는 것을 제외한 것들을 한꺼번에 부르는 명칭이다.

35) '도첨량挑尖梁' 또는 '순도첨량順挑尖梁'이라고도 쓴다. 이것은 기둥머리의 선반받이 두공斗拱에 사용되며 처마의 도리[桁檁]에 연결된 들보인데, 그 끝 부분의 측면이 복숭

枋,37) 양기방兩機枋,38) 정구방井口枋,39) 노첨항老簷桁, 천화량天花梁,40) 방판枋板, 칠가량七架梁(7-purlin beam),41) 타돈柁橔(wooden pier),42) 상금방上金枋과 하금방下金枋, 순배량順扒梁,43) 사각공금돈四角空金橔, 오가량五架梁(5-purlin beam),44) 토금과주土金瓜柱,45) 각배角背(bracket),46) 교금과주交金瓜柱,47) 삼가량三架梁(3-purlin beam),48) 척과주脊瓜柱, 척각배脊角背, 척방항脊枋桁, 부척목扶脊木, 자각량仔角梁, 노각량老角梁 위아래 화가花架의 유창由戧, 척유창脊由戧, 양침두목兩枕頭木, 첨연簷椽, 위아래 화가연花架椽, 뇌연, 비첨연, 익각교연翼角翹椽, 교비연翹飛椽, 서까래, 갑판과 당판, 연첨, 와구, 이구교비익각裏口翹飛翼角, 그리고 점판과 망판을 쓴다.49)

아 모양이다.

36) 대개 '순수량방順隨梁枋'이라고 부른다. 이것은 '도첨량' 아래에 설치하여 산면山面의 첨주簷柱와 금주金柱를 연결하는 이음보枋子(tie beam)이다.

37) 두공에 연결된 이음보 가운데 정구방井口枋과 도첨방挑簷枋, 정심방正心枋을 제외한 나머지를 총칭하는 말이다.

38) 두공의 안팎에 붙어 있는 예방拽枋을 부르는 다른 명칭이다.

39) 두공의 가장 안쪽에 사용되는 구조물로서, 정구천화井口天花와 붙어 있는 이음보이다. 높이는 두구斗口의 3배, 두께는 두구의 1배이다.

40) 건물 안쪽을 향해 얹어 천정을 지탱하는 들보이다.

41) 7개의 도리[檁]에 연결된 길이 6보步의 들보이다.

42) 순배량順扒梁을 상, 중, 하의 3층으로 나눌 때 매 층의 한쪽은 도리[桁] 위에 얹히고, 다른 한 쪽은 타柁 위에 얹힌다. 양산식 건물의 노첨항老檐桁 위에는 하금순배량下金順扒梁을 얹고, 하금순배량下金順扒梁 위에는 타돈柁墩을 설치하여 양산兩山의 전후 하금항下金桁이 교차하는 지점을 지탱한다.

43) '배량扒梁'에 대한 주석을 참조할 것.

44) 5개의 도리[檁]에 연결된 길이 4보步의 들보이다.

45) 다주식多柱式 긴볼에 사용되는 짧은 기둥이다.

46) 과주瓜柱를 지탱하여 경사지지 않게 해주는 구조물이다.

47) 두 층의 들보 사이에서 짧은 기둥[短柱]의 높이를 시행하는 것으로, 지체의 길이가 짧은 것을 '과주瓜柱(short column)'라고 한다.

48) 3개의 도리[檁]에 연결된 길이 2보步의 들보이다.

49) 선물 귀퉁이의 각주角柱 윗부분에는 특수한 장식을 하는데, 이것을 '각과角科(bracket set on corner)'라고 한다. 보통의 두공斗拱 바깥 면과 안쪽 면이 각기 하나씩만 있지만, 각과는 그것들이 2개씩 있다. 또한 왼쪽의 정면은 바로 오른쪽의 측면이 되고, 오른쪽의 정면은 왼쪽의 측면이 된다. 이에 따라 정면 부분에서 모퉁이로 돌아가는 곳을 '앙昻' 또는 '교翹'라고 한다. 이것들은 위치와 형식에 따라 명칭이 다양하다.

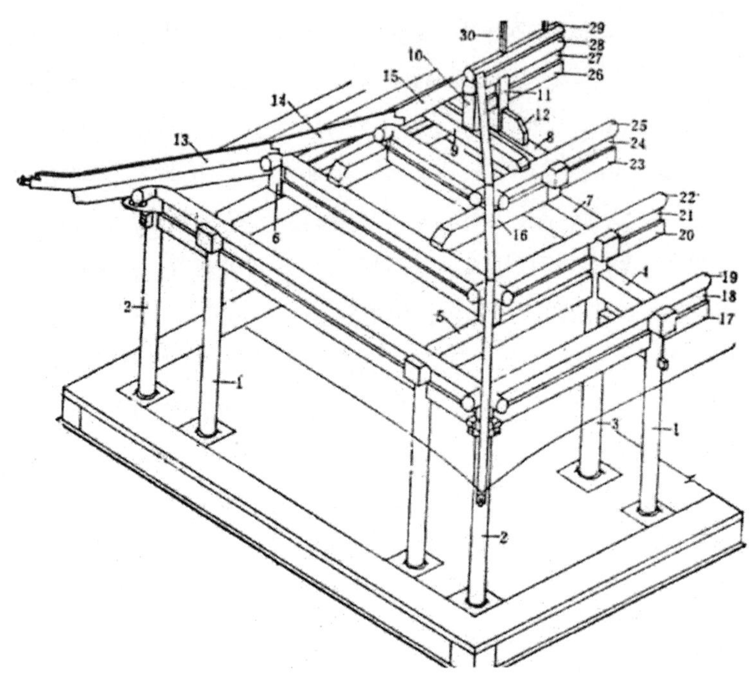

무전(廡殿) 건축의 목조 구조

1) 첨주, 2) 각첨주(角簷柱), 3) 금주(金柱), 4) 포두량(抱頭梁), 5) 순량(順梁), 6) 교금과주(交金瓜柱), 7) 오가량(五架梁), 8) 삼가량(三架梁), 9) 태평량(太平梁), 10) 뇌공주(雷公柱), 11) 척과주(脊瓜柱), 12) 척각배(脊角背), 13) 각량(角梁), 14) 유창(由戧), 15) 척유창(脊由戧), 16) 배량(扒梁), 17) 첨방(簷枋), 18) 첨점판(簷墊板), 19) 첨름(簷檁), 20) 금방(金枋), 21) 금점판(金墊板), 22) 금름(金檁), 23) 상금방(上金枋), 24) 상금점판(上金墊板), 25) 상금름(上金檁), 16) 적방(脊枋), 27) 척점판(脊墊板), 28) 척름(脊檁), 29) 부척목(扶脊木), 30) 척장(脊椿)

구름헐산식九檁歇山式 건축의 귀통이 앞뒤의 회랑에 있는 단교單翹와 단앙單昻을 짓는 법도 무전廡殿의 경우와 같다. 이 경우는 대부분 보금방步金枋과 교금돈交金橔, 양산출초兩山出梢, 아팔화가啞叭花架, 뇌연腦椽 탑각목榻脚木, 초가주자草架柱子,50) 산화판山花板51)과 박봉판, 망판 등을 사용한다.

다음은 칠름전각식七檁轉角式 및 육름전출랑전각식六檁前出廊轉角式의 건축법이다.

칠름전각방七檁轉角房은 양쪽 곁방[邊房]의 진심에 따라 전각轉角의 면활과 진심을 정하고, 기둥의 높이와 직경은 양쪽 곁방의 그것과 같게 한다. 여기에는 첨주와 가첨주假簷柱, 이금주裹金柱, 사쌍보량斜雙步梁, 사합두방斜合頭枋, 금주와 과주, 사단보량斜單步梁, 사삼가량斜三架梁, 척과주脊瓜柱, 척각배脊角背, 첨방簷枋, 이외금름裹外金檁, 척름脊檁, 자각량, 노각량, 화가유창花架由戧, 척유창脊由戧, 이액각裹掖角,[52] 화가척유창花架脊由戧, 각량角梁, 뇌연, 첨연, 자각량, 침두목枕頭木, 첨연, 화가연, 뇌첨연腦簷椽과 비첨연, 익각연翼角椽, 교비연翹飛椽, 연첨와구連簷瓦口, 이구裹口, 갑판과 당판, 연완椽椀, 그리고 망판과 점판 등이 사용된다. 각 판자의 사각형 크기에는 차이가 있다.

육름전출첨전각식六檁前出簷轉角[53]은 칠름전각식과 같다. 여기에는 사포두량斜抱頭梁, 사천삽방斜穿揷枋, 체각량遞角梁, 수량방隨梁枋이 사용되는데, 선반받이[科](bracket set)에 따라 크기가 다르다.

이제부터는 경산식硬山式과 현산식懸山式 건축의 건축법이다.

기둥 높이에 3두구만큼 더하여 처마를 내는데, 길이는 1길[丈] 이상이 되어야 한다. 면활과 진심, 기둥 등은 폭과 높이를 조절할 때에 모두 정해진 치수에 따라 가산加算한다. 곁방[耳房]과 배방配房, 그리고 여러 회

---

50) 도각목跳脚木 위에는 모든 도리 아래에 작은 기둥을 세워 도리를 지탱하는데, 이것을 '초가주사'라고 한다.

51) 도리 바깥에 현산식懸山式 건물에서처럼 박봉판博縫板을 대기도 하는데, 박봉판 아래에 대어 삼각형의 현산懸山 부분을 막아 보호하는 것이 산화판이다. 신회판의 외피外皮는 양산정심항兩山正心桁의 중앙선 안쪽으로 도리 하나의 직경만큼 들어가 있다.

52) 이액각각량裹掖角角梁을 가리킨다. 이것은 건물의 귀퉁이 부위에 있는 귀퉁이 들보[角梁]로서, 그 단면의 높이는 외전각각량外轉角角梁보다 작고, 밖으로 빠져나온 부분이 없다. 이것은 주로 양익兩翼의 처마 서까래에 사용되며, 그 위치와 역할에 따라 노각량老角梁과 자각량仔角梁으로 구분된다.

53) 앞에서는 '육름전출랑전각六檁前出廊轉角'이라고 했는데, 아마도 같은 방식의 건축을 가리키는 듯하다.

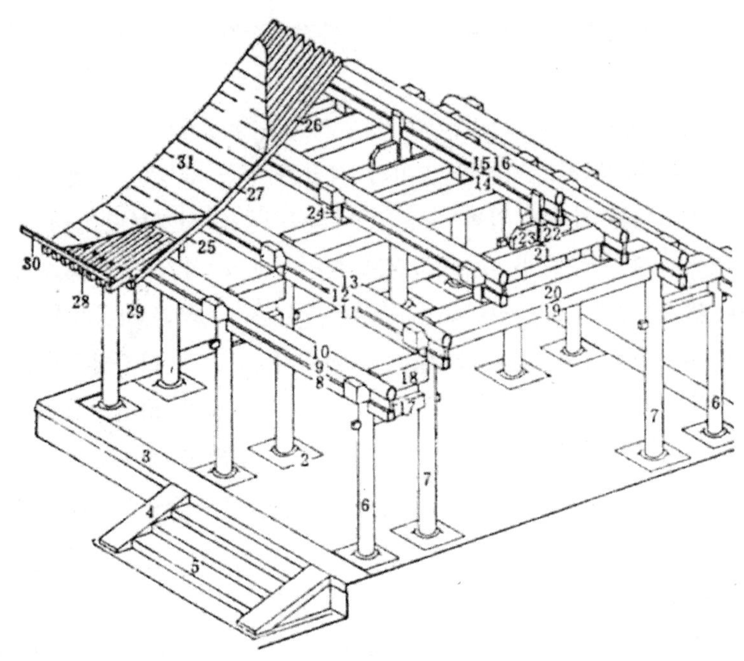

경산식 건축의 목조 구조

1) 대기(臺基), 2) 주정석(柱頂石), 3) 계조(階條), 4) 수대(垂帶), 5) 답타포두량(踏跥抱頭梁), 6) 첨주, 7) 금주, 8) 첨방, 9) 첨점판, 10) 첨름, 11) 금방, 12) 금점판, 13) 금름, 14) 척방(脊枋), 15) 척점판, 16) 척름, 17) 천삽방(穿揷枋), 18) 포두량, 19) 수량방(隨梁枋), 20) 오가량, 21) 삼가량, 22) 척과주, 23) 척각배, 24) 금과주, 25) 첨연(簷椽), 26) 뇌연(腦椽), 27) 화가연(花架椽), 28) 비연(飛椽), 29) 소련첨(小連簷), 30) 대련첨(大連簷), 31) 망판(望板)

량 등은 정방正房의 크기에 따라 높이와 폭을 정한다.

그 다음으로 구름식九檁式과 팔름식八檁式, 칠름식七檁式, 육름식六檁式, 오름식五檁式, 사름四檁式 및 오름천당식五檁川堂式이 있다.

구름식에서 기둥과 들보도리, 방枋, 도리桁는 칠름전각식의 건축법과 같다. 여기서는 대부분 포두량抱頭梁과 현산항懸山桁, 모아량帽兒梁,[54] 첨

---

54) 천화지조天花枝條와 천화판天花板을 연결하는 구조물이다. 그 양 끝은 천화량天花梁

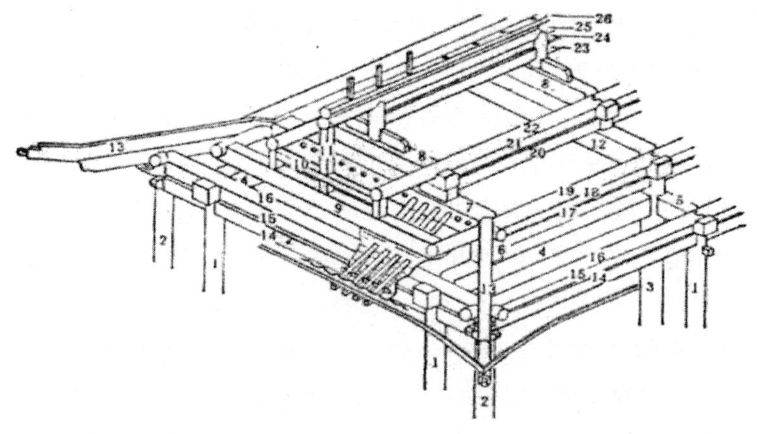

헐산식 건축 목조 구조

1) 첨주, 2) 각첨주, 3) 금주, 4) 순량(順梁), 5) 포두량, 6) 교금돈(交金墩), 7) 채보금(踩步金), 8) 삼가량, 9) 답각목(踏脚木), 10) 천(穿), 11) 초가주(草架柱), 12) 오가량, 13) 각량(角梁), 14) 첨방, 15) 첨점판, 16) 첨름, 17) 하금방(下金枋), 18) 하금점판(下金墊板), 19) 하금름, 20) 상금방, 21) 상금점판, 22) 상금름, 23) 척방, 24) 척점판, 25) 척름(脊檁), 26) 부척목(扶脊木)

량貼梁, 단지조單枝條, 연이지조連二枝條 등의 구조물을 사용한다. 팔름식에서는 정과주頂瓜柱와 월량月梁,[55] 기방조자機枋條子,[56] 정연頂椽(top rafter) 등의 구조물을 사용한다. 칠름식에는 대개 산주山柱(center column), 단보량單步梁과 쌍보량雙步梁[57] 등의 구조물이 사용된다. 육름식에서는 대개

위에 위치하며, 천정 구조의 제일 큰 뼈대[大龍骨]에 해당한다. '모아량'은 대개 둥근 나무로 제작하며, 그 단면은 반원형이다.

55) 주로 남방의 목조 건축에서 사용하는 들보로서 달처럼 굽은 형태를 띠고 있다. 또한 남방은 날씨가 무덥기 때문에 기본적으로 천장이 없어서, 건물 안으로 들어가면 들보의 구조 전체를 한눈에 볼 수 있다. 이것은 비교적 대형 건물에 사용되며, 시공이 끝나면 그 표면에 조각을 하거나 그림을 그려 놓는 경우가 많다. 월량 가운데 가장 중요한 것은 '대량大梁' 또는 '오가량五架梁'이라고 부른다.

56) 쌍항권붕雙桁卷棚 건물 지붕의 보가步架 측면에 있는 호형弧形의 서까래인 나과연羅鍋椽의 발치에 있는 나무로서, 쌍척름雙脊檁 건축에 사용된다. 그 폭은 대개 서까래 직경의 3분의 1이며, 길이는 서까래의 넓이와 같다.

합두방合頭枋과 후첨봉호첨연後簷封護簷椽 같은 구조물이 쓰이고, 오름식은 사름식 즉 사가량四架梁58)과 같다. 오름천당식은 삼오가량법三五架梁法을 쓰되 등성마루가 달린 상안판象眼板을 더한 것이고, 나머지 선반받이는 같은 방식으로 쓴다.

소식대목小式大木은 칠름식과 육름식, 오름식, 사름식으로 구분되는데, 건축법은 위와 같지만 비첨飛簷이 없다.

6. 상첨칠름삼적수헐산정루上簷七檁三滴水歇山正樓와 하첨두구단앙식下簷斗口單昂式 건물의 건축법 : 명간明間59)은 대개 성문의 폭에 맞춰 면활을 정하며, 그 다음의 초간梢間은 두공의 수에 따라 면활을 정하고, 성벽 꼭대기의 폭에 따라 회랑의 진심을 정한다. 이것이 바로 누각을 짓는 관례이다. 건축법은 하첨주下簷柱와 이외금주裏外金柱, 하첨대액방下簷大額枋, 평판방平板枋, 정사채보량正斜踩步梁, 천삽방穿揷枋, 수량승연隨梁承椽, 자각량, 노각량, 정심항방正心桁枋,60) 도첨항방挑簷桁枋, 첨연, 비첨연, 익각교연, 교비연, 교비익각翹飛翼角, 이구裏口, 연첨, 와구, 연완, 침두목, 순망판順望板과 갑판, 당판 등의 구조물을 사용한다.

그 다음은 평대품자두과식平臺品字斗科式 건물의 건축법이다. 평대해만平臺海墁61) 아래의 오동나무 기둥[桐柱]62)은 바로 평대첨주平臺簷柱인

---

57) 회랑이 너무 넓을 때 도첨량桃尖梁 위에 추가로 과주瓜柱와 들보, 도리를 하나씩 설치하게 된다. 여기에 설치한 들보는 그 꼬리 부분이 중앙의 기둥이나 산주山柱에 얹힌 들보와 교차하게 된다. 이 경우 아래쪽에 있는 것을 '쌍보량'이라고 부르고, 위쪽에 있는 것을 '단보량'이라고 부른다. 그 길이는 전자가 2보步이고, 후자는 1보이다. 쌍보량은 들보의 연결 기능 외에 하중을 감당하는 기능도 한다.

58) 4개의 도리를 받치고 있는 들보로서, 그 길이는 이보가二步架에 일정보一頂步를 더한 것과 같다.

59) 외간外間을 가리킨다. 일반적으로 이간裏間보다 크고 넓다.

60) 대식大式 건축의 두공의 부속 구조물로서 정심항正心桁 아래에 설치한다. 높이는 2두구斗口이고 두께는 1.25두구이며, 개간開間 안의 두공을 연결하고 하중을 전달하는 역할을 한다. 정심항의 직경은 4.5두구이다.

61) 성 꼭대기의 평평한 부분을 '해만海墁'이라고 한다. 이것은 육합토六合土로 바닥을 깔

데, 건축법은 하첨식下簷式 건물의 건축법과 같다. 여기에는 대부분 괘락방掛落枋, 연변목沿邊木 적주판滴珠板,[63) 간방間枋,[64) 승중承重,[65) 능목楞木,[66) 루판樓板[67) 등의 구조물을 사용한다.

그 다음은 중복첨두구중앙두과식中覆簷斗口重昻斗科式 건물의 건축법인데, 이 역시 하첨식 건물의 건축법과 같다. 여기서는 대개 경첨주擎簷柱,[68) 첩량貼梁,[69) 해만천화海墁天花,[70) 네 귀퉁이의 버팀기둥[頂柱]을 사용한다.

그 다음은 상복첨식上覆簷式인데, 이것은 중복첨식中覆簷式과 건축법이 같다. 여기에는 대개 오동나무 기둥[桐柱]과 칠가량七架梁, 오가량五架梁, 삼가량三架梁, 상금타돈上金柁墩과 하금타돈下金柁墩, 척과주脊瓜柱, 금척항방金脊桁枋, 후미압과방後尾壓科枋, 양산출초아팔화가兩山出梢啞叭花架,

---

고, 그 위에 2층으로 벽돌을 깔아 성 위의 교통을 편하게 하고, 빗물이 성벽에 스며드는 것을 방지하는 역할을 한다.

62) '산동본'에는 '동주銅柱'라고 되어 있다. 이하의 경우도 모두 마찬가지이다.

63) '괘락판掛落板'이라고도 한다. 두공이나 연변목沿邊木 등의 부위에 써서 비바람을 막거나 두공의 대목大木을 보호하는 역할을 한다. 괘첨판掛簷板이 가로판[橫板]을 쓰는 데에 비해, 적주판은 세로 판[立板]을 쓰며, 사면을 반듯하게 깎아 쓴다.

64) 이층 이상 건물에서 너비 방향의 기둥 사이에 설치하는 것으로 건물 아래층 처마 서까래[簷椽]의 후미에 이어지는 이음보[枋子]이다. '중화본'에서는 '문방門枋'이라고 표기되어 있으나, 오류로 보인다.

65) 승중承重이란 자체의 무게와 외부에서 전해지는 각종 힘들을 체계적으로 기반에 전달하는 구조물 및 그 연결점을 통칭하는 말이다. 여기에는 내력벽과 기둥, 들보, 버팀대[枝墩], 마루판[樓板] 등이 포함된다.

66) 이층 이상의 건물에서 마루판[樓板]에 이어지는 나무판을 가리킨다.

67) 이층 이상 건물의 마루판을 가리킨다.

68) 중첨식重檐式 또는 중친대평좌식重檐帶平座式 건물에서 비교적 길게 뽑아낸 처마나 각량익각角梁翼角 등을 지탱하는 기둥이다. 기둥 단면은 둥근 것과 사각형이 있지만, 대개 둥근 것이 많이 사용되고, 직경도 작은 편이다. '경첨주'는 이음보[枋]나 첨주檐柱, 화판華板, 난간 등의 구조물과 결합되어 장식적 기능을 수행하기도 한다.

69) 천화량天花梁이나 천화방天花枋의 측면에 붙이는 나무막대를 가리킨다.

70) '천화天花'는 실내의 천장을 가리킨다. 일반적으로 민간 건물에서는 나무로 만든 그물 모양의 틀을 들보에 못질하여 붙이고 거기에 다시 종이를 붙이는데, '해만천화海墁天花'라고 한다. 궁전 건물과 같은 중요 건물에서는 들보 사이에 나무로 격자 틀을 설치하고, 격자 구멍에 나무판을 채운 다음, 그 위에 채색화를 그린다. 이것을 '정구천화井口天花'라고 한다.

뇌연, 부척목扶脊木, 탑각목榻脚木, 초가주자草架柱子, 산화판과 박봉판 등
의 구조물이 사용된다.

또 중첨칠름헐산전각루대사층식重簷七檁歇山轉角樓臺四層式 건물의 건
축법은 다음과 같다. 하첨의 면활과 진심은 두공의 수에 따라 정한다.
여기에는 하첨주下簷柱와 전첨금주前簷金柱, 산주山柱, 전각방산주轉角房山
柱 하층승중下層承重과 중층승중中層承重, 전각사승중轉角斜承重, 차흥간방
下層間枋 중상층간방中上層間枋, 상중하 삼층의 능목楞木, 상층의 도첨승
중량桃簷承重梁, 사도첨승중斜挑簷承重, 삼층의 누판樓板, 양산兩山 네 귀퉁
이의 도첨桃簷, 채보량踩步梁,[71] 정심항방正心桁枋, 도첨항방挑簷桁枋, 좌두
방坐斗枋, 채두방踩斗枋, 자각량, 노각량, 침두목, 승연방承椽枋, 첨연, 비
첨연, 익각교연翼角翹椽, 교비연, 횡판과 망판, 이구, 갑판과 당판, 연첨,
와구, 연완椽椀, 주위의 탑각목榻脚木이 사용된다.

그 가운데 상첨단교단앙두과식上簷單翹單昂斗科式 건물의 건축법은 오
동나무 기둥[桐柱]과 대액방大額枋,[72] 평방판平枋板, 정사삼오칠가량正斜三
五七架梁, 수량방隨梁枋, 양산유액방兩山由額枋, 배량扒梁, 채보금방踩步金枋,
체각량遞角梁, 상금타돈과 하금타돈, 네 귀퉁이의 과주, 척과주, 정심항
방, 도첨항방, 예방拽枋, 후미압두방後尾壓科枋,[73] 전각轉角 부분의 여러
항방桁枋, 이액각裏掖角, 외면의 가항조假桁條, 침두목, 4면의 척유창脊由
戧 등의 구조물을 사용한다.

전접첨일름전각식前接簷一檁轉角雨搭式 건물의 건축법 : 정루正樓 면활
과 건물 토대[廡坐]를 등분等分하여 진심을 정한다. 여기에는 오동나무 기
둥[桐柱]과 첨항방簷桁枋, 점판墊板, 고배주마판靠背走馬板,[74] 정사천삽방正

---

71) '전루箭樓'의 첨주檐柱와 금주金柱 사이를 연결하는 들보이다. '전루'는 적의 동정을
   살피거나 화살을 쏠 수 있게 구멍이 만들어져 있는 성루城樓를 가리킨다.
72) 비교적 규모가 큰 건축물에서 상층과 하층에 액방이 잇는 경우, 상층의 것을 '대액
   방'이라 하고, 하층의 것을 '소액방小額枋'이라고 부른다.
73) '중화본'에는 '후미압과방後尾壓科枋'이라고 표기되어 있다.
74) '주마판走馬板'은 옛날 건축에서 큰 면적을 나누는 격판隔板을 아울러 칭하는 명칭이

斜穿揷枋, 이각량裏角梁, 첨연, 박봉판과 산화판 등의 구조물이 사용된다.

우탑전접첨삼름전각무좌식雨搭前接簷三檁轉角廡坐式 건축에서는 첨주, 대액방, 정사승중正斜承重, 정사오삼가체각량正斜五三架遞角梁, 타돈, 척과주脊瓜柱, 금척항방金脊桁枋, 좌두방坐斗枋, 채두판踩斗板, 정심항正心桁, 도첨항방挑簷桁枋, 자각량과 노각량, 이각량을 쓰는데, 비첨飛簷의 경우와 같다.

칠름헐산전루사층七檁歇山箭樓四層 건물의 건축법: 두공의 수에 따라 건물의 면활과 진심을 정하며, 거기에 사용되는 구조물들은 각루角樓의 경우와 같다.

오름헐산전각갑루五檁歇山轉角閘樓 건물의 건축법: 명간明間은 문동門洞의 폭에 따라 면활을 정하고, 초간梢間의 면활은 명간 면활의 10분의 7로 정한다. 또 건물의 진심은 옹성장甕城牆의 꼭대기 폭을 절반으로 나누어 정한다. 여기에는 상하의 첨주와 승중방, 능목, 누판, 추천금잔전주墜千金棧轉柱, 전간轉杆, 양 옆의 승중방承重枋, 상첨순배량上簷順扒梁, 채보금방踩步金枋, 사각교금돈四角交金墩, 삼가량과 오가량, 금과주金瓜柱와 척과주脊瓜柱, 첨방항簷枋桁, 점판墊板, 금척항金脊桁, 양산대량두兩山代梁頭, 네 귀퉁이의 화량두花梁頭, 자각량과 노각량, 침두목, 그리고 비첨飛簷에 들어 있는 구조물 전체가 사용된다.

오름경산갑루五檁硬山閘樓 건물의 건축법은 헐산갑루歇山閘樓의 건축법과 같다.

7. 질료법칙折料汰則75) : 기둥은 정경淨徑에 덮개[荒]를 더하고, 정장淨長에 직은 덮개[小頭荒]를 더한다. 부족한 직경의 경우에는 조각[瓣]과 덩이리[攢]로 나누고, 조각의 수에 따라 덮개를 더한다. 12조각 이상의 경우는 조각마다 덮개를 1치 정도 넓히고, 1길 이내는 돈목墩木으로 덮개를

다. 이것은 대개 무전廡殿 대문의 상방上方이나 중첨식重檐式 건물의 기방棋枋과 승연방承椽枋 사이의 큰 면적이 있는 공간을 나눌 때 사용된다.
75) 건축 재료를 준비하는 방법을 의미한다.

붙이며, 1길 이상의 경우에는 둥근 나무를 쓴다. 자체의 높이와 두께에 따라 높이를 정하는데 모두 절반으로 나누어 7,5귀歸[76] 또는 7귀를 써서 직경의 치수를 구한다. 능장개楞長蓋를 만들 때에도 법도에 따라 덮개를 붙인다. 타량柁梁과 채보금각량踩步金角梁,[77] 유창由戧, 평판방平板枋, 승중간방承重間枋, 승연방承椽枋, 과주瓜柱, 타돈柁墩,[78] 두반斗盤, 대량두代梁頭,[79] 대소액방大小額枋, 금척첨방金脊簷枋, 천화수량天花隨梁, 박척압과博脊壓科, 정심방正心枋, 기방機枋, 도첨방挑簷枋, 채량방踩梁枋, 채두판踩斗板, 우액점판由額墊板, 금척첨점판金脊簷墊板, 천화점판天花墊板, 정구방井口枋,[80] 항조桁條, 모아량帽兒梁, 부척목扶脊木, 탑각목榻脚木, 친두목襯頭木, 각배角背, 작체雀替, 운공雲拱, 체목替木, 초가주자草架柱子, 원연圓椽과 방연方椽, 비첨연飛簷椽과 라과연羅鍋椽, 연첨연連簷椽, 와구연瓦口椽, 연완椽椀, 연중판방조椽中板枋條,[81] 연미방燕尾枋, 첩량지조貼梁支條, 천대穿帶, 연변목沿邊木, 척장脊椿, 순망판順望板 횡망판橫望板, 산화박봉판山花博縫板, 과목판過木板, 누판樓板, 탑판榻板, 적주판滴珠板, 상하의 함檻,[82] 연영連楹, 탁니托泥, 체장替椿, 포주抱柱,[83] 풍함風檻, 절주折柱, 간주間柱, 각변정各邊挺, 말두抹頭, 천대穿帶, 전축轉軸, 전장栓杖,[84] 순장巡杖, 횡전橫栓 같은 것들이 모두 이것이다.

조환판條環板과 염롱판簾櫳板,[85] 혁선槅扇,[86] 함창檻窓, 횡피橫披, 염가簾架, 지창支窓, 정격頂格, 횡직령자橫直欞子, 천조穿條, 비파주琵琶柱, 연이

---

76) 주산珠算에서 나누는 수가 한 단위 수인 나눗셈을 가리킨다.
77) '중화본'에는 '채踩'자를 '채採'로 표기해놓았다. 이하 같음.
78) '중화본'에는 '타돈柁墩'으로 표기되어 있다.
79) '중화본'에는 '대량代梁'으로 표기되어 있다.
80) '중화본'에는 '정구판井口板'으로 표기되어 있다.
81) '중화본'에는 '연중판기방조椽中板機枋條'라고 되어 있다.
82) '중화본'에는 '영楹'으로 되어 있다.
83) '중화본'에는 '포광抱框'으로 되어 있다.
84) '중화본'에는 '전栓'을 '전拴'으로 표기해놓고 있다. 이하 같음.
85) '중화본'에는 '염롱簾瓏'으로 표기되어 있다.
86) '혁槅'은 문이나 창의 격자格子를 가리킨다.

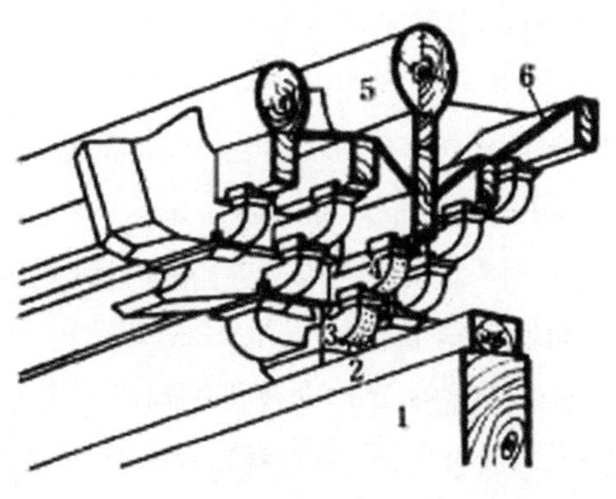

두공

1) 액방(額枋), 2) 평판방(平板枋), 3) 좌두(坐斗), 4) 공(栱), 5)
도리[桁], 6) 개두판(蓋頭板)

영連二枙, 단영單枙, 전두拴斗, 하엽돈荷葉墩, 삽관揷關, 문혁재門楄擡,87) 은
정구銀錠扣, 문체門替,88) 문침門枕, 복두幞頭, 고자鼓子,89) 인조引條 등에는
모두 돈목墩木을 쓴다.

그 가운데 문심門心과 여색餘塞, 주마走馬, 기방棋枋, 격단隔斷, 장판裝
板, 벽판壁板, 산화山花, 상안象眼, 간판間板 등의 부분은 순망판과 같은
규격[科]을 쓴다.

능화혁심菱花楄心에는 자작나무[椵木]를 쓴다.

내개 직경이 둥근 나무에는 덮개를 5치 길게 붙이고, 5자 이내의 돈목
墩木에는 덮개를 1치 길게 붙이며, 1길 이내의 경우에는 2치 길게 붙인다.

녹나무[楠]와 측백나무[柏], 자작나무[椵], 삼나무[杉], 노송나무[檜], 박
달나무[檀] 등은 함께 쓰지 않는다.

---

87) '중화본'에는 '문객호門楄壺'로 되어 있다.

88) '중화본'에는 '문잠門簪'으로 되어 있다.

89) '중화본'에는 '고자鼓子'로 표기되어 있다.

어교魚膠의 양은 재료마다 차이가 있다.

8. 두공 장식[斗科]은 평신과平身科(bracket sets between columns),90) 주두과柱頭科(bracket set on columns),91) 각과角科(bracket set on corner),92) 그리고 안쪽 기반판 위에 설치하는 품자과品字科,93) 격가과隔架科94)로 나뉜다.

두공 장식에 포함된 두공교斗拱翹 등 구조물의 길이와 높이, 두께는 평신과 정면에 설치한 교翹와 묘昴의 폭을 나타내는 두구斗口의 치수를 척도로 삼는데, 두등채頭等踩에서 11등채十一等踩까지 구별된다.95) 두등채는 6치[寸]이며, 그 아래로 한 등급씩 내려갈 때마다 5푼[分]씩 줄어든다. 항완桁椀과 두이앙頭二昴, 마책두螞蚱頭,96) 탱두목撑頭木,97) 과두분당斗科分檔은 각기 정해진 법에 따라 계산한다. 계산에 따라 정해진 이름

---

90) 두 개의 주두과柱頭科 사이에 있는 것을 가리킨다. 그 기능은 주두첨과柱頭尖科보다 훨씬 중요하지 않고, 일종의 순수한 장식품이나 마찬가지이다. 그 구조는 주두과와 거의 차이가 없다. 주두과의 도첨량두桃尖梁頭가 있는 곳은 평신과에서 사두耍頭(nose)에 해당하며, 그 위에는 머리 버팀목[撑頭木]을 덧댄다. 평신과의 교翹와 앙昴의 두께는 모두 1두구斗口이다.

91) 도첨량두桃尖梁頭와 주두 사이에 받치는 부분이다. 주두과의 두교頭翹나 두앙頭昴은 평신과의 두앙보다 두께가 2배인 2두구斗口이며, 위층으로 갈수록 더 두꺼워진다. 최상층은 안쪽에서 뻗어 나온 도첨량두와 직접 닿아 있는데, 도첨량두의 두께는 4두과이다.

92) 각주 49) 참조.

93) 이것은 대개 평신과 두공의 안쪽 교차점에 사용하는데, 그 형식은 평신과 두공의 안쪽과 같다. 그러나 끝에 뾰족한 부리[昴嘴]가 없고, 전체 모양이 품品자를 뒤집어놓은 것과 같다.

94) 들보[梁]와 수량隨梁 사이에서 위아래 들보를 연결해주는 작용을 하는 두공이다. 이 것은 주로 하엽돈荷葉墩과 대두大斗, 공자拱子, 작체雀替 등의 부분으로 구성되어 있으며, 하중을 받치고 장식의 역할을 겸하는 것이다.

95) '중화본'에서는 '채踩'를 '촌寸'으로 표기해놓았다.

96) 대개 두공의 층수는 해당 건물의 중요성과 관련이 있다. 그 가운데 장식의 목적으로 밖을 향해 뻗어 나오거나, 하중을 받지 않는 두공의 끝부분은 대개 예술적으로 변형해서 처리한다. 이런 장식적 부분 가운데 아래로 비스듬히 내려 뻗은 것을 '묘昴'라고 하고, 위쪽으로 비스듬히 말려 올라간 것을 '마책두'라고 부른다.

97) '사두耍頭' 위쪽을 탱두撑頭(small tie-beam)라고 부른다. 탱두의 바깥쪽 끝은 표면 밖으로 튀어나오지 않은 채, 바깥의 도첨방桃檐枋과 안쪽의 정구방井口枋을 지탱해준다. 사두 후미는 밖으로 삐져나오게 만들며, 이것을 '마엽두麻葉頭'라고 부른다.

으로는 대두大斗, 단중교單重翹, 정심과공正心瓜拱, 만공萬拱, 두이앙, 마책두, 탱두목, 단재과공單材瓜拱, 만공, 상공廂拱, 파비상공把臂廂拱, 십팔두十八斗, 삼재三才, 조승槽升,98) 도첨량두사두挑尖梁頭斜頭, 두이교頭二翹, 탑각搭角, 정두이교탑각正頭二翹搭角 뇨두鬧頭, 이교사각二翹斜角, 두이앙, 이련두裏連頭, 첩사교앙승두貼斜翹昂升斗, 개두판蓋斗板, 두조판斗槽板, 사개두판斜蓋斗板, 보병寶瓶, 도금두과挑金斗科와 유금두과溜金斗科 및 평신두과平身斗科, 마엽운모麻葉雲母, 삼복운三福雲,99) 칭간秤杆, 기룡미夔龍尾, 복련소伏蓮捎, 국화두菊花頭, 하엽荷葉, 작체雀替 등이 있는데, 설치하는 데에는 법칙이 있고, 건물의 층수에 따라 구조물의 수를 나눈다. 그 가운데 두구단앙斗口單昂과 두구중앙斗口重昂, 단교단앙單翹單昂, 단교중앙單翹重昂, 중교단앙重翹單昂, 중교중앙重翹重昂, 이도금裏挑金, 일두이승교마엽一斗二升交麻葉, 삼적수품자三滴水品字, 내리품자과內裏品字科, 격가과隔架科를 만드는 법은 차이가 있다. 두구단앙과 평신과, 주두과, 각과, 두구는 구조물의 치수 이름을 1치[寸]부터 6치까지 달리 붙이는데, 모두 11가지가 있다. 한 등급이 올라갈 때마다 5푼이 더해지며, 사용하는 재료는 두구의 수에 따라 길이와 양을 측량한다.

9. 유호喻皓100)가 『목경木經』101)을 지은 이래, 정완丁緩102)과 이국李菊103)

---

98) '조승자槽升子'라고도 한다. 정심공正心拱(정심과공正心瓜拱과 정심만공正心萬拱)의 양쪽 끝에 있는 장식인 승升의 바깥에 틀[槽]을 두어 공점판拱墊板을 고정한다. 초기에는 누 개의 두공 사이를 신흙으로 메워 보호했으나, 명·청 시기에는 나무판 즉 공점판으로 마아 새들이나 벌레가 건물 안으로 날아드는 것을 방지했다.

99) 고대 중국의 목조 건축에서 구조물의 접합부는 내부분 노출되어 있는데, 그 드러난 부분에 약간 가공을 해서 장식적 효과를 내기도 한다. 예를 들어서 들보 끝은 '도첨량두挑尖梁頭'나 '마책두螞蚱頭'의 형식으로 만들고, 액방額枋의 드러난 부분은 '패왕권霸王拳'의 보앙으로, 앙昂의 하단을 '앙취昂嘴'로, 상단은 '육분두六分頭頭'나 '국화두菊花頭'로, 그리고 몇 층으로 된 앙의 상단부에 가로 막대를 걸쳐 고정하는 섯을 '삼복운三福雲'이라고 한다. 어떤 경우는 두공이나 창문, 문틀 전체에 꽃이나 고리, 뽀족한 풀잎 등을 조각하고, 지붕마루에 문수吻獸와 와당瓦當 등을 얹어 장식하기도 한다.

100) 유호喻皓(?~?)에 대해서는 『양주화방록』 권13 「교서록橋西錄·50」의 주석을 참조할 것.

은 궁전 건물의 건축가로서 천하에 짝이 없을 정도로 뛰어난 인물로 여겨졌다. 후세에 그들의 건축 기술을 이어받아 연구하고 발전시켜서 나무를 다듬고 재료를 모아 공사를 진행했다. 도끼[斤]로 나무를 찍고, 대패[鑢]로 깎고, 톱[鋸]으로 자르고, 아울러 아교를 칠해 지붕 있는 망루[櫓]를 만들고, 못질을 해서 골격[檻]을 만들고, 은괄[隱栝]을 이용하거나 증기로 쪄서 굽은 나무를 펴서 그 틀[拘]을 만들었다. 들어가지 않는 것은 나무못[栓]을 날카롭게 하고, 들어맞지 않는 것은 장부[榫]104)를 날카롭게 한다. 좁은 건물[斗室]에 수많은 크고 작은 방을 만들고, 여러 층 누각에 곡물 까끄라기[禾芒]나 거미줄이 차지 않게 한다.

설계사[估計]의 지위가 가장 높은데, 이를 일컬어 설계를 우선으로 한다고 한다. 그 다음은 목수[大木匠]이며, 톱질장이[鋸工]와 조각공[雕工], 두과공[斗科工], 안장장安裝匠과 능화장菱花匠이 뒤를 따르는데, 이들은 모두 공부工部의 담당자[住坐]가 고용하는 이들이다. 목수가 재료를 다룰 때에는 장부 구멍을 내고[榫眼], 장부 구멍을 꿰어 맞추고[榫窩], 서까래[椽桷]를 얹고, 홈[槽頭]과 둥근 평면, 구멍을 내고, 구멍을 맞추며, 옛날

---

101) 북송 때의 심괄沈括이 『몽계필담夢溪筆談』에 기록한 바에 따르면, 『목경』은 건물 각 부분의 규격과 구조물 사이의 비례를 상세히 규정해놓아 후세에 널리 응용되었다고 한다. 특히 이 책이 나오고 나서 약 100년 후인 1103년에 이계李誡가 편찬한 『영조법식營造法式』은 중국 건축의 귀중한 경전으로 간주되고 있는데, 이 책의 상당 부분은 『목경』의 내용을 참조한 것으로 알려져 있다.

102) 한나라 때 장안에서 활동한 뛰어난 공예가이다. 『서경잡기西京雜記』의 기록에 따르면 그는 불꽃이 꺼지지 않고 오래 타며 모양이 아름다운 칠룡오봉七龍五鳳이라는 기묘한 등불과 잠자리에서서 피울 수 있는 향로인 와욕향로臥褥香爐(피중향로名被中香爐라고도 함), 그리고 기묘한 짐승들을 조각하여 모두 자연스럽게 움직이도록 한 구층박산향로九層博山香爐, 한 사람의 힘으로 조작하면 직경 한 자의 커다란 부채가 연이어 움직이도록 되어 잇는 칠륜선七輪扇 등을 만들었다고 한다.

103) 한나라 때의 뛰어난 공예가이다. 『습유기拾遺記』의 기록에 따르면 그는 정완丁緩과 함께 조비연趙飛燕 자매가 거처하던 소양전昭陽殿을 지었다고 한다. 당시 소양전은 창과 문이 초록빛 유리로 장식되어 있었고, 서까래마다 용의 문양으로 장식되어 매우 아름다웠다고 한다.

104) 건축에서 한 부재의 구멍에 끼울 수 있도록 다른 부재의 끝을 가늘고 길게 만든 부분으로서, 순자笋子나 통예通枘와 비슷한 부속물이다.

쓰던 재료들을 자귀[錛]로 깎아 다듬고, 목재에 칠한 부분을 보충하거나 깎아내는 등의 기술을 고려하여 치수를 계산한다.

톱질장이는 이팔二八의 방식으로 톱질을 하는데, 면수面數에 비두飛頭를 더해 계산한다. 그리고 사호라차四號拉扯에는 호로葫蘆 모양과 인자人字, 정자丁字, 십자十字, 일자一字, 괴자평면拐子平面, 과하過河, 삼차三岔, 사차四岔, 오차五岔의 제작 방식이 있다. 또한 옛날에 쓰던 목재를 톱질하여 해체하거나 자르기도 한다.

조각공은 산화판과 박봉판, 작체雀替, 운공雲拱 등을 담당한다. 두과장은 두구의 치수로 계산하고, 초가草架와 파험擺驗 등의 기술을 쓴다. 안장장은 두공과 장식 등의 기술을 담당한다.

역대의 궁궐 건물에는 각기 고유한 체제가 있는데, 우리 청나라의 공부에서는 건축법을 개정改定하고 칙례則例를 간행하여 조정에 보고했다. 원명원圓明園의 공사는 또 현재 시행되는 칙례에 따랐는데, 그것은 공부에서 정한 칙례보다 상세하다. 조묘朝廟와 궁실宮室, 명물名物, 전장典章, 고고考古에 대해서는 초순焦循의 『군경궁실도群經宮室圖』를 보고, 오늘날의 건축을 징험할 때에는 오장원吳長元105)의 『신원지략宸垣識略』106)을 보면 쉽게 알 수 있다.

10. 목식견방법木植見方法107) : 한 자[尺]마다 소나무 판자[松檐] 30근斤, 외삼桅杉 20근, 자단목紫檀木 70근, 화리목花梨木 59근, 녹나무[楠] 28근, 회

---

105) 오장원吳長元(?~?, 1770 전후)은 절강 인화仁和 사람으로서, 자는 태초太初이다. 그는 당시 오난정吳蘭庭과 함께 '이오二吳'라고 불리며 명성을 날렸으나, 자세한 생애는 알려져 있지 않다.
106) 『신원지략』은 강희 연간에 주이존朱彝尊이 편찬한 『일하구문日下舊聞』과 건륭제의 직명으로 편찬된 『일하구문고日下舊聞考』를 토대로 수정 보완한 것으로 모두 16권으로 되어 있다. 여기에는 북경 근교의 궁정 정원과 성들에 있는 역사 유석시의 연혁과 명승고적, 관무, 명인名人의 고거故居, 주현州縣의 화관會館 등에 대한 자세한 기록이 담겨 있어서, 북경 역사상 최초의 여행 지도라고 할 만하다.
107) 건물에 세우는 목재의 치수를 재는 방법이다.

양목[黃楊] 56근, 홰나무[槐] 26근 8냥兩, 박달나무[檀] 45근, 철리목鐵梨 70 근, 남백楠柏 34근, 북백北柏 36근 8냥, 가椵나무 20근,[108] 양류楊柳 25근 에 해당하며, 동피고桐皮槁[109]는 근根으로 계산한다. 산에 들어가 벌목伐 木할 때에는 산을 관통하는 것을 기피하며, 날짜는 개명성開明星[110]과 황도천월黃道天月의 두 가지 덕德에 따라 정한다. 목재를 들여올 때에는 황살방黃殺方[111]에 쌓는 것을 기피하며, 공사를 시작하거나, 건물의 기 반이 되는 틀[架馬]을 세울 때, 새 집과 옛 집을 나눌 때, 건물의 자리를 잡을[坐宮] 때와 건물의 자리를 옮길[移宮] 때는 마땅히 황도천월과 월공 천월月空天月의 두 가지 덕에 따라 날짜를 정해야 한다.[112]

11. 탑재장搭材匠은 목와木瓦[113]를 설치하고 유칠油漆과 표화裱畫 등의 작업에 반드시 필요한 존재이다. 건물에 큰 나무로 틀을 세울 때에는 모두 방위를 나누어 일을 맡기는데, 여기에 사용되는 틀[架木]과 지렛대 [撬棍], 찰박승紮縛繩, 일꾼[壯夫] 등은 틀의 크기에 따라 차이가 있다.
　유창由戧을 만들 때에는 직경 1자 이상의 곧은 도리[桁]를 골라 천칭 가자天枰架子와 좌첨가자坐簷架子, 제첨가자齊簷架子, 선반가자晒盤架子, 각

---

108) '중화본'에는 30근으로 되어 있으나, '산동본'에 따라 수정했다.
109) 삼나무[杉木] 가운데 가늘고 긴 것을 삼고杉槁라고 하며, 그 가운데 가장 훌륭한 것 은 껍질이 오동나무 같다고 해서 이런 이름을 붙였다. 이것은 만주어를 중국어로 음역 音譯한 것이다.
110) 계명성啓明星 즉 금성金星을 가리킨다.
111) 옛날 미신에서 기피하던 불길한 방위를 가리키는 듯하다. 소위 '삼살三殺'이란 연월 일시살年月日時殺과 이십사산정위좌살二十四山定位坐殺, 연명살年命殺을 가리킨다. 예를 들어서, 12간지干支에서 해亥, 묘卯, 미未에 해당하는 해의 연명살은 신申, 유酉, 술戌 방 위에 있으며, 사巳, 유酉, 축丑에 해당하는 연명살은 인寅, 묘卯, 진辰의 방위에 있다는 것 등이다.
112) '황도천월黃道天月'과 '월공천월月空天月'은 민간의 미신에서 대단히 길한 날짜를 가 리키는 듯하나, 자세히 알 수 없다. 『옥정오결玉井奧訣』에는 "月空天赦二神, 至吉善者, 天月德, 天月合, 四神同斷, 各司乃職主事, 若又繫財官等貴主領者更美, 其榮耀之福氣, 駢駢然廣集矣"라는 내용이 들어 있다.
113) 기와[陶瓦]로 지붕을 덮을 때, 기와의 아래쪽에 까는 나무로 만든 기와 모양의 구조물이다.

수가자脚手架子,114) 평대가자平臺架子 등의 틀[架子]을 설치한다. 탐창교搭
戧橋는 중복첨상첨重覆簷上簷과 절사첨보연망折卸簷步椽望, 두정정頭停錠,
연망椽望, 조보대목找補大木, 탁와두정拆宪頭停, 조보연첨와구找補連簷瓦口,
구유리舊琉璃, 두정정頭停錠, 천화판天花板, 지조支條, 첩량貼梁, 안장두과安
裝斗科, 퇴운보堆雲步, 고봉高峰, 고박안高泊岸, 구포와舊布瓦, 헐산식歇山式
과 도산식挑山式, 무전식廡殿式 건물의 방들, 좌하교장座下橋樁, 방신장房
身樁, 수기간竪旗杆에 모두 사용된다.

체고식砌高式 담[牆]에서는 5장에서 8자까지가 1렵攦이고, 8자에서 1길
까지가 2렵인데, 이것들을 번갈아 쌓는다.

패루와 대문, 유리대식문좌琉璃大式門座, 안상중대과목安上重大過木, 조
척調脊, 와와宪瓦, 석각량石角梁, 두과斗科, 석과石科, 정란井欄, 호동胡同,
전괘천칭拴挂天秤 등에 틀을 얹을 때에는 모두 측정한 치수에 따라 건축
재료를 다듬어 준비한다.

하나의 천칭[秤]에는 칭두승秤頭繩과 칭뉴승秤紐繩, 칭미승秤尾繩, 삽삭
승澁索繩이 한씩 사용된다. 무게가 1,000근에 이르는 큰 재료115)를 쓸 때
에는 2개의 천칭을 쓰며, 1,500짜리 재료에는 3개의 천칭을 쓴다. 1,500
근 이상의 것에는 하루에 4건의 재료를 올리고, 2,000근 이상의 것에는
하루에 3건의 재료를 올리며, 3,000근 이상의 것에는 하루에 2건, 4,000
근 이상의 것에는 하루에 1건을 올린다.

지간擊杆부터 위쪽으로는 9가지 모양의 문수吻獸116)와 유리수척琉璃垂

---

114) 높은 건물을 지을 때 인부들이 드나들고 재료를 나를 수 있도록 건물 외부에 실치
한 틀을 가리킨다.
115) 옛날 건축 목재를 계산하는 단위이다. 양쪽 끝의 다각형 단면의 가로 세로 길이가
각기 1자이고, 전체 길이가 7자인 목재를 1요料라고 했다.
116) 중국 고대 선축에서 지붕마루의 양쪽 끝이나 담장마루 위에 장식한 짐승으로서 대
개 정문正吻을 가리키며, 대문大吻 또는 탄척수呑脊獸라고도 부른다. 권붕정卷棚頂 건축
에는 정척正脊이 없기 때문에 문수를 장식하지 않는다. 또 문수에는 위척圍脊의 네 귀
퉁이에 위차한 합각문合角吻이 포함되는데, 이것들은 직각으로 맞붙은 채 한쪽 면이
바깥을 향하고 있는 2개의 정문正吻으로 구성되어 있다. 정문은 대개 용의 모양을 하

眷, 그리고 불탁도정不拆頭停, 반증搬甑,117) 도천挑牮, 발정撥正, 귀안순목
歸安榫木, 추환주목抽換柱木, 타창정두打戧頂柱가 있는데, 그것들의 관가貫
架와 문가吻架, 능각菱角, 권동券洞, 타반碼盤 등에 사용되는 틀[架子]은 각
기 치수를 재는 데에 차이가 있지만, 유칠油漆과 표화裱畵에 따라 각수
가자脚手架子를 만드는 것은 마찬가지이다.

유화차양봉석油畵遮陽縫席은 대나무 장대를 이용하여 두 개의 끈으로
큰 자리[大席]를 묶는데, 재료를 준비하는 것은 측정된 치수에 따른다.

편하차양붕偏廈遮陽棚과 장척牆脊, 앙진仰塵, 조박弔箔, 포지鋪地에는 모
두 멍석[席]을 쓰며, 붕좌두정석장棚座頭停席牆을 두른다. 재료를 준비할
때에는 층수에 따라 치수를 조정하며, 15층을 표준[率]으로 한다.

이것들이 모두 탑재장의 일이나 해체[拆卸] 기술에는 차이가 있다. 예
를 들어서 협간권석夾杆圈席을 매고, 정통井桶118)을 앉히고, 진흙을 개고
나르는 일에는 삼고杉槁와 장석丈席, 찰박승紮縛繩, 정승井繩, 유목활차楡
木滑車를 사용하는데, 이 일은 정공井工이 담당하며, 진흙이 담긴 항아리
를 끄는 것은 일꾼[壯夫]에게 맡긴다.

12. 집[舍]을 짓는 장인을 황하 이북에서는 '니수장泥水匠'이라고 부르고,
장강 이남에서는 '와장瓦匠'이라고 부른다. 와장들은 용모가 불결하고,
피부가 얼어 터져 건조하거나 습하거나 춥거나 더워도 색이 변하지 않
는다. 연고여緣高如는 도로국都盧國119) 사람으로서 짝을 찾아 목수와 함
께 기술을 파는데, 와장의 도구는 오직 흙손[鈣]뿐이다.

고 있으며, 머리는 안쪽을 향한 채 입을 벌리고 있고, 등은 못을 이용하여 지붕마루와
연결되어 있다. 정문은 정척正脊의 양 끝과 수척垂脊이 만나는 점에 위치하여 물이 스
며드는 것을 막아주는 역할도 한다. 정문의 높이는 일반적으로 첨주檐柱 높이의 10분
의 1이며, 그 치수에는 제2에서 제9까지 8가지 규격이 있다.
117) 원래는 십자형으로 엮은 대나무나 막대기 끝에 그물을 달아 물고기를 잡는 것을 가리
키지만, 여기서는 건물에 새나 곤충들의 접근을 막기 위해 사용한 그물 장치를 가리킨다.
118) 우물 입구에서 수면까지의 원통형 부분을 가리킨다.
119) 중국 남해南海 지역에 있던 옛날 나라 이름이다.

13. 와와寯瓦[120]는 면활에 따라 이랑[隴][121]의 수를 정하는데, 두호頭號 통판와구筒板瓦口는 폭이 8치이고, 2호 통판와구는 폭이 7치이며, 3호 통판와구는 폭이 6치, 10호 통판와구[122]는 폭이 3치 8푼이다. 폭에 따라 이랑을 정하며, 진심의 처마 길이를 더해 와와의 길이를 정한다. 암기와[版]를 놓고 통기와[甋]를 얹는데, 10분의 7은 눌러 덮고, 10분의 3은 노출시켜 놓는데, 이것을 속칭 음양와陰陽瓦라고 한다.

기와 이랑[坡隴]은 적수와滴水瓦와 화변와花邊瓦[123]를 빼고 위치를 나누는데, 두호 통와筒瓦는 길이가 1자 1치이고, 2호 통와는 9치 5푼, 3호 통와는 7치 5푼, 10호 통와는 4치 5푼이다. 기와 고랑마다 구두와勾頭瓦[124]를 제외하고 위치를 나누어 그 수를 계산하는데, 기와가 드리워진 처마 가장자리의 암기와와 통기와에는 낙숫물받이[霤]가 있다. 이 가운데 위의 것을 첨아簷牙라 하고, 아래쪽 것을 적수滴水라고 하는데, 옛날에는 와두瓦頭라고 불렀다. "장무상망長毋相忘"이니 "장년익수長年益壽" 따위의 글귀가 새겨진 와두가 바로 이것이다. 옛날에는 처마머리에 용 모양을 조각하여 빗물이 용의 입으로 모여 나오게 하고, 그 아래에 낙숫물받이를 설치하여, 그것을 '중류重霤'라고도 불렀는데, 오늘날의 '구루勾漏'가 바로 그것이다. 그 가운데 뒤쪽 처마와 담장으로 물이 나오는 것은 바로 옛날의 '언저표지匽猪彪池'와 같은 것들인데, 지금은 '천구天溝'라고 부른다.

이엉[苫]의 경우에는 산황山黃, 초점草苫, 석박席箔, 갈대[葦子], 종려나무 잎[樱片], 지낙나무[樺] 껍질 등으로 각기 재료와 다루는 법이 다르다.

기와의 색은 왕부王府에서는 녹색을 쓰고, 그 외의 일반 건물에서는 붉은 칠을 한 통기와[朱漆筒瓦]를 쓴다. 패륵貝勒[125]은 붉은 칠을 한 통기

---

120) 니와泥瓦로 시붕을 얹는 것을 가리킨다.
121) 정확히 말하자면 지붕의 연이어진 기와의 줄을 가리킨다.
122) '중화본'에는 '십양十樣'으로 표기되어 있으나, '산동본'에 따라 수정했다.
123) 물받이로 사용되는 기와 부분을 가리킨다. 대개 가장자리에 꽃무늬를 장식한다.
124) 처마 쪽 맨 끝에 위치한 기와로서 한쪽 끝이 막힌 기역자 형태의 통기와이다.

와를 쓰고, 패자貝子126)는 붉은 칠을 한 판 기와[朱漆板瓦]를 쓰는데, 공부工部에서 규정한 체제에 차이가 있다.

14. 바닥에 흙손[墁] 작업을 할 때에는 진심과 면활에 따라 치수를 정하며, 담장의 토대[牆基]와 기둥머리[柱頂], 함점석檻墊石, 계조석階條石을 제외하고 양쪽의 바깥으로 나온 처마[出簷]와 마미馬尾,127) 돌계단[姜礠]128)의 작업이 포함된다. 명간의 면활로 폭을 정하고, 대기臺基의 높이에 2배가 되게 길이를 정한다. 디딤대[踏垛, step] 뒤쪽은 디딤대의 길이에 따라 폭을 정하고, 대기 높이의 절반으로 길이를 정하며, 디딤대 높이의 10분의 1로 높이를 정한다.

점낭墊囊은 진심에 따라 종류가 나뉘는데, 7로路와 12로, 18로, 25로, 32로 등으로 구분된다.

섬돌 가장자리[砌堦沿]와 월대月臺,129) 용도甬道,130) 대기臺基, 디딤대, 돌계단, 그리고 섬세하거나 투박하거나 돌로 만들고 꽃이나 짐승 문양을 장식한 구조물들은 모두 치수에 따라 재로를 다듬는다.

와석편판宄石片板과 어린석魚鱗石,131) 호피석虎皮石(tiger's-eye),132) 빙문석冰紋石(crackled stone),133) 디딤돌[墁石子], 석망판石望板, 분경수盆景樹, 연못과

---

125) 만주어 'beile'를 음역音譯한 것으로, 본래 의미는 부락의 우두머리라는 뜻이다. 이것은 청나라 때에 만주와 몽고의 귀족에게 내린 작위 명칭으로서, 그 지위는 군왕郡王보다는 낮고 패자貝子보다는 높다.

126) 『양주화방록』 권5 『신성북록新城北錄・하下・53」의 각주 260)을 참조할 것.

127) 누각의 잔도棧道를 만들면서 바위 위에 세운 붉은 나무 기둥을 가리킨다.

128) '강채礓礠'이라고도 표기한다. '중화본' 및 '산동본'에는 '강찰礤礠'이라고 표기되어 있다.

129) 정방正房이나 정전正殿에서 앞쪽으로 튀어나와 계단과 연결되는 평대平臺를 가리킨다.

130) 두 개의 건물이나 방을 연결하는 지붕이 있는 통로, 즉 복도를 가리키기도 하고, 정원에 벽돌이나 돌을 깔아 만든 길을 가리키기도 한다.

131) 보석의 일종으로 새하얀 색깔에 물고기 비늘 모양의 무늬가 있다.

132) '묘안석貓眼石', '호안석虎眼石', '단백석蛋白石', 또는 '묘아안貓兒眼'이라고도 부른다. 이것은 석면 섬유 모양의 구조를 지닌 석영石英의 집합체로서 색깔과 무늬가 나무와 아주 흡사하며, 고양이과 동물의 눈과 비슷한 무늬가 있는 반투명의 보석 원료로서, 종종 조각재로 쓰인다.

가산假山은 모두 길[丈] 단위로 치수를 잰다. 호피석은 도정搯丁이 한 쪽 [方]을 담당하는데, 백회白灰 1,500근을 사용한다. 호피석 사이의 틈을 메 울 때에 두께가 1자인 것은 유회油灰 50근과 철사鐵絲 4근을 사용하고, 두께가 2차 5치인 것은 백회 1,500근을 사용하며, 그 가운데 거친 섬돌 의 틈을 메울 때에는 작업 방식에 차이가 있다.

15. 대척大脊은 면활 전체에 맞춰 길이를 정하고, 문수吻獸의 폭에서 각 기 1푼씩을 빼서 정장淨長으로 삼는다. 판와板瓦를 고르게 깔고, 지붕에 새벽을 바른[苫背]134) 후, 사곤자 벽돌[沙滾子磚]135)로 보완한다. 와조瓦條 와 혼합 벽돌[混磚], 두판斗板, 척통와는 층層의 수와 회灰를 붓는 방식에 는 차이가 있다.

　문좌吻座에는 규각圭角과 마엽두麻葉頭, 천혼天混, 천반天盤, 문吻, 검파 劍靶, 배수背獸를 각기 하나씩 쓰며, 혼합 벽돌과 두판斗板 중간에는 화 초전花草磚과 통화전統花磚, 용과 봉황 등을 쓰지만, 정해진 체제는 없다.

　수척垂脊(diagonal ridge for hip roof, vertical ridge for gable roof)은 비탈[坡]의 길이 를 삼등분했을 때 위쪽 3분의 2를 가리키는데, 여기에는 사용되는 와조 瓦條와 혼합 벽돌, 정니전停泥磚,136) 통척판通脊板은 층수에 차이가 있다. 구척통와扣脊筒瓦를 한 층 얹고, 네모난 벽돌로 수좌獸座를 만드는데, 수 수垂獸가 하나이고 수각獸角이 2개이다. 아래쪽 3분의 1은 차척岔脊인데, 여기에는 와조와 혼합 벽돌을 한 층씩 얹고, 그 위에 설치하는 사마식獅 馬式은 5건件이나 7건이고, 규각圭角이 하나, 쟁풍두搶風頭가 하나 있다.

---

133) 보석에 열을 가했다가 차가운 물에 급속히 식혀 갈라진 무늬가 생기도록 만든 것이다.
134) 마른 풀이나 거적, 멍석 따위로 지붕을 덮고, 석회나 진흙을 바르는 것을 가라킨다.
135) 모래처럼 입자가 굵은 흙으로 구운 벽돌을 가리킨다.
136) 비교적 오랜 시간 동안 얼리고 녹이는 과정을 거친 반죽된 진흙으로 모양을 만든 후 가마에 구운 벽돌이다. 이런 벽돌은 입자가 매우 세밀하며, 일반적인 규격은 9×4.5×2 영조촌營造寸(1영조촌은 약 3.2cm에 해당함)이다. 크기가 큰 것은 대성전大城磚 과 치수가 같은데, 이것은 정성전停城磚이라고 한다.

청수척淸水脊은 면활에 산장山墻의 길이를 더해 밖으로 삐져나오게
하고, 판 기와[板瓦]를 얹고 지붕에 새벽을 바른 후, 와조瓦條 2층, 혼합
벽돌 1층, 구척통와 1층을 얹는다. 각 청수척에는 비자鼻子 하나, 반자盤
子 하나, 찬두攢頭 2개, 구두勾頭 2개가 있다.

유리척琉璃脊에는 2양樣과 3양, 4양, 5양, 6양, 7양, 8양, 9양이 있는데,
지붕마루의 재료와 기와 재료는 건件으로 계산하고, 각 건은 작업자[工]
에 따라 값을 치른다. 작업 가운데 통라筒羅, 구두勾頭, 협롱夾隴 차절捉
節, 분롱分隴, 화변花邊 등의 일은 기와장이[瓦匠]에게 맡기고, 홈을 파고
[剔鑿] 배합하는[順色] 일은 도기장이[窯匠]에게 맡긴다. 백회白灰와 청회青
灰, 붉은 흙[紅土], 마도麻刀, 강미江米, 백반白礬 등 재료를 처리하는 데에
는 차이가 있다.

포통척布通脊은 두호頭號와 2호, 3호로 규정되어 있다. 화척花脊과 장
정墻頂에 통기와나 판 기와를 얹기도 한다. 또 화척이나 청수척을 만드
는 기법은 각기 다른 방식[科]으로 나뉜다.

16. 담 발치[牆脚根]를 일컬어 '겹체란토掐砌攔土'라고 하고, 주정석柱頂石
아래의 기둥을 '마상돈碼磋墩'이라고 한다.137) 담[牆]에는 쌓는 법에 따
라 산장山牆, 첨장簷牆, 함장檻牆, 격단장隔斷牆 등이 있다. 쌓기의 종류로
는 벽돌 쌓기[磚砌]와 돌 쌓기[石砌], 흙 쌓기[土坯砌]138) 및 군감령체상신

---

137) 상돈磋墩 또는 마상돈碼磋墩은 주정석柱頂石을 지탱하는 독립된 기초를 가진 섬돌로
서, 금주金柱 아래에 있는 것을 '금상돈金磋墩'이라 하고, 첨주簷柱 아래에 있는 것을
'첨상돈簷磋墩'이라고 한다. 2개 혹은 4개의 상돈은 모두 매우 가까운 위치에 있거나,
대개 하나로 이어져 있기 때문에 '연이상돈連二磋墩' 또는 '연사상돈連四磋墩'이라고 부
른다. 연이어진 상돈과 구별되는 것은 '단상돈單磋墩'이라고 부른다. 상돈 사이에 쌓은
담이 바로 '난토攔土'인데, 난토의 쌓아 올린 부분을 '겹체란토' 또는 '잡란토卡攔土'라
고 한다. 상돈과 난토를 쌓는 순서는 상돈이 먼저이고 난토는 뒤에 쌓는다. 상돈과 난
토는 양자 사이에 틈을 두고 각기 독립되어 있으며, 일부 소식小式 건축의 기초에서는
둘이 하나로 연결되어 있는 경우도 있다. 이것을 '포마주정跑馬柱頂'이라고 부른다. '중
화본'에 이 부분의 원문은 "掐砌攔, 上柱頂石"으로 되어 있다.
138) '중화본'에는 '상배체上坯砌'라고 되어 있다.

群城另砌上身[139])이 있다.

　벽돌 쌓기는 권券[140])을 만드는 데에서 시작한다. 권을 쌓을 때에는 평수장平水牆의 권구券口를 더하고 나누어 두권頭券에 들어가는 벽돌의 수를 얻는데, 그 종류는 5권 5복伏이다. 그 다음 작업은 순회純灰와 삽니揷泥, 그리고 투골회말식透骨灰抹飾과 니저회면말식泥底灰面抹飾, 삽회니말식揷灰泥抹飾, 구민搆抿 등의 종류로 나뉘는데, 벽돌을 쪼개고 돌을 쪼개는 방법에 차이가 있다.

　헐산과 경산, 산장, 마단상돈碼單磉墩, 마련이상돈碼連二磉墩은 주정석柱頂石의 길이에 따라 치수를 정하며, 난토는 진심과 면활에 따라 길이를 정한다. 지표면 이하 묻히는 부분은 구름九檁의 경우 깊이를 1자로 하고, 들보도리[檁]의 수에 따라 순서대로 줄여간다. 대臺는 계조석階條石에 따라 길이를 정하고, 경산군견硬山群肩은 진심에 따라 길이를 정하고, 기둥 직경에 따라 두께를 정한다. 상신上身은 군견群肩을 따르고, 산첨山尖은 산주山柱를 따른다. 현산산장오화성조懸山山牆伍花成造에서는 보가步架[141])에 따라 높이를 정하고, 기둥의 직경에 따라 두께를 정한다. 현산산화상안懸山山花象眼을 쌓을 때에는 보가에 따라 폭을 정하고, 과주瓜柱에 따라 높이를 정한다. 양산 가운데 하나의 산을 만들 때에 전후 첨장簷牆은 면활에 따라 길이를 정하고, 첨주簷柱에 따라 높이를, 기둥 직경의 3분의 2로 두께를 정한다. 봉호封護는 평수름平水檁의 직경보다 1푼을 더하고, 망望은 1치를 더한다.

　벽돌을 쓸 때에는 기둥의 직경과 타방柁枋, 문창함광門窓檻框, 탑판의 목재, 그리고 각주角柱, 압전판壓磚板, 도첨석挑簷石의 치수를 나누어 각 위치에 따라 맞춘다. 작업이 진행되는 방향에 따라 위치를 나누어 담의 어깨[牆肩]를 세우고, 발치를 고르는 일은 담의 길이에 따른다. 그리고

---

139) '중화본'에는 '군역령체상신群域另砌上身'으로 되어 있다.
140) 건물이나 교량 등의 건축에서 벽돌 등을 쌓아 아치형이 되도록 만든 부분을 가리킨다.
141) '중화본'에는 '포가布架'라고 되어 있다.

높이는 흙손 작업에 따르면서 나누어진 위치에 벽돌을 쌓는다.

그 다음으로 선면장扇面牆과 함장檻牆, 격단장隔斷牆, 낭장廊牆에 각기 차이가 있다. 예를 들어서 대, 중, 소 3개의 선지두跣墀頭[142]는 출첨수선전出簷收線磚과 혼합 벽돌, 효전梟磚,[143] 반두창첨盤頭戧簷, 연첨連簷, 작아대雀兒臺 층수 등의 치수에 따라 길이를 정하고, 첨주의 직경에 따라 수평름의 직경에 1푼을 더한다.[144] 정니곤자전停泥滾子磚과 감주선전砍做線磚, 건파혼전乾擺混磚, 효전梟磚은 반두창첨盤頭戧簷의 층수에 따라 높이를 정하고, 연첨의 두께에 1푼을 더하여 창첨戧簷을 비스듬히 박아 넣는데, 위치를 나누는 데에는 차이가 있다.

배산구적排山勾滴은 진심에 따라 길이를 정하고, 기와의 호수號數에 따라 줄[隴]의 개수를 나눈다. 끝 장식[抹飾]은 길이와 높이에 따라 치수를 정한다. 백회와 청백회, 니저회泥底灰, 삽회니揷灰泥, 홍황니제장紅黃泥提漿, 산구鏟舊, 척거구민剔去拘抿, 회도회경묘쇄灰道灰梗描刷에는 재료를 준비하고 작업하는 데에 차이가 있다.

17. 감전장砍磚匠은 기와장이[瓦匠] 가운데 하나이다.

금전金磚은 2자와 1자 7치를 척도로 삼고, 방전方磚은 2자와 1차 7치, 1자 4치, 1자 2치를 척도로 삼는다. 신구양성전新舊樣城磚은 길이가 1자 3치 5푼이고 폭이 6치 5푼, 두께가 3치 2푼이다. 임청성전臨淸城磚도 이

---

142) '중화본'에는 '재지두才墀頭'라고 되어 있다.

143) '중화본'에는 '효전䕃磚'으로 되어 있다.

144) 경산식 건축의 산장 외부에 돌출된 첨주簷柱의 바깥 부분을 지두墀頭라고 한다. 지두는 하견下肩, 상신上身, 반두盤頭와 창첨戧簷 등의 부분으로 구성되어 있다. 상단부 반두는 여러 층의 선각線脚으로 층층이 삐져나와 있으며, 아울러 그 위쪽의 창첨전戧簷磚과 맞물려 있다. 반두 아래쪽은 점화墊花로 장식한다. 지두 상부의 창첨과 반두 아래쪽의 점화는 겉모양이 정사각형이고 폭이 상당히 넓다. 또한 처마 아래쪽에 돌출된 부분은 벽돌 장식의 주요 부분인데, 여기에는 길상吉祥의 의미가 담긴 무늬를 장식한다. 반두 부분은 선형의 구조를 보이는데, 위로부터 아래로 각기 이층반두二層盤頭, 두층반두頭層盤頭, 효전梟磚, 노구爐口, 반혼半混, 그리고 하엽돈荷葉墩 등으로 나뉘며, 여기에 장식된 문양들은 각종 제재를 두 방향에서 연속되어 있다.

와 같다.

정니곤자전停泥滾子磚과 사곤자전沙滾子磚은 길이가 8치이고, 폭이 4치, 두께가 2치이다. 정니부인전停泥斧刃磚은 정니곤자전과 같고, 사부인전沙斧刃磚은 사곤자전과 같다.

벽돌을 자르는 일은 성 모퉁이의 돌아가는 부분을 잘라 가는 것인데, 쟁백搶白, 절두截頭, 협륵夾肋, 척장剔漿, 제구齊口, 괘락挂落, 권검券瞼 및 거망車網, 입주立柱, 화주畵柱, 수주垂柱, 규주圭角, 각운角雲, 수좌獸座, 조두照頭, 날화捺花, 용두龍頭, 비반鼻盤, 항조桁條, 이자耳子, 소보정素寶頂, 운공두雲拱頭, 화점판花墊板, 척과주脊瓜柱, 화수주花垂柱, 화기안花氣眼, 화작체花雀替, 박봉두博縫頭, 고로전古老錢, 마제상馬蹄磋, 삼차두三岔頭, 화쟁배두花搶扒頭, 화통척판花通脊板, 목단화두牡丹花頭, 액방額枋, 사면피四面披, 소박봉小博縫, 송죽매松竹梅, 화초花草, 수미좌화주須彌座花柱, 원연대망판圓椽帶望板, 창호소선전窗戶素線磚, 수화문립주垂花門立柱, 고두방箍頭枋, 방연方椽, 비첨연, 연첨, 이구裏口, 선방화심線枋花心, 전두향초운轉頭香草雲, 수척판垂脊板, 여의두如意頭, 상비두象鼻頭, 천반天盤, 서양장西洋牆, 보탑寶塔, 보병寶瓶 등의 작업을 한다.

착화장鑿花匠은 또 감전장砍磚匠 가운데 한 부류이다. 착화 작업은 함장하화전檻牆下花磚, 화룡봉花龍鳳, 분심운룡分心雲龍,[145] 차각岔角, 매화창梅花窗, 해당화창海棠花窗, 초화원광창草花圓光窗,[146] 선방전화창線枋磚花窗, 운자초雲子草, 입각운入角雲[147] 등이 있으며, 또 2호와 3호, 10호 문吻, 그리고 척수脊獸,[148] 검파劍靶, 문좌吻座, 수수垂獸, 수좌獸座, 창수戧獸, 선인仙人, 주수走獸 등의 작업도 한다.

그러나 타마剁磨, 산마鏟磨, 마평磨平, 치수를 재는 일[見方計工]은 여전

---

145) ‘중화본’에는 ‘분심운두分心雲頭’라고 되어 있다.
146) ‘중화본’에는 ‘초화원창草花圓窗’으로 되어 있다.
147) ‘중화본’에는 ‘팔각운八角雲’으로 되어 있다.
148) ‘중화본’에서 이 부분의 원문은 “三十三號物背獸”라고 되어 있다.

히 기와장이의 일이며, 그것이 이른바 수마水磨이다.

호수 주위의 수마장水磨牆과 지문전地文磚 가운데 규격에 맞게 배열된 것은 조정문藻井紋으로 하고, 비스듬히 걸쳐진 것은 상안문象眼紋으로, 팔각형의 것은 팔괘문八卦紋으로, 흑백이 반씩 섞인 도끼무늬[半斧]가 있는 것은 어린문魚鱗紋으로, 들쭉날쭉한[參差] 것은 빙렬문冰裂紋 또는 폐쇄문肺碎紋으로 하며, 그 위에 매화를 상감象嵌한 것을 일컬어 빙편매冰片梅라고 한다.

18. 유리와는 9양樣의 재료[什料]를 쓰는데, 이양문二樣吻에서 시작한다.

이양문은 각기 13개의 부품[件]으로 구성되어 있는데, 높이는 1길 5자, 무게는 7,300근이다. 여기에는 검파와 척수脊獸,[149] 문좌, 수두련좌獸頭連座, 선인, 주수, 적각통척赤脚通脊,[150] 황도黃道, 대군색大群色,[151] 수척垂脊, 찬두攢頭, 쟁배撧扒, 대련전大連磚, 투수套獸, 문갑吻匣, 당구當溝,[152] 박통척博通脊, 만면황滿面黃, 합각문合角吻,[153] 합각검파合角劍靶, 군색조群色條, 구두鉤頭,[154] 적수滴水, 통기와, 판 기와, 정당구正當溝,[155] 사당구斜當溝, 압대조壓帶條, 평구조平口條[156] 등이 사용된다.

삼양문三樣吻은 각기 11개의 부품으로 구성되어 있는데, 높이는 9자 5치, 무게는 5,800근이고, 사용되는 재료는 같다.

사양문四樣吻은 각기 높이가 8자, 무게가 4,200근[157]이며, 사용되는 재

---

149) '중화본'과 '산동본'에는 모두 '배수背獸'라고 되어 있으나, 오류인 듯하다.
150) '중화본'에는 '적각赤脚'으로 되어 있다.
151) '상련군색조相連群色條'라고도 한다. 이양二樣에서 사양四樣까지의 유리정척琉璃正脊에 사용되며, 지붕마루[脊]의 앞뒤 양측에 여러 색깔을 연이어 하나로 만들어놓은 것이다.
152) '중화본'에는 이 부분이 빠져 있다.
153) '중화본'에는 '합각수合角獸'라고 되어 있다.
154) '중화본'에는 '구자鉤子'라고 되어 있다.
155) 정척正脊 아래와 기왓골[瓦隴] 사이에 있는 기와를 가리킨다.
156) 정척正脊 또는 수척垂脊의 아래쪽에 놓는 기와의 일종이다.
157) '중화본'에는 4,300근으로 되어 있다.

료는 같다.

오양문五樣吻은 각기 높이가 5자 3치, 꼬리 부분의 폭이 8치 5푼, 무게는 600근이며, 대부분 창수戧獸와 창척戧脊, 삼련전三連磚, 괘첨탁니挂尖托泥 등의 재료를 사용한다.

육양문六樣吻은 각기 3개의 부속품 뭉치로 구성되어 있으며, 전체 높이는 3자 3치, 무게는 320근이고, 대개 사자나 말의 모양을 한 것이 많다.

칠양문七樣吻은 각기 높이가 2자 4치 5푼, 길이가 2자 7치 5푼,158) 무게가 130근이며, 대개 아치형[羅鍋]이나 열각반列角盤, 어린절요魚鱗折腰 등의 모양이 많다.

팔양문八樣吻은 각기 무게가 120근이고, 사용하는 재료는 같다.

구양문九樣吻은 각기 높이가 1자 9치, 길이가 1자 5치, 폭이 4치 5푼, 무게가 70근이며, 대부분 만산홍滿山紅, 괘락전挂落磚, 수산반혼隨山半混, 나과반산혼羅鍋半山混,159) 양제통와판와羊蹄筒瓦板瓦, 쌍양제통와판와雙羊蹄筒瓦板瓦를 사용한다.

이상이 구양문에 사용되는 재료들이다. 유리요琉璃窯에서 문수吻獸를 맞이하거나 대청문大淸門 및 정양문正陽門에서 문수를 맞아들이며 제사를 올리는 일은 의식과 제도가 대단히 장중한데, 이것은 공부工部에 기록되어 있다.

19. 조척칠방전糙尺七方磚과 조척사방전糙尺四方磚, 조척이방전糙尺二方磚은 세밀하게 다듬으면 1치가 줄어들고, 조신성전糙新城磚은 세밀하게 다듬으면 9근 12냥이 줄어들며, 조정전糙停磚과 조사전糙沙磚은 세밀하게 다듬으면 1근이 줄어든다. 두호頭號와 2호, 3호, 4호, 10호 통라구두적수판와筒羅勾頭滴水板瓦에는 근수의 차이가 있다.

주춧돌[礎]을 놓을 때에는 흉한 정사폐일正四廢日과 천적天賊160)과 건

---

158) ‘중화본’에는 "길이가 2자 7치, 폭이 7치 5푼"으로 되어 있으나, ‘산동본’에 따라 수정했다.
159) ‘중화본’에는 ‘나과반혼羅鍋半混’으로 되어 있다.

建, 파破를 기피한다. 건물을 철거할 때에는 제일除日에 하고, 건물을 지을 때에는 성일成日과 개일開日에, 건물에 흙을 바를 때에는 평일平日과 성일成日에, 도랑[渠]을 팔 때에는 개일과 평일에 한다. 땅에 돌이나 흙을 쌓는 일을 할 때에는 흙을 옮길 때와 마찬가지로 날을 잡는다.161)

20. 석재의 종류에는 한백옥석旱白玉石과 청옥석靑玉石, 청사석靑砂石, 화반석花斑石, 두사석豆渣石, 호피석虎皮石 등이 있다. 돌을 끌어 나를 때에는 한선旱船162) 단위로 계산한다. 원석을 캐내고[打荒], 큰 덩어리로 다듬

160) 사조제謝肇淛의 『오잡조五雜俎』 「천부天部·이二」에 인용된 『음양가금기陰陽家禁忌』에는 "하루 가운데 백호白虎, 흑살黑殺, 도침刀砧, 천화天火, 중상重喪, 천적天賊, 지적地賊, 혈지血支, 혈기血忌, 귀기歸忌, 흑도黑道, 토온土瘟, 천구天狗, 대패大敗, 치우蚩尤, 관부官符 등의 흉신凶神이 있다"고 했다.
161) 옛날에는 택일을 할 때에 달마다 12개의 신[月建十二神]을 두었는데, 그것은 차례로 건建, 제除, 만滿, 평平, 정定, 집執, 파破, 위危, 성成, 수收, 개開, 폐閉라고 불렀다. 이들 신이 속하는 날은 각기 특정한 일에 길흉이 정해져 있다고 믿었는데, 구체적으로 살펴보면 다음 표와 같다.

月神	길한 일	흉한 일
건(建)	상량(上梁), 입학, 결혼, 땅 파기 공사[動土], 기둥 세우기[立柱], 의료, 여행	우물 파기, 배 타기
제(除)	제사, 약(藥) 조합하기	혼인, 여행, 우물 파기
만(滿)	여자들이기[嫁取], 집짓기, 옥 만들기, 가게 열기, 제사, 여행, 나무나 꽃 심기	장례
평(平)	여자들이기, 집짓기, 이사, 옷, 옷 만들기, 상담	도랑 파기, 초목 심기
정(定)	제사, 여자들이기, 이사, 집짓기, 사람 고용, 소나 말 사기	소송, 여행
집(執)	모든 일에 관한 결단, 집짓기, 여자들이기, 파종, 우물 파기	이사, 여행, 창고 열기
파(破)	사냥	사냥 외의 모든 일은 흉함
위(危)	없음	모든 일이 불길. 특히 등산, 승마, 배타기, 여행은 흉(凶)함
성(成)	만사를 이루는 날. 특히 집짓기, 여자들이기, 입학, 여행, 가게 열기, 파종하기에 좋음	소송, 싸움
수(收)	입학, 집짓기, 여자들이기, 매매(賣買), 이사, 파종	장례, 여행, 침구(針灸)
개(開)	입학, 집짓기, 여자들이기, 개업, 이사	장례, 불결한 일
폐(閉)	모든 일이 막히는 날. 제방 축조, 연못 매립, 구멍 매립	가게 열기, 여행

고[做糙], 세밀하게 다듬고[做細], 쪼개고[占斧], 평평하게 다듬고[扁光], 포면을 갈고[擺滾子], 번호를 붙이고[叫號], 갠 회灰를 붓는[灌漿] 일들에는 석장石匠과 인부[壯夫]들을 함께 쓴다. 돌을 인수 받아 정 위치에 들여놓을 때에는 인부를 300명까지 쓴다.

석장 가운데 큰 덩어리로 다듬는 일을 맡은 이를 '낙배공落坯工'이라고 한다. 세밀하게 다듬을 때에는 치기[沖打], 테 두르기[箍槽], 고르기[打掏], 구멍 뚫기[鑽取], 구멍 갈기[掏眼], 구멍 뚫기[打眼], 가장자리 만들기[打邊], 퇴두退頭, 구멍에 박기[榫䘌], 물결무늬 넣기[起線], 선 내기[出線], 깎기[剔鑿], 다듬기[扁光], 연결부 만들기[掏空當], 잘게 쪼개기[細撕], 쇄사자洒砂子, 대마광帶磨光, 합치기[對縫], 회 붓기[灌漿], 구민拘抿, 구석섬렬귀롱舊石閃裂歸壟, 시렁 매기[拴架], 양조鑲條, 각 맞추기[合角], 낙재구落梓口, 나선형 무늬 내기 등의 작업을 한다.

석재는 길이와 높이, 폭, 두께의 치수에 따라 작업량을 계산한다.

함점석은 면활로 주정柱頂의 높이를 나누어 폭을 정한다. 계조석階條石은 출첨주정出簷柱頂으로 회수回水를 나누어 두께를 정한다. 경산식 건물에서는 퇴두금변堆頭金邊을 더해 두석頭石을 잘 연결하고, 현산식 건물에서는 도산懸山과 경산硬山의 양산조석兩山條石을 더하는데, 그것은 계조석과 같다. 두판석斗板石은 밖으로 드러난 부분에서 대기臺基의 높이로 돌의 두께를 나누어 폭을 정한다. 토친석土襯石은 드러난 부분에서 두판斗板의 두께에 금변金邊을 더해 폭을 정한다. 디딤돌[踏垛石]은 면활로 수내垂帶의 1푼을 나누어 폭을 정하고, 대기臺基에 따라 층수[級數]를 나눈다. 연와석燕窩石은 돌의 면활에 수대금변垂帶金邊을 더해 길이를 정한다. 평두상친석平頭上襯石은 두판토친금변외피斗板土襯金邊外皮에서 연와리피燕窩裏皮까지의 길이로 폭을 정한다. 상안석象眼石은 두판외피斗板外皮에서 연와리피燕窩裏皮까지의 치수로 길이를 정한다. 수대석垂帶石은

---

162) 원래는 성을 공격하는 무기를 가리키지만, 여기서는 돌을 나르는 수레를 의미한다.

디딤대[踏垛]의 층수에 더해서 길이를 정한다. 여의석如意石은 연와석과 치수가 같다. 각주석角柱石은 처마 폭의 3분의 1로 압전판壓磚板을 나누어 길이를 정하고, 첨주簷柱의 직경으로 폭을 정하며, 그 절반으로 두께를 정한다. 금산각주석金山角柱石은 기둥 직경으로 폭을 정하고, 자체 폭의 절반으로 두께를 정한다. 비파각주석琵琶角柱石은 금산각주金山角柱에서 2치를 줄여 폭을 정하고, 경산압전판출랑硬山壓磚板出廊에 지두墀頭를 더한 후 1푼을 물려서 길이를 정한다. 안팎의 요선석腰線石은 산장山牆에 따라 전후 압전판壓磚板을 나누어 길이를 정한다. 안쪽의 군견하평두토친석群肩下平頭土襯石은 진심에 따라 회랑[廊]을 내는데, 주두柱頭를 나누어 위치에 따라 길이를 정한다. 도첨석挑簷石은 출랑出廊에 지두 끝을 더하여 길이를 정하고, 압전석壓磚石에서 1치를 줄여 폭을 정한다. 매두각주석埋頭角柱石163)은 대기의 높이에 따라 계조階條의 두께를 나누어 길이를 정하고, 계조의 폭으로 모[方]를 정한다. 분심석分心石은 출랑出廊으로 길이를 정하고, 금주정金柱頂 치수의 1치 반으로 폭을 정한다. 수화문垂花門 중간의 곤돈석滾墩石은 진심에서 1자를 빼서 길이를 정하고, 문 높이의 3분의 1로 높이를 정하며, 방주方柱 1자에 10분의 6을 더해 폭을 정한다. 문침석門枕石은 문하감門下檻의 10분의 7로 높이를 정하고, 자체 2치를 더해 폭을 정하며, 양쪽 머리의 폭에 하감下檻 두께의 1푼을 더해 길이를 정한다.

부어넣기[灌漿]에 사용되는 재료는 백회, 백반, 찹쌀[江米]이 있고, 붙이고 땜질하는 재료粘補銲藥로는 황랍黃蠟, 운향芸香, 목탄木炭, 백포白布를 쓰며, 석재를 보완하는 재료補石配藥은 땜질 재료[銲藥]보다 석면石面을 더 많이 넣는다. 석재의 붙인 틈은 백회와 오동나무 기름[桐油]으로 문질러 닦는다.

무게와 길이를 재는 치수에는 차이가 있다. 수미좌須彌座는 규각圭角,

---

163) '중화본'에는 '매두주각석埋頭柱脚石'으로 되어 있다.

유방[奶子], 입술[唇子], 도공당掏空當,164) 권운락지시捲雲落持腮, 올빼미[梟兒], 속요마노금강주자束腰瑪瑙金剛柱子, 완화결대挽花結帶,165) 권운와잠捲雲臥蠶,166) 수지하엽구水池荷葉溝, 능화창菱花窗 등으로 구성되어 있다. 기둥머리[柱頂] 주위에는 연꽃잎[蓮瓣]과 파달마巴達馬, 향초香草, 화훼雲花卉,167) 나는 용[行龍], 기린, 기룡夔龍, 팔보八寶, 탑복자搭袱子, 곤돈滾墩, 개호병아자開壺瓶牙子,168) 입고강立鼓腔, 겹고정掐鼓釘, 북[鼓兒], 문침門枕 등의 공사를 한다.

귀수좌龜獸座는 삼채첩락산봉三踩疊落山峰과 척시강양해수剔撕江洋海水,169) 수대綬帶170)로 구성되어 있다.

화분좌花盆座는 수미좌와 같은 방법으로 만든다. 여기에는 또 여의운如意雲, 만자회문금卍字迴紋錦,171) 사면수대四面壽帶, 세시근문細撕筋紋, 달리아[西番蓮], 연밥[蓮子], 화심花心, 영롱난간玲瓏欄杆, 석류두石榴頭, 수대, 도공당 등의 작업을 한다.

연화분좌蓮花盆座는 수미좌와 같은 방법으로 만든다. 마을[村]과 산,172) 화초, 궁등宮燈을 세밀하게 깎아 장식하는데, 예를 들면 석류두, 복련두覆蓮頭,173) 정병두淨瓶頭, 마엽두麻葉頭, 구슬[珠子], 연꽃잎[蓮瓣], 연잎[荷葉], 달리아 등이 있다.

용은 기운룡氣雲龍과 양룡陽龍174)으로 나뉘는데, 비늘과 발톱, 갈기와 다리, 호두虎肚, 화두火肚, 고두황창자鼓肚黃戧刺, 해수강아海水江牙,175) 마

---

164) '중화본'에는 '구공당拘空當'으로 되어 있다. 이하 같음.
165) '중화본'에는 '완화결내梡化結帶'로 되어 있다.
166) '중회본'에는 '권금와잠捲金臥蠶'로 표기되어 있다.
167) '중화본'에는 '운화훼雲花卉'로 되어 있다.
168) '중화본'에는 '개호아자開壺牙子'로 되어 있다.
169) '중화본'에는 '왕양汪洋'으로 표기되어 있다.
170) '중화본'에는 '수대壽帶'라고 되어 있다.
171) '중화본'에는 '만자萬字'로 표기되어 있다.
172) '중화본'에는 '산림山林'으로 되어 있다.
173) '중화본'에는 '복련두伏蓮頭'라고 표기되어 있다.
174) '중화본'에는 '용분기운양룡龍分氣雲陽龍'으로 되어 있다.

을과 산, 강물을 조각한다. 영롱구차玲瓏口岔는 이와 혀, 수염과 눈썹을 나누어 만들고, 이마를 파고[鑿扁], 팔괘구배금친八掛龜背錦襯을 그리고, 등뼈[脊梁骨]와 꼬리를 만든다.

사자를 만들 때에는 머리와 얼굴, 몸통, 다리, 송곳니[牙]와 사타구니[胯], 수대繡帶, 방울[鈴鐺], 나선형 무늬, 곤착수구滾鑿繡珠,[176] 새끼[崽子], 서양식 발판[踏脚], 금퇴琴腿, 입술 선[口線], 용태龍胎, 봉안鳳服,[177] 봉황 깃털, 피리[管子], 신운팔보新雲八寶, 늘어뜨린 허리띠[搉帶子], 상안象眼, 낙반자落盤子, 지복두地伏頭, 고자곤반古子滾胖, 운자보병雲子寶瓶, 능리선장楞裏禪杖, 용봉화훼龍鳳花卉, 앙복련仰覆蓮, 통와롱구通瓦隴溝, 권검석주券臉石做,[178] 번초番草, 늘어뜨린 허리띠, 6각과 8각, 석각石角의 들보[梁], 머리를 힘껏 내민 짐승,[179] 물장난하는 동물 얼굴[戲水獸面], 교시주자[橋翅柱子], 전출각前出角, 후입각後入角,[180] 포고抱鼓, 운두雲頭, 소선素線, 교면앙천橋面仰天, 낙색도落色道,[181] 개타호병開打壺瓶, 아구자牙口子, 복두고자幞頭鼓子,[182] 마제상석馬蹄磉石, 고로전이자古老錢耳子, 수구水溝, 천근석두구두千斤石做鈎頭, 피수披水, 은정조銀錠槽,[183] 외릉기선瓦楞起線 등의 작업으로 나뉜다. 그것을 만드는 방법 역시 미리 측정한 치수를 기준으로 한다.

---

175) 고대 관복官服의 테두리에 장식된 물결 모양의 문양을 '강아해수江牙海水'라고 했다. 황제가 입는 용포龍袍 아래쪽에는 팔보립수八寶立水가 장식되어 있는데, 이것을 속칭 '해수강아'라고 한다. 해수에는 입수立水와 평수平水가 있는데, 전자는 용포의 가장 아래쪽에 비스듬한 선으로 묘사된 물결을 가리키고, 후자는 강아 아래쪽에 장식된 비늘 모양의 물결을 가리킨다. 해수는 사실 '해조海潮'를 가리키는데, '조潮'자는 '조朝'를 의미한다. 강아는 '강아江牙' 또는 '강아薑芽'라고도 하는데, 산머리가 중첩되어 마치 생강의 싹처럼 보이는 것으로, 산과 개울이 무성하게 번창하고 국토가 영원히 지켜지길 바라는 뜻이 담겨 있다.

176) '중화본'에는 '곤착수주滾鑿繡珠'로 되어 있다.

177) '중화본'에는 '봉복鳳服'으로 되어 있다.

178) '중화본'에는 '권치석券臉石'으로 표기되어 있다.

179) '중화본'에는 이 부분이 '화석각량승출두수花石角梁繩出頭獸'라고 되어 있다.

180) '중화본'에는 '후팔각後八角'으로 되어 있다.

181) '중화본'에는 '낙색련落色蓮'이라고 되어 있다.

182) '중화본'에는 '시두고자幌頭鼓子'라고 되어 있다.

183) '중화본'에는 '은정교銀錠橋'라고 되어 있다.

21. 호숫가는 땅은 좁은데 건물은 많기 때문에 과각법裹角法이 생겨나게 되었다. '각角'은 옛날에 '영欞'184)이라고 부르던 것이다. 동영東欞과 서영西欞, 북영北欞, 남영南欞은 모두『예기禮記』및 사마상여司馬相如의「상림부上林賦」보인다. 건물[宇]이 반대로 되어 있지 않으면 처마[簷]도 치켜 올라가지 않는다[不飛]. 반우反宇185)는 뒤집힌 입술[反脣]을 본뜬 것이고, 비첨飛簷은 나는 새를 본뜬 것이다. 반우에서는 문미[楣]를 만들기 어렵고, 비첨에서는 처마[橡]를 만들기 어렵다. 문미가 말린 옷소매[衫袖]처럼 생긴 경우를 뒤집혔다[反]고 하고, 처마가 빗처럼 기울어져 있으면 난다[飛]고 한다. 그 사이에 도리[枅]를 덧붙이고 마룻대[棼]를 더하기도 하니, 그 방법이 하나가 아니다. 이것들은 모두 두공 장식[斗科]의 제작법에서 평신과平身科, 주두과柱頭科, 각과角科의 3가지 경우에서 볼 수 있다.

건물이 많으니 '각角'도 많고, 땅이 좁으니 '각'이 서로 붙게[犄] 되기 때문에, 법도에 맞게 싸게[裹] 되는 것이다. 종횡으로 돌아가면서 정면을 바로 하고, 뒷면을 고려하며, 사면四面을 헤아려 지붕 언덕에 각[維]을 정교하게 세워 펼치고, 모퉁이[隅]를 만들 때 모서리 끝[棱鋒]을 날카롭게 하면서, 모서리[柧]를 만들 때 아주 세밀한 부분까지 계산하여 하나의 '각'을 더하거나 줄이는 것이 바로 과각법이다.

섭몽득葉夢得186)은 이렇게 말한 바 있다.

　　동쪽 집이 서쪽 집 지붕을 덮었는데

---

184) 양쪽 끝이 치켜 올라간 비첨飛檐 또는 비우飛宇를 가리킨다.
185) 지붕 처마에서 중간이 움푹 들어가고 사방이 위로 솟은 모양으로 기와를 얹은 것을 가리킨다.
186) 섭몽득葉夢得(1077~1148)은 자가 소온少蘊이고 소주蘇州 오현吳縣(지금의 쑤저우시) 사람이다. 그는 1097년 진사에 급제하여 중서사인, 한림학사, 이부상서, 용도각직학사龍圖閣直學士 등을 역임했다. 만년에는 오흥吳興(지금의 저장성浙江省에 속함)의 변산卞山에 살면서 스스로 석림거사石林居士라는 호를 썼다. 남송의 대표적인 호방파 사인詞人 가운데 하나로 꼽히는 그의 저작으로는『건강집建康集』과『석림시화石林詩話』, 그리고 사집인『석림사石林詞』등이 있다.

자세히 생각해보니 이로움도 해로움도 없구나.

東家屋被西家蓋, 子細思量無利害.[187]

이 말은 과각법에 참조할 만하다. 그러나 설우薛嵎[188]는 이렇게 말했다.

집을 지을 때에는 3푼의 물과 2푼의 대밭, 1푼의 건물로 비율을 맞춰야 한다.

住屋須三分水, 二分竹, 一分屋

고인顧璘[189]은 이렇게 말했다.

(집에는) 나무를 많이 심고 건물은 적게 세워야 한다.

多栽樹, 少置屋.

두 가지 설은 또 과각법을 더 깊이 이해할 수 있게 해준다.

---

187) 육유陸游의 『지학암필기志學庵筆記』에서 인용한 것이다. 이에 따르면, 섭몽득이 상주常州 태수로 있을 때 어느 백성이 옆집에서 큰 건물을 지어 그 지붕이 자기 집을 덮는다고 소송을 내자, 섭몽득이 다음과 같이 판결했다고 한다. "동쪽 집이 서쪽 집 지붕을 덮었는데, 자세히 생각해보니 이로움도 해로움도 없구나. 나중에 집을 헐 때 딴소리 하지 말고, 지금은 잠시 벽과 벽으로 경계를 삼도록 하라[東家屋被西家蓋, 子思細量無利害. 他時拆屋別陳詞, 如今且以壁壁界]!"

188) 설우薛嵎(1212~?)는 어릴 적 이름이 협峽이고 자는 중지仲止 또는 빈일賓日이고, 호는 운천雲泉 또는 야학野鶴이며, 영가永嘉(지금의 저장성 원저우溫州) 사람이다. 그는 1256년에 진사에 급제하여 장계주부長溪主簿를 역임했다. 저작으로 『운천시雲泉詩』 등을 남겼다.

189) 고인顧璘(1476~1545)은 자가 화옥華玉이고 호는 동교거사東橋居士이며, 조상들은 오현吳縣 사람들이지만 상원上元(지금의 난징시)으로 옮겨가 살았다. 그는 1496는 진사에 급제하여 광평지현廣平知縣을 제수 받고 남경이부주사南京吏部主事에 발탁되었으며, 1509년에 개봉지부開封知府로 나갔다가 4년 후 죄를 지어 광서廣西 전주全州로 폄적되었다. 이후 태주지부台州知府, 절강좌포정사浙江左布政使, 남경 형부상서 등을 역임했다. 그는 진기陳沂와 왕위王韋, 주등朱登과 더불어 '사대가四大家'로 불리며 명성을 날렸는데, 주요 저작으로는 『부상집浮湘集』, 『산중집山中集』, 『빙궤집憑几集』, 『식원시문고息園詩文稿』, 『국보신편國寶新編』, 『근언近言』 등이 있다.

22. 꼭대기[頂]를 '부도浮圖'라고 하는 것은 본래 금나라 때의 제도에서 비롯된 것이다. 일품산一品繖에서는 은부도銀浮圖를 쓰고, 2, 3품에서는 홍부도紅浮圖를, 4, 5품에서는 청부도靑浮圖 따위를 쓴다.

지금 호숫가 정자와 탑의 꼭대기는 대부분 금칠을 한 것[鎏金]190)이고, 그 다음은 전정甎頂 또는 자정磁頂이다. 경덕진景德鎭의 비색요秘色窯에서 주사요朱砂窯를 하나 얻으면, 가치가 천금으로 변한다. 근래에는 항상 위에 꽃병을 거꾸로 설치하는데, 그 방법이 편하다고 알려져 있다.

23. 장수裝修 작업은 문혁門槅을 안장安裝하는 일을 담당한다. '혁槅'은 비첨연두하피飛簷椽頭下皮를 혁선괘공함상피槅扇掛空檻上皮와 나란히 하고, 그 아래 혁선槅扇을 설치하며, 아래쪽 괘공함掛空檻의 위치를 나누어 그 위에 횡피橫披와 체장替樁을 위치에 따라 설치한다. 괘공掛空은 '중함中檻' 또는 '상함上檻'이라고도 하고, 체장은 '상함'이라고도 한다.

도선을 설치할 때에는 회랑 안쪽의 천삽방하피穿揷枋下皮를 괘공함하피와 나란히 하고, 그 다음 초간梢間에 함창檻窗을 설치하는데, 그 위쪽의 체장과 황피, 괘공함은 모두 명간明間과 나란하게 만든다. 상말두上抹頭는 혁상말두槅上抹頭와 나란히 하고, 하말두下抹頭는 혁군판상말두槅群板上抹頭와 나란히 하며, 나머지는 풍함장風檻牆과 탑판함장榻板檻牆으로 위치를 나눈다.

여기에 사용되는 물건들의 명칭은 상함上檻과 포광抱框, 요방腰枋, 습주槢柱, 변성邊挺, 말두抹頭, 전축轉軸, 전간栓杆, 지간支杆, 혁심槅心, 평령平欞, 영자欞子, 빙인方眼, 지창支窗, 추창推窗, 방창方窗, 원광圓光, 십양十樣, 직령直欞, 횡천橫穿, 횡피橫披, 체장替樁, 염가簾架, 하엽荷葉, 전두栓斗, 은정구가심銀錠扣架心, 마의요螞蟻腰와 조환條環, 적주滴珠, 염롱簾籠, 게판揭板, 군판群板 등이 있는데, 이것들은 단영單楹과 연이영連二楹에 따라

190) 금과 수은을 섞어 만든 금물을 칠한 후 불에 쬐어 말리면 수은은 증발하고 금만 단단히 남게 되는데, 이런 식으로 도금하는 것을 '유금鎏金'이라고 한다.

차이가 있다.

녹나무와 측백나무 혁선橘扇은 벽사주조퇴대광碧紗廚罩腿大框으로 상선上線을 삼고, 권주卷珠로 상혼면上混面을 삼는다. 움푹 들어간 면[凹面]에는 문첨門尖과 화심花心, 영롱玲瓏의 체제가 있다. 혁심橘心은 실체實替와 협사夾紗로 구분된다. 화두花頭에는 와잠臥蠶, 기룡夔龍, 유운流雲, 수자壽字, 만자卍字, 공자工字, 차각叉角, 운단雲團, 사합운四合雲, 한련환漢連環, 옥결玉玦, 여의如意, 방승方勝, 첩락疊落, 호접蝴蝶, 매화梅花, 수선水仙, 해당海棠, 목단牡丹, 석류石榴, 향초香草, 교엽巧葉, 달리아[西番蓮], 길상초吉祥草 등의 방식이 있다. 작업은 조장雕匠, 수마탕랍장水磨燙蠟匠, 양감작鑲嵌匠의 작업을 겸한다.

능화심菱花心의 제작법은 삼교등구륙완능화三交燈球六梡菱花와 삼교륙완감감람능화三交六梡嵌橄欖菱花, 애엽능화艾葉菱花,[191] 그리고 삼교만천성륙완능화三交滿天星六梡菱花와 고로전능화古老錢菱花, 상교사완능화雙交四梡菱花 등의 방식이 있다. 이것들은 능화장菱花匠의 일이다.

실체實替는 '호투糊透'라고도 하고, 협사夾紗는 '협당夾堂'이라고도 한다.

24. 옛날에는 담에 '바라지[牖]'를, 집 건물에는 '창窓'을 냈다. 『육서정의六書正義』[192]에서는 이렇게 말했다.

구멍을 내어 밝게 만드는데, 모양은 마치 사각형의 우물을 거꾸로 드리운 것과 같다. 화훼를 그리는데 뿌리가 위로 가고 잎이 아래로 가도록 거꾸로

---

191) '중화본'에는 '장엽능화艾葉菱花'라고 되어 있다.

192) 명나라 때 오원만吳元滿이 편찬한 것으로 모두 12권으로 되어 있다. 오원만은 자가 경보敬甫이고, 흡현 사람이다. 그는 『육서정의』 외에도 『육서총요六書總要』(5권), 『육서소원직음六書溯源直音』(2권), 『해음지남諧音指南』(1권) 등을 지었다. 『육서정의』의 체례는 대동戴侗의 『육서고六書故』를 따라 수위數位, 천문, 지리, 인륜人倫, 신체, 음식, 의복, 궁실宮室, 기용器用, 조수鳥獸, 충어蟲魚, 초목의 12 분야로 나누고, 또 양원楊垣의 『육서통六書統』을 모방하여 부연설명했으나, 지나치게 번잡하고 오류가 적지 않은 것으로 비평을 받고 있다.

되게 한다. 구멍 안에는 등을 매어놓는데 마치 진주가 슬그머니 빠져나오려는 듯한 모양이다. 그것을 일컬어 '천창'이라고 한다.

通窺爲囧, 狀如方井倒垂, 繪以花卉, 根上葉下, 反植倒披, 穴中綴燈, 如珠茁筵而出, 謂之天窓.

『태산기太山記』에는 "구멍에 천창을 설치한 것[從穴中置天窓是也]"이라고 기록되어 있다. 오늘날의 봉호영蓬壺影[193]과 부감실俯鑒室에서 모두 그 방법을 썼다.

옛날에는 벽에 바라지를 뚫었는데, 그 양쪽에 세우는 창틀 기둥[棟]은 3치를 기준으로 삼았다. 지금은 기둥[柱]과 다목[枋]을 두고, 중앙에 기반선棋盤線, 검척선劍脊線, 확선擴線, 관화아關花牙, 삼만륵수三灣勒水, 출색선出色線, 쌍선기쌍구雙線起雙鉤를 만든다. 음양순陰陽榫의 변화를 극대화하는 것으로는 방원규각식方圓圭角式이 있다. 중앙에는 혁선槅扇을 넣는데, 큰 것을 '소疏'라 하고 작은 것은 '창窓', 두 개가 함께 있으면 '방헌方軒'이라고 한다.

혁심槅心의 꽃무늬[花樣]는 방안方眼 만자卍字, 아자亞字, 빙렬문冰裂紋, 금루사金縷絲, 금선구하마金線鉤蝦蟆 등이 있다.

하나의 창을 둘로 쪼개 윗부분을 들보와 기둥 사이에 연결시키면 '마조창馬釣窓'이 되고, 소령疏櫺은 '태사창太師窓'이 된다.

문을 만드는 체제는 위쪽의 문미[楣]와 아래쪽의 문지방[閾]을 만들고, 좌우로 문설주[棖]를 만드는데, 한 쌍으로 된 것을 '합闔'이라 하고, 하나로 된 것을 '선扇'이라고 한다. 상, 중, 하 삼호三戶의 문과 수현州縣 판청의 문, 사원이나 도간의 문, 서민들 집의 문으로 구별된다.

문을 낼 때에는 바깥쪽 정문에서 들어가 둘째 문에 이르게 하는데, 가는 길에 굴곡이 있어야 하며, 보수步數노 단수單數가 되어야 한다. 1보

---

193) 『양주화방록』 권12 「교동록橋東錄 · 1」을 참조할 것.

步는 4자 5치인데, 처마 물 떨어지는 곳에서 문을 세우는 곳까지의 거리를 측정한다.

문척門尺에는 곡척법曲尺法과 팔자척법八字尺法이 있다. 단선기반문單扇棋盤門에서 큰 쪽은 문결門訣194) 가운데 길한 치수[尺寸]로 길이를 정하고, 말두抹頭와 문심판門心板, 천대穿帶, 삽간량揷間梁, 전간栓杆, 함광檻框, 여색판요방餘塞板腰枋, 문침門枕, 연함連檻, 횡전橫栓, 문잠門簪, 주마판走馬板, 인조引條 등의 부분은 그 길이에 따라 치수를 조정한다.

옛날에는 바깥에 있는 것을 '문'이라 하고 안쪽에 있는 것을 '지게문[戶]'이라고 했다. 『문선文選』 주석에서는 "대문은 문이고 중문은 달이다[大門爲門, 中門爲闥]"고 했고, 『설문해자』에서는 "반쪽 문을 지게문이라고 한다[半門曰戶]"고 했으며, 『옥편玉篇』에서는 "문짝이 하나인 것을 지게문이라고 한다[一屝曰戶]"고 했다. 이런 여러 설들은 해석은 다르나 뜻은 같다.

대문에는 정해진 체제가 있지만, 지게문에는 그런 것이 없다. 오늘날의 원림에는 모두 대문이 있는데, 그것들은 옛날의 체제를 모방한 것이다. 원림 안쪽의 방롱상개房櫳廂个와 항구번혼巷廐藩溷에도 모두 이문耳門이 있으니, 기교가 섞였다는 비판을 면할 수 없다. 예를 들어서 원규圓圭와 육각六角, 팔각, 여의如意, 방승方勝, 일봉서一封書195) 같은 것들은 모두 옛날에 지게문이라고 부르던 것들이다.

곡척은 길이가 1자 4치 4푼이고, 팔자척은 길이가 8치이며 1치는 곡척의1치 8푼에 해당한다. 이것들은 모두 문척이라고 부르며, 길이 역시 고르게 되어 있다.

팔자는 재財, 병病, 이離, 의義, 관官, 겁劫, 해害, 본本이다.

곡척은 10푼을 1치로 삼으며, 각기 일백一白, 이흑二黑, 삼벽三碧, 사록四綠, 오황五黃, 육백六白, 칠적七赤, 팔백八白, 구자九紫, 십백十白196)으로

---

194) 대문을 만드는 요결要訣이라는 뜻이다.
195) 목판木版 인쇄된 책처럼 사각형 모양에 천정이 없는 건축물을 가리킨다.

구분되어 있다. 또 옛날에 문로門路를 만들 때에는 구천원녀척九天元女尺을 썼는데, 그 길이는 9치 남짓 된다.

장인이 쓰는 먹줄은 삼백구자三白九紫인데, 작업 규모가 크면 일시日時의 척촌尺寸을 써서 위로 하늘의 별자리에 맞게 하는데, 이것이 '압백법壓白法'이다.

25. 교량橋梁을 세우는 데에는 목교木橋 건축법이 있다. 폭과 길이, 교공橋孔[197]의 수에 따라 재료를 맞춰 다듬는다. 1자 반의 말뚝[椿木]은 흙 속에 묻히는 부분의 길이까지 2길 7자로서 일목일장一木一椿이다. 2자 관목管木은 길이가 1길 2자이고, 일목이근一木二根이다. 1자 6치의 다리 면[橋面]에 사용되는 능목楞木은 길이가 1길 5자이다. 말뚝을 고정시키고 관두릉목管頭楞木을 설치하는 데에는 팔륙촌배두정八六寸扒頭釘을 쓰는데, 그 무게와 양은 차이가 있다. 다리 면의 벽돌을 깔 때에는 폭과 길이에 따라 인조引條를 제외한 부분의 위치를 나누어 가로로 깔고 세로로 흙손 작업을 하는데, 이 경우 먼저 흙을 이용하여 평평하게 자리를 파며, 그 방법에는 차이가 있다.

달구질[盤硪打夯][198]과 탑각수搭脚手에 사용하는 삼[麻]의 양과 목수가 말뚝 끝을 깎아 참착관두塹鑿管頭를 만들고, 다리 면에 판자를 깔아 고정시키고, 관전關磚[199]을 깔고 인조引條를 만든 후, 난간을 설치하고, 간주間柱와 창주戧柱를 세우며, 기와장이[瓦匠]는 기와를 깔고 흙손 작업을 하며, 일기부凵記夬와 유칠장油漆匠은 칠을 하고[油飾] 관전關磚을 깔고 인조引條를 만든 후, 난간과 간주, 창주를 드러나도록 할 때에 쓰는 오동나무 기름[桐油]과 타승陀僧,[200] 정홍定紅의 양은 볶고[熬], 칠하고[油] 섞

---

196) '중화본'에는 '일백一白'으로 되어 있다.
197) 교량 아래쪽의 공동孔洞을 가리킨다.
198) '중화본'에는 이 부분의 원문이 "반아타판盤硪打瓣"으로 되어 있다.
199) '산동본'에는 이 부분에 대한 주석에서 '난전欄磚'이라고 해야 옳을 듯하다고 했다.
200) 연단鉛丹 가루를 가리킨다.

늰[打雜] 일에 따라 각기 차이가 있다. 과두안시裹頭雁翅 역시 길이와 폭에 따라 재료를 준비한다. 석아石硪201)와 도판跳板을 빌려서 쓰고 따로 사지 않는다. 이것이 목교를 만드는 법이다.

석교石橋 건축법：금문유신金門油身202)과 안시雁翅의 폭과 높이에 따라 재료의 치수를 계산하여 준비한다. 안시는 물 쪽을 향하며 꼭대기와 바닥이 길게 늘여져 아래에서 수정水頂과 수저水底로 나뉘는데, 돌로 높이 쌓는다. 안쪽의 길이는 각기 96길 4자이다. 바닥 돌底石 아래에는 매화장梅花樁을 깔아 고정시켜 바닥 돌을 안정시키는데, 1길에 말뚝[樁] 20단[段]을 쓴다. 1자 반의 나무는 일목삼장一木三樁의 방식으로 쓰며, 정면에 말뚝을 배열한다. 1자 4치의 나무는 일목이장一木二樁의 방식을 쓴다.

다리 면의 돌[面石]을 쌓을 때에는 1길에 유회油灰 2근을 쓰며, 안쪽 돌[裏石]의 경우에는 1길마다 석회 100근을 붓지만, 쌀 즙[米汁]의 양은 차이가 있다. 위로 져 나르는 데에는 1길마다 일꾼 2명이 필요하다. 이것이 석교 건축법이다.

석안石岸 건축법은 안시 건축법과 같다.

방죽[堤壩] 공사에서 제방을 쌓을 때에는 먼저 꼭대기와 바닥의 폭, 제방의 높이와 길이에 맞춰 사용할 흙의 양을 계산하고, 바닥의 폭은 물에 잠기는 부분의 길이로 수심水深을 나누어 계산한다. 폭에는 축관築寬과 방관幫寬이 있고, 높이에는 축고築高와 방고幫高가 있다. 방관과 방고는 '방축幫築'이라 하고, 방축 옆에 있는 것을 '방창幫戧', 평면을 높이는 것을 '보면普面', 수심이 깊을 경우 섶[柴]을 깔아 메우는 것[鋪墊]을 '이면방풍二面防風'이라고 하는데, 이것들은 방죽을 쌓기 위한 준비 작업에 해당한다. 섶은 묶음[束] 단위로 계산하는 것을 '정시正柴'라고 한다. 재료는 사용되는 흙의 양에 따라 묶음을 준비하는데, 반시부搬柴夫와 상시부廂柴夫가 하는 일은 다르다.

---

201) 돌이나 철로 만든 달구질[打夯] 도구를 가리킨다.
202) '중화본'에는 '금문유신金門由身'으로 되어 있다.

흙을 얻는 것은 길의 멀고 가까움에 따라 계산하는데, 이것을 '신토新
土'라고 부른다. 강을 건너 흙을 얻어 오거나 호수에서 파내서 배로 운
송하는 경우 모두 토방土方[203)에 방죽[壩] 쌓는 양을 더해 계산하며, 바
닥 면의 폭과 길이를 계산하고 중앙에 흙을 메워 넣는다. 방죽의 길이
가 수면보다 길면 1길마다 말뚝을 7개와 작은 나무[橛木] 하나, 노파蘆芭
둘, 밧줄[繂纜] 하나를 쓴다. 공사가 끝나면 흙을 치우는데, 그 일은 일기
부日記夫에게 맡긴다.

26. 조란장雕鑾匠의 일은 각량두角梁頭, 박봉두博縫頭, 순량액방고두順梁額
枋箍頭, 도첨량두桃尖梁頭, 화량두花梁頭, 각운角雲, 운공번초雲拱番草,204)
소선작체素線雀替, 각배角背, 조환條環, 타니아자拖泥牙子, 사계화四季花 문
잠門簪, 하엽타돈荷葉柁橔,205) 정병두淨瓶頭, 연판부용수주두蓮瓣芙蓉垂柱
頭,206) 연영連楹, 흘저영疙疸楹, 조주하엽렴가돈雕做荷葉簾架橔, 대소산화
결대大小山花結帶, 마엽량두麻葉梁頭, 군판만조기룡봉群板滿雕夔龍鳳, 박고
화훼博古花卉, 기여의선起如意線, 삼복운三伏雲, 소선향운판素線響雲板, 능
화매화안전菱花梅花眼錢,207) 기선호갱금퇴起線護坑琴腿,208) 권검번초운圈
臉番草雲, 혁선재안槅扇搔眼,209) 상비전象鼻拴, 영롱운판玲瓏雲板, 염롱판簾
櫳板,210) 비파주자琵琶柱子, 하엽荷葉, 호병아자壺瓶牙子, 지간하엽支杆荷葉,
채두판踩斗板, 복련두伏蓮頭, 연미燕尾, 절주병두구折柱幷斗口 등의 분야가
있으며, 작업 내용은 차이가 있다.

---

203) 흙을 파내거나 메우는 일, 운송하는 일은 작업량을 따질 때 대개 입방미터 단위로
　　하는데, 1㎥를 1토방이라고 한다.
204) '중화본'에는 '운雲'자가 빠져 있다.
205) '중화본'에는 '하엽침돈荷葉枕橔'으로 되어 있다.
206) '중화본'에는 '수주두垂柱頭'를 '수두주垂頭柱'로 표기해놓았다.
207) '중화본'에는 '안전眼錢'을 '전안錢眼'으로 표기해놓았다.
208) '중화본'에서는 '갱坑'을 '항炕'으로 표기해놓았다.
209) '중화본'에는 '안眼'자가 빠져 있다.
210) '중화본'에는 '연롱판連籠板'으로 되어 있다.

수마장水磨匠과 탕랍장燙蠟匠, 건마장乾磨匠은 조란장과 일을 바꿔 하기도 하는데, 이들에게는 모두 녹나무[楠木] 작업을 맡긴다. 대개 남목장凡楠木匠이 100명이면 안장장安裝匠 10명과 거장鋸匠 20명을 더해준다. 옛날 물건을 활용해 장식하는 일[做舊裝修]에는 별도로 재료를 준비하여 작업을 계획한다.

탕랍燙蠟의 재료는 황랍黃蠟과 좌초剉草, 백포白布, 흑탄黑炭, 복숭아씨[桃仁], 잣[松仁] 등의 차이가 있다.

이외에 포양장包鑲匠은 녹나무[楠]와 측백나무[柏], 자단목[紫檀], 해매海梅, 화리花梨, 철리鐵梨, 황양黃楊 등의 재료에 따라 구별되며, 목재는 치수를 재서 작업량을 계산한다.

선장鏇匠은 고심鼓心, 원주렴圓珠簾, 활자滑子, 정병淨瓶, 대수두大垂頭, 앙복련仰覆蓮, 서번련두西番蓮頭, 속요련주束腰連珠, 선아鏇牙, 조아粗牙 등의 일을 한다.

수마천색장水磨茜色匠은 상아象牙, 정병, 난간, 기둥[柱子], 요면영롱기룡서격凹面玲瓏夔龍書格, 아자牙子, 여의화별如意畵別 등의 일을 한다.

조장雕匠의 일에는 상비죽약란湘妃竹藥欄을 본떠 만드는 법과 남백목알주죽자식楠柏木挖做竹子式, 괘첨상판첩판원죽식挂簷上板貼半圓竹式 등이 있는데, 죽식竹式에는 여의운如意雲, 원광圓光, 연환투連環套, 만자권卍字圈211) 등의 명칭이 있다.

찬죽장攢竹匠은 껍질을 벗기고[刮黃], 마디를 깎아 다듬고[刮節], 불에 그을려 진액을 빼내고[去靑], 세밀히 다듬어 틀을 만드는[出細成斗]212) 일을 하는데, 장붓구멍[榫卯]을 만드는 것은 십삼합두十三合頭와 구합두九合頭, 오합두찬주五合頭攢做로 구분되며, 아교로 틈을 메워 붙인다.

정교장錠鉸匠은 정고랍차錠箍拉扯,213) 대철엽大鐵葉, 각량角梁, 유창由戧,

---

211) ‘중화본’에는 ‘만자단萬字團’으로 되어 있다.
212) ‘중화본’에는 ‘거방성개去網成開’라고 되어 있으나, 의미를 알 수 없다.
213) ‘중화본’에는 ‘철고랍차鐵箍拉扯’로 되어 있다.

보병장정寶瓶椿釘, 분정방량別錠枋梁, 구탑鉤搭, 쌍조곡수제소雙爪鈾頷提捎,[214] 정구挺鉤, 찬삼사촌정연안련첨鑽三四寸釘椽眼連簷, 박봉博縫, 산화山花, 과목過木, 연변목沿邊木, 갖가지 쇠로 동이는 일[諸鍋簽錠], 두과승이포앙취斗科升耳包昂嘴, 문엽정門葉錠, 문포정門泡釘, 문발門鈸, 문교門橋, 철엽鐵葉, 우점정雨點釘, 사엽梭葉, 사삽鑄鈒,[215] 쌍괴각엽雙拐角葉,[216] 쌍인자엽雙人字葉, 간엽看葉, 수면대앙월獸面帶仰月, 천년조千年釣, 수산복해壽山福海, 조조釘釣, 능화정菱花釘, 풍령風鈴, 문국吻鍋, 첨망簷網, 전엽剪葉, 천화정天花釘, 대소황미조大小黃米條, 동철사망銅鐵絲網, 괘망전완구掛網剪椀口 등의 일을 하는데, 치수에 따라 재료를 준비하며, 재료의 수에 따라 작업을 안배한다.

27. 유리전반고아영벽琉璃轉盤鼓兒影壁은 높이가 6자 3치 5푼이고 폭이 3자 6치이며, 기둥 2개와 간주間柱 2개, 말두抹頭 2개, 요장腰棖 2개, 협당여시판夾堂餘腮板과 사면조환군판四面條環群板 2개, 이구광裏口框 1개를 쓴다. 사말전반대광四抹轉盤大框은 높이가 3자 5치 7푼이고 폭은 2자 8치이다. 군판조환群板條環은 간주여시조환間柱餘腮條環과 조요면향초기룡雕凹面香草夔龍을 채용하는데, 양감鑲嵌, 소양素鑲, 병양幷鑲, 문통門桶으로 구별된다.

협층락당여의병식夾層落堂如意瓶式은 높이가 5자 2치이고 폭은 2자 3치인데, 두 면에 금 테두리를 붙이고 가운데 기룡단초夔龍團草 문양을 상감象嵌한 것이다. 여기에는 선말두扇抹頭와 추문혁선전간推門槅扇栓杆, 비파주자琵琶柱子, 난간, 기선조애엽起線雕艾葉, 정병두淨瓶頭, 연주속요連珠束腰, 4개의 서번련주두西番蓮柱頭, 탁니托泥, 지복地伏, 금지琴地,[217] 소

214) '중화본'에는 '쌍조곡금제소雙爪鈾領提捎'라고 되어 있다. '鈾'은 자전에 나오지 않는 글자이다.

215) '鑄'은 자전에 나오지 않는 글자이다. 아마도 '사鉛'자를 잘못 쓴 것인 듯하다.

216) '중화본'에는 '쌍탁괴각엽雙卓拐角葉'으로 되어 있다.

217) '중화본'에는 '금두琴頭'로 되어 있다.

자捎子, 척각踢脚, 은판隱板, 난간심欄干心, 상상필관란간床上筆管欄干이 모두 갖춰져 있다.

비조飛罩[218]를 만드는 법에는 낙지명落地明과 연삼비조連三飛罩, 연십오비조連十五飛罩, 단비조單飛罩 등이 있다.

벽사주주자碧紗廚柱子는 영벽影壁과 같은데, 혁심槅心에 비단의 끼워 넣는[夾紗] 방법을 쓴다. 이런 일들은 모두 녹나무를 다루는 목수에게 맡긴다.

28. 복료覆橑는 지금의 목정격木頂格[219]이다. 『몽계필담夢溪筆談』에는 이렇게 기록되어 있다.

옛날의 '조정藻井'은 바로 '기정綺井'이며, '복해覆海'라고도 하는데, 오늘날은 그것을 '팔두斗八'라고 부른다. 오吳 지역 사람들은 그것을 '시정罳頂'이라고 한다. 대개 뒤로는 '뒷담[坏]'에 이르고, 앞으로는 처마[簷]에 이르고, 좌우로는 양쪽 담장[圬]에 이르며, 위로는 군판群板과 합쳐지고, 아래에는 가로 세로 격자가 걸쳐 있고, 중앙은 가로세로 줄이 교차한 사각형이어서, 건물의 재료가 드러나지 않게 해준다. 목정혁木頂槅 주위에는 첩량貼梁과 변말邊抹, 격자창[槅子], 목조괘木釣掛, 일령륙공一檁六空이 있는데, 가로와 세로 양쪽 끝까지 진심과 면활에는 정해진 체제가 있다. 위에는 수초水草를 그리는데, 사람들 얘기로는 불을 억제하는 상서로운 문양[厭火祥]이라고 한다. 그 수초의 줄기는 모두 거꾸로 뒤집혀서 그려져 있고, 그 꽃은 아래쪽을 향해 반대로 피어 있는데, 옛날에는 그것을 '정한井榦'[220]이라고 했다.

---

218) '조罩'는 나무에 부조浮雕나 투조透雕의 기법으로 기하학적 도안이나 얽힌 동식물, 신화의 이야기 등을 조각한 것으로 실내의 공간을 나누면서 장식 효과를 내게 하는 것이다. 일반적으로 이것은 바닥에 세워 놓는 것이 많은데, '비조飛罩'는 천정에 매달아 놓는 것을 가리키는 듯하다.

219) 연천화軟天花의 뼈대로서 백탱산자白檯算子라고도 부른다. '연천화'는 대개 창틀 형식의 격자로 된 나무 틀을 실내의 적당한 높이에 못질하여 고정하고, 그 위에 종이를 바르는 것을 가리킨다.

220) '중화본'에는 '정알井斡'로 표기되어 있다.

古藻井卽綺井, 又曰覆海, 今謂之斗八, 吳人謂罳頂, 蓋後至坏, 前至簷, 左
右至兩垎, 上合群板, 下横經緯, 中如方罫, 所以使屋不呈材也. 木頂槅週圍有
貼梁, 邊抹, 檺子, 木釣掛, 一槅六空, 横直兩頭, 進深面闊有常制. 上畵水草,
說者謂厭火祥, 莖皆倒垂殖, 其華下向反披, 古謂井榦.

명나라 때의 천태야인天台野人이『존론存論』에서 "방 안에서 위를 향
해 누워 '조정'을 살펴보니, 옛날의 '정전법井田法'을 이해할 수 있었다
[仰臥室中觀藻井, 得古井田法]"고 한 것은 이것을 일컬은 것이다.

29. 구리 재료 준비하는 법 : 문정門釘은 구로九路와 칠로七路, 오로五路로
구분된다. 사삽수면鑔鈒獸面은 물건[件]마다 앙월仰月과 천년조千年釣를
지니고 있으며, 문삽門鈒에는 뉴두권자鈕頭圈子가 달려 있다. 포문엽包門
葉에는 정면에 사삽鑔鈒이 있다.

　　대망룡배면류운大蟒龍背面流雲 제작법 : 수산복해壽山福海와 구탑조조鉤
搭釘釣는 문혁門槅과 같은 방법으로 제작한다. 혁선槅扇에는 운룡사삽雲
龍鑔鈒과 쌍괴각엽雙拐角葉, 쌍인자엽雙人字葉, 간엽看葉 등의 방식이 있다.
간엽에는 구화뉴두권자鉤花鈕頭圈子가 달려 있으며, 운두사엽雲頭梭葉이
나 소사엽素梭葉의 경우에는 하나만 써야 한다. 그 외에 능화정菱花釘,
소포정小泡釘, 전각풍령殿角風鈴, 유리문琉璃吻,[221] 합각문合角吻, 유리수琉
璃獸, 팔양동와모八樣銅瓦帽, 대소황미조大小黃米條, 동사망銅絲網 같은 것
들은 사용하는 재료의 무게에 차이가 있다.

30. 양철조활亮鐵槽活[222] : 재료로는 대이문발大二門鈒, 운두과엽전환雲頭
裹葉栓環, 탑뉴搭鈕, 탑판운두榻板雲頭, 합선지창운두合扇支窗雲頭, 규화제

---

221) '중화본'에는 '류류문瑠琉吻'으로 표기되어 있다. '산동본'의 주석에 따르면 '용류문鎔
　　琉吻'으로 표기된 판본도 있다고 했다.
222) 쇠에 광택을 내는 기술을 가리키는 듯하다.

두제합선葵花齊頭諸合扇, 판문적사합선板門摘卸合扇, 장창자변합선牆窓仔邊合扇, 혁선병문함창아괴축아항楅扇屛門檻窓鵝拐軸鵝項, 벽사주아항碧紗廚鵝項, 함두해와전두檻斗海窩栓斗, 기변요면아항起邊凹面鵝項, 염가겹자簾架挿子, 회두구자回頭鉤子, 사과구자絲瓜鉤子, 서양구자西洋鉤子, 팔보환八寶環, 팔자운두엽八字雲頭葉, 지창운두支窓雲頭, 제두과엽齊頭裹葉, 유무루자有無樓子, 서양발랑西洋撥浪, 각종 정구소자挺鉤捎子, 각종 직자조변直子釣邊, 조조釘釣, 절첩조조折疊釘釣, 각종 구탑鉤搭, 과하구탑過河鉤搭, 원소자圓捎子, 사모소자紗帽捎子, 소황소자색자掃黃捎子索子, 대소모정大小冒釘, 단쌍발랑單雙撥浪, 각종 정구挺鉤, 학취정구鶴嘴挺鉤, 수산복해壽山福海, 인자면엽人字面葉, 대소포주엽자大小抱柱葉子, 만자식고卍字式箍, 쌍운두면엽雙雲頭面葉, 뉴두조패鈕頭釣牌, 운두각엽雲頭角葉, 대양겹판문권자大樣挿判門圈子, 일이삼촌권자一二三寸圈子, 오촌파권五寸靶圈 등을 사용하는데, 작업에 따라 가격을 계산하는 데에 차이가 있다.

31. 유칠장油漆匠의 삼마三麻, 이포二布, 칠회七灰, 조유糙油 점광유墊光油, 주홍유식朱紅油飾 방법은 모두 15가지 단계가 있으니, 대개 착회捉灰, 착마捉麻, 통회通灰, 통마通麻, 저포苧布, 통회, 통마, 저포, 통회, 중회中灰, 세회細灰, 발장회拔漿灰, 조유糙油, 점광유墊光油, 편광유遍光油의 15가지이다.

여기에 사용되는 재료로는 오동나무 기름[桐油]과 선마線麻, 모시 천[苧布], 홍토紅土, 남편홍토南片紅土, 은주銀朱, 향유香油의 양을 헤아려 섞는다. 그 다음으로 이마二麻, 일포一布, 칠회七灰, 조유糙油, 점광유墊光油, 주홍朱紅,223) 유식油飾으로 하는 방법이 있고, 또 그 다음으로 이마二麻, 오회五灰, 일마一麻, 사회四灰, 삼도회三道灰, 이도회二道灰의 방법으로 하는 것도 있다.

---

223) '중화본'에는 '주홍硃紅'으로 되어 있다. 이하 같음.

　　그 밖의 각종 유식油飾法은 주홍, 자주, 광화廣花의 여러 벽돌 색[磚色]과 정분定粉, 광화, 연자烟子, 대록大綠,224) 과피록瓜皮綠, 은주銀朱, 황단黃丹, 홍토紅土, 연자烟子, 정분定粉, 토분土粉, 정구정분전색靛球定粉磚色, 시황柿黃, 삼록三綠, 아황鵝黃, 송화록松花綠, 금황金黃, 미색米色, 행황杏黃, 향색香色, 월백月白 등의 색을 쓴다. 그 다음으로 유식홍색와료찬조유油飾紅色瓦料鑽糙油를 두 차례 칠하고,225) 만유滿油를 한 차례 하고, 천대청쇄교天大青刷膠, 시황유식柿黃油飾, 양청쇄교洋青刷膠, 화리목색花梨木色, 남목색楠木色, 연자쇄교烟子刷膠, 홍토쇄교紅土刷膠 등의 방법을 쓴다.

　　여기에 사용되는 재료는 연자烟子,226) 남연자南烟子, 광정화廣靛花, 정분定粉, 대록大綠, 삼록, 채황彩黃, 황단黃丹, 토분土粉, 정구靛球, 치자梔子, 홰나무 열매[槐子], 청분青粉, 도단淘丹, 토자土子, 수교水膠, 천대청天大青, 양청洋青, 소목蘇木, 흑반黑礬 등이 있다.

　　오동나무 기름에는 백회, 백면白麵, 토자, 타승陀僧, 황단黃丹, 백사白絲, 사면絲棉을 더한다. 유식능화油飾菱花에는 쇠꼬리[牛尾]를 더하는데, 기름을 끓이는 땔감은 별도의 기준에 따른다. 물을 긷고[挑水], 땔감을 쪼개고[劈柴], 불을 때고[燒火], 삼을 뽑고[捶麻], 벽돌가루[磚灰]를 체로 걸러 가는[篩碾] 일을 하는 일꾼들에게는 맡기는 작업에 차이가 있다.

　　두과斗科에는 회灰를 칠 때 기름을 쓰고, 두정타만지면전찬협생유頭停打滿地面磚鑽夾生油227)에는 옛날 재료를 쪼개 쓰는데, 이 경우에는 다른 방법을 쓴다. 대자리[竹席]와 갈대 자리[葦席], 쇄시황刷柿黃, 조백罩白에는 청홍흑유清紅黑油를 바르며, 분유粉油에 옥석가루[玉石砂子]를 뿌린다. 또 고려지高麗紙에 풀을 듬뿍 칠해 탕랍전燙蠟磚과 금사전金砂磚에 바르고, 창호지에 기름을 뿜는 경우에도 같은 재료를 쓴다.

---

224) ‘중화본’에는 ‘록綠’을 ‘록碌’으로 표기했다. 이하 같음.
225) ‘중화본’에는 ‘두 차례 칠한다’는 내용이 빠져 있다.
226) 기름을 태울 때 생기는 그을음을 가리킨다.
227) 정확히 무슨 의미인지 알 수 없다.

32. 그림 그리기[畵作]는 먹과 금물[金]을 위주로 하고, 여러 색으로 보완한다. 그 다음에 지장地仗, 방심方心, 선로線路, 차구岔口, 고두箍頭의 여러 가지를 따진다.

먹은 금탁金琢, 연탁烟琢, 세어오묵細雅五墨에 쓰이고, 금물은 크고 작은 점을 찍는 데에 쓰인다. 지장과 방심에는 금가루와 각종 문양으로 만들어 쓴다. 선로와 차구, 고두에는 금을 붙이고 각종 채색을 칠하는데, 그 화식花式에 따라 맞춘다.

화식은 소식채화蘇式彩畵를 으뜸으로 친다. 소식에는 취금聚錦, 화금花錦, 박고博古, 운추목雲秋木, 수산복해壽山福海, 오복경수五福慶壽, 복여동해福如東海, 금상첨화錦上添花, 백복류운百蝠流雲, 연년여의年年如意, 복연선경福緣善慶, 복록면면福祿綿綿, 군산봉수群仙捧壽, 초화방심花草芳心,[228] 춘휘명미春輝明媚,[229] 지탑금복地搭錦袱, 해만천화취회海墁天花聚會 등의 방식이 있다.

그 나머지는 서번초西番草, 삼보주三寶珠, 삼퇴훈三退暈, 석년옥石碾玉, 유운백학流雲仙鶴,[230] 해만포도海墁葡萄, 빙렬매冰裂梅, 백접매百蝶梅, 기룡송금夔龍宋錦, 화의금畵意錦, 타선화훼垛鮮花卉, 유운비복流雲飛蝠, 복자사필초袱子喳筆草, 납목문拉木紋, 수자단壽字團, 고색리호古色螭虎, 활합자活盒子, 노병삼색爐瓶三色, 세세청歲歲靑, 병령지瓶靈芝, 다화단茶花團, 보석초寶石草, 황금룡黃金龍, 정면룡正面龍, 승강룡升降龍,[231] 원광圓光, 육자진언六字眞言,[232] 운학雲鶴, 보선寶仙, 금련수초金蓮水草, 천화天花, 선화鮮花, 용안龍眼, 보주寶珠, 금정옥란간金井玉欄干, 만자卍字, 치자꽃, 십판련화十瓣蓮花, 감꽃, 능저菱杵, 보상화寶相花,[233] 금선면金扇面, 강양해수江洋海水 등

---

228) '중화본'에는 '초화방심花草方心'으로 되어 있다.
229) '중화본'에는 '춘광명미春光明媚'라고 되어 있다.
230) '중화본'에는 '유운선학流雲仙鶴'으로 되어 있다.
231) '중화본'에는 '승택룡升澤龍'으로 되어 있다.
232) '중화본'에는 '육자정언六字正言'으로 되어 있다.
233) '중화본'에는 '보상화寶祥花'로 되어 있다.

의 방식이 있다.

다만 첨금오조룡貼金五爪龍은 친왕親王들만이 사용하며, 그 경우에도 용의 머리를 조각하는 것은 허락되지 않는다. 그보다 한 등급 낮은 신분에서는 금채사조룡金彩四爪龍을 사용하며, 패륵貝勒과 패자貝子 이하는 각종 화초 무늬를 붙인다. 평민들에게는 금으로 무늬 장식을 붙이는 것이 허용되지 않는다.

여기에 사용되는 재료는 수교水膠, 광교廣膠, 백반, 오동나무 기름, 백면, 토자면土子面, 하포夏布, 저포苧布, 백사白絲, 사면絲棉, 산서견山西絹, 조뇌潮腦, 타승, 쇠꼬리, 향유香油, 백전유白煎油, 첩금유貼金油, 벽돌가루[磚灰], 목명木明, 달걀, 송향松香, 붕사硼砂, 산매酸梅, 치자, 황단, 토황土黃, 유황油黃, 등황藤黃,234) 자석赭石, 웅황雄黃, 석황石黃, 황활석黃滑石, 채황彩黃, 광정화廣靛花, 청분青粉, 역청瀝青, 매화청梅花青, 남매화청南梅花青, 천대이청天大二青, 건대록乾大綠, 석대이삼록石大二三綠, 정대록淨大綠, 과파록鍋巴綠, 송화석록松花石綠, 주사朱砂, 홍표주紅標朱, 황표주黃標朱, 천이주川二朱, 은주편銀朱片,235) 홍토紅土, 소목蘇木, 연지, 홍화紅花, 향묵, 연자, 남연자, 토분土粉, 정분定粉, 수은, 광명칠光明漆, 점생칠點生漆, 생숙흑칠生熟黑漆, 서생칠西生漆, 황암생칠黃巖生漆,236) 퇴광칠退光漆, 농조칠籠罩漆, 칠주漆朱, 연사퇴광칠連四退光漆, 혈칠血漆, 그리고 사각형[見方]의 홍황금紅黃金, 어자금魚子金, 홍황니금紅黃泥金 등이 있다.

33. 『당륙전唐六典』에 언급된 장황장裝潢匠은 오늘날의 '표작裱作'이고, '격정천화隔井天花'와 '해만천화海墁天花'는 오늘날의 '표배정혁裱背頂槅'이다. 장황 작업은 협당夾堂을 대고, 표면층을 표구하고, 두층頭層 바닥에 풀칠을 하는 것이다.

---

234) '중화본'에는 '등황䕥黃'으로 되어 있다.
235) '중화본'에는 이상의 '주朱'자가 모두 '주硃'로 표기되어 있다.
236) '중화본'에는 '황엄생칠黃嚴生漆'로 되어 있다.

정교장錠鉸匠은 틀을 눌러 고정시키고[壓錠], 장황 종이[裱紙]를 대고,
수숫대[秫稭]를 묶고, 시렁[架子]을 매는 일을 하고, 다음으로 들보와 기
둥에 장식을 붙이고, 목벽木壁과 판장板牆, 혁선槅扇을 장식한다.

종이에는 면방지棉榜紙와, 두호頭號, 2호, 3호의 고려지高麗紙, 서양종
이[西紙], 산서견山西絹, 방백란方白欄과 이백란二百欄,[237] 죽료련사竹料連
四,[238] 청수지清水紙, 연사모변連四毛邊, 연사초지連四抄紙, 백지錦紙, 납화
지蠟花紙, 정문지呈文紙, 관청지官青紙,[239] 서청지西青紙, 조청지皂青紙, 방
고지方稿紙, 표료지裱料紙, 은전지銀箋紙, 납화지蠟花紙, 궁전지宮箋紙, 구홍
지氍紅紙, 주사전朱砂箋, 소청지小青紙, 왜자지倭子紙, 경문지京文紙, 상피지
桑皮紙 등이 있다.

여기에 사용되는 재료로는 백면白麵, 백반, 저포, 수숫대, 우점정雨點
釘, 선마線麻, 모지耗紙, 포양包鑲, 출선出線, 선화鏇花, 대화對花, 압조壓條
등이 있는데, 작업 방식에는 차이가 있다.

사견릉금화편紗絹綾錦畫片은 치수에 따라 재료를 준비하는데, 이것이
이른바 "섬세하고 아름답게 장식하고 수를 엮어 넣으며, 울긋불긋 무늬
를 만드는 것[釆飾纖縟, 裹以藻繡, 文以朱綠]"이다. 근래에는 대껍질[竹篾]로
천정 덮개[頂篷]를 만드는데, 이것은 민간에서 유래된 방식일 뿐이다.

34. 화가花架의 종류는 '일면가一面架'와 '협당가夾堂架'으로 나뉘고, '방
괘식方罫式'과 '상안식象眼式'이 있는데, 대개 꽃과 나무를 둘러싸 보호
하는 데에 쓰인다. 원림마다 모두 그것이 있는데 다양한 종류의 보상寶
相과 장미薔薇, 월계月季 따위를 '화가'라고 부른다.

'화가'는 치수에 따라 작업을 계산하는데, 여기에 사용되는 재료로는
삼나무, 버드나무 가지, 훈죽간薰竹竿, 황죽간黃竹竿, 가시나무[荊笆], 주죽

---

237) '중화본'에는 '면방백棉方白, 이방란二方欄'으로 되어 있다.
238) '중화본'에는 '죽지竹紙, 요련사料連四'로 되어 있다.
239) '중화본'에는 '궁청宮青'으로 되어 있다.

편篇竹片, 화죽편花竹片, 종려나무 잎으로 엮은 밧줄[椶繩]이 있다.

꽃나무의 가치는 정해진 규칙이 있으며, 정해진 기간 동안 보증한다. 3년 동안 보증하는 것으로는 천송千松, 소마미송小馬尾松,[240] 대소자송大小刺松, 나한송羅漢松, 작은 측백나무[小柏樹], 청양靑楊, 수류垂柳, 관음류觀音柳, 산천류山川柳, 감나무, 밤나무, 복숭아나무, 대추나무, 뽕나무, 오동나무, 호두나무[楸樹],[241] 홰나무, 홍백紅白의 앵두나무, 접목한 단 대추나무[接甛棗樹], 사과나무, 빈랑나무, 살구나무, 천엽리千葉李, 능금나무[沙果子樹], 사라수莎羅樹, 큰 석류나무, 작은 은행나무[小白果樹], 배나무, 홍리화紅梨花, 옥리화玉梨花, 금당리錦堂梨, 붉은 배[香水梨], 조팝나무[珍珠花], 산리홍山裏紅, 자정향紫丁香, 백정향白丁香, 홍정향紅丁香, 홍백정향紅白丁香, 백일홍, 밭배나무[棠棣花],[242] 너도 모과나무[文官果],[243] 소귀나무[山桃], 백벽도白碧桃, 홍벽도紅碧桃, 복사꽃[波斯桃], 분벽도粉碧桃, 원앙도鴛鴦桃, 천엽행千葉杏, 크고 작은 산 살구[山杏], 접목한 살구나무, 큰 장미, 자귀나무[馬纓花],[244] 난지화蘭枝花, 백매화白梅花, 홍매화紅梅花, 황자매화黃刺梅花, 불매화佛梅花, 탐춘화探春花,[245] 홍황수대등화紅黃壽帶藤花, 자형화紫荊花, 명개야합화明開夜合花,[246] 십자매十姊妹,[247] 담쟁이덩굴[爬山虎],[248] 머루[山葡萄], 파초芭蕉, 철경해당鐵梗海棠,[249] 주사해당朱砂海棠, 수사해당

---

240) '마미송馬尾松'은 학명이 Pinus massoniana Lamb인 상록교목常綠喬木이며, 우리나라에서는 흔히 '산 잣나무'라고 부른다.

241) '중화본'에는 '추수秋樹'로 되어 있다.

242) '중화본'에는 '체당화棣棠花'로 되어 있다.

243) '중화본'에는 '문궁과文宮果'로 되어 있다.

244) '중화본'에는 '미영화馬苪花'라고 되어 있다.

245) '중화본'에는 '채춘화採春花'라고 되어 있다.

246) 자귀나무[合歡樹]를 야합수夜合樹라고도 하는데, '명개야합화'는 이것과는 달리 야생화의 일종인 듯하다.

247) '칠자매七姊妹' 또는 '자매화姊妹花'라고도 부르는 장미과薔薇科 식물이다. 낙엽관목落葉灌木으로서 줄기가 가늘고 덩굴이 지며, 빗[梳] 모양으로 갈라진 탁엽托葉 아래에 가시가 있다. 5월에서 7월 사이에 진분홍색 꽃을 피운다.

248) '중화본'에는 '배산호扒山虎'라고 표기되어 있다.

249) 학명은 Chaenomeces Iagenarps Koidz이고, '철각해당鐵脚海棠' 또는 '철각해당鐵角海棠이

垂絲海棠,250) 용조괴龍爪槐花,251) 백옥란화白玉蘭花,252) 산딸기[菠子],253) 장
춘화長春花,254) 금은화金銀花,255) 사백작약沙白芍藥, 양비작약楊妃芍藥, 분
홍작약粉紅芍藥, 천엽련작약千葉蓮芍藥, 대홍작약大紅芍藥, 파인애플[菠
利]256) 등이 있다. 2년 동안 보증하는 것으로는 서부해당西府海棠257)이
있다. 1년 이상 보증하지 않는 것으로는 큰 측백나무, 큰 나한송羅漢
松,258) 두호頭號와 2호 마미송馬尾松, 큰 은행나무[大白果樹], 작은 산리홍
[小山裏紅], 작은 장미, 개암나무[榛子果], 구율자歐栗子259) 등이다.

경사京師에서는 수레 단위로 계산하는데, 성 안에서는 수레 한 대당 2
전錢을 쳐주고, 성 밖으로 10리 이내로 나갈 때에는 1전을 더 준다. 10

라고도 부르는 장미과薔薇科 모과속木瓜屬의 낙엽총생관목落葉叢灌木이다. 대개 3월에서
4월 사이에 피는 꽃은 주로 주홍색이 많으며, 변종으로 흰색도 있다. 황색 또는 황록
색의 계란형 과실이 달린다. '중화본'에는 '첩근해당貼根海棠'으로 표기되어 있다.
250) 학명은 Malus hal liana이고, '해어화解語花' 또는 '금대화錦帶花'라고도 불리는 장미과
사과속의 꽃나무이다. 나무는 큰 것이 8m에 이르고, 4월에서 5얼 사이에 꽃을 피운다.
꽃은 5개에서 7개가 무리 지어 피는데, 처음엔 붉은 색이었다가 점점 분홍색으로 변하
며, 겹꽃이 많다.
251) 학명은 Sophora pendula이고, '반괴盤槐' 또는 '녹괴綠槐', '반괴蟠槐'라고도 불리는 낙엽
교목落葉喬木이다. 이 나무는 가지가 부드럽게 아래로 드리워 있어서 나무 윗부분이 우
산을 쓴 듯한 모양이며, 쟁반 모양을 이루고 있는 가지들은 상부가 용이 웅크린 것처
럼 비틀려 있다. '중화본'에는 '용조화龍爪花'로 표기되어 있다.
252) 학명은 Michelia alba이고, 아시아 열대가 원산지인 낙엽교목이다. 나무는 높이가
25m, 둘레가 2m까지 자라며, 하얀 꽃을 피운다. 꽃의 생김새는 우리나라에서 자주 보
는 백목란白木蘭과 거의 같다. '중화본'에는 '백옥당화白玉棠花'라고 되어 있다.
253) 산딸기山莓의 별명이다.
254) 학명은 Catharanthus roseus이고, '안래홍雁來紅', '일일신日日新', '사시춘四時春', '인면
도화人面桃花' 등의 별명으로도 통하는 다년생 식물이다. 그 꽃은 금잔화와 비슷하다.
255) 학명은 Lonicera Japonica Thunb이고, '쌍화雙花', '이보화二寶花', '인동화忍冬花' 등으로
도 불리는 상록常綠의 반관목半灌木이다.
256) '봉리鳳梨'라고도 한다. '중화본'에는 '파리波利'로 되어 있다.
257) 라틴어 학명은 Malus spectabilis var.riversii이며, '해홍海紅', '자모해당子母海棠', '소과해
당小果海棠'이라고도 불린다. 장미과 사과속에 속하는 낙엽관목落葉灌木으로, 나무 높이
는 3~5m이고 갈색의 껍질은 매끈하다. 3월에서 4월 무렵에 연분홍 겹꽃이 핀다.
258) '나한삼羅漢杉'이라고도 불리는 상록교목常綠喬木이다.
259) 앵두처럼 작으면서 달고 시큼한 맛이 나는 열매가 달리는, 키가 작은 나무이다. '중
화본'에는 '구자과歐子果'라고 표기되어 있다.

리 바깥으로 나갈 경우는 1리에 2푼[分]씩을 더해준다. 인부들이 져서 운반할 때에는 사람 수에 따라 공임工賃을 준다.

호숫가의 나무들은 대부분 보성堡城에서 가져온 것들인데, 그곳에는 물길도 없고 배도 없기 때문에 그냥 사람 수에 따라 공임을 주는 것이 관례로 되어 있다.

35. 편액[匾]에는 '용두편龍頭匾'과 '소선편素線匾'이 있다. 사방에 가장자리 테[邊抹]를 두르고, 중앙에 심자판心字板을 박아 넣는다. 가장자리 테에 '삼채과교三採過橋'와 유운공신송룡流雲拱身宋龍을 조각하되 깊이를 3치까지 하는 것을 '용편龍匾'이라고 부른다. 소선편이라는 것은 '두자편斗字匾'을 가리킨다. 용편은 황제가 하사한 글을 모시는데 사용하며, 여러 원림들의 두자편은 대개 정자나 누대[臺], 서재[齋], 누각[閣]의 이름을 쓰는 데에 사용한다.

36. 청사廳事는 '전각[殿]'과 같다. 한漢나라 때와 진晉나라 때에는 '청聽'이라고 불렀는데, 육조시대에 '엄厂'을 더하여 '廳'이 되었다. 육유陸游의 『노학암필기老學庵筆記』에서는 다음과 같이 기록하고 있다.

> '노침路寢'은 오늘날의 '정청正廳'이다. 관료의 청사에는 시렁을 얹은 곳[廠]이 많아서, 지금은 '창청廠廳'이라고 부른다.
> 路寢, 今之正廳, 治官處之廳多廠, 今謂廠廳.

『영광부靈光賦』260)에는 '3칸 2표三間兩表'라는 말이 있는데, 이것은 바로 오늘날 대청[廳] 가운데 4개의 비첨[榮]261)이 있는 것을 가리킨다. 5칸의 경우는 양쪽 끝 사이에 혁사槅子나 비조飛罩를 설치한 것으로, 오늘

---

260) 『침구대전針灸大全』에 들어 있는 7언의 노래로서, 작자는 알 수 없다.
261) '영榮'은 처마 양쪽 끝에 날개처럼 올라간 부분 즉 '비첨飛簷'을 가리킨다.

날에는 ‘명삼암오明三暗五’라고 부른다. 송배당宋排當262)이 ‘3칸 오가三間五架’라고 한 것이나 도종의陶宗儀263)의 『철경록輟耕錄』에서 ‘3칸 2협三間兩夾’이라고 한 것들이 모두 이것이다.

호수 주위의 청사에 적힌 명칭은 여러 가지가 있다. 그 가운데 하나는 ‘복자청福字廳’이라고 하는데, 우리 청나라 때의 설날에 기념 조회를 열 때 왕공王公 이하 3품 경당관京堂官264)까지는 관례적으로 황제로부터 ‘복福’자를 하사 받았는데, 그들은 각기 그 글자를 편액에 장식하여 중당中堂에 모셔둠으로써 대대로 영광으로 여겼다.

건륭제께서 강남 지역을 순시할 때에는 여러 상공인商工人들에게 모두 ‘복’자를 상으로 내렸다. 예를 들어서 신미辛未년(1751)에는 돌에 새긴 「좌추시坐秋詩」나 「수희부水嬉賦」와 같은 상을 내렸다. 상공인들은 그것들을 용편에 공손하게 장식하고 심자판에 베껴 서서 원림의 청사 가운데 아직 이름이 붙여지지 않은 곳을 골라 그것을 걸어놓고 ‘복자청福字

---

262) 문맥으로 보아 ‘배당排當’은 어느 인물의 자호字號인 듯하나 확실하지 않다. 한편, 송나라 때에는 관료들과 민간에서 손님들을 불러 모아 공연을 보여주며 술과 음식을 대접하던 풍속을 ‘배당排當’이라고 불렀는데, 어쩌면 그 일에 대한 어떤 기록을 가리키는 것일 수도 있겠다.

263) 도종의陶宗儀(1329~1412?)는 자가 구성九成이고 호는 남촌南村이며, 절강 황암黃岩(지금의 칭타오향淸陶鄉) 사람이다. 그는 1348년에 진사 시험에 응시했으나 낙제하고, 8월에 방국진方國珍이 반란을 일으키자 고향을 떠나 송강도松江都 조운량만호漕運粮萬戶 비웅費雄의 데릴사위가 되었다가, 아내 비원진費元珍과 함께 사수泗水과 경수涇水 근처의 남촌南村에 초가를 지어 놓고 학생들을 가르치며 살았다. 1366년에 완성한 『철경록輟耕錄』 30권은 원나라 때의 전장제도典章制度와 예술가 및 문인들의 일화, 희곡, 시사詩詞, 풍속, 농민반란 등을 모아 엮은 것이다. 중년 이후로는 시 창작에 전념했고, 명나라가 들어서서 홍무제洪武帝로부터 부름을 받았으나 사절했다. 기타 주요 저작으로 『서사회요書史會要』, 『설부說郛』, 『남촌시집南村詩集』, 『사서비유四書備遺』, 『고당류원古唐類苑』, 『초망사승草莽私乘』, 『유지속편游志續編』, 『고각총초古刻叢鈔』, 『원씨액정기元氏掖庭記』, 『금단밀어金丹密語』, 창랑도가滄浪棹歌, 『국풍존경國風尊經』, 『순화첩고淳化帖考』 등이 있다.

264) ‘경당京堂’은 청나라 때의 일부 고급 관료를 통칭하는 말이다. 예를 들어서 도찰원都察院과 통정사通政司, 첨사부詹事府, 국자감, 대리시大理寺, 태상시太常寺, 태복시太僕寺, 광록시光祿寺, 홍려시鴻臚寺 등의 장관을 아울러 ‘경당’이라고 불렀다. 관청의 문서에서는 대개 이들을 ‘경경京卿’이라고 불렀는데, 일반적으로 3품 내지 4품 관료이다. 그러나 이 호칭은 청나라 중엽 이후로는 일종의 허함虛銜이 되었다.

廳’이라고 불렀다. 만약 모든 청사에 이미 이름이 붙여진 상태라면 새롭게 청사를 짓거나 옛 편액을 떼어내고 ‘복’자 편액으로 바꾸었다. 예를 들어서 야춘시사冶春詩社의 추사산방秋思山房과 ‘하포훈풍荷浦薰風’의 청화당淸華堂 등은 모두 오늘날의 복자청에 해당한다.

그 다음으로는 대청大廳과 이청二廳, 조청照廳, 동청東廳, 서청西廳, 퇴청退廳, 여청女廳 등이 있다. 또 ‘자字’자로 이름을 붙인 것으로는 ‘일자청一字廳, 공자청工字廳, 지자청之字廳, 정자청丁字廳, 십자청十字廳 등이 있고, 나무로 이름을 붙인 것으로는 남목청楠木廳, 백목청柏木廳, 사라청杪欏廳, 수마청水磨廳 등이 있다. 그리고 꽃으로 이름을 붙인 것으로는 매화청梅花廳, 하화청荷花廳, 계화청桂花廳, 목단청牡丹廳, 작약청芍藥廳 등이 있다. 옥란玉蘭으로 방의 명칭을 붙이고, 등꽃[藤花]으로 정자[榭]의 이름을 붙이는 경우에도 각기 그런 방식을 따른다.

육면기판六面庋板을 얹은 것은 ‘판청板廳’이라 하고, 사면에 창을 내지 않은 것은 ‘양청凉廳’, 네 개의 청사가 둘러서 합쳐진 것을 ‘사면청四面廳’이라고 한다. 또 들어가는 통로가 연결되어 있다면 그 연결된 청사의 수에 따라 ‘연이청連二廳’과 ‘연삼청連三廳’, ‘연사청連四廳’, ‘연오청連五廳’이 된다. 기둥과 들보의 단면이 사각형인 경우는 ‘방청方廳’이라 하고, 금주金柱가 없는 경우도 ‘방청’이라고 한다. 사면에 낭자비연찬각廊子飛椽攢角을 붙여놓은 것은 ‘호접청蝴蝶廳’, 십일름도산창방포하법十一檁桃山倉房抱厦法을 본떠 만든 것은 ‘포하청抱厦廳’, 나무를 엮어 처마와 용마루를 만든 것은 ‘권청卷廳’, 두 개의 권청을 연이어 놓은 것은 ‘양권청兩卷廳’, 세 개를 연이어 놓은 것은 ‘삼권청三卷廳’이라고 한다. 2층의 위 아래에 중앙의 기둥[中柱]이 없는 것은 각기 ‘누상청樓上廳’과 ‘누하청樓下廳’이라 하고, 후첨後簷을 통해 안쪽으로 도리[架]를 얹어 놓은 것을 ‘도좌청倒坐廳’이라고 한다.

37. 정침正寢을 일컬어 ‘당堂’이라 하고, 당오堂奧를 일컬어 ‘실室’이라고

한다. 옛날에 "1방 2내一房二內"라고 칭하던 것은 바로 오늘날 2개의 거실[住房]과 1개의 안방[堂屋]이 있는 것을 가리킨다. 오늘날의 안방을 옛날에는 '방房'이라고 불렀고, 오늘날의 방을 옛날에는 '내內'라고 불렀다. 호수 주위의 원림과 정자에는 모두 그것들을 갖춰놓고 있어서 나들이 나온 사람들이 쉬는 곳[退處]으로 쓰인다.

청사에는 중앙 기둥이 없지만 거실[住室]에는 중앙 기둥이 있는데, 대부분 3개[楹]이다. 기둥이 5개인 경우에는 동서 양쪽 끝부분의 기둥을 방 안에 숨겨놓는다, 이것을 '투방套房'이라고 하는데, 바로 옛날의 밀실密室이나 복실複室, 연방連房, 규방閨房 따위가 여기에 해당한다. 또 바위에 굴을 뚫어 방[室]을 만들고 은밀히 가산假山의 정자와 통하도록 만든 것을 '동방洞房'이라고 한다. 원림 마다 이런 방이 많이 있는데 강씨江氏의 봉호영蓬壺影과 서씨徐氏의 수죽거水竹居가 가장 유명하다. 또 지금은 건물[屋]의 사방으로 둘러진 것을 사합두四合頭라고 하고, 낙숫물 떨어지는 처마[霤]를 마주보게 하고 삼면의 지붕[廡]이 이어진 것을 삼간량상三間兩廂, 지붕이 연결되지 않은 것을 노인두老人頭라고 부른다. 대개 이런 것들에는 또 자사子舍, 병사丙舍, 사주옥四柱屋, 양배회兩徘徊, 양하옥兩厦屋, 동서류東西霤 따위가 있다. 그 가운데 두 면의 지붕이 연결된 것을 곡척방曲尺房이라고 한다.

38. 중앙 건물[正構]은 모두 '전각[閣]'이라 하고, 곁에 딸린 건물[旁構]에는 '각도閣道'를 만든다. 각도 가운데 비연찬각飛椽攢角을 덧붙인 것을 '비각飛閣'이라 하고, 지붕이 없이 노출된 곳은 '비도飛道', 노출된 곳에 계단이 있으면 '등도磴道'가 되며, 등도 가운데 구불구불 돌아가는 것은 '보돈步頓'265)이 되는데, 이것들은 모두 전각에 필요한 체제들이다.

호수 주변의 전각들 가운데는 금경각錦鏡閣이 최고로 꼽히며, 각도는

---

265) '중화본'에는 이 부분이 '빈돈頻頓'으로 되어 있다.

소원筱園의 것의 최고로 꼽힌다. 그리고 비각과 비도, 등도, 보돈은 동원東園의 것을 최고로 꼽는다.

39. 양쪽에 흙을 쌓아 올려 대臺를 만들어 바깥 경치를 멀리 조망할 수 있는 것을 '양사陽榭'라고 하는데, 지금은 '월대月臺' 또는 '쇄대晒臺'라고 부른다. 『진주晉塵』266)에는 이렇게 기록되어 있다.

> 높은 곳에 올라 멀리까지 마음껏 둘러보려면 대臺가 필요하다. 산과 벼랑에 기대어 대나무 꼭대기와 나무 끝에 나란하도록 지어진 대에 오르면 비로소 천리를 두루 살펴보는 눈요기를 마음껏 즐길 수 있다.
> 登臨恣望, 縱目披襟, 臺不可少. 依山倚巘, 竹頂木末, 方快千里之目.

호수 주위의 희춘대는 강남 지역의 대 가운데 제일 걸작으로 꼽힌다.

40. 누대[樓]와 전각[閣]은 큰 차이가 없이 비슷하다. 층계를 놓아 오르는 방식은 황제黃帝가 처음 만들었다고 하는데, 오늘날은 구불구불한 층계와 돌 비탈이 아주 그윽하고 깊은 숲에 덮여 있어서 불을 들고 가지 않으면 오를 수 없을 정도이다. 이것을 일컬어 '나사전螺螄轉'이라고 한다. 경사북경의 백림사柏林寺에 있는 대비각大悲閣은 높기로 유명하다. 호수 주위에 있는 평루平樓도 3층의 층계를 만들어 그것을 모방했다. 높다란 건물의 앞쪽을 높이 올려 정자[榭]를 만들고, 누대의 기울어진 부분에 지붕을 얹은 것은 바로 '금천화서錦泉花嶼'에 있는 등화사藤花榭 같은 정자이다.

41. 여행자들이 묵어가거나 모이는 집[館]을 '정자[亭]'라고 한다. 중옥重

---

266) 명나라 때의 쌍청자雙淸子가 편찬한 책이다. 이것은 명나라 때의 민경현閔景賢이 편찬한 『쾌서快書』 50권에 수록된 것인데, 역자도 아직 내용은 확인해보지 못했다.

屋에는 층계가 없고 높은 틀[檻]이 사방을 두르고 있으니, 계정溪亭과 하정河亭, 산정山亭, 석정石亭 따위가 그러하다. 그 형식은 사각형과 육각형, 팔각형, 십자척十字脊, 그리고 방승원정方勝圓頂 등이 있다. 정자의 체제는 『금오퇴식필기金鰲退食筆記』267)에서 구량십팔주九梁十八柱 형식을 천하제일로 꼽았다. 호수 주위에도 많은 정자가 있는데, 모두 보기 좋다고 칭송을 받는다.

42. 옛날에는 장식과 체제가 고르게 완비되었는데, 그렇지 않은 것을 '재齋'라고 불렀다. 황상黃岡에는 돌에 새겨진 소식蘇軾의 글씨가 한 첩帖 있는데, 거기에는 "사무사재思無邪齋"라고 적혀 있다. 『진주晉塵』에는 이렇게 기록되어 있다.

> '재齋'는 마땅히 크고 우아해야 한다. 창과 격자는 환히 트여 있어야 하고, 뜰과 꽃밭은 천신淸新하고 그윽해야 한다. 문에는 수레바퀴 자국이 없어야 하고, 오솔길에는 꽃과 새들이 어우러져야 한다.
>
> 齋宜大雅, 窗櫺朗明, 庭苑淸幽, 門無輪蹄, 徑有花鳥.

43. '부부浮桴'268)는 안쪽에 있고, '허첨虛簷'269)은 바깥에 있다. 양마陽馬270)는 밖으로 끌어내고, 허리띠를 조여 맨 것처럼 난간을 만든 것을 '행랑[廊]'이라고 한다. 판板 위에 추전甃磚을 쌓은 것을 '향랑響廊', 주변 지형에 따라 구불구불 꺾어지는 것을 '유랑遊廊', 꺾어질수록 구불구불해지는 것을 '곡랑曲廊', 굽은 부분이 없는 것을 '수랑修廊', 서로 마주보

---

267) 이에 대해서는 『양주화방록』 권13 「교서록橋西錄 · 22」의 주석을 참조할 것.
268) 원래는 뗏목[筏] 또는 배를 타고 바다를 항해하는 것을 가리키는 말이지만, 여기서는 뗏목처럼 떠 있는 회랑을 가리킨다.
269) '공중에 걸쳐져 있는 처마'라는 뜻이다.
270) 건물 네 귀퉁이에서 처마를 받치는 긴 도리[桁條]를 가리킨다. 그 꼭대기에 말의 모양을 조각하여 장식한 것이 있기 때문에 이런 명칭이 생겨났다.

는 것을 '대랑對廊', 양쪽으로 통해 서로 왕래할 수 있는 것을 '주랑走廊', 안에서 서성거리는 사람들을 수용할 수 있는 것을 '보랑步廊', 대숲으로 들어간 것을 '죽랑竹廊', 물 근처에 있는 것을 '수랑水廊'이라고 부른다. 꽃 사이에 우연히 몇 개의 끝이 삐져나오고, 연못 북쪽으로 가끔 하나의 모퉁이가 지나가며, 어떤 때는 높은 벼랑에 기대어 있게 하기 위해 위함危檻을 만든다. 어떤 때는 홍판紅板을 깔아 밟고 지나며 그 아래로 배가 지나다니는데, 누대와 정자들 사이를 멀리까지 번갈아 다니며 쉽게 둘러볼 수 있다.

　행랑에는 난간이 있는 것을 중시한다. 행랑에 있는 난간은 미녀가 반비半臂271)를 입은 것과 마찬가지이다. 허리는 가늘게 만들기 위해 그 위에 판자를 설치하여 '비래의飛來椅'를 만드는데, 이것을 '미인고美人靠'라고 부르기도 한다. 그 가운데 넓은 것은 '추녀[軒]'가라고 한다. 『금편편禁扁編』272)에서는 "창 앞에 행랑이 있으면 '추녀'가 된다[窗前在廊爲軒]"고 했다.

44. 큰 건물[大屋] 안에 작은 건물[小屋]을 설치하고, 작은 건물 위에 작은 누각[樓]을 설치한 것을 '선루仙樓'라고 한다. 강원江園의 기술자[工匠]들은, 작은 건물을 만드는 데에 탁월한 재능이 있었다.

45. 옛날에는 물가에 기대 지은 집[屋]을 '선방船房'이라고 했다. 대개 3칸짜리 집에 산 쪽으로 대문을 낸 것도 선방이라고 이름을 붙인다. 전초全椒 사람 심구金榘273)의 다음 시 구절에서 언급한 것이 바로 이것이다.

---

271) 소매가 짧거나 아예 소매가 없는 웃옷을 가리킨다. '산동본'에는 '반배半背'라고 되어 있으나, 본 번역에서는 '중화본'의 표기를 따른다.
272) 원元나라 때 왕사점王士點(자는 계지繼志)가 편찬한 『금편禁扁』(5권)을 가리키는 듯하다. 이것은 역대 궁전의 대문과 각종 건물, 연못 등의 이름을 모아 설명한 것이다. 『사고전서총목제요』에서는 이 책의 내용에 오류가 적지 않긴 하지만 역사학에 도움이 될 만한 내용이 많다고 평가했다.

관문 열고 은자의 오솔길274) 지나

집으로 들어가면 또 올곧은 선비의 배 같은 집275)에 사네.

啓關竟穿蔣詡徑, 入室還住張融舟.

46. 진설陳設에서는 보좌병풍寶座屛風을 가장 중요한 일로 여긴다.

파리위병玻璃圍屛에는 사말심자판四抹心子板을 쓰며, 허리 부분에 어문동魚門洞을 두르고, 요면구선凹面口線을 새겨 넣는다. 여기에는 해당식쌍여의海棠式雙如意와 어문동魚門洞, 상감요면구선鑲嵌凹面口線의 방법을 사용한다.

통경위병通景圍屛에는 조환아자條環牙子 위에 음양첩락조陰陽疊落雕와 영롱보상화玲瓏寶相花276) 등의 방법을 쓴다.

화편파리위병畵片玻璃圍屛에는 대광大框, 쇄광碎框, 벽자壁子, 재광梓框, 이화편二畵片, 어문동魚門洞, 심자판心子板, 파리전반玻璃轉盤, 방창方窻 등의 방법을 쓴다.

삼병풍련삼수미좌三屛風連三須彌座에서는 상하 방사方舍277)를 파달마巴

---

273) 김구金絿(1684~1761)는 자가 기선其旋이고 호는 결재絜齋이며, 『유림외사』의 작자 오경재吳敬梓의 사촌형이자 『유림외사』를 간행한 김조연金兆燕의 부친이다. 그는 휴녕현학훈도休寧縣學訓導를 지냈으며, 문집으로 『태연재집泰然齋集』을 남겼다.

274) 서한 말엽에 왕망王莽이 전권을 휘두르자 연주자사兗州刺史 장후蔣詡는 병을 핑계로 관직을 버리고 고향으로 돌아가 은거했다. 그는 정원에 3개의 길을 만들어놓고 오직 친구인 양중羊仲, 구중裘仲과 함께 그 길을 걸었다. 이 둘은 모두 고상하고 청렴하게 숨어 살던 인사들이었다. 이로 인해 훗날 '장후경蔣詡徑', '장경蔣徑', '장생경蔣生徑', '장후삼경蔣詡三徑' 등의 표현은 모두 은거했거나 혹은 은거할 뜻을 가진 이의 정원에 난 오솔길을 가리키는 말로 쓰이게 되었다.

275) 육조시대의 장융張融(444~497)이 만들었다는 배 모양의 집을 가리킨다. 장융은 자가 사광思光이고 오군吳郡(지금의 쟝쑤성 쑤저우시) 사람이다. 귀족 출신인 그는 남조 송나라에서 봉계령封溪令, 이조랑儀曹郎 등을 역임했고, 제齊나라 때에는 사도우장사司徒右長史를 지냈다. 그는 특이하고 예절에 얽매이지 않는 언행으로 유명했다고 하며, 「해부海賦」의 작가로도 유명하다. 『수서』 「경적지」에는 그의 문집이 있다고 기록되어 있으나, 지금은 원본은 사라진 상태이고 명나라 때에 장부張溥가 편집한 『장장사집張長史集』이 『한위육조삼백가집漢魏六朝百三家集』에 수록되어 있다.

276) '중화본'에는 '영롱보선화玲瓏寶仙花'라고 되어 있다.

達馬로 연결하고, 허리에 선방線枋을 장식하고, 중봉中峰에 기러기 날개 [雁翅] 모양을 장식하며, 사말대광四抹大框을 두른다. 그 안쪽은 대리석으로 낙당판落堂板과 체판替板을 1푼씩 새겨 넣는다. 그리고 배판背板과 재광梓框, 상하 조환條環, 이면조한문기룡탑뢰립아二面雕漢文虁龍搭腦立牙의 방식을 사용한다.

삽병문揷屛門은 높이가 6자 1치이고 폭은 3자 1치 6푼이며, 내탑잡목內榻雜木 2개, 이면조요면한문기룡二面雕凹面漢文虁龍, 기둥 2개, 탁장托棖 1개, 쇄각장鎖脚棖278) 1개, 배후갑당판背後閘檔板 1개, 이말대광二抹大框 1개, 봉아蓬牙 1개, 접아跕牙 2개 등을 사용한다.

사말파리문四抹玻璃門은 높이가 5자 3치 3푼인데, 벽판壁板 1개와 조환條環 1개, 일면채대조요면한문기룡봉수一面採臺雕凹面漢文虁龍捧壽의 방법을 쓴다.

두호보좌頭號寶座는 면활이 4자 남짓이고, 진심은 3자 남짓, 높이는 1자 6치 남짓이다. 여기에는 삼방고배속요三方靠背束腰와 특시방두特腮方肚,279) 봉아상비蓬牙象鼻, 권주만퇴卷珠灣腿, 주위탁니周圍托泥, 부수운두扶手雲頭의 방법을 사용한다.

평면각답平面脚踏은 보좌寶座와 같게 하면서, 한문퇴漢文腿와 속요탁니束腰托泥를 모두 갖추게 한다.

이호왜보좌二號矮寶座는 면활이 3자 6치이고 진심은 2자 8치 6푼, 높이는 7치이다. 상하방사련上下方舍蓮,280) 파달마, 속요束腰, 삼구杉口, 재구梓口, 지평패수地平牌捎,281) 지평상면地平牀面, 포양피병난판包鑲皮幷暖板282) 등의 방법을 사용한다.

---

277) '중화본'에는 '방색方色'으로 되어 있다.
278) '중화본'에는 '쇄체장鎖砌棖'으로 되어 있다.
279) '중화본'에는 '탁시방두托腮方肚'라고 되어 있다.
280) '중화본'에는 '상하방금련上下方金蓮'으로 되어 있다.
281) '중화본'에는 '지평배소地平排捎'로 되어 있다.
282) '중화본'에는 '포양중위난판包鑲中爲暖板'으로 되어 있다.

그 다음은 등채포점燈彩鋪垫인데, 등불은 걸이[掛] 단위로 계산한다.

주석등[錫燈]에는 양등洋燈, 삼면등三面燈, 사면등四面燈, 육면등六面燈, 경삽등鏡揷燈, 만당홍滿堂紅,[283] 고등高燈 따위가 있다. 건주등建珠燈에는 산수등山水燈, 화훼등花卉燈, 금수등禽獸燈, 인물등人物燈, 자화등字畵燈 따위가 있다. 유리등琉璃燈에는 사방등四方燈, 팔방등八方燈, 동과등冬瓜燈, 발제등荸薺燈, 피구등皮球燈 따위가 있다. 파리등玻璃燈에는 방가등方架燈, 곤자등滾子燈, 대양등大洋燈, 소양등小洋燈, 오색등五色燈, 취편등吹片燈 따위가 있다. 그 외에 각종 양추퇴화洋綢堆花燈와 경견화각구고耿絹畵各舊稿, 각종 사퇴화紗堆花, 백운사白雲紗, 은조사銀條紗, 괄융퇴화刮絨堆花, 홍금선紅金線, 니금사라泥金紗羅가 있다. 위에는 붉은 끈을 덮고, 모서리에 풍대風帶[284]를 드리운 것은 '궁등宮燈'이라고 한다. 대나무 틀에 주름진 명주[紬綢]를 씌우는 것은 '슬고퇴膝褲腿'라 하고, 가는 대껍질[篾絲][285]로 틀을 만들어 틀의 그림자가 비추지 않는 것을 일컬어 '기살풍氣殺風'이라고 한다. 쇠나 대나무로 만든 긴 자루에 등을 건 것은 '아경항鵝頸項'이라고 한다. 채자彩子는 오색의 능라[綾]를 쓰는데 주망부시蛛網罘罳를 매서 처마 장식[簷飾]으로 삼는다.

47. 결채結彩[286]는 관악부官樂部에 맡기는데, 시골에서는 그 일을 '취호수吹鼓手'라고 부른다. 이 일에는 두 가지가 있는데, 하나는 '고수鼓手'라 하고 하나는 '소창蘇唱'이라고 한다. 이것은 시렁[棚]에 있는 것과 저자[坊]에 있는 것이 있다. 민간에서 성인식[冠禮]이나 혼례婚禮 등의 일이 있을 때 사용하는데, '고수'의 값은 '소창'의 절반으로 한다. '소창'의 색

---

283) 청나라 때 적호翟灝가 편찬한 『통속편通俗編』 「기용器用」에서는 『난주유필暖姝由筆』에 "만당홍은 채색 명주로 만든 사각형의 등[滿堂紅, 彩絹方燈]"이라는 구절을 인용하면서, 현재 청나라의 '만당홍'은 근래에 만들어진 것으로 그 양식이 다르다고 했다.
284) 끝이 늘어져 바람에 나부끼는 띠를 가리킨다.
285) '중화본'에는 '멸사蔑絲'로 되어 있다.
286) 채색한 비단 끈이나 종이 끈 등을 엮어 만든 장식물로서, 경사慶事를 나타낼 때 쓴다.

깔은 반 정도 '고수'와 비슷하게 해서 희노애락의 정서를 나타내는데, 그런 일을 하는 이들은 성 안의 소창가蘇唱街에 모여 산다.

48. 바닥 깔기[鋪地]에는 종려나무 잎으로 엮은 양탄자[棕氈]를 쓰는데, 이것은 작은 구멍[胡椒眼]을 정교하게 만들고, 사방 둘레에는 압정포죽편押定布竹片을 쓰며, 그 위에 오색 꽃무늬가 있는 양탄자[五色花氈]를 덮는다.

양탄자의 재료로는 노란색의 긴 털이 난 방로氆氇287)를 최고로 치고, 그 다음은 자융紫絨이며, 남백모융藍白毛絨은 가장 하급이다.

양감鑲嵌은 단변緞邊과 능변綾邊, 포변布邊으로 구분되며, 문의 주렴과 탁자와 걸상[桌櫈],288) 의자[椅] 구들[炕]의 덮개에도 같은 방식을 쓴다.

구들에는 항궤炕几289)와 항점炕墊, 항침炕枕, 모가帽架, 타루唾盂,290) 디딤대[搭脚] 등의 부속품이 필요하다.

의자에는 권의圈椅와 등받이[靠背], 태사의太師椅,291) 귀자의鬼子椅292) 등이 있다.

걸상[櫈]에는 둥근 것과 사각형, 삼각형, 육각형, 팔각형, 해당화 탁자, 연등連櫈, 춘등春櫈293) 등의 형식이 있다.

---

287) 중국 서북쪽 소수민족에서 수공예로 만든 양모직羊毛織 제품의 일종으로, 침상의 담요나 옷을 만드는 데에 사용된다.

288) '산동본'에는 '탁올桌杌'로 되어 있고, '중화본'에는 '도등棹櫈'으로 되어 있으나, 어느 쪽으로 보더라도 뜻이 분명하지 않다. 다만 문맥상 '탁자와 걸상'을 가리키는 것이 자연스럽다고 판단해서, 본 번역에서는 양자의 의미를 절충해서 풀이했다.

289) '산동본'에는 '항炕'자를 '갱坑'으로 표기해놓았으나, 여기서는 '중화본'의 표기를 따른다.

290) 침이나 가래를 받는 그릇이다.

291) 명나라 때 심덕부沈德符의 『야획편野獲編』 「완구玩具」의 "물대인호物帶人號"에서는 "의자에서 나무를 구부려 만든 술잔처럼 생긴 부분이 앞쪽에 연결된 것[椅之栲栳聯前者]"을 '대사의'라 한다고 했다. 그러나 청나라 때에는 주로 크기가 넓고 크며, 등받이와 팔걸이가 있는 의자를 가리키는 말로 사용되었다.

292) 오늘날 '매괴의玫瑰椅'라고 부르는 것으로, 강절江浙 지역에서는 대개 '문의文椅'라고 부른다. 이 의자는 등받이와 팔걸이가 낮으면서 둘의 높이가 비슷하고, 엉덩이 받침판과 수직으로 되어 있다.

49. 민간의 청사에는 긴 궤탁几桌을 설치하고, 그 위에 두 가지 물건을 진열하는데, 예를 들면 구리나 사기, 또는 유리로 만든 거울과 대리석으로 만든 삽병揷牌이다. 양 옆에도 대개 긴 궤탁을 설치하는데, 그것을 일컬어 '고산파靠山擺'라고 한다. 오늘날 각 원림의 긴 궤탁에는 대부분 세 가지 물건을 진열하는데, 그것은 경사京師에서 쓰는 방식과 같다.

병풍 사이에는 옛 사람의 그림을 걸어 놓고, 작은 방 안에는 천향소궤天香小几와 화안畫案, 서가書架를 놓는다. 작은 궤탁에는 사각형과 원형, 삼각형, 육각형, 팔각형, 곡척형曲尺形, 여의형如意形, 해당화형 등이 있다. 화안은 긴 것이라 해도 3자를 넘지 않는다. 서가는 아래쪽은 물건을 넣을 수 있는 궤[櫃]로 되어 있고 위쪽은 비어 있으며, 대개 칸막이[隔間]를 설치한다. 궤탁 위에는 대개 오래된 벼루나 옥척玉尺, 옥여의玉如意, 옛 사람의 글씨나 그림, 두루마리, 취두선聚頭扇,294) 말린 꽃봉오리[古骨朵], 붉은 부분을 제거한 수숫대[剔紅蔗葭], 찐 떡 등이 진열되어 있다. 그리고 하서삼당량당칠합河西三撞兩撞漆合과 사기로 만든 물그릇[磁水盂] 등은 가마에서 구워낸 빛이 무척 아름답고 몸체와 질감도 매우 풍성하다. 또 영벽연산靈壁硯山이나 태호연산太湖硯山 같은 벼루295)와 산호로 만든 붓걸이[筆格], 송랍전宋蠟箋,296) 송나라 때와 원나라 때에 간행된 정교한 목판본 서적들, 옛날에 필사한 비장秘藏의 서적들과 모초毛鈔,297) 전초錢鈔298) 등이 있다.

---

293) 술과 안주를 차리는 큰 탁자의 사방에 둘러서 놓는 4개의 긴 탁자를 가리킨다.

294) 접는 부채를 가리킨다.

295) '연산硯山'은 벼루의 일종으로 산 모양의 돌을 이용하여 만든 것이다. 돌의 중간을 파서 벼루로 만든 것인데, 벼루가 산에 붙어 있는 모양이다.

296) '납전蠟箋'은 밀랍을 바른 종이로서, 주로 서예가들이 글씨를 쓸 때 사용하는 것이다.

297) 명나라 때의 장서가藏書家 모진毛晉(1599~1659)의 필사본을 가리킨다. 모진은 상숙常熟 사람으로, 자신이 세운 급고각汲古閣과 목경루目耕樓에 4만 8천여 책冊의 책을 소장했는데, 송나라와 원나라 때에 간행된 판본이 많았다고 한다. 또한 그는 보기 드문 귀한 책들을 필사하기 좋아했는데, 그 품질이 아주 뛰어나서 훗날 '모초'라고 불리며 좋은 평판을 받았다.

298) 청나라 초기의 장서가 전진錢曾의 필사본을 가리킨다. 전진은 자가 준왕遵王이다. 그

칸막이[隔間]로는 대부분 구리나 사기, 한옥漢玉 등으로 만든 옛날의 기물[器]들이 사용된다. 그 가운데 백옥白玉은 본래 우전국于闐國[299]의 옥하玉河에서 생산된 것으로, 우전국의 오하烏河와 백하白河, 녹하綠河에서 생산되는 옥은 그 강물의 색과 같다. 그 나라는 '사자왕獅子王' 때에 가장 번성했으며 고대 옥문관玉門關 서쪽에 있었다. 『유환기문游宦紀聞』[300]과 『우전행정기于闐行程記』[301]에 아주 자세히 기록되어 있다. 이곳은 지금 우리 청나라 판도에 들어와, 그곳에서 나는 옥은 지방 특산품이 되었다. 상인들은 소의 생가죽으로 그 옥들을 묶어서 인부들과 말, 노새를 이용해 중원으로 운송하는데, 무게[斤兩]에 따라 값을 부른다[換頭]. 소주蘇州의 옥공玉工들은 보사금강찬寶砂金剛鑽(다이아몬드)을 이용해 신선과 부처, 인물, 금수禽獸, 향로와 병, 쟁반과 사발[盂] 등을 만들었는

는 자신이 소장한 책의 목록으로 『야시원서목也是園書目』, 『술고당서목述古堂書目』, 『독서민구기讀書敏求記』를 편찬했는데, 여기에 수록된 책은 총 4,180종種이다.

299) 고대 서역의 도시국가로서 당나라 때 '안서사진安西四鎭' 가운데 하나였다. 원래 명칭은 Gostāna이며, 그 의미는 '소의 나라'이다. 초기에 그 명칭은 그 나라 언어로 Hva-tana라고 했는데, 한문漢文에서는 '환나換那'라고 표기했다. 그러다가 원나라 때에는 '오단五端' 또는 '올단兀丹', '알단斡端' 등으로 표기했다. 당나라 때에는 이곳 출신의 화가 울지을승尉遲乙僧이 장안長安에서 활동하며 명성이 높았다는 기록이 있다. 이 나라는 11세기에 카라한 왕조(Qara Khanids)에 의해 멸망해서, 점차 인종과 언어가 위구르화되었다. 우전국은 타리무塔里木 분지盆地 남쪽에 위치하는데, 중심 지구는 곤륜산崑崙山에서 흘러나온 카라하시 강喀拉哈什河(즉 흑옥하墨玉河)과 위룽하시 강玉龍哈什河(즉 백옥하白玉河) 사이에 위치한다. 이곳은 청나라 건륭 24년(1759)에 청나라 영토로 편입되었으며, 광서光緒 9년(1883)에는 이곳에 화전직례주和田直隷州가 설치되었다. 농업을 주업으로 하는 이곳은 서역 여러 나라들 가운데 중원의 양잠養蠶 기술을 가장 먼저 도입하여 방직업이 발달했으며, 특산품으로 옥이 유명하다.

300) 송나라 때 장세남張世南(?~?)이 지은 책이다. 장세남은 자가 광숙光叔이고, 파양鄱陽 사람이다. 그는 대략 남송 영종寧宗(1195~1224 재위) 및 이종理宗(1225~1264 재위) 때에 활동한 인물이라는 점 외에 생애에 대해 알려진 바가 별로 없다. 『유환기문』은 필자 자신이 반평생 경험에서 보고 들은 것을 기록한 것으로, 모두 10권 108조條에 걸쳐서 당시의 일화와 풍속, 문물, 예술, 역법曆法, 의약, 원예 등등의 다양한 내용이 포함되어 있다.

301) 오대시기 진晉나라의 평거회平居誨(?~?)가 우전국에 판관判官으로 파견되어 보고 들은 것을 기록한 여행기로서, 『송사宋史』에 기록된 원래 제목은 『우전국행정기于闐國行程記』(1권)이다.

데, '박고도博古圖'302)의 여러 형식들이 아주 잘 갖춰져 있다. 그 가운데 자잘한 것으로는 양감풍병鑲嵌風屛과 괘병掛屛, 삽병揷牌 등이 있는데, 이 것들은 '옥활계玉活計'라고 부른다. 가장 귀한 것은 '대백건大白件'이고, 그 다음은 '예화禮貨'이며, 가장 하급은 '노아화老兒貨'라고 부른다. 그 외에 치미선雉尾扇, 자명종自鳴鐘, 나전기螺鈿器,303) 은루사銀累絲,304) 동 귀학銅龜鶴, 해시계[日圭], 가량嘉量,305) 병풍협잡屛風䪅匝, 천연목궤좌天然 木几座, 크고 작은 크기의 사각형 및 원형의 고경古鏡, 기이한 봉우리 모 양의 특이한 돌[異石奇峰], 호상문죽湖湘文竹,306) 천연목으로 만든 지팡이 [拄杖], 선동로宣銅爐 등이 있다. 그 가운데 큰 것을 '궁렴宮奩'이라고 하 는데, 모두 석탄이 붉은 색으로 잘 타고, 호도 문양이 있으며, 자고색鷓 鴣色에, 광채가 현란하다. 그리고 상품의 향정당香頂撞과 옥여의玉如意와 같은 것들이 모두 진열된다.

---

302) 복고復古 기풍이 성행한 북송 시기에 휘종徽宗이 대신들에게 선화전宣和殿에 소장된
    옛 기물器物들을 그림으로 그리게 함으로써 『선화박고도宣和博古圖』 30권이 만들어졌
    다. 이로 인해 후세에는 도자기나 구리, 옥, 돌 등으로 만들어진 고대의 기물을 그린
    것을 '박고도'라고 불렀다. 어떤 경우 여기에는 화훼나 과일 등이 장식되기도 했다. '박
    고도'라는 것은 고금을 두루 통달하고[博古通今] 고상한 것을 숭상한다[崇尙儒雅]는
    뜻이 담겨 있다. 이것은 대개 사대부 문인이나 관료들의 저택에서 장식품으로 쓰였다.
303) '중화본'에는 '나전기螺蛳器'라고 되어 있다.
304) '중화본'에는 '은루조銀纍條'라고 되어 있다.
305) 고대에 곡식의 용량을 재는 표준 용기容器이다. 옛날에는 좋은 쌀[大禾]를 '가화嘉禾'
    라고 불렀는데, 그것의 규격은 10말[斛], 말[斗], 되[升], 10분의 1되[合], 2분의 1홉[龠]
    의 5가지로 나뉜다.
306) 호상湖湘 지역에서 나는 얼룩무늬 대나무[斑竹]을 가리킨다.

권18

방편록舫扁錄

1. 양주의 놀잇배는 고붕鼓棚에서 시작되었다. 고붕은 본래 태주泰州의 박염선駁鹽船[1]이었는데, 썩어서 물건을 실을 수 없게 되자 내하內河로 끌고 와서 거기에 들보와 서까래, 기둥을 설치했다. 큰 것은 탁자 3개를 놓을 정도의 크기로 '대삼장大三張'이라 하고, 작은 것은 '소삼장小三張'이라 한다. 박염선의 각선脚船[2]은 들보와 서까래, 기둥 같은 것을 참외 시렁[瓜蓏架]처럼 설치하는데 이를 '사과가絲瓜架'라고 한다.

목정선木頂船은 '비선飛仙'이라고 부르는데, 모양은 소주의 주선酒船과 같다. 이것은 처음에 양주성의 사씨沙氏가 만들었다 하여 지금은 '사비

---

1) 소금을 운송하던 화물선을 가리킨다.
2) 작은 배를 일컫는다.

沙飛’라고 부르며, 모두 상앗대[篙]와 작은 노[戚]를 사용한다. 사비선은
고물 쪽 선창[梢艙]에 부뚜막이 있는데 부뚜막이 없는 것은 ‘강선江船’이
라 하고, 뱃머리[艫]3)를 쓰는 것은 ‘요선搖船’이라 부른다. 앞에는 풀로
지붕을 얹은 천막[蓆棚]을 치고 뒤쪽으로는 나무로 지붕을 얹은 것을
‘우설두牛舌頭’라 한다. 상앗대[槳]를 쓰는 배를 ‘화자선划子船’이라 하고,
상앗대 2개를 쓰는 것은 ‘쌍비연雙飛燕’ 혹은 ‘남경봉南京篷’이라고도 한
다. 항세준4)의 『도고당집道古堂集』 가운데 이른바 “팔주선八柱船 나아가
는데 상앗대 비스듬히 저어가네[八柱船開盪槳斜]”가 이를 두고 한 말이다.
사비선 가운데 겹처마[重檐]를 얹고 뱃머리가 날아오를 듯 치켜 올라갔
으며 작은 권붕[捲棚]5)이 있는 것을 ‘태평선太平船’이라 한다. 이 가운데
종려나무 잎으로 덮은 것을 ‘종정樓頂’이라 하며, 유리를 창에 박아 넣
은 것을 ‘파리선玻璃船’이라 한다.

　　사방에서 모여든 관료 빈객들과 고관대작 그리고 성내의 관리들까지
대개는 관선官船을 가지고 있는데, 모두 북문 나루[馬頭]에 정박시켜 두
고 있지만, 나들이객은 탈 수 없다.

순치 연간의 방편舫匾6)

　　필정여의筆錠如意, 호경덕세마胡敬德洗馬, 소진왕도간小秦王跳澗[이주 : 명나

라 때 호수에 띄웠던 유람선[游船]들은 ‘유호선游湖船’이라 불림. 배마다 모두 편액이 있었고, 그 위엔 전부

---

3) ‘산동본’에는 ‘노櫓’라고 표기되어 있으나, 여기서는 ‘중화본’을 따른다.
4) 항세준杭世駿에 대해서는 『양주화방록』 권3 「신성북록新城北錄·상上·19」와 『양주
　화방록』 권4 「신성북록新城北錄·중中」의 본문을 참조할 것.
5) 양쪽으로 산장山墻은 있으나 건물 앞뒤에는 벽이 없이 트여 있는 형태의 건물을 말한다.
6) 놀잇배의 이름 삼아 붙인 편액을 가리킨다.

그림을 그렸는데, 구용句容 땅의 이발용 멜대[剃頭擔]에 달린 머리카락 담는 쟁반에 그림이 그려져 있는 것과 같은 양식이었음. 강희 연간에 와서 비로소 멋진 이름들로 바뀌었음. 이 3개의 편액은 그래도 명대의 방편으로, 이면李葂[7]이 천녕문가天寧門街 골동품 가게에서 구했음.]

강희 연간의 방편

노대안고붕자盧大眼高棚子['붕자棚子'란 곧 '대삼장大三張'을 가리킨다. 당시 놀잇배에 대해선 살펴볼 길이 없음. 다만 노대안盧大眼은 소금을 판매하다가 죄를 짓고 직업을 바꿔 선주船主가 되었으니, 지금까지도 그 이름이 전해지고 있음.], 홍교란紅橋爛['대삼장'은 부뚜막이 없는데, 이 배만은 차 끓이는 아궁이를 뱃머리에 설치하였음. 여기서는 고기를 삶을 수도 있었는데, 배가 나루에서 출발하여 홍교에 도착하면 고기가 푹 익어 있었으므로 이 배를 '홍교란'이라 부르게 되었음.], 부용주芙蓉舟, 호두패虎頭牌[선주의 얼굴이 호랑이 문양의 패[虎頭牌][8] 같이 생겼고, 편익문便益門 나루에 있음.], 일각산一脚散[이 배는 너무나 얇아서 사람들이 '발 한 번 디디면 부서진대[一脚散]'고 우스갯소리를 했는데, 그것이 그대로 배의 이름이 되었음.]

---

7) 이면李葂에 대해서는 『양주화방록』 권1 「초하록草下錄・상上・47」을 참조할 것.
8) 청나라 때에 관부官府의 위엄을 나타내기 위해 관아의 대문에 걸어두던 목패[木牌]로서, 호랑이 머리 모양의 그림이 그려져 있다. 이것은 호랑이 머리 모양의 그림이 그려진 패[牌子]를 가리키는 일반적인 명칭으로 쓰이기도 한다.

옹정 연간의 방편

평안길경平安吉慶[청초부터 지금까지 그림을 그려 편액으로 삼았는데, 이 편액은 그런 것 가운데 거의 유일하게 남아 있는 것임.], 야락野樂, 수마水馬[방편에 아름다운 이름을 쓴 것이 바로 이 배에서부터 시작되었음. '수마'라는 글귀는 본래 장순민張舜民[9]의 '작은 배가 말을 키우는 것보다 낫다[小舟勝養馬]'는 시구에서 따온 것임.], 승경유勝景游, 왕가부사과가王家富絲瓜架[방편에 아름다운 이름을 써 붙이기 시작하면서부터 배들은 모두 흰색 바탕의 편액을 걸어놓고 나들이객이 이름을 지어주길 기다렸는데, 이름을 지어주는 이가 없으면 모두 선주의 이름으로 불렀음.], 조세방사과가曹世芳絲瓜架

건륭 연간의 방편

쌍시雙柿, 산면扇面[이 두 가지는 모두 방편의 형식인데, 이름을 지어 주는 사람이 없어서 편액 양식이 그대로 배의 이름으로 통하게 되었음.] 낙야樂也, 일조량一條樑[배 밑바닥에 나무 기둥을 하나 쓰는 게 이 강선江船의 제조법임. '요선搖船'은 이때부터 내하로 들어오게 되었음.], 평산당平山堂, 계원보季元普[이것은 뱃사람 이름임. 이 세 글자의 필치가 강건하고 힘이 넘치는데, 누구 글씨인

---

9) 장순민張舜民(?~?)은 자가 운수芸叟이고 호가 부휴거사浮休居士이며 분주邠州 사람이다. 그는 1065년에 진사가 되었으며 봉상부鳳翔府 막직幕職, 양락襄樂縣 현령을 지냈다. 1081년에 군영의 문서를 담당하며 서하西夏 공격에 참가했다가 실패하고 탄핵을 받아 감빈주監彬州로 폄적되었다. 이후 사마광司馬光의 추천으로 감찰어사가 되었고, 후에 진봉로秦鳳路 제형提刑, 섬서전운사陝西轉運使 등을 지냈다. 휘종 숭덕崇寧 원년(1102)에 원우구당元祐舊黨 성원으로 지목되어 초주楚州로 폄적되었다가 만년에는 장안에서 살았다. 성격이 강직하고 시를 잘 썼던 그의 「어부시漁父詩」 가운데 "小舟勝養馬, 大咢當耕田."이란 구절이 있다. '중화본'에는 장지수張芝叟라고 되어 있는데, '장운수張芸叟'를 잘못 쓴 것으로 보인다.

지는 알 수 없음.], 연주蓮舟, 은실주殷實舟, 태평선太平船, 태평주太平舟, 금춘유錦春遊, 부춘유富春遊[방편이 이쯤에 이르면 점점 훌륭한 이름들이 많아짐. 여기는 모두 정축년 (1757) 이전의 배들이고, 정축년 이후로는 연화경蓮花埂을 파고 물길을 준설하여 평산당까지 통하게 해서 큰 나루터[津]가 만들어지니, 놀잇배가 날로 늘어나고 나루[馬頭]가 여러 개로 나뉘어졌음. 그러므로 정축년 이후 놀잇배는 따로 12개의 나루로 나누어 설명함.]

고교高橋의 방편

성사星槎, 승룡乘龍, 발재發財, 능풍가凌風舸, 여의선如意船, 상강행相江行, 공명주空明舟, 대여의선大如意船, 설봉연정雪篷烟艇 화월쌍청花月雙淸, 국서하당菊嶼荷塘, 차잠소한且暫蕭閒, 이가대삼장李家大三張, 왕림사과가王林絲瓜架, 이삼화자선李三划子船, 고이화자선高二划子船, 왕삼서병선王三西餠船, 왕칠호대삼장王七虎大三張, 반과부대삼장潘寡婦大三張, 진삼려사과가陳三驢絲瓜架, 냉대낭사과가冷大娘絲瓜架, 도화암화자선桃花庵划子船, 황모모장대삼장黃毛毛匠大三張

편익문便益門 방편

분파分波, 수선水仙, 재학載鶴, 경중유鏡中游, 벽호준碧湖春, 금호행錦湖行 [이 배에는 정섭鄭燮[10]이 쓴 다음과 같은 연구聯句가 붙어 있음 : 배를 저어 네 다리의 안개비 속으로 들어가니, 온통 물과 구름의 세상이 열리네[搖到四橋烟雨裏, 撥開一片水雲天].] 황금정黃金錠, 여의주如意舟, 편의선便宜船, 춘혜방春蕙舫, 가운유駕雲遊, 채익주彩鷁舟, 탈금괴奪金魁, 가엽주駕葉舟, 의향인영衣香人影, 원보사과가元寶絲瓜架, 송상교사과가宋上橋絲瓜架, 하내내화자선何奶奶划子船, 소장이대삼장小張二大三張, 대장삼대삼장大張三大三張, 소장삼대삼장小張三大三張[소장삼은 대삼장의 아들로서 이 두 배는 본래 하나임.], 낙가주점화자선駱家酒店划子船

광저문廣儲門 방편

대보代步, 의리依李, 대발大發, 일가一舸, 심춘尋春, 대원보大元寶, 제일주第一舟, 황화주黃花舟, 사당주沙棠舟, 가이유可以遊, 길상주吉祥舟, 만천성滿天星[뱃사람 이름임.], 명월주明月舟, 송칠강선宋七江船, 손화자선孫划子船, 비강강요선飛江江搖船, 왕가사비선王家沙飛船, 공오우설두孔五牛舌頭, 일삭일개동一搠一箇洞[이 배는 본래 '소진왕도간小秦王跳澗'이었는데, 썩어서 부서질 지경에 이르자 이선李鱓[11]이 이렇게 "한 번 찌를 때마다 구멍 한 개씩[一搠一箇洞]"이라는 글자를 써주어서, 결국 그것이 이름이 되었음.], 왕내내화자선王奶奶划子船, 마회자우설두馬回子牛舌頭, 방세장대삼장方世章大三張, 심호자초상비沈鬍子草上飛, 왕씨형제화자선王氏兄弟划子船

---

10) 정섭鄭燮에 대해서는 『양주화방록』 권4 「신성북록新城北錄·중中·4」를 참조할 것.
11) 이선李鱓에 대해서는 『양주화방록』 권2 「초하록草河錄·하下·63」을 참조할 것.

천녕문天寧門 방편

　　방여舫如, 편주扁舟, 관류觀流, 방거舫居, 문홍問虹, 비홍飛虹, 일방一方, 서운棲雲, 대보代步, 문거問渠, 우계友溪, 태평주太平舟, 태평선太平船, 여의주如意舟, 득의주得意舟, 하구방下鷗舫, 경중행鏡中行, 가협방歌狹舫, 불계원不繫園, 비호인飛湖引, 수운천水雲天[『양주몽향사』에서는 "양주는 정말 좋을시고! 놀잇배 타면 나는 신선일세. 열 개의 비단 창은 맑은 달빛과 어우러져 깨끗하고, 부드러운 노 하나 저으니 동그란 물결 퍼져가네. 사람은 온통 물과 구름 세상에 있네[揚州好, 畫舫是飛仙. 十扇紗窗和月淡, 一枝柔櫓撥波圓. 人在水雲天]"라고 함.], 부춘주富春舟, 서석주書石舟, 섬계주剡溪舟, 학장주壑藏舟, 금춘유錦春游, 천수인天受引, 낙하고목落霞孤鶩, 소태평선小太平船, 왕칠강선王七江船[‘수마水馬’라고도 하는데, 편액은 이미 없어졌음.], 원구대마류袁九大馬溜, 낙일방선호落日放船好, 고가비운조顧家飛雲罩, 왕내내화자선王奶奶划子船, 설이화상우설두薛二和尙牛舌頭, 손이과자대요선孫二侉子大搖船, 조대보관화자선曹大寶官划子船

북문北門 방편

　　정관靜觀, 사장서양선四槳西洋船[이 두 배는 모두 관선官船임. 북방 사람들은 이를 ‘수주방水住房’, 남방 사람들은 ‘수공관水公館’이라고 부름. 지체 높은 관리가 아니면 탈 수 없기 때문에 노상 작은 섬의 물가에 한가로이 세워두어, 뱃사람들이 낮잠을 즐기는 곳이 됨.], 봉래蓬萊, 계원繫園, 대월帶月, 방대訪戴[배 주인인 ‘술귀신 탕씨[湯酒鬼]’는 묘시卯時부터 술을 마셔 오시午時면 취하고, 취하면 자버린다. 깊이 잠들면 또 술을 가져오라고 커다랗게 소리를 질러댄다. 그래서 그는 항상 사람들을 싣고 나가면 밤늦게 돌아오는데, 언제나 손님이 상앗대와 노를 저어 온다. 강기슭에 도착하면 술잔과 쟁반이 어수

선하게 널린 것을 손님들이 치우는데, 뱃고물에선 그가 드르렁 드르렁 코 고는 소리만 들릴 뿐이다. 전탁田倬[12]이 이 편액을 썼음.], 상부翔凫, 부주艀舟, 완재수월宛在水月, 명학鳴鶴, 운오雲鰲, 일엽一葉, 경방輕舫, 야항野航[원래 이 말이 나온 시는 "시골 거룻배라도 두세 명은 태우네[野艇却受兩三人]"[13]이다. '항航'은 큰 배라 할 수 있으니 그저 두세 명을 태우는 정도가 아니다. 이에 대해서는 『청파잡지淸波雜志』를 참조하라.[14] 이 편액은 잘못된 말이 꼬리에 꼬리를 물고 퍼진 결과로 나온 것임.], 각수却受, 용여容與, 애내欸乃, 일위一葦, 거화접渠花蝶, 강락주康樂舟, 창령주昌齡舟, 소자재小自在, 영화유映花遊, 금사주金沙舟, 소석주蘇石舟, 서화방書畫舫, 미가선米家船, 청작방靑雀舫[사인詞人 방원록方元鹿[15]이 황추애黃秋厓의 처 오정숙吳政肅[16]의 〈추산독서도秋山讀書圖〉에 "몇 번이나 조용히 찾았던가, 맑은 날 호수에 청작靑雀을 장식한 배를 띄워서[幾番幽訪, 攜上晴湖靑雀舫]"라는 글귀를 썼는데, 여기에서 유래한 이름임.], 가협방謌峽舫, 수일방水一方, 계경엽季卿葉, 보경엽寶卿葉, 공삼장孔三張[이 배는 대삼장大三張이다. 공상임孔尙任[17]이 글씨를 쓴 "술 마시려면 모름지기 도잠陶潛에게 가야 하지만, 풍속은 그래도 영화永和[18] 연간까지 전해졌네[壺觴須就陶彭澤, 風俗猶傳晉永和]"[19]라는 대련이 들어 있음.], 합루선合漏船[이 배는 두 사람이 같이 노를 젓는다 하여 이런 이름이 붙었음.], 여가파리선余家玻璃船, 조가화자선趙家划子船, 탕가화자선湯家划子船, 홀판사과가笏板絲瓜架, 종정사비선椶頂沙飛船[배 지붕을 종려나무로 덮었음.], 당과부화자선唐寡婦划子船, 허

---

12) 전탁田倬에 대해서는 『양주화방록』 권3 「신성북록新城北錄·상上·76」을 참조할 것.

13) 『전당시』 권 226에 수록된 두보杜甫의 「남린南鄰」 중 "秋水才深四五尺, 野航恰受兩三人"이라는 구절이 있다.

14) 『청파잡지淸波雜志』는 송나라 때 주휘周煇(1126~?)의 필기집으로 송대 유명인들의 일사軼事와 일문佚文, 일시佚詩 등을 모은 것이다. 이 안의 '야정野艇'이란 조목에 황정견黃庭堅이 "野艇恰受兩三人"에 대해 논한 내용이 인용되어 있다. 여기서 황정견은 이 부분에서 '정艇'자를 '항航'으로 쓴 판본도 있는데, '항'은 큰 배이니 '정'으로 쓰는 것이 옳다고 주장했다.

15) 방원록方元鹿에 대해서는 『양주화방록』 권2 「초하록草河錄·하下·63」을 참조할 것.

16) 오정숙吳政肅에 대해서는 『양주화방록』 권2 「초하록草河錄·하下·86」을 참조할 것.

17) 공상임孔尙任에 대해서는 『양주화방록』 권1 「초하록草河錄·상上·10」을 참조할 것.

18) 동진東晉 목제穆帝 사마담司馬聃의 연호로서 345~356년을 가리킨다.

19) 이 대련은 『전당시』 권151에 수록된 유장경劉長卿의 「삼월이명부후정범주三月李明府後亭泛舟」 가운데 5, 6구 "壺觴須就陶彭澤, 時俗猶傳晉永和"를 가져온 것이다. 일설에는 이 시가 황보염皇甫冉의 것이라고도 한다.

춘자화자선許椿子划子船, 한전씨화자선韓錢氏划子船[이 부인은 빚 때문에 소송을 벌여서 '돈에 환장한 한씨[韓錢氏]'라고 소문이 났기 때문에 그것이 배의 이름이 되었음.], 십칠점화자선十七點划子船[뱃사람 아무개가 오후 5시에 재운財運이 있어서 이 배를 만들었기 때문에 이런 이름이 붙었음.], 섭도인쌍비연葉道人雙飛燕[이 배는 '남경량봉南京涼篷'이라고도 함. 주인은 도인道人으로서 상원上元 사람임. 그는 40살에 고기를 멀리 하고, 50살에는 곡식을 멀리했으며, 네모난 삿갓에 흰색 옷을 입고 하얀 마름과 붉은 여뀌 사이로 상앗대를 저어 배를 모는데, 그 모습이 도도하고 거침없었음.], 남경로당량봉南京老唐涼篷, 혜인사지혜방慧因寺智慧舫, 관제묘화자선關帝廟划子船[승려 평천平川20)의 배임.], 연성기파리蓮性奇玻璃[승려 전종僧傳宗21)의 배임.], 도육두몰마화자선陶肉頭沒馬划子船[이 배는 밤에는 물가 섬에 대놓고 낮에는 나들이객을 태우는데, 특히 나루의 배들은 정해진 수가 채워져 있어서 (그 배는) 물가 언덕에서 손님을 모으지 못하고 그저 호수 안에서 생계를 꾸릴 방도를 찾을 뿐이었음. 당시 사람들이 그 꼴을 비웃어 '뚱뚱한 머저리[肉頭]'라고 했고 곧 그 배를 '몰마두沒馬頭'라고 부르게 되었음.]

소동문小東門 방편[이곳의 놀잇배는 본래 27척이었는데 지금은 33척으로 늘어남. 새로 늘어난 6척에는 편액이 없고, 뱃사람 이름도 알 길이 없음.]

보월步月, 선루仙樓, 동춘同春, 가운駕雲, 방여舫如, 소천유小天遊, 일권서卷書, 파리선玻璃船, 태평선太平船, 백화주百花舟, 백운주白雲舟, 백화주百花洲, 치소요日逍遙, 잠소한暫蕭閒, 고시접固始艜, 연파화선烟波畵船, 사씨화자선謝氏划子船, 세조하자선洗澡划子船, 여가화자선余家划子船, 강차로강선姜茶爐江船, 유가사염선兪家私鹽船[이 배는 외하外河의 사염선이었는데 성에 돌아와 팔았음. 이것을 내하內河로 끌고 들어온 것임.], 심금탁화자선沈金鐲划子船, 유대탁화자선劉大

---

20) 승려 평천平川에 대해서는 『양주화방록』 권13 「교서록橋西錄·39」를 참조할 것.
21) 승려 전종傳宗에 대해서는 『양주화방록』 권13 「교서록橋西錄·50」을 참조할 것.

鐲划子船[이금泥金을 칠한 난간이 하나로 연결한 것을 '금탁金鐲'이라고 부름. 소동문의 화자선은 이것으로 유명함.], 김교관삽상선金敎官臿上船[이 배는 김조연金兆燕22)의 놀잇배임.], 진묘상우설두陳妙常牛舌頭[배 주인은 진칠陳七인데, 용모가 뛰어나서 당시 사람들이 '진묘상陳妙常'이라 불렀음.], 소고삼화자선蘇高三划子船, 왕과부칠호화자선王寡婦七號划子船, 연월방烟月舫

대동문大東門 방편

개은芥隱[원래 송나라 때 공이정龔頤正23)의 서실書室 이름임. 공이정은 『개은필기芥隱筆記』를 남겼음.], 관란觀瀾, 화방畵舫, 대발재大發財, 옥경광玉鏡光, 천연도화天然圖畵, 정가포혜두鄭家蒲鞋頭[관쾌關快라고도 부름. '관쾌'란 곧 호서관진滸墅關鎭24)의 쾌선快船을 가리킴.]

남문南門 위아래 나루의 방편

영암泳菴[정씨鄭氏의 영원影園에 있는 배 이름], 청소聽簫, 각요却要[북문北門에 '각수却受'라

---

22) 김조연金兆燕에 대해서는 『양주화방록』 권1 「초하록草河錄·상上·44」를 참조할 것.

23) 공이정龔頤正(1162전후)은 본명이 돈이敦頤이고 자가 양정養正이며, 처주處州 수창遂昌 사람이다. 그는 한원길韓元吉과 교유했고, 광종光宗 때 국사원검토관國史院檢討官을 지냈다. 저서에 『개은필기芥隱筆記』 1권이 있다.

24) 오늘날 쑤저우시 까오신취[高新區]에 있는 옛 성의 서북쪽에 있던 진鎭의 이름이다. 이곳 지명은 원래 진시황 때부터 시작되었다고 하는데, 원래 첫 글자가 '호虎'였으나, 훗날 피휘避諱 때문에 '호滸', '호서滸墅'로 바뀌었다고 한다. 명나라 때인 1429년에 호부戶部에서 이곳에 초관鈔關을 설치했다.

는 방편舫匾이 있는데 여기에선 '수受'를 고쳐 '요要'로 썼음. 연원을 살펴보면 예전에 이유李庾[25]에게 각요却要라는 이름의 계집종이 있었으니, 이 배 이름의 출처라 할 수 있을 것임.], 유여有餘, 원보元寶, 야춘冶春, 적길迪吉, 재학載鶴, 비운飛雲, 학항鶴航, 남포南浦, 차수借樹, 춘라春螺, 운담雲淡, 복운주福雲舟, 가엽주駕葉舟, 지화방志和舫, 채주유採珠遊, 서계행西溪行, 일호춘색一湖春色, 하소설강선何消說江船[이 배의 주인이 사람들에게 말할 때 '두 말할 필요도 없죠[何消說]'라는 말은 추임새[助語詞]로 쓰자, 사람들이 그것을 비웃으며 결국 배 이름을 이렇게 부르게 되었음.], 오사화자선五四划子船, 통천고루선通天篙樓船, 왕부대삼장汪府大三張[가로로 된 편액에 고봉한高鳳翰[26]의 글씨로 '오동나무 사이로 달이 떠오르고, 버드나무 아래로 바람이 불어오네[桐間月上, 柳下風來]'라고 적혀 있음.], 구봉원九峯園, 채방綵舫

서문西門 방편

비홍飛鴻, 백복百福, 이원移園, 소연梳烟, 춘재春才, 춘재春財, 일엽一葉, 법이화자선法二划子船, 진가소삼장陳家小三張, 고이소이장高二小二張[27]

---

25) 이유李庾는 당나라의 황실 종친으로 자가 자건子虔이고, 양읍공왕襄邑恭王 이신부李神符의 후손이다. 그는 호남관찰사湖南觀察使 겸 어사중승御史中丞을 지냈으며, 전서篆書를 잘 썼다.

26) 고봉한高鳳翰에 대해서는 『양주화방록』 권10 「홍교록虹橋錄·상上·52」을 참조할 것.

27) '광릉본'과 '산동본'에는 모두 '고이소삼장高二小三張'으로 되어 있으나, 어느 것이 옳은지는 알 수 없다.

홍교虹橋 방편

    유하流霞, 관도觀濤, 명학鳴鶴, 진호자병선陳鬍子餠船, 공대근채선孔大芹菜船, 왕가회분선王家灰糞船[길이가 3길, 넓이가 5자로 똥거름을 실어 나르는 일을 하는 배임. 이 배는 청명절 용선시龍船市가 열릴 때만은 깨끗이 씻고 사람을 태우는데, 간혹 사도묘司徒廟에서 연희 공연이 있으면 공연 도구[戱箱]를 실어 나르기도 함.], 도화암화자선桃花庵刬子船[도화암의 불목하니[道人]인 진대陳大가 이 배를 몰았는데, 태수 우상남牛湘南이 그에게 배를 만들어주었음. 진대가 죽자 그의 아들 구자수苟子秀가 나왔는데, 훨훨 나는 듯이 배를 몰았음.]

평산당平山堂 방편

    원보元寶, 동내내사과가童奶奶絲瓜架, 법정사오천수선法淨寺五泉水船

『양주화방록』 해제

洪 尙 勳

1. 들어가는 글―양주揚州의 간략한 연혁

전통시기 중국인들에게 양주는 전쟁과 번영이 교차하는 역사의 현장이자, 문인들에게는 평화와 낭만을 피워내는 환상 속의 이상향이었다. 그리고 언뜻 보기에 약간 모순적인 듯한, 양주에 대한 이런 두 가지 개념은 기묘한 조화를 이루며 청나라 말엽까지 공존해왔다. 이것은 어쩌면 오랜 세월 동안 극단적인 번영과 쇠락을 교차적으로 겪어온 이 도시의 양지와 그늘이 각기 다른 관점을 가진 여러 계층의 중국인들에게 모두 특정한 의의를 심어주었기 때문일 것이다.

'양주揚州'라는 지명의 유래는 멀리 우공禹貢의 시대까지 거슬러 올라가지만, 그때의 양주는 현재의 쟝쑤성[江蘇省] 양저우시[揚州市]와는 지리적 위치가 다르다. 우리에게 낯익은 지명으로서 양주는 대개 남으로 양

쯔 강을 끼고 북으로 화이허[淮河]에 인접해 있으며, 멀리 동으로는 바다
에 이어지는 지역을 가리킨다. 송나라 때인 1080년에 진관秦觀(1049~
1100)이 쓴 『양주집揚州集』의 서문에 따르면, 이 지명은 수나라 때에 대
운하大運河가 개통되면서 굳어졌으나, 이후에도 광릉廣陵 또는 강도江都
등으로 불리기도 했다. 특히 그는 양쯔 강 북쪽, 대운하의 서쪽에 해당
하는 그다지 넓지 않은 지역이야말로 '진정한' 의미의 양주라고 규정하
면서, 적지 않은 문인들의 글과 시가詩歌에서 언급된 양주는 실제와 다
르다고 지적함으로써 논란을 야기하기도 했다.

물론 오랜 전통을 얘기하기를 좋아하는 중국인들의 성향 때문에, 양
주의 지리적 기원은 종종 지금으로부터 약 2,500년 전인 춘추시대까지
소급된다. 전설에 따르면 당시 오吳나라의 왕 부차夫差는 양쯔 강 북쪽
의 촉강蜀岡에 있는 작은 나라인 한국邗國을 점령하고 그곳에 성을 쌓아
병사를 주둔시키면서, 운하를 뚫어 양쯔 강과 화이허를 연결시켰다고
한다. 당시 오나라가 쌓은 성은 B.C. 319년에 초楚나라의 회왕懷王(B.C.
328~B.C. 299 재위)이 중수重修하고, 이어서 한나라 고조高祖 유방劉邦(B.C.
206~B.C. 195 재위)이 조카 유비劉濞[1]를 시켜 중수한 이래, 이곳은 황량한
들판에서 일약 군사적 요충지이자 남북 교역의 중심지로 부상했다.

사실상 이런 발전은 당시 내륙 교통의 중심이 수로水路에 집중되어
있었다는 특수한 환경적 요인의 도움을 받은 것이었다. 오나라 때에 건
설된 운하를 한구邗溝라고 부르는데, 그로부터 약 1,100년이 흐른 뒤에
수나라 때에는 360만 명이 넘는 백성을 동원하여 영제거永濟渠, 통제거

---

1) 유비劉濞(B.C. 215~B.C. 154)는 유방의 조카로서 오왕吳王에 봉해졌다. 그는 자신의
관할지역에서 대량으로 철과 소금을 생산하고 백성들에 대한 부역賦役을 줄이는 한편,
여러 인재를 모아 세력을 확장했다. 훗날 경제景帝(B.C. 157~B.C. 141 재위)가 어사대
부御史大夫 조조晁錯(B.C. 200~B.C. 154)의 건의에 따라 제후들의 봉지封地를 박탈하려
하자, 유비는 조조를 처벌한다는 명목으로 주변의 초楚, 월越 등의 제후국과 연합하여
반란을 일으켰다. 그러나 얼마 후 전쟁에서 패해 동월東越 땅으로 도주했다가, 그 지역
사람들에 의해 피살당했다.

通濟渠, 강남하江南河를 파고 한구를 준설하여 남북을 관통하는 대운하를 건설했다. 전하는 바에 따르면 이 과정에서 무려 250만 명 이상의 백성이 희생되었다고 한다. 당나라 이래의 역사서에서는 대개 양제煬帝가 이런 엄청난 대가를 치른 목적이 화려한 행궁行宮을 지어 사치를 일삼기 위해서라고 비판적인 어조로 기록하고 있지만, 실질적으로 이후의 중국 역사에서 이른바 '강남'의 경제적 문화적 풍요가 꽃필 수 있었던 가장 중요한 바탕 가운데 하나가 바로 그 운하에 있었음은 부인할 수 없는 사실이다.

다만 수나라의 짧은 역사가 끝남과 동시에 양주는 잠깐 동안의 번영을 누린 후 서서히 쇠퇴의 길로 접어든다. 진관이 살았던 시기의 양주성은 이미 수나라 때에 비해 그 규모가 현저히 축소되어 있었고, 특히 이민족의 점거로 정세가 어지러웠던 원나라 때의 양주는 주민들이 거의 떠나버려 폐허로 변하고 있었다. 1368년에 명나라가 건립되었을 무렵 이곳에는 겨우 40여 가구[戶]만이 살고 있었는데, 이후 이곳을 다스린 지방관들은 송나라 때의 옛 성 가운데 서남쪽 일부에만 다시 성을 쌓아 전쟁 및 왜구의 침탈을 방비했다. 이것이 오늘날 '옛 성[舊城]'이라고 부르는 것이다.

그러다가 16세기에 들어서 점차 휘상徽商들이 양주로 찾아와 성벽과 대운하 사이에 터전을 마련하기 시작하면서, 양주는 점차 다시 활기를 띠기 시작했다. 그런데 1556년에 이 지역이 왜구들에게 노략질 당하자, 양주의 지방관들과 상인들이 연합하여 상인들의 거주 지역을 둘러싸는 성을 건축함으로써 이른바 '새 성[新城]'이 만들어졌다. 이렇게 기능적으로 구분된 옛 성과 새 성 사이의 관계는 청淸나라 때인 17세기 말엽까지 지속되었고, 실질적으로 19세기 중엽까지도 암묵적으로 남아 있었다. 즉 옛 성은 행정과 문화의 중심지로서 관청과 학교들이 자리 잡고 있었고, 새 성에는 막대한 부를 축적한 상인들의 저택 외에 소금 전매업을 관리하는 관청인 전운염사사轉運鹽使司, 그리고 녹영병綠營兵2)의 지휘소인 중군서中軍署가 있었을 따름이다.

도시 전체의 구역에 이런 구분이 생기긴 했으나, 달리 말하자면 이것은 양주라는 도시의 전체적인 확장을 의미한다. 그리고 이것은 청나라 초기에 양주가 전국의 부현府縣 가운데 가장 중요한 13개 지역 가운데 하나로 부상했다는 데에서도 확인된다. 강희제康熙帝(1662~1722 재위) 때에 양주부揚州府는 주변의 3개 주州(태주泰州와 통주通州, 고우주高郵州)와 6개 현縣(강도江都, 의징儀徵, 여고如皐, 태흥泰興, 보응寶應, 흥화興化)의 행정을 포괄하는 대규모 행정 단위였으며, 1724년에 여고현과 태흥현이 직예주直隷州로 편입된 뒤에도 관할구역이 17,500㎢에 이르렀다. 이러한 번영은 19세기에 들어서 내륙의 수상운수水上運輸 체계가 붕괴되고 동시에 연해무역沿海貿易이 발전하기 전까지 계속되었다. 적어도 건륭乾隆(1736~1795) 연간까지 양주는 중국 동남부에서 가장 큰 도시로서, 당시 인구 50만 명 이상의 규모를 가진 세계 10대 도시 가운데 하나로 꼽힌다.

그러나 전성기 때의 양주가 단지 경제와 인구 규모의 측면에서만 중요했던 것은 아니다. 무엇보다도 이곳에는 막대한 경제력을 바탕으로 중국 전역의 문화가 집중되어 있었기 때문이다. 이 시기에 "천하의 보물 가운데 30%를 소유한[海內十分寶, 徽商藏三分]" 재력가 집단이었던 염상鹽商들은 화려하고 거대한 원림園林을 건설하고, 널리 학자와 문인, 예술가들을 초빙하여 지원하고, 각종 사원寺院과 서원書院, 묘당廟堂들을 건축하고, 가뭄이나 홍수 등의 재난을 당한 백성들에게 갖가지 자선사업을 펼침으로써 자신들의 부를 과시함과 동시에, 이른바 '강남문화江南文化'의 대표자로서 양주의 위상을 확립하고자 노력했다. 특히 강희제와 건륭제가 여러 차례 순시함으로써 양주는 정치적 문화적 측면에서 상징성이 강화되었다.

---

2) 청나라 때에 만주족으로 구성된 팔기병八旗兵 외에, 한족漢族을 모집하여 구성한 부대를 가리킨다. 이들은 초록색 깃발을 사용했기 때문에 녹기병綠旗兵 또는 녹영병綠營兵이라고 불렀다.

어떤 의미에서 강희제와 건륭제의 강남 순시는 황제 권력을 과시하기 위한 것이라고 할 수 있다. 그런데 휘상이 중심이 된 양주의 상인들은 이 기회를 이용하여 자신들의 부와 고급한 문화를 만천하에 자랑하는 한편, 이 기회를 적극적으로 활용함으로써 지극히 상인다운 이득을 챙기려 했다. 엄청난 자금을 퍼부어 도시 전체를 잘 정돈된 풍경구로 가꾸고,3) 호화롭게 건축된 행궁에 황제와 수행 관료들을 모시고, 중국 요리의 극치로 칭송되는 이른바 '만한전석滿漢全席'을 만들어 대접하는 등의 극진한 영접은 결국 냉정하게 따지자면, 자신들의 충성심을 보여줌으로써 황제 권력의 비호를 확보하려는 의도에서 비롯되었던 셈이다. 물론 이 과정에서 그들과는 약간 다른 목적을 가진 지역의 명망가들과 교묘하게 연합하여 자신들의 의도를 노골적으로 드러내지는 않는 주도면밀함을 보이기도 했다.

물론 두 황제의 강남 순시는 권력 과시와 더불어 현실적인 필요 때문에 행해진 일이었다. 다시 말해서 그들은 정치적, 경제적, 문화적 측면에서 양주로 대표되는 '강남'의 한족漢族 고급문화를 수용하고 통제할 필요가 있었던 것이다. 특히 양주는 명나라 말엽의 대표적인 충신으로 꼽히는 사가법史可法(1602~1645)이 완강하게 청나라 군대에 저항하다가 장렬히 산화한 곳이기 때문에, 만주족 황제의 양주 방문은 대단히 상징적인 의미를 지니는 것이었다. 두 황제는 만주 문화와 한족 문화의 원만한 융합을 통해 장기적으로 왕조의 안정을 꾀하는 한편, 더 현실적인 면에서 황실의 막대한 세수원稅收源인 양주의 주민들에게 우호적인 마

---

3) 『양주화방록』 권6에 따르면 "항주는 호수와 산이 빼어나고, 소주는 저자거리와 가게가 빼어나며, 양주는 원림과 정자가 빼어나다[杭州以湖山勝, 蘇州以市肆勝, 揚州以園亭勝]"고 했는데, 이와 같은 양주의 모습은 결국 상인들의 부를 바탕으로 이룩된 것이었다. 특히 양주의 벽화壁畵는 도시 전체를 아름답게 만드는 대단히 독특한 부분이었는데, 이런 그림들을 그린 화가들 가운데 이광제李匡濟(?~?, 자는 소회霄懷, 호는 소회小淮)와 같은 이들은 나중에 태평천국太平天國을 화려하게 장식한 수많은 그림을 그리는 데에도 동원되었다.

음을 얻어둘 필요가 있었다. 이 때문에 두 황제의 순시는 종종 수재水災
로 고통 받는 양회兩淮 연안 백성들을 구제한다는 명분을 내세웠다.

　아울러 그들은 이 행차를 통해 또 다른 부수 효과를 노리고 있었으
니, 그것은 바로 정통 문화의 주재자로서 황제 자신의 위상을 확립하려
는 것이었다. 청 왕조의 황제들은 이른바 '정통' 엘리트 문화에 대한 보
호자이자 후원자로서 자신이 인재를 아끼고 민심을 보살피는 덕을 펼
친다는 점을 널리 선전하고, 나아가 청 왕조 자체의 정통성에 대한 또
다른 근거를 마련하고자 했다. 1684년에 강희제가 남경에서 명 태조太祖
주원장朱元璋의 무덤인 효릉孝陵을 참배하고 친히 제사를 올린 일은 청
황실의 교묘한 정책적 이벤트였다. 이런 행사를 통해 그는 당시 강남
지역의 문인 사회를 중심으로 널리 퍼져 있던 만주족에 대한 반감을 희
석하고, 나아가 그 자신이 명 왕조의 정당하고 합법적인 계승자임을 선
언하려 했던 것이다.4) 이런 목적으로 그는 이후에도 강남을 순시할 때
마다 이 행사를 거르지 않았다.

　결과적으로 청 황실의 이런 계획은 큰 성공을 거두었다. 특히 두 황
제가 강남 순시 과정에서 '인재를 아끼는 마음'으로 시행한 '박학홍사
과博學鴻詞科'는 한족 지식인 사회 전반에 엄청난 영향을 주었고, 이에
따라 자연스럽게 청 황실의 지배를 인정하고 그 안에 안주하려는 지식
인 집단을 양성하는 결과를 낳았다. 이와 더불어 『양주화방록』에서도
언급되었듯이, 왕사정王士禛(1634~1711)이나 노견증盧見曾(1690~1768) 같은
고급 관리들은 양주의 염상들과 협력하여 대대적인 문화 부흥 운동의
주재자로 활약했다. 이들은 '황제의 대리인'으로서 염상들의 부富를 이
용하여 이른바 '유민遺民'을 포함한 강남 지역 지식인들을 문학과 예술,
학술의 틀 안으로 끌어들이는 데에 성공했다.5) 이로 인해 양주는 황제

---

4) 이에 관한 논의로는 梅爾淸 著, 朱修春 譯, ≪淸初揚州文化≫, 復旦大學出版社,
　2005, p.109를 참조할 것.
5) 이에 관한 좀 더 자세한 내용은 홍상훈, 「博學鴻詞科와 文讌을 통해 보는 淸 前期

의 추인追認을 얻은 새로운 고급문화의 중심지로 부상할 수 있었다.

2. 『양주화방록』의 체제와 내용

아쉬운 점은 17세기 말엽, 대학살 이후의 피폐를 딛고 양주가 다시 번영하게 되는 과정에 대해 자세히 기록된 문헌이 거의 없다는 사실이다. 그 대신 몇몇 지방지 같은 문헌에 기록된 자잘한 기록들과 청나라 때 양회염운사를 지낸 조지벽趙之璧의 주도로 편찬된 『평산당도지平山堂圖志』, 인경麟慶(1791~1846)이 편찬한 『홍설인연도기鴻雪因緣圖記』, 장보張寶(1763~1832)가 편찬한 『범사도泛槎圖』, 서정증徐庭曾의 『한구고도력대변천도설邗溝古道歷代變遷圖說』 등에 남아 있는 일부 그림들만이 18~19세기 양주의 영화로운 모습을 부분적으로 보존하고 있을 뿐이다.

다행히 이두李斗의 기념비적인 저작인 『양주화방록揚州畫舫錄』은 건륭, 가경嘉慶(1796~1820) 연간의 가장 번성했던 양주의 모습을 총체적으로 조명하여, 당시의 지리적 환경은 물론 각종 역사적 사건과 명승지, 문화, 풍속, 종교, 오락 등을 망라하여 백과사전적으로 세밀하게 기록해 놓고 있다. 그렇기 때문에 이 책은 지역학은 물론 문학과 역사, 민속학, 건축 등등 18~19세기 양주(혹은 그것으로 대표되는 강남 지역)를 연구하는 거의 모든 분야에서 중요한 자료로 활용될 수 있는 귀중한 내용을 담고 있다. 특히 저자는 인용한 자료들의 내용에 대해서도 상당히 정밀한 고증을 통해 오류를 바로잡아놓았기 때문에, 이 책의 자료적 가치를 더욱 높여놓았다고 할 수 있다.

문인 집단의 의식」, 한국중국어문학회, 『중국문학』 제57집 203~227면을 참조할 것.

이 책의 저자 이두李斗(1749~1817)는 자字가 북유北有이고 호는 애당艾塘이다. 경우에 따라서는 자가 애당艾堂이라고 하기도 하고, 화방주인畵舫主人이라는 필명을 쓰기도 했다. 본래 그의 조상들은 산서山西 흔주忻州의 정락현靜樂縣에 살았으나, 명나라 숭정崇禎(1628~1644) 연간 말엽에 그의 고조高祖가 양주부성揚州府城으로 옮겨와 살았고, 이에 따라 이두의 관적은 의징儀徵이 되었다. 이두는 그곳에서 제생諸生 학위를 취득했으나 벼슬살이는 하지 않은 것으로 알려져 있다. 다재다능하고 박학하며, 시문詩文과 수학數學, 음률音律, 서예, 희곡戲曲에 두루 뛰어났던6) 그는 평생을 대부분 양주에서 지내면서 광범한 인사들과 교유했다. 당시 그가 비교적 가깝게 교유했던 인물들 가운데는 왕중汪中(1746~1794)과 초순焦循(1763~1820), 완원阮元(1764~1849), 왕체汪棣(1720~1801) 등의 저명한 문인과 학자들은 물론이고, 성대한 원림을 소유하고 있던 부유한 상인들도 포함되어 있었던 듯하다. 무엇보다도 그는 26세부터 42세까지 월서粤西7)에 3번, 민절閩浙8)에 7번, 초楚 땅과 예豫9) 땅에 1번, 그리고 경사(북경)에도 2번 다녀올 정도로 왕성한 호기심과 실증적 태도를 갖추고 있었기 때문에(「自序」), 그의 저작에도 이런 성향이 다각도로 반영될 수 있었다.

---

6) 이것은 이두의 저작 목록만 보더라고 족히 짐작할 수 있다. 그의 『영보당집永報堂集』(33권) 안에는 『양주화방록』 외에도 『영보당시永報堂詩』(8권)와 『애당악부艾塘樂府』(1권), 그리고 전기傳奇 작품인 『기산기奇酸記』(4권)와 『세성기歲星記』(2권)가 포함되어 있다.
7) 광둥廣東과 광시廣西 지역을 예전에는 '백월百粤의 땅'이라고 부르며, 양자를 합쳐서 '양월兩粤'이라고 했다. 그러므로 '월서'는 광시 지역을 가리킨다.
8) 지금의 푸젠福建과 저장浙江 지역을 가리킨다.
9) 허난성河南省의 별칭이다.

1) 발로 엮은 종합 지리지

『양주화방록』은 저자가 1764년에서 1795년까지 30년 동안 수집해놓은 자료를 바탕으로, "지역을 날줄[經]로 삼고 인물과 사건의 기록을 씨줄[緯]로 삼아[以地爲經, 以人物記事爲緯](「自序」)" 입체적으로 서술한 것이다. 총 18권으로 이루어진 이 책의 체례에 대해 저자는 「자서自序」에서 이렇게 설명했다.

> 양주 군성郡城의 지역을 상방사에서 장춘교長春橋까지를 '초하草河'로, 편익문便益門에서 천녕사天寧寺까지를 '신성북新城北'으로, 풍락가豊樂街에서 전각교轉角橋까지를 '성북城北'으로, 과주瓜洲에서 고도교古渡橋까지를 '성남城南'으로, 고도교에서 도춘교渡春橋까지를 '성서城西'로, 소동문小東門에서 동수관東水關까지를 '소진회小秦淮'로 삼아 모두 홍교虹橋에서 모이게 했다. 그리고 '하포훈풍荷浦薫風'에서 '수운승개水雲勝槪'까지를 '교동橋東'으로, '장제춘류長堤春柳'에서 연성사蓮性寺까지를 '교서橋西'로 삼아 연화교蓮花橋에서 모이게 했다. 또 '백탑청운白塔晴雲'에서 '금천화서錦泉花嶼'까지를 '강동岡東'으로, '춘대축수春臺祝壽'에서 척오루尺五樓까지를 '강서岡西'로 삼아 촉강蜀岡의 세 봉우리에서 모이게 했다. 이런 순서에 따라 서술하여 책으로 만들고, 풍경구[工段]의 건축 체제 및 놀잇배[畵舫]의 명칭을 책의 말미에 첨부했다.

완원阮元의 서문에서는 이것이 "『수경주水經注』의 체례를 본떠서 지역을 나누어 기록"한 것이라고 했다. 역시 「자서」의 설명에 따르면 그는 "집에 있으면서 가끔 호수에 배를 띄우고 여러 풍경구[工段] 사이를 자주 오가며 그 모습에 익숙해"졌고, 그래서 "작은 골목과 화장실까지 모두 자세히 알게 되었"다고 했다. 그런 의미에서 이 책의 제복은 저자 자신이 놀잇배[畵舫]를 타고 몸소 다녀본 지역을 매번 나들이한 구역에 따라 기록한 것이라는 의미로 풀이할 수도 있겠다.[10] 그리고 바로 이

때문에 『양주화방록』은 저자 당대의 생생한 기록이라는 또 하나의 특
별한 가치를 지닐 수 있었다.11) (이런 의미에서 적극적인 사회 참여보
다는 소극적이고 자족적인 유희와 세세한 기록 및 고증에 치중한 저자
의 삶에 대한 비판은 잠시 접어두어도 무방할 듯하다.) 「자서」에서는 저
작에 활용된 자료들이 그가 "직접 목격하고 들은 것들을 위로는 현명한
사대부들의 풍류와 운치, 아래로는 자잘하고 외설적인 일들 및 천박하
고 속된 우스갯소리까지 모두 기록해둔" 것들이라고 했다. 그렇기 때문
에 이 책은 저자 자신이 비판한 바의 "그저 고고에만 천착하고 근세의
일에 대해서는 소홀[惟喘考古事, 略於近世](「自序」)"한 여타 기록들과는 확
연히 다른 장점을 확보할 수 있었다.

　또한 종합적이고 백과사전식의 다양한 내용을 망라하는 '필기筆記'라
는 체제의 특징으로 인해 이 책에는 당시의 정치, 경제, 문화, 역사, 풍
속 등등 여러 분야에 걸친 귀중한 자료들이 많이 수록되어 있다. 강남
지역을 순시하는 황제 일행을 대접하기 위해 개발된 최고급 요리이자
현대 중국에서도 중국 요리의 정화로 꼽히는 '만한전석滿漢全席'에 대한
기록(권4)이랄지, 당시 시장에서 팔리던 생선과 게, 소금 등 각 지역의
토산품에 대한 기록(권1), 여러 명승지의 건물을 장식했던 고상한 대련對
聯들, 세세하게 묘사된 골목의 모습과 규모, 명칭, 그리고 거리의 가게
에 진열된 여성들의 복장과 장식품 등에 대한 기록(권9), 그리고 양주의
극단[戱班]과 주요 배우, 이른바 '행두行頭'라고 하는 무대 소품小品, 그리

---

10) 예를 들어서 『양주화방록』 권9 「소진회록小秦淮錄」에는 건륭 30년(1774)에 유무길劉
　　茂吉이 그린 〈양주양성도揚州兩城圖〉에 나타난 양주의 크고 작은 거리들을 자세하게 설
　　명하고 있다. 그런데 각 거리의 이름 뒤에 붙여놓은 이두의 주석에는 그 모든 거리의
　　골목 구석구석까지 직접 걸어본 사람만이 알 수 있는 자세한 정보가 들어 있다.

11) 이에 대해 완원의 서문에서는 "혹자는 그것이 양현지楊衒之와 맹원로孟元老의 책을
　　모방했다고 비판하기도 하지만, 내 생각에는 양현지와 맹원로가 지나간 일들을 돌이
　　켜 서술한 데에 비해, 이 『양주화방록』은 이두가 직접 목도目睹한 태평성대의 모습을
　　기록한 것이다[或有以楊衒之孟元老之書擬之者, 元謂楊孟追述往事, 此錄則目睹昇平
　　也]"라고 했다.

고 황문양黃文暘(1736~1808)의 『곡해曲海』에 수록된 작품 목록(권5, 권9, 권
11),12) 불교 사원의 건축(권4), 그리고 풍경구의 건축 체제(권18), 당시 양
주에서 유명했던 놀잇배들의 이름(권18) 등등은 하나같이 진귀하면서도
자세한 자료들인 것이다.

2) 문학과 학술의 결합

 필기는 사실의 기록과 잡기식雜記式 기록, 학술적 기술記述, 그리고 문
학적 창작이 결합된 양식이다.13) 그렇기 때문에 『양주화방록』에는 그
자체로 문학적이라고 평가할 만한 내용들도 포함되어 있다.
 먼저 양주의 주요 명승지와 풍경에 대한 묘사는 대부분 짧은 산문이
지만, 묘사가 함축적이어서 종종 시적 분위기마저 풍긴다. 이런 그의 재
능은 건륭 36년(1771)에 이두가 친구들의 초청을 받아 강원江園을 유람하
고 지은 부賦 작품인 「강원유기江園遊記」에도 잘 나타나 있다.

 난간에 기대어 앉아 있는 이, 물결을 내려다보는 이, 차 맛을 놓고 겨루는
 [茗戰] 이가 있는가 하면, 바둑을 두는 이들과 그 옆에서 자세히 들여다보는
 이, 수가 좋지 않다며 손짓으로 가리키는 이, 수염을 비비 꼬면서 크게 탄식
 하는 이, 옆에서 승패를 놓고 입씨름 하는 이도 있었다. 그렇게 바둑 한 판이
 끝나자마자 다시 또 한 판이 시작되어 승패가 바뀌기도 하고, 상대를 바꿔가

---

12) 특히 황문양의 『곡해』에 수록된 작품 목록은 이미 없어진 초순焦循의 『곡고曲考』의
  내용에다가 잡극雜劇 42종과 전기傳奇 26종을 덧붙여 총 1,013종의 작품 목록과 저자를
  나열해놓고 있다. 이 때문에 이것은 명·청 시대에 성행한 희곡의 면모를 개략적으로
  짐작할 수 있게 해주는 귀중한 자료로 평가받고 있다.
13) 류예치우劉葉秋가 『역대필기개술歷代筆記槪述』에서 필기를 소설고사류小說故事類와
  역사쇄문류歷史瑣聞類, 고거변증류考據辨證類로 나눈 것도 필기의 이러한 내용적 포괄성
  을 반영한 사례라고 할 수 있다.

며 계속 판이 벌어졌다. 맨발로 다니는 이가 있는가 하면 노래하는 이, 거기
에 화답하는 이, 주위를 두리번거리며 손짓하는 이, 멀찍이 떨어진 자리에서
눈짓으로 뭐라고 하는 이, 다른 배에 탄 사람들과 말을 주고받는 이들도 있었
다. 그렇게 이리저리 왔다 갔다 하면서 잠시도 자리에 가만 앉아 있질 않았다.

　　有倚檻而坐者, 有俯視流水者, 有茗戰者, 有對弈者, 有從旁而諦視者, 有憐
其技之不工而爲之指畫者, 有捻鬚而浩歎者, 有訟成敗于局外者, 于是一局甫
終, 一局又起, 顚倒得失, 轉相戰鬭. 有脫足者, 有歌者, 和者, 有顧盼指點者,
有隔座目語者, 有隔舟相呼應者, 縱橫位次, 席不暇暖.

　여기에는 나들이 나온 사람들의 한가한 정취와 다양한 행태, 심지어
표정에 나타난 마음 상태까지 생생하고 리듬감 있게 묘사되어 있다. 이
런 그의 필치는 지방의 풍속을 묘사할 때나 저자거리의 풍경을 묘사할
때에도 종종 나타나 있어서, 단순한 서술이나 기록 이상의 '읽는 재미'
를 부여한다.

　다음으로 이 책에는 풍부한 소설적 요소들이 들어 있다. 최근까지 중
국에서 나온 『양주화방록』에 관한 가장 정밀한 연구서라고 할 수 있는
『건륭 성세乾隆盛世―양주 문명의 실록揚州文明的實錄』(中國文聯出版社, 2004)
의 저자 왕 웨이캉王偉康은 이런 요소들을 내용에 따라 세 가지로 분류
하고, 각 항목에 대해 간략한 평론을 붙여 정리했다. 그의 분류에 따르
면 ①세상살이의 행태를 사실적으로 묘사한 이야기[世情寫眞類]가 78개
항목이고, ②신비하고 허황된 이야기[神靈怪誕類]가 25개 항목, ③인물
에 관한 기이한 이야기[人物傳奇類]가 23개 항목으로, 모두 126개 항목의
소설적 요소를 포함한 문장이 들어 있다고 했다. 실제로 명나라 말엽의
충신 학경춘郝景春(?~1639)의 충절과 비장한 죽음을 묘사한 이야기(권13)
같은 것은 복잡한 줄거리와 풍부한 내용을 담고 있고 편폭篇幅이 4,000
자가 넘어서, 그 자체로 한 편의 소설이라 해도 무방할 정도이다. 이외
에도 열녀 왕씨王氏의 죽음을 서술한 이야기(권16)나 권9에 서술된 여러

배우들과 기녀들의 일화, 자기 간을 잘라 어머니의 병을 치유한 소효자
蕭孝子의 이야기(권3) 등등은 자칫 지루하기 쉬운 독서에 신선한 흥미를
제공해준다. 예를 들어서 권11에 소개된 담배장수 광자㤙子의 이야기를
보자.

> 광자㤙子는 작은 배를 타고 호수 위를 떠돌며 물 담배[水煙]를 팔아 생계를
> 유지했다.
> 그에게는 특별한 기술이 하나 있었는데, 그것은 담배 연기를 10여 차례 들
> 이마셔서 한꺼번에 토하지 않고, 시간이 지나면서 천천히 조금씩 실처럼 가
> 늘게 내뿜는 것이다. 조금씩 끌면서 내뿜으면, 새하얀 실이 허공에 맴돈다.
> 그러다가 다시 상투처럼 무성해지고, 색깔도 초록색으로 변해서 마치 먼 산
> 처럼 아련해진다. 바람이 불어오면 상황은 일변하여 은은하게 신선이나 닭,
> 개 따위의 모습이 된다. 수염과 눈썹, 옷, 가죽과 깃털 등이 모두 표현된다.
> 그렇게 한참 지나면 연기 색깔이 짙은 검은 색으로 변하면서 마치 금방이라
> 도 산에 비가 내릴 듯한 분위기를 풍기다가, 갑자기 바람이 일면서 연기가
> 흩어진다.
> 당시 사람들은 그를 '광연㤙烟'이라고 부르자, 그는 곧 자신의 배에다 '연정
> 煙艇'이라는 간판을 내걸었다.

단순한 기록이라면 위 내용은 그저 광자라는 사람이 담배 연기로 산
이며, 신선, 닭, 개 등의 모습을 만들어내는 특별한 재주가 있었다는 정
도만 써도 될 것이다. 그러나 위 인용문은 담배 연기의 모양과 색깔이
변화하는 과정이 처음부터 끝까지 생생하게 묘사되어 있다. 이것만 보
더라도 하나의 사실을 설명하더라도 구체적이고 생동감 있는 문장을 구
사하는 이야기꾼으로서 이두의 재능을 충분히 짐작할 수 있을 것이다.
또한 이 책에는 중요한 학술 저작의 전문全文을 실어놓았다. 강번江藩
(1761~1830)이 해석한 「주태복동격周太僕銅鬲」의 문장과 공상임孔尙任(1648

~1718)의 「동척고銅尺考」, 사온산謝蘊山의 『서위서西魏書』에 대해 능정감
凌廷堪이 쓴 서문(이상 권1), 호弧와 삼각三角에 대한 논의가 담긴 능정감
과 초순이 주고받은 편지, 초순과 이예李銳(1769~1817)가 천문학에 대한
견해를 주고받은 편지(권5), 왕중汪中의 「광릉대廣陵對」(권6), 전대흔錢大昕
의 『주경신설周徑新說』에 대한 담태談泰의 비평(권10), 황승길黃承吉(1771~
1842)의 시詩에 대한 논의(권12), 초순의 「정녀변貞女辨」(권15) 등의 문장은
학술적으로 가치가 있을 뿐만 아니라, 다른 문집에서도 쉽게 찾아보지
못하는 글들이다. 또한 권17에 별도로 수록된 「공단영조록工段營造錄」은
일반 문인들로서는 쉽게 접할 수 없는 건축법과 재료의 규격, 기술자들
의 활용과 임금 계산법 등을 상세하게 제시하고 있다. 이 내용은『공부
공정주법工部工程做法』과 『내정원명원내공제작현행칙례內廷圓明園內工諸
作現行則例』 등의 책에서 뽑아 엮은 것으로, 비록 체제가 산만하고 뽑아
엮은 부분의 내용 또한 원서原書와 다르거나 착오가 발견되기도 하지만,
관부官府에 비장秘藏되어 있어서 당시 일반인들이 쉽게 접할 수 없는 기
술적 지식을 소개했다는 면에서는 나름대로 의의가 있다고 하겠다.

　　실용적 학문을 중시하는 양주학파揚州學派와 그에 대한 이두의 긍정
적인 시각을 엿볼 수 있는 이런 글들은 아름다운 풍경과 풍속, 번창한
경제, 고상한 명사들 외에도 양주의 위상을 지탱하는 중요한 근간으로
서 학술적 성취를 웅변하기에 충분하다. 게다가 이두 자신도 촉강蜀岡의
지명에 대한 고증(권16) 등을 통해 박학樸學의 소양을 곳곳에서 과시하고
있다. 이처럼『양주화방록』은 정밀하고 심오한 학문의 세계에서부터 지
리적 환경, 풍속에 이르기까지 건乾·가嘉 연간에 양주라는 하나의 도시
에 구비된 모든 것을 입체적으로 조명하고 있다. 동치 11년(1872) 방준이
方濬頤(1815~1889)가 쓴 「후서後序」에서 지적했듯이, 이 책의 서술은 "속
된 부분도 고상함을 해치지 않았고, 자잘한 내용도 번잡하고 저열하지
않은[俗不傷雅, 瑣不嫌鬧]"14) 특별한 성취를 이뤄낼 수 있었던 것이다.

3. 『양주화방록』의 판본과 번역 저본

『양주화방록』이 처음 간행된 것은 건륭 60년(1795)으로서, 이때 나온 판본을 흔히 '자연암장판自然盦藏板'이라고 부른다. 총 18권 분량에 그림이 첨부된 이 판본은 10책冊으로 묶여 간행되었으며, 이 해에 이두가 쓴 서문이 수록되어 있다. 그러나 이 책이 실제 완성된 시기에 대해서는 약간의 이설異說이 있다. 왜냐하면 원매袁枚(1716~1797)가 쓴 서문은 연도가 건륭 58년(1793)으로 되어 있기 때문이다. 또한 이 책이 실제 간행된 연도는 가경嘉慶 2년(1797)이라는 설도 있다. 이 책의 간행이 건륭 60년에 시작되긴 했지만 완성된 것은 가경 2년이라는 것이다.[15]

'자연암장판'은 동치 11년(1872)에 당시 양회도전염운사兩淮都轉鹽運使로 있던 방준이方濬頤가 다시 간행된 바 있는데, 이것을 흔히 '중인본重印本'이라고 부른다. 여기에는 방준이 자신의 「후서」와 완원을 비롯한 여러 인사들의 제사題詞와 후발後跋의 문장들, 그리고 양주 각 지역 풍경구를 그린 그림이 포함되어 있다. 다만 완원의 서문은 광서光緒(1875~1908) 연간에 유행한 석인본에서야 수록되었다.

신보관申報館 석인본石印本은 광서 1년에 간행된 것으로 보이는데, 8책의 작은 책자로 되어 있다. 여기에는 그림이 들어 있지 않다. 민국民國 시기에 상하이 고금서실古今書室에서 간행한 석인본은 신보관 판본보다 크기가 조금 크고, 6책으로 되어 있다. 여기에는 양주 원림을 그린 그림 56폭이 포함되어 있는데, 내용은 대체로 '자연암장판'을 토대로 한 것이다.

1960년에 중화서국中華書局에서 간행한 판본은 왕 베이핑江北平과 투위공涂雨公이 점교點校한 것인데, 번체자繁體字로 되어 있고, 직시 않은 오류가 있긴 하지만 구두句讀가 끊겨 있다. 이 판본은 2001년에 3쇄가

---

14) 李斗 撰, 周春東 注, 『揚州畵舫錄』, 山東友誼出版社, 2001, p.5 재인용.

15) 王偉康, 『乾隆盛世─揚州文明的實錄』, 中國文聯出版社, 2004, p.408.

간행되기도 했다. 이것은 기본적으로 '자연암장판'을 바탕으로 일부 오류를 바로잡았으나, 『공단영조록』은 1931년에 중국영조학사中國營造學社에서 교정본을 간행한 바 있다는 이유로 별도의 교정을 하지 않은 상태로 간행했다.

1984년에 쟝쑤성의 광릉고적각인사廣陵古籍刻印社에서 역시 번체자로 간행한 판본은 흔히 '광릉본廣陵本'으로 불린다. 출판사의 설명에 따르면 이 책은 가경 연간의 판본을 저본으로 삼았다고 했으나, 실은 동치 연간의 '중인본'을 저본으로 한 것이다. 청나라 말엽에 유행하던 석인본에서 51명이 쓴 제사와 서발序跋의 일부를 제외하고 뽑아 넣기도 했는데, 서발문의 게재 순서는 이전의 책들과 다르다. 본문의 내용 가운데 일부는 역사서와 지방지에 의거해 잘못된 부분을 바로잡아놓기도 했다.

2001년 산동우의출판사山東友誼出版社에서 간행된 판본은 흔히 '산동본山東本'이라고 부른다. 저우 춘동周春東이 주석을 붙인 이 판본은 간화자簡化字로 표기되어 있으며, 1개의 표와 37개의 그림, 연구聯句 작자 및 인명人名 색인이 첨부되어 있다. 저우 춘동의 「전언前言」에 따르면, 이 판본은 '자연암장판'을 저본으로 하고, '중각본'과 중화서국 본, '광릉본', 그리고 「공단영조록」에 대한 칸 뒤闞鐸의 교주校注를 두루 참조했다고 했다. 가장 최근에 나온 판본이라는 점 때문에 이 판본은 비교적 오류가 적다. 특히 이 판본은 상당한 분량의 주석이 붙어 있어서 독자들에게 적지 않은 편의를 제공하는데, 다만 주석의 내용이 간단한 관직명官職名이나 일부 고유명사, 연호年號 등에 집중되어 있으며, 인물에 대한 설명 또한 일부 널리 알려진 이들에 한정되어 있어서 한계를 드러낸다. 심지어 일부 주석은 내용 자체가 잘못된 경우도 있다. 예를 들어서 권7 「성남록城南錄」에 수록된 '광릉의 밀물廣陵潮'에 관한 시에 들어 있는 "開元以後襟喉要, 乾道之間城堡興"라는 구절에 대해, 저우 춘동은 '건도乾道'가 청나라 건륭乾隆, 도광道光 연간을 가리킨다고 했으나 실은 남송南宋 건도乾道(1165~1173) 연간으로 해석해야 옳다. 이 판본에는 이처럼 명확한 오류도 몇 군데 있으며, 무엇보다도 주석의 수량에 비해 실제 원문을 이해하는 데에 필요한 주요 사항에 대한 주석이 대단히 소략하다. 특히 『양주화방록』 원문에서 인명은 대개 자호字號로 표기되어 있으므로 현대의 독자들에게 본명本名과 생졸연대를 비롯한 약력을 밝혀줄 필요가 있지만, 이 부분에 대해서는 거의 주석이 없다. 또한 본문의 문장을 해석하는 데에 필요한 전고典故에 대한 주석이 거의 없어서, 고전 한문에 익숙한 독자라 해도 상당 시간 사전辭典을 검색하지 않고는 원문을 읽어내기 어렵다.

이번 우리의 번역은 기본적으로 중화서국 본을 저본으로 삼되, 명백한 오류에 대해서는 '산동본'을 참조하여 바로잡았다. 또한 '산동본'의 미비한 점을 두루 보완하기 위해 왕 웨이캉王偉康의 연구서를 참조했다. 특히 왕 웨이캉의 연구서에는 각 판본의 의심스러운 부분에 대한 '변증辨證'과 '교감校勘'을 10페이지 분량의 표로 정리해놓아서 많은 도움이 되었다.16) 우리의 번역에는 원문에 대한 교감과 인명, 고유명사, 원문의 해석에 필요한 전고 등에 대한 자세한 주석을 붙여서 번역본 자체로도 『양주화방록』의 내용을 완전히 이해할 수 있도록 해놓았으며, 아울러 전문가들이 원문과 대조하며 읽는 데에도 도움이 되는 주석들을 꼼꼼히 붙여놓았다.17) 다만 아직까지 약력이 확인되지 않은 극소수의 인명은 원문의 표기대로 성姓과 자호字號 표기를 그대로 둘 수밖에 없었으며, 또한 건축과 연극의 소품 등 지극히 전문적인 분야에 대한 주석은 여전히 약간 미흡한 바가 남아 있어서, 이후로 해당 분야 전문가들의 도움을 통한 보완이 필요하다. 그럼에도 불구하고 우리의 이번 번역과 주석은 『양주화방록』에 대한 최초의 완역이자, 현존하는 모든 판본들

---

16) 이외에도 이 책에의 풍부한 부록 가운데는 주장朱江, 『양주원림품상록揚州園林品賞錄』 (上海文化出版社, 1984 초판, 2002년 교정 3판)의 내용상 오류에 대한 교감校勘도 포함되어 있다(583~586면).

17) 우리의 번역 결과물은 원고지 매수로 환산하여 총 6,900매에 이르고, 총 3,500여 항목의 역주를 달아놓았다.

가운데 가장 완비된 주석을 갖추었다고 자부할 수 있다.

4. 맺음말

千里鶯啼綠映紅　꾀꼬리 울어대는 드넓은 곳 녹음 속에 붉은 꽃 피었고
水村山郭酒旗風　물가 마을 산발치 성곽엔 술집 깃발 바람에 나부낀다.
南朝四百八十寺　남조의 유적 사백 팔십 개의 사원에는
多少樓臺烟雨中　얼마나 많은 누대들이 안개비 속에 잠겨 있을까?

당나라 때의 시인 두목杜牧(803~853)이 노래한 「강남의 봄[江南春]」은 평화롭고 아름다운 정경 뒤에 숨어 있는 역사의 영고성쇠榮枯盛衰가 아련하게 비쳐져 있다. 자욱한 안개비 속에 서 있는 유서 깊은 누각들과 한때 화려한 누각이 있었던 유적지들에는 세월의 변천 속에 잠시 머물다 떠난 영웅호걸, 선남선녀의 자취 역시 소슬하게 젖어가고 있었으리라.

역사의 창상滄桑은 멈추지 않는다. 18세기에 재건된 양주는 19세기 태평천국太平天國 동란動亂 와중에 주요 건물들이 거의 불타버렸고, 그나마 남아 있던 유적들은 현대사의 격변 속에서 대부분 종적조차 묘연하게 흩어져버렸다. 도광道光 14년(1834)에 쓴 발문跋文에서 완원阮元은 쓸쓸한 어조로 이렇게 썼다.

건륭 51년(1786)에 나는 경사로 들어갔고, 건륭 60년(1795)에는 절강학정浙江學政으로 부임했는데, 당시에도 양주는 아직 예전처럼 번성하고 있었다. 가경 8년(1803)에 나는 양주에 들러 옛 친구들과 평산에서 모임을 가졌다. 이후로 양주는 점차 쇠퇴하여 누대는 무너지고 꽃과 나무들도 시들었다. 가경 24

년(1819)에는 양주에 들러 효렴孝廉[18]에 천거된 기당芰塘 장유정張維楨[19]과 함께 도춘교渡春橋에 들러 옛 일에 대한 감회를 시로 읊었다. 듣자 하니 근래 10여 년 동안 양주는 더욱 황폐해졌다고 한다.

五十一年余入京, 六十年赴浙學政任, 揚州尙殷闐如故. 嘉慶八年, 過揚與舊友爲平山之會. 此後漸衰, 樓臺傾毀, 花木凋零. 嘉慶廿四年過揚州, 與張芰塘孝廉過渡春橋, 有詩感舊. 近十餘年, 聞荒蕪更盛.

이런 와중에서 변모하는 양주의 풍경은 청나라 말엽 오가유吳嘉猷(?~1893)가 그린 『점석재화보點石齋畵報』와 『비각집飛閣集』, 숭산도인嵩山道人의 『소주성 내외 360행 도책蘇州城內外三百六十行圖冊』, 환구사環球社에서 간행한 『도화일보圖畵日報』[20] 등을 통해 부분적으로만 확인된다. 그러나 그런 자료들을 통해 모아지는 양주의 모습은 대개 쓸쓸하게 쇠락해 가는 풍경 속에 담긴 쓸쓸한 감회만 느끼게 할 뿐이다.

물론 현대의 양저우시는 새로운 도약을 위해 노력하고 있다. 주변의 수많은 공장들에서 창출된 부를 토대로 폐허가 되었던 주요 유적지들도 빠른 속도로 복원되어 새로운 관광 상품으로 자리 잡고 있다. 그리고 그런 문화 '재건'의 기획에도 『양주화방록』은 중요한 자료로 활용되고 있다.

무엇보다도 학술적인 차원에서 이 책은 현대 학술계의 새로운 흐름이라고 할 수 있는 통합 학문으로서 지역학의 연구에 중요한 자료가 되고 있다. 이 책에 묘사된 세밀하고 생동적인 18~19세기 양주의 모습은 고급 관리들과 명사名士로부터 하층 백성들까지 복잡하게 어우러진 군상群像들이 한 시대의 문화를 어떻게 엮어나가는지를 역동적으로 보여

---

18) 한나라 때에는 효제청렴孝悌淸廉한 인품을 가져서 천거된 이들을 가리켰는데, 명·청대에는 주로 거인擧人에 대한 칭호로 쓰였다.
19) 장유정張維楨에 대해서는 『양주화방록』 권8 「성서록城西錄·26」을 참조할 것.
20) 『도화일보』는 1909년 8월 16일에 창간되어 1910년 8월까지 총 404기期가 출간되었다.

준다. 이를 통해서 이두는 18~19세기 양주를 중심으로 한 강남 지역의 문학과 예술, 학술, 풍속, 정치, 경제의 내용과 특징, 참여자들의 현황을 종합적으로 제시해주었다. 필기라는 양식의 특성상 일견 잡다하다는 느낌도 있지만, 오히려 그것은 날것 그대로 당시 양주의 총체적인 실체인 것이다. 그러므로 조금 미흡하나마 이 책이 완역됨으로써 우리 학계도 다양한 분야에서 중국학에 접근할 수 있는 중요한 기반을 하나 더 확보했다고 할 수 있다. 아울러 우리는 이 번역본의 미진한 부분들이 이후의 연구를 통해 보완될 수 있기를 기대하며, 제현諸賢들의 질정叱正을 고대하는 바이다.